Alex Thomas

BLUTPFORTE

Buch

Fast zwei Jahrzehnte sind vergangen, seit Schwester Catherine Bell zuletzt Kontakt zu ihrer Adoptivmutter hatte. Dann hört sie Ava Bells angstvolle Stimme auf dem Anrufbeantworter. Einen Tag später ist ihre Adoptivmutter tot, ihr wurden Augen, Ohren und Zunge entfernt. Doch Ava ist nicht das erste Opfer des Messias-Mörders, der seine Opfer unter den Teilnehmern jenes Adoptionsprogramms wählt, das Catherine zu Avas Tochter machte… Gleichzeitig berichten Menschen überall auf der Welt, Tote gesehen zu haben. Verwandte, Freunde, Bekannte. Ein Fall ereignet sich im Petersdom, wo Catherine auf eine alte Geheimorganisation stößt, die *Hüter der Pforten*. Als dann auch noch der verstümmelte Leichnam jenes Mannes gefunden wird, der Catherines Adoption vor vielen Jahren ermöglichte, weiß sie: Jemand will mit allen Mitteln verhindern, dass die junge Ordensfrau hinter das streng gehütete Geheimnis ihrer Geburt kommt. Doch was verbirgt die Gemeinschaft der Hüter vor ihr?

Autor

Alex Thomas ist das Pseudonym eines im Westen Londons lebenden Autorenehepaares. Sie arbeitet seit über zwei Jahrzehnten im Buch- und Medienbetrieb. Er forscht und lehrt als Professor an einer Londoner Universität. Beide entdeckten ihre gemeinsame Liebe für Geschichte, Wissenschaft und das Schreiben.

Von Alex Thomas bereits erschienen:

Lux Domini (37946)
Engelspakt (37989)
Engelszorn (0015)

Alex Thomas

BLUTPFORTE

Thriller

blanvalet

FSC
www.fsc.org
MIX
Papier aus verantwortungsvollen Quellen
FSC® C014496

Verlagsgruppe Random House FSC® N001967

2. Auflage
Originalausgabe Mai 2017 bei Blanvalet,
einem Unternehmen der Verlagsgruppe Random House GmbH,
Neumarkter Str. 28, 81673 München

Umschlaggestaltung: www.buerosued.de
Umschlagmotiv: Masterfile/Beanstock Images
BL · Herstellung: sam
Satz: Uhl + Massopust, Aalen
Druck und Einband: GGP Media GmbH, Pößneck
Printed in Germany
ISBN: 978-3-7341-0016-1

www.blanvalet.de

Für J.Z.A. & Frank H.

Intro

Seit wir mit *Lux Domini* Schwester Catherine Bells erstes Abenteuer erzählten, haben uns etliche Leserbriefe erreicht. Mit Erscheinen von Catherines drittem Fall werden wir zunehmend gefragt, ob unsere Romane in einer bestimmten Reihenfolge gelesen werden müssen.

Nun, wir achten darauf, dass jede Geschichte unabhängig voneinander gelesen werden kann, jedoch entwickelt sich unser Romanuniversum natürlich von Episode zu Episode weiter, Bezüge zu vorangegangenen Ereignissen bleiben also nicht aus. Für das größte Lesevergnügen empfehlen wir daher den Einstieg mit *Lux Domini*, gefolgt von *Engelspakt* und *Engelszorn*.

Zur besseren Orientierung und für das leichtere Verständnis unseres Thrilleruniversums haben wir ans Ende jedes Romans ein Glossar mit besonderen Begriffserläuterungen gestellt. Außerdem befindet sich in *Blutpforte* eine Liste mit Kurzbeschreibungen der Haupt- und wichtigsten Nebenfiguren.

Wir wünschen viel Spaß beim Lesen von Schwester Catherines viertem Abenteuer. Und immer daran denken: Es gibt mehr Dinge zwischen Himmel und Erde, als unsere Schulweisheit sich träumen lässt.

Alex Thomas

Ich bin durch die Tore der Finsternis geschritten.
Ich habe das Reich Gottes gesehen.
Und ich sage euch, das Reich Gottes ist nicht Licht!

(LUCIFER AUS:
Die Hölle, die ihr Himmel nennt)

Prolog

30. Mai 1431,
Rouen, Frankreich

Der Sommer stand vor der Tür, und doch fror Bruder Guillaume durch seine Kutte bis auf die Knochen. Aus der Stadt und aus dem Umland hatten sich Tausende von Menschen auf dem Marktplatz versammelt, um die Hinrichtung des Mädchens zu bezeugen. Etliche hatte die Neugierde zum Richtplatz getrieben. Anderen sah der Mönch an, dass sie der Exekution am liebsten ferngeblieben wären, fürchteten sie nicht die harte Strafe, die mit einer Abwesenheit verbunden war.

Guillaume vom Kloster der Predigerbrüder blickte auf die drei mächtigen Gerüste, die die Engländer hatten errichten lassen. Eines für die Richter, eines für die hohen Prälaten und eines für die Reisigbündel, mit denen der Scheiterhaufen in Brand gesetzt würde. Zwei der Gerüste zierten Flaggen der britischen Monarchie. Auf dem höchsten Gerüst entdeckte Guillaume den Bischof von Beauvais und den Kardinal von Winchester. Zwei mächtige Männer in Violett und Scharlachrot, Männer Gottes voller Machtgier und Hass. Die Männer, die das Mädchen verraten hatten.

Der Mönch zog seine Kapuze tiefer ins Gesicht, während sein Blick weiter zum hohen Podest des Scheiterhaufens wanderte Unter Lord Bedford hatten die Engländer für das Mädchen einen ganz besonderen

Scheiterhaufen errichten lassen. Üblicherweise wurde Stroh ebenerdig mit Holz, Pech und Schwefel untermischt; dessen Brennstoffe erstickten das Opfer und ersparten ihm die größten Qualen. Dieser Scheiterhaufen jedoch stand auf einem hohen, eigens für dieses Ereignis gemauerten Gipssockel, damit die Pein in den Flammen am größten war. Auch konnte das Volk die Verurteilte so besser brennen sehen.

Guillaume hörte den schweren Karren, der langsam durch die Straßen auf den Marktplatz zurollte. Über achthundert mit Äxten und Lanzen bewaffnete Landsknechte bewachten das Volk und hielten es von den Gerüsten, dem Scheiterhaufen sowie dem Karren fern. Die hohen Prälaten, die das Mädchen verraten und verurteilt hatten, fürchteten einen Aufstand, denn unter den Einheimischen befanden sich viele Anhänger der Pucelle. Und die Bürger von Rouen fürchteten aufgrund der Hinrichtung einen Fluch.

Das Mädchen stand auf der Karre wie eine Statue, trug ein schlichtes, in Schwefel getauchtes Gewand und eine Haube, unter der sie nur noch den Boden unter ihren nackten Füßen erkennen konnte. Neben der Pucelle standen ein Priester und Bruder Martin. Beide begleiteten sie auf ihrem letzten Weg. Die Miene des Priesters glühte vor fanatischer Inbrunst, in Bruder Martins Gesicht konnte Guillaume Trauer und Verzweiflung sehen.

Als der Karren vor dem dritten Gerüst zum Halten kam, breitete sich Unruhe unter den Menschen aus. Viele begannen zu beten, laut zu jammern und zu weinen. Sie beteten und weinten für die Pucelle. So etwas hatte Guillaume noch bei keiner Hinrichtung erlebt.

Bruder Martin streckte dem Mädchen die Hände entgegen und half ihm von dem hohen Karren hinunter. Alle drei stiegen die Stufen zur Plattform hinauf. Obwohl das Mädchen von den zahlreichen Verhören sowie der Kerkerhaft geschwächt war und zitterte, zögerte es mit keinem Schritt. Der Priester ging der Pucelle mit Hass und Genugtuung voran.

Auf dem zweiten Podest trat einer der Geistlichen vor und rezitierte aus einem dicken Buch. Guillaume hörte die Worte, doch sie erreichten ihn nicht. Schlafmangel und die Anstrengungen der letzten Nacht – eine geheime Befreiungsaktion – machten ihm zu schaffen. Nur die letzten Worte der Rede des Geistlichen drangen an sein Ohr.

»So erklären wir Euch erneut der Exkommunikation verfallen, die Ihr mit der Rückfälligkeit in Eure früheren Irrtümer und Ketzerei auf Euch geladen habt. Mit diesem Urteil erklären Wir, die Wir Euch zu richten haben, dass Ihr wie ein brandiges Glied aus der Einheit der Kirche ausgestoßen und von ihrem Leibe weggerissen werdet, damit Ihr die anderen Glieder nicht ansteckt – und dass Ihr dem weltlichen Arm ausgeliefert werdet. Wir bitten die weltliche Gerichtsbarkeit, ihr Urteil über Euch zu mäßigen ohne Tötung und Verstümmelung der Glieder. Und wenn ein Zeichen echter Reue bei Euch offenbar wird, soll Euch das Sakrament der Buße gespendet werden.«

Im Kern besagten die Worte, dass die Kirche das Mädchen nicht mehr schützen könne, weswegen man es nun der weltlichen Gerichtsbarkeit übergab, was einem Todesurteil gleichkam. Was für ein Hohn!

Dann trat der Bischof vor, jenen Hass in den Augen,

den er nicht nur auf den Priester übertragen hatte. Er sprach ein paar förmliche Worte. Seine Exzellenz gierte nach Ruhm. Wie Guillaume wusste, hatten die Engländer ihm für diese Schandtat den Posten des Erzbischofs von Rouen versprochen. Doch die Engländer würden ihr Wort nicht halten, und die Richterrolle über die Pucelle würde den hohen Geistlichen zur meistverachteten Figur der Geschichte Frankreichs machen. »Möge Gott sich deiner armen Seele erbarmen«, endete seine Rede kalt.

Zitternd sackte das Mädchen in seinem Schwefelgewand auf die Knie und begann ein Gebet.

Es wurde totenstill.

Laut vernehmlich und mit klarer Stimme bat das Mädchen Gott für seine Sünden um Vergebung und die Aufnahme ins Himmelreich. Auch rief es die heilige Maria, die heilige Katharina, die heilige Margarethe und den Erzengel Michael an, ihm in der Stunde seiner größten Not beizustehen. Aber es unterwarf sich nicht der Kirche und hielt weiter an der Wahrhaftigkeit seiner göttlichen Mission fest. Ebenso sprach das Mädchen seinen König von jeder Schuld frei, ja selbst dem Bischof vergab es sein Unrecht. Die Schuld läge nur bei ihm, dem Mädchen allein.

Guillaume atmete schwer und registrierte, wie noch mehr der Anwesenden in Tränen ausbrachen, weinten und schluchzten. Nur die englischen Soldaten zeigten auf das Mädchen und verhöhnten selbst dieses aufrichtige Gebet. Guillaume war sich sicher, dass keiner von ihnen des Französischen so weit mächtig war, um den Inhalt überhaupt zu verstehen.

Da die weltlichen Richter sich eines endgültigen Urteilsspruchs enthielten, gab der Bischof das Zeichen. Bruder Martin half dem Mädchen auf die Beine und führte es die steile Treppe hinunter zum Podest des Scheiterhaufens. Am Scheiterhaufen hing bereits das Blatt mit dem schriftlichen Todesurteil.

»Bei Gott, ich kann es nicht zulassen«, keuchte eine verhüllte Gestalt neben Guillaume.

Er hielt sie am Ärmel ihrer Kutte zurück und flüsterte ernst: »Ihr habt den Himmlischen Rat gehört. Sie ist kraft der Verbindung durch das gleiche Martyrium gegangen wie Ihr. Bruder Martin hat ihr die Beichte abgenommen und ihr die letzte Kommunion gereicht. Es ist vorbei.«

»Aber sie stirbt – für mich!«

Guillaume spürte über seine feinen Sinne das leise Rauschen von Flügeln, noch bevor er sie sah. Sieben Raben ließen sich auf den Schindeldächern rund um den Marktplatz nieder. Es waren keine gewöhnlichen Raben. Er kannte jeden einzelnen. Sie waren vom Friedhof von St. Quen und vom Kloster der Predigerbrüder herübergeflogen, um ihren Dienst für den Orden zu tun. Es waren Seelenwächter.

»Sie wird nichts spüren«, flüsterte er seiner Begleiterin ins Ohr. »Sie ist Euer Ebenbild. Sie wurde für diesen Augenblick geboren. Sie nimmt ihr Schicksal an, ebenso wie Ihr das Eure annehmen müsst.« Als seine Worte keine erkennbare Reaktion bei der Jungfrau zeigten, fügte er eindringlich hinzu. »Euer König und der Herzog haben für Eure Freilassung viel riskiert. Ihr müsst jetzt stark sein.«

Jeanne begegnete seinem Blick. Die langen Monate der Haft, die langen Monate der Verhöre, des Hungers und der Folter hatten tiefe Spuren im Antlitz der Jungfrau hinterlassen und sie erschöpft. Und ausgerechnet jetzt stand ihr die schwerste Prüfung bevor: Ein reines, unschuldiges Mädchen starb aus freiem Willen an ihrer Stelle, und Jeanne wollte ihr zumindest die letzte Ehre erweisen. Guillaume spürte den inneren Kampf, der trotz der Erschöpfung in seiner Begleiterin tobte. Beruhigend legte er eine Hand auf ihren Arm.

Unterdessen ging das Mädchen mit schweren Schritten, geleitet von Bruder Martin und den anderen, auf den Scheiterhaufen zu. Der triumphierende Jubel der Engländer brandete über das Weinen, Schluchzen und Trauern der Franzosen hinweg.

Das Kohlenbecken brannte wie ein Schlund zur Hölle.

Der Henker wartete.

… denn ihre Werke folgen ihnen nach.
(OFFENBARUNG – KAPITEL 14, VERS 13)

TEIL I

1

Rom
Vatikan

Seit Stunden hatte Schwester Martha von der Gemeinschaft der Schwestern der Göttlichen Vorsehung weder etwas gegessen noch getrunken. Über der Lektüre eines mittelalterlichen Folianten, der ein besonders dramatisches Kapitel der Kirchengeschichte enthielt, waren ihr Raum und Zeit entglitten. Und so bemerkte sie auch nicht das wiederholte Räuspern, das von der offenen Tür in ihr kleines, laborähnliches Refugium tief im Herzen der Vatikanischen Archive drang.

»Sagen Sie, Schwester, haben Sie nicht in sieben Minuten ein Treffen mit Hochwürden Pater Hubertus in der Basilika?«

Wie in Trance blickte Schwester Martha von dem alten, vergilbten Schriftstück auf, bis sie den Kopf des Archivsekretärs in der Tür entdeckte und die Bedeutung seiner Worte schlagartig zu ihr durchdrang. Hubertus! Sieben Minuten! Peterskirche!

Sie hätte nicht sagen können, was unter dem Schock zuerst aussetzte: ihr Hirn, ihr Herzschlag oder ihr Atmen. Niemals im Leben würde sie die Strecke von hier bis zum Treffpunkt in der verbliebenen Zeit schaffen. Nicht einmal wenn es ihr gestattet wäre, durch die Flure des Archivs und den Dom mit seinen gigantischen Ausmaßen zu rennen!

Dennoch schnappte Schwester Martha ihre abgenutzte Aktentasche mit dem historischen Textmaterial, um das der Pater – ein Professor der päpstlichen Universität Gregoriana – sie gebeten hatte. Sie stürmte an dem völlig verdutzten Sekretär vorbei zu den Aufzügen, die zu den oberen Bereichen des Archivs führten, wo sie vor lauter Aufregung drei Anläufe brauchte, bis die Schalttafel neben der Aufzugstür ihren ID-Schlüssel akzeptierte. Drei Stockwerke höher stürzte sie aus dem Fahrstuhl, als wären die vier apokalyptischen Reiter hinter ihr her. Eiligen Schrittes raste sie durch die mit Statuen geschmückten Korridore der Vatikanischen Bibliothek in südlicher Richtung zu den Grotten und dann an der Sixtinischen Kapelle vorbei.

Als Schwester Martha den prachtvollen Petersdom durch einen der Nebenzugänge des rechten Seitenschiffs betrat, fiel ihr Blick zuerst auf den barocken Glanz des Hieronymus-Altars. Nach einer geziemenden Drehung nach links hastete sie so unauffällig wie möglich auf den Papstaltar unter dem gigantischen Firmament der Zentralkuppel zu.

In der Ferne glaubte die Nonne auch schon die hagere Gestalt von Pater Hubertus auszumachen. Er beugte das Knie und bekreuzigte sich angesichts des Heiligen Geistes in Gestalt einer von Alabasterstrahlen umgebenen Taube. Geschwind umrundete sie eine Schar von Touristen samt ihrem Gruppenführer und steuerte auf den in goldenes Licht getauchten Bereich hinter dem Hochaltar zu.

Als Schwester Martha die Ausläufer des hinteren Zentrums der Kirche erreichte, tauchte seitlich in ihrem Gesichtsfeld kurz etwas Schwarzes, Flatterndes auf.

Fast im gleichen Moment nahm sie die enorme Wucht eines Aufschlags wahr. Die alte Aktentasche mit den Unterlagen für Pater Hubertus entglitt ihrer Hand. Aschfahl mit vor Entsetzen geweiteten Augen stand sie da und starrte auf einen grotesk verdrehten, blutigen Körper, der einmal ein lebendiger Priester gewesen war.

DER ÜBERGANG

2

Villa Ciban
In der Nähe von Rom

Mildes Sonnenlicht flutete die mit luftigen Vorhängen ausgestatteten Räumlichkeiten, keinerlei Straßengeräusche drangen von draußen herein. Keine vorbeifahrenden Autos, keine hastigen Schritte, keine lauten Stimmen wie in Rom. Schwester Catherine Bell ging am Badezimmer vorbei. Es duftete nach Shampoo, nach leichtem Parfüm und nach Aftershave. Es war zwar nicht ihre Aufgabe, doch nach dem Duschen und Ankleiden – sie hatte Jeans und Bluse gewählt – hatte sie das Schlafzimmer und das Bad wieder so hergerichtet, als befände sie sich in ihrem eigenen kleinen Apartment am Campo de' Fiori und nicht in einer vierhundert Jahre alten Villa mit eigenem Hauspersonal.

Catherine trat an das hohe Fenster und warf einen Blick hinaus. Der Himmel strahlte so blau wie ein Meer, die Vögel zwitscherten in den Bäumen, und die Sonne schien ihr mit ihren wärmenden Strahlen ins Gesicht. Es war, als hätte es den Anschlag auf den Vatikan, den Anblick von Blut und Tod, zwei Wochen zuvor niemals gegeben.

Noch einmal spürte sie die zärtlichen Küsse auf ihrer Haut, den leisen Atem, der sie wie ein Windhauch berührte, den schlanken, muskulösen und von Narben gezeichneten Körper, der sich an sie schmiegte und sich nehmend und gebend in Ekstase wand, bis sich die anwachsende Leidenschaft in Kaskaden von sinnlichem Licht entlud und die Welt in ihr explodieren ließ. Die rauschhafte Sprengkraft dieser Liebe hatte allen Schmerz, alle Finsternis, ja alle Furcht in Catherine zerschmettert und ihr nach all den Katastrophen der letzten Zeit einen inneren Frieden beschert, wie sie ihn noch niemals in ihrem Leben verspürt hatte. Einen Moment lang hatten sich das Licht und die Dunkelheit miteinander versöhnt, als wäre das Urböse, das sie und die Kirche heimgesucht hatte, ein für alle Mal aus der Welt der Lebenden verschwunden.

Doch dem war nicht so. Ganz und gar nicht.

Das Böse hatte in der Gestalt eines menschlichen Todesengels einen Anschlag auf den Vatikan verübt, bei dem viele Todesopfer zu beklagen waren. Dass Catherine überlebt hatte und dass sie trotz der enormen Anforderungen der letzten Tage nicht völlig erschöpft und abgekämpft war, verdankte sie einigen sehr treuen Freunden, ihren regelmäßigen Trainingsrunden im Park der Villa Borghese sowie einem Selbstverteidigungstraining, zu dem sie der gestrenge Präfekt der Glaubenskongregation im Anschluss an einen lebensgefährlichen Einsatz verdonnert hatte, und einer gehörigen Portion Glück.

Damals, vor über eineinhalb Jahren, war Catherine aus Chicago angereist, um sich für ihre kirchenkritischen Bücher vor einem Tribunal der Glaubenskongregation zu verantworten. Und so hatte sie sogar dem amtierenden Großinquisitor Marc Kardinal Ciban Rede und Antwort gestanden. Doch dann geriet sie unversehens in den Strudel einer Mordermittlung, eine Serie von Anschlägen, die indirekt auf das Oberhaupt der katholischen Kirche abzielte, was dazu führte, dass sie mit ihrem Erzfeind Kardinal Ciban enger zusammenarbeiten musste. Das inquisitorische Fahrwasser war dadurch noch gefährlicher geworden, doch am Ende hatten Catherines Mut und die Klugheit, mit der sie den Heiligen Vater unter Einsatz ihres Lebens vor dem Tode bewahrt hatte, ihr den Respekt Cibans samt einem neuen Job in Rom eingebracht.

»Wenn Sie im Dienste Seiner Heiligkeit stehen«, hatte Ciban gesagt, »wird Sie Ihre Gabe nicht vor möglichen physischen Angriffen bewahren. Sie benötigen eine Ausbildung in Selbstverteidigung, Schwester.«

Sie hatten in der Kantine des vatikanischen Gästehauses, des Domus Sanctae Marthae, gesessen. Der hochgewachsene, gebieterische Kardinal, der einer der mächtigsten Familien Italiens entstammte, hatte eine der Servietten genommen und eine Adresse darauf notiert. »Sagen Sie, dass ich Sie schicke und dass Sie für die vatikanische Sicherheit arbeiten. Dann wird sofort klar, welche Ausrichtung Ihr Training haben wird.«

»Aber, Eminenz …«

»Schwester, bitte keine Diskussion. Hier geht es um Ihr Leben und das Leben Seiner Heiligkeit, und nicht um einen persönlichen Glaubensdisput.«

Also hatte Catherine sich neben ihrem sonstigen Fitnesstraining in der Selbstverteidigung geübt, von der Messerabwehr über die Selbstverteidigung Frau gegen Mann bis hin zum Umgang mit einem Taser, und schon ein Jahr später – Ciban ermittelte im Mordfall seiner Schwester – sollte Catherines Ausbildung ihr und dem Kardinal das Leben retten.

Zu jenem Zeitpunkt hatte Catherine sich eingestehen müssen, dass der dickköpfige Präfekt ihr inzwischen weit mehr bedeutete, als sie sich je hatte eingestehen wollen. Der gemeinsame Kampf gegen das Böse schweißte sie auf respektvolle Weise zusammen. Aus dem gegenseitigen Respekt war Freundschaft geworden. Und aus der Freundschaft schließlich Liebe. Und so hatte das Böse, so verrückt es klang, auch zu etwas Gutem geführt.

Doch nun hatte der erbarmungslose Feind zwei Wochen zuvor nicht einmal vor den Festungsmauern des Vatikans haltgemacht. Einer Spur folgend, waren Catherine und Ciban dann in der vergangenen Nacht zur Familienvilla des Kardinals hinausgefahren und hatten in der Krypta einen vielversprechenden Hinweis entdeckt, der sie zu einem Geheimversteck in der Privatbibliothek der Villa geführt hatte.

Bis weit nach Mitternacht hatten sie die entdeckten Geheimpapiere studiert und anschließend zu ihrem Tagesgeschäft im Vatikan zurückkehren wollen, doch es war alles anders gekommen. In dieser Nacht überschritten sie als Liebende die letzte Grenze. Dass die gemeinsamen Stunden ein ungeheures Wagnis darstellten, war ihnen bewusst. Aber manchmal war man gegen die Liebe machtlos, entgegen jeder Regel und wider jede Vernunft. Sie hatten sich geliebt und waren dann eng aneinandergeschmiegt eingeschlafen, bis Catherine ein fernes Geräusch wahrgenommen hatte. Ein leises Wecksignal. Von schierer Müdigkeit benommen, hatte sie sich angeschickt aufzustehen, doch Ciban hatte sie mit einem sanften, aber entschiedenen Kuss in die Kissen zurückgedrückt. Er selbst hatte sich auf den Weg nach

Rom gemacht, denn der Terminkalender des Präfekten duldete keine Fehlstunde.

Catherine verließ Cibans Schlafraum und ging noch einmal kurz in das Zimmer, das sie normalerweise bewohnte, wenn sie Gast in der Villa war. Sie schnappte sich ihren Tablet-Rechner und begab sich in die Bibliothek, um sich dort wie abgesprochen mit dem nächtlichen Fund zu befassen, einer Metallbox, in der sich zahlreiche Geheimdokumente befanden.

Die Box beinhaltete nichts anderes als Eleonora Cibans wahres Erbe an ihren Sohn Marc Kardinal Ciban. Essenzielle Hintergrundinformationen über die Gründung, den Aufbau sowie die Struktur des modernen Ordens Lux Domini, der den traditionalistischen Organisationen in der Kirche, allen voran dem Opus Dei, den Kampf angesagt hatte. Das Lux Domini mochte bei der Verteidigung des Vatikans gegen die Triaden ein starker Verbündeter sein. In der Nacht hatten Catherine und Ciban sich deshalb bereits einen ersten Überblick verschafft, doch nun unterzog Catherine die Unterlagen einem genaueren Studium, nahm sich jede einzelne der Namenslisten vor. Namen und Daten von Freund und Feind innerhalb und außerhalb des Ordens, innerhalb und außerhalb der Kirche. Namenslisten von Medialen und Nichtmedialen, die für den Orden nützlich oder gefährlich sein konnten. Und nicht zuletzt enthielt die Metallbox eine Schrift, welche an die wichtigste Kernmission des Ordens erinnerte: Der Kampf gegen das Böse, verbunden mit dem Willen, den Pfad des Guten nicht zu verlassen. Die eigene Seele bei diesem Kampf im Gleichgewicht zu halten stellte dabei die größte Herausforderung dar.

Soweit möglich, stimmte Catherine die Namen, Biografien und sonstigen Informationen mit den aktuellen Gegebenheiten ab, fasste wichtige Details zusammen und hoffte, in Eleonora Cibans schriftlichem Nachlass genug Material zu finden, das ihnen half, den Orden richtig einzuschätzen und in der heraufziehenden Dunkelheit zu bestehen. Wie die Zeit darüber vergangen war, dämmerte ihr erst, als die Tür zur Bibliothek aufging und der Duft von frischem Kaffee in ihre Sinne drang.

»Ich möchte Ihnen nicht zu nahe treten, Schwester, aber da Sie schon das Frühstück – nebenbei bemerkt, die wichtigste Mahlzeit des Tages – ausgelassen haben, sollten Sie allmählich eine Kleinigkeit zu sich nehmen.«

Niles, der alte Butler, der seit den englischen Jahren in den Diensten der Familie Ciban stand, hatte den weitläufigen Raum der Bibliothek mit einem Tablett betreten. Catherine nahm den Duft frisch gebackener Scones und Croissants wahr und beobachtet Niles dabei, wie er die Mahlzeit auf einer freien Ecke des großen Lese- und Arbeitstisches abstellte.

»Das sieht ausgesprochen lecker aus, Niles. Danke.«

Der Butler nickte zufrieden und arrangierte einen der Bibliotheksstühle so, dass Catherine bequem darauf würde Platz nehmen können.

»Wie ich sehe, werden Sie noch eine ganze Weile beschäftigt sein.«

»Das Ganze nimmt biblische Ausmaße an«, stimmte sie zu. »Und dabei schwirrt mir schon jetzt der Kopf.«

Als sähe Niles die Rauchschwaden der geistigen Arbeit über Catherines Kopf aufsteigen, gestattete er sich ein verständnisvolles Lächeln. »Wenigstens lässt Ihnen dieser Arbeitsplatz genug Raum zum Atmen.«

Das konnte man wohl sagen. Zwei Etagen voller Regalwände reichten mit unzähligen alten und neuen Werken in den hohen Raum hinein. Ein farbenprächtiges Deckenfresko zeigte die vier Kardinalstugenden – Klugheit, Gerechtigkeit, Stärke und Mäßigung – in Engelsgestalt. Zwei elegante Wendeltreppen führten vom Erdgeschoss zur umlaufenden Galerie, eine eindrucksvolle Fensterfront gab den Blick auf die prachtvollen Gärten frei.

»Die Bibliothek war Eleonora Cibans Lieblingsplatz«, erklärte der alte Butler. »Sie hat ihre Liebe zu Büchern an ihre Kinder weitergegeben. Bücher haben in dieser Familie schon immer eine große Rolle gespielt.«

Bei dem Gedanken an all die Dinge, die Niles mit den Cibans erlebt haben musste, durchlief Catherine sowohl ein warmer als auch ein eisiger Schauer. Der alte Butler arbeitete schon seit Urzeiten für die Cibans und hatte miterlebt, wie Marc Ciban und seine Schwester Sarah aufgewachsen waren, was nichts anderes bedeutete, als dass er nicht nur die Glanzseiten der Familie Ciban zu Gesicht bekommen hatte. Neben dem Licht in der Gestalt Eleonoras war er ebenso der finsteren Seele des Hauses begegnet, dem Vater Orlando Ciban. Und höchstwahrscheinlich war Niles auch an jenem Tag vor vielen Jahren zugegen gewesen, als man Sarahs Leichnam in der Parkanlage entdeckte, aufgeknüpft an einen Baum.

Niles blickte respektvoll über den vollgeladenen Arbeitstisch. »Dann werde ich Sie jetzt mit Ihrem Brunch allein lassen. Seine Eminenz erwartet sicher bald Ergebnisse.«

Der alte Butler zog sich zurück, und Catherine legte die Papiere für einen Moment beiseite und stärkte sich.

Kaffee, Scones, Croissants, Konfitüre, Käse, Schinken, Salami und etwas Obst waren genau das Richtige in diesem Moment. Vor lauter Arbeit war ihr gar nicht bewusst geworden, wie sehr ihr Magen knurrte. Doch selbst während des Essens glitt ihr Blick immer wieder zu den Dokumenten, dachte sie über die bisher studierten Inhalte nach.

Dass das Lux Domini stark war, war Catherine als ehemaliges Mitglied schon vorher klar gewesen. Doch nach dem schweren Anschlag auf dessen Gründungsabtei – wenige Tage vor dem Blutbad im Vatikan – war sie davon ausgegangen, der Orden würde sich nicht so bald wieder erholen. Glücklicherweise hatte sie sich geirrt. Die Abtei war bei Weitem nicht so wichtig für das Überleben der Organisation, wie sie geglaubt hatte. Die Macht des Lux war klug auf viele Schultern verteilt, die bis in den Vatikan hineinreichten.

Nachdem Catherine sich gestärkt hatte, gönnte sie sich ein paar Minuten frische Luft, öffnete eine der deckenhohen Glastüren und trat auf die Terrasse hinaus. Der Himmel erstrahlte noch immer in klarem Blau, und das Blätterrauschen der Bäume beruhigte sie ungemein, als sei ein Fluch gebrochen. Für einen Moment fühlte sie sich wieder wie im Paradies.

Als sie nach einigen Minuten in die Bibliothek zurückkehrte, klingelte ihr abhörsicheres Kryptohandy, Ciban meldete sich.

»Hallo, Schlafmütze. Wie fühlst du dich?«

Schon vor einer Weile hatte er die Verbindung zwischen einer brummigen Catherine und mangelndem Schlaf hergestellt, weshalb er sie hin und wieder damit aufzog.

»Geliebt und ausgeruht«, konterte sie frech und hörte am anderen Ende der Leitung sein seltenes Lachen. »Ich nehme an, als früher Vogel hast du schon den ein oder anderen armen Wurm gefangen, während ich noch immer damit beschäftigt bin, die Namenslisten der Guten mit denen der Bösen abzugleichen.«

»Nicht ganz«, sagte er. »Coelho war gerade bei mir und bat mich um ein außerordentliches Treffen, zu dem er auch Seine Heiligkeit und Kardinal Gasperetti gebeten hat. Wie es aussieht, ist unser Generalinspektor auf etwas gestoßen, das ihm ziemliches Kopfzerbrechen bereitet. Du wirst übrigens auch erwartet. Ebenso Ben.«

Es freute Catherine, dass auch Ben dabei sein würde. Sie kannte Monsignore Ben Hawlett seit Kindheitstagen, sie beide hatten schon viel miteinander erlebt.

»Hat Coelho gesagt, worum es geht?«

»Er meinte, es könne eine Verbindung geben. Es sähe nach einer Lux-Domini-Angelegenheit aus.«

Catherine spürte, wie schwer ihr ums Herz wurde. Vor allem der Tag des Vatikanmassakers hatte alles verändert. Doch besonders schwer wog dieser Tag für jene, die geliebte Angehörige verloren hatten oder Genaueres über die wahren Hintergründe des Massakers wussten. In gewisser Weise traf auf Ciban beides zu. Er hatte seine geliebte Schwester an diesem Tag praktisch ein zweites Mal verloren, und er glaubte die Identität des Urbösen zu kennen, das hinter dem teuflischen Anschlag stand. Die International Security Agency, ein länderübergreifender staatlicher Geheimdienst, hatte von der vatikanischen Sicherheit zwar genug Hinweise erhalten, um die Ermittlungen in die richtige Richtung weiterzuführen, doch der Präfekt bezweifelte, dass eine rein weltliche Organisation, deren Agenten nichts auf die metaphysische Komponente des Falls gaben, diesem Auswuchs des Bösen gewachsen war.

»Das erklärt immerhin Kardinal Gasperettis Anwesenheit«, sagte sie.

Und das gefiel ihr ganz und gar nicht. Sie hatte den kleinen Kardinal mit dem Eierkopf und dem pomadisierten Haar in den letzten Jahren sowohl fürchten als auch verachten und bemitleiden gelernt. Gasperetti war ein theologischer Hardliner, der sich den traditionellen Konventionen der Kirche verpflichtet fühlte. Aus genau diesem Grund hatte Papst Leos Vorgänger dem alten Kardinal vor etlichen Jahren auch die Führung des rebellischen Lux Domini übertragen und somit als Aufpasser vor die Nase gesetzt.

»Es tut mir leid«, hörte sie Ciban am anderen Ende der Telefonverbindung sagen. »Du wirst den alten Knaben heute Mittag ertragen müssen. Dafür hält die Sache allerdings auch etwas Positives für dich bereit.«

»Ach ja?«

»Meine Wenigkeit.«

Sie lachte. »Na toll! Wann und wo wird das Treffen stattfinden?«

»Im Apostolischen Palast. In zwei Stunden. Wir haben das derzeitige Verkehrschaos in der Stadt einkalkuliert. Ben ist bereits unterwegs, um dich abzuholen.«

»Ben kommt hierher? Bist du verrückt? Er wird mir auf der Rückfahrt Löcher in den Bauch fragen!«

Es war halb im Scherz, halb ernst gemeint. Sicher, Papst Leo hatte den Pflichtzölibat in einer sensationellen Rede über Radio Vatikan zwei Wochen zuvor abgeschafft, und Ben wusste inzwischen, wie es um Catherine und Ciban stand, doch auf seine Frage hin, wie es denn nun angesichts dieser Tatsache mit den Plänen der beiden aussähe, hatte Catherine im Brustton der Überzeugung erklärt, dass sie nichts überstürzen würden. Die Kirche könne gerade jetzt ganz sicher keine Schlagzeilen in der Regenbogenpresse à la »Ketzerin verführt Glaubenswächter« gebrauchen.

»Lass dir etwas einfallen«, erwiderte der Kardinal amüsiert. »Berichte ihm von unserem Fund in der Bibliothek. Das wird ihn ganz sicher interessieren. Außerdem könntest du ihn bitten, mit Lazarus in Verbindung zu treten, denn wir werden vor allem für das Bibelfragment einen Experten brauchen.«

»Danke für den Tipp, Eminenz. Der Plan könnte sogar funktionieren. Dann räume ich mal rasch auf und ziehe mich um.«

Sogleich verstaute sie die geheimen Unterlagen sorgfältig in der Aktenbox und verwahrte sie in dem besonderen Versteck in der oberen Galerie der Bibliothek. Anschließend legte sie im Gästezimmer ihre moderne, dunkle Ordenstracht an, bevor Niles auch schon Ben Hawlett anmeldete.

Sie hatte kaum im Wagen Platz genommen, als Ben auch schon fragte: »Was ist passiert?«

Catherine berichtete von dem nächtlichen Abenteuer in der Krypta und der Entdeckung der geheimen Unterlagen in der Bibliothek. Ben hörte sich alles ruhig an und versicherte ihr, sich gleich nach dem anstehenden Treffen im Apostolischen Palast mit Lazarus in Verbindung zu setzen. Doch dann sagte er: »Du wirkst ziemlich ausgeruht für eine durchgearbeitete Nacht.«

Sie starrte auf die Fahrbahn und spürte, wie ihr eine

gewisse Hitze in die Wangen stieg. »Gott sei Dank hatte ich ein paar Stunden Schlaf.«

Als ein vielsagendes Lächeln um Bens Mundwinkel zuckte, glaubte sie zu glühen wie ein Kaminofen, der noch einmal ordentlich mit Holz befeuert worden war. Doch dann entließ der Pater sie aus ihrer Qual und wechselte das Thema.

»Unser Chef hatte heute Morgen ein recht anstrengendes Gespräch mit unserem neuen Konzilsvater Leander Bois. Und nein, ich habe keinen Schimmer, ob es dabei um das Konzil, die Anschläge oder sonst etwas ging.«

»Bois war bei Ciban?«

Ciban hatte Bois während des Massakers im Vatikan das Leben gerettet. Doch wie es aussah, schien der Professor, der ein Mitglied des Lux Domini war, sich nicht gerade freundschaftlich dafür zu revanchieren.

Ben nickte. »Kaum dass unser Kardinal sein Büro betrat.«

»Es könnte um das Lux Domini gegangen sein«, überlegte Catherine. »Bois und Eleonora waren Freunde.«

»Ich bin mir da nicht so sicher«, sagte Ben. »Außerdem ist Bois dafür bekannt, in Sachen Konzil nichts anbrennen zu lassen. Und die Glaubenskongregation ist nun mal sein rotes Tuch in der Konzilsarena.«

»Als hätten wir nicht schon genug Grabenkämpfe zu überstehen«, seufzte Catherine. Bisweilen erschienen ihr die Auseinandersetzungen im Innern der Kirche fast noch zerstörerischer als die Angriffe von außen.

Sie erreichten den Autobahnring um Rom, und endlich – nach etlichen kürzeren und längeren Staus – die Via della Conciliazione, die Prachtstraße, die auf den Petersplatz führte.

Ben steuerte den Wagen nach links über die Via Paolo VI., passierte die Zufahrt des Inquisitionspalastes und fuhr in Richtung der Tiefgaragen, die unter dem Papstpalast lagen. Schließlich parkten sie in einem abgelegenen, spärlich beleuchteten Bereich, und Catherine dämmerte der Grund dafür.

»O nein, bitte nicht die unterirdischen Transportkabinen.«

Papst Leos Vorgänger hatte das geheime Liftsystem während einer längeren, unterirdischen Umbaumaßnahme vor vielen Jahren installieren lassen. Es reichte sogar bis zur Engelsburg und einigen anderen vatikanischen Anwesen in Rom. Und Catherine gefiel es absolut nicht, in eine dieser Kabinen eingesperrt zu sein.

»Glaub mir, ich mag dieses Ding genauso wenig wie du. Aber wenn wir pünktlich sein wollen, führt kein Weg daran vorbei.«

Er führte sie zu einer Nische und berührte einen getarnten Sensor. Ein Stück Wand fuhr zur Seite und gab den Weg in eine kleine Kabine frei.

Catherine atmete tief durch.

3

Chicago, USA
Am Abend zuvor

Cabot Lynds setzte sich der zierlichen Dame mit dem perfekt gestylten Silberschopf gegenüber. Ava Bell trug einen schlichten Hosenanzug sowie eine einfache, gut zu ihrem schmalen Gesicht passende Brille, keinen Schmuck, nicht einmal eine Armbanduhr. Das bescheidene, fast schon unauffällige Auftreten der Frau konnte Lynds jedoch nicht über ihre Intelligenz, ihre Zielstrebigkeit und ihre beeindruckenden finanziellen Möglichkeiten hinwegtäuschen. Sie hatte ihn in der Businessclass durch die halbe Welt reisen lassen, um in Erfahrung zu bringen, was er ihr nun offenbaren würde. Und jetzt saßen sie im Restaurant des John Hancock Center, das sich im 95. Stock befand, die unzähligen Lichter der Chicagoer Hochhäuser und Avenues zu ihren Füßen.

Es hatte ihn erstaunt, dass Bell ihn ausgerechnet hier hatte treffen wollen, und nicht in ihrem Haus am Ufer des Lake Michigan. Der Kellner brachte das Essen. Seafood Linguine in einer delikaten Weißweinsoße für Bell, und Beef Wellington, ein Rinderfilet im Blätterteigmantel, für Lynds.

»Nur zu, Mr. Lynds. Das waren harte Monate für Sie. Außerdem sind Sie vom Flughafen direkt hierhergekommen.«

Lynds konnte tatsächlich eine handfeste Mahlzeit gebrauchen, hatte er doch gerade während der rechercheintensiven Zeit in Rom etliche Kilo an Gewicht verloren, was ihm zwar sichtlich gutgetan, aber auch eine Menge Energie gekostet hatte. Also nickte er und fing an zu essen, während Bell das Dossier auf dem Tablet-Rechner studierte. Darauf befanden sich Bild- und Textmaterial, das seine Reise sowie den Fortschritt seiner Ermittlungsarbeit durch halb Europa dokumentierte.

Nach einer Weile blickte Bell von dem Computer auf und sagte: »Es gibt also tatsächlich eine Verbindung zur katholischen Kirche.«

Lynds nickte und ließ die Gabel, mit der er gerade ein ordentliches Stück Fleisch aufgespießt hatte, wieder sinken. »Leider konnte ich bisher nicht herausfinden, wer der Verbindungsmann zum Vatikan ist, und das, obwohl ich mich bis in die Szene vorgewagt habe.«

»Die Szene?«

»Glauben Sie mir, Mrs. Bell, das wollen Sie gar nicht näher wissen.«

»Oh ...« Bell errötete leicht.

Es folgte eine Weile des Schweigens, in der Lynds' Auftraggeberin weiter durch die Seiten des Berichts scrollte, während er in Ruhe sein Rinderfilet aß und über »die Szene« nachdachte.

Auch die Diener des Herrn waren Menschen. Menschen, die liebten und hassten. Menschen, die Mut zeigten oder ganz einfach feige waren. Selbstlosigkeit existierte hinter vatikanischen Mauern ebenso wie Gier. Doch was Lynds am meisten in diesem ganzen gottgefälligen Milieu aufstieß, war das bisweilen durch eine übertriebene Religiosität in die Irre geleitete Verständnis über die menschliche Geschlechtlichkeit.

Chemische Kastration, Bußgürtel, Selbstgeißelung ... Die Liste sakraler Irrungen und Wirrungen hatte einiges zu bieten, weswegen es Lynds nicht verwunderte, dass dieser neue, moderne Papst sich dem »neurotischen« Problem angenommen und dem Diktat des Zölibats mutig ein Ende gesetzt hatte.

An diesem Tag war nicht nur durch die römisch-katholische Welt ein Beben gegangen und hatte die Menschen staunen gemacht. Lynds hatte hautnah miterleben dürfen, wie eine über zweitausend Jahre alte Metropole binnen kürzester Zeit verkehrstechnisch nahezu komplett zum Stillstand gekommen war. Papst Leos Rede hatte gezeigt, wie ernst es dem Pontifex mit der Modernisierung der Kirche und dem neuen Konzil war. Leider jedoch hatte seine Rede schon wenige Stunden darauf furchtbare Konsequenzen zur Folge gehabt.

Als Lynds den letzten Bissen seines Beef Wellington verspeist und mit einem ordentlichen Schluck Wein hinuntergespült hatte, blickte Bell von dem Display auf. Sie hatte geduldig gewartet, bis er sich von den Strapazen der letzten Stunden ein wenig erholt hatte, doch jetzt kam sie zum Punkt.

»Was ist mit den … Kindern?« Aufrecht wie ein General saß sie da, doch ihre Lippen zitterten leicht.

Lynds setzte das Weinglas ab und schüttelte den Kopf. »Luise ist verschwunden. Und Simeon …« Er seufzte. »Es tut mir leid, Mrs. Bell, aber er hat komplett den Verstand verloren.«

Lynds hatte im wahrsten Sinne des Wortes Himmel und Hölle in Bewegung gesetzt, um Luise zu finden, doch ganz gleich wie vielversprechend eine Spur anfangs auch erschienen war, sie hatte jedes Mal ins Leere geführt. Und Simeon hatte er schließlich in einer psychiatrischen Anstalt entdeckt, in einer Sektion, aus der es kein Entkommen mehr gab. Der junge Mann mit dem schwarzen Haar und den himmelblauen Augen war nicht mehr ansprechbar gewesen, ja er hatte nicht einmal mehr auf ein Foto von Luise reagiert. Bei der Erinnerung durchflutete Lynds ein Gefühl, als legte man seinem nun gut gefüllten Magen einen Bußgürtel um.

Ava Bell begegnete seinem Blick und holte tief Luft, ließ sich ansonsten aber nicht anmerken, was ihr bei seinen Worten durch den Kopf ging. Stattdessen kehrte ihre Aufmerksamkeit zum Tablet-Rechner zurück. Dabei scrollte sie durch das Dossier, als wäre sie auf der Flucht, als suchte sie darin nach einem Ausweg in Form einer ganz bestimmten Antwort, einem Indiz oder einfach nur einem Trigger, der ihrer Erinnerung auf die Sprünge half.

Bells Auftrag hatte alles von Cabot Lynds gefordert. Körperlich, geistig und seelisch. Noch nie hatte ihn eine Ermittlung dermaßen an den Rand seiner Kraftreserven gebracht, nicht einmal während der Ausbildung und seiner Jahre bei der CIA. Dennoch war ihm klar, dass er die Strapazen der letzten Monate jederzeit erneut auf sich nehmen würde.

Dabei war Lynds alles andere als ein Hüne. Er überragte die kleine Ava Bell gerade mal um zwei, drei Zentimeter – doch er war weit stärker, zäher, agiler und vor allem cleverer, als es den Anschein hatte. So arbeitete er als Privatdetektiv nicht für jedermann, suchte sich seine Auftraggeber sehr akribisch aus. Gegenseitiges Vertrauen war dabei die wichtigste Grundlage. Er spürte, wenn man ihn belog oder seine Kompetenz für illegale Zwecke nutzen wollte. Außerdem musste ein an ihn herangetragener Fall interessant sein. Eine echte Herausforderung. Nicht das abgedroschene Zeugs, von dem tagtäglich die reißerischen Nachrichten in den Medien handelten.

Ava Bell hatte ihm beides geboten. Aufrichtigkeit und Abenteuer. Von Anfang an hatte sie mit offenen Karten gespielt, ihn auf die möglichen Gefahrenpunkte dieser bizarren Mission hingewiesen. So begann für Bell alles damit, dass ihr ein Mann begegnet war, der eigentlich seit vielen Jahren als tot galt. Von da an hatte die

Angelegenheit schon bald in ein klerikales Umfeld geführt, und von dort aus nach Europa und schließlich nach Rom.

Lynds ermittelte nicht das erste Mal in kirchlichen Kreisen, diesmal jedoch unter äußerst ungewöhnlichen Umständen. Als Tourist getarnt, hatte er von der Kuppel des Petersdoms die altehrwürdige Architektur der Heiligen Stadt bestaunt, doch seine eigentliche Ermittlung hatte ihn in den Untergrund geführt, in ein kilometerweites Netz aus unterirdischen Tempeln, Friedhöfen und Wohnanlagen, von denen manche über siebzig Meter in die Tiefe reichten.

Archäologen wagten sich nur in die oberen Regionen vor und beauftragten lieber sogenannte Speläologen, Höhlenforscher, wenn es hieß, in die gefährliche Tiefe der römischen Geschichte hinabzusteigen. Es gab Tunnel, Kanäle und Höhlen, die so finster waren, dass kaum ein Helmstrahler die Dunkelheit durchdrang. Hier stand die Luft, sie war zum Schneiden. Viele der Stollen und Bauwerke waren vor über 2000 Jahren mit Pickeln in den römischen Untergrund geschlagen worden. Straßen, Häuser, Aquädukte, Kult- und Opferstätten, frühe christliche Tempel und Friedhöfe, die einen unterirdischen Bereich mit Gängen umfassten, die sich auf viele Hunderte Kilometer erstreckten. Sogar riesige Kavernen verbargen sich unter den sieben Hügeln Roms, die dem vatikanischen Hügel gegenüberlagen, entstanden aus den alten Tuffsteinbrüchen, in denen die Römer einstmals ihr Baumaterial abtrugen.

Lynds hatte schnell begriffen, dass das unterirdische Rom eine Stadt unter der Stadt war, eine Metropole in der Dunkelheit, mit eigenen Gesetzen und eigenen Gefahren. Niemals hätte er sich zu Beginn dieser Mission ohne einen kundigen und vertrauenswürdigen Führer dorthin vorgewagt. Einer der Eingeweihten, die sich Stadthöhlenforscher nannten und in der Regel der Kulturvereinigung »Roma Sotterranea«, unterirdisches Rom, angehörten, hatte ihm auch gleich klargemacht, dass ohne einen Basiskurs in Stadthöhlenforschung gar nichts lief. In jenen Wochen hatte Lynds praktisch jedes Pfund verloren, das er zu viel mit sich herumschleppte. Auch hatte er seit seinen Recherchen in Rom keine Nacht mehr durchgeschlafen.

Lynds bemerkte, wie Ava Bells Atem kurz stockte, wie ihre Augen hypnotisiert auf dem Display hafteten. Er wusste sofort, welchen Teil seiner Ermittlungsarbeit sie gerade begutachtete. Es ging um einen kurzen, etwa zweiminütigen Film, den er heimlich in einer der alten, tief versunkenen Tempelanlagen aufgezeichnet und dann hatte abbrechen müssen. Gerne hätte er Bell den Anblick des militärbesteckartigen Instruments – Löffel, Messer, Gabel –, des blutigen Altars mit dem ANKH-Symbol und des verstümmelten Körpers erspart, doch zusammen mit seinen restlichen Ermittlungen waren sie ein Beleg dafür, wie tief menschliche Abgründe reichen konnten. Und letztendlich hatte Ava Bell geahnt, was auf sie zukam. *Sie* hatte ihn gewarnt. Und nun musste sie da durch, so leid es ihm tat.

Kreidebleich blickte die Frau von dem Bildschirm auf, sodass der Kellner kurz vorbeikam, um zu fragen, ob alles mit dem Essen in Ordnung sei. Erst als er wieder verschwunden war, um sich den anderen Gästen zu widmen, beugte Bell sich vor und fragte: »Himmel, wie sind Sie da wieder lebend rausgekommen?«

»Ich habe mich tot gestellt«, antwortete Lynds schlicht, obwohl er seine Flucht und den Sturz von einem unterirdischen Wasserfall der »Cloaca Maxima«, tief unter dem Forum Romanum, noch lebhaft in Erinnerung trug. Den Gestank, den Unrat ... Fast hätte die Landung auf einer Masse undefinierbaren Schlamms, durchmischt von einem Haufen Knochen, antiken Keramikbruchstücken und diversen Tierkadavern seinen Schutzanzug zerfetzt. Dabei hatte der Speläologe ihn im Höhlenforscher-Basiskurs eindringlich gewarnt. »Halten Sie bloß Ihre Haut von diesem Abfall fern! Und schlucken Sie um Gottes willen nichts von diesem Dreckwasser!«

Mehr als sieben Stunden hatte Lynds sich nicht in seinem stinkenden, unappetitlichen Versteck gerührt, ehe er sich mit seiner Spezialkamera wieder an die Oberfläche gewagt hatte. Und so glaubte er auch jetzt noch, den Gestank der Kanalisation förmlich riechen zu können, selbst in diesem Nobelrestaurant. Die nächste Untergrundermittlung hatte ihn dann auf die andere Seite des Tibers geführt, in den antiken Untergrund unter den Verliesen des Vatikans. Dort war zwar kein Blut geflossen, doch Lynds war sich sicher, dass es auch dort um Leben und Tod gegangen war.

»Wer ist das ... Opfer?«, fragte Bell leise weiter.

»Eine der Mütter aus dem Adoptionsprogramm. Selbst ein Findelkind«, sagte Lynds. »Sie starb auf die gleiche Weise wie Anna Galeotti nach dem Kontakt mit unserem unbekannten vatikanischen Verbindungsmann.«

»Und die italienische Polizei weiß von nichts?«

»Nein. Sie war einfach nur eine Unbekannte unter

Millionen. Niemand vermisst sie. Niemand hat eine Suchanzeige aufgegeben. Es ist, als habe sie niemals existiert.«

Seine Antwort ließ Bell schmerzlich aufhorchen, schien sie aber zugleich auch zu beruhigen. Und Lynds wusste auch wieso, denn er hatte erkannt, dass Ava Bell ein großes Schuldgefühl antrieb. Die junge, prominente Ordensfrau Catherine Bell, die einmal ihre Adoptivtochter gewesen war, hatte sich mittlerweile einen Namen als Sachbuchautorin und Kirchenkritikerin gemacht. Die ganze harte Ermittlungsarbeit der letzten Wochen und Monate diente im Grunde einzig dazu, Schwester Catherine Bell zu beschützen. Nur wusste die junge Nonne nichts davon, doch das wollte Ava Bell schon bald ändern.

»Was ist mit diesem ANKH-Symbol über dem Altar? Das ist kein christliches Symbol.«

»Doch, das ist es. Aber diese … Gemeinde um den Opferaltar …« Lynds hielt inne, als wollte er in dem Restaurant nicht zu viel sagen. »Alles, was ich herausfinden konnte, finden Sie in meinem Bericht.«

»Ich danke Ihnen, Mr. Lynds. Ich werde mir das Material in Ruhe ansehen und setze mich dann wieder mit Ihnen in Kontakt.«

Lynds nickte, während Bell den Tablet-Rechner in ihrer geräumigen Handtasche verstaute. »Es gibt noch etwas, das Sie wissen sollten«, sagte er. »Es steht nicht im Dossier, weil es mit dem Massaker im Vatikan zu tun hat.« Das Massaker war die blutige Konsequenz, die für Lynds den Rest seines Lebens mit der mutigen Rede des Papstes in Verbindung stehen würde. Ebenso Leos Trauerrede um die Toten, seine Anteilnahme und sein Trost, die nicht minder beeindruckend gewesen waren.

»Ja?« Bell sah ihn sowohl beunruhigt als auch erwartungsvoll an.

Auch ihr waren die Nachrichten, die nach dem Anschlag auf die Synode durch die Medien gingen, nur allzu vertraut. Ein Fanatiker hatte sich mit einer Bombe bewaffnet unter die Konferenzteilnehmer der Synode gemischt, in der päpstlichen Audienzhalle ein schreckliches Blutbad angerichtet und sich am Ende selbst getötet. Die Ermittlungen der Geheimdienste und der Polizei liefen auf Hochtouren, während auf dem Petersplatz rund um die Uhr 47 Kerzen für die Opfer brannten. Noch immer herrschte in Rom der emotionale wie verkehrstechnische Ausnahmezustand. Täglich kamen Zigtausende zum Vatikan, um der Toten zu gedenken.

Doch Lynds glaubte ebenso wenig wie Ava Bell an die Version des Amok laufenden Bombenattentäters, denn hinter den Kulissen ermittelte die International Security Agency, und die ISA ermittelte nur in Fällen von weltumspannender Tragweite.

»Ich habe den Eindruck, dass dieser Kardinal Ciban, der die Glaubensbehörde im Vatikan leitet, ein sehr gefährlicher Mann ist. Nach dem Anschlag auf die Synode habe ich ihn bei einem dieser geheimen Treffen in den römischen Katakomben gesehen.«

Allein schon bei der Erwähnung des hochgewachsenen, gestrengen Kardinals mit dem silbergrauen Haar und dem eisigen Blick schienen Bells Alarmglocken auf allen Ebenen zu schrillen. »Worum ging es da?«

»Ich konnte die Unterredung aus meinem Versteck heraus nicht aufzeichnen, um sie später abzuhören. Er trug einen äußerst effizienten Störsender bei sich. Doch ich glaube, er weiß mehr über das Massaker und die Hintergründe als die italienische Polizei oder die ISA.«

»Sie denken, er könnte einer der Drahtzieher sein?«

»Wenn Sie mich fragen, tobt in der Kirche ein Krieg, der alle anderen Auseinandersetzungen überschattet. Der neue Papst ist verdammt wagemutig. Seine Rede über Radio Vatikan hat etliche Eminenzen ganz schön kalt erwischt. Und dieser Kardinal Ciban ist nicht gerade dafür bekannt, ein Modernist oder Friedensapostel zu sein. Außerdem …« Lynds hielt inne, denn was nun folgte, fiel ihm besonders schwer, in Worte zu fassen. »Er interessiert sich für Ihre Adoptivtochter.«

»Sie meinen aufgrund ihrer kirchenkritischen Bücher? Das ist mir längst bekannt.«

Lynds räusperte sich, als ob ihm plötzlich ein Bissen seines Beef Wellington im Halse stecken würde. »Nein, Mrs. Bell, ich meine persönlich. Sehr persönlich.«

Bell starrte ihn an. »Catherine kann diesen arroganten, verbohrten Mann nicht ausstehen. Außerdem würde sie sich nie auf so eine Torheit einlassen. Wie kommen Sie überhaupt darauf?«

»Beobachtung. Beobachtung und Erfahrung. Ein Blickaustausch zwischen Ciban und Ihrer Adoptivtochter während der gestrigen Messe auf dem Petersplatz. Es währte nur zwei, drei Sekunden, wenn überhaupt, doch es würde mich wundern, wenn ich daneben läge. Sehr wahrscheinlich hat es außer mir niemand sonst bemerkt.« Lynds musste sich eingestehen, dass er es nur deshalb bemerkt hatte, weil er im Auftrag Ava Bells ein besonderes Augenmerk auf Schwester Catherine gelegt hatte.

Ava Bell dachte einen Augenblick lang nach. »Behalten Sie diesen Ciban im Auge, sobald Sie wieder in Rom sind. Ich werde mir überlegen, was wir tun können, sollten Sie recht behalten.«

Ein Griff in ihre Handtasche brachte ein Buch zum Vorschein, ein Sachbuch zum Thema »Strategien an der Börse«. Der Buchblock enthielt statt des Textes und der Bilder jedoch eine größere Summe in bar, die locker das Jahresgehalt eines gehobenen Managers abdeckte. Informationen und Sicherheit hatten ihren Preis. Vor allem, wenn man die Ermittlerspur nicht zu Lynds und Bell zurückverfolgen sollte.

Für ein paar Minuten taten beide so, als ob sie sich über das Sachbuch unterhielten, dann steckte Lynds den Titel in seine Tasche.

»Wie lange werden Sie in der Stadt bleiben?«, fragte er.

»Zwei Tage. Vielleicht auch drei. Ich treffe noch einen alten Freund. Und dann wollte ich endlich einmal wieder zur Beichte gehen. Es ist lange her.«

»Ich verstehe«, sagte Lynds, ungeachtet dessen, dass er dieses ganze Katholizismusgetue nie wirklich verstanden hatte. Obwohl selbst katholisch getauft, wäre es ihm nie in den Sinn gekommen, einen Beichtstuhl zu betreten und um die Vergebung seiner Sünden zu bitten.

Sie unterhielten sich noch ein wenig und ließen ihre Blicke ab und an durch das deckenhohe Fenster auf die grandiose Kulisse der Nachtlichter schweifen, die die Konturen der Gebäude und Straßen formten. Schließlich erhob sich Ava Bell, worauf Lynds – ein vollendeter Gentleman – ebenfalls aufstand.

»Danke«, sagte sie. »Ich rufe Sie wie vereinbart an, um alles Weitere zu besprechen. Genießen Sie noch ein wenig die Aussicht. Und den Nachtisch. Es lohnt sich.«

»Noch einen Moment«, bat Lynds leise. »Wenn Sie das Gebäude verlassen, nehmen Sie nicht das erste Taxi, das für Sie hält. Und auch nicht das zweite.«

Bell verstand und nickte. Sie fischten in gefährlichen Gewässern, da musste man das Schicksal nicht unnötig herausfordern.

Und dann verschwand sie auch schon in den Vorraum, in Richtung Aufzug, der sie in Windeseile nach unten zu den Ausgängen trug.

Lynds nahm wieder auf dem bequemen Sessel Platz, blickte auf die wandhohen Scheiben, ohne jedoch das atemberaubende Lichterpanorama dahinter zu bewundern. Seine Aufmerksamkeit galt vielmehr der Spiegelung auf dem dicken Glas, denn er wollte sichergehen, dass keiner der Gäste sich anschickte, Ava Bell zu folgen.

4

Chicago, USA

Ava Bell brauchte kein Taxi. Der Fußweg vom John Hancock Tower zu ihrer Suite im Millennium Knickerbocker betrug nur wenige Minuten. Die kühle, fast schon frostige Abendluft tat ihr gut. Sie hatte in den letzten Wochen viel zu viel Zeit in der Abgeschiedenheit ihres Hauses am Lake Michigan verbracht und darüber fast vergessen, wie es war, die eigenen vier Wände auch mal zu verlassen. Jetzt allerdings eilte sie auf dem direkten Weg in ihr Hotelzimmer, um dort so schnell wie möglich Lynds' Recherchen von der ersten bis zur letzten Datei zu studieren.

Lynds hatte sich tapfer geschlagen und mehr brisante Informationen zusammengetragen, als Ava je zu hoffen gewagt hatte. Sollte ihr oder ihm etwas passieren, so hatten sie vereinbart, dass der Überlebende sich sofort in Sicherheit brachte, um Catherine schnellstmöglich zu informieren. Ava konnte es noch immer nicht fassen, dass Lynds' Ermittlungen ihn sogar in die Katakomben Roms geführt hatten, wo er auch noch diesen eingebildeten Großinquisitor Ciban erblickt hatte. Bei dem Gedanken, dass der Kardinal an Catherine interessiert sein könnte, womöglich gedachte, sie zu seiner Mätresse zu machen, stiegen in Ava Abscheu und Zorn hoch. Umso beruhigender war es zu wissen, dass Catherine wohl kaum auf seine Avancen hereinfallen würde.

Wie sehr sich die Zeiten doch änderten. Noch vor wenigen Jahren hatte Ava die spirituelle Gabe ihrer Adoptivtochter regelrecht gehasst. Und nun war sie dankbar dafür, dass dieselbe Gabe Catherine vor diesem zwielichtigen Kardinal schützen würde. Ava war sich sicher, dass Catherine ihr Überleben in der Kirche vor allem ihrer Gabe zu verdanken hatte, doch jetzt war sie ausgerechnet aufgrund dieser Gabe in großer Gefahr!

Ein Scheusal war aus der Vergangenheit zurückgekehrt und hatte Ava Bell vor knapp drei Monaten vor der nahenden Bedrohung gewarnt. Und als wäre das nicht schon verrückt genug, war dieses Scheusal auch noch seit gut zwei Jahrzehnten tot!

»Die Kleine hat mich in der Schule ganz schön bloßgestellt, Ava, wissen Sie. Und jetzt ist sie auch noch Nonne geworden … Gut sieht sie aus!«

Sie hatte geschlafen, als eine männliche Stimme und eine eisige Kälte Ava aus einer tiefen Schlafphase geholt, ja regelrecht in ihr Schlafbewusstsein hineingekrochen war und sie geweckt hatte. Als sie die Augen aufgeschlagen hatte, stand eine dunkle Gestalt direkt vor dem Bett und schaute auf die ordentlich in der Vitrine aufgereihten Porträts. Ava war vor Angst zusammengezuckt, doch ansonsten schien der Fremde jeden Willen zur Abwehr in ihr gelähmt zu haben.

»Wie alt ist sie? 28? 29?«, fuhr die Stimme beinahe freundlich fort.

Als steckte ihre Zunge in einem üblen, zähen Morast fest, war Ava vor Angst nicht in der Lage zu antworten. Doch es handelte sich ohnehin nur um eine rhetorische Frage, denn irgendwo tief in ihrem Inneren spürte sie, dass die Stimme weit besser als sie über das Leben ihrer Tochter informiert war.

Der Fremde beugte sich vor, um Catherines Porträt näher zu betrachten. »Ich korrigiere mich. Sie ist eine wahre Schönheit!« Dann beugte er sich noch ein Stück tiefer. Warum nahm er das Bild nicht einfach in die Hand?

»Ihre Tochter, oder sagen wir besser Ihre ›Adoptivtochter‹, hat sich wirklich Respekt in der Welt verschafft. Und ebenso viele Feinde gemacht.«

»Dann werden Sie wohl kaum einer ihrer Freunde sein«, brachte Ava mühsam hervor. Ihre eigene Stimme erschien ihr fremd. Die unerklärlich kalte Luft ließ sie beim Sprechen ihren eigenen Atem sehen.

»Es kommt darauf an. Ich bewundere eine Seele, die

mutig eine Meinung vertritt.« Die Gestalt richtete sich auf und drehte sich zu Ava um. »Sie bereuen es, Catherine als Kind im Stich gelassen zu haben, stimmt's? Und jetzt nehmen Sie aus der Ferne an ihrem Leben teil, als warteten Sie nur auf den Tag, an dem Sie alles wiedergutmachen können.«

»Ich war keine gute Mutter. Das ist wahr.« Das Geständnis fiel Ava nicht schwer, denn sie hatte sich ihr Versagen schon lange eingestanden, was nicht bedeutete, dass sie sich verzieh oder allmählich vergaß. »Doch was verbindet *Sie* mit meiner Tochter? Waren Sie einer Ihrer Lehrer?«

Im Alter von neun Jahren war Catherine von der katholischen Grundschule für Hochbegabte zum Institut gewechselt, nachdem man ihr Talent erkannt und sie von da an speziell geschult und gefördert hatte. Ava wusste nicht sehr viel über die dortige Ausbildung, denn mit Catherines Schulwechsel hatte sie sich mehr und mehr von ihrer Tochter distanziert, bis der Kontakt schließlich ganz abgebrochen war. Damals, nach dem Tod ihres Mannes, eine große Erleichterung für Ava. Heute hingegen konnte sie ihre damalige Reaktion kaum noch fassen.

»Ein Lehrer Ihrer Tochter? Nein. Catherine und ich sind uns nie im Unterricht begegnet, doch sie hat dafür gesorgt, dass ich in die Hölle kam. Und dafür bin ich ihr dankbar, denn nun weiß ich, dass ich eine unsterbliche Seele habe. Außerdem werde ich seither für meine … Passion bezahlt.«

»Schön für Sie«, brachte Ava mühsam hervor. »*Was* wollen Sie von mir?« Die Kälte kroch ihr bis in die Knochen.

Der Fremde trat aus dem Schatten, gerade so, dass das einfallende Mondlicht sein Gesicht beschien. Ava schnappte nach Luft.

Eliot!

Als Catherine neun Jahre alt gewesen war, hatte Eliot in der Parallelklasse Mathematik, Physik und Sport unterrichtet, bis Catherine eines Tages auf dem Schulhof vor ihn getreten war und ihn vor all den anderen Kindern und Lehrern einen Mörder genannt hatte. Ein Skandal, der wie ein böses Lauffeuer durch die ganze Schule gewütet war. Doch Catherine hatte ihre Anschuldigung belegen und das FBI hatte Eliot überführen und das siebente Opfer retten können. Die anschließende Haft in einem Übergangsgefängnis Eliot hatte dann jedoch nicht überlebt. Für Kinderschänder und -mörder gab es im Zuchthaus kein Pardon.

Doch jetzt stand er in Avas abgelegenem Haus am Lake Michigan, in ihrem Schlafzimmer, keine zwei Meter von ihr entfernt, sprach über Catherine, seine Passion und eine recht komfortable Hölle.

»Wie kann das sein? Sie sind … tot!«

Eliot zuckte mit den Schultern. »Jetzt übertreiben Sie mal nicht. Ich habe eine unsterbliche Seele! Schon vergessen?«

Unfähig sich zu wehren, starrte Ava ihn an. »*Was* wollen Sie?«

»Fairness. Gerechtigkeit. Chancengleichheit …« Eliot hielt inne, blickte durch sie hindurch, als wäre sie ein Geist. Dann schüttelte er den Kopf. »Eigentlich ist mir das alles ziemlich egal. Sagen wir einfach, ich bin neugierig.«

»Auf mich?«

»Nein. Auf das, was geschehen wird. Darauf, ob Catherine überleben wird. Offen gesagt, weiß ich nicht, ob es überhaupt einen Unterschied machen wird, wenn ich Sie informiere und Sie eingreifen. Doch ich weiß, es *kann* einen Unterschied machen.«

»Wovon reden Sie eigentlich?«

Die Gestalt wandte sich halb zu ihrem Nachttisch um und deutete auf das Buch, das sie gerade las: »Sieben Irrtümer über Gut und Böse«.

»Lesen Sie weiter und betrachten Sie die dabei gewonnenen Erkenntnisse wie einen Gewinn an der Börse. Damit kennen Sie sich ja aus. Ich liefere Ihnen ein paar Zusatzinformationen. Sie überprüfen sie und treffen eine Entscheidung. Falsche Entscheidung, Tod. Richtige Entscheidung, Leben. So einfach ist das.«

Im nächsten Schritt hatte Eliot ihr erklärt, sie solle einen Ruheständler namens Peter Willetts kontaktieren, einen ehemaligen Mitarbeiter des KIMH, des »Katholischen Instituts für medial Hochbegabte«, und ihn zum »Projekt CORONA« befragen. Außerdem, was Kinder wie Ben Hawlett und Catherine Bell damit zu tun gehabt hätten.

»Aber rufen Sie ihn auf gar keinen Fall an«, hatte Eliot gesagt. »Sein Telefon wird überwacht. Ebenso seine Post und sein E-Mail-Verkehr. Peter geht jedoch jeden Samstagvormittag für zwei Stunden zur Harold Washington Library. Im neunten Stock befindet sich ein Wintergarten, dort werden Sie auf ihn warten. Ich werde ihn auf das Treffen vorbereiten.«

Und dann war Eliot von der einen auf die andere Sekunde verschwunden, ohne dass sich die geschlossene Tür des Schlafzimmers auch nur einen Hauch bewegt hätte. Ebenso hatte Ava schlagartig aufgehört zu frieren. Dreißig Sekunden später hatte sie genug Mut gefasst, um die Nachttischlampe einzuschalten und unter dem Bett, im Badezimmer und im begehbaren Kleiderschrank nachzusehen. Es war, als hätte Eliot sich einfach in Luft aufgelöst, als wäre er niemals hier gewesen. Erst als sie aus der Kleiderkammer zurückgekehrt war und einen beiläufigen Blick auf den Schlafzimmerspiegel geworfen hatte, entdeckte sie es. Ein einzelnes Wort wie auf das Glas gehaucht: CORONA.

Inzwischen wusste Ava, was sich hinter Projekt CORONA verbarg. Peter Willetts hatte geredet, auch wenn er ihr im gleichen Atemzug klargemacht hatte, dass er alles leugnen würde, falls sie gedachte, damit an die Öffentlichkeit zu gehen. Und Lynds hatte daraufhin erste Spuren bis nach Europa verfolgt, von denen die letzte Spur ihn nach Rom geführt hatte. CORONA war ein Deckname für jenes Pflegeelternprogramm gewesen, für das Ava und ihr Mann Matthew sich damals gemeldet und durch das sie Catherine adoptiert hatten. Sieben Jahre nach der Adoption erkrankte Matthew so schwer, dass er innerhalb eines halben Jahres verstarb. Eine entsetzliche Zeit, in der es Ava gerade noch so gelungen war, für Catherine ein halbwegs normales Familienleben aufrechtzuerhalten. Ein Schauer durchlief Ava bei all der Erinnerung.

Sie betrat die weitläufige Hotel-Lobby des Millennium Knickerbocker und steuerte auf den Empfang zu. Ihr wurde klar, dass sie während des gesamten Fußwegs nichts von ihrer Umgebung wahrgenommen hatte, nicht einmal die schrillen LED- und Leuchtstoffröhren-Schaufenster entlang der Geschäftsstraßen.

»Guten Abend, Mrs. Bell«, begrüßte sie der Portier freundlich und reichte ihr neben dem Zimmerschlüssel einen versiegelten Umschlag, auf dem nichts weiter stand als »Für Ava Bell – persönlich«. »Der Brief wurde vor einer halben Stunde für Sie abgegeben.«

»Danke, Richard.« Sie steckte den Umschlag in ihre Tasche, gleich neben Lynds' Tablet-Rechner. Das würde eine lange Nacht werden. »Bitte lassen Sie mir noch eine Schale von dem englischen Gebäck und ein Kännchen Tee aufs Zimmer bringen.«

»Earl Grey?«

»Danke, ja. Und teilen Sie dem Weckdienst bitte mit, dass ich morgen früh eine Stunde später geweckt werden möchte.«

Sie ging zu den Aufzügen und seufzte innerlich. Als sie den Briefumschlag gesehen hatte, war ihr sofort klar gewesen, von wem das Schreiben kam. Sie kannte die Handschrift des anonymen Absenders seit fast drei Jahrzehnten: Anthony Mason Bear, Kardinal des Erzbistums Chicago, einer der reichsten Diözesen der Kirche.

Bear hatte in den Achtzigerjahren die sowohl in ihrem moralischen Ansehen als auch finanziell stark angeschlagene Vatikanbank saniert. Und dabei hatte er eine heimliche Finanzberaterin gehabt: Ava Bell, deren profundes Investmentwissen die positive Entwicklung so mancher Aktie vorausgesehen hatte. Sie besaß einen ausgeprägten Instinkt für innovative Unternehmen, die darüber hinaus eine gewisse ethische Ausrichtung besaßen. Ava war auf diesem Gebiet ein Genie, und zwar ein Genie, von dem nur sehr wenige Eingeweihte wussten.

Wenn es um Finanzen und Finanzmärkte ging, war Ava für ihre nüchterne und seelenruhige Recherche bekannt. Ihr sorgfältig errungenes Hintergrundwissen bildete den Grundstein für ihre Nervenstärke. Wenn man auf höchster Ebene an den Schaltstellen der internationalen Finanzwelt saß, betreute man nicht selten Vermögen, die größer waren als das Budget manch westlicher Volkswirtschaft. Börsenmagie ohne exzessive Profitversessenheit war Ava Bells Markenzeichen. Dabei war ihr Credo denkbar simpel: Greife niemals das stetig wachsende Realvermögen an.

Seit zwei Jahren nun hatte sie sich aus dem Finanzgeschäft zurückgezogen, denn es war an der Zeit gewesen, sich auf die wahren Werte des Lebens zu besinnen. Zumindest hatte Ava so gedacht und geplant. Bis Eliot auf der Bildfläche erschienen war und erklärt hatte, dass sich Ava die Chance bot, mit Catherine wieder ins Reine zu kommen. Der Haken an der Sache: Catherine schwebte in ernsthafter Gefahr.

Im Aufzug fiel Ava wieder ein, was Lynds über diesen Ciban gesagt hatte: »Ich habe den Eindruck, dass dieser Kardinal Ciban ein sehr gefährlicher Mann ist ... außerdem ist er an Ihrer Tochter interessiert.«

Hatte Eliot am Ende den mächtigen Kardinal gemeint? Brachte Ciban Catherine in Gefahr? Und was, um Gottes willen, hatte der Präfekt überhaupt in den römischen Katakomben gesucht? Was wusste er über das Massaker?

In ihrem Hotelzimmer angekommen, nahm Ava sogleich an dem komfortablen Schreibtisch Platz, legte ihre Tasche ab, öffnete den Brief und schaltete die Leselampe ein.

Meine liebe Ava,

wenn Sie geglaubt haben, dass mir Ihr Besuch in der Stadt entgeht, so haben Sie sich gründlich geirrt. Nein, Monsignore Feehan trifft keine Schuld. Er hat über Ihren Aufenthalt geschwiegen wie ein Grab.

Wie dem auch sei, ich freue mich über Ihre Rückkehr aus der Diaspora und erwarte Sie morgen Abend zum Essen. Keine Ausreden!

Gott segne Sie
Anthony

Ava starrte auf den handgeschriebenen Brief, als hätte Anthony Kardinal Bear ihr über das Papier geradewegs frech mit einem Auge zugezwinkert. Anthonys Netzwerk in der Stadt! Wie hatte sie vergessen können, dass die Informationen aus diesen Quellen schneller sprudelten als der Old Faithful Geysir des Yellowstone-Nationalparks. Einen Moment lang saß sie regungslos da und suchte nach einem plausiblen Vorwand, das Treffen noch irgendwie abzuwenden, doch sie fand keinen. Nicht bei Anthony! Nun ja, vielleicht hatte das Treffen ja etwas Gutes, denn Bears Netzwerk reichte hinter die Mauern des Vatikans. Und genau dorthin führte Lynds' letzte Spur. Also freundete sie sich mit dem Gedanken an ein Abendessen mit Bear an.

Nachdem der Zimmerservice den Tee und das Gebäck gebracht hatte, zog Ava sich bequeme Kleidung an, nahm mit dem Tablet-Computer auf der Couch Platz und fuhr fort, sich Lynds' Aufzeichnungen durchzulesen. Sie wollte und durfte keine Zeit verlieren.

5

Chicago, USA

Eine halbe Stunde später legte Ava Bell die erste Pause ein, zitternd und völlig durchgeschwitzt. Sie konnte kaum fassen, zu was Menschen fähig waren. Zu was *diese* Menschen fähig waren. Immerhin handelte es sich bei dem Filmmaterial nicht um die Raubkopie irgendeiner blutigen Hollywoodproduktion, sondern um bestialische Realität. Noch nie hatte sie von solchen Foltermethoden und Menschenversuchen gehört. Männer, Frauen und Kinder wie Ratten in einem Versuchslabor.

Sie zwang sich, die Ruhe zu bewahren, ging ins Badezimmer und wusch sich das Gesicht mit kaltem Wasser ab. Dann wartete sie einen Moment, atmete tief und kontrolliert durch.

Der mächtige Tank mit dem Panzerglas, in dem einige der Menschen qualvoll gestorben waren, ging ihr nicht mehr aus dem Kopf. Ganz zu schweigen von dem zusammenklappbaren Besteckset, das einem Schweizer Taschenmesser mit Gabel und Löffel glich und mit dem ebenfalls auf brutale Weise gemordet worden war.

Ein Teil von Avas Persönlichkeit wehrte sich heftig dagegen, die Aufzeichnungen als real anzuerkennen, wollte sie glauben machen, dass Lynds einem Betrüger aufgesessen war. Dummerweise flüsterte derselbe Persönlichkeitsanteil ihr auch zu, dass Eliots Besuch nur ein Hirngespinst war. Doch Eliots nächtliches Erscheinen konnte kein Trugbild gewesen sein, denn er hatte Ava Fakten geliefert. Und diese Fakten hatten sie nicht nur zu Peter Willetts in die Bibliothek geführt, sondern auch zu jenen Ermittlungsresultaten, die sie nun auf dem Tablet-Computer studierte. Auch wenn sie Cabot Lynds lieber nichts von Eliots »Geist« erzählt hatte.

Es sollten weitere 15 Minuten vergehen, ehe Ava sich in der Lage sah, den Tablet-Rechner erneut zu aktivieren. Ob Eliot von all diesen Gräueltaten gewusst hatte, als er sie auf die Fährte von CORONA ansetzte? Sie ging davon aus. Vermutlich hatte er sich sogar an den Sterbeszenerien geweidet. Und vielleicht genoss er irgendwo gerade jetzt Avas Reaktion darauf, denn all das setzte ihr nicht nur als Mensch zu, sondern schürte auch ihre Angst um Catherine.

»Überstürzen Sie nichts«, hatte Eliot bei seinem letzten Besuch, nach der Begegnung mit Willetts, gemeint. »Und gehen Sie mit den Ergebnissen Ihrer Arbeit auf keinen Fall zur Polizei oder zu den Medien. Warten Sie ab, bis Sie wissen, wem Sie vertrauen können. Sonst haben weder Sie noch Catherine eine Chance.«

Das war Eliots letzter Rat gewesen, seither hatte sie ihn nicht mehr gesehen. Weder in ihrem Haus am Lake Michigan noch sonst wo. Wäre sie medial begabt gewesen, hätte sie seine Präsenz vielleicht gespürt, falls er in der Nähe war, doch so … In übersinnlichen Dingen war sie blind und taub wie ein Stein.

Sie dachte noch einmal an seine Warnung. Allein die Tatsache, dass Eliot ihr bisher keinen Schwindel aufgetischt hatte, sprach dafür, dass sie nicht wissen konnte, wer Freund und wer Feind war. Deshalb musste sie in Bezug auf die Polizei weiterhin vorsichtig sein.

Nachdem sie eine weitere Stunde mit Lynds' Recherchen zugebracht hatte – diesmal Gott sei Dank kein Bildmaterial –, fühlte sie sich nahezu verloren. Wie konnte es sein, dass die Welt davon keine Kenntnis hatte? Konnte man so etwas derart geheim halten? Offensichtlich ja, denn Lynds war ja nur deshalb dahintergekommen, weil Eliot Ava die entsprechenden Hinweise gegeben und sie damit auf die richtige Fährte gebracht hatte. Und Eliot hatte nun wirklich eine einzigartige Perspektive auf die Welt der Lebenden. Eliot war ... tot.

Nach zwei weiteren Stunden fühlte Ava sich, als wäre ihre innere Uhr stehen geblieben, als wäre sie als menschliches Wesen zu absoluter Passivität verdammt. Endgültig. Lediglich ihr Verstand machte ihr klar, dass diese Leere allein aus ihrem Inneren kam und dass das Gefühl der völligen Isolation sich erst dann auflösen würde, wenn sie ihre passive Rolle ablegte und zur Tat schritt. Doch was sollte sie tun? Etwa doch zu den Behörden gehen?

In jedem Fall musste sie Catherine warnen. Sie hatte es bereits am Vortag telefonisch versucht. Vergebens. Doch jetzt, wo sie durch Lynds ein weit konkreteres Bild von der Gefahr hatte, wurde ein baldiges Treffen mit Catherine unabdingbar. Am besten, sie fuhr selbst nach Rom. Gemeinsam mit Lynds zu reisen war jedoch keine Option. Sie dachte an Eliots Warnung in Bezug auf Willetts. Die Gefahr der Entdeckung war viel zu groß. Der Detektiv und sie mussten getrennte Wege gehen.

Sie blickte auf ihre Armbanduhr. Drei Uhr morgens. In Chicago war es zwar mitten in der Nacht, doch in Rom war es gerade später Vormittag. Sie nahm ihre

Tasche, verstaute das Tablet und Anthony Bears Brief darin und holte ihr Handy heraus.

Plötzlich wurde ihr klar, dass ihr die richtigen Worte fehlten. Sie zögerte. Wie sollte sie das Gespräch nach fast zwei Jahrzehnten des Schweigens beginnen? Sie hatte in den letzten Wochen zwar etliche Male darüber nachgedacht, eine bahnbrechende Idee war ihr jedoch nicht gekommen. Zugegeben, am Vortag hatte sie versucht, Catherine zu erreichen. Doch nur der Anrufbeantworter war dran gewesen, und so hatte Ava sofort wieder aufgelegt.

Egal. Es blieb keine Zeit. Sie wählte Catherines Nummer und wartete die üblichen Signaltöne ab. Doch als das Gespräch angenommen wurde, hörte sie am anderen Ende der Leitung erneut die neutrale Ansprache des Anrufbeantworters und dann den Piepton, der signalisierte, dass man nun eine Nachricht hinterlassen könne. Himmelherrgott! Catherine schien telefonisch schwerer erreichbar zu sein als der Papst!

Diesmal legte Ava nicht auf und sprach auf den Anrufbeantworter. Die schiere Angst um ihre Adoptivtochter drängte sie dazu.

»Hallo Catherine, ich bin es, Ava, deine …« Das Wort Mutter blieb ihr im Halse stecken. »Ich bin vermutlich der letzte Mensch, von dem du je wieder erwartet hättest, etwas zu hören … Ich … ich komme nach Rom … du und ich … wir müssen uns treffen … Es geht um deine … leiblichen Eltern. Bitte rufe mich so schnell wie möglich zurück.«

Sie legte auf, ein unglaubliches Gefühl der Erleichterung überkam sie, und dabei hatte sie Catherine gar nicht mal persönlich erreicht. Doch nun war es ausgesprochen. Der Kontakt war hergestellt. Catherine würde zurückrufen. Es ging um sie und ihre Familie.

Ava betrat das Schlafzimmer, um wenigstens noch ein paar Stunden Ruhe zu finden, doch als sie sich gerade ins Bett legen wollte, sank die Lufttemperatur dermaßen, dass sie zu frieren begann und ihr Atem als Nebel sichtbar wurde.

Eliot stand in der offenen Tür.

»Sie müssen sich beeilen, Ava«, sagte er. »Ziehen Sie sich an und nehmen Sie ein Taxi zur Holy Name Cathedral.«

Ava riss die Augen auf. »Jetzt? Mitten in der Nacht?«

»Ich mache nicht die Zeit. Und für ihn spielt Zeit keine Rolle. Er erwartet Sie bereits.«

»Sie müssen mir schon ein wenig mehr anbieten als ein ›Er erwartet Sie bereits‹, um mich mitten in der Nacht aus dem Bett zu holen und in eine Kathedrale zu beordern.«

»Glauben Sie mir, Ava. Diese Begegnung ist von allergrößter Wichtigkeit für Sie und Catherine.«

»Wer ist ›er‹?«

Eliot setzte ein geheimnisvolles Lächeln auf.

Ava seufzte. »Die Holy Name Cathedral. Na schön, wenn es unbedingt sein muss. Drehen Sie sich um.«

Tadelnd neigte Eliot den Kopf, als wolle er sie daran erinnern, wie wenig ihre Bitte etwas daran änderte, dass er sah, was er sah. »Ich erwarte Sie dort, Ava.« Dann verschwand er einfach, und die Zimmertemperatur stieg im Nu wieder an.

Eine Viertelstunde später staunte der Hotelportier nicht schlecht, als Ava ein Taxi anforderte und das Hotel verließ. Nach einer kurzen Fahrt stand sie vor dem hohen, schweren Bronzeportal der im neugotischen Stil errichteten Kathedrale, die auf den Überresten und der Asche zweier älterer Kirchen errichtet worden war. Zweifel regte sich in ihr an ihrem nächtlichen Besuch. Einzig die Tatsache, dass Anthony Kardinal Bear als Erzbischof das Oberhaupt dieses Bistums war, ließ sie ihre Bedenken beiseiteschieben.

Vorsichtig drückte sie gegen den rechten Flügel der Pforte, die sich wie von Zauberhand öffnete. Insgesamt wog die Pforte über eine Tonne, doch dank einer für Besucher unsichtbaren Hydraulik reagierte sie bereits auf einen Fingerstups. Ava schlüpfte durch den Türspalt und betrat die Vorhalle. Vor einigen Jahren war nahezu der gesamte Dachstuhl einem Feuer zum Opfer gefallen, doch inzwischen war er wieder restauriert und krönte die Kirche in alter Pracht. Für das unheilvolle Gerücht über die Brandursache gab es keinerlei Beweis. Wer glaubte schon an brandstiftende Dämonen? Außerdem hatte der Gemeindepastor, der eventuell Licht hätte ins Dunkel bringen können, den Brand nicht überlebt.

Ava bewegte sich durch den Mittelgang des Kirchenschiffs auf den Altar zu, über dem das wohl beeindruckendste Kruzifix hing, das sie jemals in ihrem Leben gesehen hatte. Jesus Christus, der für die Erlösung der Menschheit sein Leben gegeben hatte. Doch dieser Christus blickte nicht im Todeskampf auf die Gläubigen herab, sondern eher wie ein wohlwollender Herrscher. In einem diffusen, abgelegenen Winkel ihrer Seele fühlte Ava sich plötzlich wie ein Lamm, das zur Schlachtbank geführt wurde.

Sie schaute sich um, blickte auf die kunstvolle Kirchenorgel hoch oben in der Westgalerie. Keine Menschenseele. Sie schien völlig allein zu sein.

Dann entdeckte sie das Tropfenmuster vor dem Altar und den Kelch, der auf dem Boden lag. Daneben das Kelchtuch. Jemand hatte Messwein oder Weihwasser auf dem Boden verteilt.

Sie legte ihre Tasche auf der vordersten Bank ab und sah sich die Tropfen genauer an. Es schien ihr, als sei die Flüssigkeit geradewegs von dem Kruzifix auf den Steinboden geperlt, doch das konnte unmöglich sein. Außerdem ergab das Muster zu ihrer Verblüffung einen Sinn. Sie hatte das Symbol in Lynds' erschreckenden Aufzeichnungen gesehen. Die Tropfen bildeten das Symbol des ANKHs, ein Schlaufenkreuz.

Hinter sich vernahm sie plötzlich ein leises, beunruhigendes Klickgeräusch, augenblicklich spürte sie, dass sie in Gefahr war. Für eine Sekunde erschien es ihr in ihrer Furcht, als stünde der komplette Dachstuhl erneut in Flammen! Sie hatte einen Fehler gemacht! Sie hätte nicht hierherkommen sollen! Das war ihr jetzt klar!

Sie drehte sich um und blickte in die durch und durch schwarzen Augen eines kräftigen Mannes in weißer Mönchsrobe. Der Mann hielt ein Instrument in der Hand und spielte damit herum: Messer, Gabel, Löffel.

Ava stand da wie angewurzelt, unfähig auch nur einen Laut von sich zu geben. Und dann war der Mann auch schon über ihr und hielt sie fest im Griff.

»Keine Angst. Ich werde deine Seele befreien!«

6

Vatikan
Apostolischer Palast

Nach der Fahrt in der unterirdischen Transportkabine betraten Schwester Catherine Bell und Monsignore Ben Hawlett einen fensterlosen Besprechungsraum. In Insiderkreisen wurde der Apostolische Palast gerne auch »der Palast der eintausend Zimmer« genannt, weil angeblich niemand deren genaue Anzahl kannte. Angesichts der geheimen Räumlichkeit, die Catherine betrat, war sie geneigt, dem Gerücht zu glauben. Es war ein hohes und weites Zimmer aus hellem Marmor, das schon mehrere Jahrhunderte Kirchengeschichte überdauert haben musste, und es sah ein wenig aus wie ein Vorführsaal. Einmal mehr fragte Catherine sich, was in der letzten Nacht während ihrer und Cibans Abwesenheit auf vatikanischem Grund und Boden vorgefallen sein musste, dass der Chef der Vatikanpolizei sie alle hierherbat.

Seine Heiligkeit Papst Leo, Stefano Kardinal Gasperetti und Marc Kardinal Ciban waren mit dem Generalinspektor Adrian Coelho bereits eingetroffen. Coelho machte sich an dem Podest zu schaffen, öffnete in der Tischplatte eine Konsole und schloss einen Laptop an. Die drei anderen Männer kamen auf die beiden Neuankömmlinge zu und begrüßten sie. Als ein Hauch von Cibans Aftershave zu Catherine hinüberwehte, glitt ihr

Bewusstsein für ein paar Sekunden zur vergangenen Nacht zurück, doch irgendwie schaffte sie es, die Bilder und Gefühle zurückzudrängen, bevor einer der Anwesenden noch etwas davon mitbekam. Das kurze, leidenschaftliche Aufflackern in Cibans Augen machte die Situation nicht einfacher. Sie würde höllisch darauf achten müssen, den Kardinal während des Treffens nicht versehentlich zu duzen.

Wie von fern hörte sie den Papst halb ironisch klagen: »Wie schade, dass es in diesen geheimen Räumen nie ein Fenster mit schöner Aussicht gibt.«

Kardinal Gasperetti, der rechts von Leo stand, holte tief Luft. »Ich wünschte, das wäre unser einziges Problem, Heiligkeit. Aber wie es aussieht, reißt die Serie der Katastrophen in unserer Heiligen Mutter Kirche gar nicht mehr ab.« Seine kratzige Raucherstimme bildete einen faszinierenden Kontrast zur klangvollen Stimme des Heiligen Vaters.

Catherine fragte sich, ob Leo inzwischen wusste, dass Gasperetti den Tatort in San Leonardo persönlich und aus recht eigennützigen Gründen in Augenschein genommen hatte.

Leo neigte den Kopf zu dem alten Kardinal, der Catherine mit seinem pomadisierten Haar an Agatha Christies Hercule Poirot erinnerte, und blickte diesen aus gutmütigen, aber ebenso tatkräftigen Augen an. »Kopf hoch, Eminenz. Wir alle wissen, dass die Vergangenheit jeden von uns über kurz oder lang einholt, ganz gleich wie weit entfernt und sicher wir uns vor ihr wähnen. Unsere Kirche hat in der Vergangenheit große Schuld auf sich geladen und nun, nun ist es an uns, die Rechnung zu begleichen und das Beste daraus zu machen.«

»Aber dieser Feind ist unsichtbar, Heiligkeit. Und selbst wenn wir wüssten, mit wem wir es hier wirklich zu tun haben, wäre er zu Verhandlungen nicht bereit. Alles, was er will, ist unsere Kirche zu vernichten.«

»Abwarten, Stefano, abwarten. Schon viele haben die Kirche herausgefordert. Wir werden die Hände ganz sicher nicht in den Schoß legen.«

Leo wirkte trotz der übermenschlichen Anstrengung der letzten Tage gefasst und entschlossen, ja regelrecht eindrucksvoll in seiner weißen Robe mit dem Kreuz vor der Brust und dem weißen Pileolus auf dem Kopf. Er verkörperte genau das, was die Kirche in dieser überaus brutalen und chaotischen Zeit brauchte: innere Ruhe und Stärke. Eine Kraft, die sich auf die Autorität des Lichts berief und nicht auf die Macht der Finsternis.

Catherine war bewusst, dass Leo dabei auch der Beistand des Zwölferrats half, eine geheime päpstliche Kongregation, die die Päpste seit vielen Jahrhunderten mental bei ihrer anspruchsvollen Aufgabe unterstützte. Was passierte, wenn ein solcher, an den jeweils amtierenden Papst gebundene Rat aus dem Gleichgewicht geriet, belegten etliche dunkle Kapitel der Kirchengeschichte. Besonders Leo hatte sich mit dem bevorstehenden Konzil und seinen Modernisierungsplänen eine regelrechte Generationenarbeit auferlegt, und wie ernst es ihm damit war, hatte er jüngst während einer Rede über Radio Vatikan gezeigt, als er den Zölibat von einem auf den anderen Tag freistellte. Eine Meldung, die wie ein Lauffeuer um die Welt gegangen war und Ben Hawlett am vergangenen Tag noch zu der naseweisen Frage veranlasst hatte, wie es denn nun zwischen Catherine und Ciban weitergehen würde.

»Ihr Wort in Gottes Ohr, Heiligkeit«, entgegnete Gasperetti wenig überzeugt. Einmal davon abgesehen, dass der alte Kardinal seinen modern gesinnten Pontifex für einen gefährlichen Narren hielt, war er selbst ein zutiefst argwöhnischer Mensch. Vielleicht lag das auch daran, dass er als nicht medialer Leiter des Lux Domini weitgehend von medialen Kirchenleuten umgeben war. Er misstraute jedem, der nach der Ausbildung am KIMH, dem Katholischen Institut für medial Hochbegabte, vom Lux Domini rekrutiert wurde.

Catherine war eine der wenigen Exagenten des Lux Domini, und vermutlich die Einzige, die den Absprung geschafft hatte, ohne persönlichen Schaden genommen zu haben. Trotz Gasperettis erbittertem Widerstand, trotz seiner zahlreichen Versuche, sie weiterhin an das Lux zu binden. Seit den Ereignissen in San Leonardo und dem Vatikanmassaker herrschte zwischen dem alten Kirchenfürsten und ihr jedoch eine gewisse Waffenruhe. Dass Gasperetti in der abgelegenen Klosterabtei seinen engsten Vertrauten und Sekretär verloren hatte, machte ihm überdies schwer zu schaffen. Catherine bezweifelte jedoch, dass seine Zurückhaltung lange währen und er künftig zu einer konstruktiveren Zusammenarbeit bereit sein würde. Dummerweise ging es von nun an nicht mehr nur um Leo und ihn, um die neue und die alte Kirche, sondern um einen Gegner, der drohte, die gesamte Kirche zu vernichten.

Gasperetti wandte sich Ciban zu: »Da fällt mir ein, wo haben Sie eigentlich ihren kleinen, berüchtigten Störsender gelassen? Dieses spinnenartige Teil, das sie sonst mit sich herumtragen?«

Ciban nahm den Seitenhieb gelassen hin. »Dieser

Raum wird von einem elektromagnetischen Feld abgeschirmt. Es gibt weder eine Handyverbindung noch irgendein Netzwerk, auch nicht kabellos.«

»Dann gibt es auch keinerlei Zugang zum Internet oder zum vatikanischen Intranet?«, fragte Catherine.

»Genauso ist es, Schwester. Wir sind von der Außenwelt rundherum abgeschirmt. Auch ein Medialer könnte diesen Raum nicht erspüren.«

Das erklärte natürlich, weshalb Cibans kleiner, antennenartiger Störsender nicht auf dem Podium platziert war. Die Sicherheits- und Computerexperten des Vatikans hatten diesen Raum bereits so gut wie möglich isoliert.

Adrian Coelho verkündete schließlich, dass er so weit sei, mit seinem Vortrag zu beginnen, und die Anwesenden bewegten sich auf eine Gruppe Sitze zu, die wie im Kino angeordnet waren. Catherine setzte sich zwischen Ciban und Ben.

Als alle Platz genommen hatten, sagte der Papst: »Dann legen Sie mal los, Herr Generalinspektor. Wir sind sehr gespannt.«

Coelho dimmte das Licht und ließ per Knopfdruck einen großen Flachbildschirm aus der gegenüberliegenden Wand herausfahren. Der Inspektor war ein mittelgroßer Mann Mitte vierzig, der stets einen unauffälligen dunkelgrauen Anzug trug. Seine braunen, wachsamen Augen zeugten von einer raschen Auffassungsgabe, und auch wenn es optisch nicht den Eindruck machte, so gehörte er doch zu den mächtigsten Männern im Vatikan. Catherine hatte Coelho in jener Nacht um Hilfe gebeten, als Ciban beinahe an einer Schusswunde gestorben war. Wie effektiv der Kommandant und seine Männer arbeiteten, hatte sie damals aus nächster Nähe erleben dürfen. Nichts von dem Anschlag auf den Kardinal war nach außen gedrungen, außer der offiziellen Meldung eines schweren Autounfalls. Ebenso hatte Coelho, nach anfänglichem Widerstand, Catherines Unterstützung bei den Ermittlungen akzeptiert und sie in ein, zwei hitzigen Situationen davor bewahrt, einen Narren aus sich zu machen. Wenn Catherine eines begriffen hatte, dann die Tatsache, dass der Chef der Vigilanza seine Aufgabe sehr ernst nahm, die Kirche zu beschützen.

»Eure Heiligkeit, Eminenzen, Monsignore, Schwester«, begann er. »Die Videoaufzeichnung, die Sie jetzt sehen werden, ist nicht leicht zu verstehen. Bisher haben wir den gleichen Vorfall zwei Mal registriert. Aber schauen Sie selbst…«

Alle blickten auf den großen Bildschirm. Zunächst zeigte der Film nichts Ungewöhnliches, lediglich das prachtvolle Innere von Sankt Peter, genauer den Bereich unter der eindrucksvollen Domkuppel mit dem Papstaltar. Das durch die Fenster einfallende Sonnenlicht tauchte alles in einen sakralen Strahlenkranz. Pilger und kunstinteressierte Touristen wandelten ehrfürchtig über den alten, blank polierten Marmor, meist mit hoch erhobenen Köpfen und Kameras in der Hand. Die Zeitangabe der Videoaufzeichnung zeigte fast sechs Uhr abends an, weshalb die Kirche sich langsam leerte. Ihre Pforten schlossen um achtzehn Uhr dreißig.

Aus westlicher Richtung tauchte plötzlich eine grau gewandete Nonne an der Stelle auf, wo sich Längs- und Querschiff des Doms kreuzten, kniete vor dem Hochaltar und eilte anschließend auf den Bereich hinter dem

Papstaltar zu. Da die Ordensfrau eine Aktentasche bei sich trug, vermutete Catherine, dass sie entweder aus einem der Büros des Apostolischen Palastes oder aus den Archiven kam.

Und dann geschah es. Die Nonne, die eben noch zielstrebig durch den Dom geeilt war, schrak plötzlich zusammen, blieb ruckartig stehen und stieß einen Schrei aus, während sie ihre Aktentasche polternd zu Boden fallen ließ. Zitternd starrte sie auf den Marmor zu ihren Füßen, als hätte sich nahe dem Petrusgrab unter dem Altar ein Schacht zur Hölle aufgetan. Nur dass da weit und breit kein Höllenschlund zu sehen war, und auch sonst nichts, das einen Grund bot, solch einen Schauder zu erregen.

Einige Besucher eilten auf sie zu, um zu sehen, was geschehen war und gegebenenfalls zu helfen. Sie blickten, wie Catherine und ihre Beisitzer im Raum, auf den blitzblanken Marmor zu Füßen der Frau, die in diesem Augenblick komplett den Verstand zu verlieren schien. Aber da war nichts.

An dieser Stelle fror Adrian Coelho die Aufnahme ein und drehte sich zu den Anwesenden um: »Schwester Martha liegt auf der vatikanischen Krankenstation und ist dabei, sich von ihrem Schock zu erholen. Heute Morgen erklärte sie sich zu einem Gespräch mit mir bereit.«

Coelho öffnete eine Mappe, nahm eine Reihe von alten Schwarz-Weiß-Fotos heraus und reichte zunächst ein Porträt herum.

»Das ist Pater Marco Danesi«, erklärte er, während sich alle das Porträt eines jungen, gut aussehenden Priesters mit gutmütigen Augen ansahen. »Und dies hier …«, er zögerte einen Moment, bevor er das nächste Foto weitergab, »ist eine Aufnahme aus den Akten über seinen Suizid in Sankt Peter, wie er vor über 28 Jahren vom damaligen Kommandanten der Vigilanza festgehalten wurde.«

Das Foto ging reihum. Keiner sprach ein Wort. Catherine spürte, wie die Atmosphäre im Raum sich verdüsterte. Schließlich kam die Fotografie bei ihr an. Übelkeit stieg in ihr auf. Sie musste erst einmal tief durchatmen. Auf dem Bild erkannte sie einen leblosen Körper, doch das ausgebreitete Tuch verbarg nicht all das Blut und Gewebe im Umkreis des Toten. Der verhüllte Leichnam lag genau an der Stelle, vor der Schwester Martha in Coelhos Videoaufzeichnung entsetzt schreiend erstarrt war. Catherine war unendlich dankbar, dass die Szenerie des Fotos in Schwarz-Weiß festgehalten war.

Für eine Weile herrschte Stille, als hinge das noch unbekannte Motiv für diese Verzweiflungstat wie ein Damoklesschwert über ihren Köpfen. Es war Leo, der das Schweigen behutsam brach: »Weshalb hat Pater Danesi sich das Leben genommen, Herr Generalinspektor?«

Ohne ein Zögern erklärte Coelho ruhig: »Pater Danesi lebte mit einer Frau zusammen, die ein Kind von ihm erwartete, Eure Heiligkeit, und bat daher um seine Laisierung. Die Kirche hat es ihm mit der rechtlichen Rückversetzung in den Laienstand jedoch nicht leicht gemacht. Seine Frau und das Kind starben bei der Geburt, noch ehe das Verfahren überhaupt in die Gänge kam. Ihr Tod wurde in mehreren Briefen, die der Pater anonym erhalten hatte und später in seiner Wohnung gefunden wurden, als Strafe Gottes interpretiert. Wie es aussieht, ist Danesi darüber vor Kummer verrückt geworden und hat sich in den Tod gestürzt.«

Schweigen. Jeder der Anwesenden kannte die finstere Seite der Zölibatsgeschichte, die menschliche Seelen aus Verzweiflung bis in den Freitod treiben konnte. Catherine hoffte, dass sich so etwas Schreckliches nach Leos Freistellung des Eids nie mehr ereignen würde. Als sie sich wieder im Griff hatte, fragte sie: »Wollen Sie uns damit sagen, dass Schwester Martha gestern Abend Zeugin einer Tragödie wurde, die sich vor fast drei Jahrzehnten hier ereignet hat?«

Coelho nickte. »Es klingt unglaublich, aber genauso ist es. Unsere Schwester in Christo hat mir den Vorfall heute Morgen exakt so geschildert, wie er sich vor 28 Jahren zutrug und im Archiv der Vatikanpolizei dokumentiert worden ist. Sogar die Tatzeit von damals stimmt mit der Zeit von gestern Abend überein.«

»Mit anderen Worten«, sagte Kardinal Gasperetti mit seiner rauen Stimme, »für Schwester Martha ist das gestrige Erlebnis aktuell und real gewesen. Auch, wenn es niemand außer ihr wahrgenommen hat.«

»Ja, Eminenz«, pflichtete Coelho ihm bei.

»Damit können wir wohl ausschließen, dass Schwester Martha einem Hirngespinst erlegen ist«, hörte Catherine Ben sagen.

Ciban blickte von der eingefrorenen Videoaufnahme mit Schwester Marthas stillem Entsetzensschrei zu Coelho: »Sie sprachen davon, diesen Vorfall zwei Mal registriert zu haben. Es gibt also noch einen Zeugen?«

»Ja. Der erste Vorfall liegt drei Wochen zurück, wurde uns aber erst nach dem gestrigen Vorfall gemeldet. Der Mann, ein äußerst zuverlässiger Mitarbeiter aus der

Putzkolonne, wollte nicht für verrückt erklärt werden und schwieg, weil er um seine Arbeit fürchtete. Als er von Schwester Marthas Erlebnis erfuhr, hielt er es allerdings für seine Pflicht, sich zu melden.«

»Und beide sahen die gleiche Erscheinung«, sagte Leo nachdenklich.

»Tatsächlich ist es mehr als eine Erscheinung, Heiligkeit…«

Coelho blickte in die Runde, als suche er nach den richtigen Worten, als müsse er einer an sich schon unglaublichen Geschichte etwas noch weit Unglaublicheres hinzuaddieren. Und dann berichtete er, was Schwester Martha ihm heute Morgen noch erzählt hatte, denn kurz nachdem Marco Danesis Leib auf dem harten Marmor des Doms zerschmettert war, habe sich aus dem zertrümmerten, blutdurchtränkten Körper ein junger, unversehrter Mann im schwarzen Priesterhabit erhoben und war auf die Nonne zugetreten: »Sag ihnen, dass es noch nicht vorbei ist, Martha. Sag ihnen, dass ich keine Ruhe geben werde, bis sie uns und unser Kind in geweihter Erde begraben haben. Sag ihnen, dass die Toten nicht länger schweigen werden! Sag es ihnen!«

KREUZ UND SCHWERT

7

Vatikan
Pressesaal

Lianne Rodt schaffte es gerade noch rechtzeitig zur vatikanischen Pressekonferenz, bevor die Tür zur päpstlichen Audienzhalle vollends geschlossen wurde. Normalerweise fanden die Pressekonferenzen in der kleinen, angebauten Aula über der großen Halle statt, doch seit Papst Leos Reformrede und dem blutigen Anschlag hatte die Aula dem Ansturm der Medien nicht mehr standhalten können, also hatte man den Konferenzort in die Nervi-Halle verlegt, in der viele päpstliche Generalaudienzen stattfanden. Medienvertreter aus fast einhundert Ländern berichteten über das aktuelle Geschehen in Rom, und die Zahl der Akkreditierten schien täglich zuzunehmen.

Beim Betreten bewunderte Lianne die ungeheuren Ausmaße der architektonisch noch immer hochmodernen Halle, die in den Sechzigern unter Papst Paul VI. entworfen und umgesetzt worden war. Wenn es darauf ankam, konnte dieses Auditorium bis zu 25 000 Stehplätze bereithalten. Jetzt bot es mehreren Tausend Journalisten einen Sitzplatz, die gespannt auf den aktuellen Bericht des Chefs des vatikanischen Presseamtes, Monsignore Philippus Augstein, warteten.

Lianne war stolz darauf, in den letzten drei Jahren einen guten Draht zu Augstein aufgebaut zu haben.

Papst Leo hatte den neuen Pressesprecher kurz nach dem letzten Konklave eingesetzt. Eines der ersten Zeichen, die davon kündeten, dass sein Pontifikat die traditionellen Gleise des Vorgängers verlassen würde. Augstein war Franziskaner, doch abgesehen von seiner Ordenszugehörigkeit ließ er sich von keiner Fraktion innerhalb der katholischen Kirche vereinnahmen. Und nun hatte er unter Leo frischen Wind in die vatikanische Nachrichtenzentrale gebracht.

Augstein war es auch gewesen, der Lianne mit Schwester Catherine Bell bekannt gemacht hatte, und so war vor wenigen Wochen ein mehrseitiger Zeitschriftenartikel über die rebellische Nonne erschienen, der Liannes Ansehen als junge, ernst zu nehmende Korrespondentin weiter gefestigt hatte. Ihr Bericht über den Anschlag auf den Vatikan für ein großes deutsches Nachrichtenmagazin hatte die *La ragazza tedesca*, die junge Deutsche, wie man sie in römischen Kreisen inzwischen nannte, endgültig als scharfzüngige, aber faire Journalistin bekannt gemacht. Zuletzt hatte ihr sogar das Sekretariat des Präfekten der Glaubenskongregation auf ihre Anfrage hin zu verstehen gegeben, dass Seine Eminenz Kardinal Ciban zu einem Gespräch mit ihr bereit sei. Das war so etwas wie ein Ritterschlag, um den sie nicht wenige Kollegen beneideten. Lianne seufzte, denn vor knapp fünfzehn Minuten hätte eben dieses Interview in einem der Büros der Pressestelle stattfinden sollen, war jedoch in letzter Minute vom Sekretariat des Kardinals abgesagt worden. Wenigstens hatte sie es noch zur Pressekonferenz geschafft!

Suchend blickte sie über die Köpfe ihrer vielen Kolleginnen und Kollegen hinweg, die größtenteils schon ihre Sitzplätze vor der eindrucksvollen Tribüne eingenommen hatten, über der die gewaltige Bronzeskulptur von Jesu Auferstehung thronte. Und tatsächlich gab ihr ein Mann in der Menge ein Zeichen. Rasch eilte sie auf Ralph Fischer zu, einen älteren Kollegen, der für zwei große Zeitungen und für das deutsche Fernsehen arbeitete. Ralph hatte ihr einen Platz an vorderster Front frei gehalten.

»Und?«, fragte er über das Stimmengewirr der Anwesenden hinweg. »Wieder einer heißen Story auf der Spur?«

»Sagen wir, ich war nahe dran.« Lianne bedankte sich für den Platz, zupfte ihr klassisch-sittsames Kostüm zurecht und zückte ihren digitalen Rekorder. »Sollte die Konferenz nicht langsam anfangen?«

Ralph deutete auf seine Armbanduhr. »Ich hätte nicht gedacht, dass ich das mal erlebe, aber Augstein verspätet sich um eine Viertelstunde. Einige unserer Verschwörungstheoretiker wittern bereits das Herannahen der Apokalypse.« Er beobachtete, wie Lianne routiniert ihren Rekorder checkte. »Was hat dich aufgehalten?«

»Mein langerhoffter Gesprächstermin mit unserem Herrn Großinquisitor ist gerade geplatzt. Und vermutlich werde ich so schnell keinen neuen erhalten.«

Sie hatte das Ganze als Ergänzungsbericht zu ihrem Artikel über Schwester Catherine Bell geplant, der anlässlich des aktuellen Buchs der Nonne erschienen war. Die progressive Ordensfrau, die an der Seite des Reformpapstes kämpft. Der konträr dazu stehende Präfekt als zweithöchste kirchliche Autorität und Sinnbild des Widerstandes auf der Gegenseite. Was für eine Fortsetzung hätte das werden können!

»Hm, Ciban gehört eigentlich nicht zu den Männern, die Termine vereinbaren und dann so mir nichts dir nichts absagen«, sinnierte Ralph.

Lianne bedachte ihren an Berufsjahren weit älteren Kollegen mit einem überraschten Blick. »Soll das heißen, du schließt dich den Verschwörungstheoretikern an?«

Ralph zuckte mit den Achseln. »Wenn der Präfekt der Glaubenskongregation alle Schaltjahre mal einer Interviewanfrage zustimmt, dann ist ihm dieses Gespräch wichtig. Und dass er dieses Interview mit dir führen wollte, dürfte auch kein Zufall sein. Er wird deine Arbeit kennen und sie schätzen.«

Lianne räusperte sich. »Ich habe seiner Kongregation in meinem letzten Artikel gewissermaßen ein Potenzproblem unterstellt.«

»Siehst du«, sagte Ralph. »Genau das meinte ich.«

Lianne wollte schon zu einem Ellbogenhieb ausholen, der so gar nicht damenhaft war, als ein Raunen durch den Saal ging. Augstein und sein Team waren durch eine Seitentür auf das weitläufige Podium getreten. Die noch stehenden Journalisten nahmen ihre Plätze ein und legten ihre Schreibblöcke oder Rekorder bereit. Die Kameraleute gingen vor dem Podium in Stellung. Augstein trat an das Pult und legte seine Notizen darauf ab. Sosehr Lianne sich auch bemühte, es gelang ihr nicht, etwas in seinem Gesicht oder seiner Körperhaltung herauszulesen, und doch ging eine gewisse Anspannung von dem asketischen Kleriker aus.

Als alle ihre Plätze eingenommen hatten, ließ Augstein seinen Blick noch einmal ruhig über die Anwesenden gleiten. Dann begann er mit der Pressekonferenz, und alle lauschten gespannt, was er heute im Namen des Papstes verkünden würde.

Lianne allerdings hörte die Worte nur wie von fern. Ralph mochte zwar nur einen Scherz gemacht haben, doch sie spürte nun, dass da etwas dran war. Etwas Bedeutendes! Was hatte den alten, für seine Pünktlichkeit so legendären Franziskaner zu dieser Unpünktlichkeit veranlasst? Gab es da etwa doch eine Verbindung zu ihrem abgesagten Gespräch mit Ciban?

8

Pater Marco Danesis Worte hallten wie ein Donnergrollen in Catherines Bewusstsein nach.

Sag ihnen, dass es noch nicht vorbei ist, Martha. Sag ihnen, dass ich keine Ruhe geben werde, bis sie uns und unser Kind in geweihter Erde begraben haben. Sag ihnen, dass die Toten nicht länger schweigen werden! Sag es ihnen!

Und diese Worte erinnerten sie an die letzten Sätze in Eleonora Cibans Abschiedsbrief an ihren Sohn Marc Kardinal Ciban. Von einer immer mächtiger werdenden Dunkelheit war da die Rede, von einer Finsternis, die drohte, das neue Fundament der Welt zu werden. Die letzten beiden Sätze hatten sich Catherine besonders ins Gedächtnis gebrannt: *Mein lieber Marcus … lass nicht zu, dass Dein Vater das Reich der Toten mit dem der Lebenden vermischt. Denn wenn das geschieht, wird jede Erinnerung an das Licht enden!*

Ein kurzer Blick zu Ciban verriet ihr, dass dem Kardinal der gleiche Gedanke gekommen war. Bisher hatten sie zwar noch keinen konkreten Hinweis auf ein bevorstehendes Verschmelzen von Diesseits und Jenseits in Eleonoras schriftlichem Erbe entdeckt, allerdings hatten sie auch gerade erst angefangen, das ganze Material zu sichten. So bald wie möglich würden sie Lazarus informieren, der zurzeit die in der Lux-Domini-Abtei *San Leonardo* sichergestellten geheimen Protokollbücher studierte. Dann fiel Catherine etwas ein, das sie einst ihr ehemaliger Mentor Pater Darius über die menschliche Seele gelehrt hatte, und sie wandte sich Adrian Coelho zu.

»Eine Frage, Herr Kommandant, gibt es eine verwandtschaftliche oder irgendwie geartete persönliche Beziehung Marco Danesis zu Schwester Martha oder dem Herrn aus der Putzkolonne?« Sie bemerkte Cibans sowohl neugierigen als auch anerkennenden Blick. Sosehr die Frage auch an den Haaren herbeigezogen schien, sie mochte sehr wohl relevant für die weitere Untersuchung sein.

»Interessant, dass Sie das fragen, Schwester.« Coelho öffnete eine Aktenmappe, holte ein Blatt Papier daraus hervor und reichte es ihr. »Nachdem Schwester Martha sich besser fühlte, rief sie mich einmal an und teilte mir mit, dass sie sich erinnere, dass ihr Onkel ein Studienfreund des Paters gewesen sei. Vor vielen Jahren habe dieser Onkel den unglückseligen Tod seines Freundes während eines Familienfestes erwähnt und sich damit sehr unbeliebt gemacht. Schwester Martha kennt jedoch die Hintergründe nicht.«

»Und was ist mit unserem Mann aus der Putzkolonne?«, fragte Ben, während das Blatt Papier die Runde machte.

»Bei Giuseppe Mazzotti liegt der Fall so, dass sein Vater vor genau 28 Jahren nahe jener Stelle stand, an der Danesi nach seinem Sprung starb.«

Kardinal Gasperetti blickte Catherine aus seinen alten, aber hellwachen Augen mit einem Stirnrunzeln an. »Verzeihen Sie, Schwester, aber wie kamen Sie überhaupt auf diese wunderliche Frage?«

»Pater Darius erklärte mir während meiner Ausbildung, dass die Seelen der Toten ebenso an Menschen und Orte gebunden sind wie die Seelen der Lebenden. Es gibt immer eine Verbindung zum Ursprung und zu den Wendepunkten in einer Biografie.«

Darius hatte Catherine außerdem gelehrt, mit ihrer medialen Gabe, Auren lesen zu können, umzugehen. Ebenso hatte er ihr als Kind klargemacht, wie wichtig es war, die Privatsphäre anderer Menschen zu respektieren. Von ihm hatte sie gelernt, wie sie ihren mentalen Schutzschild aufbauen und stabil halten konnte, auch um ihr seelisches Gleichgewicht vor zu viel stressigem Input zu schützen. Den Schild auf einem stabilen Level zu halten war wesentlich einfacher, als ihn zu senken oder gar wieder aufzubauen. Letzteres kostete sehr viel Konzentration und Energie, vor allem in der Nähe eines starken, vielleicht sogar skrupellosen Medialen. Alles im Leben hatte seinen Preis. Auch eine solche Gabe.

Ihr Freund Ben Hawlett war am Katholischen Institut für medial Hochbegabte durch eine ähnliche Schule wie sie gegangen. Bis zu einem gewissen Grad konnte auch er den Geistkörper von Menschen wahrnehmen, sofern er es wollte und sich darauf konzentrierte. Das war ihm während seiner Kindheit, als er einem Serientäter nachspioniert hatte, fast zum Verhängnis geworden. Nach der Pubertät hatte die Gabe Ben jedoch dermaßen zu schaffen gemacht, dass er sich, mit der Unterstützung von Darius, gegen sie entschieden hatte. Bis zum heutigen Tag betäubte er seine mediale Anlage mit einem Medikament, und nur Gott wusste, was passieren würde, sollte er eines Tages gezwungen sein, seine Pillen abzusetzen.

»Das scheint Sinn zu ergeben«, meinte Gasperetti. »Wie im Himmel, so auf Erden.«

Oder in der Hölle, dachte Catherine.

Leos Blick ging nachdenklich von Catherine zu Adrian Coelho. »Wo liegt die Familie Danesi eigentlich begraben, Herr Kommandant?«

»Es gibt kein Familiengrab, Heiligkeit. Pater Danesi wurde nach den polizeilichen Ermittlungen hier in Rom auf dem Cimitero del Verano beigesetzt. Nach dem Grab der jungen Frau, ihr Name war Maria Pontiero, und ihrem ungeborenen Kind suchen wir noch. Möglicherweise wurde ihr Leichnam von der Familie zurück in die Schweiz transferiert.«

»Wie nahm Signorina Pontieros Familie den Tod ihrer Tochter eigentlich auf?«, fragte Ben.

Catherine erkannte die Frage hinter der Frage. Würde Maria Pontieros Familie überhaupt damit einverstanden sein, dass man Danesi und Maria nach all den Jahren gemeinsam begrub?

»Das wissen wir noch nicht, Pater. Die Eltern sind bereits verstorben. Aber es gibt zwei Brüder. Der jüngere soll zur Fremdenlegion gegangen sein. Die Spur des älteren Bruders führt nach Deutschland.«

»Bitte suchen Sie weiter, Herr Generalinspektor«, sagte Leo mit schwerem Herzen. »Vielleicht können wir die kleine Familie wenigstens im Tode wiedervereinen.«

Gasperetti wollte etwas entgegnen, doch Leos Blick erstickte jeden Einwand im Keim.

»Da wäre noch etwas«, fuhr Coelho fort. »Einer meiner Männer erklärte mir, dass in den sozialen Netzwerken seit Kurzem vermehrt die Rede von Erscheinungen ist. Ich frage mich, ob es da einen Zusammenhang gibt.« Er drückte ein paar Tasten und eine Liste mit kommentierten Links reihte sich auf dem großen Wandbildschirm auf. »Es handelt sich durchweg um mysteriöse Todesfälle. Angeblich sollen all diese Verstorbenen zu den Lebenden gesprochen haben.«

Leo wandte sich an Kardinal Ciban. »Hatte Abt Umberto etwas Derartiges in seinen Protokollbüchern erwähnt, Eminenz?«

Da auch der Abt bei dem Klostermassaker ums Leben gekommen war, konnten sie ihn nicht mehr direkt fragen.

»Unser Experte arbeitet sich gerade durch die San-Leonardo-Protokolle durch, Heiligkeit. Ich werde ihn darauf ansprechen.«

»Ich frage mich, was das alles für unsere Gesamtsituation zu bedeuten hat«, schnaubte Gasperetti. »Erst dieses tollwütige Ding, das eine unserer Ordensgemeinschaften ausgelöscht und etliche unserer Brüder und Schwestern umgebracht hat, und nun all diese Geister, die wie aus dem Nichts in unserer Realität auftauchen, um nach Jahrzehnten Gerechtigkeit einzufordern, als wolle jemand den Tag des Jüngsten Gerichts vorziehen.« Er drehte sich zu Ciban. »Wann werde ich Einblick in Abt Umbertos Protokolle erhalten?«

Das war eine kritische Frage, wie Catherine wusste, denn sie zielte keineswegs nur auf die formalen Dokumente der Lux-Domini-Abtei ab, sondern vielmehr auf jenes Datenmaterial, das Ciban und sie im geheimen Untergrund der Klosteranlage entdeckt und sichergestellt hatten. Forschungs- und Spionagematerial, das offiziell gar nicht existierte. Gasperetti war zwar der Leiter des Lux Domini und San Leonardo eines seiner Ordenshäuser, dennoch unterstand das Lux der Glaubenskongregation und der vatikanischen Sicherheit, und somit war Ciban der Vorgesetzte Gasperettis. Und beide Kardinäle hatten ihre nicht gerade geringen Differenzen.

Außerdem glaubte Catherine nun zu erkennen, weshalb Professor Leander Bois schon am frühen Morgen in Cibans Sekretariat aufgetaucht war. Der Professor war ein ranghohes Mietglied des Lux, höchstwahrscheinlich hatte auch er Ciban auf die geheimen Unterlagen angesprochen.

Ciban erwiderte Gasperettis Blick und ließ sich nicht aus der Ruhe bringen. »Sobald unser Experte Seiner Heiligkeit einen abschließenden Bericht vorgelegt hat, werde ich Sie informieren.« Genauso gut hätte er sagen können, sobald die Sonne im Westen aufgeht, denn das sichergestellte Material war in seiner schieren Masse so unüberschaubar wie der südamerikanische Dschungel für einen römischen Spaziergänger.

Doch Gasperetti ließ nicht locker. »Wer ist eigentlich dieser Experte, von dem Sie da reden? Kenne ich ihn?«

»Er ist der richtige Mann für diese Aufgabe«, versicherte Ciban. »Ich habe ihm absolute Anonymität zugesichert.«

»Verzeihen Sie, Marc, aber wie – um Himmels willen – wollen Sie sicherstellen, dass Ihr Experte all dieses Wissen im Nachhinein nicht missbraucht?«

»Ich vertraue ihm«, sagte Ciban, ohne mit der Wimper zu zucken.

Irritiert wandte Gasperetti sich an den Papst. »Und was sagen Sie dazu, Heiligkeit?«

»Vertrauen gehört ebenso zu unserem Menschsein wie der Zweifel, Stefano. Sie sollten es auch einmal damit versuchen.«

Einen Moment verharrte Gasperetti reglos. Mit dieser Antwort hatte er nicht gerechnet. »Das möchte ich, Heiligkeit, doch unter den gegebenen Umständen fällt es mir sehr schwer. Die Gemeinschaft von San Leonardo nahm eine bedeutende Schlüsselrolle ein, und das nicht nur innerhalb des Lux Domini. Jede Information, die mir vorenthalten wird, schwächt den Orden und damit die Kirche.«

Catherine war sich nicht sicher, ob Überheblichkeit oder echte Sorge aus dem alten Kardinal sprach. Gasperetti war und blieb ein Machtmensch, nichtsdestoweniger liebte er die Kirche, wenn auch vor allem den traditionellen Teil.

»Es tut mir leid, Eminenz«, entgegnete Leo stoisch. »Aber Sie werden sich ebenso gedulden müssen wie ich.« Er wandte sich dem Vigilanzakommandanten zu. »Gibt es sonst noch etwas, Herr Generalinspektor?«

Coelho schüttelte den Kopf. »Nein, Heiligkeit. Das wäre im Augenblick alles.«

»Gut. Dann kehren wir nun zu unseren Tagesgeschäften zurück und halten Augen und Ohren offen. Wir werden schon noch herausfinden, wer oder was hinter diesen Erscheinungen steckt.«

9

Leo, Gasperetti und Coelho waren zu ihren Büros zurückgekehrt. Catherine, Ciban und Ben hingegen hatten erneut das unterirdische Transportsystem genommen. In einem abgelegenen Areal der Archive stiegen sie aus. Trotz der klimatisierten Räume, deren Anlagen neuesten technischen Ansprüchen genügten, schlug ihnen sofort der Geruch alter, dicker Folianten entgegen. Etliche Legenden rankten sich um die mehr als achtzig Regalkilometer umfassenden Korridore, deren einzelne Sektionen aus den unterschiedlichsten Gründen mehr oder weniger streng geheim waren.

Nach eineinhalb Jahren in Rom kannte Catherine ein paar Routen durch dieses zwielichtige, Ehrfurcht gebietende Labyrinth. Im Rahmen ihrer Buchrecherchen hatte sie Einblick in etliche historische Prozessakten erhalten, wie jene von Galileo Galilei, Giordano Bruno oder der heiligen Johanna von Orléans. Die historische Gestalt der Heiligen Jungfrau faszinierte sie seit ihrer Schulzeit, damals hatte Ben Hawlett ihr ein Buch über Johanna in die Hand gedrückt. Ben, den sie ein Jahr zuvor mit ihrer Gabe aus den Klauen eines Kinderschänders befreit hatte, ausgerechnet Mr. Eliot, sein Grundschullehrer. Dadurch war das KIMH erst auf Catherines außergewöhnliche Medialität aufmerksam geworden.

»Das solltest du lesen!«, hatte er gesagt.

Sie hatte den Klappentext überflogen und ihm das Buch zurückgegeben. »Danke, aber ich hab's nicht so mit Heiligengeschichten. Und mit Stimmen aus dem Himmel schon gar nicht.«

»Das hier ist anders. Du wirst sehen!«

Sie hatte geseufzt. Seit der Rettungsaktion sah Ben in ihr eine Art Heldin, und das wurde zunehmend anstrengend. »Also gut. Sobald ich Zeit habe, werde ich reinschauen.«

Zunächst hatte sie das Buch ein paar Wochen liegen lassen. Als sie es dann endlich aufschlug und zu lesen begann, hatte sie es innerhalb eines Wochenendes verschlungen. Ben hatte recht behalten, diese Geschichte von der alten Prophezeiung und dem jungen, ungebildeten und unbeugsamen Bauernmädchen, das zur Heerführerin aufsteigt, als Ketzerin verurteilt und schließlich zur französischen Nationalheiligen erklärt worden war, hatte was! Catherine war zwischen Begeisterung und Verärgerung hin- und hergerissen gewesen. Begeistert darüber, dass Johanna ihre Mission, wie von den himmlischen Stimmen gefordert, erfüllt hatte. Verärgert, weil die Stimmen Johanna, kaum dass Orléans befreit und Karl VII. in Reims gekrönt worden war, im Stich gelassen hatten. Sie waren einfach verstummt. Dennoch hatte Johanna bis zu ihrer Gefangennahme durch die Engländer weitergekämpft.

Mit Verrat, mit dem Gefühl, im Stich gelassen zu werden, hatte die damals zwölfjährige Catherine sich gut ausgekannt. Das hatte sie gut nachempfinden können und geglaubt, dieses Schicksal mit Johanna zu teilen. Catherine war nach dem Tod ihres Vaters von jener Frau, die sie viele Jahre lang für ihre Mutter gehalten hatte, verstoßen worden. Erst am KIMH hatte sie angefangen, wieder Vertrauen in die Menschen zu fassen.

Pater Darius und Ben waren zu ihrer Familie geworden. Und jetzt, nach all den Jahren, hatte das Schicksal sie in die Ewige Stadt geführt. Mittlerweile war sie Mitglied in einer neuen Familie geworden, einer Familie, der ihrem Empfinden nach selbst der unausstehliche Kardinal Gasperetti angehörte.

Ciban geleitete Ben und Catherine zu dem kleinen, überschaubaren Lesesaal, den sie manchmal für ihre geheimen Treffen auf vatikanischem Boden nutzten. Dort angekommen, zog er den kleinen Störsender aus der Innentasche seiner Soutane, mit dem Gasperetti ihn eben noch verspottet hatte, und stellte das aktivierte Gerät auf das einzige Pult. Alles, was sie von nun an besprachen, würde über einen ausreichend großen Radius abhörsicher sein.

»Es geht los«, begann der nicht nur auf Außenstehende aristokratisch und distanziert wirkende Kardinal. »Und das früher, als ich es für möglich gehalten hätte. Die ersten Pforten wurden geöffnet.«

»Aber wie und zu welchem Zweck?«, überlegte Catherine. »Was beabsichtigt der Feind damit?« In letzter Sekunde hatte sie die Worte *dein Vater* durch *Feind* ersetzt. Trotz Eleonoras Brief konnte sie ja nicht sicher wissen, ob Orlando Ciban tatsächlich etwas mit den mysteriösen Erscheinungen zu tun hatte.

»Chaos«, hörte sie Ben so leise sagen, als fürchtete er trotz des Störsenders fremde Ohren hinter jedem alten Bücherregal. »Der Feind will Chaos und Verwirrung stiften.«

»Das war schon immer ein beliebtes Mittel der Kriegsführung«, stimmte Ciban zu. »Nur wird das Chaos in diesem Fall von einem ungleich größeren Ausmaß sein.«

Catherine kehrte zu ihrer Wie-Frage zurück. »Können wir es aufhalten? Ich meine, wie öffnet man überhaupt eine solche Pforte?«

»Mit Energie. Mit sehr viel Energie«, erklärte Ciban. »Im Grunde mit dem spiritualen Pendant der zerstörerischen, irdischen Nuklearenergie.«

Catherine und Ben starrten den hochgewachsenen Präfekten an.

»Dann wäre der Vorgang nicht mehr umkehrbar?«, fragte der Monsignore ungläubig.

»Ich wüsste nicht wie. Ich bin allerdings auch kein Experte. Möglicherweise liefert uns Abt Umbertos Forschungs- und Spionagedokumentation einen Hinweis.«

»Du denkst an die Karte mit den Kraftorten«, folgerte Catherine. »Die spirituellen Quellen, über denen Kirchen und Klöster erbaut worden sind.« Zum ersten Mal duzte sie den Kardinal in Bens Gegenwart. Ein seltsames Gefühl. Noch seltsamer wäre es ihr in diesem vertrauten Kreis jedoch erschienen, bei der formalen Anrede zu bleiben, auch wenn Ben den Präfekten nach wie vor siezte.

»Ja«, bestätigte Ciban. »Wenn es Abweichungen in der spiritualen Magnetosphäre der Welt gibt, sollten Umbertos Leute dies während ihrer Isolationskammersitzungen dokumentiert haben. Und dann wäre da noch San Leonardos Bibliothek mit ihren metaphysischen Werken. Ein Teil der vom Verfall bedrohten Folianten wurde in den letzten Jahren digitalisiert.«

Catherines Gedanken kehrten für einen Moment zu Umbertos Kartenmaterial zurück, das sie zwei Wochen zuvor im unterirdischen Forschungsbereich unterhalb der Krypta der Abteikirche gesehen hatte. Der medial vernetzte Anblick der Welt hatte sie sprachlos gemacht. So war der gewaltige, in der Nähe von Chicago gelegene Tower der Firma Re-Source, Henrik Vandenbergs Gentechimperium, über solch einem energetischen Ort errichtet. Ebenso lag der Hügel des Vatikans in Rom oder der Kreml in Moskau über einem medialen Knotenpunkt. Und etliche weitere Machtzentren. In Abt Umbertos Karte waren verschiedenfarbige Linien von diesen Orten ausgegangen oder hatten zu ihnen hingeführt, ähnlich Breiten- und Längengeraden auf einer Weltkugel. Auch San Leonardo selbst war über einem mächtigen Kraftort erbaut, dicke Stränge gingen von der Abtei hinaus in die Welt. Ein Strahl hatte sogar zu Re-Source geführt, wobei die Verbindung, der Farbe nach zu urteilen, einseitig gewesen war. Es hatte kein Austausch zwischen dem US- und dem italienischen Standort stattgefunden. Und so waren Catherine, Ciban und Lazarus dahintergekommen, dass die Lux-Domini-Geistlichen von San Leonardo hinter die Kulissen des Gentechkonzerns gespäht haben mussten, worin womöglich das Motiv für den Anschlag auf die bei L'Aquila gelegene Abtei bestand.

»Wir sollten auch mit David sprechen«, sagte Catherine. Der seherische Junge, der das Produkt eines Biolabors und genetisch Cibans Sohn war, hatte in San Leonardo die Wände seines Zimmers mit Visionen vollgemalt. Darunter war auch eine Szene des Massakers im Vatikan gewesen. Catherine hatte jedes einzelne Bild, jede Zeichnung von den Wänden abfotografiert, bevor sie und Ciban nach Rom zurückgekehrt waren.

Ciban nickte. »Ich werde mit ihm reden. Außerdem

müssen wir uns etwas für Lazarus einfallen lassen. In seinem Versteck außerhalb Roms nutzt er uns nicht viel. Er braucht eine neue Identität, um sich möglichst frei bewegen zu können.«

Hinter dem Namen Lazarus verbarg sich ein römischer Gelehrter und Historiker, der mit ihnen gemeinsam in der alten Klosterabtei ermittelt hatte. Als Forscher mit dem Namen Dr. Robert Martini war Lazarus offiziell seit über vier Monaten tot, und unter seiner letzten Identität als Maximilian Richter wurde er von den Häschern des Re-Source-Konzerns gejagt. Unglücklicherweise war Lazarus gerade als Dr. Robert Martini in römischen Kleriker- und Historikerkreisen recht bekannt gewesen.

Ben meldete sich mit erhobenem Zeigefinger zu Wort. »Catherines Theaterschminke«, sagte er, als hätte er gerade das Ei des Kolumbus entdeckt. »Die hat vor eineinhalb Jahren selbst mich hinters Licht geführt.«

Catherine und Ciban starrten ihn mit hochgezogenen Augenbrauen an.

»Das sollte gehen«, sagte Catherine schließlich. »Ich werde mir etwas einfallen lassen. Er braucht allerdings auch vatikanische Papiere, um uns hier unterstützen zu können.«

»Hier im Vatikan?« Plötzlich schien Ben gar nicht mehr so begeistert von seiner Idee. »Er könnte Gasperetti oder einem seiner alten Klerikerkollegen über den Weg laufen.«

»Das kann ihm auch in Rom blühen«, stellte Ciban nüchtern fest. »Wir werden auf sein schauspielerisches Können vertrauen müssen. Immerhin hat er bereits einige Leben und Identitäten hinter sich. Das funktionierte ganz sicher nicht ohne die ein oder andere Tarnung. Wir haben eine riesige Menge an Dokumenten zu untersuchen, und ob es uns passt oder nicht, Lazarus ist von uns allen der Erfahrenste, wenn es um die Triaden, das Lux Domini oder Re-Source geht.«

Damit hatte Ciban nur zu recht. Und gerade der Triadenorden, der nach Jahrhunderten der Unsichtbarkeit wieder aus der Versenkung aufgetaucht war, um sich an der Kirche für ihren Verrat zu rächen, würde ihnen das Leben weiterhin zur Hölle machen. Damit verglichen waren die Probleme zwischen dem Opus Dei und dem Lux Domini geradezu Kinderkram.

»Dann wäre da noch Doktor Eliza Kirk«, erinnerte Catherine. »Re-Source ist auch hinter ihr her, und in dem für sie vorgesehenen Safehouse wird sie nicht ewig bleiben können. Auch sie braucht Papiere.«

»Ich werde mich darum kümmern«, sagte Ciban. »Eine gute Tarnung wäre es, wenn beide als Paar aufträten. Denkst du, das ginge?«

»Ich denke, das würde ihnen sogar gefallen.« Als Lazarus in San Leonardo von Eliza gesprochen hatte, vor allem von der Gefahr, in der die junge Psychologin schwebte, war Catherine klar geworden, dass es bei den beiden Wissenschaftlern um weit mehr als nur kollegiale Freundschaft ging. Ebenso war Lazarus nicht verborgen geblieben, was Catherine und Ciban einander bedeuteten.

Ben räusperte sich und blickte von Catherine zu Ciban. »Wenn das im Moment alles ist, werde ich mich am besten gleich auf den Weg zu Lazarus' Refugium machen, ihn informieren und bei der Gelegenheit schauen, was er Neues in Umbertos Protokollen entdeckt hat.«

»Tun Sie das, Ben«, pflichtete Ciban ihm bei. »Je weniger Zeit wir verlieren, desto besser.«

»Eminenz, Schwester«, verabschiedete der Monsignore sich.

Catherine hätte schwören können, dass er ihr noch einmal kurz zublinzelte, bevor er auf dem Absatz kehrtmachte und davoneilte.

Ciban blickte dem Pater mit einem Stirnrunzeln hinterher. »Ist es das, was ich denke, das es ist?«

Er hatte die Worte kaum ausgesprochen, als Catherine ihn auch schon an der Soutane zu sich hinunterzog und küsste. O ja, Ben hatte ihnen in alldem Trubel gerade ein paar private Minuten verschafft! Ciban erwiderte Catherines zärtlichen Kuss und hielt sie in seinen Armen. Einen Moment lang schien alles um sie herum belanglos zu sein, doch dann löste Catherine sich sanft aus seinem Griff und hielt ihn auf Armeslänge von sich.

»Was wollte Leander Bois von dir?«

Ciban blinzelte überrascht, bevor sich sein Mund zu einem leisen Lächeln verzog. »Ah, ich sehe, dein Netzwerk funktioniert.«

Sie ging nicht auf seinen ironischen Seitenhieb ein. »Ich mache mir Sorgen. Bois ist schließlich nicht irgendwer.«

»Da sagst du was.«

»Ich nehme an, es ging *nicht* um das Konzil?«

Ciban trat zur Seite, lehnte sich gegen das Pult, als hätte er einen unangenehmen Vortrag zu halten. »Nein, das wäre noch ein Leichtes gewesen. Zumindest, was unsere jeweils offiziellen Standpunkte anbelangt.«

Catherine seufzte. »Dann muss es um San Leonardo gegangen sein.«

»Allerdings. Bois forderte als ranghohes Mitglied des Lux Domini die Aushändigung aller geheimen Protokolle der Abtei, die wir sichergestellt haben, was ich mit dem Argument ablehnte, dass das Material nach wie vor Teil der kriminalistischen Untersuchung der vatikanischen Sicherheit sei. So weit, so gut. Doch Bois meinte, dazu habe ich kein Recht, nicht einmal als Sohn Eleonoras.«

»Was wird er erst sagen, wenn er vom letzten Willen deiner Mutter erfährt?«, meinte Catherine angesichts dessen, dass Eleonora die Gründerin des »Lux Domini« war.

Cibans Lippen verzogen sich zu einem gequälten Lächeln. »Den kennt er bereits. Das heißt, er kennt natürlich nicht den Brief, den wir beide heute Nacht entdeckt haben, aber er hat mit meiner Mutter über die Nachfolge gesprochen. Als männlicher Kandidat bin ich nur die zweite Wahl. Männer und Macht … das hat schon bei meinem Vater zu nichts Gutem geführt. Es gibt Ordensmitglieder, die mich am liebsten tot sehen würden.«

»*Das* hat Bois gesagt?«

Der Kardinal nickte. »Er nannte es eine schwierige Situation.«

Einen Augenblick lang herrschte Stille. Selbst das im Verborgenen arbeitende Klimasystem schien verstummt.

»Was denkst du, wie viel er weiß?«, fragte Catherine schließlich. »Ich meine, über die Triaden, über Re-Source und Henrik Vandenberg, über David, Lazarus und über uns?«

»Bois hat offenbar von Deutschland aus eng mit meiner Mutter zusammengearbeitet. Und er war vor ihrem Tod zwei- oder dreimal in der Villa zu Besuch. Was die Triaden angeht, dürfte er einiges wissen. Ob er von David oder Lazarus weiß, kann ich dir nicht sagen. Was uns beide betrifft… er war dabei, als Angelus uns fast getötet hätte.«

Das stimmte. Catherine erinnerte sich nur zu gut an Bois' Blick, als Ciban ihr Deckung gegeben und sich vergewissert hatte, dass ihr nichts Lebensbedrohliches widerfahren war. Irgendwie hatte sie jedoch nicht den Eindruck gehabt, dass der Professor der Typ Mensch war, der eine solche Erkenntnis als Druckmittel einsetzte. Andererseits stellte sich durchaus die Frage, ob auch er insgeheim zu den Lux-Domini-Mitgliedern gehörte, die Marc Kardinal Ciban lieber tot als lebendig sehen würden.

»Sein Name steht auf einer der Listen, die ich heute Morgen studiert habe«, sagte Catherine. »Soweit die Daten noch aktuell sind, gehört er zu den Guten. Und er ist *kein* Triade. Aber er ist ein Meister.« Sie hielt kurz inne. »Darius ist ein Meister gewesen. Ebenso Eleonora.«

Ciban verarbeitete Catherines Worte, dachte einen Augenblick lang nach. »Bois sprach von einer Prüfung, der ich mich zu unterziehen hätte, sollte ich ernsthaft daran denken, das Erbe meiner Mutter anzutreten«, sagte er behutsam. »Drei Anwärter auf die spirituelle Führung des Lux habe es bereits gegeben…«

»Und?«, hakte Catherine mit einem mulmigen Gefühl in der Magengegend nach.

»Es ist ihnen nicht besonders gut bekommen, einer von ihnen ist tot.«

Catherine holte tief Luft. »Ist es denn unbedingt notwendig, dass du Eleonoras Platz einnimmst? Gibt es keinen anderen Weg?«

»Wenn wir den Nox-Triaden die Stirn bieten wollen, brauchen wir die geballte Macht des Lux Domini hinter uns. Es führt kein Weg daran vorbei.«

Erneut herrschte einen Augenblick lang Stille.

»Wann wird diese … Prüfung stattfinden?«

»Ich habe keine Ahnung. Es wird mich eiskalt erwischen.«

Catherine stieß einen unterdrückten Fluch aus. Als Exagentin verband sie ein paar sehr unliebsame Erinnerungen mit dem Orden. Das Lux hatte sich in den letzten Jahren zunehmend zu einem mächtigen, krakenhaften Ungetüm entwickelt, das selbst seinen Mitgliedern gegenüber kein Pardon kannte. Dass es Leos Konzil zur Modernisierung der Kirche unterstützte und ein Antipode des Opus Dei geworden war, erleichterte die Sache kein bisschen. Das Spiel mit der Macht forderte seinen Tribut. Das alles war freilich erst nach Eleonora Cibans Tod eingetreten. Doch nun fragte Catherine sich, was der Orden wohl Ciban alles würde antun können. Der Kardinal war zwar physisch, geistig und seelisch stark und verfügte über die Grenzen des Vatikans hinaus über einen großen Einfluss, doch das Lux erschien ihr einfach viel zu unberechenbar. Vielleicht ging nach den verfluchten letzten Wochen aber einfach nur ihre Fantasie mit ihr durch.

Ciban zögerte, doch dann sagte er: »Du musst mir etwas versprechen. Wenn es so weit ist, halte dich zurück. Setze Bois nicht unter Druck. Das könnte die ganze Angelegenheit noch gefährlicher gestalten.«

Widerstrebend gab sie ihm ihr Wort. Er drückte sie an sich. »Mach dir keine Sorgen. Ich habe noch ein paar nette, kleine Tricks auf Lager. Bois wird sich wundern. Da du die Listen erwähnt hast … Was wissen wir über unseren Leiter des vatikanischen Presseamtes? Was haben wir über Augstein?«

Catherine machte große Augen. »Monsignore Philippus Augstein?«

»Ja. Wird er in den Listen erwähnt?«

»Mit keiner Silbe. Ich bin die Listen bisher zweimal durchgegangen. Inwiefern bereitet unser Pressechef dir Kopfzerbrechen?«

»Ich bin mir nicht sicher … Du erinnerst dich an die Geschichte über Dr. Kleiers archäologischen Fund im Untergrund des Vatikans in den späten Siebzigern?«

»Das auf den Grundrisskarten nicht verzeichnete Tunnelsystem mit der Tempelanlage und Pius' geheimer Privatbibliothek?«

Kleier hatte dort einige Schränke und Regale mit bislang unbekannten apokryphen Schriften der Bibel entdeckt, darunter die geheime Apostelgeschichte, ein kleines, in rotes Leder gebundenes Werk, das nun in einem der Stahlschränke des geheimsten aller Vatikanarchive ruhte: dem Schwarzen Archiv.

Ciban nickte. »Entweder ist Augstein ein verkappter Hobbyarchäologe, oder er treibt sich aus einem anderen Grund in der Nähe der Tempelanlage herum.«

»Wurde der Zugangstunnel zur Tempelanlage nicht versiegelt?«, überlegte Catherine.

»Das wurde er. Sogar dreifach. Und das ist er noch immer, ich habe mich selbst davon überzeugt. Möglicherweise gibt es einen anderen Zugang.« Ciban blickte kurz auf die Uhr und seufzte. »Tut mir leid, mein Schatz. Ein Termin im Inquisitionspalast. Ich muss los, sonst reißt unser Freund Tardini mir noch bei lebendigem Leib den Kopf ab.«

Catherine schmunzelte. »Das wollen wir auf gar keinen Fall riskieren!« Tatsächlich hatte sie Cibans alten Sekretär in den letzten Monaten sehr zu schätzen gelernt. Seinen Humor, seine innere Ruhe, seinen Mut. Irgendwie schaffte der alte Bischof mit dem schlohweißen Haar es immer, Ciban selbst in den brenzligsten Situationen den Rücken freizuhalten. Eigentlich hätte Tardini seit fast zwei Jahren seinen Ruhestand genießen können, doch er war lieber an Cibans Seite geblieben. Wie er es ausdrückte, war bei dem Präfekten der Glaubenskongregation immer was los. Und nicht zuletzt schien der alte Römer ohnehin mit allen Wassern gewaschen.

Ciban nahm den kleinen, antennenartigen Störsender vom hölzernen Lesepult und ließ ihn in seiner Soutane verschwinden. »Sehen wir uns heute Abend?«

»Offiziell oder inoffiziell?«, fragte Catherine frech.

Als Antwort funkelte es geheimnisvoll in Cibans Augen.

10

Monsignore Ben Hawlett verließ den Autobahnring über die Ausfahrt Rom Nord und schmunzelte in sich hinein, als ihm der Moment in dem kleinen Lesesaal noch einmal durch den Kopf ging. Er hatte den verdutzten Blick Cibans in seinem Rücken gespürt, und allein schon das war es wert gewesen, denn so leicht war der Kardinal nicht zu irritieren. Am meisten war es Ben jedoch um Catherine gegangen. So hatten sie in alldem Trubel noch ein paar Minuten der Zweisamkeit genießen können. Er freute sich für sie. Wahre Liebe war etwas Seltenes und Kostbares. Besonders wenn sie aus einer so unerwarteten Richtung kam. Ihm selbst war dieses Glück noch nicht zuteilgeworden, und vielleicht würde es das auch niemals tun. In jedem Fall würde es für die beiden alles andere als einfach werden, trotz des kürzlich freigestellten Zölibats. Vorerst hatte jeder seine Rolle weiterzuspielen. Und das nicht nur wegen des anlaufenden Konzils. Es ging auch darum, dem Feind keine zusätzliche Angriffsfläche zu bieten.

Eine Viertelstunde lang folgte er einer schmalen, stark strapazierten Landstraße. Lazarus' kleines Landhaus lag inmitten eines verwilderten Waldstücks in der Provinz Rom. Weiße Wolken schwebten vor einem strahlend blauen Himmel, kein Regentropfen war in Sicht. Ben hatte das Gefühl, dass der solide Kleinwagen, den er aus dem Fuhrpark gewählt hatte, seinen Weg fast wie von selbst über die Hügel und Täler, durch die Wälder, die Olivenhaine und die Weinberge nahm.

Zwei Wochen zuvor war er noch in Sao Paulo gewesen, wo er im Auftrag Cibans ermittelt hatte. Dabei war es nicht um Fragen des Glaubens gegangen, sondern um den Fall eines äußerst raffinierten und skrupellosen Kardinals. Es hatte Ben mehrere Monate und jede Menge Nervenkraft gekostet, den Mann zu überführen, ohne dass die Öffentlichkeit Wind davon bekam. Und kaum dass er nach Italien zurückgekehrt und vatikanischen Boden betreten hatte, war es auch schon in L'Aquila und Rom um Leben und Tod gegangen. Rein gefühlsmäßig hatte sich für Ben in den letzten fünfzehn Tagen seiner Agententätigkeit mehr ereignet als in den letzten beiden Jahren zusammen. Dabei war er es gewohnt, dass er mit seiner Arbeit für Ciban mit dem Unvorhersehbaren, dem Unvorstellbaren, ja dem eigentlich Unmöglichen rechnen musste.

Einer dieser Unmöglichkeiten begegnete Ben nun in der Person eines Mannes mit dem Decknamen Lazarus, ein Religionswissenschaftler und Historiker, dessen Körper aufgrund einer genetischen Anomalie seit Jahrhunderten nicht zu sterben vermochte. Das heißt, Lazarus starb schon, war schon viele Male zu Tode gekommen. Sei es auf dem Schlachtfeld, auf der Großbaustelle einer mittelalterlichen Kathedrale oder als greiser Wissenschaftler durch die Revolverkugel eines auf ihn angesetzten Killers, wie vor wenigen Monaten geschehen. Allerdings wurde der Prozess des Sterbens bei ihm jedes Mal auf geheimnisvolle Weise aufgehoben und umgekehrt. Ganz gleich in welchem Alter oder durch welche Verletzung Lazarus auch starb, nach einigen Tagen kehrte der Unsterbliche wie durch ein Wunder regeneriert zu einem Ausgangsalter von Anfang vierzig zurück und durchlief von diesem Zeitpunkt an erneut einen Alterungsprozess. Lazarus selbst nannte diesen Kreislauf den Fluch der Unsterblichkeit.

Ben wusste nichts über die Ursache dieses »Fluchs«, hatte aber den Eindruck, dass Ciban und Catherine kürzlich mehr darüber erfahren hatten. Vor allem Cibans Verhalten hatte sich dem Gelehrten gegenüber gewandelt. Der Präfekt vertraute nur wenigen Menschen, doch plötzlich gehörte Lazarus dieser exklusiven Gruppe an. Als der Unsterbliche noch vor wenigen Monaten unter dem Namen Dr. Robert Martini in Rom gelebt und für seine Studien wiederholt Zugang zu den geheimen Archiven beantragt hatte, hatte Ciban ihm diesen Zutritt aufgrund seiner unorthodoxen Forschung verwehrt. Jetzt stand der Gelehrte praktisch unter dem Schutz des Kardinals und untersuchte in dessen Auftrag die geheimen Protokollbücher der mittelalterlichen Abtei.

Und dann war da das Kind. David. Ben mochte den Jungen, auch wenn er ein komplettes Rätsel für ihn war und seine apokalyptischen Visionen einem das Blut in den Adern gefrieren lassen konnten. Catherine hatte Ben von Davids Leben in den geheimen Laboren erzählt, aus denen er, kurz nach Dr. Martinis Ermordung, befreit worden war. Der Junge mit seinen starken medialen Gaben war das Ergebnis eines perfiden Gentechnikexperiments, ohne dass die Genspender vom Missbrauch ihres in einer DNA-Datenbank gelagerten Erbguts wussten. So hatte man Cibans Gene missbraucht, um in Verbindung mit anderem Erbgut ein supermediales Wesen zu kreieren. Die dramatischen Ereignisse in San Leonardo, wo der Junge im Anschluss an seine Befreiung versteckt worden war, hatten Ciban und David schließlich auch menschlich zusammengeschweißt. Ben hatte keine Ahnung, was für ein Typ Vater Ciban sein würde. Ob er sich überhaupt als Vater eignete. Einmal ganz davon abgesehen, dass es ein Schock gewesen sein musste zu erfahren, dass ein verbrecherischer Wissenschaftler insgeheim aus dem Erbgut seiner Familie ein mediales Wunderkind im

Reagenzglas gezeugt hatte. Und was das alles erst für den Jungen bedeuten musste, bis hin zur unerwarteten Begegnung mit dem Vater wider Willen … das konnte Ben sich noch weniger vorstellen.

Momentan lebte David aus Sicherheitsgründen in einem abgelegenen Bereich des Apostolischen Palastes, als einer von Adrian Coelhos Neffen getarnt. Soweit Ben wusste, lebten zurzeit 23 oder 24 Kinder von Vatikanangestellten in der heiligen Stadt. Da fiel ein Junge mehr oder weniger nicht weiter ins Gewicht. Das war relativ unverfänglich und schützte das Amt Cibans.

Ben bog von der Landstraße in einen schmalen, naturbelassenen Waldweg. Buschwerk sowie die Äste kleinerer Bäume schrammten die Karosserie entlang, doch so gefährlich das Knirschen auch klang, die Natur würde dem spezialversiegelten grauen Lack nichts anhaben können. Hoffte er wenigstens.

Während Ben im Schritttempo über die holprige Piste fuhr, gingen seine Gedanken zu dem Fund, von dem Catherine ihm auf dem Weg nach Rom erzählt hatte: das Vermächtnis Eleonora Cibans an ihren Sohn. Sollte es Marc Ciban nach all den Jahren gelingen, seinen Anspruch auf die Führung des Lux Domini geltend zu machen und die Medialen auf seine Seite zu ziehen, würde das ihre Chancen im Kampf gegen die Finsternis enorm erhöhen. Allerdings musste dies so geschehen, dass Stefano Kardinal Gasperetti als offizieller Leiter des Ordens keinen Wind davon bekam.

Ben durchfuhr ein altes, zugewuchertes Gatter, das ein unbedarfter Passant niemals als Tor entlarvt hätte. Es war die perfekte Tarnung. Nach zwei weiteren Minuten erreichte er endlich sein Ziel. Ein kleines, von einer alten Steinmauer umgebenes Anwesen. Nachdem er einige Obstbäume passiert und ein Wildrosenstrauch ihm fast den Weg versperrte, parkte er den Wagen unter einem alten Kastanienbaum. Alles wirkte verwildert und verlassen. Nichts deutete darauf hin, dass der Garten bewusst so angelegt worden war. Nicht einmal die alte rostige Karre, die hier schon seit Jahren zu stehen schien. Lazarus' Schindeldachhäuschen hätte glatt aus einem der Märchen der Brüder Grimm stammen können.

Ben trat zu der verwitterten Holztür und berührte einen getarnten Sensor. Im Inneren reagierte darauf ein verborgenes Überwachungssystem. Ein leises Sirren signalisierte ihm, dass die Tür nun offen war.

»Kommen Sie herein, Pater«, hörte Ben die nun wesentlich jünger klingende Stimme von Lazarus. »Ich mache mir gerade einen Kaffee. Wollen Sie auch einen?«

»Danke, Doktor. Das wäre jetzt genau das Richtige.«

Die Verjüngung des Gelehrten irritierte Ben noch immer. Er hatte den Historiker vor ihrer Begegnung auf San Leonardo zwar nicht persönlich gekannt, einen seiner protestierenden Auftritte als weit älterer Dr. Robert Martini jedoch einmal im Inquisitionspalast miterlebt. Lazarus war bereits unter Papst Innozenz als »verdächtige Person« eingestuft worden. Es gab eine dicke Akte über ihn und sein Werk in der Indexabteilung der verbotenen Bücher, mit Protokollnummer und allem Drum und Dran.

»Nur mit Milch, wenn ich mich recht erinnere.«

»Ja, bitte.«

Lazarus reichte ihm einen vollen Kaffeebecher mit dem Aufdruck »Jede Musik hat ihren Himmel«. Ben nahm einen vorsichtigen Schluck und blickte sich in dem kleinen, verwahrlost erscheinenden Wohnraum um, an den ein kleines Bad und eine Kochnische angrenzten. Ein leistungsfähiger Generator im Untergrund versorgte die Hütte mit Strom. Das Wasser kam aus einer nahen unterirdischen Quelle. Die Einrichtung war schlicht. Ein altes Bett, ein Tisch, zwei Stühle, ein Schrank. Es sah nicht so aus, als hätte hier jemand dauerhaft sein Zuhause eingerichtet. Der eigentliche Wohnbereich, das Herz des Gebäudes, lag unter der Hütte. Ein bunkerartiger Keller mit drei Räumen, ausgestattet mit einem unterirdischen Fluchttunnel, der irgendwo im Wald endete.

»Wie geht es Doktor Kirk?«, fragte Lazarus ruhig, doch Ben wusste, wie wichtig dem Gelehrten diese Frage war. Eliza Kirk und er hatten einiges in den Re-Source-Laboren durchgemacht. »Fühlt sie sich in diesem Safehouse halbwegs wohl? Lebt sie sich ein?« Sie nahmen an dem alten Tisch Platz und setzten die Becher ab.

»Das tut sie. Ein paar unserer Agenten wachen rund um die Uhr über ihre Sicherheit. Außerdem hilft ihr Schwester Giada, sich einzuleben.«

Lazarus hatte Giada während seiner Zeit in Rom mehr aus der Ferne kennengelernt, wusste aber über ihren Hintergrund. Seit ihrem Ausscheiden aus dem aktiven Dienst kümmerte die Ordensfrau sich um Cibans Haushalt, genauer sein zweistöckiges römisches Apartment an der Piazza Navona. Als ehemalige Sicherheitsexpertin und Agentin war sie der geborene Wachhund und wusste aufgrund ihrer Erfahrung mit Dr. Kirks Situation umzugehen. Die psychologischen

Fähigkeiten der alten Nonne schätzte Ben zwar eher robust ein, wie er aus eigener Erfahrung wusste, dafür aber würde Eliza Kirk bei ihr sicher sein.

»Wann werde ich sie sehen können?«, fragte Lazarus behutsam.

»Sobald Sie und Doktor Kirk von uns eine neue Identität erhalten haben. Seine Eminenz kümmert sich darum. Wir dachten daran, Sie in Rom als Paar auftreten zu lassen.«

»Das klingt gut.«

»Es werden auch ein paar kosmetische Eingriffe nötig sein.«

»Sie meinen eine kosmetische Operation?«

»Um Himmels willen, nein. Wir dachten da mehr an eine sinnvolle Kostümierung, an einen anderen Kleidertyp, eine andere Haarfarbe und Frisur. Eine Brille vielleicht. So etwas in der Art.«

»Weiß Eliza, was auf sie zukommt?«

»Schwester Giada informiert sie gerade.«

»Und wie lange wird das alles dauern?«

»Vermutlich ein paar Tage. Wir müssen vorsichtig sein.«

Lazarus nickte nachdenklich. »Es gibt da etwas, das Sie … das Seine Eminenz wissen muss«, fuhr er schließlich fort. »Henrik Vandenberg weiß von meinem Fluch. Als ich im Re-Source-Tower dieses Vieraugengespräch mit ihm hatte, sprach er mich direkt darauf an.«

Dass der Re-Source-Gründer davon wusste, war etwas, das Ben ganz und gar nicht gefiel und das auch Ciban alles andere als erfreuen würde. Andererseits änderte es nichts an der gegenwärtigen Situation. Ihr Gegner war gefährlich und sehr mächtig.

»Danke für die Information. Ich werde es Kardinal Ciban mitteilen. Und bevor ich es vergesse…« Er griff in die Innentasche seiner Soutane und überreichte dem Gelehrten ein Kryptohandy. »Damit unsere Kommunikation in Zukunft reibungslos verläuft.«

Überrascht blickte Lazarus auf das kleine Hightechgerät. »Werde ich damit nur Sie oder auch die anderen erreichen können?«

»Sie werden damit jeden erreichen, den Sie zu erreichen wünschen, Doktor. Aber nur die Gespräche in unserem kleinen, vertrauten Kreis werden abhörsicher sein. Alle Partner, die Sie im Augenblick brauchen, stehen hier drin. Auch Doktor Kirk. Verschlüsselt.« Ben erklärte ihm die weitere Funktionsweise, schließlich speicherte Lazarus seinen Fingerabdruck, der nur ihm den Zugriff erlaubte.

»Danke für Ihr Vertrauen, Pater. Das wird mir die Arbeit und das Leben erheblich erleichtern.«

»So ist es von Seiner Eminenz gedacht.«

Lazarus steckte das Handy ein, nahm seinen Kaffeebecher und erhob sich. »Dann schlage ich vor, dass wir jetzt nach unten in den Computerraum gehen. Es gibt einiges zu berichten.«

Ben schnappte seinen Kaffeebecher und folgte ihm zur Kochnische, wo eine gut getarnte Falltür eine Treppe in den komfortablen Untergrund verbarg, zu dem ebenfalls ein Waschraum sowie eine Kochecke gehörten. Er fragte sich, was Lazarus wohl sagen würde, wenn er ihm gleich von den jüngsten Ereignissen im Vatikan berichtete.

»Nehmen Sie Platz.« Lazarus schob Ben einen der beiden Schreibtischsessel hin. »Es hat mich die halbe

Nacht gekostet, mir einen Reim auf dieses geheime Re-Source-Protokoll zu machen. Ich kann Ihnen versichern, dass wir auf ein Schlangennest gestoßen sind.«

11

Catherine verließ den Vatikan durch das St.-Anna-Tor, die von der Schweizergarde und der Vigilanza bewachte Haupteinfahrt der Vatikanstadt. Das schöne Wetter vom Vormittag hielt an. Der Himmel erstrahlte. Ein paar dicke weiße Wolken trieben dahin, und die Kondensstreifen eines Verkehrsjets lösten sich langsam in der Bläue auf. Catherine hielt auf den Petersplatz mit seinen imposanten Kolonnaden zu. Das ein oder andere Fernsehteam stand dort und filmte die Menschen, die nicht müde wurden, nach dem schrecklichen Anschlag nach Rom zu pilgern, um mit den Hinterbliebenen und der Kirche zu trauern. Hätte Ciban den diabolischen Plan des Feindes nicht in letzter Minute durchschaut, wie viele Opfer mehr hätte es in der Vatikanstadt gegeben. Aber es waren auch so schon viel zu viele Tote.

Tag und Nacht brannten 47 Kerzen auf der Freitreppe vor dem Petersdom. Eine für jedes Opfer. Täglich strömten Zigtausende Menschen hierher, um der Toten zu gedenken. Viele Besucher weinten und legten nach alter Tradition Blumen und Kränze vor den Lichtern nieder. Papst Leos Trauerrede hatte die Menschen tief berührt. Selbst die Medien hatten daraufhin allzu reißerische Spekulationen über die Hintergründe des Attentats unterlassen. Sie respektierten die Ruhe der

Toten sowie die Trauer und die Zurückgezogenheit der Angehörigen, während hinter den Kulissen der Welt die Jagd nach den wahren Mördern weiterging, auch aufseiten des Vatikans.

Das Urböse, um das es in diesem Krieg ging, war ein maliziöser Verführer und bezog seine Cleverness und Kraft nicht nur aus der materiellen Welt. Es witterte die Stärken und Schwächen seiner Opfer, verstand diese weit besser, als sie sich selbst verstanden, bis hin zu den Vorlieben und verdrängten Abneigungen ihrer Sexualität. Catherine hatte erlebt, zu was dieses Urböse imstande war, wie es Menschen in den körperlichen wie geistigen Abgrund trieb, bis nichts mehr von einer Seele übrigblieb als triebhafte Gier. Die katholische Kirche hatte sich in ihrer zweitausend Jahre währenden Geschichte schon vielen Heimsuchungen gestellt, doch diesmal schien die Manifestation des Bösen abgründiger und hinterhältiger denn je.

Catherine passierte einen der großen Brunnen auf dem schlüsselförmigen Platz. Ihr Ziel war der in südöstlicher Richtung gelegene Campo de' Fiori auf der anderen Seite des Tibers, wo ihr kleines Apartment lag. Sie würde dort kurz nach dem Rechten sehen, ihre E-Mails checken, einige Sachen packen und dann zur Ciban-Villa zurückkehren, um weiter an der Auswertung der Dokumente arbeiten zu können. Vor allem wollte sie noch einmal überprüfen, ob es nicht doch noch eine Information über Monsignore Philippus Augstein in Eleonoras Aufzeichnungen gab. Womöglich hatte sie etwas übersehen oder schlichtweg vergessen.

Ihr Blick fiel auf den Petersdom, das Zentrum der katholischen Welt. Ganz gleich, wie oft sie den Vorplatz mit seinem Säulenoval auch passierte und die Fassadenfront der riesigen Kirche in Augenschein nahm, der Anblick war jedes Mal atemberaubend. Sie erinnerte sich noch an das erste Mal, als sie die Vatikanstadt besucht hatte. Ihr mulmiges Gefühl, als sie am ersten Posten der Schweizergarde mit der Hellebarde am St.-Anna-Tor vorübergegangen war. Ihr Erstaunen über die vielen geparkten Autos in den Straßen und Höfen. Dann – völlig unerwartet – das Alltagsgeschäft. Die vatikanische Apotheke, die Tankstelle, die Post, der Supermarkt oder der mit lateinischer Anleitung versehene Geldautomat, den sie genauso entschlossen und neugierig erkundet und bestaunt hatte wie alles andere, was ihr in der heiligen Stadt als junge Studentin zugänglich gewesen war. In Bens Begleitung hatte sie dann vor eineinhalb Jahren, als sie wegen des gegen sie laufenden Disziplinarverfahrens nach Rom gekommen war, einige der Marmorflure und Kunstgegenstände im Apostolischen Palast bestaunen können. Ebenso den legendären Ausblick durch die deckenhohen Fenster auf den Damasushof und den Petersplatz. Ihre Bewunderung, selbst für das Alltägliche inmitten all der Erhabenheit, hatte seither keinen Deut nachgelassen.

Als Catherine die andere Seite der Kolonnaden fast erreicht hatte, glaubte sie plötzlich eine ihr bekannte Gestalt im Schatten einer der mächtigen Säulen zu sehen. Nicht dass sie das Gesicht des Mannes auf die Entfernung erkannt hätte, jedoch lag in der Haltung etwas seltsam Vertrautes. Eine Welle der Angst überkam sie, die ihr einen Schauder über den Rücken laufen, ja Übelkeit in ihr aufsteigen ließ. Sie blinzelte, um gegen das grelle Licht besser sehen zu können, doch als sie erneut in die Richtung blickte, war die Gestalt auch schon ganz in den Schatten der Kolonnaden verschwunden. Fast war es, als hätte der Mann ihr zugegrinst.

Sie hielt auf die Stelle zu, doch dort angekommen, fand sie lediglich eine alte Frau vor, gestützt von einem Teenager.

Dennoch spürte sie noch immer diese bedrückende Präsenz.

Catherine traf eine riskante Entscheidung, senkte vorsichtig ihren mentalen Schutzschild, Schicht für Schicht, spürte, wie die Belastung ihr die Kraft raubte. Dennoch setzte sie ihr Vorhaben fort und blickte schließlich über ein lumineszierendes Menschenmeer auf dem Platz und zwischen den Kolonnaden, tauchte tief in eine verwandelte Welt hinein, voller energetischer Schwingungen. Klein, groß, schwach, stark. Fühlen, Denken, Handeln, all das in ständiger Bewegung, in einem unbeschreiblichen Farbentanz. Rot, Orange, Gelb, Grün, Blau, Weiß, Braun und Schwarz. Jede einzelne Aura von einem besonderen Farbenspektrum dominiert. Manche strahlten vor Lebens- und Tatkraft, andere in Harmonie oder in Opferbereitschaft und Hingabe. In einigen sah Catherine Pessimismus, Misstrauen, Willensschwäche oder gar unterdrückte Aggressivität und Gier. Sie erblickte jedoch nicht die spezielle Aura, nach der sie Ausschau hielt. Ihr Farbspektrum umfasste ein schmutziges Braun mit einem Stich ins Schwarze, mit dem trüben Rot, dem verwaschenen Dunkelgrün und dem schalen Gelb. Egal wo sie auch hinschaute, nirgends registrierte sie dieses üble Maß an Streitsucht, diese Bosheit, Tücke, Überheblichkeit und zerstörerische Perversion.

Fast zu spät bemerkte sie, wie sehr ihr diese Suche die eigene Energie raubte.

»Geht es Ihnen nicht gut, Schwester?«, fragte die Greisin aufrichtig besorgt.

Catherine lehnte sich mit der Hand an eine der Säulen und rang sich ein Lächeln ab. »Danke. Nur ein kurzer Schwindel. Es geht schon wieder.«

»Sind Sie sicher?«

»Ganz sicher.«

Die alte Frau musterte Catherine noch einmal, und stapfte dann mit ihrem jugendlichen Begleiter langsam davon.

Catherine atmete tief durch, um ihre Gefühle wieder in den Griff zu bekommen, und blickte sich weiter um. Nein, es waren einfach zu viele Menschen zwischen den Kolonnaden unterwegs, um eine einzelne Person ausmachen zu können. Und darüber hinaus konnte das, was sie glaubte, gesehen zu haben, einfach nicht sein.

Deine Nerven gehen nach Schwester Marthas Erlebnis mit dir durch. Das ist alles.

Nach einem letzten Blick setzte Catherine ihren Weg zum Campo de' Fiori fort. Es war schon verrückt, welche Streiche einem das Unterbewusstsein spielen konnte. Und erschreckend, wie schnell längst vergessen Geglaubtes aus der Kindheit mit einem Male wieder aus den tieferen Schichten des Selbst zutage trat. Ein paar Sekunden lang hatte Catherine sich wieder gefühlt wie eine Neunjährige. Eine Neunjährige in Todesangst.

Sie überquerte den Tiber über die Ponte Principe Amedeo, eine Bogenbrücke für den Auto- und Fußgängerverkehr, die den Hügel Gianicolo mit dem Campo de'

Fiori und der Piazza Navona verband. Auch hier strömten ihr die Menschen in den engen Straßen und Gassen auf dem Weg zum Petersplatz entgegen. Die Verkaufsstände auf dem Campo de' Fiori waren bereits abgebaut und die Überbleibsel des regen Marktbetriebes beseitigt worden. Schon im Mittelalter hatte der Campo zu den belebtesten Plätzen Roms gehört. Allerdings erinnerte die in der Mitte des Platzes aufragende Bronzestatue des Priesterphilosophen und Astronomen Giordano Bruno auch daran, dass hier einmal die öffentlichen Hinrichtungen zur Zeit der Inquisition zelebriert worden waren. Was Bruno wohl zu einem modernen Papst wie Leo und den aktuellen Entwicklungen in der Kirche sagen würde, würde er aus dem Grab auferstehen?

Catherine bog in eine der kleinen, schmalen Gassen ein, die höchstens ein Mini oder eine Vespa passieren konnten. Eine Minute später betrat sie auch schon das alte Haus mit dem Bogeneingang. Diesmal wählte sie den Aufzug anstatt der Treppe, ihr Apartment lag im obersten Stockwerk. Catherine hatte es angemietet, als klar geworden war, dass sie vorerst in Rom bleiben würde. Ein angenehmer Wohnraum mit Kamin und Bücherregal, ein Schlafzimmer mit Bad sowie eine Küche boten ihr alles, was sie zum Leben und Arbeiten brauchte. Auch war sie die einzige Bewohnerin der Etage, was ihr allzu neugierige Nachbarn vom Leib hielt. Gemessen an den Einnahmen aus dem Verkauf ihrer Bücher lebte sie so bescheiden wie eine Kirchenmaus. Der überwiegende Teil der Honorare floss in die Unterstützung wohltätiger Organisationen, auf die sowohl Catherine als auch einige Menschen, denen sie vertraute, ein Auge hatten.

Sie öffnete die massive Apartmenttür und trat in den kleinen, schattigen Flur. Sofort fiel ihr Blick auf das kleine Tischchen mit dem alten Festnetzanschluss, von dem sie sich noch immer nicht hatte trennen können. Das Licht des Anrufbeantworters blinkte und tauchte alles in einen pulsierenden orangefarbenen Schein. Einige ihrer älteren Freunde und Bekannten, darunter auch die Mutter Oberin ihres Chicagoer Ordens, riefen sie nach wie vor unter dieser Nummer an.

Während sie die Jacke ihrer modernen Ordenstracht an der Garderobe aufhängte, drückte sie die Playtaste.

»Hallo Catherine, ich bin es, Ava … deine …«, drang es aus dem Lautsprecher heraus, bevor die Nachricht für einige Sekunden abbrach.

Catherine stand da wie erstarrt.

»Ich bin vermutlich der letzte Mensch, von dem du je wieder erwartet hättest zu hören …«

Die Stimme klang angespannt. Vielleicht sogar besorgt?

»Ich … ich komme nach Rom … du und ich … wir müssen uns treffen … Es geht um deine … leiblichen Eltern. Bitte rufe mich so schnell wie möglich zurück.«

Es geht um deine … leiblichen Eltern, hallte es in Catherines Geist nach.

Sie rührte sich nicht, stand weiterhin wie angewurzelt da. Dann spielte sie die Nachricht erneut ab, als müsse sie sich versichern, dass das kein übler Scherz war. Nein, es war ganz sicher Ava. Selbst nach all den Jahren erkannte sie die Stimme ihrer Adoptivmutter wieder. Und all die schmerzhafte Erinnerung kehrte zurück. Sie presste die rechte Hand auf den Magen, um dem Druck entgegenzuwirken und sich zu beruhigen. Dann wurde ihr langsam der Kern der Nachricht wieder bewusst. Ava rief nicht als Adoptivmutter an, die den Kontakt suchte, um Frieden mit ihrer Tochter und der gemeinsamen Vergangenheit zu schließen. Es gab für ihren Anruf einen ganz speziellen Anlass: Catherines wirkliche Eltern!

Sie checkte das Display. Eine Handynummer. Einen Moment verharrte sie, atmete tief durch. Dann drückte sie die Rückruftaste. Das Telefon klingelte mehrere Male, ohne dass jemand abnahm. Schließlich meldete sich die Mailbox mit der üblichen Ansage, dass der angerufene Teilnehmer zurzeit nicht erreichbar sei. Catherine überwand sich und hinterließ eine kurze Nachricht.

»Hallo …«, sie schluckte das Wort Mutter hinunter, »Hallo Ava. Ich war beruflich unterwegs und habe deine Nachricht gerade abgehört. Ich … ich muss gleich wieder los und versuche es später noch einmal.«

Sie hatte gerade aufgelegt, als ihr in der Aufregung klar wurde, dass sie am besten ihre Handynummer hinterlassen hätte. Also rief sie erneut an und gab ihre Nummer durch. Die darauffolgende Stunde ging sie ihre Post durch, packte ein paar Kleidungsstücke und etwas Arbeitsmaterial in ihre Sporttasche und warf stets einen Blick auf ihr Handy. Immer wieder tauchten Erinnerungen aus ihrer Kindheit auf. Gefühle, die Bilder heraufbeschworen; und Bilder, die längst verschüttete Gefühle freilegten. Darunter waren jedoch keinerlei Erinnerungen an ihre Adoption. Dafür war sie einfach noch zu klein gewesen. Fast noch ein Baby. Die positiven Gefühle verband sie fast allesamt mit ihrem Adoptivvater, die unangenehmen hingegen mit der Adoptivmutter. Fast unerträglich war die Zeit nach dem Tod des Vaters gewesen. Nein, ihre Mutter war kein böser Mensch. Das nicht. Catherine hatte schon als Kind genug über das Böse im Menschen gelernt, um das zu verstehen. Ava war einfach nicht mit Catherines Gabe und den damit einhergehenden Konsequenzen klargekommen. Im Gegensatz zu ihrem Vater, dem ihre Medialität kein Problem bereitet und der sie wie eine leibliche Tochter geliebt hatte. Sie berührte das kleine Silberkreuz, das er ihr zur heiligen Kommunion als Schutz vor dem Bösen geschenkt hatte und das sie stets unter ihrer Kleidung trug. Bei der Erinnerung spürte sie einen quälenden Druck auf der Brust. Nur wenige Wochen nachdem er ihr den kleinen Anhänger geschenkt hatte, war er nach einer weiteren Chemotherapie dem Krebsleiden erlegen.

Dass das Ehepaar Bell nicht Catherines leibliches Elternpaar war, hatte sie allerdings erst vor eineinhalb Jahren erfahren. Pater Darius, ihr Mentor am KIMH, hatte es gewusst, jedoch zeit seines Lebens für sich behalten. Es gab sogar eine Fotografie, die Darius und das Findelkind Catherine gemeinsam mit einer Nonne zeigte. Dieses Foto hatte Catherine am Tag der Wahrheit in einem Umschlag erhalten. Und es hatte ihr für eine Weile den Boden unter den Füßen weggezogen. Sie hatte sich gegen diese Wahrheit gewehrt, als hätte sie nichts mit ihr zu tun, und nichts unternommen, um der Sache auf den Grund zu gehen. Die Bells waren für sie nach wie vor ihre Familie, auch wenn sie Ava absolut nicht leiden mochte.

Manchmal fragte sie sich jedoch schon, *wer* ihre leiblichen Eltern waren. Wem sie ihre körperlichen und geistigen Attribute verdankte. Ihr dunkelblondes Haar, die hellen Augen, die sportliche, schlanke Statur? Von wem stammte ihr Hang zum Rebellischen? Ihr unbändiger Gerechtigkeitssinn? Und wem verdankte sie ihre mediale Gabe?

Während ihr all das durch den Kopf ging, wartete ein Teil von ihr weiterhin sehnsüchtig auf den Anruf. Doch das Telefon klingelte nicht. Es kam kein Rückruf. Vielleicht war Ava gerade mit einem ihrer Börsengeschäfte zugange oder nach Chicago zu einem ihrer reichen Maklerfreunde unterwegs.

Schließlich notierte Catherine sich Avas Nummer und beschloss, nicht länger zu warten, sondern sich auf den Weg zu einer der nahe gelegenen Tiefgaragen zu machen, wo einige Autos aus dem Fahrzeugpool des Vatikans mit neutralem Kennzeichen für Cibans Mitarbeiter standen. Sie zog ihren dunkelblauen Jogginganzug sowie die schwarzen Laufschuhe an und schnappte sich die Sporttasche. Normalerweise war sie so jeden zweiten Morgen noch vor dem Frühstück zur Villa Borghese unterwegs, um dort ihre Trainingsrunden zu absolvieren, doch nun würde sie stattdessen zur Villa Ciban fahren.

12

Chicago, USA

Mit einem gierigen, fordernden Kuss auf den Lippen schrak Paula Tennant aus einem unruhigen Schlaf hoch, der sie eher erschöpft als erholt hatte. Ihre Kehle war wie zugeschnürt, ihre Seele vor Angst wie von Sinnen.

Doch der große, kräftige Mann, ihr eigener Vater, drückte sie mit einer Hand brutal ins Bett zurück, berauscht von seiner Macht und etlichen Gläsern Whiskey, während seine andere Hand ihr Nachthemd anhob, grobschlächtig über ihren Bauch fuhr und ihren Unterleib betastete.

»Wenn du schreist oder dich wehrst, werde ich dir zeigen, wie sehr die Liebe eines Vaters schmerzen kann.«

Derb betatschte er sie weiter. Seine Finger taten ihr weh. Es war nicht das erste Mal, dass er sie so berührte. Sein Blick war gierig und glich eher dem eines hungrigen Tieres als dem eines Menschen. Sein Atmen war heiß und stank nach Alkohol. Trotz seiner Drohung versuchte Paula sich zu wehren. Doch sie war noch ein halbes Kind, für das die Nächte seit einigen Wochen zu einem Albtraum geworden waren. Als er der Meinung war, sie ausreichend für seine sexuelle Fressgier präpariert zu haben, brachte er sein gesamtes Gewicht über sie und drang in sie ein, als gelte es, ihren Unterleib mit einem glühenden Eisen entzweizureißen. Der Schmerz raubt ihr fast den Verstand. Bis vor wenigen

Wochen hatte sie sich nicht einmal vorstellen können, dass es solch einen schrecklichen Schmerz überhaupt gab. Sie wollte schreien, brüllen, doch ihr Vater stopfte ihr den Mund mit einem weiteren ekelerregenden Kuss und stieß das hungrige, glühende Ding immer tiefer in sie hinein, obwohl er dabei stöhnte, als würde er jede Sekunde vor Qual verrecken.

Das Klingeln, das durch Paulas Schmerz drang und ganz aus der Nähe zu kommen schien, hörte er nicht. Auch nicht, als es schriller wurde. Paula konnte sich nicht erklären, woher es kam, aber es war ihr auch egal. Sie wand und drehte sich, sie fürchtete, jeden Augenblick unter dem Gewicht und dem Kuss ihres Vaters zu ersticken. Ihr Körper war schweißdurchtränkt. Ihre Rippen und ihr Unterleib taten ihr weh. Sie fror vor Übelkeit. Doch das energische Klingeln ließ nicht nach, schien in all der Dunkelheit sogar direkt neben ihrem Ohr zu sein. Oder war es nur das fordernde, Angst einflößende Flüstern ihres Vaters?

Wenn du schreist oder dich wehrst …

Sie zuckte zusammen, bäumte sich auf und schnappte wie eine Ertrinkende nach Luft.

Nein.

Niemals!

Nie wieder!

Reflexartig drehte sie sich zur Seite und fegte das Klingeln mit der Hand hinfort. Und dann war sie schlagartig wach, wirklich wach, nicht wie im Traum zuvor. Von einer auf die andere Sekunde; lag starr und steif auf dem Bett und starrte zur Decke, während ihr Puls raste und ihr hektisches Atmen nicht mehr zur Ruhe kam.

Das Läuten hörte nicht auf, dachte gar nicht daran aufzuhören, doch jetzt lauschte Paula dem Klingeln und nahm es fast dankbar an. Es war wie eine Erlösung, denn es vertrieb die Erinnerung an den Schmerz. Nur noch ein paar Sekunden, nur noch einen Augenblick der Ruhe, und sie würde wieder klar sein in ihrem Herzen und in ihrem Kopf. Und tatsächlich trat der Albtraum, der für sie gerade noch bittere Realität gewesen war, zurück und gab sie so weit frei, dass sie sich vorbeugen und nach dem Handy auf dem Teppichboden greifen konnte.

Der Blick auf das Display erleichterte sie. *Das Büro*. Meistens half die Agency gegen ihre Albträume.

»Agent Tennant«, meldete sie sich.

»Bernstein hier«, hörte sie die ruhige, kultivierte Stimme des stellvertretenden Direktors der International Security Agency. »Es tut mir leid, Sie an Ihrem freien Tag stören zu müssen, Agent Tennant, aber wie es aussieht, haben wir gerade einen Fall hereinbekommen, der in direkter Beziehung zu den Messias-Morden steht. Und das mitten in Chicago.«

»Hier in Chicago?« Ruckartig setzte sie sich auf, wobei es ihr gerade noch gelang, das ISA-Kryptohandy nicht aus der Hand fallen zu lassen.

»Ja. In der Holy Name Cathedral. Da Sie bereits in Berlin und London involviert waren, gehört der Fall Ihnen.«

Das war Robert Bernsteins Art ihr zu sagen, dass er sie, ungeachtet ihrer seelischen Blessuren, noch immer für eine seiner fähigsten Mitarbeiterinnen hielt. Bernstein hatte Paula vor vier Jahren zur ISA geholt und durch unzählige, höllisch schwere Tests gejagt, nachdem das FBI ihre Bewerbung trotz eines Hochschulabschlusses in Psychologie und Kriminalistik schon in der Bewerberphase aussortiert hatte. Paula wollte lieber nicht weiter darüber nachdenken, was Bernstein dazu bewogen hatte, ihr eine Chance zu geben. Bis heute hatte sie ihn nicht danach gefragt, und sie hatte nicht vor, es jemals zu tun.

»Agent Kearns und das Team von der Spurensicherung sind schon da«, fuhr Bernstein fort. »Ich habe bereits ein Foto gesehen. Machen Sie sich auf einen ziemlich schlimmen Anblick gefasst.«

Paula hatte von den ersten beiden Tatorten neben den Ermittlungsdaten die Fotografien gesehen, und deren Anblick war schon teuflisch gewesen. Der Leichnam der ersten Frau war im Berliner Dom – einer evangelischen, dem Petersdom nachempfundenen Kirche – gefunden worden. Er lag auf der siebenstufigen Treppe vor dem Altarraum, vom frühmorgendlichen Licht beschienen, das durch die drei Hauptkirchenfenster gefallen war, die die Geburt, die Kreuzigung und die Auferstehung des Messias darstellten. Die zweite Leiche hatte auf den Altarstufen der römisch-katholischen Westminster Cathedral gelegen. Paula hatte die Westminster Cathedral im ersten Moment mit der berühmteren Westminster Abbey verwechselt, in der die britischen Monarchen gekrönt und beigesetzt wurden, doch Bernstein, halb Brite, halb Deutscher, hatte sie über den Irrtum aufgeklärt. Im Fall der Londoner Ermittlungen hatte sich sogar ein Agent der katholischen Kirche eingeschaltet, um seinen Vorgesetzten im Vatikan Bericht zu erstatten. Paula, die aus einem streng katholischen Elternhaus stammte, hatte die Gegenwart des Paters kaum ertragen.

»Danke, Sir. Ich werde damit klarkommen.« Ihre feste Stimme überraschte sie selbst. »Ich mache mich gleich auf den Weg.«

»Gut. Noch etwas. Die Holy Name Cathedral ist offiziell geschlossen, aus Renovierungsgründen. Nehmen Sie den *Hintereingang*.«

Paula verstand. Die Öffentlichkeit, und damit waren vor allem die Medien gemeint, sollte so wenig oder erst so spät wie möglich von dem Mord erfahren. In Berlin und London war es den Kirchenangestellten und Ermittlern gelungen, die Morde unter Verschluss zu halten. Zumindest bisher.

»Und noch etwas Agent Tennant …«

»Ja?«

»Übertreiben Sie es nicht. Geben Sie Agent Kearns eine Chance!«

Obwohl Paula es nicht sehen konnte, wusste sie, dass Bernstein lächelte.

»Ich versuche mein Bestes, Sir.«

»Davon gehe ich aus.«

Bernstein legte auf, und Paula hatte das Gefühl, von einer wichtigen Lebensader abgeschnitten worden zu sein. Unabhängig von ihren Albträumen hatte sie keine Ahnung, wieso vor allem er dieses Gefühl in ihr wachrief.

Bernstein war als stellvertretender ISA-Direktor der zweitmächtigste Mann des Büros und ein unerschütterlicher Idealist im Kampf gegen das internationale Verbrechen, doch davon abgesehen war er ebenso ein gnadenloser, wenn auch scharfsichtiger Sklaventreiber, der das Letzte aus seinen Männern und Frauen herauspresste, wenn es darum ging, einen Fall zu lösen. Paula hatte sich noch kein abschließendes Bild von ihrem Vorgesetzten machen können. In vielen Punkten blieb er für sie ein Rätsel. Seine vielfältigen beruflichen Verbindungen und Möglichkeiten, sein Gespür für den richtigen Augenblick, all die Eisen, die er im Feuer hielt, ließen ihn bisweilen wie eine Art allwissender Gott erscheinen. Nicht einmal der Direktor der ISA, von dem Paula annahm, der einzige Freund Bernsteins zu sein, schien zu wissen, welche und vor allem wie viele Fäden in seiner Hand zusammenliefen. Obwohl er ein scheinbar sanftes Wesen besaß, war Bernstein bisweilen kalt wie Eis. Sah man von seinem kompetenten Berufsverständnis und seinem Sinn für Gerechtigkeit ab, konnte man ihn aufgrund seiner stoischen Ruhe und der Tatsache, dass er im Kern keine Rücksicht nahm und keinen Widerspruch duldete, fast für einen Psychopathen halten. Bernstein hatte Paula, entgegen der Meinung anderer Agenten, auf die Messias-Morde angesetzt, nachdem die Ermittlungen des europäischen Teams zu nichts geführt hatten. Nicht, dass sie bisher einen Schritt weitergekommen wäre.

Zwanzig Minuten später parkte Paula ihr Auto auf dem Parkplatz, der der Holy Name Cathedral gegenüberlag, stieg aus und ging um das mächtige Kirchengebäude herum. In der Nähe des Eingangs zur Sakristei standen zwei unscheinbar gekleidete Beamte, die ein Auge darauf hatten, dass niemand Unbefugtes den Hof oder die Kirche betrat. Der Wagen der Spurensicherung, ein unauffälliger Transporter, der mehr einem Handwerkerwagen glich, stand neben Bud Kearns' altersschwachem Privatwagen.

Etwa 50 Meter weiter sah sie ein paar Bedürftige vor

der Essensausgabe stehen, an der einige Helfer kostenlose warme Mahlzeiten austeilten. Gott sei Dank war nirgends ein Medienvertreter in Sicht. Paula erkannte diese Spezies schon von Weitem, selbst wenn diese nicht mit Mikro oder Kamera bewaffnet war. Der lauernde Blick, die angespannte Körperhaltung verriet sie. Irgendwie hatten sie etwas von Hyänen. Zumindest kam es Paula so vor. Sie hasste die Medien. Schon zu oft hatte sie erlebt, wie sich die Journalisten in ihrem reißerischen Wahn um Auflage oder Quote gegenseitig hochpeitschten, wie in ihren Berichten aus einem verzweifelten, unschuldigen Menschen rasend schnell eine sardonische Bestie oder ein blutrünstiger Killer wurde.

»Nicht die Lüge ist das Problem«, hatte Bernstein in einem erst fünf Wochen zurückliegenden Fall zu ihr gesagt.

»Ach ja? Wenn nicht die Lüge das Problem ist, was dann, Sir?«, hatte sie trotzig erwidert.

Bernstein hatte sie mit diesem seltsamen Blick bedacht, diesem Augenausdruck, der sie augenblicklich vor ihm auf der Hut sein ließ. »Die Menschen wollen belogen werden, Agent Tennant. Die Menschen sehnen die Lüge geradezu herbei. Die Nachfrage bestimmt nicht nur den Preis. Sie bestimmt auch das Angebot.« Damit hatte er die graue Box mit dem Fall geschlossen, den Paula gerade erst erfolgreich zu Ende gebracht hatte, sich in seinem Schreibtischsessel zurückgelehnt und ihr von den Messias-Morden angefangen zu erzählen.

Paula betrat das nördliche Seitenschiff der Kathedrale. Sie machte sich darauf gefasst, die Augen einen Moment lang zukneifen zu müssen, um sich an das

Zwielicht zu gewöhnen, doch stattdessen erstrahlte alles in einem hellen, sanften Licht. Seit Jahren hatte sie keine Kirche mehr betreten, bis die Messias-Fälle dazwischenkamen. Während sie nun auf das Mittelschiff zuging und sich schließlich nach Osten zum Altarbereich wandte, machte sie der prachtvolle Anblick des gewaltigen neugotischen Innenraums mit der wundervollen Holzdeckenkonstruktion und den Buntglasfenstern beinahe sprachlos. Auch das Kruzifix über dem Altar war von einer Art, wie sie es noch nie gesehen hatte. Dieser Jesus Christus wand sich nicht in der üblichen Agonie, sondern besaß vielmehr etwas Königliches.

Dann sah sie in der Ferne den Tatort. Das heißt, sie sah das Absperrband und davor und dahinter ISA-Beamte und die Männer und Frauen von der Spurensicherung in ihren schneeweißen Ganzkörperanzügen und mit ihrer Ausrüstung, die von der Kamera über sterile Beweismitteltüten, Sammelgläser und Tupfer bis hin zu weichen Staubpinseln und Diktiergeräten reichte. Ein Mann im Schutzanzug verließ die Gruppe der Ermittler und kam Paula durch das Mittelschiff entgegen. Agent Bud Kearns. Paula erkannte ihn an seinem schaukelnden Gang, das dem Getapse eines Bären ähnelte.

»Ich habe mich schon gefragt, wo du bleibst. Ich war mir nicht mehr sicher, ob Bernstein dich überhaupt informiert.«

Paula verkniff sich eine Bemerkung. Allmählich war sie Kearns' Eifersüchtelei leid. Was konnte sie dafür, dass Bernstein sie und nicht ihn nach Berlin und London geschickt hatte. Kearns hatte zwar mehr Dienstjahre, doch sie hatte die Dali-Morde und die Serie der Top-Sieben-Raubüberfälle gelöst.

»Weiß man schon, wer sie ist?«, fragte sie, während sie weiter auf das Absperrband zuhielt.

»Nein. Von ihrem Gesicht ist nicht mehr viel zu erkennen. Aber es scheint der gleiche Modus Operandi und damit derselbe Irre gewesen zu sein, der die beiden Frauen in Europa auf dem Gewissen hat.«

Paula schlüpfte in einen der weißen Schutzanzüge und duckte sich unter dem Absperrband hindurch, wobei ihr einmal mehr der stechende Geruch von Blut entgegenschlug. In stillem Entsetzen blieb sie am Fuße der Altartreppe stehen. Doch so schrecklich der Anblick der Szenerie auch anmutete, genau das war es, was ihr das energiespendende Adrenalin durch die Adern fließen ließ.

Auf der Treppe lag die Leiche, nackt und mit dem Gesicht nach oben, über alle sechs Stufen lang gestreckt. Die Arme waren seitlich ausgebreitet, als spiegelte sie in grotesker Weise das Kruzifix. Mehrere klaffende Wunden verunstalteten den Kopf. Der Mörder hatte ihr die Zunge aus dem Mund entfernt, die Augen aus den Höhlen herausgeschält und die Ohren abgeschnitten. Ein groteskes Lächeln umspielte den Mund der Toten. Ein weißes Tuch, nein, eine Soutane lag an ihrem Kopfende, vollgesogen mit Blut. Daneben eine Schale mit Wasser, vielleicht Weihwasser, unter das sich Blut gemischt hatte. Die Soutane und die Schale waren neu, die hatte es in Berlin und London nicht gegeben.

»Sie hat keine Fingerkuppen mehr«, erklärte Kearns. »Und er hat die entfernten Körperteile mitgenommen. Genau wie bei den anderen.«

Paula rührte sich nicht, ging den Tatort allein mit den Augen ab. Folgte der Spur des Blutes. Die Techniker um sie herum fotografierten und sammelten weiter Beweismaterial.

»Seit wann liegt sie da?«

»Dr. Murdock sagt, seit etwa drei Uhr dreißig heute früh.«

Drei Uhr dreißig. Das war in etwa die Zeit, in der auch die beiden früheren Opfer dahingemetzelt worden waren. Irgendwie schaffte es der Mörder jedes Mal, seine Opfer mitten in der Nacht in eine Kirche zu locken.

»Wurde sie missbraucht?«

»Es sieht nicht danach aus.«

Paula schätzte, dass sie die Laborergebnisse bis spätestens morgen haben dürften. »Es gibt vermutlich keine Einbruchspuren?«, hakte sie nach.

Kearns nickte. »Alle Türen, Schlösser und Fenster sind intakt.«

Natürlich, dachte Paula. Und keiner der Angestellten oder das Sicherheitspersonal vermisste auch nur einen einzigen Schlüssel.

»Wir sichern gerade das Videomaterial«, sagte Kearns.

Und auch das würde nicht viel nützen, ging es Paula durch den Sinn. Es war, als wäre der Mörder ein menschlicher Geist. Was natürlich Unsinn war, denn er hatte in den ersten beiden Fällen seine DNA hinterlassen. Leider war diese jedoch nirgends registriert.

»Wer hat die Tote gefunden?«, fragte Paula.

»Der Küster, als er die Kirche aufschloss und die Kerzen im Altarbereich anzünden wollte.«

»Wo ist er?«

Kearns deutete auf eine in sich zusammengesunkene Gestalt, die abseits in einer kleinen Kapelle saß und betete. »Dr. Murdock hat ihm ein leichtes Beruhigungsmittel verabreicht.«

»Gut. Ich werde gleich mit ihm sprechen.«

Paula ging vor der Leiche und der blutbesudelten Soutane in die Knie. Der Mörder hatte wie bei den beiden Morden zuvor die Kleider und alle sonstigen Besitztümer seines Opfers entwendet. Doch warum hatte er diesmal ein Gewand zurückgelassen? Hatte der Küster ihn etwa gestört?

»Denkst du, der Kerl läuft jetzt nackt durch die Stadt?«, fragte Kearns.

Paulas Mund deutete ein müdes Lächeln an. »Nein. Ich denke, die Soutane war für sie bestimmt. Er verfeinert sein Handwerk.«

»Wir könnten es diesmal auch mit einem anderen Killer zu tun haben«, entgegnete Kearns.

»Das glaube ich nicht. Er ist von Berlin nach London gereist, um die zweite Frau zu ermorden, und dann weiter über den Atlantik bis hierhin nach Chicago. Er handelt im Auftrag.«

»Wer sagt das? Dieser Priesteragent, dem du in London begegnet bist?«

»Ich denke, dass es mehr als nur diese drei toten Frauen gibt. Der Pater wirkte recht besorgt. Wir müssen herausfinden, was diese Frauen über zwei Kontinente hinweg miteinander verbindet. Wie es aussieht, haben sie einander nicht gekannt. Und doch …« Paula brach ab, da sich der Kern des Gedankens, der mehr eine Ahnung war, ebenso schnell wieder verflüchtigt hatte, wie er aufgetaucht war. Sie wandte sich dem am nächsten stehenden Techniker zu. »Ist um die Tote herum alles gesichert?«

Der Mann nickte. »Wir sind so gut wie fertig.«

»Könnten Sie die Soutane dann bitte anheben?«

Erneut nickte der Techniker, holte eine der größeren Beweismitteltüten und hob den blutigen Stoff an.

Plötzlich standen alle da wie erstarrt.

Auf dem Boden lagen, säuberlich gereinigt, zwei Augen, zwei Ohren und ein großes Stück Zunge, alles ordentlich aneinandergereiht, wie hinter dem Glas einer Metzgereitheke. Und darunter stand in großen Druckbuchstaben in den blutigen Boden geschrieben:

GLORIA IN EXCELSIS DEO.

»Ehre sei Gott in der Höhe«, sagte eine sanfte männliche Stimme seitlich hinter Paula. »Ein Hymnus in der christlichen Liturgie, nach den Anfangsworten des Lobgesangs der Engel bei der Geburt Christi«, fügte die sanfte Stimme hinzu, die ihr schon in Berlin und London mit ihrer Seelenruhe auf die Nerven gegangen war. Monsignore Cédric Follador! Wie hatte der kleine, rundliche Pater, der eher an eine Buddhastatue erinnerte als an einen katholischen Geistlichen, nur so schnell von der Tat erfahren? Er trug sogar schon einen Schutzanzug, weswegen Paula ihn unter den anderen Beamten erst gar nicht wahrgenommen hatte.

Kearns räusperte sich. »Hatte ich die Anwesenheit von Pater Follador schon erwähnt?«

»Bis jetzt nicht«, gab Paula kühl zurück und fest entschlossen, sich weder von Kearns noch von dem Priester aus dem Konzept bringen zu lassen. »Schön, Sie zu sehen, Pater. Wie haben Sie so schnell ...«

Follador bedachte sie mit einem höflichen Lächeln.

»Ich folgte einer Spur, die mich nach Chicago führte. Ihr Deputy Director wusste übrigens Bescheid.«

Paula spürte, wie ihr das Blut durch die Adern schoss. Wieso hatte Robert Bernstein sie nicht darüber informiert? Wieso hatte er sie nicht früher hinzugezogen? Vielleicht hätte man diesen Mord mit vereinten Kräften verhindern können.

»Sie hätten nichts dagegen tun können«, sagte Follador, als hätte er direkt in ihren Gedanken gelesen. »Der Täter war uns wenigstens drei Schritte voraus.«

»Wenn Sie das so genau wissen, Pater …« Was sollte das heißen, drei Schritt voraus? Was war das für eine Spur, die der Priesteragent mit Bernsteins Wissen verfolgt hatte?

Follador trat einen Schritt näher, ohne auf ihre Bemerkung einzugehen. Paula beobachtete, wie sein Blick von der Schrift über die Leiche zu dem Kruzifix mit dem triumphalen, wiederauferstandenen Christus glitt.

Gloria in excelsis deo.

Was wollte der Mörder ihnen damit sagen? Dass er dem Sohn Gottes Menschenopfer darbrachte? Wozu?

Folladors Blick kehrte zu der Frauenleiche zurück. Einen Moment stand er da wie in ein Gebet vertieft. Kearns, der den Priester einfach nur anstarrte, schien mindestens ebenso unter Spannung zu stehen wie Paula.

»Raus mit der Sprache«, platzte es schließlich aus ihr heraus. »Was war das für eine Spur, Pater? Und was denken Sie jetzt gerade?«

»Wissen Sie, Agent Tennant, jedem Tod wohnt auch eine Geburt inne. Ich bin sehr auf die gerichtsmedizinischen Ergebnisse gespannt.«

Bud Kearns war sichtlich mit seiner Geduld am Ende. »Falls Sie uns hier auf den Arm nehmen wollen …«

»Bei Gott nein, Agent Kearns.« Follador winkte ab. »Wo kämen wir da hin. Es würde mich allerdings nicht wundern, wenn auch unser drittes Mordopfer im weitläufigen Sinne eine Jungfrau ist.«

Paula musste zugeben, dass der Pater ihre Neugierde mehr als nur geweckt hatte. »Im weitläufigen Sinne?«, hakte sie nach.

Follador wandte sich ihr zu, wieder dieses süffisante Lächeln im Gesicht. »Nun, keine der ersten beiden Frauen hatte ein Kind geboren, alle beiden waren kinderlos geblieben.« Genauso wenig wie Sie, Agent Tennant, schien sein Blick zu sagen.

Paula riss sich zusammen. Follador verkörperte so ziemlich alles, was ihr die Kirche einschließlich ihrer Priester und Nonnen von Kindesbeinen an verleidet hatte. Nein, dieser Wichtigtuer würde sie nicht so einfach zu fassen bekommen. Sie konzentrierte sich weiter auf den Fall, deutete auf die Tote.

»Dann stellen die Morde an diesen Frauen eine Art Strafe dar?«

Follador überraschte sie, indem sich in seinem Gesicht Mitgefühl zeigte.

»Strafe? So weit würde ich nicht gehen. Wir kennen ja nicht die Gründe für die Kinderlosigkeit. Sollte sich mein Verdacht im dritten Fall allerdings bestätigen, so hätten wir endlich einen Hinweis auf das fehlende Bindeglied, nachdem wir suchen.«

»Wieso sollte uns die Kinderlosigkeit dieser drei verstümmelten Frauen ihrer Identität oder des Mordmotivs näher bringen?«, fragte Kearns.

»Wie gesagt, warten wir die gerichtsmedizinischen Ergebnisse ab.« Der Pater neigte leicht das Haupt. »Agent Tennant, Agent Kearns.« Dann drehte er sich um und ging ohne ein weiteres Wort.

»Ich mag diesen Typ nicht«, stellte Kearns fest, als Follador außer Hörreichweite war. Fast klang es Paula gegenüber wie ein Versöhnungsangebot.

»Keiner zwingt uns, ihn zu lieben, Kearns. Am wenigstens er selbst. Sollte seine Vermutung sich jedoch als richtig erweisen, knöpfe ich ihn mir noch einmal vor.«

TEIL II

PANTA RHEI
ALLES FLIESST

13

17. Oktober 1431
Rosslyn Castle, Schottland

Es war ein kalter, herbstlicher Abend. Trotz des Unwetters waren sie früh am Morgen aufgebrochen, um noch am späten Abend zur Burg zu kommen und keinen weiteren Tag zu verlieren. Als sie dem schmalen Pfad durch eine bewaldete, steile Schlucht folgten, fiel Jeannes Blick das erste Mal durch die Äste der Bäume auf die Südflanke von Rosslyn Castle. Von unten schien es, als wollten die Türme der Burg den dunkler werdenden Himmel berühren. Die Himmelsschleusen öffneten sich, und es regnete erneut in Strömen. Jeanne und ihre beiden Begleiter, Bruder Guillaume Duval und ein schottischer Krieger, hatten kaum noch einen trockenen Faden am Leib.

Lord Henry Saint Clair, ein kräftiger Mann Mitte vierzig in der Kleidung seines Standes, empfing die kleine Gruppe in der großen Halle der Burg. Als er Jeanne sah, kam er auf sie zu und verneigte sich respektvoll vor ihr.

»Seid willkommen, Mylady. Fühlt Euch auf Rosslyn Castle wie zu Hause. Ich habe über Euren König viel von Euch gehört«, erklärte er in ihrer Muttersprache.

Jeanne bemerkte eine unausgesprochene Überraschung in seinem Blick, die jedoch nichts damit zu tun haben konnte, dass sie Männerkleidung trug, denn von ihrem ungewöhnlichen Äußeren musste der Lord schon längst erfahren haben. Es schien ihr vielmehr, als hätte er sie wiedererkannt, obwohl sie einander nie zuvor begegnet waren.

»Ich danke Euch für Eure Gastfreundschaft, Sire.«

Eine der Türen zur Halle ging auf, und Jeannes Blick fiel auf einen jungen, gut aussehenden Mann. Er trug die Kleidung eines Edelmannes. Am Gürtel um seine schlanke Taille hing ein kostbarer Dolch, ein weiteres Zeichen für seinen hohen Rang. Er kam auf den Lord und Jeanne zu, und Saint Claire stellte seinen Neffen und Jeanne einander vor. Für einen Augenblick zeigte sich im Gesicht des jungen Mannes die gleiche unausgesprochene Überraschung, als er Jeanne gegenübertrat. Sie verneigte sich vor dem jungen Adligen.

»Nicht so schüchtern, Oliver.« Der Lord wandte sich von seinem Neffen an Jeanne. »Er war auf der Jagd und ist eigens zurückgekehrt, um Euch zu sehen.«

Oliver räusperte sich verlegen: »Ihr müsst von der langen Reise erschöpft sein, Mylady. Sicher wollt Ihr Euch zuerst ausruhen und erfrischen, bevor wir reden.«

Plötzlich wirkte der alte Lord verlegen. »Wo sind nur meine Manieren. Mein Page wird Euch zu Euren Gemächern bringen. Auch für Eure Gefährten wird gesorgt.«

»Ich danke Euch, Sire.« Sie erwiderte sein freundliches Lächeln.

Der Page führte Jeanne durch die Korridore und Treppen der Burg zu ihren Gemächern. Noch Stunden später, ja fast die halbe Nacht, musste sie an den seltsam überraschten Ausdruck in den Augen des Lords und seines Neffen denken. Was hatte dies zu bedeuten? Was glaubten beide in ihr zu erkennen?

Sie fragte ihre Stimmen. Vielleicht wussten die heilige

Katharina und die heilige Margarethe Rat. Doch es war der Erzengel Michael, der ihr antwortete.

Seine Anwesenheit erfüllte das ganze Zimmer und ihren Geist, und er zeigte ihr eine Vision dessen, was sein würde, so wie er es schon viele Male getan hatte. Der Erzengel beherrschte vor allem die Bilder, die heilige Katharina und die heilige Margarethe beherrschten vor allem das Wort.

Jeanne sah Szenen aus ihrer Zukunft an diesem Ort, ihrer Zukunft mit diesem jungen Mann. Am Ende der Vision, viele Jahrzehnte in der Zukunft, erschien vor ihrem geistigen Auge eine unwirkliche Schlucht und ein noch viel unwirklicheres Gebäude, eine Art Kirche, vielleicht auch eine Kathedrale, obschon nicht sehr groß. Sie bildete das sichtbare Fragment von etwas viel Größerem, etwas viel Mächtigerem und Unsichtbarem.

Vor der Kathedrale kniete ein junger Mann vor einem anonymen Grab, das von einem Schwert verziert war. Nun legte der Jüngling sein Breitschwert auf den Stein. Ihr Ururenkel, ließ der Erzengel sie wissen, hatte im Verlauf der Jahre viele Stunden hier verbracht, obwohl er die Totgeglaubte gar nicht selbst kennengelernt hatte. Immer wieder suchte er an ihrem Grab nach innerer Ruhe und Rat, beides schien er an diesem Ort zu finden.

Jeanne erfuhr in der Vision einen Teil seiner Gedanken. Seiner Meinung nach hätte sie ein Ehrengrab in voller Rittermontur in den Kellergewölben der Kirche verdient, doch er wusste aus der Überlieferung, dass seine Vorfahrin auf dieses anonyme Kriegergrab bestanden hatte, denn sie war schon viele Jahre vor ihrem Tod auf einem Scheiterhaufen in Rouen verbrannt worden, jedenfalls lautete so die Version in den offiziellen Geschichtsbüchern. Außerdem wollte es so das Gesetz des Ordens. Dieses Grab, diese Geschichte musste ein Geheimnis bleiben.

Wie Jeanne über die Vision erfuhr, waren die Vorfahren des jungen Mannes zu einem großen Teil Tempelritter gewesen. Genauer gehörten sie sogar dem viel älteren Orden der Triaden an, aus dem nicht nur die Templer, sondern auch die Thomaskirche und viele andere Gemeinschaften hervorgegangen waren. So gehörte der Erzengel Michael auf der himmlischen Seite dem Orden an. Ebenso die beiden Heiligen Katharina und Margarethe. Und nun pflanzte sich dieses Erbe auf der irdischen Ebene über Jeannes und Olivers Nachkommen fort.

Jeanne blickte noch ein letztes Mal auf das Grab mit dem Ritterschwert, auf ihren Ururenkel, während der Erzengel neben ihr stand und all diese Bilder vor ihrem inneren Auge entstehen ließ. Dann wehte ein Wind aus goldfarbenem Licht die Vision hinfort. Ruhe und Zufriedenheit erfüllten sie. Ihr Kampf im Diesseits war vorüber.

14

Chicago
Re-Source-Tower

»Ava Bell wurde befreit, Eure Heiligkeit.«

Der Schwarze Papst wandte sich von dem großen Panoramafenster ab und drehte sich um. Sofort schlug der Mönch in der weißen Robe den Blick nieder und verneigte sich. Der Himmel hinter dem Sicherheitsglas war voller schwerer, düsterer Wolken, die Ausläufer eines Unwetters, das windgepeitscht vom Lake Michigan über die Stadt Richtung Re-Source-Tower zog. Genau so liebte der Meister die Welt.

»Gut, Augustinus. Damit wäre die Quelle dieser Unannehmlichkeit versiegt. Doch wir haben noch immer nicht den wahren Schlüssel. Und die Liga der Torhüter ist alarmiert. Eines der Kinder muss der Schlüssel sein.«

»Ich glaube, wir werden nun einige Antworten auf unsere Fragen erhalten, Eure Heiligkeit.« Ohne den Blick zu heben, trat der Mönch vor den mächtigen Schreibtisch nahe dem Fenster, legte einen Tablet-Rechner darauf und zog sich anschließend wieder zurück, wie es sich für einen Untergebenen geziemte.

Der Schwarze Papst nahm den kleinen Computer und wog ihn in der Hand. Sein Gesicht lag in den undurchdringlichen Schatten einer Kapuze. Seine dunkle Robe schien jeden Lichtschein zu absorbieren. Als er den Rechner aktivieren wollte, erklärte Augustinus: »Noch ist er gesichert, Heiligkeit. Es dürfte für unseren Spezialisten aber ein Leichtes sein, den Schutz zu umgehen.«

Der Schwarze Papst hob den Blick und kam auf den Mönch zu. »Wie du weißt, ist unser Plan an einen engen Zeitrahmen gebunden.«

Der Mönch glaubte, die Luft zum Atmen würde ihm genommen, als trüge er plötzlich eine unsichtbare Klammer um den Brustkorb. Trotzdem wich er nicht zurück und nahm den Rechner entgegen. »Ich werde mich sofort darum kümmern, Heiligkeit.«

»Tu das, mein Sohn. Jede Stunde zählt.«

Als der Mönch das riesige Zimmer verlassen hatte, meldete sich ein Mann behutsam zu Wort, der etwas abseits still vor einem laufenden Großbildschirm gestanden hatte. Wieder und wieder spielte das Gerät die Rede des römischen Papstes Leo nach dem Massaker im Vatikan ab. Und dies seit nunmehr zwei Wochen. Der Meister hatte es so angeordnet, denn er studierte diesen Mann, wollte begreifen, wie Leo die Massen anzog.

»Augustinus ist ein guter Diener«, sagte Henrik Vandenberg, der Gründer des Re-Source-Konzerns. »Er hat Euch noch kein einziges Mal enttäuscht.«

Vandenbergs Stimme hatte etwas Erzwungenes, klang mechanisch, was an der implantierten elektronischen Sprechhilfe lag. Sein Antlitz war von Wunden entstellt, die zu heilen schienen, in Wahrheit jedoch nie mehr verheilen würden. Ein künstliches Auge rundete die groteske Fratze ab, die einst ein gut aussehendes Gesicht gewesen war. Vor 13 Jahren hatte der Forscher und Unternehmer sich mit einem Triaden angelegt. Nun diente er diesem Mann, der einem Geschlecht angehörte, von dem in der christlichen Mythologie behauptet wurde, es sei Nachfahre jener gefallenen Engel, die Luzifer auf die Erde gefolgt waren.

Der Schwarze Papst schlug die weite Kapuze zurück und richtete die Augen auf ihn, zwei kalt schimmernde Splitter wie aus Rauchquarz. Er war von eindrucksvoller Statur, groß, hager, mit schlohweißem Haar und einer hohen Stirn, die einen gewissen Hang zur Vergeistigung offenbarte. Tatsächlich aber war die Seele des Triaden ebenso tief in der Materie verankert, er war aus Fleisch und Blut und sein Sehnen von dunkelster Entschlusskraft.

»Mein lieber Doktor, Eure Sentimentalität verhindert, dass Euer Geist die Geheimnisse der menschlichen Seele versteht. Ein mildes Wort, eine milde Geste zu viel und Augustinus wird sich dem irdischen Verlangen hingeben und seinen Fokus verlieren. – Ihr selbst habt das Feuer der Liebe bis zum Exzess ausgekostet. Noch mehr Hingabe, und ich hätte weder Euren Körper noch Euren Geist wiederherstellen können.«

Ergeben neigte Vandenberg das Haupt. Noch immer nahm er die schwarze Glut dieser Liebe tief in seinem Herzen wahr. Selbst halb tot hatte er sich noch nach dem gierigen Streicheln, den hemmungslosen Küssen, ja dem alles versengenden Schmerz mit all seinem Wahnsinn gesehnt. Zurzeit hatte er diese Begierde im Griff, wie ein Drogenabhängiger nach erfolgreicher Therapie. Es würde zeit seines Lebens ein Teil seines Wesens bleiben. Jeden Tag musste er von Neuem auf der Hut sein. Dennoch mochte er diese unglaubliche Erfahrung um nichts in der Welt missen.

»Ihr habt mir mit Eurer Liebe ein großes Geschenk gemacht, Heiligkeit.«

Der Schwarze Papst trat neben ihn, verharrte vor dem großen Bildschirm, auf dem der römische Papst Leo den Menschen wieder und wieder Trost zusprach. »Es ist ein aufrichtiges Geschenk, Henrik. Du trägst einen Tropfen meines Selbst in dir, und dieses winzige Element verleiht dir große Kraft.«

So wahr die Worte des Schwarzen Papstes auch sein mochten und sosehr sie Vandenberg auch berührten, der Seelentropfen, den die alten Meister seit Äonen »Splitter der Finsternis« nannten, beraubte ihn auch eines Teils seiner Menschlichkeit. Mit diesem Kummer, der gleichfalls tief in seinem Innern nagte, musste er seither leben.

»Wie laufen die Gespräche mit Seiner Eminenz Kardinal Gasperetti?«, wechselte der Meister das Thema.

Der Kameraschwenk der Videoaufzeichnung war zu Leos Vertrauten gegangen, zu den Kardinälen Stefano Gasperetti und Marc Ciban, die während der Rede zu seiner Rechten und Linken standen. Gasperetti hatte einmal zu Vandenbergs engerem Freundeskreis gezählt, zu einer Zeit, als die Welt der katholischen Kirche unter Papst Innozenz noch traditionsbewusst und intakt war.

»Gasperetti ist Gasperetti. Er lässt sich von niemandem vereinnahmen«, erklärte Vandenberg. »Leo ist ihm mit seinem Modernisierungswahn zwar ein Gräuel, doch ein Schisma, wie es der Kirche derzeit droht, ist für ihn noch inakzeptabler. Wie es aussieht, hat er einen Waffenstillstand mit Leo und Ciban geschlossen.«

»Ciban wird schon bald Geschichte sein«, sagte der Schwarze Papst, während die Kamerafahrt über die gigantische Menschenmenge und die Reihen der Kirchenleute auf dem Petersplatz ging.

Vandenberg nickte bedächtig. So sah die Zukunft des Kurienkardinals wohl aus, denn nach den Geschehnissen in San Leonardo trug nun auch seine Seele den *Splitter* in sich. Schon bald würde das unstillbare Verlangen in ihm erwachen, denn Liebe bedeutete nun einmal Schmerz und Leid. Das Kameraauge verharrte kurz auf einer der vordersten Reihen, auf Schwester Catherine Bell. Sie würde Cibans Verhängnis sein.

Der Meister kam zum nächsten Punkt. »Was ist mit den Protokollen von San Leonardo?«

»Unser Agent arbeitet daran, Heiligkeit. Leider hat

sich diese junge Computerexpertin als äußerst verschwiegen herausgestellt.« Ob es Vandenberg gefiel oder nicht, diese Schwester Rebekah verdiente seinen Respekt. Sie war clever und loyal. Hätte sie nicht bereits für Ciban gearbeitet, hätte er versucht, sie für Re-Source zu gewinnen. »Sollten wir unsere Bemühungen intensivieren, könnte sie Verdacht schöpfen und sich einem ihrer Freunde anvertrauen.«

»Ein Risiko, das wir nicht eingehen müssen«, sagte der Meister. »Doktor Eliza Kirk ist unsere Schläferin. Sie wird uns zu Lazarus führen. Wo Lazarus ist, laufen viele Fäden zusammen.«

Vandenberg fragte sich, inwieweit Lazarus sich Eliza Kirk in diesen Dingen wirklich anvertrauen würde. Im Rahmen ihrer Zusammenarbeit an dem *Angelus*-Projekt hatte Eliza Lazarus lediglich unter seiner Identität als Dr. Maximilian Richter kennengelernt und von der Existenz und der Gefährlichkeit der Triaden erfahren. Von Richters Unsterblichkeit wusste sie nichts.

Die Kamerafahrt kehrte nach einem neuerlichen Schwenk über die Massen auf dem Petersplatz zu dem charismatischen Leo zurück, und dieses Mal spürte Vandenberg es ganz deutlich.

Selbst der Meister konnte sich der Magie des gegenwärtigen Papstes nicht entziehen, dieser Magie des Lichts.

15

Lianne Rodt blickte auf den Flachbildschirm über der Bar des Clubs der Auslandspresse und verfolgte eine der öffentlich-rechtlichen Nachrichtensendungen. Auch diesmal war der Anschlag auf den Vatikan – die Trauerfeier, die Konsequenzen für die Kirche sowie die Ermittlungen – das Hauptthema.

Ralph Fischer, der sie bei der Pressekonferenz unwissentlich auf einen wichtigen Gedanken gebracht hatte, saß neben ihr. »Ich gehe jede Wette ein, die tappen alle noch total im Dunkeln.«

»Ich bin mir da nicht so sicher«, warf Patrick Allen vom *Londoner Daily Telegraph* ein. »Es könnte sehr wohl die Tat eines einzelnen Extremisten gewesen sein, und der ist jetzt tot. Für eine groß angelegte Planung des Anschlags war so unmittelbar nach Leos Rede doch gar keine Zeit. Ich gebe allerdings zu, dass der ganze Vorfall für Verschwörungstheoretiker ein gefundenes Fressen ist.«

»Überdenken wir das Ganze noch mal«, bemerkte Ralph mit einem fast schon sarkastischen Unterton. »Seit Monaten war der Tag dieser ersten Synode für das Konzil geplant. Seit Wochen war bekannt, dass Leo diese erste aller Synoden höchstpersönlich eröffnen würde, womöglich mit einem echten Knüller. Ergo: Was wäre sinnvoller für Leos Gegner gewesen, als die Gelegenheit zu ergreifen und den amtierenden Pontifex bei der Eröffnung auszuschalten.«

Der junge Brite wirkte eher belustigt als überzeugt. »Und wann erscheint Ihr Buch über die Zweifel an der offiziellen Version? Womöglich zeitgleich mit der neuesten Verschwörungstheorie über die Ermordung John F. Kennedys?«

Ralph lachte mit einem gutmütigen Kopfschütteln und prostete dem jungen Kollegen zu. Doch Lianne wusste, dass ihrem deutschen Kollegen ganz und gar nicht zum Lachen zumute war, denn einen Tag nach dem Anschlag auf den Vatikan hatte er ihr von dem wahren Auslöser für das Kennedy-Attentat erzählt, und davon, dass Kennedys Vater den Sohn eindringlich vor seinem nächsten politischen Schachzug gewarnt hatte: »Wenn du das durchziehst, bringen sie dich um.«

Doch John F. Kennedy hatte sich nicht davon abbringen lassen, seinem Finanzministerium den Auftrag zu erteilen, 40 Milliarden US-Dollar drucken und in Umlauf bringen zu lassen.

Damit Lianne die Bedeutsamkeit dieser Entscheidung auch wirklich begriff, erklärte Ralph ihr das US-Finanzsystem, das in seinen Grundzügen bis heute unverändert geblieben war. Das US-amerikanische Geld gehöre nämlich nicht dem Staat, sondern einem Zusammenschluss von Privatbanken, dem sogenannten *Federal Reserve System*, das dem US-Staat jedes Recht absprach, eigenes Geld herzustellen. Es lag auf der Hand, dass ein Staat und seine Regierung gigantische Mengen an Geldern benötigten, um die Volkswirtschaft am Laufen zu halten, und diese Gelder erhielten sie von dem Konsortium der Privatbanken – gegen Zinsen. Deshalb stand bis zum heutigen Tag auf jedem US-Dollarschein *Federal Reserve System*, denn die Scheine gehörten allein der Fed und nicht dem US-Staat. Auf John F. Kennedys Scheinen hatte hingegen *United States Note,* Eigentum des US-Staates, gestanden, was einer Kriegserklärung an die Macht der Fed gleichkam. Nach Kennedys Ermordung seien die staatlichen Bankennoten im Auftrag seines Nachfolgers unter dem Vorwand, es handle sich dabei um Falschgeld, schnellstmöglich wieder aus dem Wirtschaftsverkehr gezogen geworden.

»Eine tolle Story«, hatte Lianne gesagt. »Vermutlich lässt sie sich ebenso wenig beweisen wie eine der vielen anderen Theorien, die in Umlauf sind.« Sie hatte an die beeindruckende Liste von Hintermännern gedacht, mit der schon in etlichen Fernsehdokumentationen aufgewartet worden war und die vom KGB, Fidel Castro oder der Mafia bis hin zum Mossad reichte.

Ralph hatte daraufhin seine Brieftasche geöffnet und eine US-Dollar-Note mit dem Aufdruck *United States Note* auf den Tisch gelegt, nicht die einzige Dollarnote von Kennedy, die der Säuberungsaktion der Fed entgangen war.

Lianne prostete dem jungen Patrick Allen zu, der mit seiner Frage einen Sieg genoss, der eigentlich keiner war. Schließlich spendierte Lianne ihren beiden Kollegen noch einen Drink, und während sie ihren Cocktail trank, wanderten ihre Überlegungen zu einer ganz anderen Verschwörungstheorie. Ihr Gespräch mit Monsignore Philippus Augstein nach der Pressekonferenz war merkwürdig freundlich und nichtssagend verlaufen. Nun ja, vielleicht weniger nichtssagend als vielmehr bizarr, denn nun war Lianne sich sicher, dass es für die Verspätung des Chefs des vatikanischen Presseamtes mehr als nur einen Bagatellgrund gegeben haben musste. Ihr geplatztes Interview mit Kardinal Ciban musste ebenfalls damit zusammenhängen, denn sie hatte zwischen Tür und Angel mitbekommen, dass der Papst just zur selben Zeit einen Termin verlegt hatte. All das konnte wohl kaum Zufall sein.

Im Fernsehen lief weiterhin die Nachrichtensendung über den Anschlag, blendete kurz den Papst sowie ein paar seiner ranghöchsten Mitarbeiter während des Angelusgebets auf dem Petersplatz ein. Als der Kameraschwenk von Kardinal Ciban zu jener Menschenreihe ging, in der Schwester Catherine Bell mit einigen Nonnen und Klerikern stand, fiel Lianne etwas auf. Es währte nur eine Sekunde, reichte aber aus, um die junge Journalistin hellhörig werden zu lassen. Gedanklich machte sie sich eine kurze Notiz. Dann überlegte sie, welche Mediathek zur Überprüfung ihres Verdachts wohl die vielversprechendste war.

16

»Das wäre für heute der letzte Termin, Eminenz.« Bischof Tardini machte den Eindruck, als ob er sich an diesem Tag besonders auf seinen wohlverdienten Feierabend freute. Der alte, weißhaarige Sekretär war ein ausgesprochenes Arbeitstier, ja er liebte seinen Job im Vorzimmer des Präfekten der Glaubenskongregation, doch in letzter Zeit hatte er ebenso Gefallen an seinen wenigen Mußestunden gefunden.

»Lassen Sie mich raten«, sagte Ciban, »eine neuerliche Schachpartie?«

Tardini schüttelte den Kopf. »Wir sind zum Abendessen eingeladen. Nichts Besonderes, einfach nur ein kleines, gemütliches Treffen unter Freunden. Vermutlich erhofft man sich den ein oder anderen Einblick in unsere Arbeit. Nun, in diesem Punkt werden Schwester Giada und ich dann leider enttäuschen müssen. Aber das ist unser Gastgeber ja bereits gewohnt.«

Ciban verkniff sich die Frage nach dem Gastgeber. Es gab nicht viele Menschen, denen er vertraute, Tardini gehörte allerdings dazu. Ebenso Giada, die es sich als vatikanische Exagentin nicht hatte nehmen lassen, sich um Cibans römische Wohnung zu kümmern und heute im Safehouse ein wachsames Auge auf Dr. Eliza Kirk gehabt hatte. Im Gegensatz zu Giada hatte Tardini allerdings bis vor zwei Wochen nichts von der Existenz des Schwarzen Archivs und den Hintergründen des Triadenordens gewusst. Nach den beiden Anschlägen jedoch hatte Ciban ihn so weit eingeweiht, dass der alte Bischof eine Entscheidung darüber hatte treffen können, ob er in Cibans Diensten bleiben oder nun doch lieber seinen Ruhestand antreten wollte. Tardini hatte sich, wie schon zwei Jahre zuvor, fürs Bleiben entschieden, Ciban allerdings davor gewarnt, ihm nicht zu viel von seinen Geheimnissen anzuvertrauen. Der alte Bischof war kein ausgebildeter Agent. Er lebte in diesen Dingen deshalb lieber nach der Devise: *Was ich nicht weiß, kann ich im Zweifelsfall auch nicht ausplaudern – oder verraten, falls man mich eines Tags entführt und auf die Folter spannt*. Und was die Arbeit im Vorzimmer des Kardinals anging: Einer musste sich ja um Cibans zahlreiche Termine kümmern, wenn er mal wieder für die ein oder andere Stunde verschwunden blieb.

Auch ahnte Tardini, dass Ciban in einige recht undurchsichtige Angelegenheiten verwickelt war und schon so manch kontroverse Entscheidung zum Wohle der Kirche hatte treffen müssen. Und obwohl er nicht um die konkreten Verstrickungen wusste, so war er doch nicht blind für die Resultate. Ansonsten stellte Tardini sich im Notfall Dritten gegenüber gerne auch mal etwas unwissend und naiv dar, wie er dem Kardinal einmal erklärt hatte. Das schützte Ciban und sein Amt, seine Mitarbeiter und nicht zuletzt Tardini selbst.

Ciban unterzeichnete das letzte Dokument, das der Bischof ihm vorgelegt hatte, und sagte zum Abschied: »Ich wünsche Ihnen beiden einen schönen Abend, Amadeo. Genießen Sie ihn. Solche Abende sind viel zu selten.«

»Danke.« Der alte Sekretär nahm die Dokumentenmappe und verharrte noch einen Moment. »Wenn ich Ihnen einen freundschaftlichen Rat geben darf ...«

Ciban blickte auf, als ahnte er, was nun kommen würde.

»Vertrauen Sie einem alten Mann wie mir. Packen Sie zusammen. Machen Sie Feierabend, bevor es wieder Mitternacht oder noch später wird. Auch Sie müssen einmal abschalten. Die Welt wird auch morgen noch mit all ihren Problemen auf Sie warten.«

Ein leises, ironisches Lächeln bildete sich um Cibans Mundwinkel. »Danke. Ich werde Ihren Rat in etwa einer halben Stunde befolgen. Sobald ich dies hier«, er deutete auf die Akte, die auf dem Schreibtisch lag, »durchgegangen bin.«

Tardini nickte erleichtert, doch dann stutze er, weil er eine Mappe erkannte, die etwas abseits von der Akte lag. »Gibt es etwa Neuigkeiten von Monsignore Follador?«

Ciban nickte. »Gerade hereingekommen. Wieder eine Tote. Nicht identifiziert. Diesmal in Chicago.«

Tardini schüttelte traurig den Kopf. »Das wäre dann die dritte Frau, die diesem Verrückten zum Opfer gefallen ist. Denken Sie, es ist jemand aus unseren Reihen?«

»Ich hoffe nicht«, bemerkte Ciban seufzend.

»Vielleicht gibt es diesmal eine Spur.«

»Follador glaubt, auf etwas gestoßen zu sein. Falls sich sein Verdacht bestätigt, werden wir sehen, inwieweit uns das der Lösung des Falles näherbringt.«

»Sie denken, dass mehr dahintersteckt?«

»Diese Frauen wurden gezielt ermordet. Sie haben irgendetwas gesehen, gehört oder erlebt. Sie wussten etwas. Und irgendjemandem ist es sehr wichtig, dass sie dieses Wissen nicht weitergeben.« Ciban starrte auf die Mappe, dann verschloss er sie in seinem Schreibtisch, wo er sie erst noch einmal hervorholen würde, wenn Follador sich wieder meldete.

»Ich werde dafür beten, dass wir diesen Killer und seine Hintermänner bald überführen.«

»Tun Sie das, Amadeo. Ein aufrichtiges Gebet hat noch nie geschadet.«

»Wir sehen uns dann morgen, Eminenz.« Tardini verließ das Arbeitszimmer und schloss die Tür.

Ciban verweilte noch einen Moment mit seinen Gedanken bei den Mordfällen, für die irgendein spitzfindiger ISA-Agent die Bezeichnung »Die Messias-Morde« gefunden hatte. Doch es half nichts. Er würde den Fall an diesem Abend nicht lösen, und so wandte er sich der Akte auf dem Tisch zu. Es handelte sich um ein Dossier, das er eigentlich schon kannte und sich mit der Biografie von Monsignore Philippus Augstein befasste. Die überraschende Entdeckung, dass der Chef des Presseamtes sich mit Helm und Taschenlampe bewaffnet im vatikanischen Untergrund herumgetrieben hatte, ließ den Kardinal nicht los. Auch hinter dieser Sache steckte mehr.

Augstein stammte aus Paderborn, hatte dort Wirtschaftswissenschaften studiert, war einige Jahre sehr erfolgreich als Unternehmensberater gewesen und hatte dabei selbst ein kleines Vermögen gemacht. Ein Jahrzehnt später war er überraschend nach Rom gegangen, wo er an der Päpstlichen Universität Gregoriana ein Studium der Theologie absolviert hatte. Nachdem er kurz vor seinem zweiten Studium einem Franziskanerorden beitrat, war er wenige Jahre darauf in Rom auch zum Priester geweiht worden. Sein pragmatisches Vorgehen bei der Umsetzung von firmenpolitischen Fragen sowie sein Kommunikationstalent hatten ihm schließlich dazu verholfen, zum Direktor des vatikanischen Presseamtes ernannt zu werden.

Ciban studierte den Lebenslauf ein zweites Mal. Seltsam, er fand kein Statement für Augsteins plötzlichen Kurswechsel weg von der Unternehmensberatung hin zum Priestertum. Weder in seiner Familie noch aufgrund einer womöglich persönlichen Offenbarung.

Augstein war in einer gemischtkonfessionellen Handwerkerfamilie aufgewachsen, der Vater katholisch, die Mutter evangelisch. Kein Elternteil war besonders religiös. Der Vater war ein ausgezeichneter Schreinermeister gewesen, dessen Arbeiten weit über die nordrhein-westfälischen Landesgrenzen hinaus bekannt geworden waren, und Augsteins Mutter eine brillante Geschäftsfrau, die das stetig wachsende Familienunternehmen managte und den Augsteins so auf ihre Weise zu großem Wohlstand verhalf. Wie es aussah, hatte Philippus sein unternehmerisches Talent von der Mutter geerbt.

Von dem Franziskanerorden abgesehen, gehörte Augstein keiner sonstigen römisch-katholischen Gemeinschaft an. Weder schien sein flexibler Geist dem Opus Dei noch dem Lux Domini zugeneigt. Ciban hatte erlebt, wie der Deutsche nach seiner Ernennung zum Pressechef für frischen Wind in der vatikanischen Medienarbeit gesorgt hatte. Äußerst geschickt hatte er nach Leos Rede und dem Anschlag auf den Vatikan die Informationsvermittlung gegenüber der Kurie und der Weltpresse gesteuert. Was also hatte diesen scheinbar unbestechlichen Mann zur Religion, zur Kirche und schließlich nach Rom geführt?

Ganz ohne Zweifel hatte jemand den neuen Papst auf Augstein aufmerksam gemacht. Zwei Namen standen in dem Dossier, die Ciban bekannt waren. Er bezweifelte allerdings, dass diese beiden Herren die eigentlichen Fürsprecher waren. Doch wessen Name wurde dann in dem Dossier nicht erwähnt? War es jemand aus Leos früherem Umfeld? In jedem Fall musste es jemand gewesen sein, dessen Urteil Leo vertraute. Augsteins Ernennung hatte jedenfalls unmittelbar nach der letzten Papstwahl stattgefunden.

Ciban blickte auf die Uhr. Er würde den Papst selbst darauf ansprechen müssen. Leo hielt sich um diese Zeit für gewöhnlich in seinen Privaträumen auf, vermutlich sah er sich gemeinsam mit seinem Privatsekretär gerade die Weltnachrichten im Fernsehen an. Das tat er immer nach dem Abendbrot. Außerdem hatte Ciban ohnehin vorgehabt, zum Apostolischen Palast zu gehen, um noch bei David vorbeizuschauen. Und danach freute er sich auf Catherine.

Er nahm sein Kryptohandy und wählte Catherines Nummer, um ihr mitzuteilen, dass er in etwa eineinhalb Stunden in der Villa sein würde.

»Hallo, Eminenz«, meldete sie sich mit ihrer wohlklingenden Stimme. »Ich wollte dich gerade anrufen. Das grenzt an Gedankenübertragung.«

»Vielleicht ist es ja genau das«, scherzte er. »Wie war dein Mittag?«

»Wie Mittage in alten, verstaubten Privatbibliotheken nun mal so sind: einsam.«

Er hörte den ironischen Unterton und schmunzelte. »Dann wird es Zeit, dass ich dir in deiner Einsiedelei ein wenig Gesellschaft leiste. Ich schaue aber vorher noch bei David und Leo vorbei.«

»Tu das. David wird sich freuen, und ich laufe dir hier gewiss nicht davon. Apropos, ich bin die Listen allesamt noch einmal durchgegangen. Augstein wird tatsächlich in keiner erwähnt.«

»Das hatte ich befürchtet«, seufzte er. »In seiner Personalakte steht auf den ersten Blick auch nichts Ungewöhnliches.«

»War er nicht vor seiner Karriere in der Kirche als Börsenmakler tätig?«

»Unternehmensberater. Ich versuche gerade herauszufinden, was seine religiöse Ader geweckt und wer ihn unserem Pontifex als neuen Pressechef schmackhaft gemacht hat.«

»Steht das nicht in seinem Dossier?«

»Dort stehen zwei Hauptempfehlungen.«

»Denen du aber nicht so ohne Weiteres über den Weg traust.«

»Da sind ein paar Ungereimtheiten zwischen den Zeilen. Und denen werde ich auf den Zahn fühlen.«

Catherine lachte ob der Formulierung kurz auf. »Nun denn, möglicherweise habe ich etwas entdeckt, das uns im Danesi-Fall und bei den Pforten weiterhilft.«

»Ich bin ganz Ohr.«

»Nachdem ich in Eleonoras Listen nichts über Augstein fand, habe ich mich mit den anderen Unterlagen beschäftigt. In einem Text werden die *Hüter der Pforten* erwähnt. Klingelt da etwas bei dir?«

»Nein. Das gehört vielleicht zu den Geheimnissen, die ein Triade dann erfährt, wenn er das Einweihungsritual besteht und die Tradition der Familie fortführt.«

Wie Catherine wusste, hatte Ciban insbesondere dem Vater den Rücken zugekehrt und sich dessen unmenschlichem Triadenerbe verweigert. Deshalb war er, im Gegensatz zu seiner Schwester Sarah, nie zu den innersten und mächtigsten Zirkeln der Triadenclans vorgedrungen. Er galt als nicht vertrauenswürdig.

»Was steht weiter über diese Hüter im Text?«, fragte er.

»Nicht viel. Angeblich ein Orden des heiligen Michael, der über die Barriere zwischen den Lebenden und Toten wacht.«

»Das klingt interessant. Werden Namen oder Orte genannt?«

»Leider nein. Die Mitglieder agieren absolut im Verborgenen. Eleonora stand nur ein einziges Mal in Kontakt mit einem Angehörigen des Ordens. Und das auch nur, weil sie ihm – jedenfalls steht es hier so – bei einem medialen Gefecht das Leben gerettet hat. Wie es aussieht, durfte sie nicht einmal seinen Namen in diesem Papier erwähnen. Aber hier steht auch, dass dieser Hüter in ihrer Schuld stünde. Und sollte diese Schuld nicht zu ihren Lebzeiten beglichen werden, so ginge sie an ihre Nachkommen über. Das wärst du, Marc.«

»Zu dumm, dass wir weder etwas über diesen Orden noch über diese Hüter der Pforten wissen.« Er hörte Papier in der Leitung rascheln. Catherine schlug etwas nach.

»Die Schuld besteht noch. Falls es ihm ernst damit ist, meldet er sich vielleicht bei dir.«

»Bis jetzt hat er es jedenfalls nicht getan. Ich frage mich, ob Lazarus die Hüter kennt. Gibt es sonst noch etwas?«

»Nur, dass ich dich liebe und dich sehnsüchtig erwarte.«

»Ich liebe dich auch, und ich werde mich beeilen. Aber ich spüre, dass dir etwas auf dem Herzen liegt.« Einen Moment lang wurde es still in der Leitung. »Catherine …?« Er glaubte zu hören, wie sie tief durchatmete.

»Eine Nachricht auf meinem Anrufbeantworter … meine Adoptivmutter. Sie will nach Rom kommen, um sich mit mir zu treffen.«

»Es muss ihr sehr wichtig sein, wenn sie sich extra auf den weiten Weg macht.« Ciban wusste um das angespannte Verhältnis, das zwischen dem Kind Catherine und jener Frau bestanden hatte, die Catherine bis vor eineinhalb Jahren für ihre leibliche Mutter gehalten hatte. Fast zwei Jahrzehnte hatte es seither keinerlei

Kontakt zwischen den beiden Frauen gegeben. Von daher musste Ava Bells plötzlicher Anruf ein Schock für Catherine gewesen sein. Ob sie sich nach all der Zeit mit ihrer Tochter aussöhnen wollte?

»Sie sagte, es ginge um meine leiblichen Eltern«, fuhr Catherine mit leicht bewegter Stimme fort, »und ich solle so schnell wie möglich zurückrufen. Das habe ich versucht. Bisher ohne Erfolg. Sie hat auch nicht wieder angerufen.«

Catherines leibliche Eltern? Hellhörig geworden, lehnte Ciban sich in seinem Schreibtischsessel vor. *Das* war ein wirklich großer Brocken. Die Nachricht musste Catherine wie ein Hammerschlag getroffen haben. Nach Pater Darius' Tod – Darius war über viele Jahre hinweg Catherines väterlicher Mentor am KIMH gewesen – hatte sie nicht mehr damit gerechnet, überhaupt noch irgendetwas über ihre leiblichen Eltern zu erfahren. Offiziell war sie ein Findelkind. Und nun diese Nachricht von ihrer Adoptivmutter auf dem Anrufbeantworter!

»Sie sitzt vermutlich bereits im Flieger und ist auf dem Weg hierher.«

»Gut möglich«, nahm Catherine die Überlegung dankbar auf. »Wahrscheinlich hat sie keine Ruhe gehabt und mich deshalb mitten in der Nacht vom Flughafen aus angerufen.«

Mitten in der Nacht? Ciban hätte die verrückte Eingebung, die unmittelbar auf Catherines Worte in seinem Geist aufblitzte, verfluchen können, doch er folgte ihr: »Darf ich fragen, wann deine Adoptivmutter anrief?«

Catherine dachte kurz darüber nach. »Nach Chicagoer Zeit dürfte es zwei oder drei Uhr morgens gewesen sein. Warum?«

Die Antwort, die er ihr gab, hatte nichts mit seiner irrwitzigen Intuition zu tun. »Es ist ein Langstreckenflug. Etwa neuneinhalb Stunden. Sollte Avas Flug tatsächlich heute Nacht gegangen sein, könnte sie gegen zwanzig oder einundzwanzig Uhr unserer Zeit in Rom ankommen.«

»Du hast recht. Das könnte gut sein. Und falls sie nach der Landung nicht mehr anruft, tut sie es sicher gleich morgen.«

»Das denke ich auch.« Das hoffte er. Ja, das wünschte er sich plötzlich mehr als alles andere. Um Catherines willen. Obwohl ihn das Gefühl nicht losließ, dass dieser Teil ihrer Vergangenheit vielleicht besser im Verborgenen blieb. Andererseits hatte sie ein Recht darauf zu erfahren, wer ihre Eltern waren, wer ihre Vorfahren waren. Während Ciban weiter zu ihr sprach und über all dies nachdachte, schloss er die Schreibtischschublade auf und holte die Mappe mit dem Messias-Fall wieder daraus hervor.

»Danke«, sagte sie schließlich. »Ich werde mich noch ein wenig mit Eleonoras Unterlagen beschäftigen. Wir sehen uns nachher.« Sie schickte ihm einen Kuss durchs Telefon. Er schmunzelte, was sie natürlich nicht sehen konnte, und er spürte, wie ihm das Herz vor Liebe warm wurde.

»Bis gleich. Ich beeile mich, Liebes.«

Er hörte, wie Catherine auflegte. Einen Augenblick saß er gedankenverloren da, starrte vor sich hin. Dann schlug er die Mappe auf, blätterte durch die Seiten, überflog die furchtbaren Kommentare, die forensischen Beschreibungen und die schrecklichen Bilder.

Wann war das dritte Opfer in der Holy Name Cathedral zu Tode gekommen? Ah, da stand es. Etwa drei Uhr dreißig in der letzten Nacht. Chicagoer Zeit. In den frühen Morgenstunden waren auch die anderen beiden Frauen in den Kirchen ermordet worden. Hatte Ava womöglich aus einer Kirche telefoniert? Oder war sie auf dem Weg zu einer Kirche gew…?

Abrupt brach er den Gedankengang ab und schloss die Mappe. Sein kriminalistischer Jagdinstinkt ging mit ihm durch, und das gefiel ihm angesichts der Tatsache, dass es hierbei auch um die Frau ging, die er liebte, ganz und gar nicht. Plötzlich hatte er das Gefühl, als beschwor sein Denken erst das Übel herauf. Dabei hatte Ciban für dunkle Omen nichts übrig. Das Leben war auch so schon schwer genug. Außerdem war die Wahrscheinlichkeit viel höher, dass Ava Bell tatsächlich in einem Interkontinentalflieger nach Rom saß.

Ciban beschloss, es für den Tag gut sein zu lassen, packte alles zusammen und machte sich auf den Weg zum Apostolischen Palast. Zu David und Leo.

17

Catherine wandte sich von dem hohen Terrassenfenster ab, kehrte in das Innere der Bibliothek zurück und legte das Kryptohandy auf den großen Arbeitstisch. Das Telefonat mit Ciban hatte sie beruhigt, half ihr, sich wieder auf das Wesentliche zu fokussieren und sich nicht verrückt zu machen. Und doch war ihr eine gewisse unterschwellige Anspannung in der Stimme des Kardinals nicht entgangen. Das konnte allerdings auch nur Einbildung gewesen sein. Im Augenblick legte sie alles, was Ava Bell anging, auf die Goldwaage. Ciban hatte recht, morgen war auch noch ein Tag. Dann würde sie mehr erfahren. Bis dahin mussten alle weiteren Erwägungen und Bedenken erst einmal warten.

Sie wandte sich wieder Eleonoras Unterlagen zu, schlug eines der kleinen Handbücher auf, eine Art Symbollexikon. Etliche der heiligen Zeichen aus den verschiedensten Kulturen und Religionen waren ihr in ihrer Bedeutung und magischen Funktion bereits bekannt. Und Catherine wusste nur zu gut um die machtvolle, ja fast kriegerische Symbolik des Kreuzes als Mediations- und Glaubensinstrument für das Christentum.

In der Mitte des Büchleins hielt sie inne, da dort ein Kapitel allein der ANKH-Symbolik galt. Dabei ging es nicht nur um das Schlaufenkreuz, sondern auch um die verschiedenen Stämme der Triaden, ihrer Orden und Ränge. Die jeweiligen Schlaufenkreuze wiesen unterschiedliche Größen und Formen auf und waren mit unterschiedlichen anderen Zeichen kombiniert. Catherine entdeckte auch das ANKH mit dem von zwei Schlangen flankierten Skarabäus und dem christlichen Kreuz, zu dem auch das Schwert und das Zeichen der Vatikanstadt gehörten. Dieses ANKH war ein Teil des Familienwappens der Cibans und eines der mächtigsten Symbole. Es zeugte von uralten Wurzeln, von überragender weltlicher wie auch spiritueller Energie, und es war ein Symbol der Meisterschaft. Catherine hatte einen Teil dieser Macht vor zwei Wochen in Aktion erlebt, und sie war heilfroh, dass Ciban trotz seines Triadenbluts auf der Seite der Guten stand.

Sie blätterte weiter, und schon die zweite Seite des übernächsten Kapitels zeigte ein Symbol, das sofort ihre volle Aufmerksamkeit auf sich zog. Ein ANKH mit einem Portal in der Form eines Dreiecks. Die Zahl Drei stand für vieles bei den Triaden, aber in diesem Fall stand das Symbol für Geburt, Leben und Tod, und in der Kombination mit der Pforte und einem Skarabäus für das Diesseits und das Jenseits. Außerdem gehörte das Symbol einem Triadenorden an, der sich die »Die Liga der Torhüter« nannte und ein Orden des heiligen Erzengels Michael war, deren Schutzheilige Johanna von Orléans war. Viel mehr Informationen waren nicht unter dem Zeichen festgehalten, Catherine las noch, dass der Meister dieser Liga das mächtigste Portal zwischen Diesseits und Jenseits bewachte, jenes, das Himmel, Hölle und Erde sowohl miteinander verband als auch voneinander trennte. Wie eine semipermeable Membran, die nur einseitig durchlässig war. Catherine wollte schon nach ihrem Kryptohandy greifen, um Ciban zu informieren, als ihr gerade noch rechtzeitig einfiel, dass er längst bei David sein musste. Nein, sie würde das Treffen von Vater und Sohn auf gar keinen Fall stören. Die Liga konnte auch noch ein, zwei Stunden warten.

Sie studierte die nächsten Kapitel, Symbol für Symbol, Wort für Wort, bis sie bemerkte, dass ihre Konzentration nachließ und ihre Gedanken immer wieder abschweiften. Natürlich zu Ava und der Nachricht auf dem AB, und zu ihrer viele Jahre zurückliegenden Kindheit. Zu all den unliebsamen Begebenheiten, die mit ihrer Gabe und ihrer Adoptivmutter zu tun hatten.

Sie brauchte dringend eine Pause, sonst würde sie

Fehler machen, da war sie sich sicher. Also packte sie alle Unterlagen erst einmal zusammen, was bei der Materialfülle schon einiges an Arbeit bedeutete, und deponierte die große Metallbox wieder in dem geheimen Regalversteck in der oberen Galerie.

Die Erinnerungen, die ihr dabei durch den Kopf gingen, flackerten nur kurzzeitig auf, sekundenlange Fragmente, die jedoch viele Wochen, Monate und Jahre umfassten.

Catherines Welt als Kind war eine Welt aus Flammen gewesen. Aus schwarzem, rotem, weißem, blauem, grauem, gelbem, grünem oder orangefarbenem Lohen und Wabern. Kein einziges lebendiges Wesen stand ohne loderndes Glühen in der Welt. Selbst die Gedanken der Menschen waren mit diesem Lohen verbunden, beeinflussten die Grundfarbe, die Mischung sowie die Intensität. Für Catherine bestand jede Pflanze, jedes Tier und jeder Mensch nicht nur aus Fleisch und Blut, sondern ebenso aus Licht und Schwingung. Da gab es unter den Menschen die Grauen und Braunen, mit ihren vielen bunten Lichtsprenkeln. Sie bildeten die absolute Majorität, waren im Kern noch nicht wirklich erfahren und gefestigt und daher im Guten wie im Bösen beeinflussbar. Oft bildeten sie ihr wahres Wesen erst in den späten mittleren Jahren aus, wenn überhaupt.

Ganz selten waren die nahezu reinen Farben. Beinahe ebenso selten waren die Menschen, bei denen ausschließlich zwei Farben dominierten. Je dunkler und intensiver die Kolorierung, desto gefährlicher war ihr Träger. Schwarz war am kritischsten, Schwarz war die Farbe des Abgrunds, des finstersten Egos, kontrolliert und kalt berechnend. Schwarz-Rot war die nächste Stufe auf der Skala der Gefährlichkeit, kalt und unbeherrscht. Die Orangenen waren gutmütig und mit sich und der Welt im Einklang. Auch die Grünen. Selbstlos und vertrauenswürdig waren die Weiß-Blauen, eine Rarität. Catherines Mentor Pater Darius hatte zu ihnen gehört. Ebenso Mutter Theresa. Eine rein weiße Aura hatte Catherine noch nie gesehen, vielleicht gab es sie auch gar nicht. Außerdem faszinierte es sie, dass die unterbewusste Farbenwahrnehmung und Interpretation von ganz normalen Menschen – die Bedeutung und Wirkung von Farben im Alltagsleben, von der Kunst und Mode bis hin zur Werbung – oft so zutreffend war, obwohl Nichtmediale doch gar keine Auren wahrnehmen konnten.

Doch von den Auren hatte sie erst am KIMH erfahren. Sie sah nicht einfach nur Menschen in Flammen, sondern deren Auren und dass diese Art der Wahrnehmung etwas ganz Besonderes war. Am KIMH hatte man ihr auch geholfen, ihre Fähigkeiten weiterzuentwickeln und mit ihrer Gabe umzugehen. Durch ein strenges mentales Training hatte Catherine gelernt, ihre Gabe zu beherrschen, und das nicht nur um die Privatsphäre anderer willen, sondern auch zum eigenen seelischen Schutz. Außerdem konnte sie dem Bösen in der Gestalt eines stärkeren Medialen begegnen. Bösartigkeit konnte überall auftauchen und war oft unberechenbar.

Catherines Adoptivvater war mit ihrer Gabe umgegangen, als sei diese völlig normal. Es hatte ihn sogar beruhigt zu wissen, dass sein Kind sah, wem es lieber aus dem Weg gehen sollte. Catherines Adoptivmutter hingegen hatte Catherines Gabe ignoriert, sich davor gefürchtet, sie als eine Bedrohung angesehen, als etwas, das einfach nicht real zu sein hatte. Ava hatte Catherine nach dem Tod des Vaters sogar verboten, überhaupt darüber zu sprechen.

Doch dann war da dieser Nachmittag im Park gewesen, in der Nähe des Apartmenthauses, in dem Ava und Catherine damals gewohnt hatten. Sie hatten auf einer Bank gesessen, die wärmende Frühlingssonne wie Tausende andere Menschen auch genossen. Doch nur Catherine hatte die dunkle Wolke der Traurigkeit um die Frau in dem zartblauen Kleid drüben am Brunnen gesehen, die – schwer krank – über ihren Tod nachdachte und darüber, wie ihre Familie wohl ohne Mutter zurechtkommen mochte. Dann war da der Mann auf der Bank weiter rechts gewesen, der Grau-Rote, der seinen Freund belog, um sich Geld zu leihen. Sein Wochenlohn war nicht gestohlen worden, sondern bei einer Reihe von Sportwetten draufgegangen.

Und dann war da plötzlich jenes von wütendem Rot durchzogene Schwarz auf der Brücke aufgetaucht, ein junger Mann auf einem Mountainbike, der nahe der Trinkwasserfontäne anhielt und die Menschen durch große silberne Spiegelgläser beobachtete, gleich einem blutrünstigen Insekt, das sich seine Chancen bei der Jagd ausrechnete.

»Der junge Mann auf dem Fahrrad hat böse Gedanken.«

Ihre Mutter hatte nicht reagiert, nicht einmal die Lektüre des Wirtschaftsartikels unterbrochen.

»Der Mann auf dem Fahrrad ist böse.«

»Was hast du gesagt?« Ihre Mutter blickte kurz auf.

»Dort drüben, der Mann auf dem Fahrrad.«

Ihre Mutter legte die Zeitung beiseite. »Ich habe dir gesagt, du sollst diesen Unsinn lassen, Catherine.«

»Jetzt beobachtet er das blonde Mädchen neben der Steinfigur. Er fragt sich, ob sie wohl öfter herkommt und wo sie wohnt.«

»Catherine!«

»Er trägt ein Messer bei sich, Mom.«

Ungehalten stopfte ihre Mutter die Zeitung in die Tasche. »Hör auf damit, diese verrückten Geschichten zu erfinden.«

»Dad hat gesagt …«

»Dein Dad war ein sehr gutgläubiger Mensch, Schatz. Ich bin das nicht. Also Schluss damit.« Sie stand auf, nahm die Tasche und Catherines Hand. »Zu Hause wartet noch eine Menge Arbeit auf mich. Und du hast noch etwas für die Schule zu tun.«

»Es ist ihm ernst!«

»Mir auch. Und jetzt komm, bevor ich noch die Geduld verliere.«

Der Weg zu ihrer Wohnung führte an der Trinkwasserfontäne vorbei. Die Augen hinter dem Spiegelglas folgten für ein paar Sekunden jedem einzelnen ihrer Schritte. Rot glühende Protuberanzen brachen dabei überall aus dem Flammenschwarz hervor, das den Körper des Mannes umgab. Als wollten die Flammenzungen nach den Passanten greifen. Und dann erblickte Catherine das Tattoo auf dem linken Handrücken. Ein umgekehrtes Kreuz mit einem weinenden Auge über dem Querbalken.

Etwa drei Monate später sollte Catherine dieses Tattoo in den Abendnachrichten wiedererkennen. Der Mann hatte fünf Frauen umgebracht und sich schließlich auf der Flucht vor der Chicagoer Polizei ein Feuergefecht geliefert. Ihre Mutter hatte kein Wort darüber verloren, den Fernseher abgeschaltet und später aus der Wohnung verbannt. Schließlich waren sie in den darauffolgenden zweieinhalb Jahren fünfmal umgezogen. Vor jedem Umzug hatte Catherine einen potenziellen Gewaltverbrecher erkannt. Dann war sie in der Grundschule auf Mr. Eliot getroffen, der die Parallelklasse unterrichtet hatte. Die erste Begegnung hatte Catherine fast die Luft abgeschnürt, seine Dunkelheit stellte alles Bisherige in den Schatten. Sechs Jungen in der Umgebung rund um Chicago hatte er auf dem Gewissen gehabt. Den siebten Mord hatte Catherine gerade noch verhindern können. Dass sie Eliot mitten in der großen Pause in Gegenwart anderer Lehrer und Schüler herausgefordert hatte, hatte einen Skandal an der Schule heraufbeschworen. Und schließlich Pater Darius, das KIMH und das FBI auf sie aufmerksam gemacht.

All das – all diese fernen Kindheitserinnerungen, die aus einem anderen Leben zu stammen schienen – trat nun so lebendig in Catherines Geist, als lägen die Ereignisse lediglich ein paar Tage oder Stunden zurück, dabei lagen über zwei Jahrzehnte dazwischen. Und plötzlich wurde ihr klar, dass sie tatsächlich erst vor wenigen Stunden geglaubt hatte, Eliot im Schatten der Kolonnaden auf dem Petersplatz gesehen zu haben. Und dies, bevor sie von Ava Bells Nachricht auf dem Anrufbeantworter gewusst hatte.

Während sie weiter darüber nachdachte, ging sie zum Arbeitstisch und packte den Computer ein. Als sie gerade nach dem Kryptohandy greifen wollte, klingelte es. Ben! Sie war froh über die Ablenkung.

»Hallo. Wie war dein Nachmittag, dein Treffen mit Lazarus?«

»Ich bin noch bei ihm, Catherine. Das heißt, wir sind gerade auf dem Weg nach Rom. Ist Ciban in der Nähe? Ich habe versucht, ihn zu erreichen.«

Catherine hörte die unterschwellige Aufregung in seiner Stimme. »Er wollte noch bei David vorbeischauen.«

»Dann hat er sein Handy abgeschaltet oder auf lautlos gestellt.«

»Was ist passiert?«

»Augenblick, ich gebe dir Lazarus.«

Eine Sekunde darauf kam die Stimme des Gelehrten über die Leitung. »Hallo, Catherine. Entschuldigen Sie, dass wir Sie so überfallen. Sind Sie noch im Vatikan?«

»Nein. Ich bin in der Villa, kann aber sofort nach Rom aufbrechen. Worum geht es? Um die Pforten?«

»Ja«, bestätigte Lazarus. »Ich fürchte, da kommt ein Riesenproblem auf uns zu. Können wir uns in der Villa treffen?«

»Selbstverständlich. Ich schicke Marc gleich eine SMS.«

»Danke. Das wird das Beste sein.« Sie hörte, wie Lazarus sich kurz mit Ben austauschte. »Wir werden in etwa zwanzig Minuten bei Ihnen eintreffen.«

»Gut. Nehmen Sie einen der beiden Schleichwege, auch wenn es ein paar Minuten länger dauert«, ermahnte sie Catherine. Die getarnten, bewaldeten Zufahrten führten zum rückwärtigen Teil der Villa, auf dessen Gelände es einen Tunnel und eine verborgene Tiefgarage gab. Dort hatte auch Catherine ihren Wagen stehen.

»Ich gebe es an Monsignore Hawlett weiter. Bis gleich.«

Catherine hörte, wie Lazarus die Verbindung unterbrach, und legte ebenfalls auf. Sie zog ihre Hausjacke über. Dann kehrte sie zum Terrassenfenster zurück, als brauchte sie mehr Tageslicht, tippte die Meldung an Ciban und schickte sie ab.

Noch immer am Fenster stehend, zog sie die Jacke enger um sich. Sie fror trotz der Wärme und des Sonnenscheins. Schwester Marthas Erlebnis kam ihr wieder in den Sinn, dann Danesis eindringliche Worte. Und schließlich Eliot im Schatten des Säulengangs.

18

Um sich etwas Bewegung zu verschaffen und etwas frische Luft und Sonne zu tanken, hatte Ciban die Strecke über den Petersplatz und das St.-Anna-Tor zum Papstpalast gewählt. Für das gemeinsame Abendessen mit David und Leo war es bereits zu spät, doch für einen spontanen Besuch blieb genügend Zeit. Die vergangenen Abende waren sehr angenehm verlaufen, und das, obwohl die Tischgespräche sich auch um Davids Heranwachsen in den gentechnischen Geheimlaboren von Re-Source und die Erlebnisse in San Leonardo gedreht hatten.

Die Begebenheiten in der alten Klosterabtei hatten den Jungen und den Kardinal zusammengeschweißt. Hatte Ciban bis dahin bestenfalls akzeptiert, dass der künstlich gezeugte Junge seine Gene trug, so wuchs ihm das Kind nun auch menschlich immer mehr ans Herz. Nicht zuletzt hatte David Cibans Seele gerettet, als dieser während einer medialen Exkursion mit dem Splitter des Bösen infiziert worden war. Der Splitter saß zwar noch immer tief in Cibans Seele und rührte am finsteren Teil seiner Natur, doch der Kardinal war nun wieder imstande, den jahrtausendealten Fluch, der die männlichen Nachkommen der Familie heimsuchte, zu kontrollieren.

Er wünschte, er könnte im Gegenzug mehr für David tun, ihm zum Beispiel einen Teil seiner gestohlenen Kindheit zurückgeben. Doch das war illusorisch. Allein schon Davids Gabe war ein zweischneidiges Schwert, ein Instrument, das der Feind zu Spionagezwecken genutzt hatte. Nun musste der Gegner fürchten, selbst durch den Bilderlimbus, eine Art Gedächtnis der Welt, ausgehorcht zu werden, denn Fotografien waren für David mehr als nur Abbildungen. Sie erzählten ihm eine Geschichte, vermittelten ihm Eindrücke und Szenarien wie in einem real gewordenen Kopfkino. Die Impressionen stammten aus der Gegenwart oder der Vergangenheit, doch manchmal gingen sie so weit, dass sie dem Jungen sogar einen Blick in die Zukunft gewährten. Jedes Mal jedoch waren sie an eine bereits geschehene oder künftig mögliche Wirklichkeit gekoppelt.

Auch musste Ciban aus einem weiteren Grund vorsichtig sein. Er war Kardinal, Priester, ein vatikanischer Agent und – um das Maß vollzumachen – auch noch der Präfekt der Glaubenskongregation. Und damit war er alles andere als ein Familienvater. Er konnte den Jungen nicht einfach mit nach Hause nehmen und ihm ein Vater, eine Familie sein. Außerdem war David aufgrund seiner gentechnischen Modifikationen, die ihm außergewöhnliche Fähigkeiten bescherten, für den Feind höchst begehrt, weshalb der Vatikan zurzeit der sicherste Ort für ihn war. Ciban konnte nichts weiter tun, als dem Jungen ein guter Freund zu sein und dafür zu sorgen, dass David unter gar keinen Umständen wieder in die Hände des Gegners fiel. Aber wer wusste schon, was die Zukunft bereithielt.

Als Ciban aus dem Aufzug in den geräumigen Flur der Papstwohnung trat, traf er dort auf eine der dienstbaren Nonnen.

»Es tut mir leid, Eminenz«, sagte die Ordensfrau freundlich, »aber der Heilige Vater und David sind zur Sixtinischen Kapelle aufgebrochen. Der Junge malt und zeichnet doch so gerne, deshalb wollte er sich unbedingt Michelangelos Fresken ansehen.«

Ciban ließ sich seine Überraschung nicht anmerken. »Sind die beiden schon lange fort, Schwester?«

»Eine knappe halbe Stunde. Sie sollten noch dort sein.«

»Danke.«

Er nahm den kürzesten Weg über eine der diskreten Routen, die er David gezeigt hatte. Vermutlich hatten Leo und der Junge den gleichen Weg gewählt. Als er in der Nähe der Sala Regia den geheimen Gang verließ und im Anschluss den Vorraum zur Sixtinischen Kapelle betrat, stellte er fest, dass dort neben dem Schweizergardisten auch ein Polizist der Vigilanza Stellung bezogen hatte. Wie es aussah, gedachte Leo sich durch nichts und niemanden stören zu lassen, während er sich in der Kapelle aufhielt. Die beiden Wachen ließen Ciban jedoch problemlos passieren und schlossen die Tür hinter ihm.

Als er die Kapelle betrat, hielt er schon nach wenigen Metern erstaunt inne. Im Gegensatz zu anderen Kirchen und Kapellen war es in der Sixtina nicht gestattet, sich auf den Boden zu legen und von dort die Deckenmalereien zu studieren. Doch genau das taten der rüstige Leo und David nun. Sie lagen einfach da, deuteten hierhin und dorthin, und der Papst in seiner weißen Soutane erläuterte die Bedeutung der einzelnen Szenen aus der Genesis, als wäre er ein Großvater, der seinem Enkel von einer uralten Legende erzählen würde.

Ciban blieb still im Altarbereich stehen. Er wollte die beiden nicht stören, beobachtete und hörte einfach nur zu, wobei ihm bewusst wurde, dass er die Sixtina schon seit einer ganzen Weile nicht mehr betreten hatte. Ob die Farbenpracht der Gemälde deshalb intensiver auf ihn wirkte? Vielleicht lag es aber einfach nur an Leos Worten. Die kosmologischen Bilder erschienen jedenfalls so lebendig, so real, als könnten die Menschen, die Engel und Dämonen darin, ja selbst Christus und Maria, jeden Moment ins irdische Leben heraustreten.

David faszinierte vor allem der von Michelangelo inszenierte Sündenfall, denn in dieser Darstellung war es nicht Eva, die Adam die Frucht überreicht, sondern der Urvater selbst griff danach. Ebenso fesselte ihn jenes Fresko, in dem Gott mit ausgestrecktem Finger Adam zum Leben erweckt. Jene eindrucksvolle Szene, die weltberühmt geworden war. Die Begeisterung des Jungen schien Leos Erzähltalent noch zu beflügeln. Ciban hatte den Pontifex noch nie so glücklich und entspannt gesehen.

»Ah, Marc, da sind sie ja.« Leo erhob sich, stützte sich auf einem Arm ab und setzte ein schelmisches Lächeln auf. »Ich hatte gehofft, Sie würden noch zu uns stoßen. Kommen Sie. Helfen Sie einem alten Knaben wie mir wieder auf die Beine.« Etwas leiser und ebenso belustigt fügte er hinzu: »Ihr Junge fragt mir langsam Löcher in den Bauch.«

Ciban schritt rasch näher und half Leo auf. Dass der Papst seine Morgengymnastik trotz der vielen Arbeit niemals vernachlässigt hatte, zahlte sich nun aus. David sprang auf, wie es nur ein elfjähriger Junge vermochte, der außerdem noch eine gewisse sportliche Veranlagung von seinen Ahnen vererbt bekommen hatte. Seine Augen strahlten, als hätte Leo ihn direkt ins Paradies geführt. David stand kaum, da eilte er auch schon auf das Altargemälde zu. Michelangelos in Lapislazuliblau leuchtende Darstellung des Jüngsten Gerichts, in dem Jesus Christus als Richter über die Lebenden und die Toten befand, die Seligen in den Himmel auffahren ließ und die Verdammten in die Tiefen der Hölle stieß.

David trat ganz nahe an den Altar heran und dann wieder ein paar Schritte zurück, als wolle er sich jedes Detail von rechts nach links, von oben bis unten einprägen. Sein Blick glitt von den beiden schwebenden Engelsgruppen im oberen Bereich, welche die Leidenswerkzeuge der Passion Christi in den Händen hielten – unter anderem das Kreuz, die Dornenkrone und den Essigschwamm –, über die Märtyrer, die Heiligen sowie Maria und Jesus bis hinunter zur Höllenschilderung, die von Dantes Göttlicher Komödie inspiriert war.

Ciban hatte schon immer der Part mit der Hölle besonders fasziniert, jener Szenenausschnitt des Freskos mit der Barke des Charon, der die Verdammten gegen einen Obolus über den Styx ruderte und sie am anderen

Ufer ins Reich des Herrschers der Unterwelt trieb. Doch nun glaubte er zu spüren, wie die Finsternis des Splitters ihn noch mehr zu dieser Szene hinzog. Außerdem hatte Michelangelo es klug, vielleicht sogar spöttisch verstanden, den Zugang zum Hades genau an jener Stelle der Altarwand zu platzieren, auf die ein Priester blicken musste, wenn er die Messe las.

Die Höllenschilderung bewirkte jedoch noch etwas anderes in dem Kardinal, denn sie erinnerte ihn ebenso an die zahlreichen visionär-prophetischen Bilder, die David in seinem geheimen Gästequartier in San Leonardo überall an die Wände gemalt hatte. Davids Weltuntergangsmalereien waren verstörend, aber auch mitreißend und sensationell. Sie zeugten von einem außergewöhnlichen Talent. In zweien seiner Bilder hatte David sogar den jüngsten Anschlag auf den Vatikan vorausgesehen. Ein anderes seiner Wandgemälde zeigte ein niedergebranntes, völlig zerstörtes Rom. Schenkte man seinen Bildern Glauben, schien der Untergang der Welt unausweichlich zu sein.

Catherine hatte jedes einzelne Bild fotografisch dokumentiert und eine elektronische Akte angelegt, von der auch Leo und Lazarus eine Kopie erhalten hatten. Vielleicht lag in irgendeinem der Bilder des Jungen ja doch noch ein Hinweis, wie das bevorstehende Unheil abzuwenden war.

Seltsam, dachte der Kardinal. Es war, als ergäben all diese Bilder erst im Verbund einen Sinn. Die Bilder in der Sixtinischen Kapelle und die in San Leonardo. Die Genesis, die Apokalypse und das Jüngste Gericht.

Schließlich begann David damit, seine Fragen zu stellen, und Leo antwortete so klug und weise, dass

Ciban sich weiterhin zurückhielt und lauschte, als wäre er selbst ein Schüler. Und dann begriff er, hier sprach nicht einfach nur der Papst, sondern auch die Gelehrsamkeit und Weltkenntnis des Zwölferrats. Nach jedem Konklave erhielt der neu gewählte Papst seine ganz persönliche Einweihung. Anschließend bestand seine Aufgabe darin, den künftigen Glaubenspräfekten über die Existenz des heiligen Gremiums zu informieren. Für manch einen Großinquisitor war die Einweihung ein dermaßen großer Schock, dass er – Stillschweigen gelobend – sein Amt niederlegte. Ciban erinnerte sich noch gut an den Moment, als Leo ihn im Schwarzen Archiv in das Geheimnis des Gremiums und die wahre Apostelgeschichte eingeweiht hatte. Der neue Bund zwischen Gott und dem Menschen, ein zweitausend Jahre alter Kontrakt.

Nur die Päpste und ihre Großinquisitoren wussten vom Vorhandensein der Zwölf, und nur der Papst erfuhr ihre Identität. Was das Wissen um die Existenz des Rates anging, gab es zurzeit allerdings eine Ausnahme. Catherine war in das Geheimnis eingeweiht worden, als es darum gegangen war, Leo vor weiteren medialen Anschlägen zu bewahren.

Davids Fragen wandten sich schließlich der Höllenschilderung zu.

»Was haben all diese Menschen getan, um in die Hölle zu kommen?«

Leo enthielt sich diesmal einer Antwort und drehte sich zu Ciban. »Was denken Sie, Marc? Was sagt die Moraltheologie dazu, die Sündenlehre?«

Nicht dass der Papst keine Antwort gehabt hätte, doch er war offensichtlich gespannt, was Ciban aus der

Frage machen würde. Die Augen des Jungen ruhten nun erwartungsvoll auf dem Kardinal, seinem Vater, der bis vor wenigen Monaten nichts von der Existenz eines Sohnes gewusst hatte.

Cibans Blick verweilte einen Moment auf Minos, dem Höllenrichter mit den Eselsohren, dem eine Schlange in den Unterleib biss. In wenigen Sekunden ging ihm das römisch-katholische Verständnis von ewiger Verdammnis und Vergebung durch den Kopf. Danach gab es nur eine Sünde, die nicht verzeihbar war. Die Sünde wider den Heiligen Geist. Wer nicht aufrichtig um die Vergebung seiner Sünden bat, ja das vom Heiligen Geist angebotene Heil ablehnte, der riskierte die ewige Verdammnis. Anders gesagt: Wer über Gott lästerte, wer das Opfer Jesu Christi nicht anerkannte, hatte praktisch keine Chance auf Vergebung. Es war eines der Themen, mit denen Catherine sich in ihren kirchenkritischen Büchern auseinandergesetzt hatte und das folglich auch in ihrem Disziplinarverfahren von zentraler Bedeutung gewesen war. Das Verfahren gegen sie ruhte nun. Seit eineinhalb Jahren. Dank Leo.

Schließlich löste Ciban sich von der Faszination des Höllenschlunds, und seine Antwort auf Davids Frage war am Ende ebenso kurz wie lapidar. »Ohne Reue gibt es kein Erbarmen.«

Der Junge runzelte die Stirn. »Dann starb Jesus nicht für die Sünden der ganzen Welt?«

»O doch. Das tat er, doch das ist kein Freifahrtschein. Diese Seelen sind unverbesserlich. Sie würden im Himmel genauso egoistisch und rücksichtslos vorgehen wie schon auf Erden. Deshalb ist ihnen der Zugang zum Himmel verwehrt.«

»Das Böse darf also niemals in den Himmel kommen«, überlegte David. Sein Blick richtete sich auf die Szenerie, wo einige der Verdammten verzweifelt versuchten, doch noch in den Himmel zu gelangen. Doch wehrhafte Engel hinderten sie daran und schleuderten sie zurück in die Tiefe.

Ciban nickte. »So ist es.«

»Und doch brachte der Himmel die Saat des Bösen hervor«, stellte der Junge nachdenklich fest. »Luzifer.«

Ciban tauschte einen kurzen Blick mit Leo. Auch das stimmte. Das Gespräch nahm einen erstaunlichen Verlauf.

Davids Blick wanderte erneut über das Altargemälde und verharrte kurz auf jener Stelle, in der die Engel mit ihren Posaunen die Toten erweckten und das Jüngste Gericht ankündigten. »Aber wie konnte das geschehen, wenn Luzifer doch ein so vollkommener Engel war?«

Die Frage richtete sich an beide Männer, doch auch diesmal hielt Leo sich zurück, setzte sich auf die Marmorbank am Rand der Kapelle. *Sie sind am Zug, Marc!*, sagte sein Blick. *Spielen Sie ihn klug aus. Als Vater, nicht als Inquisitor. Und denken Sie daran, der Junge ist blitzgescheit!*

Ciban ging in die Hocke, sodass sie alle auf Augenhöhe miteinander waren. »Damit es allen Lebewesen gut geht, ist die Basis von allem Gottes Gesetz«, begann er. »Das gilt auch für die himmlische Regierung. Dabei besitzt jedes denkende Wesen einen freien Willen. Luzifer war der Meinung, dass ein vollkommener Engel diese göttlichen Regeln nicht bräuchte, dass er auch so Recht sprechen könne. Also setzte er sich über Gottes Gesetz hinweg und infizierte andere Engel mit diesem Gedanken. Am Ende täuschte er auch Adam und Eva.«

»Das verstehe ich nicht«, sagte David. »Warum sollte ein vollkommener Engel nicht vollkommenes Recht sprechen können?«

Ciban registrierte aus dem Augenwinkel, wie Leo beeindruckt nickte. Das war eine exzellente Frage, sie beschäftigte sich mit der wahren Natur der gefallenen Engel. Und dadurch mit dem Orden der Triaden, der versuchte, die Kirche zu stürzen, nachdem diese ihn – seiner Ansicht nach – vor langer Zeit verraten hatte. »Um diese Frage beantworten zu können, müssen wir uns zunächst einer anderen Frage zuwenden: Was unterscheidet Luzifers Gesetz von Gottes Gesetz?«

Der Junge sagte keinen Ton, wartete gespannt ab. Die Antwort schien ihm enorm wichtig zu sein.

»Stelle dir eine Welt vor, in der ein Herrscher nach Belieben selbst festlegen kann, was richtig ist und was falsch, eine Welt, in der ein Herrscher über dem Gesetz steht, weil er der Überzeugung ist, selbst das Gesetz zu sein. Wie weit ist ein solcher Herrscher noch von Selbstgerechtigkeit entfernt? Wie lange würde es dauern, bis selbst das Gesetz eines Engels in zwei Rechtssysteme mit zweierlei Maß zerfällt, in ein Recht des Geknechteten und in ein Recht des Stärkeren? Oder, um es auf menschlicher Ebene zu beschreiben, in ein Recht für das Volk und ein Recht des Herrscherkreises, in ein System der Doppelmoral?«

David kniff die Augen zusammen. »Gott ist auch ein Herrscher, oder etwa nicht?«

»Ja. Aber Gott ist auch die Liebe. Er ist nicht korrumpierbar. Ihm liegt das Wohl seiner gesamten Schöpfung am Herzen. Er weiß um die wahren Hintergründe und Motive.«

»Und Luzifer weiß das nicht?«

»Luzifer ist Gottes Geschöpf. Sein Wissen, sein Begreifen ist allein schon deshalb beschränkt. Sein großes Ego und sein Stolz machen ihn blind für diese Erkenntnis. Er will sich über Gott und die Schöpfung erheben. Er will beherrschen.«

»Ich glaube, ich weiß, was du meinst«, antwortete David traurig. »Ich habe das Recht des Stärkeren in den Laboren kennengelernt. Dort sind Menschen von einem auf den anderen Tag verschwunden. Einfach so.«

Sanft nahm Ciban die Hand seines Sohnes. Er wusste, dass David in diesem Moment an seine Freundin Aaren dachte, die eines der sogenannten hochtalentierten *Projekte* in den Laboren gewesen war. Auch Aaren hatte man für Forschungszwecke herangezüchtet und missbraucht. Sie war in den Laboren gestorben.

»Was ist mit diesem Flüstern?«, fragte David. »Dieser dunklen Seite in uns?«

»Fühlst du dich zu dieser dunklen Seite hingezogen?«

»Nicht wirklich.«

»Fordert sie dich heraus?«

»Jeden Tag.«

»Gut. Das wird dich wachsam halten und für die Lüge und Verführung weniger empfänglich machen.«

»So wie bei dir?«

»Ja«, antwortete Ciban mit rauer Stimme. Er wusste sofort, wovon David sprach. Die düstere Seite in ihm war stark. Was das Gute, was sein seelisches Gleichgewicht anging – daran hing er wie an einer Tropfinfusion. Tagtäglich sickerte Licht in den dunklen Bereich seiner Seele, mal mehr, mal weniger, und so musste er sich jeden Morgen, wenn er erwachte, aufs Neue für das Gute, für die innere Balance entscheiden. Für das Gute im Umgang mit seinen Mitarbeitern und Freunden. Für das Gute in der Beziehung mit seinen Kollegen. Für das Gute bei seinem Wirken innerhalb und außerhalb der Kirche. Meistens gelang ihm das. Doch beileibe nicht immer. Dann schlug das Erbe des Vaters durch, eines Nox-Triaden. Catherine hatte zwei dieser Ausbrüche miterlebt und ihn gemäßigt. Und David musste diesen Zwiespalt schon während ihrer ersten Begegnung erkannt haben. Und doch vertrauten sie ihm.

Durch das genetische Zuchtprogramm der Labore floss das Triadenblut natürlich auch durch die Adern des Jungen, doch wie es aussah, hatte er das starke Immunsystem seiner Großmutter Eleonora geerbt, einer Lux-Triadin. Eine Seltenheit bei männlichen Triadennachfahren. Wie der Präfekt wusste, war Davids Gabe, in den Bilderlimbus zu sehen, zu Spionagezwecken missbraucht worden, doch der Junge hatte sein dabei erworbenes, gefährliches Wissen nur spärlich an den Feind weitergegeben. Damit hatte David nicht nur großen Mut bewiesen, sondern auch ein hohes Moralempfinden. Eines Tages würde Ciban den Jungen in die Geschichte seiner Blutlinie einweihen, in das der Lux- und das der Nox-Triaden. Jetzt war es dafür noch zu früh.

David sinnierte über Cibans kurze Antwort und kehrte schließlich zum Ausgangspunkt zurück. »Dann gründete Luzifer seine Macht auf Selbstgerechtigkeit.«

Ciban nickte. »Getreu dem alten Motto ›Teile und herrsche‹. An der Oberfläche seines Wesens strahlt er Freundlichkeit aus, und Zivilisiertheit. Doch er ist unersättlich, er will dominieren und unterwerfen, er giert nach dem materiellen, geistigen und emotionalen Leben anderer. Er giert nach menschlichen Seelen, und er nennt es natürlich Freundschaft, Opfer, Liebe. In Wahrheit ist er aber nur ein arroganter, größenwahnsinniger …«, Ciban stockte.

»Mistkerl«, beendete Leo den Satz mit Blick auf das Altargemälde. »Und deshalb wird es nicht nur im ersten, sondern auch im letzten aller Kriege um Gottes Gesetz gehen.«

Ciban registrierte, wie Davids Hand unwillkürlich die Anhängerkette mit dem Triadenring um seinen Hals berührte. Der Ring hatte einst seiner genetischen Mutter gehört, die schon vor über einem Jahrzehnt gewaltsam ums Leben gekommen war. Und noch ein Schmuckstück hing an der Kette. Der kleine silberne Kreuzanhänger, den Aaren ihm einst in den Laboren als Glücksbringer geschenkt hatte. Das kühle Metall schien ihn zu beruhigen, ihm Kraft und Trost zu spenden.

»Dann geht es gar nicht um die Errettung der Welt«, überlegte David.

Leo schüttelte den Kopf. »O doch, das tut es. Allerdings geht es weniger um die materielle Welt.« Er deutete auf Christus den Seelenrichter. »In diesem Krieg ist jede einzelne Seele ein Schlachtfeld. Über jeden Einzelnen wird in diesem Weltgericht befunden. Und die Fragen werden sein: Was wusstest du? Was stand in deiner Macht zu tun? Und zu guter Letzt: Hast du etwas getan? Oder hast du nur tatenlos zugesehen und geschwiegen?«

Eine Weile saßen sie stumm da, ließen die Worte sowie die Bilder der Himmels- und Höllenschilderung auf sich einwirken. Ciban dachte an die spirituelle

Wirkung der Sixtina auf die Kardinäle während einer Papstwahl. In einigen schien die Kapelle die schlimmsten Charaktereigenschaften heraufzubeschwören, in anderen die besten. Und so wurde jedes Konklave zu einem Schlachtfeld, auf dem die Kardinäle ihre taktischen Spielchen betrieben. Bei der letzten Wahl hatte Ciban nicht tatenlos zugesehen.

»Es wird Zeit«, sagte Leo schließlich.

Sie kehrten in den Apostolischen Palast zurück und brachten David zu dem abgelegenen Raum im dritten Stock, den Catherine vor eineinhalb Jahren vorübergehend bewohnt hatte. Das hohe, geräumige Zimmer hatte sich in den beiden Wochen, seit der Junge es bewohnte, in eine kleine Bibliothek samt Galerie verwandelt. Ciban und Catherine hatten ihn mit einer Staffelei und ausreichend künstlerischen Utensilien versorgt. Einige der Bilderthemen erkannte Ciban von den Wandmalereien in San Leonardo wieder. Das brennende Rom. Die zertrümmerte Kuppel des Petersdoms. Ein teuflisch gigantisches Wesen, das vielleicht einen alles verschlingenden Leviathan darstellen mochte. Etliche Motive verfolgten David seit seiner Zeit in den Laboren, und zwar so stark, dass er sie in seinen Bildern immer und immer wieder aufs Neue verarbeitete. Kein Wunder, seine Visionen enthüllten die Zerstörung der Welt. Ciban fragte sich, wie nahe sie dem rätselhaften letzten Buch des neuen Testaments, der Offenbarung, wohl wirklich kamen.

Ein Motiv erschien ihm allerdings neu. Ein Ritter in stählerner Rüstung auf einem Schimmel, der gegen drei Reiter kämpfte, die auf einem aschfarbenen, einem schwarzen und einem feuerroten Pferd saßen. Auch Leo betrachtete das Gemälde fasziniert.

»Die Reiter der Apokalypse?«, fragte der Kardinal.

Der Junge zuckte mit den Achseln. »Ich weiß es nicht. Die Vision war einfach da, und ich musste sie malen.«

Davids Interpretation war sehr ungewöhnlich. Der Reiter auf dem aschfarbenen Pferd – es war der vierte Reiter – war eine Reiter*in*, zudem eindeutig noch ein kleines Kind, ein Mädchen mit goldenem Haar und strahlend blauen Augen. Ihr Name war Tod, sie würde die Plagen über die Menschheit bringen. Der dritte Reiter auf dem schwarzen Pferd war ein Junge mit braunem Haar und grünen Augen. Er stand für den Hunger. Der zweite Reiter auf dem feuerroten Pferd war ein vernarbter Mann mit prachtvollen schwarzen Flügeln. Er stand für Konflikte und Kriege. Doch warum kämpfte der Reiter auf dem weißen Pferd gegen die anderen drei? Und weshalb trug er als Einziger eine Rüstung?

Ciban und Leo traten näher an das Gemälde heran.

Der Reiter auf dem Schimmel schien in der Tat der größte Widerspruch, denn er offenbarte sich in Davids bildgewordener Vision bei näherer Betrachtung als eine wunderschöne Frau mit einem Banner in der Hand, das zugleich ein Schwert darstellte. Doch in der Offenbarung des Johannes war der Reiter auf dem weißen Pferd der Antichrist, der sich niemals gegen die ersten drei apokalyptischen Reiter wenden würde. Seine Ankunft, die mit der Wiederkehr Jesu Christi einherging, fürchtete der christliche Teil der Menschheit seit zweitausend Jahren.

»Ich kenne nur eine Christin in Ritterrüstung«, sagte Leo. »Und die ist mit einer ganzen Armee in den Krieg gezogen.«

Und seit über fünfhundert Jahren tot, dachte Ciban.

»Das Bild ist noch nicht fertig«, hörten sie den Jungen sagen.

»Und was fehlt noch?«, fragte der Kardinal.

Erneut zuckte David mit den Achseln, während alle auf das Bild starrten. »Das weiß ich nicht, ich weiß nur, dass noch etwas fehlt. Das werde ich vielleicht in einem meiner nächsten Träume erfahren.«

»Ist dir in letzter Zeit irgendetwas Seltsames aufgefallen?« Ciban berichtete in wenigen Worten von Schwester Marthas Erlebnis, eine Erscheinung im Petersdom gehabt zu haben. Die brutale Komponente ließ er dabei unerwähnt.

»Nein. Mit Geistern habe ich bisher noch nie zu tun gehabt. Sollte mir einer begegnen, seid ihr beiden die Ersten, die es erfahren. Sehen wir uns morgen?«

Der Kardinal schmunzelte. »Ja. Sofern nicht etwas Gravierendes dazwischenkommt.«

»Viele Grüße an Catherine.«

Ciban küsste seinen Sohn auf den Scheitel. »Richte ich aus. Und jetzt versuch zu schlafen.«

»Mach ich.«

»Gute Nacht«, sagte Leo. »Und kein Computer mehr. Versprochen?«

David errötete leicht, als hätte der alte Papst ihn bei einer Schwindelei ertappt. »Okay. Dann bis morgen.«

Papst Leo und der Kardinal verließen das Zimmer. Auf dem Weg zu Leos Privaträumen fragte Ciban: »Denken Sie, er verbringt zu viel Zeit an seinem Rechner?«

»Tun das nicht alle Kinder und Erwachsenen, sobald sie solch ein technisches Wunderwerk ihr Eigen nennen?« Leo musste schmunzeln. »Sie und Schwester Rebekah haben immerhin dafür gesorgt, dass David weiß, wie er die Suchanfragenüberwachung im Internet umgeht. Und dass er bestimmte Suchbegriffe erst gar nicht verwendet.«

Schwester Rebekah war das junge Computergenie, das Ciban bei der Arbeit für die vatikanische Sicherheit unterstützte. Sie hatte David in einige der Besonderheiten des vatikanischen Internetgebrauchs eingeweiht.

»Ihr Junge ist nicht computersüchtig, falls Sie das beruhigt«, ergänzte Leo mit einem Augenzwinkern.

»Das tut es in der Tat«, seufzte Ciban. »Noch auf ein Wort, Heiligkeit.«

Der Papst führte Ciban in sein mit Bücherregalen und Akten vollgestopftes Arbeitszimmer, das so ganz anders aussah als das für die offiziellen Anlässe, die Medienshow.

»Was beschäftigt Sie, Marc? Ich hoffe, Leander Bois ist Ihnen nicht schon auf die Pelle gerückt.« Er bedeutete Ciban Platz zu nehmen, der sich auf einen der beiden alten, lederbezogenen Stühle vor dem Schreibtisch setzte.

»Doch, das ist er. Aber darum geht es nicht.« Ciban berichtete von seiner Begegnung mit Monsignore Philippus Augstein im Untergrund des Vatikans und davon, dass sich der Pressesprecher des Vatikans ausgerüstet wie ein Höhlenforscher ganz in der Nähe von Papst Pius' einstmaliger Geheimbibliothek herumgetrieben hatte. Leo kannte die Geschichte über Dr. Kleiers archäologischen Fund in den Siebzigern, über das kleine, in rotes Leder gebundene Buch der geheimen Apostelgeschichte, die nichts anderes als die Geschichte der Entstehung des Zwölferrats dokumentierte und nun tief im Schwarzen Archiv des Vatikans in einem Stahlschrank ruhte.

Leo lehnte sich in seinem Sessel zurück. »Sie haben recht. Das ist seltsam.« Dann mit einem Anflug von Humor: »Darf ich fragen, was *Sie* dort unten gesucht haben, Marc?«

Der Papst wusste inzwischen von Cibans heimlichen Exkursionen im Untergrund, von seinen Recherchen in puncto Triaden. Der Kardinal selbst hatte ihn eingeweiht. Ebenso in sein Familiengeheimnis, denn auch Leo konnte den Feind nur bekämpfen, wenn er wusste, mit wem er es zu tun hatte.

»Die Messias-Morde. Ich habe einen Informanten getroffen. Wir tappen noch ziemlich im Dunkeln.«

»Schlimme Sache. Ich hoffe, Sie haben bald eine Spur. Ich begreife nicht, was in den Gehirnen dieser Serienmörder vorgeht.«

»Seit heute haben wir einen dritten Mordfall, in der Holy Name Cathedral in Chicago. Ich fürchte, es steckt mehr dahinter.«

»Aber was könnten diese Frauen getan haben, um so zu sterben?«

»Das ist die Frage. Wir wissen bisher nicht einmal, *wer* diese Frauen gewesen sind ...« Einen Moment lang herrschte Stille, als hinge die Antwort irgendwo im Raum. Schließlich kehrte Ciban zu dem eigentlichen Gesprächsanlass zurück. »Ich bin Monsignore Augsteins Personalakte noch einmal durchgegangen, Heiligkeit. Wie ich ihr entnehmen konnte, war die Empfehlung zweier hochrangiger Kollegen, die so gar nicht ins Bild passen wollen, maßgebend für Augsteins Ernennung zum Direktor des Presseamtes.«

Leo nickte. »Solaccio und Vidal. Was soll ich sagen, Marc. Die Wege unseres Herrn sind unergründlich.«

Beide Kardinäle waren Traditionalisten, vermutlich sogar Männer des Opus Dei. Sie hatten Leo während des letzten Konklaves ganz gewiss nicht ihre Stimme gegeben. Und sie hätten im Nachhinein auch ganz sicher Philippus Augstein nicht unterstützt.

»Ist das schon die ganze Antwort?«, forderte Ciban den alten Pontifex mit einem Stirnrunzeln heraus.

»Wären wir keine Freunde, dann wäre dies meine endgültige Antwort gewesen. Aber so …« Leo beugte sich vor und legte die Arme auf den Schreibtisch. »Der Zwölferrat hat eine gewisse Überzeugungskraft.«

Ciban starrte den Papst an. Er wusste nicht, was für ihn im Augenblick absurder klang. Dass der Rat zwei Erztraditionalisten wie Solaccio und Vidal dazu gebracht hatte, für Augstein zu votieren, oder dass der Rat Augstein überhaupt in der Position des vatikanischen Pressechefs hatte haben wollen. Was zeichnete Augstein über seine bekannten Fähigkeiten aus? War er am Ende selbst ein Apostel? Ein Ratsmitglied?

Als hätte Leo in Cibans Gedanken gelesen, sagte er: »Augstein ist kein Apostel. Und nein, ich habe keine Ahnung, wie der Rat Solaccio und Vidal überzeugen konnte.«

»Sie vertrauen ihm?«

Leo war klar, dass Ciban mit seiner Frage auf Augstein abzielte und nicht auf den Rat, obwohl die Zwölf dem Kardinal mehr als suspekt waren. Der Papst hegte keinerlei Zweifel gegenüber der moralischen Aufrichtigkeit seiner geheimen, heiligen Kongregation. Für Ciban als Außenstehenden stellte sich die Sache hingegen anders dar. Für ihn blieb der Rat seltsam geisterhaft. Eine nebulöse Macht, die weder gut noch böse schien, deren Bestreben seit fast zweitausend Jahren allein darin lag, den Erhalt der Kirche zu sichern. Der neue Bund zwischen Mensch und Gott. Wie hatte Leo es einmal ihm und Catherine gegenüber formuliert? Zwölf Abgesandte für die Erlösung der Welt. Zwölf Apostel, die bis heute für die Verfehlungen der Menschen und der Kirche geradestanden. Denn weder die Engel noch die Menschen hatten sich so entwickelt wie von Gott erhofft. Der freie Wille war ein zweischneidiges Schwert. Deshalb erschienen Michelangelos Fresken Ciban auch wie ein Spiegel der Welt. Im Gegensatz zu den göttlichen Regeln waren die Regeln der Menschen keineswegs zeitlos und von ewiger Gültigkeit. Gut und Böse vermischten sich überall, in jeder Geschichte, in jedem Volk und zu jeder Tageszeit. Und jeden Morgen begann die Schlacht zwischen Gut und Böse aufs Neue.

»Bisher hat Augstein mir keinen Anlass gegeben, ihm zu misstrauen«, antwortete Leo schließlich und unterbrach damit Cibans Gedanken. »Und wie heißt es so schön: im Zweifel für den Angeklagten.« Er setzte ein schiefes Lächeln auf. »Oh, ich vergaß, Sie sind ja mein Großinquisitor.«

Ciban kannte den Pontifex viel zu gut, um ihm diesen kleinen Seitenhieb übel zu nehmen. Gewiss, in etlichen Punkten hatten sie unterschiedliche Ansichten, und im direkten Vergleich mit Leo wirkte Ciban fast schon wieder konservativ. Doch sie hatten auch etliches gemeinsam. Unter anderem ihren gemeinsamen Plan zum Wohle der Menschen und der Kirche. Und sie vertrauten einander.

»Bisher jedenfalls hat Augstein sich als neuer Pressechef bewährt«, fuhr Leo fort. »Und er scheint weder auf der Seite des Lux noch der des Opus Feinde zu haben.«

»Was eigentlich unmöglich ist«, sinnierte Ciban. »Ich werde ihn im Auge behalten. Wir müssen wissen, auf welcher Seite er steht.«

»Ich dachte, er ist neutral.«

»So neutral, wie Sie und ich es sind, Heiligkeit?«

»Ein Punkt für Sie«, sagte der Pontifex. »Ich denke, ich werde Hochwürden Philippus Augstein demnächst zum Essen einladen. Dann werden wir sehen.«

»Bei allem Respekt, es wäre mir lieber, er erführe vorerst nichts davon, dass wir uns für ihn interessieren.«

»Ich verstehe.« Leo hielt kurz inne. »Da wir schon mal bei den Recherche- und Ermittlungsarbeiten sind … Ich habe mit dem römischen Vertreter des Zwölferrats gesprochen. Der Rat weiß von den zunehmenden Erscheinungen in der Welt. Er selbst könne allerdings nicht viel tun, aber *die andere Seite* sei informiert. Was immer das heißen mag. Was mich zu meiner nächsten Frage führt: Was ist mit Schwester Francescas Prophezeiung? Kann uns dieses umfangreichere Triadenbibelfragment, das Sie letzte Nacht entdeckten, weiterhelfen?«

Ciban hatte erst vor wenigen Tagen mit dem Papst im Schwarzen Archiv über Schwester Francescas Prophezeiung gesprochen. Im Jahr 1896 war das Fragment, ein unscheinbares Schulheft, das die Wiederkehr Jesu Christi wie auch die Ankunft des Antichrist samt dem Untergang der Kirche und der Welt verkündete, von England aus in einer versiegelten Schatulle in den Vatikan gelangt. Auch war von einer uralten, von der Kirche verratenen Bruderschaft die Rede, bei der es sich anscheinend um den Triadenorden handelte. Seine Existenz war aus sämtlichen Geschichtsbüchern getilgt worden, für seine Auslöschung wollte er nun Rache nehmen.

Doch das war nicht alles. Francescas Prophezeiung hatte auch zwei handgezeichnete Porträts enthalten, von denen eines samt den erläuternden Schlussseiten aus dem Fragment entfernt worden war. Das eine Bild zeigte Christus, der zurückgekehrt war, das andere den Antichrist. Aber wer nun wer war, ließ sich aus dem fragmentarischen Text nicht mehr erschließen. Das verbliebene Bildnis ähnelte jedoch in verblüffender Weise David. Und eine Weile war Ciban sogar davon ausgegangen, dass es sich bei dem Kind um den angekündigten Antichrist handelte. Doch nach den mörderischen Erlebnissen der letzten Wochen und Monate schloss er dies inzwischen aus. Catherine hatte David aufgrund seiner Aura von Anfang an als Antichristkandidaten ausgeschlossen. Als wiedergekehrten Messias konnten sie sich den Jungen allerdings auch nicht vorstellen. Höchstwahrscheinlich war die Ähnlichkeit der Zeichnung mit David nichts als ein Zufall.

Leo holte tief Luft. »Verstehen Sie mich nicht falsch, Marc. Ich bin heilfroh, dass Ihr Junge nicht der Antichrist ist. Doch wenn er es nicht ist, *wer* dann?«

»Leider wurde das letzte Kapitel auch aus diesem Bibelfragment komplett entfernt. Dafür scheint es im vorderen und mittleren Bereich vollständiger als das Exemplar, das Lazarus besitzt oder wir – neben Francescas Prophezeiung – im Archiv aufbewahren. In den nächsten Tagen werden wir weitersehen.«

»Denken Sie, Ihr Vater hat das letzte Kapitel entfernt?«

»Dafür erscheinen mir die Risskanten zu alt, Heiligkeit.«

Leo seufzte. »Es würde uns die Arbeit enorm erleichtern, wenn wir wüssten, wer der Antichrist ist«, meinte er trocken.

Ciban behielt für sich, was er zwei Wochen zuvor im Bilderlimbus des zerstörten Roms erlebt hatte. Und zwar aus gutem Grund: Damals war er mit der sterbenden Seele Davids verbunden gewesen, hatte sich in dessen Gedankenwelt bewegt – und nicht in der Realität des Limbus. Und das stellte alles infrage. Überdies konnte Leo unmöglich der Antichrist sein. Nichts in seinen Wesenszügen deckte sich auch nur annähernd mit den Eigenschaften jenes Mannes, der in der Offenbarung des Johannes als Antichrist beschrieben wurde: Machtgier, Selbstsucht, Arroganz und Anmaßung lagen Leo völlig fern. Außerdem sah David in Leo einen Freund, und dem Jungen konnte man nichts vormachen.

»Möglicherweise ist die Frage nach dem Messias noch viel wichtiger, Heiligkeit.«

Leo stutzte. »Sie glauben nicht, dass David der wiedergekehrte Christus ist?«

»Ich weiß es nicht. Zugegeben, die Ähnlichkeit des Porträts ist groß, aber es gibt dort draußen Tausende von Jungen, auf die diese Zeichnung ebenfalls passen würde.«

Möglich, sagten Leos Augen. Er glaubte aber nicht, dass einer dieser anderen Jungen tatsächlich der Messias war. Nun, spätestens bei Armageddon würde sich ihnen die ganze Wahrheit offenbaren. Dummerweise war es dann längst zu spät.

»Wissen Sie …«, begann der Papst, als sein Telefon plötzlich schrillte und Ciban daran erinnerte, dass sein eigenes Kryptohandy noch immer deaktiviert war.

Leo bat den Kardinal um einen Moment Geduld und hob den Hörer ab. Während er aufmerksam zuhörte, checkte Ciban rasch seine eigenen Nachrichten. In der letzten halben Stunde hatte Pater Ben Hawlett versucht, ihn zu erreichen, Adrian Coelho sogar zweimal. Und dann war da eine SMS von Catherine. Lazarus hatte etwas entdeckt und war mit Ben unterwegs zur Villa des Kardinals.

»Beruhigen Sie sich, Stefano …«, hörte Ciban den Papst schließlich sagen und blickte von seinem Handy auf. »Ja, Marc ist noch hier. Nein, das wird nicht nötig sein. Bleiben Sie, wo Sie sind. Wir kommen ohnehin gleich zu Ihnen rüber.«

Er legte den Hörer auf und wandte sich seinem Großinquisitor mit einem schiefen Lächeln zu.

»Stellen Sie sich vor, Gasperetti wurde von einem Geist heimgesucht. Sie werden niemals erraten, von *wem*.«

19

Als Ciban und Leo das luxuriöse Arbeitszimmer Gasperettis im zweiten Stock des Apostolischen Palastes erreichten, stand der alte Kleriker vor dem Fenster und starrte wie hypnotisiert auf die vatikanischen Gärten hinaus. Auf dem mächtigen Schreibtisch lagen einige zugeklappte Unterlagen. Die dunkelrote Färbung der

Aktendeckel ließ Ciban wissen, dass es sich um mediale Spezialfälle handelte, die die Lux-Führung lieber im Auge behielt. Auch über Catherine und ihn musste solch eine Akte existieren. Dass Gasperetti die Akten nicht längst fortgeräumt, geschweige denn weggesperrt hatte, war Ciban Beweis genug, wie nahe ihm das in der letzten Stunde erlebte Ereignis ging. Eiligen Schrittes kam der alte Kardinal auf Ciban und Leo zu.

»Er ist mir auf dem Weg vom Governatoratspalast hierher gefolgt. In vollem Ornat. Als wäre er noch immer in Amt und Würden!«

Mit *er* meinte er Sergio Kardinal Monti, einen der treuesten Anhänger von Leos Vorgänger, Papst Innozenz. Um Leo loszuwerden, hatte Monti vor eineinhalb Jahren ein übles Tun und Treiben angezettelt, das ihm am Ende selbst zum Verhängnis geworden war.

Ciban begriff nun auch, weshalb Gasperetti so überaus konzentriert auf die Gärten gestarrt hatte. Der Governatoratspalast lag inmitten des Parks, und der alte Lux-Domini-Chef fürchtete wohl, Monti könne ihm dort unten noch irgendwo auflauern.

»Ich hatte ihn nicht gleich erkannt«, fuhr Gasperetti fort. »Wer rechnet denn schon damit, einem Toten über den Weg zu laufen? Dann kam er auf mich zu, sprach mich an, sagte: ›Stefano, mein alter Freund, erkennst du mich denn nicht? Ich bin's. Sergio …‹« Gasperetti holte tief Luft. »Sie können mir glauben, Monti und ich waren alles andere als Freunde gewesen. Deshalb begreife ich nicht, weshalb er ausgerechnet mir erschienen ist.« Der alte Kardinal verstummte, als würde ihm gleich der Sauerstoff ausgehen.

Ciban holte einen Stuhl herbei. Ohne einen Dank,

aber mit theatralischer Gebärde sank Gasperetti darauf zusammen. »Hat er sonst noch etwas gesagt?«, fragte Ciban.

Gasperetti öffnete den Mund, zögerte dann jedoch, als würde ihm gerade erst bewusst, wer da vor ihm stand.

Leo trat vor den alten Präfekten hin. »Wenn es um Monti geht, müssen wir zusammenhalten, Stefano. Hat er irgendetwas Relevantes gesagt?«

Gasperetti nickte. »O ja, das hat er.« Er drehte sich etwas in Richtung Cibans. »Er sagte, Sie hätten ihn reingelegt, Marc. Sie trügen die Schuld an allem.« Dann wandte er sich mit erhobenem Zeigefinger Leo zu. »Und Sie, Heiligkeit, hätten der Kirche durch die Aufhebung des Pflichtzölibats den größten Schaden zugefügt. Er sprach von einer bevorstehenden Kirchenspaltung und davon, dass …« Mitten im Satz brach er ab.

»Raus mit der Sprache, Stefano«, forderte Leo. »Keiner von uns ist so zart besaitet, dass er nicht auch ein wenig morbides Monti-Gefasel ertragen könnte.«

Sie haben ja keine Ahnung, sagte Gasperettis Blick. Er gab sich innerlich einen Ruck. »Monti sagte, dass Sie nicht mehr lange zu leben hätten. Und deshalb sollte ich mich ihm anschließen, denn …« Jetzt wurde der alte Kleriker mit jedem Wort zusehends blasser.

»Ja?«, hakte der Pontifex nach.

»Nichts gegen Sie persönlich, Heiligkeit«, Gasperetti holte noch einmal tief Luft, als müsse er sich wappnen, »aber er sagte, ich würde der nächste Papst.«

Ciban registrierte ein kurzes Zucken um Leos Mundwinkel, als stünde der Pontifex kurz vor einem Lachanfall. Nicht dass Gasperetti kein ernst zu nehmender

Kandidat bei der nächsten Papstwahl war, doch dass Monti selbst im Jenseits keine Ruhe gab, weckte nun doch Leos Galgenhumor und veranlasste ihn zu seiner nächsten Frage.

»Ist der alte Heuchler bezüglich meines Ablebens vielleicht noch etwas konkreter geworden?«

»Ne… nein. Das war alles. Ich flüchtete in den Palast und in mein Büro. Dann rief ich Coelho an. Und schließlich Sie.«

Ciban trat ans Fenster, blickte einen Moment lang hinaus und wandte sich dann wieder den beiden älteren Männern zu. »Ich bin gespannt, wem er als Nächstes erscheinen wird. Mit den richtigen Kontakten könnte er großen Schaden anrichten.«

Sergio Kardinal Monti war unter Papst Innozenz über viele Jahre hinweg der Präfekt der Glaubenskongregation gewesen. Leo hatte ihn dann zum Staatssekretär ernannt, um ihn als Glaubenspräfekten loszuwerden. Monti verfügte also über ausgezeichnetes Insiderwissen hinsichtlich des Vatikans, seiner Bewohner und der Kirche. Und er war eine wahrlich machtgierige, rücksichtslose und somit gefährliche Seele.

»Sie haben recht«, sagte Leo. »Wir müssen etwas unternehmen. Was schlagen Sie vor?«

Cibans Aufmerksamkeit wendete sich wieder Gasperetti zu, der noch immer recht Mitleid heischend vor ihnen auf dem antiken Stuhl saß. »Seelen sind meistens an einen Ort oder an eine Person gebunden. Wir sollten einen mentalen Schutzkreis auf vatikanischem Boden errichten, bevor es zu weiteren Erscheinungen kommt. Es wäre zwar keine Dauerlösung, könnte uns aber etwas Zeit verschaffen.«

Gasperetti kam eine Idee, und er schöpfte Hoffnung. Gleichzeitig zeigte sich aber auch Unwohlsein in seinem Gesicht, ja fast so etwas wie Widerwillen. »Ich werde mich mit Bruder Tancredi in Verbindung setzen und ihm die Situation erklären. Natürlich ohne zu viel zu verraten.« Er erhob sich und ging mit schweren Schritten zum Telefon.

Tancredi war einer der stärksten Medialen der Kirche. Ciban hatte bisher nur ein einziges Mal mit ihm zu tun gehabt, bei einem Serientäter-Mordfall vor sechs Jahren. Es ging etwas Beunruhigendes von dem Ordensmann aus, etwas, das fast schon ans Dämonische grenzte. Er war ein Spiritual, der mit starken Leidenschaften und beinahe fanatischen Ansichten zu kämpfen hatte. Aber als Mitglied des Lux Domini war er ein Gegner Montis gewesen, der dem traditionalistischen Opus Dei angehört hatte. Tancredi würde also in der Lage sein, dem toten Kleriker die Stirn zu bieten und sich nicht einlullen lassen. Dass der erzkonservative Gasperetti den progressiven Mönch nicht sonderlich leiden mochte, konnte Ciban nachvollziehen. Gott sei Dank war der Lux-Chef sich jedoch der Fähigkeiten dieses Mitarbeiters wohl bewusst und stellte seine persönlichen Ressentiments hintan.

In Eleonora Cibans Listen stand Tancredi auf der Seite der Guten. Ciban hoffte, dass dem auch so geblieben war. Mit Tancredis Unterstützung und der Hilfe einiger weiterer Medialer konnten sie das Problem der Erscheinungen zumindest auf vatikanischem Boden in den Griff bekommen, ohne zu viel Aufsehen zu erregen. Wie Ciban eine Woche zuvor erfahren hatte, war es auch Tancredi gewesen, der den einzigen überlebenden

Mönch des San-Leonardo-Massakers verhört hatte, ehe dieser aus dem Krankenhaus geflohen war.

Fünfzehn Minuten nach dem Telefonat stand der große, dürre Lux-Domini-Mann mit dem kahlen Schädel und der Nickelbrille in Gasperettis Büro, in der Hand eine verschlissene Aktentasche. Obwohl erst Mitte vierzig wirkte er gut ein Jahrzehnt älter. Die Gegenwart des Papstes und des Glaubenspräfekten irritierte ihn zunächst ein wenig. Als er dann jedoch nach Gasperettis Bericht anfing, seine Vorgehensweise zu erläutern, verlor er seine Scheu und kam regelrecht in Fahrt. Ciban machte sich eine gedankliche Notiz. Er würde sich diesen Mann in der nahen Zukunft einmal genauer anschauen. Sie mussten wissen, mit wem sie es zu tun hatten. Sollte Ciban sich für die mediale Führung des Lux Domini qualifizieren, erhielt er garantiert Einsicht in Dokumente und Personaldateien, deren Zugriff selbst Gasperetti verwehrt war.

»Und Sie denken, das funktioniert?«, fragte der alte Kardinal stirnrunzelnd, als hätte Tancredi ihm gerade erklärt, dass er überall auf dem Gelände Knoblauch, Weihwasser und Salz verteilen wolle.

Der Mönch beugte sich noch einmal über den Vatikanfaltplan, den er aus seiner Aktentasche hervorgeholt hatte und deutete auf über ein Dutzend strategisch verteilte Punkte, deren Verbindungslinien mehrere aneinandergereihte Kreuze bildeten. Außenpunkte und Innenpunkte, die ein wenig wie die Nieten einer großen Stahlskelettkonstruktion anmuteten.

»An diesen Orten werden wir je zwei unserer Spiritualen positionieren. So erschaffen wir durch die Gebetsmeditation ein stabiles mentales Netz, das es verstorbenen Seelen unmöglich machen sollte, mit unserer Welt in Kontakt zu treten.«

»Wie lange können unsere Mönche das durchhalten?«, fragte Leo.

»Alle vier Stunden werden die Teams ausgetauscht. Pro Ort zwölf Teams, pro Team zwei Mediale. Rund um die Uhr, einschließlich der Ersatzleute.«

Ciban musste sich eingestehen, dass die Sorgfalt Tancredis ihn beeindruckte. Dieser Mann schien nichts dem Zufall zu überlassen.

»Was ist mit diesen … heiligen Symbolen, von denen Sie sprachen. Das erscheint mir doch sehr heidnisch«, bemerkte Gasperetti.

»Diese Symbole haben sich schon zu einer Zeit bewährt, als die Kirche noch nicht existierte, Eminenz. Sie werden uns helfen, das Energienetz auch im Notfall noch für eine Weile aufrechtzuerhalten.«

»Im Notfall?«

»Man wird auf der anderen Seite früher oder später registrieren, was wir hier tun, und versuchen einzugreifen. Der Vatikanhügel ist ein mächtiger Kraftort, der wie ein hoher Berg aus unserer Welt in die nächste hineinragt. Deshalb zieht er so viele Seelen an. Auch wenn es uns so erscheinen mag, wir leben nicht isoliert von der jenseitigen Welt. Alles, was uns trennt, ist eine Membran, die körperlosen Seelen den Zugang in die nächste Welt gewährt. Wo immer diese Seelen dort auch hingehören.«

Jedem der Anwesenden war klar, dass Tancredi damit Himmel, Hölle und Fegefeuer meinte.

»Gut«, sagte Leo. »Dann lassen Sie uns keine Zeit verlieren. Das heißt, noch eine Frage: Wie lange wird es dauern?«

Tancredi blickte auf die antike Uhr über Gasperettis Schreibtisch. »Bis Mitternacht sollte der Schild stehen.«

»Drei Stunden …«, sinnierte Gasperetti. »In drei Stunden kann viel geschehen.«

»Es tut mir leid, Eminenz«, entgegnete der Mönch in festem Tonfall. »Aber es geht dabei auch um die Sicherheit der Männer und Frauen, die ich für diesen Einsatz rekrutieren werde. Ein instabiler Schirm kann eine ebenso verheerende Wirkung zeigen, wie ein falsch installierter Blitzableiter auf einem Hochhaus. Und wir befinden uns hier auf einer der höchsten spiritualen Erhebungen der Welt.«

»Tun Sie, was nötig ist«, sagte Leo ruhig. »Hast war noch nie ein guter Ratgeber.«

»Danke, Heiliger Vater.«

Es gefiel Ciban, dass Tancredi sich um seine Leute sorgte und dass er weder vor dem Papst und dem Chef des Lux noch vor ihm als Glaubenspräfekten kuschte.

»Ich halte Sie auf dem Laufenden. Wenn Sie mich bitte entschuldigen wollen. Heiliger Vater. Eminenzen.«

Nachdem der Ordensmann gegangen war, meinte Gasperetti scheinbar betrübt: »Tancredi ist ein guter Mann, doch leider fehlt ihm ein wenig der Sinn für die alten Werte, die Traditionen. Aber das mag auch an seiner speziellen Veranlagung liegen.«

Leo seufzte. »Wollen Sie damit andeuten, was wir vermuten, das Sie andeuten wollen?«

»So kann man es natürlich auch ausdrücken, Heiligkeit.«

»Wir sind nicht hier, um Hochwürden Tancredis Privatleben zu erörtern«, entgegnete Ciban kühl. »Das ist allein seine Sache.«

»Wenn Sie meinen«, entgegnete Gasperetti. »Sie sind vermutlich ohnehin längst informiert.«

Ciban ignorierte die Spitze und wandte sich an Leo. »Es war ein langer Tag, Heiligkeit, und wie es aussieht, wird es eine kurze Nacht.«

»Sie haben recht, Marc. Wir sollten uns jetzt alle zurückziehen und uns ausruhen. Wir können im Moment ohnehin nichts weiter tun. Hoffen wir, dass Tancredis Plan aufgeht.«

»Ich werde dieses Büro nicht verlassen«, erklärte Gasperetti sofort. »Jedenfalls nicht in den nächsten drei Stunden.«

Ciban blickte mit leisem Spott auf die dunkelroten Aktendeckel auf dem Schreibtisch. »Nun, Sie sind hier fürs Erste sicher und haben jede Menge Ablenkung. Da vergehen die nächsten drei Stunden wie im Flug.« Bei dem Wort *Flug* schweiften seine Gedanken augenblicklich zu Catherines Adoptivmutter ab. Und zu den verfluchten Messias-Morden. Vielleicht hatte Ava Bell sich inzwischen bei Catherine gemeldet. Wie aus der Ferne hörte Ciban Leo sagen:

»Gute Nacht, Stefano. Wenn etwas ist, greifen Sie zum Telefon. Wir postieren einen der Gardisten vor Ihrer Tür.«

Gasperetti wirkte nur wenig beruhigt, rappelte sich aber zu einem Abschied auf. »Gute Nacht, Heiligkeit. Auch Ihnen eine gute Nacht, Eminenz. Hoffen wir, dass der morgige Tag uns weniger Unannehmlichkeiten beschert.«

»Gute Nacht«, sagte Ciban.

Nachdem er und Leo auf den Gang hinausgetreten waren, gingen sie in Richtung des Aufzugs.

»Ich will nicht hoffen, dass an Montis Prophezeiung bezüglich meines baldigen Ablebens etwas dran ist, Marc«, sagte der Papst. »Sie und Catherine sollten allerdings wissen, dass ich für diesen Fall bereits Vorkehrungen getroffen habe.«

Verblüfft blieb Ciban stehen. Dass Leo Vorsichtsmaßnahmen ergriffen hatte, überraschte ihn nicht wirklich, wohl aber, dass der alte Pontifex auf das Gerede eines toten Kardinals so viel gab. »Monti hat Ihren Tod genauso wenig vorausgesehen wie Gasperettis Zusammenarbeit mit uns, Heiligkeit. Er blufft. Nichts weiter.«

»Nun, selbst wenn er blufft, dann hat er auch einen Plan, Marc. Und Montis Pläne verhießen noch nie etwas Gutes.«

»Mag sein. Aber wir haben das Lux als starken Verbündeten auf unserer Seite.«

Sie betraten den Aufzug, der Leo in den dritten Stock und Ciban anschließend ins Erdgeschoss bringen würde.

»Werden Sie Catherine heute Abend noch sehen?«, fragte Leo.

»Ja, Heiligkeit. Allerdings nicht wie geplant. Wie es aussieht, ist Lazarus auf etwas gestoßen, das mit dem Phänomen der Erscheinungen zusammenhängt. Er und Ben haben sich bereits mit Catherine getroffen.«

»Ah ja, die San-Leonardo-Dateien. Abt Umbertos Arbeit. Dann hoffe ich, es sind gute Nachrichten.«

»Das hoffe ich auch.«

Die Tür des Aufzugs öffnete sich, und Leo trat in den Flur zu seinen Privaträumen. Da auch hier wie im Erdgeschoss zwei Gardisten Wache hielten, kehrte er zum förmlicheren Umgangston zurück.

»Dann bis morgen, Eminenz. Schlafen Sie gut. Und grüßen Sie mir … na, Sie wissen schon.«

»Das mache ich, Heiligkeit. Gute Nacht.«

Auf der Ebene zum Damasushof verließ Ciban den Lift und kehrte zum Inquisitionspalast zurück. Dort auf dem Parkplatz nahe dem Petersdom stand sein Wagen. Er stieg ein und startete den Motor. Als er das bewachte Tor zum Vorplatz passierte, tauchte ein feiner Sprühregen alles in ein mildes Licht. Er steckte das Kryptohandy in die Halterung an der Armatur und wählte Catherines Nummer. »Hallo Liebes«, meldete er sich, als sie in der Leitung war. »Ich bin jetzt unterwegs.«

»Das ist gut. Weißt du, wir sitzen hier ein bisschen wie auf glühenden Kohlen.«

»Das kann ich mir vorstellen«, sagte er ruhig. »In einer halben Stunde sollte ich bei euch sein.«

»Fahr vorsichtig.« Die unausgesprochenen Worte *Ich liebe dich* schwangen in ihrer Bitte mit. Ben und Lazarus wussten zwar seit San Leonardo von der geheimen Beziehung, dennoch blieb Catherine auch in ihrer Gegenwart zurückhaltend.

»Das werde ich.«

»Niles hält eine warme Lasagne für dich bereit. Du musst hungrig sein.«

»Ich könnte ein ganzes Pferd verspeisen.«

Sie lachte, verkniff es sich aber, einen Kuss durch die Leitung zu schicken. »Bis gleich.«

Ein paar Minuten später bog er auf den Autobahnring, der Rom umgab. Nachdem er sicher war, dass ihm niemand folgte, nahm er die Ausfahrt zum cibanschen Familiensitz. Aus den Lautsprechern erklang Rachmaninows erstes Klavierkonzert. Da die Hauptverkehrszeit vorbei war, waren die Straßen frei, und er konnte ein wenig fester aufs Gaspedal treten. Als der zweite Satz des Klavierkonzerts einsetzte, hatte er die A1 bereits verlassen und die Landstraße erreicht.

Die Dämmerung setzte ein. Inmitten von Weinbergen und Olivenhainen funkelten die Lichter der umliegenden Dörfer auf. Dann kamen die hügeligen Wälder, und der Sprühregen wurde stärker, erschuf aus Wipfeln und Baumstämmen bizarre Formen wie aus der Unterwelt. Ciban war diese Strecke schon unzählige Mal gefahren, bei jedem Wetter. Niemals wurde er des Anblicks müde.

Als der zweite Satz des Klavierkonzerts in den dritten mündete, begann ein kurvenreicheres Stück entlang eines längeren Berghangs. Links oberhalb des Hangs – Luftlinie vielleicht einhundert Meter und noch gut zwei Kurven entfernt – schimmerte das Scheinwerferlicht eines größeren Wagens zwischen den Baumstämmen auf und tauchte alles in einen kühlen, silbrig weißen Schein. Vermutlich einer der Lastwagen, die Waren zwischen den Dörfern und Rom hin und her transportierten. Von den eigenen Scheinwerfern abgesehen, waren es die einzigen Lichttupfer weit und breit.

Als der Kardinal um die nächste Kurve fuhr, kam ihm der Lastwagen am anderen Ende der Straße bereits entgegen, viel zu schnell für eine solch unübersichtliche Strecke. Dann plötzlich wechselte der Fahrer auf Cibans Spur – und hielt direkt auf ihn zu.

Eine Kollision war unausweichlich.

Ciban steuerte sofort nach links, wich auf die andere Straßenseite aus, um nicht in den mit Bäumen gesäumten Abhang rechts von ihm hineinzurasen, als der Lkw auch schon vorn rechts in seine gepanzerte Limousine krachte und ihn von der Straße drückte.

Ciban riss das Steuer herum, fing den Wagen ab und hielt ihn gerade noch so auf der Straße. Sein Angreifer hatte weniger Glück, sein Lkw besaß viel zu viel Schwung, sauste den Abhang hinunter und prallte gegen eine Reihe von Bäumen.

Alles dauerte nur ein paar Sekunden. Etwa 40 Meter entfernt brachte Ciban seinen Wagen zum Stehen. Er bezweifelte, dass es der Lkw-Fahrer einfach nur eilig gehabt und die Kontrolle über sein Fahrzeug verloren hatte. Das Ganze schien vielmehr ein gezielter Angriff auf ihn gewesen zu sein.

Ciban blickte in den Rückspiegel, doch in dem Lkw rührte sich nichts. Er stieg aus, um die gut 40 Meter zurückzugehen, doch er hatte kaum ein paar Meter zurückgelegt, als der Wagen des Angreifers plötzlich explodierte und in Flammen aufging. Rein technisch gab es für die Explosion eigentlich keinen Grund. Ciban hatte keine sprühenden Funken gesehen, die die Gase im Tank des Lasters hätten entzünden können. Aber vielleicht hatte der Fahrer Sprengstoff geladen, um sich und den Kardinal beim Zusammenprall ins Jenseits zu befördern.

Vorsichtig ging Ciban noch etwas näher heran und starrte in die aufpeitschenden Flammen, ein gleißendes Inferno, das ein gutes Stück des bewaldeten Hangs und der Straße erhellte. Der Lkw war weiter den Hang hinuntergeschleudert worden, als es zunächst den Anschein gehabt hatte. Schließlich erreichte der Kardinal das Ende der Straße, suchte nach einer günstigen Stelle und stieg vorsichtig hinunter. Der Boden war feucht und rutschig. Die Hitze der Flammen schlug ihm entgegen, dennoch konnte er im gleißenden Feuer die brennende Plane und die Spriegel erkennen. Beim Nähertreten machte er die Seitentüren und die Motorhaube aus. Es war ein altes Fiat-Modell. Die Fenster waren komplett weggesprengt, die Türen auf beiden Seiten herausgeflogen. Die Wagenspitze war so zusammengestaucht, dass nicht mehr viel von der Fahrerkabine übrig geblieben war.

Er trat noch ein paar Schritte näher heran. Der irreale Anblick, der sich ihm plötzlich bot, ließ ihn nach Luft schnappen. Er konnte einen Teil des brennenden Körpers erspähen, der zwischen Lenkrad und Fahrerhimmel eingequetscht und zugleich von einem langen, dicken Ast aufgespießt worden war. Ein paar Sekunden lang hielt Ciban inne. Weniger aus Mitleid, sondern um auf weitere Gefahren zu lauschen und möglichst jedes Detail für die spätere Ermittlung in sich aufzunehmen.

Er merkte sich das Autokennzeichen, kehrte zu seinem Wagen zurück und griff nach dem Kryptohandy. Zuerst schickte er eine SMS mit den Daten des fremden Kennzeichens sowie des Unfallortes. Nicht dass er sich große Chancen für eine Identifizierung ausrechnete, der Wagen war vermutlich gestohlen worden. Andererseits konnte man nie wissen. Dann rief er den Chef der Vatikanpolizei direkt an.

»Es gab einen P-Drei-Zwischenfall«, erklärte er, als Adrian Coelho in der Leitung war.

»Sind Sie verletzt?«

»Nein, aber es gibt einen Toten. Ich habe Ihnen gerade die Koordinaten zugeschickt.«

Es entstand eine kurze Pause. »Die Daten sind eingetroffen. Ich informiere das Team und mache mich auf den Weg.«

»Gut. Ich warte hier.«

»Ist Ihr Wagen noch fahrtüchtig?«

»Etwas ramponiert, aber ja ... er fährt noch.«

»Dann warten Sie nicht, Eminenz. Wer immer dahintersteckt, könnte Verstärkung schicken. Oder jemand anders könnte Sie sehen. Setzen Sie Ihren Weg fort. Ich kümmere mich um alles.«

Ciban zögerte einen Moment, doch Coelho hatte recht. »Also gut.«

Er bedankte sich, brach die Verbindung ab und warf einen letzten Blick auf den lichterloh brennenden Lastwagen, bevor er in die ramponierte Limousine einstieg. Nein, es war nicht der erste persönliche Anschlag während seiner beruflichen Laufbahn. Vor allem die Jahre beim vatikanischen Geheimdienst hatten ihre Spuren in seiner Seele hinterlassen. Doch bisher hatte noch niemand versucht, sich mit ihm in die Luft zu sprengen.

20

Catherine, Ben und Lazarus befanden sich im kleinen Salon, einem eindrucksvollen Abbild der großen, zwei Stockwerke hohen Empfangshalle, die von der Hauptfassade der Villa bis zum hinteren Bereich mit den Terrassenfenstern zum Park und den Gärten reichte. Die hohe gewölbte Decke war mit kunstvollen Fresken verziert, deren Motive aus der Symbolik und der Mythologie stammten. Die Wände zierten kostbare Gemälde. Baumeister und Künstler wie Peruzzi, del Piombo und Raffael hatten im frühen 16. Jahrhundert in der Villa gewirkt. Der damalige Besitzer, ein toskanischer Geschäftsmann, hatte sich seine Lebensart einiges kosten lassen. Sein ältester Sohn hatte den Reichtum noch gut verwaltet, doch schon die Folgegeneration hatte das Anwesen dermaßen heruntergewirtschaftet, dass es schließlich in den Besitz eines Vorfahren der Cibans überging. Inzwischen verfügte die Villa über die Annehmlichkeit einer zentralen Klimaanlage, modernsten Wohnstandard sowie ein Alarmanlagen- und Überwachungssystem, das nicht einmal der überaus einfallsreiche Chef der Vatikanpolizei hatte überlisten können.

Catherine verspürte eine gewisse innere Unruhe. Obwohl sie wusste, dass es Unsinn war, blickte sie ein weiteres Mal auf die alte Standuhr am anderen Ende des Salons. Müsste der Kardinal nicht schon seit einer Viertelstunde hier sein? Sie kannte die Autostrecke nach der Hauptverkehrszeit ziemlich genau, und ebenso kannte sie inzwischen den rasanten, bisweilen halsbrecherischen Fahrstil Marc Cibans. Ob ihn diesmal vielleicht doch ein Verkehrspolizist erwischt hatte?

»Ich bin beeindruckt«, hörte sie Lazarus sagen.

Der Gelehrte saß über einen Tisch gebeugt und blätterte in einem alten, in Leder gebundenen Buch, dem Triadenbibelfragment, das Eleonora Ciban ihrem Sohn hinterlassen hatte. Catherine hatte die Zeit bis zum Eintreffen Cibans genutzt und die Bibel sowie die Namenslisten aus der Bibliothek geholt, damit Lazarus sich ein Bild von dem Fund machen konnte. Immerhin hatte er mehrere Jahre lang mit Pater Darius – Catherines Mentor am KIMH – zusammengearbeitet, und er war Eleonora Ciban ein paar Mal begegnet. Auch hatte Lazarus von Darius vor dessen Ermordung ebenfalls einige Namenslisten erhalten. Wie Catherine nun erfuhr, stimmten Darius' und Eleonoras Einschätzungen, was Freund und Feind des Lux Domini anging, weitgehend überein. Die wenigen Abweichungen in den Listen hatte sie rasch markiert, um die entsprechenden Personen später noch einmal überprüfen zu können.

»Das ist wirklich das umfangreichste Übersetzungsfragment, das mir je unter die Augen gekommen ist.« Lazarus blätterte weiter, voller Hingabe und Ehrfurcht. Und Catherine beobachtete, wie sich dieser Respekt auf Ben Hawlett übertrug, der bis vor Kurzem weder etwas von der Existenz der Triaden gewusst hatte noch davon, dass sie sogar über eine eigene heilige Schrift verfügten. Und nun stand der junge Pater da, über Lazarus' Schulter gebeugt, und las in einer alten, lateinischen Übersetzung der Bibel der Engel. Auf dem Buchdeckel prangte das ANKH-Emblem mit dem Skarabäus und den beiden Schlangen.

Was hatte Lazarus ihr noch vor wenigen Monaten in der Bibliothek seines inzwischen zerstörten römischen Hauses erklärt? »Die Triaden nennen sich auch die Nachfahren der Wächter des Herrn, die vom Himmel herabgestiegen sind, um die Menschheit Gerechtigkeit und Aufrichtigkeit zu lehren.« Ebenso gut erinnerte Catherine sich an ihre Antwort, dass die Wächter des Herrn dann wohl keine gute Arbeit geleistet hätten, denn von Gerechtigkeit und Aufrichtigkeit konnte in der Welt wohl eher nicht die Rede sein.

Dann hatte Lazarus ihr den historischen Ring eines

Kardinals gezeigt, auf dessen Innenseite sich die winzige Gravur des besagten Wächtersymbols, das ANKH mit dem Skarabäus, befunden hatte. Diese Kombination der Symbole wurde in Gelehrtenkreisen – es gab nicht einmal eine Handvoll Triadenexperten auf der Welt – auch Engelssymbol genannt. Der Ring hatte keinem Geringeren als Kardinal Richelieu gehört, jenem Kirchenfürsten, der im 17. Jahrhundert einen großen Einfluss auf das französische Königshaus gehabt hatte. Schon damals hatten die Triaden es verstanden, insgeheim auch innerhalb der Kirche zu überleben.

Lazarus hatte ihr damals auch die Fotografie eines alten Textes auf Papyrus gezeigt, mit Schriftzeichen, die ihr bis dahin – von einer Skizze abgesehen – unbekannt gewesen waren. »Die Triaden haben ihre eigene Sprache«, hatte er ihr erklärt. »Das hier ist ihre eigene Schrift.«

Optisch hatte das Schriftbild dem Hebräischen geähnelt, tatsächlich jedoch glich sie im Aufbau eher einer modernen Alphabetschrift. Angeblich war die Schrift der Wächterengel so alt wie die Welt, und so berichtete ihre Bibel als eigenständiges Werk von der Schöpfungsgeschichte bis hin zur Apokalypse, allerdings aus Engelssicht.

Und dann gab es jene Kapitel, die auf die kommende Zeit verwiesen, auf zukünftige Generationen. Diese Kapitel sprachen von festen zukunftshistorischen Bezugs- und Wendepunkten, aber auch von dem weit größeren Graubereich, dessen Möglichkeiten sich eine findige und ehrgeizige Persönlichkeit im Guten wie im Bösen zunutze machen konnte, um die Welt nach ihren Vorstellungen zu prägen. Fast mutete es Catherine an, als müsse es sich bei einem Original dieser Bibel um ein magisches Artefakt handeln. Bei dem Gedanken, dass ein solcher Originaltext in die falschen Hände geriet, lief es ihr eiskalt den Rücken runter. Wie Lazarus ihr damals in seiner Bibliothek erzählt hatte, war Alexander der Große im Besitz einer der letzten Triadenbibeln gewesen. Danach wies ein Eintrag in einem alexandrinischen Verzeichnis darauf hin, dass sie der Bibliothek von Alexandria vermacht worden war. Doch seit dem Brand bei der Invasion Caesars hatte sich jede Spur verloren.

»Da steht etwas über die Wächter der Pforten«, stieß Lazarus triumphierend aus, gerade als Catherines Blick erneut zur Uhr gehen wollte. »Und hier haben wir auch ihr Symbol!«

Catherine und Ben blickten auf ein ANKH mit einem Portal in Dreiecksform, darum stand der erklärende Text. Immerhin war er umfangreicher als die Kurzbeschreibung in Eleonoras Symbolhandbuch.

»Was soll das bedeuten: Der Schlüssel zu Himmel und Hölle liegt im Menschen?«, fragte Ben. »In seiner menschlichen Seele?«

»Ich habe keine Ahnung, Pater«, sagte Lazarus mit gefurchter Stirn. »Die Symbolik deutet jedenfalls darauf hin, dass es sich bei den Torhütern um eine Liga der Triaden handelt.«

»Das ergibt Sinn«, überlegte Catherine. »Die Wächter waren einst die Lehrmeister der Menschen. Ihre Nachfahren sehen das irdische Territorium sicher längst als das ihre an. Und wenn, wie hier steht, der Schlüssel zum Jenseits im Menschen liegt, wurden wir über all die Jahrtausende deshalb vielleicht nur geduldet.« Sie hielt kurz inne. »Sagten Sie außerdem nicht, es sei ein historisches Faktum, dass die Triaden ihr Überleben auch den Zuchtprogrammen mit den Menschen verdankten?«

»Das stimmt. Ohne die Verbindung mit dem menschlichen Genpool hätten weder die Lux- noch die Nox-Triaden überlebt. Ihre Population war einfach zu klein.«

Und dabei waren die Lux-Triaden noch die sogenannten Guten. Zumindest respektierten sie den Menschen bis zu einem gewissen Grad. In der Menschheitsgeschichte hatte es daher nicht nur Konfrontationen, sondern auch Allianzen mit den Triaden gegeben. Eleonora Ciban entstammte einer Lux-Dynastie. Sie hatte zu ihren Lebzeiten im Guten mit den Menschen zusammengearbeitet. Catherine wollte sich daher lieber nicht vorstellen, wie die Verbindung zwischen einem Nox-Triaden und einem Menschen in früheren Zeiten wohl ausgesehen haben mochte.

Ben deutete auf die dreieckige Pforte in dem Symbol. »Das erklärt aber nicht, zu welchem Zweck jemand die Grenzen zwischen dem Diesseits und dem Jenseits beseitigen will.«

»Vielleicht doch«, sagte eine wohlklingende Männerstimme von der Tür her.

Ciban hatte den kleinen Salon betreten und kam auf die drei zu. Trotz Bens und Lazarus' Anwesenheit gab er erst Catherine einen Kuss auf die Wange, bevor er den beiden Männern zunickte. Catherine spürte sofort, dass irgendetwas auf dem Weg hierher vorgefallen sein musste, doch Lazarus kam ihr mit seiner Frage zuvor.

»Und Ihre Antwort lautet, Eminenz?«

»Der Mensch will zurück ins Paradies. Der Engel will zurück in den Himmel. Selbst der gefallene Engel Luzifer will dorthin zurück. Und wenn ein Typ vom Wesen eines Luzifers nicht bekommt, was er will, dann zerstört er es.« Er trat an den Tisch mit der alten Schrift und blickte auf das aufgeschlagene Kapitel. »Entschuldigt. Ich wollte mich nicht blindlings einmischen. Ich war mit Seiner Heiligkeit und David in der Sixtina, und wir sprachen über Michelangelos Fresko des Jüngsten Gerichts. Deshalb geht vielleicht gerade meine Fantasie etwas mit mir durch.«

Lazarus schüttelte den Kopf. »Nein, nein. Keineswegs. Reden Sie. Es gefällt mir zwar nicht, was ich höre, aber es klingt erschreckend plausibel.«

Catherine bemerkte die feuchte Walderde an den Schuhen des Kardinals, genauer auf dem Leder. Die hatte er sich wohl kaum im Apostolischen Palast eingefangen. »Was ist passiert?«

Lazarus stutzte ob des Themenwechsels, doch dann bemerkten auch er und Ben, was sie meinte.

Ciban berichtete ihnen von dem Zwischenfall. Als er jedoch zu den Torhütern und Luzifer zurückkehren wollte, war es Catherine, die den Anschlag noch nicht ad acta legen wollte.

»Professor Bois hat nicht untertrieben«, sagte sie. »Es gibt Leute im Lux Domini, die dich tot sehen wollen.«

Der Kardinal ließ sich nicht aus der Ruhe bringen. »Wir wissen nicht, wer hinter dem Anschlag steckt, Catherine. Ja, ich habe einige Feinde, deshalb fahre ich ja einen Bunker auf vier Rädern. Es ist jedoch nicht gesagt, dass der Fahrer im Auftrag des Lux handelte.«

Catherine wandte sich Lazarus zu. »Wussten Sie, dass einer der Anwärter auf die Nachfolge Eleonoras bei einer Prüfung ums Leben gekommen ist?«

»Nein. Von wem haben Sie das? Von Bois?«

Catherine deutete auf Ciban, und der Kardinal nickte. »Man wird auch mich einem Test unterziehen.«

»Ich hatte so etwas befürchtet«, seufzte Lazarus. »Eleonora soll dafür Sorge getragen haben, dass ihr Nachfolger nach einem alten und besonderen Grundsatz ausgewählt wird: Wer nach großer Verantwortung strebt, dem sollte sie niemals anvertraut werden. Aus diesem Grund war Eleonora selbst so eine ausgezeichnete Führungspersönlichkeit. Sie wollte diese ganze Macht nicht. Als dann die Dunkelheit in der Welt zunahm, drückte sie sich aber auch nicht vor der Verantwortung.«

Catherine erinnerte sich nur zu gut an das, was Ciban ihr noch vor wenigen Stunden gesagt hatte. Männliche Triaden und Macht, eine sehr gefährliche Kombination. Das Lux Domini war eine mächtige, aber auch sehr junge Organisation, bei der eine Fehlbesetzung an der Führungsspitze alles bisher Erreichte zunichtemachen würde, erst recht im Kampf gegen die Triaden. Und ein Mensch an der Spitze – egal wie medial hochbegabt er oder sie auch sein mochte – würde es niemals mit einem Lux- oder Nox-Triaden aufnehmen können.

»Eleonora hat vielen medial begabten Menschen auf den Pfad des Guten geholfen und etliche vor dem Wahnsinn bewahrt«, fuhr Lazarus fort. »Das kann man von ihrem Gatten nicht behaupten. Für Orlando Ciban waren Menschen selbst als Verbündete immer nur ein Spielball.« Er wandte sich dem Kardinal zu. »Bois fürchtet ganz gewiss, Sie könnten der Sohn Ihres Vaters sein, Eminenz. Ein ambitionierter Triade als Führer des Lux … Allein schon der Gedanke muss der blanke Horror für unseren Professor sein.«

Catherine wusste sofort, auf was Lazarus hinauswollte. Triaden dachten in Generationen. Sie waren intelligent und weitsichtig, die Nox waren zudem kaltblütige Intriganten und wendeten sehr gerne auch mal Gewalt an. All das zusammengenommen – verbunden mit einer klugen Politik, Schlüsselpositionen mit Gefolgsleuten zu besetzen und ein undurchschaubares Kuriersystem zu installieren –, hatte sie nach dem Verrat durch die Kirche nicht nur unsichtbar, sondern mit der Zeit auch wieder reich und mächtig gemacht. Der Clan der Cibans, eine der mächtigsten Familien Italiens, war ein perfektes Beispiel dafür. Das Gleiche galt auch für den Clan der van Sydohs, Eleonoras Familie.

»Ich *bin* der Sohn meines Vaters«, sagte Ciban. »Aber ich *bin* auch der Sohn meiner Mutter. Und deshalb werde ich diesem ganzen Sumpf und Abgrund auch gewachsen sein. Ich weiß, wie das Urböse funktioniert. Ich weiß, wie es denkt, wie es fühlt, wie es handelt. Und deshalb werde ich es in seine Schranken verweisen.«

»Sie übersehen dabei nur eins, Marc«, sagte der Gelehrte eindringlich. Abwartend zog der Kardinal eine Braue hoch. »Sie tragen den Splitter der Finsternis in sich. Doch als Mitglied des Lux, ganz gleich in welcher Position, dürfen Sie den Pfad des Guten niemals verlassen. Das ist Ihnen hoffentlich klar.«

Catherine beobachtete, wie Ciban ernüchtert nickte. »Ich werde daran denken, Doktor. Ich werde mein Bestes tun, soweit das in einem Krieg überhaupt möglich ist. Doch nun zu Catherines SMS. Was haben Sie in Abt Umbertos Protokollen gefunden?«

Lazarus' Blick besagte deutlich, dass er gedachte,

zu einem späteren Zeitpunkt noch einmal auf Cibans Schwachpunkt zurückzukommen. Doch jetzt fügte er sich dem Kardinal und deutete auf mehrere ausgedruckte Seiten, die er aus seinem geheimen Refugium mitgebracht hatte. »Am besten, Sie lesen sich diese Zusammenfassung nach dem Essen erst einmal in Ruhe durch. Catherine und Hochwürden Hawlett hatten bereits das Vergnügen.«

* * *

Nach dem Essen, einer ausgezeichneten Lasagne, die der gute Niles gekocht und Ciban gebracht hatte, zog sich der Kardinal in eine ruhige Ecke des Salons zurück und studierte die ausgedruckten Seiten. Lazarus, Ben und Catherine wandten sich wieder dem Bibelfragment zu, erkundeten Seite für Seite, machten sich Notizen, legten ein Stichwortverzeichnis an, da es zur Orientierung in dem alten Buch kein Register und nur noch ein rudimentäres Inhaltsverzeichnis gab.

Catherine beobachtete, wie Cibans Gesichtsausdruck immer ernster und düsterer wurde. Kein Wunder, sie hatte sich beim Lesen der Zusammenfassung ganz genauso gefühlt. Was Abt Umberto und seine Ordensleute da herausgefunden hatten, war mehr als nur ein Grund zu großer Sorge. Hier ging es nicht mehr nur um die Protokolle bewusstseinserweiternder Isokammerexperimente und das Erforschen der Welt hinter der Welt. Hier ging es um das Ende von allem.

Umberto hatte in seinem Tagebuch von mehreren Erscheinungen berichtet, vom plötzlichen Erscheinen dreier längst verstorbener Mönche, für die San Leonardo einmal eine Heimat gewesen war. Die drei waren nacheinander auf dem Gelände der Abtei aufgetaucht. Einer war jedoch nur verwirrt in den Gängen herumgeirrt und hatte wirres Zeug gebrabbelt, während die beiden anderen sich insgesamt siebenmal an zwei der Ordensbrüder gewandt hatten, um vor einem fürchterlichen Angriff des Bösen zu warnen. Catherine war dabei sofort Angelus ins Bewusstsein gekommen, der dem Kloster vor zwei Wochen den Garaus gemacht hatte. Doch beim Weiterlesen stellte sich heraus, dass es bei den Erscheinungen um ein ganz anderes, weit schrecklicheres Ereignis gegangen war, ohne dass sie es genauer hätten benennen können.

Die erste Erscheinung war im Frühjahr 2008 in der Abtei gesichtet worden, die letzte zwei Tage vor dem schweren Erdbeben im benachbarten L'Aquila. Und diese letzte Prophezeiung hatte vor einer fürchterlichen Erschütterung der Welt gewarnt.

Abt Umberto hatte daraufhin sofort die Behörden und die Bewohner der Dörfer informiert, sich dabei jedoch auf die leichten Vorbeben berufen, die just wenige Tage vor der Katastrophe eingesetzt hatten. Doch die Menschen hatten ihm ebenso wenig geglaubt wie den Wissenschaftlern, die auf eine mögliche Katastrophe hingewiesen hatten. Schließlich waren bei einem Erdbeben in der Nacht vom 6. auf den 7. April 2009 mehrere Hundert Menschen ums Leben gekommen und kein Stein mehr auf dem anderen geblieben. Selbst im 95 Kilometer entfernten Rom hatte man die zerstörerische Wucht des Bebens noch gespürt.

Catherine sah aus dem Augenwinkel, wie Ciban nach der Lektüre einen Moment ganz still dasaß und ins Leere blickte. Dann las er die Seiten noch einmal und gesellte sich schließlich zu seinen drei Gefährten im Kampf gegen die Dunkelheit zurück.

»Jetzt verstehe ich, weshalb Sie meinen Gedanken vorhin für so plausibel hielten, Doktor.«

»Wissen Sie, Eminenz«, versetzte Lazarus, »je mehr ich mich mit den San-Leonardo-Protokollen und Umbertos Tagebuch beschäftige, desto klarer wird mir, weshalb er und seine Leute ausgeschaltet wurden. Das Erdbeben von L'Aquila war keine Naturkatastrophe, sondern vielmehr das menschenverachtende Resultat eines ersten Testlaufs.«

21

Trotz all ihrer journalistischen Beobachtungsgabe und Fantasie wäre Lianne Rodt nicht einmal im Traum eingefallen, was sich ihr nun beim wiederholten Anblick der letzten vier von gut einem Dutzend Vatikanvideos offenbarte. Sie hatte alle diese Nachrichtensendungen schon früher einmal gesehen. Im vergangenen Jahr, in den vergangenen Monaten, in den vergangenen Wochen oder Tagen, im Presseclub, in ihrem Hotelzimmer im Fernsehen, im Internet an ihrem Computer … doch was ihr nun wie Schuppen von den Augen fiel, hatte sie zuvor nie bemerkt.

Noch einmal stellte sie die beiden letzten und aktuellsten Videoaufzeichnungen auf dem Bildschirm nebeneinander. Gleiche Zeit. Unterschiedliche Kameraperspektiven, und zoomte hinein, als bräuchte sie einen letzten unumstößlichen Beweis.

Nein, sie irrte sich nicht.

Ihr Instinkt trog nicht.

Da war es wieder. Wenn auch nur für einen Moment.

Was immer da gerade zwischen diesen beiden so unterschiedlichen Menschen ablief, es hatte seinen Ursprung ganz gewiss nicht in einem Gefühl gegenseitiger Antipathie oder gar Feindschaft.

Wie eine unsichtbare elektrische Spannung lag es in der Luft.

Dieses gewisse Etwas.

Diese Magie.

Für eine einzige, ach so kurze Sekunde hatten Marc Cibans Augen intensiv und äußerst wohlwollend in Catherine Bells Blick geruht, und die Ordensfrau hatte diese Sekunde genossen.

Jetzt war Lianne sich ihrer Sache ganz sicher.

Ein paar Sekunden darauf kam ihr ein weiterer Gedanke. Sie öffnete den Internetbrowser und suchte die Website des größten sozialen Netzwerks der Welt auf.

Zuerst gab Lianne den Namen von Catherine Bell ein.

Bingo!

Es existierte tatsächlich eine Fan-Site von der Nonne, die über fünfhunderttausend Personen geliked hatten, um ihr zu folgen und ihre Meinung über Catherines Bücher, ihre Aktivitäten sowie über ihren Erzfeind Marc Kardinal Ciban zu posten.

Einige der Fans hatten sogar eine Cartoonserie entworfen, in der die beiden sich stritten, mit Scheiterhaufen, Tribunal und allem Pipapo. Aber niemand schien mehr als nur zwei Gegner in der Nonne und dem Kardinal zu sehen.

Lianne tippte Cibans Namen in die Suchfunktion ein

und stieß auf eine Fan-Site mit rund dreißigtausend Likes.

Über den Kardinal tauschten sich vor allem weibliche Follower aus, wobei seine Arbeit und sein Schweigen angesichts der Papstpolitik kaum Thema war. Dafür konzentrierte man sich auf Cibans attraktives sowie unterkühltes Auftreten und darauf, dass die Priesterkluft seinem Feldherrenhabitus keinen Abbruch tat. Oder seine so sardonisch strahlenden Augen unter dem kurzen silbergrauen Haar. Hier huldigten die weiblichen Fans einem Popidol, sie nannten ihn sogar ehrfürchtig »den finsteren Lord des Vatikans«.

Nach einigen Minuten Scrollen wollte Lianne die Site auch schon wieder verlassen, als sie auf einen interessanten Statusbericht mit einigen ebenso interessanten Kommentaren stieß, in dem es um einen Waffenstillstand ging, den die moderne Inquisition und Catherine Bell scheinbar geschlossen hatten. Darin wurde auch thematisiert, dass die Nonne nach ihrem Disziplinarverfahren vor eineinhalb Jahren nicht zu ihrem Heimatorden zurückgekehrt, sondern in Rom geblieben war.

Alles nur wegen des von Leo geplanten Konzils?

Immerhin, so die Überlegung und Argumentation, habe Schwester Catherine in diesem Zeitraum zwei weitere Bücher publiziert, wovon eines immerhin von der Geschichte und den Irrtümern der Inquisition handelte!

Bisher war Lianne wie selbstverständlich davon ausgegangen, dass vor allem Leo seine schützende Hand über Catherine Bell gehalten und er die Inquisition zurückgepfiffen hatte. Doch angesichts ihrer neu gewonnenen Erkenntnisse schien mehr dahinterzustecken als nur das Wohlwollen und Wirken eines modernen Papstes. So viel Macht hätte selbst Leo nicht.

Der Pontifex verfügte zwar über ein persönliches Mandat, mit oder ohne die Kurie zu reagieren, dieser Theorie allerdings stand ein sehr kluges wie subtiles Gewaltenteilungssystem innerhalb des Stadtstaates entgegen. Tatsächlich machte die Kurie in beratender Funktion sowohl die Außen- als auch die Innenpolitik und entschied so über das Wohl und Wehe der Kirche. Und für gewöhnlich tastete ein neuer Papst die Schlüsselpositionen der Staatsverwaltung, sofern sie gut funktionierte, nicht an. Leo hatte jedoch gleich im ersten Jahr seines Amtsantritts einen zentralen Bereich des vatikanischen Hofstaats umgekrempelt und damit nicht nur das Machtverhältnis hinter den alten Vatikanmauern verändert. Und ausgerechnet den erzkonservativen Marc Kardinal Ciban hatte er zum neuen Glaubenspräfekten ernannt. Wieso? Was war das für ein Deal? Was hatte Ciban in der Hand, dass der Papst es nicht wagte, an seinem Karrierestuhl zu sägen? Oder war Ciban etwa der heimliche Unterstützer?

Lianne schloss den Internetbrowser und schaute wieder auf die beiden eingefrorenen Videos. Zwei Kamerablickwinkel in der gleichen Sekunde. Links Marc Ciban, der erzkonservative, dunkle Kirchenfürst – normalerweise lag stets eine gewisse Arroganz in seinem Blick –, dem Leos Reformpolitik ein Gräuel sein musste. Rechts Catherine Bell, die sanfte, aber durchaus wehrhafte Rebellin, die nicht aufgehört hatte, ihre kirchenkritischen Bücher zu veröffentlichen und nun aktiv das Dritte Vatikanische Konzil mitgestaltete.

Lianne zoomte tiefer in die Standbilder hinein.

Nein, da war keine Arroganz, keine Abscheu oder Feindseligkeit. Dafür war da aber Wohlwollen, womöglich sogar Sympathie. Von beiden Seiten.

Ob Lianne die Einzige war, der diese überraschende Verbindung bisher aufgefallen war? Vieles bekam nun einen neuen Sinn.

Cibans Schweigen in Bezug auf Catherine Bells ruhendes Verfahren.

Cibans Schweigen in Bezug auf das Dritte Vatikanische Konzil.

Cibans Schweigen nach der Aufhebung des Pflichtzölibats.

Cibans Waffenstillstand mit Catherine Bell.

Cibans Waffenstillstand mit dem Papst.

Lianne lehnte sich in ihrem Schreibtischstuhl langsam zurück und kam schwer ins Grübeln.

22

Henrik Vandenberg war auf dem Weg zum Arbeitszimmer seines Herrn, und er hatte dabei das Gefühl, als ob der Boden unter seinen Füßen wankte. Furcht und Erregung, das waren die vordergründigen Empfindungen, die er mit jeder Begegnung des Schwarzen Papstes verband. Sie überdeckten jedweden Unmut und jedweden Hass für den ungeheuren Schmerz und das Leid, das mit der Liebe des Meisters verbunden war.

Wenige Meter vor dem Ziel schloss sich ihm Bruder Augustinus an. Der Schwarze Papst hatte also auch den jungen, klugen Mönch mit den femininen Lippen und den eisblauen Augen zu sich zitiert. Augustinus hatte sich in letzter Zeit in Bereichen bewährt, in denen einige seiner erfahreneren Mitbrüder gescheitert waren. Er war es gewesen, der zur Quelle des Übels, der ehemaligen Adoptivmutter mit Namen Ava Bell, vorgedrungen war, und er war es gewesen, der das Problem ein für alle Mal beseitigt hatte.

Vandenberg wusste, wie sehr sich Augustinus nach der Aufmerksamkeit und Zuwendung seines Herrn sehnte. Diese Sehnsucht schien in der Tat eine enorme Antriebsfeder zu sein.

Am Ende des zwielichtigen Ganges öffnete ihnen ein Wachposten die Tür, und sie betraten einen riesigen Raum, der in einem verborgenen Stockwerk lag, das Herz des Re-Source-Towers, und einen Panoramablick über die Wälder, den Lake Michigan und Chicagos Skyline bot. Der Schwarze Papst saß hinter einem mächtigen Schreibtisch – vor ihm lag Ava Bells Tablet-Computer – und bedeutete den beiden Männern mit einer kaum merklichen Handbewegung, auf den Besuchersesseln Platz zu nehmen. Kurz nachdem beide Platz genommen hatten, ging die Tür erneut auf und ein weiterer Besucher erschien auf der Bildfläche.

Bruder Bernhard. Der Mann, der den Zugangscode von Ava Bells Computer geknackt hatte.

Bernhard trat näher. Der Meister schien jeden einzelnen seiner schwerfälligen Schritte zu registrieren, und obwohl noch ein Sessel frei war, ließ er den kleinen, dicklichen Ordensmann neben Vandenberg und Augustinus stehen.

»Ich habe dich rufen lassen, um dir persönlich für deine schnelle Arbeit zu danken, Bruder.«

Die Stimme Seiner Heiligkeit war wie immer unmöglich zu deuten, dennoch wirkte Bruder Bernhard irritiert. Noch nie hatte der Meister ihn in sein Büro zitiert. Erst recht nicht, um sich für eine selbstverständliche Arbeit wie diese zu bedanken.

»Es war und ist mir eine Ehre, Heiligkeit.«

Der Schwarze Papst deutete ein wohlwollendes Nicken an. »Ich nehme an, du fandest die Registerdateien und die einführende Zusammenfassung sehr interessant.«

Vandenberg glaubte zu spüren, wie das Herz des kleinen, dicken Mannes einen Sprung machte.

»Ich habe die Zugangssperre entfernt. Mehr stand mir nicht zu, Heiligkeit.«

Eine geschickte Antwort. Doch falls Bernhard seine Kompetenzen überschritten hatte, würde sie ihm nichts nützen.

»Dann hast du nicht in die Dateien hineingeschaut?«

Vandenberg bemerkte den Ausdruck in Bernhards Augen. Eine Mischung aus Schuld und Todesangst.

»Nein, Heiligkeit«, versicherte er.

Einen endlos lang erscheinenden Moment hielt der Schwarze Papst seine unmenschlichen Augen auf Bernhard gerichtet. Dieser Blick sagte Vandenberg alles.

»Danke. Du kannst gehen.«

Bernhard verneigte sich. »Heiligkeit.« Eine ganze Steinlawine schien ihm vom Herzen zu fallen. Dann trat er den Rückzug an, doch Vandenberg wusste, dass der Mönch nicht allzu weit kommen würde. Vor der Tür wartete sicher schon ein Empfangskomitee, um ihn auf direktem Weg zur Blutorgel zu geleiten. Bernhard hatte keine Ahnung, dass es solch ein Instrument überhaupt gab. Es bescherte seinen Patienten einen äußerst langsamen und qualvollen Tod.

Nachdem sich die schwere Tür hinter Bernhard geschlossen hatte, richteten sich die pechschwarzen Augen des Meisters auf Vandenberg und Augustinus. Und so wie Bernhards Herz mit Sicherheit inzwischen wieder vor Todesangst schlug, so pochte Augustinus Herz nun vor Erregung.

Die Lektion war klar: Bruder Bernhard hatte zwei Fehler begangen. Erstens: Er hatte in die verbotenen Dateien geschaut. Zweitens: Er hatte seinen Herrn und Meister darüber belogen. Doch es war die Lüge, die Bernhard das Leben kosten würde.

Und das war noch nicht das Ende der Lektion. Vandenberg hatte keinen Schimmer, wie der Meister hinter Bernhards Verrat gekommen war, doch das war der entscheidende Punkt. Sein Herr wusste alles, was in seinem Imperium geschah. »Das« war die Botschaft. Das war das Mysterium, das die Angst und den Glauben und somit den Gehorsam der Gemeinschaft festigte. Nur ein Dummkopf wie Bernhard forderte den Meister heraus.

Der Schwarze Papst griff nach dem Tablet-Rechner und wog ihn wie ein kostbares Artefakt in der Hand. Dann informierte er Vandenberg und Augustinus über jene Inhalte, die diese zur effizienten Erledigung ihrer Aufgaben benötigten. Kein Fakt, kein Wort, keine Silbe mehr wurde geäußert.

Augustinus sollte einem gewissen Peter Willetts einen Besuch abstatten, einem pensionierten Adoptionsbeamten, der einst ein Mitarbeiter des Katholischen Instituts für medial Hochbegabte gewesen war. Augustinus kannte das Institut. Er hatte dort selbst studiert, war dann aber aufgrund seiner speziellen Veranlagung zu einem Rehabilitationszentrum des KIMH überführt worden. Pater Darius, einer der Leiter des Instituts, hatte selbst dafür Sorge getragen, dass man sich um Augustinus gequälte Seele kümmerte. Augustinus hasste daher alles, was mit Pater Darius in Verbindung stand. Dass der Monsignore seit über einem Jahr tot war, spielte dabei keine Rolle.

Schließlich ließ der Schwarze Papst die eigentliche Katze für dieses Treffen aus dem Sack, indem er erklärte, dass Ava Bells Erkenntnisse nicht auf ihren eigenen Recherchen beruhen konnten, dass irgendjemand für sie in Europa ermittelt haben musste. Und zwar jemand, der sich von ungewöhnlichen und gefährlichen Fällen und Ermittlungsmethoden nicht abschrecken ließ. Vielleicht ein Agent oder ehemaliger Agent. In jedem Fall jemand, der seine Auftraggeberin gewiss bald vermissen würde. Daher galt es, Ava Bells Anwesen, ihren Privatbesitz und ihr Umfeld unter die Lupe zu nehmen.

Vandenberg spürte, dass da noch mehr war, doch der Schwarze Papst hielt sich vorerst zurück. So aberwitzig es klang, der Meister hielt sich in vielem an den weisen Spruch des heiligen Franz von Assisi: Tue zuerst das Notwendige, dann das Mögliche, und schon hast du das Unmögliche geschafft.

Der vertraute metallische Geruch von Blut erfüllte plötzlich den Raum des Meisters. Die Blutorgel hatte zu spielen begonnen. Vandenberg kannte die Qual, die sich dahinter verbarg, nur zu gut. Er unterdrückte das Verlangen, hysterisch zu lachen.

23

Catherine wusste, dass die Geschichte der Kirche neben Glaube, Güte, Hingabe und Hoffnung auch voll von Intrigen, Blut und Gewalt war. Es schien, als forderten selbst Zeiten höchster Liebe und Spiritualität stets ihr grausamstes, fleischliches Gegenstück. Es gab praktisch kein heiliges Schicksal in dem riesigen kirchlichen Reich, ohne dass es auf der anderen Seite kein Leid gab. Auf der einen Seite die Seligen und die Heiligen, auf der anderen Seite die Inquisition. Und doch glaubten die Christen an die Heilsbotschaft, daran, dass Jesus Christus sein Leben unter der furchtbarsten Marter für die Errettung der Menschheit hingegeben hatte und dass das Gute, die Liebe, so unglaublich stark war, dass sie durch die Kirche am Ende obsiegte.

Das Gute war stark. Das stimmte. Und auch die Kirche war ohne jeden Zweifel stark. Doch war das Gute in der Kirche auch stark genug? War es tatsächlich stärker als das Böse? Und wie konnte es stärker sein, wo es doch – wie Darius dem Kind Catherine einmal erklärt hatte – letztendlich um den Ausgleich ging? Es gab kein Licht ohne Schatten. Und es würde nie eine Dunkelheit ohne Licht geben, ebenso wenig wie es den Himmel ohne die Hölle gab. Dabei hatte das Böse ein schier unerschöpfliches Kapital: die Angst, geboren aus der Unwissenheit. Beides ließ sich so einfach, so unendlich leise und insgeheim in Hass ummünzen, bis er zum Ausbruch kam. Jeder konnte dem Bösen verfallen. Jeder! Und das macht das Böse so unglaublich tückisch. Denn nicht selten bediente die Dunkelheit sich des Lichts.

Die Kirchen- und Menschheitsgeschichte war voll von Mythen, Legenden, Lügen und Wahrheiten über Gut und Böse, und aus der historischen Distanz ließen sie sich nur noch selten voneinander unterscheiden. Oftmals erhielt gerade das Dunkel ein positives Vorzeichen, obwohl es Tausende und Abertausende von Seelen verriet, und ebenso oft wurde das eigentlich Gute, mit einem negativen Mahnmal versehen, vom Bösen auf diabolische Weise zum Schweigen gebracht. Der unaufhaltsame Aufstieg Hitlers war nur ein Beispiel von vielen. Sein Propagandaminister Joseph Goebbels hatte es wie kein Zweiter verstanden, die menschliche Seele zu verführen und mit seinen Hassreden selbst kluge, mahnende Stimmen wie die Tucholskys zu übertönen. Was Manipulation und Propaganda aus Menschen machen konnte, hatte nicht nur die Zeit des Nationalsozialismus gezeigt, sondern ebenso die Historie der Kirche, seit sich ihre spirituelle Seite mit der weltlichen Macht vereinigt und zu einem zweitausend Jahre währenden Siegeszug aufgeschwungen hatte. Ja, Gott war auf Golgatha für die Menschheit gestorben, und die Kirche, die sich auf dieses Opfer berief, nannte sich deshalb eine heilige Institution und Familie, doch sie war auch das älteste und eines der reichsten Wirtschaftsunternehmen der Welt.

Über all das, über Ungewissheit und Gewissheit, über Wahrheit und Halbwahrheit sprach Lazarus nun, und dabei ging eine Verwandlung mit dem Mann in der einfachen Straßenkleidung einher. Sie brachte eine Seele zum Vorschein, die mehr Menschenleben hatte erdulden müssen, als für eine Menschenseele gut war. Catherine wurde ebenso wie Ciban und Ben klar, dass hier nicht mehr nur der Priester und Gelehrte Dr. Robert Martini sprach, der drei Jahrzehnte lang in Rom gelebt, studiert und gelehrt hatte, oder der vor wenigen Monaten wiedergeborene Dr. Maximilian Richter, der ein Monster mit erschaffen hatte, das bis in den Vatikan vorgedrungen war und gemordet hatte. Hier und jetzt sprach Gaius Cassius, jener Zenturio, der Jesu Herz mit einem Speer durchstochen hatte, hier sprach der Franziskanerbruder Johannes, der sich 1099, als die Kreuzritter Jerusalem eroberten, auf die heimliche Suche nach der letzten Triadenbibel gemacht und erst einhundert Jahre später das Gefühl hatte, der Bibel zum Greifen nahe gekommen zu sein, just in dem Moment, als die Muslime unter Saladin Jerusalem zurückeroberten und seinem Vorhaben vorerst ein Ende bereiteten. Hier sprach ein Mann, der seit Christi Hinrichtung mehr gesehen, erfahren und auch wieder vergessen hatte als je irgendein anderer Mensch auf der Welt. Und dieser Mann hatte der Kirche während seiner zahlreichen weltlichen Leben nie gänzlich den Rücken gekehrt, und deshalb wusste er so viel über Macht und Ohnmacht, über Macht und Machtmissbrauch. Darüber, dass zu viel Macht auf einer Seite auf Dauer niemals zum Guten führte.

Im elften Jahrhundert hatte Lazarus die Proteste erlebt, die mit der Einführung des Zölibats einhergegangen waren. Und nun, eintausend Jahre und über einhundertdreißig Päpste später, hatte ein moderner Pontifex den Zölibat freigestellt und damit praktisch abgeschafft. Ein ungeheurer Machtverzicht. Aber auch ein Fanal, ein notwendiges Zeichen für das Dritte Vatikanische Konzil, ein Zeichen, das nicht mehr aus der Tagespresse und der Geschichtsschreibung wegdiskutiert und getilgt werden konnte.

Lazarus berichtete von historischen Verhandlungen und Abmachungen hinter geschlossenen Türen, von dem Fakt, dass die niedergeschriebene Wahrheit der Kirche nicht die gesamte Wahrheit darstellte, dass es seit ihren Wurzeln jede Menge deprimierende und Furcht einflößende Kapitel gab, dunkle, finstere Geheimnisse, von denen nie ein Seminarist an einem kirchlichen oder nicht kirchlichen Institut je Kenntnis erlangen würde. Denn die Sieger schrieben die Geschichte. Und die Lektion daraus lautete, dass weltliche Macht immer ihren weltlichen Preis forderte, denn im Weltlichen heiligte der Zweck stets die Mittel. Wem es um Macht oder Zerstörung ging, dem war jedes Mittel recht. Selbst die Liebe wurde dann zur Waffe, wie der Anschlag auf den Vatikan Catherine und Ciban gezeigt hatte. Darin unterschieden sich die Triaden kein Stück von den Menschen.

Catherine beeindruckte Lazarus' Wissen, aber ihr schwirrte auch der Kopf, denn sie war sich noch immer nicht klar darüber, wie dieser geheimgeschichtliche Crashkurs ihnen in ihrem aktuellen Fall weiterhelfen konnte. Bei dem Gedanken an eine spirituale Höllenmaschine, die Pforten wegsprengte und massivste Beben im Diesseits und Jenseits auslöste, wurde ihr allerdings speiübel.

Sie atmete tief durch. »Nun gut, doch selbst wenn wir davon ausgehen, dass Luzifer beziehungsweise sein Abgesandter, der Antichrist, hinter dem Ganzen steckt, wissen wir noch immer nicht, ›wer‹ der Antichrist ist.«

»Und deshalb geht es immer um das ›Warum‹, das ›Motiv‹«, bestätigte Lazarus. »Haben wir eine Antwort auf das ›Warum‹, finden wir auch eine Antwort auf das ›Wer‹.«

Ben deutete auf das Bibelfragment. »Immerhin wissen wir inzwischen, dass die Hüter der Pforten über so viel Portalwissen und Macht verfügen müssten, solch einen Wahnsinn herbeizuführen. Einer der Hüter könnte sein Wissen dazu missbrauchen, die Grenze zwischen der Welt der Lebenden und der Welt der Toten zu ›entsichern‹.«

»Ein Verräter in der Liga ...?« Widerstrebend erkannte Lazarus den Gedanken an. Selbst ein heiliger Eid konnte natürlich gebrochen werden. Auch Ciban – an die Tischkante gelehnt – ließ Bens Worte auf sich wirken. Ebenso wie Catherine.

»Seit L'Aquila dürfte der Liga ein solcher Verrat aber nicht verborgen geblieben sein«, überlegte sie. »Sämtliche weltlichen Medien haben über das Beben berichtet. Und aufseiten der Liga dürfte es zusätzlich noch so etwas wie eine seismografische Wahrnehmung der dahinterliegenden spiritualen Verwerfungen in Raum und Zeit gegeben haben. Oder etwa nicht?«

Cibans eisgraue Augen verengten sich. »Damit könntest du recht haben. Die Ursache des Bebens war zwar aus tektonischer und geologischer Sicht gut getarnt, da L'Aquila eine jahrhundertealte Geschichte der Erdbeben hinter sich hat, doch was die spirituelle Ursache des Bebens angeht, sollte die Liga wachgerüttelt worden sein und längst einer Spur folgen. Das könnte sogar ein Lichtblick für uns sein.«

Catherine, Ben und Lazarus horchten auf.

»So wie es Mächte gibt, die die Apokalypse herbeisehnen und diese zu beschleunigen suchen, gibt es sicher auch Mächte, die nicht für die Apokalypse bereit sind. Dort sollten wir unsere Verbündeten suchen. Und noch etwas: Wir haben Abt Umbertos Karte der mächtigsten Kraftorte der Welt, also wissen wir auch, wo die größten Portale liegen.«

Der Gedanke war so simpel, dass er schon wieder genial war. Doch Catherine dämmerte noch etwas. Sie drehte sich zum Tisch um, auf dem das in Leder gebundene Fragment lag, und deutete auf einen Absatz des Ligatextes. »Hier steht, dass der Meister der Liga sich in der Nähe des stärksten Portals aufhält.«

Die drei Männer starrten auf den Text. Zwei der stärksten Portale befanden sich an heiligen Stätten wie der Grabeskirche in Jerusalem oder der Hagia Sophia in Istanbul, wo es laut Adrian Coelhos Bericht ebenfalls Erscheinungen gegeben hatte. Bei der Liga jedoch handelte es sich um einen geheimen vorchristlichen Orden, der seit zweitausend Jahren Bestandteil der Kirche war. Und das Zentrum der christlich-katholischen Welt war der Vatikan. Der Petersdom. Oder genauer: das Grab des heiligen Petrus.

24

Im Gegensatz zu Bud Kearns würde Paula sich wohl nie an den Geruch von Lysol und Formaldehyd gewöhnen. Das war ihr schon seit Langem klar. Ebenso hatte sie noch nicht jenes Pensum an Autopsien hinter sich, das ihr irgendwann einmal dabei helfen würde, ihren Magen zu beruhigen. Sie spürte regelrecht, wie er sich zuschnürte, als Dr. Friedman direkt unter den Brüsten der Toten in das Fleisch stach und den Oberkörper mit einem routinierten Y-Schnitt und einer schweren Schere öffnete. Friedman hatte die Vorarbeiten bereits erledigt, die Temperatur gemessen sowie Proben von den Nägeln, den Haaren oder den Körperflüssigkeiten entnommen. Während er nun nach und nach die Organe entnahm, diese auf mehrere große Metalltabletts verteilte und den Rapport in sein Diktiergerät sprach, kämpfte Paula mit ihren eigenen Eingeweiden. Die Wände um sie herum schienen immer enger zu werden. Sie atmete tief durch und hoffte, sich nicht in einen der bereitstehenden Eimer übergeben zu müssen.

Nach der Tatortbesichtigung in der Holy Name Cathedral war sie schnurstracks zurück ins Büro gefahren und hatte Robert Bernstein wegen Pater Cédric Follador zur Rede gestellt. Nun ja, eigentlich stellte man den zweitmächtigsten Mann der ISA nicht einfach mal so zur Rede, aber Paula hatte in seinem Vorzimmer gestanden und dem jungen, ehrgeizigen Sekretär klargemacht, dass sie nicht eher gehen würde, bis sie mit dem stellvertretenden Direktor gesprochen hatte.

Und das hatte sie schließlich auch getan.

»Was haben Sie erwartet, Agent Tennant? Natürlich ist mir bekannt, dass Hochwürden Follador für die Kirche ermittelt und seinerseits potenzielle Spuren verfolgt. Unsere vatikanischen Kollegen sind undurchsichtige Geheimniskrämer, die sich nicht gerne in die Karten schauen lassen und nur da kooperieren, wo es ihnen nützt.«

»Er hält Beweismittel zurück.«

»Können Sie das beweisen?«

»Nein«, gestand sie mit einem Gefühl der Hilflosigkeit ein. Natürlich hatte sie keinerlei Beweise. Dennoch war es für sie Fakt.

Bernstein legte geduldig die Fingerspitzen aneinander, sodass seine schlanken Hände ein Dach formten. »Unser Monsignore hat zurzeit nicht mehr als einen Verdacht, Agent, und er hat Ihnen – auf seine unnachahmlich provozierende Art – einen Knochen hingeworfen. Sie haben zugeschnappt wie ein ausgehungerter Straßenhund.«

Paula konnte das Zucken in ihrem rechten Mundwinkel nicht verhindern. »Er weiß mehr, als er sagt.«

»Ah ja? Dann reden Sie mit ihm. Sie sind in kirchlichen Angelegenheiten schließlich mein Verbindungsagent.«

Paula musterte Bernstein einen Moment schweigend. Natürlich wich der Deutschbrite ihrem Blick nicht aus. »Ist das offiziell?«

»Sie haben mein Wort – und wenn Sie so wollen, auch meinen Segen.«

Paula ließ nicht locker. Jetzt wollte sie Nägel mit Köpfen machen. »Mein Operationsgebiet wäre dann nicht nur auf die USA beschränkt.«

Bernsteins Augen funkelten, denn er würde Paulas Spielraum damit beträchtlich erweitern. Schließlich nickte er. »Sie kennen sich mit diesen kirchlichen Dingen aus. Dieser Fall ist Ihr Fall, Agent. Tun Sie, was Sie tun müssen. Aber bitte ohne dabei Steuergelder zu verschwenden.«

Das war ein klares Zugeständnis, eine Art Beförderung. Bernstein gab Paula freie Hand, während etliche Kollegen, die mit ihr in Chicago studiert hatten, erst einmal an der ISA-Bürokratie zu knabbern hatten. Viele westliche und auch einige östliche Staaten arbeiteten mit der International Security Agency zusammen, einschließlich des Vatikans. Deshalb wurde in den Partnerländern das Agentenpersonal oftmals international besetzt. Kein anderer Geheimdienst konnte der ISA diesbezüglich im Kampf gegen das globale Verbrechen das Wasser reichen.

»Was ist mit Agent Kearns?«, fragte Paula.

»Was soll mit Agent Kearns sein? Sie sind ein Team.«

»Ich arbeite lieber allein. Das wissen Sie.«

Bernstein hatte sich vorgebeugt, und Paula wäre fast einen Schritt zurückgetreten. »Lassen Sie Ihre persönlichen Gefühle aus dem Spiel. Bud Kearns mag Sie äußerlich ein wenig an Ihren Vater erinnern, aber er ist NICHT Ihr Vater, bekommen Sie das endlich in Ihren Kopf hinein! Sie beide sind ein Team, und dabei bleibt es!«

Es hätte nicht viel gefehlt, und Paula hätte ihren Chef mit offenem Mund angestarrt. Doch sie konnte sich beherrschen, so schwer es ihr auch gefallen war. Und obwohl das Gespräch nun schon einige Stunden zurücklag und sie vor dem dritten Leichnam dieses Falls stand, ließ es sie noch immer nicht los.

»Eine tapfere Frau ...«, hörte sie Friedman wie aus weiter Ferne sagen. Die Worte des Gerichtsmediziners sowie der Gestank der Innereien, der inzwischen den Geruch von allen möglichen Desinfektions- und Reinigungsmitteln überdeckte, holten Paula endgültig in die Gegenwart zurück. Das Luftumwälzungssystem war längst an seine Grenzen gestoßen.

»Eine tapfere Frau«, wiederholte Friedman, als hätte er bemerkt, dass Paula mit ihren Gedanken für einen Moment ganz woanders gewesen war. »Sie hat bis zum Schluss erbittert um ihr Leben gekämpft.«

Als wolle er seine Behauptung damit unterstreichen, deutete er auf etliche äußere und innere Blutergüsse, die in dem Neonröhrenkunstlicht kalt und unwirklich schimmerten.

Paulas Blick glitt von dem aufgesägten Kopf des Opfers über den entkernten Abdominalbereich bis hin zu den Füßen. Ja, diese Frau hatte erbittert gekämpft. Weit war sie mit ihrer Abwehr allerdings nicht gekommen. Sämtliche Spuren des Mordes hatten sich auf den Stufen zum Altarbereich befunden. Auf wenigen Quadratmetern. Nirgends sonst. Alles Kratzen, Krallen und Beißen hatte ihr am Ende überhaupt nichts genützt.

Dabei war dieser Mörder nicht einfach nur ein Sadist. Diese Frau hatte irgendetwas getan oder gewusst, um in den Augen ihres Peinigers diesen schrecklichen Tod zu verdienen. Was war das für ein krankes, abartiges Ritual?

Paula holte tief Luft, spürte, wie sie in ihrem Plastikschutzkittel zu schwitzen begann. Bud Kearns, der ebenfalls in voller Schutzmontur neben ihr stand, wirkte so gelassen wie ein Metzgermeister, der einem Kollegen bei der Arbeit zusah.

Nachdem Friedman alle anderen Organe klassifiziert, gewogen und in diversen Behälter verstaut hatte, untersuchte er schließlich den Inhalt des Magens und der Eingeweide, in dem er diesen in eine Metallschale presste. Der faulige Geruch, der sich dabei ausbreitete, ließ Paula fast würgen. Es war nicht viel Magen- und Darminhalt. Doch immerhin hatte die Frau vor ihrem Tod noch einen Happen zu Abend gegessen. Das konnte die Chance für einen Hinweis sein.

»Das sieht nach Garnelen aus«, brachte Bud Kearns hervor.

»Es sind Garnelen«, bestätigte Friedman und verteilte den Inhalt, um ihn besser untersuchen zu können. »Und dass die Garnelen kaum verdaut sind, deutet darauf hin, dass diese Frau schon vor dem Treffen in der Kirche unter extremem Stress gestanden haben muss.«

Für Paula ergab das Sinn. Irgendetwas musste sich an dem Abend ereignet haben, denn was hätte diese Frau dazu bringen können, sich mitten in der Nacht mutterseelenallein in eine Kirche zu begeben?

Der Gerichtsmediziner fuhr fort. »Außerdem sind die Organe der Toten in einem sehr guten Zustand, und ihr Körper ist bis zur Fußmaniküre hin ausgesprochen gepflegt. Wir wissen nicht, wer die Tote ist, aber sie war ganz sicher nicht arm.«

»Wir haben bisher keinen Wagen gefunden, deshalb vermuten wir, dass sie von einem Taxi zur Holy Name

Cathedral gebracht wurde«, sagte Paula. »Sollten wir herausfinden, wo sie eingestiegen ist, haben wir vielleicht ihr Wohnhaus oder das Restaurant.« Bud und sie waren schon die Chicagoer Vermisstenanzeigen durchgegangen. Bisher vergebens. Vielleicht half der Zahnstatus der Toten bei der Identifikation. Ermittlungsbehörden, die sich mit Kapitalverbrechen beschäftigten, veröffentlichten den Zahnstatus in zahnärztlichen Fachzeitschriften, damit die Ärzte durch den Vergleich mit ihren Unterlagen bei der Identifizierung helfen konnten. Die meisten Zahnärzte hatten ein ausgesprochen gutes Gedächtnis, wenn es um ihre Arbeit ging.

»Ich werde den Mageninhalt gleich ins Labor geben.« Friedman füllte die Substanzen in einen Behälter.

»Da wäre noch etwas, Doktor …«

Der Mediziner drehte sich zu Paula um. »Ah ja, ich erinnere mich. Nein, keinerlei Spermaspuren. Sie wurde nicht sexuell missbraucht. Und um Ihre andere Frage zu beantworten: Die Tote ist niemals Mutter geworden.«

»Danke. Das hilft uns sehr weiter.«

Sie hatten die Leichenhalle kaum verlassen, als Bud Kearns sagte: »Du hast recht. Follador weiß tatsächlich mehr.«

»Und deshalb werden wir unseren Monsignore jetzt auch gleich aufsuchen, bevor er samt seinem Wissen hinter einer Mauer des pietätvollen Schweigens verschwindet.«

Keine fünfzehn Minuten später stiegen sie die überdachte Eingangstreppe des Gästehauses des Chicagoer Bischofsitzes hinauf. Bud Kearns schnaufte wie eine in die Jahre gekommene Lokomotive.

»Du solltest mal wieder zum Training gehen.«

»Nur die Ruhe. Ich habe gerade erst das Rauchen eingestellt.«

Sie erreichten die Rezeption, an der eine ältere, schwarz gewandete Nonne Dienst tat. Von ihr erfuhren sie, dass Hochwürden Cédric Follador das Gästehaus vor einer halben Stunde verlassen hatte, um dem Erzbischof in seiner Residenz Bericht zu erstatten. Paula und ihr Begleiter könnten jedoch gerne eine Nachricht hinterlassen, wenn sie das wollten.

»Danke, Schwester, aber das ist nicht nötig«, entgegnete Paula, während sie dachte, dass Follador wahrscheinlich gerade seine Instruktionen darüber erhielt, was er der ISA mitteilen durfte und was nicht. Egal, positiv betrachtet, war es die Chance, nicht nur mit dem Pater, sondern gleich auch mit dem Kardinal zu reden.

Kaum fünf Minuten später betrat sie mit Bud Kearns das erzbischöfliche Herrenhaus, und zu ihrer beider Verblüffung war Seine Eminenz Kardinal Bear sofort bereit, sie in seinem fürstlich dekorierten Arbeitszimmer zu empfangen. Und was immer Hochwürden Follador von Paulas Vorstoß hielt, er ließ es sich nicht anmerken.

»Darf ich einander vorstellen«, sagte er. »Eminenz, das sind die Agenten Paula Tennant und Bud Kearns, die gemeinsam mit uns im Fall der Messias-Morde ermitteln. Agents, Seine Eminenz Anthony Kardinal Bear.«

Völlig unkonventionell reichte der Kardinal beiden die Hand. Sein Händedruck war selbstbewusst, jedoch nicht dominant. Er war etwa einen Meter achtzig groß, und trotz des schwarzen Anzugs mit Priesterkragen erschien er ihnen nicht distanziert, sondern ruhig und sachlich. Dann bemerkte Paula, dass etwas mit dieser

Begrüßung nicht stimmte, dass die braunen Augen des Mannes viel zu traurig blickten. Überdies schien Bear viel zu blass im Gesicht. Und das lag wohl kaum am Besuch der beiden Agenten. Ebenso wirkte Follador eigentümlich betrübt. All die Kühle und Arroganz, die Paula sonst am Auftreten des Monsignore missfiel, schien wie weggeblasen.

Dann erblickte Paula die offene Akte auf dem Eichenschreibtisch des Kardinals. Die Art von Ermittlungsakte, in der sich nicht nur schriftliche Unterlagen, sondern auch Fotomaterial befand.

Bear atmete tief durch. »Ich fürchte, ich weiß, wer die Tote ist.«

Paula warf ihm einen überraschten Blick zu.

»Ihr Name ist … war … Ava Bell. Sie war Börsenmaklerin und hat unsere Diözese bis vor wenigen Jahren in Finanzfragen beraten.«

Das mochte noch nichts heißen, dachte Paula. »Verzeihen Sie, Eminenz, aber was lässt Sie annehmen, dass es sich bei der Toten um ihre ehemalige Finanzberaterin handelt?«

Bear antwortete nicht gleich. Es wirkte, als müsse er bei den nächsten Worten darum ringen, die Fassung nicht zu verlieren.

Follador ergriff das Wort. »Sie gestatten, Eminenz?« Als Bear nickte, fuhr der Pater fort. »Ich habe Seiner Eminenz die Fotos gezeigt, die noch vor der Autopsie gemacht wurden. Es gibt ein sehr eindeutiges Muttermal am Hals der Toten von der Form einer Mondsichel.«

Paula erinnerte sich an den Leberfleck. Sie hatte gehofft, dass er zur Identifizierung würde beitragen können. Das Mal befand sich jedoch an einer Stelle unterhalb des Kopfhaaransatzes der Toten, die nicht leicht zu sehen war. Sie wandte sich dem Kardinal zu, der inzwischen noch blasser geworden war. »Es tut mir leid, Eminenz, aber ich muss Sie fragen, wieso Sie sich mit dem Muttermal so sicher sind.«

Follador ging dazwischen. »Entschuldigen Sie, Agent Tennant, aber reicht es nicht, dass Seine Eminenz die Tote identifiziert hat?«

Bear hielt den Monsignore mit einer Geste zurück. »Schon gut, Cédric. Ich will, dass der Mörder von Ava gefasst wird. Also mache ich reinen Tisch.« Er wandte sich den beiden Agenten zu. »Ava und ich hatten keine Beziehung, falls Sie darauf hinauswollen, aber wir standen uns vor vielen Jahren sehr nahe. Jedoch, mein Amt...« Der Kardinal brach ab, bevor er wehmütig sagte: »Ich hatte Ava heute Abend zum Essen eingeladen, um der alten Zeiten willen, aber auch um unseretwillen.«

Paula seufzte innerlich. Das alte Thema: Kirche, Liebe und Sex. Sie kannte die Kirchenstatistiken. Die Berichte über sogenannte Priesterfrauen und -ehen sowie Kirchenaustritte. Unter dem über 20 Jahre währenden Pontifikat von Papst Innozenz waren über 100 000 Priester aus dem Amt ausgeschieden. Die meisten wegen des Zölibats. In Brasilien waren Hunderttausende von Katholiken zum Protestantismus übergetreten, weil es viel zu wenig katholische Priester gab. Ein amerikanischer Bischof hatte sogar einmal mit resignierendem Lächeln gemeint, wenn Innozenz noch lange genug lebte, und damit auch seine Kirchenpolitik, könne er seine Diözese bald schließen. Von daher war es für Paula kein Wunder, dass dieser neue Papst Leo die Macht seines Amtes genutzt, die Notbremse gezogen und die Zölibatspflicht abgeschafft hatte.

»Das alles tut mir aufrichtig leid«, sagte sie. Bud Kearns schloss sich ihrer Beileidsbekundung an. Danach gingen sie so behutsam wie möglich – und das erste Mal als ein echtes Team – ihren Fragenkatalog durch. Auch in Hinsicht auf das Alibi des Kardinals.

Bear hatte während der Zeit, in der Ava Bell gelitten hatte und gestorben war, friedlich in seinem Bett geschlafen. Im Grunde war es ihm ebenso wie Paula oder Bud Kearns unmöglich zu beweisen, dass er zur Tatzeit nicht am Tatort gewesen war. Doch Paula verfügte über genügend Menschenkenntnis, um zu erkennen, dass dieser Mann die Wahrheit sprach.

»Haben Sie eine Idee, warum man ihr das angetan haben könnte?«, fragte sie schließlich. »Sie sagten, Ava arbeitete in der Finanzbranche.«

Bear schüttelte den Kopf. »Ava war unabhängig und arbeitete allein. Sie hatte nur sehr wenige, dafür aber sehr exquisite und ausgesuchte Klienten. Kein Deal mit Lebensmitteln, Waffen oder sonstigen fragwürdigen Aktiengeschäften. Nie beriet sie mehr als zwei oder drei Investoren parallel. Ich kenne die Namen nicht. Aber es dürfte Belege in Avas Geschäftsunterlagen geben.«

Paula bezweifelte, dass die Namen derer, die Ava Bell abgelehnt hatte, dort festgehalten worden waren. »Was ist mit der religiösen Seite? Hochwürden Follador hat Sie vermutlich darüber informiert, dass Ava mittlerweile das dritte Opfer ist. Es gibt noch zwei tote Frauen, alle drei wurden in christlichen Kirchen gefunden.«

»Ja, ich weiß. Ich halte es für die Tat eines Fanatikers.«

»Dann hat Ava Bell sich kritisch gegenüber der Kirche geäußert?«

»Nicht offiziell, und nicht direkt. Aber ja, sie stand der Kirche durchaus kritisch gegenüber. Es kostete mich einiges an Überzeugungskraft, sie als Finanzberaterin zu gewinnen. Ein nicht unerheblicher Teil der Einnahmen wurde ohne Umwege guten Zwecken zugeführt. Das war Avas Bedingung.«

Paula wandte sich Follador zu, dem die Geständnisse des Kardinals nicht sonderlich zu behagen schienen. »Und Sie, Hochwürden? Was ist mit Ihnen? Sie sagten in der Holy Name Cathedral etwas von einer Spur. Wie wir von Doktor Friedman erfuhren, ist Ava Bell tatsächlich niemals Mutter gewesen.«

Bear schaltete sich ein. »Verzeihen Sie, wenn ich mich einmische, aber das ist so nicht ganz korrekt. Ava Bell war Mutter. Sie hatte eine Adoptivtochter.« Der Kardinal ging zum Bücherregal, zog einen der umfangreicheren Titel heraus und reichte ihn Paula: »Feuer und Glaube – Wahrheit und Irrtümer der Inquisition«. Von Catherine Bell.

Paula starrte auf den Buchdeckel. Schwester Catherine Bell, die rebellische Nonne, die vor etwa zwei Jahren nach Rom gegangen war, um sich vor der Glaubenskongregation zu verteidigen, war Ava Bells Adoptivtochter? Nicht dass Paula Bells Bücher gelesen hätte, doch in den Medien war die Nonne als christliche Aufklärerin und Racheengel zu gewisser Popularität gelangt. Ob da ein Zusammenhang bestand? Der Grund für ein Mordmotiv?

Sie sah von dem Buch auf und blickte fragend in Folladors ernste Miene. »Waren auch die anderen beiden Opfer ›Adoptivmütter‹ gewesen, Pater?«

Follador zögerte, als stünde er vor einem Tribunal, dass es nicht gut mit ihm meinte.

»Nun reden Sie schon, Cédric«, forderte der Kardinal ihn auf.

»Das ist meine Vermutung, Eminenz. Aber noch kenne ich die Identitäten der beiden anderen Opfer nicht. Ich weiß lediglich, dass alle drei Frauen in etwa der gleichen Generation angehörten. Ferner gehe ich davon aus, dass es sich bei allen dreien um Christinnen handelt, genauer um Katholikinnen. Keine der drei Frauen ist bisher als vermisst gemeldet worden, obwohl sich laut den gerichtsmedizinischen Befunden schließen lässt, dass auch die anderen beiden aus einem vermögenden Umfeld stammen müssen, also wohl kaum irgendwelche Namen- und Besitzlosen sind. Da stellt sich mir die Frage, wo sind ihre Familien? Wo sind ihre Ehepartner und Kinder? Wo sind ihre Freunde? Wo sind die Menschen, die sie im Leben geliebt haben und die nach ihnen suchen müssten?«

Paula bemerkte anhand der Miene des Kardinals, dass dieser etwas begriff, das ihm ganz und gar nicht behagte. Aus Sorge, er und Follador könnten die Schotten dicht machen, sagte sie ruhig: »Wie Sie beide wissen, haben Agent Kearns und ich einen heiligen Eid geschworen, dass alles, was wir im Rahmen unserer Ermittlungen erfahren, vertraulich behandelt werden wird. Daran halten wir uns. Ich gebe Ihnen mein Wort.«

»Ich danke Ihnen, Agent Tennant«, sagte Bear. »Wie

Sie jedoch wissen, hat die Kirche ihre eigenen Regeln. Insbesondere der Vatikan.«

»Das ist uns bewusst, Eminenz«, versicherte Paula. Natürlich war der Vatikan ein souveräner Staat und unterlag nicht der Zuständigkeit der italienischen Justiz oder anderer Behörden. Weder die ISA noch sonst ein Außenstehender hatte das Recht, innerhalb vatikanischer Mauern zu agieren. Allerdings befanden sie sich hier nicht auf vatikanischem Grund und Boden. Ebenso wenig waren die Morde hinter Vatikanmauern geschehen, und nicht zuletzt hatte der Vatikan die Amtshilfe der ISA seit dem Mord in Berlin akzeptiert, auch wenn es das BKA gewesen war, das die ISA am Ende hinzugezogen hatte. Paula deutete auf Bears Schreibtisch, auf dem die aufgeschlagene Akte von Ava Bell lag. »Allerdings wollen wir auch, dass diese schrecklichen Morde aufhören und der Mörder seiner gerechten Strafe zugeführt wird. Deshalb bitte ich Sie und Hochwürden Follador uns über das, was Sie wissen, zu informieren.«

Bear nickte schließlich: »Also gut. Vertrauen gegen Vertrauen. Es gab in den Neunzigern eine Art Zeugenschutz- und Adoptionsprogramm namens CORONA. Das war es doch, auf was Sie hinauswollten, Cédric?«

»So ist es, Eminenz.« Follador blickte drein, als beträten sie von hier ab ein Minenfeld.

»Und weiter?«, forderte Bear.

Der Monsignore wandte sich an die beiden Agenten. »Haben Sie schon einmal vom KIMH gehört?«

»Das Katholische Institut für Medial Hochbegabte?«, versicherte Paula sich.

»Genau das. Was wissen Sie darüber?«

Paula zuckte mit den Achseln. »Dass es eine Art

Schule mit angeschlossener Universität für Menschen mit außergewöhnlichen Begabungen sein soll. Von besonders spirituellen, übersinnlich talentierten Menschen ist die Rede.« Paula hatte auch gehört, dass der ein oder andere Geheimdienst mit übersinnlicher Wahrnehmung zu Spionagezwecken experimentierte. Das waren allerdings Dinge, über die sich die entsprechenden Forschungsinstitute und Nachrichtendienste einvernehmlich ausschwiegen. Einige wenige Insider und Neugierige versuchten immer wieder mal, die Aufmerksamkeit der Öffentlichkeit auf das Thema zu lenken, doch bisher waren diese Männer und Frauen bestenfalls als weltfremde Spinner und Verschwörungstheoretiker wahrgenommen worden. Wie hieß es so schön: Die kleinen Schweinereien muss man vertuschen, die großen nicht, weil sowieso keiner daran glaubt.

»So ist es, Agent Tennant. Diese Menschen verfügen über einen hochsensitiven Wahrnehmungsapparat. Sie registrieren Dinge, die uns Normalsterblichen entgehen. Im KIMH lernen diese Sensitiven, mit ihrer Gabe umzugehen. Vor allem jedoch diese zu beherrschen. Wir wollen so dem Missbrauch dieser Kräfte vorbeugen.«

»Ah ja…«, bemerkte Kearns wie ein Mensch, der taktvoll klarmachen wollte, dass er solche Dinge für Schwachsinn hielt. »Und was hat das alles mit unserem letzten Opfer, mit Ava Bell zu tun?«

Follador bedachte den Agenten mit einem nachsichtigen Lächeln. »Das kleine Mädchen, das Ava Bell und ihr Mann in den späten Neunzigern adoptierten, ist ein solch hochbegabter Mensch.«

»Hochbegabt inwiefern? Telepathie, Telekinese …« Paulas Neugierde war geweckt.

»Selbst wenn ich das wüsste, Agent Tennant, wäre es mir nicht erlaubt, das hier zu erörtern.«

»Also gut, Hochwürden, dann waren also Ava Bell, ihr Ehemann und Catherine Teil dieses Adoptionsprogramms, das von Ihrem katholischen Institut ins Leben gerufen wurde. Ich nehme an, es gibt entsprechende Unterlagen zu diesem ganzen Projekt.«

Follador zögerte, doch unter Kardinal Bears mahnendem Blick blieb ihm nichts anderes übrig, als fortzufahren. »Wie ich herausfand, existiert ein Adoptionsstammbuch sämtlicher Familien, einschließlich der Biografien und der Wohnorte. Heute Morgen durfte ich einen Blick hineinwerfen. Deshalb erinnerte ich mich sofort an Ava Bells Namen, als seine Eminenz die Tote identifizierte.«

»Was ist mit den beiden Fällen in Berlin und London?«, fragte Kearns.

»Die überprüfen wir gerade.«

»Und was ist mit den restlichen Familien?«, überlegte Paula. »Ich meine, wie viele Namen stehen überhaupt in Ihrer Liste?«

»In den infrage kommenden Adoptionsjahrgängen wurden insgesamt dreizehn Familiennamen registriert. Die restlichen werden ebenfalls gerade überprüft.«

Kearns runzelte die Stirn. »Dreizehn Namen? Nicht mehr?«

Follador seufzte, als müsste er einem begriffsstutzigen Schüler Algebra erklären. »Wir haben über siebeneinhalb Milliarden Menschen auf der Welt, Agent Kearns, und nähern uns mit Siebenmeilenstiefeln der

Acht-Milliarden-Grenze. Etwas über eine Milliarde davon sind römisch-katholische Christen. Und von dieser einen Milliarde ist nur ein verschwindend geringer Teil hochsensitiv.«

»Könnten Sie diesen ›verschwindend geringen Teil‹ etwas präzisieren?« Das Thema fing an, Paula zu interessieren.

»Warum nicht. Wie Ihnen bekannt sein dürfte, haben lediglich null Komma eins Prozent eines Altersjahrgangs einen IQ von über einhundertfünfzig. Rein statistisch leben zurzeit also etwa siebeneinhalb Millionen Albert Einsteins auf unserem Planeten. Eine Zahl, die etwa der Einwohnerzahl der Schweiz entspricht.«

»Alles schön und gut«, meinte Kearns ungeduldig. »Aber spielt das überhaupt eine Rolle?«

»Noch einen Moment Geduld, Agent. Es gäbe also siebeneinhalb Millionen potenzielle Einsteins unter uns. Im Vergleich dazu gäbe es allerdings höchstens einhundertsechzigtausend Sensitive auf der ganzen Welt. Davon wären etwa zwanzigtausend Katholiken, von denen wiederum nur zwei Prozent hochsensitiv sind. Und wir kennen von diesen Sensitiven und Hochsensitiven gerade mal ein paar Hundert, und das über zwei, drei Jahrzehnte verteilt. Deshalb gibt es insgesamt nur dreizehn registrierte Familien in den Adoptionsjahrgängen, die infrage kommen.«

»Danke für Ihre Ausführung.« Für Paula besagte das vor allem eins: Zehn weitere Mütter waren in Gefahr. Und damit galt es zehn Familien zu schützen. Immerhin standen sie nun vor einem entscheidenden Wendepunkt in der Ermittlung, denn wie es aussah, kannten sie nun weitere potenzielle Opfer.

»Nehmen wir einmal an, Sie haben recht, Pater«, sagte sie. »Was würde Ihnen Ihre Erkenntnis hinsichtlich der Morde beziehungsweise des Mordmotivs verraten? Sie haben da doch sicher schon einige Vorstellungen?«

»Ich gebe zu, mir bereits den ein oder anderen Gedanken gemacht zu haben, Agent Tennant.«

Bud Kearns rollte mit den Augen. Dieser Kerl ließ sich wirklich jedes Wort aus der Nase herausziehen.

Paula ging auf Frontalkurs.

»Na gut, auch ich habe mir meine Gedanken gemacht, Hochwürden. Lassen Sie mich zusammenfassen. Sie denken, dass unser Mörder oder sein Auftraggeber selbst Teil von CORONA gewesen ist. Oder zumindest am KIMH studiert hat. Des Weiteren denken Sie, dass wenigstens eine der toten Frauen ein Muster erkannt und etwas herausgefunden hat, das unserem Übeltäter äußerst gefährlich werden kann. Diese Frau hat eine oder mehrere andere Mütter informiert. Womöglich sogar alle dreizehn. Die ersten beiden Morde sind ganz klar eine Mahnung. Nichts sehen, nichts hören, nichts sagen. Haltet euch da raus und schweigt! Doch nun fand unser Bösewicht heraus, dass die Meldung aus Europa zu Ava Bell in die USA gelangt ist. Und Ava Bell hatte sogar Verbindungen zu einem hochrangigen Mitglied der katholischen Kirche.«

Die drei Männer starrten Paula so verblüfft an, als wäre sie der Teufel, der aus der Bibel zitiert. Sie fuhr fort. »Und irgendwie hat das alles mit den sensitiven Kindern zu tun, die inzwischen erwachsen sind, und von denen eines Schwester Catherine Bell ist. Catherine Bell kann noch nichts vom Tod ihrer Adoptivmutter wissen. Die Familien der vorherigen Opfer sollten allerdings schon eine Vermisstenanzeige aufgegeben oder das KIMH informiert haben, was jedoch nicht der Fall zu sein scheint. Also haben sich die Familienmitglieder entweder ziemlich auseinandergelebt oder aber ...« Sie sprach den Satz nicht zu Ende. »Und noch etwas. Zwischen den ersten beiden Morden liegen fast sieben Wochen, zwischen Mord zwei und drei knapp drei Wochen. Das könnte darauf hindeuten, dass unser Mörder zwar sehr gezielt vorgeht, jedoch die Adoptionslisten nicht kennt. Sollte er aber die Listen kennen, so gibt es vielleicht ein System, und er mordet nur in den Fällen, bei denen er sich seiner Sache sicher ist.«

»Toll«, spottete Kearns. »Dann hätten wir jetzt einen Mörder mit einem Gewissen.«

»Nein«, entgegnete Paula. »Nicht mit einem Gewissen, aber mit einem Plan, mit einem Ziel.«

Einen Moment lang saßen alle stumm da. Dann geschah etwas, mit dem keiner gerechnet hatte. Follador zollte Paula Respekt, indem er ihr auf leise und vornehme Art applaudierte. »Ausgezeichnet, Agent Tennant. Ich beginne zu begreifen, weshalb Deputy Director Bernstein Sie mit diesem Fall betraut hat ...«

»Aber?«, argwöhnte sie.

»Wir dringen mit unseren Überlegungen von nun an in Bereiche vor, die selbst mir als vatikanischem Ermittler nur bedingt zugänglich sind.«

»Wenn Sie damit andeuten wollen, dass die ISA aus dem Fall raus ist, muss ich Sie enttäuschen, Hochwürden.«

»Was ich damit sagen will, ist eigentlich ...«

Ein Telefon klingelte.

»Einen Moment, bitte.« Der Priesteragent griff in seine Soutane, zog ein Handy heraus und meldete sich. Dann hörte er einen Augenblick lang zu, bedankte sich bei dem Anrufer und wandte sich wieder an die Anwesenden.

»Nun ist es sicher.« Seine Stimme klang gedämpft, und seine Augen blickten traurig. »Ava Bell hat heute Nacht tatsächlich ein Taxi angefordert und das ›Millennium Knickerbocker‹ zweieinhalb Stunden nach Mitternacht verlassen. Der Taxifahrer hat sie in der Nähe der Holy Name Cathedral abgesetzt.«

Bear wankte. Die Bestätigung traf den Kardinal mit solch einer Wucht, dass er kreidebleich in sich zusammensackte. Kearns und Follador halfen dem Prälaten auf die Besuchercouch.

»Nein, kein Notarzt«, befahl er mit überraschender Vehemenz, als Paula schon zum Telefonieren ansetzte. »Es geht schon wieder. Es ist nur … Avas Tod wird mir gerade erst so richtig bewusst.«

»Hier, Eminenz.« Follador reichte Bear ein Glas Wasser. Dankbar nahm der Kardinal zwei, drei Schluck.

»Wir müssen Rom informieren«, sagte Bear schließlich.

»Dort herrscht tiefste Nacht, Eminenz«, erinnerte der Pater. »Aber unsere Mitarbeiter sind bereits zu den Familien unterwegs. Wenn Sie es wünschen, werde ich versuchen, Schwester Catherine …«

»Danke, Cédric, aber das mache ich nachher selbst.«

»Was den Schutz der Familien angeht«, erklärte Paula, »bieten wir Ihnen selbstverständlich unsere Unterstützung an.«

Monsignore Follador setzte ein mitleidiges Lächeln

auf. »Sie haben mich vorhin wohl nicht verstanden, Agent Tennant. Seit meinem ersten Verdacht nach dem zweiten Mord hat es mich fast eineinhalb Wochen Zeit und Hartnäckigkeit gekostet, überhaupt einen Blick in die Familienlisten werfen zu dürfen. Das alles ist hochbrisantes Material, über das nicht einmal unser Pontifex so ohne Weiteres verfügt.«

Paula musterte den Monsignore verärgert. »Dann sage ich es einmal so, Hochwürden: Wenn Sie uns nicht vertrauen, stehen wir wahrscheinlich schon sehr bald mit einer weiteren Toten da.«

Follador schüttelte den Kopf. »Es tut mir leid, Agent Kearns, aber die Namen der Sensitiven bleiben unter Verschluss.«

»Allerdings«, übernahm Kardinal Bear das Wort, »können wir Sie nicht daran hindern, sich möglichst bald mit den digitalen Kommunikationsdaten Ava Bells zu befassen ...«

Paula starrte den Kirchenfürsten an. Das wäre tatsächlich ihr nächster Schritt gewesen. Die IP-Adressen von Festnetztelefonen, Mobiltelefonen und Internetzugängen lieferten zwar in den meisten Fällen keine Inhalte, doch man konnte nachverfolgen, wer wann mit wem wie lange telefoniert oder sich im Internet ausgetauscht hatte. Außerdem musste sie sich die SMS anschauen, da deren Kommunikationsinhalte von den Providern für einen längeren Zeitraum gespeichert wurden. Paula würde sich auch an die Kollegen der NSA wenden und an den britischen Nachrichtendienst GCHQ.

»Und selbstverständlich«, fuhr Bear fort, »stehe ich Ihnen für weitere Fragen, die sich sicher daraus ergeben werden, zur Verfügung.«

Auch wenn der Mann ein Kirchenfürst war, so fing Paula an, ihn zu schätzen. Bear ließ sich durch die Gegenwart Folladors, der gewiss auch ein römischer Spitzel war, nicht einschüchtern. Außerdem war er kein sturer Bürokrat und auch kein Kriecher vor dem Herrn. Und das gefiel ihr. Sie zog eine ihrer Visitenkarten aus der Jackentasche und reichte sie ihm. »Ich danke Ihnen, Eminenz. Unter dieser Nummer können Sie mich jederzeit erreichen. Hochwürden Follador hat meine Kontaktdaten bereits.«

Der Kardinal steckte die Karte ein, ging zum Schreibtisch und machte eine Notiz, die er Paula mit einem unauffällig mahnenden Blick auf Follador überreichte. Die Notiz enthielt nicht wie etwa erwartet seine Telefonnummer, sondern Ava Bells Adresse. Darüber stand: Verlieren Sie keine Zeit!

25

Zu viert hatten sie die ganzen Triadenlisten samt ihren biografischen Anhängen noch einmal durchgeackert. Sie waren Eleonoras Berichte durchgegangen, hatten jede noch so unbedeutende Information notiert und das Ergebnis in Cibans Arbeitszimmer an dem großen Whiteboard festgehalten. Es war eine Abfolge von Bildern, Daten und Namen, die schließlich in drei Namen mündete: »Ciban«, »van Sydoh« und »Graziani«. Das waren die einflussreichsten Triadenfamilien im Umfeld von Rom beziehungsweise Mittelitalien.

Catherine stieß sich von Cibans Schreibtisch ab und

kehrte mit dem Stift in der Hand zur Schautafel zurück. Ben und Lazarus hatten auf zwei Sesseln Platz genommen. Der Kardinal saß hinter dem Schreibtisch und ging eine Mappe durch, die er aus den Kellergewölben der Villa, dem sogenannten Privatarchiv, geholt hatte. Als Catherine vor der Tafel stehen blieb, fuhr ihr ein Schub bleierner Müdigkeit in die Knochen, doch sie würde den Teufel tun und jetzt aufhören. Sie spürte, dass sie auf dem richtigen Pfad waren.

»Also gut, gehen wir es noch einmal durch«, begann sie. »Formal gehört jede dieser drei Familien der römisch-katholischen Kirche an. Einer der Namensträger befindet sich hier mit uns in diesem Raum. Ich denke, wir dürfen getrost davon ausgehen, dass Marc Ciban kein Mitglied der Liga ist und somit als Meister der Liga ausscheidet.«

Lazarus und Ben – beide eine Tasse Kaffee in der Hand – stimmten Catherine ohne Zögern zu.

»Also verbleiben zwei Triadennamen, die für den Posten des Meisters infrage kämen.« Sie strich Cibans Namen durch und kreiste die verbliebenen Namen ein. »Van Sydoh« und »Graziani«, eine Lux- und eine Nox-Familie.

Dass die zurückgezogen lebenden van Sydohs Triaden waren, hatte Catherine bereits durch Eleonoras Abschiedsbrief an ihren Sohn erfahren. Doch die Grazianis? Wer hätte gedacht, dass es sich ausgerechnet bei dieser in der Regenbogenpresse so populär gewordenen Familie um Triaden handelte? Vor allem der jüngste Sohn – oder war es der Enkel? – wirkte so unglaublich ordinär und dekadent, dass es einem schon wieder leid um den Jungen tat. Aber vielleicht war gerade das die perfekte Tarnung?

Aus den Unterlagen und Recherchen war jedenfalls hervorgegangen, dass es eine gemeinnützige Van-Sydoh-Stiftung für Kunst und Kultur, Medizin sowie Kriminalprävention gab. Das passte zum Gründungsgedanken des »Lux Domini« im Kampf gegen die Finsternis. Die Grazianis hingegen waren vordergründig im Verlags- und Modegeschäft tätig sowie an einigen Industrieprojekten beteiligt, doch hinter diesen seriösen Unternehmungen verbarg sich der Handel mit allem Möglichen, selbst mit Menschen und Waffen bis hin zur Zusammenarbeit mit der Mafia. Catherine war beim Lesen der Informationen regelrecht übel geworden. Bisher war sie noch keinem Graziani begegnet oder war sich dessen nicht bewusst geworden; doch das mochte sich in der nahen Zukunft ändern.

»Wir wissen, dass Eleonora Ciban eine geborene van Sydoh gewesen ist«, fuhr sie fort. »Außerdem wissen wir aus ihren Aufzeichnungen, dass sie zumindest vorübergehend in Kontakt mit einem Mitglied der Liga stand. Wie drückte sie es noch einmal aus ...?«

Sie wollte schon in der Akte nachschauen, als Ciban erklärte: »Sie sprach von einem medialen Gefecht, bei dem sie dem Betreffenden das Leben rettete. Dieses Ereignis dürfte keine Kleinigkeit gewesen sein, da sie auch davon sprach, dass der Hüter erklärte, in ihrer Schuld zu stehen, und dies sogar über ihren Tod hinaus, sollte die Schuld bis dahin nicht getilgt sein.«

Ben runzelte die Stirn. »Ich frage mich, in was für eine lebensbedrohliche Situation ein Hüter der Pforten geraten könnte, wo doch so gut wie niemand von ihrer Existenz weiß.«

»Möglicherweise handelte es sich um einen Erpressungsversuch, um an die Pforten zu gelangen«, überlegte Lazarus.

»Möglich«, sagte Ben. Catherine begriff, dass er die Rolle des Zweiflers einnahm, ein bisweilen undankbarer, aber notwendiger Job. »Oder der Mann hatte tatsächlich nur ein persönliches Problem, aus dem Eleonora ihm einen Ausweg zeigte. Deshalb hatte er das Gefühl, zutiefst in ihrer Schuld zu stehen. Eleonora war auch eine Art Counselor, eine Art psychologischer Ratgeber, ähnlich unserem Pater Darius.«

Ciban nahm Bens Äußerung zur Kenntnis, erhob sich und trat mit dem Stift an die Tafel, um zwei stilisierte Ergänzungen hinzuzufügen. Das Wappenbild der Liga der Torhüter sowie das Wappen des Ordens der Lux Domini. Dabei wurde Catherine die Ähnlichkeit des Ordenswappens mit dem Familienwappen der Cibans bewusst. Wie geschickt das ANKH-Symbol integriert worden war, ohne als solches aufzufallen.

»Ihr Einwand ist berechtigt, Ben, doch damit würde die Geschichte an dieser Stelle enden. Verfolgen wir deshalb den anderen Gedanken weiter«, er deutete auf das Wappen der Liga.

»Also gut, Eminenz«, erwiderte der junge Monsignore. »Was deutet darauf hin, dass mehr hinter der Geschichte steckt?«

Ciban zeichnete einen Pfeil unter das Ligasymbol, dem eine kurze Auflistung folgen sollte.

»Erstens: Die Liga ist unsichtbar, und es ist ihren Mitgliedern außerordentlich daran gelegen, unsichtbar zu bleiben. Zweitens: Hätte es sich bei unserem Hüter um ein psychosoziales Problem gehandelt – das ohne Frage auch lebensbedrohlich sein kann –, hätte meine Mutter sicher niemals von seiner Ligamitgliedschaft erfahren. Drittens: Dass Eleonora davon erfuhr, lässt den Schluss zu, dass für unseren Mann tatsächlich mehr auf dem Spiel stand als sein Seelenheil.«

Alle starrten nachdenklich auf die Tafel, bis Lazarus sagte: »Wer immer unser Hüter ist, es könnte sogar sein, dass er von Eleonoras Geheimnis weiß.«

»Sie meinen, dass Eleonora die Ordensgründerin des Lux Domini gewesen ist?«, fragte Ben.

Lazarus nickte. »Es muss schon ein besonderes Vertrauensverhältnis zwischen ihr und diesem Hüter bestanden haben, wenn er mit seinem Problem zu ihr ging.«

»Da ist was dran«, sagte Catherine. »Er muss sich sehr genau überlegt haben, an wen er sich wendet. In Eleonora sah er vielleicht sogar die einzige Person, die in der Lage war, ihm zu helfen. Und das wiederum könnte bedeuten, dass unser Hüter eher ein van Sydoh als ein Graziani ist. Möglicherweise ist er darüber hinaus sogar ein Mitglied des Lux.«

Ciban schrieb das Wort »Hüter« noch einmal ganz rechts auf die Tafel und trug beide Wappen darunter ein. »Dann wäre unser Mann sowohl der Liga als auch dem Orden Gehorsam schuldig. Das birgt ein enormes Konfliktpotenzial. Zwei Herren zu dienen ist niemals einfach. Soweit ich mich jedoch erinnere, taucht weder der Name van Sydoh noch der Name Graziani in den uns zur Verfügung stehenden Mitgliederlisten des Lux Domini auf. Außerdem wissen wir nicht, ob sich unser Hüter mit seinem Problem nicht auch an den Ligameister gewandt hat.«

Catherine seufzte. Damit hatte Ciban einen wichtigen

Punkt angesprochen. »Ich hoffe, dieser Meister war am Ende nicht sein Problem.«

»Deshalb müssen wir äußerst behutsam vorgehen«, mahnte Ciban.

»Und was ist, wenn dieser Meister am Ende der Antichrist ist?«, überlegte Ben.

Lazarus schüttelte den Kopf. »Das glaube ich nicht.« Er trat an die Tafel und fasste die Charaktereigenschaften des Antichrist aus der Offenbarung zusammen, und zwar sowohl aus der Offenbarung der Menschen- als auch der Triadenbibel. Es war der einzige Text, der in beiden Bibelversionen inhaltlich ziemlich identisch war. Laut beider Schriften trat der Abgesandte Satans zunächst als Friedensstifter und Wohltäter der Menschheit auf, war ein geschickter Verführer, beliebt bei den Massen, die in ihm ihren einzigen Retter und Fürsprecher sahen. Erst später, wenn das Werk der Verführung getan war, wandte er sich immer offener und rücksichtsloser der Dunkelheit zu. »Der Antichrist muss eine öffentliche Person sein«, schloss Lazarus seinen Vortrag. »Jedoch jemand, der noch nicht populär genug ist, dass unser Augenmerk auf ihn gefallen ist.«

Ciban wandte sich einen Moment lang von der Tafel ab, als würde er alles, was sie dort festgehalten hatten, noch einmal in einer Art Zeitraffer analysieren. Seine Miene blieb dabei unbewegt, doch Catherine spürte über die mentale Verbindung, dass Lazarus' Fazit über den Antichrist ihm besonders zu schaffen machte.

Schließlich ging der Kardinal zu dem großen Stadtplan von Rom, der rechts neben dem Schreibtisch hing. Seine Augen folgten den alten Straßenzügen und den historischen Stadtteilen, entlang des sich dahinschlängeInden Tibers, bis zur Engelsburg und dem Vatikan. Irgendwo dort musste dieser Meister der Liga leben, sofern er sich in der unmittelbaren Nähe der größten Pforte aufhielt. Und nicht nur er, sondern auch seine vertrautesten Hüter.

Ciban kehrte zum Schreibtisch zurück, nahm die Triadenbibel und schlug noch einmal das Kapitel über die Hüter und Pforten auf. Ein Punkt erschien ihm dabei so wichtig, dass er ihn dick auf der Tafel unterstrich.

Der Meister der Liga wachte mit sieben Helfern über die größte Pforte, und er hatte jederzeit Zutritt zu ihr. Also auch nachts, wenn der Vatikanstaat geschlossen war.

»Mein Gott, du hast recht«, murmelte Catherine. »Es genügt nicht, dass der Meister über einen Vatikanpass oder einen Passierschein verfügt. Er muss ein permanenter Bewohner des Vatikans sein!«

»Und wie viele kämen dafür zurzeit infrage?«, erkundigte sich Lazarus mit einem Blick auf den Stadtplan.

Gute Frage, doch Ciban hatte die Antwort parat. »Rund 450 Menschen leben im Vatikan. Davon hat etwa die Hälfte die vatikanische Staatsbürgerschaft. Kardinäle, Bischöfe, Ordensleute, die Schweizergarde. Etwa 40 Laien. Die meisten sind Mitarbeiter der päpstlichen Einrichtungen.«

»Das klingt nach einer überschaubaren Gruppe«, sagte Catherine halb im Scherz. »Was schlägst du vor?«

»Wir haben einen sehr anstrengenden Tag hinter uns«, meinte Ciban, nachdem er einige Sekunden schweigend überlegt hatte. »Ich schlage vor, wir gönnen uns jetzt ein paar Stunden Schlaf und nehmen die Sache morgen in Angriff. Ich werde eine Liste mit den Kandidaten zusammenstellen, die am ehesten infrage kommen. Anschließend überprüfen wir das Umfeld, schauen nach Indizien, bevor ich vorsichtig Kontakt aufnehme.«

»Das klingt gut.« Lazarus unterdrückte ein Gähnen. »Machen wir es so.«

»Sie beide können gerne hier übernachten«, schlug Ciban vor. »Die Gästezimmer…«

»Das ist sehr freundlich von Ihnen, Eminenz. Ich für meinen Teil ziehe jedoch mein eigenes Bett vor.«

»Wie Sie wünschen, Doktor. Ben?«

Der junge Monsignore winkte ab. »Danke, aber ich werde mich ebenfalls auf den Weg machen.«

»Dann bringe ich Sie zu den Wagen. Das Tor der unterirdischen Zufahrt ist bereits verriegelt.«

Ben und Lazarus verabschiedeten sich und folgten dem Kardinal zur Tiefgarage, während Catherine die Unterlagen zusammenräumte und sicher verwahrte. Als Ciban zurückkehrte, kam sie gerade aus der Bibliothek, noch immer mit ihren Gedanken bei den Gesprächen und Ereignissen der letzten Stunden. Sie war hundemüde, gleichzeitig aber auch so aufgedreht, dass sie bezweifelte, innerhalb der nächsten Stunde einschlafen zu können.

Ciban nahm ihre Hand, zog sie zu sich, küsste sie und hielt sie liebevoll in seinen Armen. »Schön, dass du hier bist.« Catherine hätte endlos so dastehen können, ganz still an ihn geschmiegt. Doch dann ging er ebenso liebevoll wieder auf Distanz und hielt sie auf Armeslänge von sich.

»Komm. Ich mach uns einen Tee. Der wird uns helfen abzuschalten. Niles hat einen halben Kräutergarten im Vorratsraum. Meine Mutter hat das immer zu schätzen gewusst. Und ich auch.«

Catherine hatte die Küche der Villa bisher nicht betreten. Die Größe und der Hightechkontrast im Vergleich mit dem Rest des Gebäudes überraschte sie. Fast fühlte sie sich wie an Bord einer Raumstation. Dann erinnerte sie sich, dass im cibanschen Haus schon immer Empfänge gegeben wurden und viele Gäste hatten bewirtet werden müssen.

Ciban griff nach einer schwarzen gusseisernen Teekanne und brühte frischen Tee auf. Dann reichte er ihr eine Tasse.

»Vorsicht, der ist wirklich heiß.«

Catherine inhalierte den Duft. »Was ist da drin?«

»Hopfen, Melisse, Pfefferminz, Ringelblume und Baldrian.«

»Hmm, klingt das gut.« Allein schon durch das Ritual der Teezubereitung fühlte sie sich ein wenig entspannter. »Ist dies das Geheimnis deiner inneren Ruhe?«

Ciban lachte. »Manchmal schon.«

Sie begriff, dass er den Tee vor allem ihr zuliebe zubereitet hatte, und nahm einen vorsichtigen Schluck. »Und nun erzähl mir, was dich vorhin so beunruhigte, als Lazarus den Antichrist charakterisierte.«

»Waren wir nicht übereingekommen, heute nicht mehr von der Arbeit zu reden?«

»Ich weiß. Aber da steckt mehr dahinter. Unsere Bindung … ich konnte es spüren.«

»Es ist nichts Konkretes«, wich er aus. »Mehr eine Art Albtraum. Und nicht einmal mein eigener.«

»David?«

Er musterte sie anerkennend. »Eigentlich sollte ich seit deinem Disziplinarverfahren gelernt haben, dass du selbst eine ausgezeichnete Inquisitorin bist.«

»Außerdem eine, der du vertrauen kannst. Also, was ist das für ein Albtraum?«

Er trat an den Tresen und setzte seine Tasse ab. »Es ist nicht so einfach. Allein die Äußerung eines Verdachts könnte eine Allianz gefährden, die dem Guten dient, und damit alles, wofür wir bisher eingetreten sind.«

»Wer ist es? Kenne ich ihn?«

Ciban zögerte. »Es ist wichtig, dass du unbefangen bleibst. Das Ganze ist ohnehin eher ein Witz.«

»Ein Witz. Aha. Und was sagt David dazu?«

»Für ihn ist diese Person nicht der Antichrist. Und das hat für mich einiges an Gewicht.«

»Könnte es denn wirklich einen solch großen Schaden anrichten, wenn ich mehr von diesem Albtraum erführe?«

»O ja, das könnte es. Misstrauen unter uns wäre das Beste, was dem Gegner passieren kann.«

»Gut. Dann werde ich dich nicht länger mit meinen Fragen löchern und versuchen, mit meinen Spekulationen aufzuhören.« Sie schlürfte den Rest von ihrem heißen Tee, fühlte, wie sich ihre Nerven mehr und mehr beruhigten, während seine stahlgrauen Augen sie voller Zuneigung betrachteten. »Was kommt als Nächstes?«

Er nahm ihr die leere Tasse ab, stellte sie auf die Spüle und zögerte nicht mit der Antwort. »Was hältst du von einer Runde Schlaf bis zum Morgengrauen? Und davor …«, er berührte ihre Wange, ihre zarte Haut, »belohne ich dich mit einem leidenschaftlichen Gutenachtkuss.«

Noch keine Minute später befanden sie sich im Schlafzimmer. Sie blickte in seine Augen wie in einen glühenden Spiegel, empfing und erwiderte seine Liebe und erlebte einen Rausch wie eine Springflut aus Eis und Feuer, die über sie hereinbrach. Es war das gewaltigste, feierlichste und mächtigste Zittern und Beben, das sie je erlebt hatte. Und dann wurde es ganz still, ohne dass sie sich einsam fühlte. Eng umschlungen schliefen sie ein. Die Welt hatte ihr Wesen verändert. In den nächsten Stunden gab es keine Finsternis, keine Asche und kein Böses mehr.

Irgendwann in der Nacht murmelte Catherine unverständliche Worte vor sich hin. Ciban küsste sie sanft auf die Stirn und zog sie näher zu sich heran, um mit seiner Wärme und seinem Herzschlag ihre Seele zu beruhigen. Und tatsächlich fiel Catherine wieder in tiefen Schlaf. Träumte Träume, an die sie sich am nächsten Tag nicht mehr erinnern würde. Genauso wie er.

Obwohl die Nacht sehr kurz gewesen war, fühlten sie sich ausgeruht und gestärkt, als hätten sie ein paar Tage Urlaub hinter sich. Das gemeinsame Frühstück nach einem sanft leuchtenden Sonnenaufgang trug sein Übriges zu ihrem Wohlbefinden bei. Der Tag – und auch die kommenden – würde überaus anstrengend sein. Doch gemeinsam würden sie alles schaffen. Dann klingelte das Telefon. Catherines Handy.

Sie schaute auf das Display und runzelte die Stirn.

»Ava?« Ciban legte das Besteck nieder.

Catherine schüttelte den Kopf. Der Anruf kam eindeutig aus Chicago, wo es jetzt mitten in der Nacht sein musste. »Wenn ich mich richtig erinnere, ist es die Nummer Seiner Eminenz Anthony Kardinal Bear.«

Sie zögerte. Ciban nickte ihr ermutigend zu. Sie gab sich einen Ruck und nahm das Gespräch an.

26

Peter Willetts faltete die Chicago Tribune zusammen und nahm einen letzten Schluck von seinem Wein. Das konservative Blatt, einst berühmt für seine Artikel über Al Capone oder die Watergate-Affäre sowie seine Unterstützung von George W. Bush bei der Präsidentschaftswahl im Jahr 2004, hatte für seinen Geschmack in den letzten beiden Jahrzehnten zunehmend an Niveau verloren. Dennoch hielt Willetts an der Gewohnheit fest, einmal im Monat die bayerisch-amerikanische Küche des »Edelweiß« im Norden Chicagos zu genießen und danach eine Ausgabe der Tribune zu lesen, bevor er sich wieder auf den Weg zu seinem kleinen Haus in Lake Forest machte, einem Zwanzigtausend-Seelen-Vorort am Lake Michigan.

Er blickte durch das Verandafenster. Nicht nur die schwere Wolkendecke über der Stadt machte ihn melancholisch, sondern seit ein paar Tagen auch wieder das Alter. Mit 74 Jahren war er kein Jungspund mehr, auch wenn ihm der Arzt vor einigen Wochen noch versichert hatte, er sei gut in Form und biologisch gesehen etliche Jahre jünger. Bis vor drei Monaten hatte Willetts sich mehrmals die Woche durch ausgedehnte Waldwanderungen fit gehalten, doch dann war Ava Bell im Wintergarten der »Harold Washington Library« aufgetaucht und hatte ihn mit einem unliebsamen Teil seiner Vergangenheit konfrontiert. CORONA.

Willetts signalisierte dem Kellner, dass er seine Rechnung zu bezahlen wünschte. Wie immer gab er ein ordentliches Trinkgeld. Dann verstaute er die Zeitung in seiner Umhängetasche und machte sich in seinem alten Ford auf den Heimweg. Sein Ziel war ein mittelgroßes, nobles Haus deutscher Bauart, das isoliert und dreifachverglast mit den eisigen Chicagoer Wintern gut zurechtkam. Sein deutscher Großvater hatte das Haus gemeinsam mit Willetts' Vater gebaut. Willetts hatte es dann vor ein paar Jahren noch einmal generalüberholen lassen.

Laut Armaturenanzeige betrug die Außentemperatur noch fünfzehn Grad, also kurbelte Willetts das Seitenfenster etwas herunter und genoss den frühherbstlichen Geruch der grüngelben Ahornbäume, während aus der Musikanlage Mozarts Requiem erklang. Eigentlich hatte er an diesem Tag einmal komplett abschalten wollen, doch Ava Bell und CORONA gingen ihm seit Avas Besuch nicht mehr aus dem Sinn. Die Frau hatte es tatsächlich geschafft, dass er über seine damalige Tätigkeit als Vermittlungsbeauftragter sprach. Am Ende hatte sie ihm sogar die Namen von zwei weiteren »Wunderkindern« entlockt. Er hätte sich auf die Zunge beißen können, aber da war es bereits zu spät gewesen. Tja, und was tat man nicht alles, wenn einem das Gegenüber hoch und heilig erklärte, es ginge um Leben und Tod!

Verschüttet geglaubte Erinnerungen tauchten in Willetts' Geist auf. Pater Darius, der eines Tages mit Catherine im Waisenhaus aufgetaucht war. Das Baby hatte seine Eltern verloren, angeblich weil die leiblichen Eltern bei einem Transatlantikflug ums Leben gekommen seien. Willetts hatte damals auf Wunsch der diensthabenden Nonne einen Schnappschuss von Darius, der kleinen Catherine und der Nonne gemacht. Niemals hätte Willetts gedacht, dass dieses Kind einmal eine solch große Rolle in der Kirche spielen würde. Doch bis dahin war es ein weiter Weg gewesen. Willetts hatte damals die passenden Eltern für Catherine ausgesucht, doch nicht immer lief nach einer gelungenen Adoption alles nach Plan. Catherines Adoptivvater war wenige Jahre danach an einer unheilbaren Krebserkrankung gestorben, und die alleinstehende Adoptivmutter war mit Catherines Besonderheit nicht wirklich klargekommen.

Nach einem Zwischenfall hatte Pater Darius die neunjährige Catherine schließlich ans neu gegründete KIMH geholt und sich selbst – soweit ihm die Zeit dafür blieb – um ihre mediale Ausbildung gekümmert. Seither hatte die kleine Catherine Bell einen erstaunlichen Karriereweg zurückgelegt. Sie hatte es sogar als Konzilsberaterin bis in den Vatikan geschafft.

Doch genau das schien es gewesen zu sein, was Ava Bell auf den Plan gerufen hatte. Und sie hatte sich an ihn gewandt, was für Willetts auch Sinn ergab, denn Darius war seit über einem Jahr tot, verunglückt bei einer Wanderung in den bayerischen Bergen. Willetts wurde klar, dass er nicht einmal den Hauch einer Ahnung hatte, worum es Ava Bell eigentlich gegangen war oder was sie gedachte, mit seinen Informationen zu tun. Er hatte es jedenfalls kategorisch abgelehnt, damit in Verbindung gebracht zu werden. Das alles war zwar viele Jahre her, doch das KIMH mit seinen geheimen Vermittlungs- und Forschungsprojekten existierte noch immer und gehörte nun dem »Lux Domini« an.

Als Willetts sein Haus in dem wohlhabenden Vorort Lake Forest über die McKingley Road erreichte, war es längst dunkel. Er parkte den Wagen in der Garage gleich neben dem Haus und schloss das automatische Tor, bevor er den Flur zur Küche und zum Wohnraum durch die innere Verbindungstür betrat. Ein heißer Tee und eine gute Sendung auf dem Dokukanal, danach stand ihm jetzt der Sinn. Willetts schaltete das Licht an, legte in Ruhe Hut, Mantel und Tasche ab, bevor er die Wanderschuhe auszog und in seine bequemen Pantoffeln stieg. Den Schatten hinter sich bemerkte er nicht, als er endlich die Küche betrat und auf den Tresen mit dem Wasserkocher zuhielt; nur den harten Schlag am Kopf spürte er noch, dann verlor Willetts das Bewusstsein.

Als er völlig benommen zu sich kam, spürte er einen ziehenden Schmerz am Kopf und einen dumpfen Schmerz im oberen Hals. Irgendetwas stimmte mit seinem Mund nicht. Außerdem rann ihm etwas Nasses und Klebriges das Kinn hinab auf das neue Hemd. Er blinzelte, um besser sehen zu können. Dann begriff er, dass es sein eigenes Blut war, was da an ihm hinuntertropfte. Ein weiterer Augenblick verging, ehe er begriff, dass ihn jemand geknebelt an einen der Küchenstühle gefesselt und gegen die Wand gestellt hatte. Benommen ließ er seinen Blick durch die Küche schweifen. Die Person, die ihm das angetan hatte, war nicht zu sehen, dafür aber lagen ein paar Dinge auf dem Küchentisch.

Ein Foto. Es zeigte ein schreckliches Motiv. Einen Toten oder eine Tote mit grausam verstümmeltem Antlitz. Daneben lag ein Militärbesteck, ähnlich jenem, das Willetts' Großvater einmal besessen hatte. Aber dieses hier war auseinandergenommen, die einzelnen Bestandteile lagen penibel nebeneinander aufgereiht. Das heißt, ein Teil fehlte.

Und dann … dann erkannte er etwas Blutiges auf einem weißen Tuch. Ein kleiner braunrosa Klumpen.

Willetts schluckte, und der dumpfe Schmerz in seinem Mund wurde ihm wieder bewusst. Und dann begriff er. Das war seine Zunge.

TEIL III

Quod sumus,
hoc eritis.
Fuimos quandoque,
quod estis.

Was wir sind,
werdet ihr sein.
Was ihr seid,
waren wir einst.

27

21. Januar 1989
Rom, Vatikan

Nachdem Pater Darius die »Biblioteca Secreta« durch ein von Schweizergardisten bewachtes Doppelportal betreten hatte, führte ihn ein Priester durch ein Gewirr aus Gängen und Treppen zu einem abgelegenen Konferenzraum. Die einzige Deckenlampe beschien einen ovalen Tisch, um den sieben Sessel im Halbdunkel standen. Auf dem Tisch lagen ein dicker Foliant und zwei Dossiers, allesamt aufgeschlagen, als hätte der Kirchenfürst, der am entfernten Tischende im Halbschatten saß, soeben daran gearbeitet.

Darius wartete darauf, dass ihm das Wort erteilt wurde. Er spürte, wie der alte Kardinal ihn musterte. Was sein Gegenüber sah, war ein mittelgroßer, selbstsicher auftretender Mann in den Vierzigern mit kurz geschorenem braunem Haar, an dessen Schläfen sich erste Grauschattierungen zeigten. Darius trug keine Soutane, sondern einen modernen Priesteranzug, was seinem Gegenüber ganz gewiss missfiel. Doch das kümmerte den Pater nicht.

»Nehmen Sie Platz, Monsignore«, sagte der Kardinal ohne auch nur einen Funken Menschlichkeit in der Stimme.

Seine Eminenz Marcel Kardinal Reinert war Mitte achtzig und galt als einer von Papst Innozenz' Favoriten, weshalb er immer noch Dienst in der Kurie tat. Er war Priester, doch seiner Priesterweihe war eine Militärausbildung in Nazideutschland vorangegangen. Darius hatte hinsichtlich des Kardinals ein paar Nachforschungen angestellt und herausgefunden, dass Reinert dem Widerstand gegen Hitler unter Oberst von Stauffenberg angehört hatte. Als Theologiestudent und Priesterkandidat hatte er zu den Spätberufenen gehört, doch Innozenz hatte sein Potenzial bei einer Begegnung in München erkannt und ihn zu sich in den Vatikan geholt. Als Innozenz' Agent hatte Reinert in der Kirche sogenannte Brandherde bekämpft, genauer die unterschwellige Glut des Aufbegehrens, das sich in der einen oder anderen katholischen Ortschaft geregt hatte, schon im Keim erstickt. Wie sein päpstlicher Förderer war Reinert durch und durch Traditionalist.

Darius hatte des Weiteren herausgefunden, dass Reinert 1943 an einer geheimen Absprache mit Papst Pius XII. teilgenommen und dafür gesorgt hatte, dass in Rom keine weiteren Deportationen und Razzien mehr gegen die Juden durchgeführt worden waren. Darüber hinaus hatten Tausende Schutz hinter vatikanischen Mauern und in katholischen Klöstern gefunden. So gesehen, war Reinert ein mutiger Mann, ja ein Held, auch wenn er während des Krieges als Offizier gewiss ebenso große Schuld auf sich geladen hatte. Ob darin seine Motivation gelegen hatte, sich zum Priester ausbilden zu lassen? Reue und Buße. Nur traute Darius diesem Bild des Friedens und der Tugend nicht. Ja, er traute diesem distinguierten Mann mit dem schlohweißen Haar, den hohen Wangenknochen und den schwarz schimmernden Augen ebenso wenig wie sich selbst. Außerdem war Reinert ein Machtmensch. Kühl, analytisch und vorausschauend, mit einer gewissen Antenne für die Bedürfnisse anderer. Manchmal mutete es an, als könne er in den Gedanken seiner Mitarbeiter und Gäste lesen. Trotz seines Alters war er noch immer der Staatssekretär des Vatikans, und soweit Darius wusste, gab es niemanden, der es wagte, ihm an den Karren zu fahren.

Die Hand des Kardinals glitt in den Lichtkegel und versetzte dem hinteren der beiden Dossiers einen solchen Stoß, dass es über die gesamte Tischlänge bis zu Darius glitt. Agilität und Beweglichkeit Reinerts überraschten den Pater nicht, er hatte den alten Mann vor einigen Monaten bei einer Bergwanderung in den bayerischen Alpen erlebt, in der Nähe der Abtei Rottach. Bei der Gelegenheit war ihm bewusst geworden, dass er es hier nicht mit einem tattrigen Greis zu tun hatte.

Darius zog das Dossier etwas näher zu sich heran, blickte hinein und blätterte darin. Es enthielt seine Biografie in tabellarischer Form, einige Fotos, einschließlich einiger seiner dunklen Lebensabschnitte. Über seinen dreitägigen Krankenhausaufenthalt im letzten Jahr stand nichts darin. Auch über seine Blutlinie verlor die Akte kein einziges Wort. Wie auch. Kein Mensch auf der Welt wusste von der Existenz der Triaden, geschweige denn der Existenz der Nox, den finstersten Vertretern des Ordens. So auch die Kirche und Reinert nicht. Und die wenigen Gelehrten, die sich doch mit der entsprechenden Mythologie befassten, die in nicht anerkannten Werken festgehalten war, und Angelologie studierten, hatten den Ruf von Spinnern.

Wie sehr Darius das Blut, das durch seine Adern zirkulierte, doch verabscheute.

Der Kardinal wartete geduldig, bis er von dem Dossier aufblickte. Der alte Kirchenfürst hatte also seine Hausaufgaben gemacht und einen seiner Agenten auf Darius angesetzt, doch der hatte nicht alles über den Pater herausgefunden. Ob der alte Mann wusste, dass Darius seinerseits auch nicht untätig gewesen war?

»Sie haben in den letzten Monaten Enormes geleistet, Pater«, stellte Reinert nüchtern fest. »Sieben Missionen … und nicht eine einzige war ein Fehlschlag.«

»Die Heilige Mutter Kirche erteilt mir einen Auftrag, und ich erfülle diesen, natürlich im Rahmen eines gewissen Ermessensspielraums, Eminenz.«

»Das tun Sie«, stimmte Reinert nickend zu. »Und manchmal sogar ohne Verletzte und Tote.«

Darius spürte, wie seine Selbstsicherheit von einer leisen Schockwelle erfasst wurde. Wusste Reinert etwa doch mehr, als das Dossier vermuten ließ?

»Ich gebe mir alle Mühe, Eminenz.«

Wieder musterten ihn diese alten, nicht zu deutenden Augen, die so viel mehr zu sehen schienen. Im Halbdunkel des Raums wirkte die Gestalt des Kardinals sogar noch größer und mächtiger als in der bayerischen Bergabtei. »Ich weiß von dem Riss«, sagte er schließlich, »der durch Ihre Seele geht.«

Darius hielt innerlich die Luft an, ließ sich aber nicht anmerken, dass er sich getroffen fühlte. Die Worte seines Gegenübers konnten ebenso gut ein Bluff sein.

Reinert deutete auf das vor Darius liegende Dossier: »Sie empfinden eine tiefe Schuld. Gleichzeitig ist da diese schiere Wut, die aus Ihnen herauswill und die Sie kaum noch klar denken lässt. Sie sind wie ein Kessel, der unter hohem Druck steht.«

Das war noch wohlwollend ausgedrückt. Darius fühlte in jedem Quäntchen seiner Seele, dass er längst wieder eine tickende Zeitbombe war. »Es wurde keinerlei Anklage gegen mich erhoben. Sämtliche Beweise wurden vernichtet. Noch immer laufe ich frei herum, als hätte es mein Handeln niemals gegeben.«

»Sie haben getan, was Sie tun mussten. Sie tragen keinerlei Schuld an dem, was danach geschah. «

»Ich habe es schlimmer gemacht. Viel schlimmer.«

Während er die Worte sprach, blitzte die Erinnerung gnadenlos in ihm auf. Gefesselte und in Käfige eingepferchte Männer, Frauen und Kinder. Darius' Mission war eigentlich eine ganz andere gewesen, doch dann hatte er das abgelegene, nach außen hin völlig unauffällig wirkende Haus betreten, weil seine Zielperson ihn als potenziellen Geschäftspartner dorthin geführt hatte. All das Weinen, Stöhnen und Röcheln der Missbrauchten und Geschundenen. Und dann das höhnische, kalte Lachen und Reden ihrer Wärter und Peiniger. Erneut spürte Darius, wie kalte Wut in ihm aufstieg. Zwei Tage später war er in das teuflische Haus zurückgekehrt. Und dann hatte er zugeschlagen. Sich vom kalten, feuchten Keller bis hinauf zu den widerwärtigen Dachzimmern durchgearbeitet. Auge um Auge. Zahn um Zahn. Auch diese Erinnerung war schlagartig wieder in allen Details da. Aber das machte nichts, denn er wollte gar nicht vergessen. Er wollte, dass sich gerade diese letzten Bilder auf ewig in sein Gehirn einbrannten. Als Strafe. Als Mahnung. Nichts, was er in dieser Nacht getan hatte, fand einen Widerhall im Neuen Testament.

Reinert beugte sich vor und legte seine Handflächen

auf den Tisch, als wolle er ihm damit signalisieren, dass er unbewaffnet sei, was natürlich Unsinn war. Ein Mann seines Kalibers trug ein ganzes Arsenal mit sich, bestehend aus Worten. Und Reinert gehörte im Wortgefecht zu einem der besten. Seine verbale Treffsicherheit hatte schon so manchen Kollegen zur Strecke gebracht, ehe dieser überhaupt begriff, wie ihm geschah. Darius wusste, dass er kaum eine Chance hatte, sollte es zu einer offenen Konfrontation kommen.

»Sie haben versucht, sich das Leben zu nehmen, *Darius*.« Obwohl nun klar war, dass Reinert von dem Klinikaufenthalt im letzten Jahr wusste, wirkte die Art, wie er Darius' Namen betonte, seltsam beruhigend. »In Doktor Catalanos Bericht steht, Sie waren dreieinhalb Minuten lang klinisch tot …«

Darius schwieg. Was konnte er schon sagen? Dass er die Dunkelheit in sich nicht mehr länger hatte ertragen können? Außerdem war Selbstmord in den Augen der Kirche eine Todsünde.

»Und Sie sind aus diesem Tod als ein neuer Mann erwacht«, fuhr der Kardinal fort.

Darius rührte sich nicht, hielt an seinem Schweigen fest. Was Reinert schlussfolgerte, stimmte nicht ganz. Doch wenigstens bemühte er nicht den Vergleich mit Lazarus im Johannesevangelium, wie Dr. Catalano es getan hatte. Nun, warum auch? Lazarus war weder ein Mörder noch ein Selbstmörder gewesen.

Reinert versetzte dem zweiten Dossier einen Schwung, nachdem er es geschlossen hatte. Etwa zwanzig Zentimeter vor dem Pater blieb die Mappe liegen. »Was hat Sie verändert? Was haben Sie während dieser dreieinhalb Minuten erlebt?«

Darius starrte auf das Dossier, das vermutlich eine Kopie der Klinikunterlagen enthielt. Reinerts Agent war gut, denn Catalano hatte seine ärztliche Schweigepflicht ganz sicher nicht gebrochen. Doch was erwartete der Kardinal nun von ihm? Dass er berichtete, Gott begegnet zu sein? Der Muttergottes? Jesus?

Bei Gott, es war so viel simpler. Und schrecklicher.

»Öffnen Sie das Dossier, Pater.«

Es war keine Bitte.

Darius schlug den Pappdeckel auf und blickte dann überrascht zu Reinert hinüber. Es handelte sich nicht um eine Personalakte des Vatikans. »Die Unterlagen betreffen Sie, Eminenz.«

»Ganz richtig. Lesen Sie. Und schauen Sie sich vor allem die Passage mit den Röntgenbildern an.«

Darius tat, wie ihm geheißen, und bemerkte gar nicht, wie dabei die Zeit verging. Und er bekam Furchtbares zu lesen. Schließlich gelangte er zu einem bebilderten Zeitungsartikel über einen schweren Autounfall. Seine eigene Verbitterung und Wut war während des Lesens längst in den Hintergrund getreten.

»Ich weiß, Sie halten sich für ein Monster, Darius«, erklärte der Kardinal, nachdem Darius seine Lektüre beendet hatte. »Jetzt wissen Sie, was ein wahres Monster ist. Und wie Sie hier sehen, kann sich manchmal selbst ein Monster nicht verzeihen.« Reinert hatte an dem Tag, auf den der Bericht sich bezog, das Gaspedal seines Wagens durchgetreten und war mit Höchstgeschwindigkeit gegen einen Brückenpfeiler gefahren. Kaum ein Knochen in seinem Leib war heil geblieben.

Der Kardinal krempelte die Ärmel seiner Soutane hoch und trat vor den Pater hin. Jahrzehntealte Operationsnarben verunstalteten die Haut, und obwohl die Narben schon alt und verblasst waren, sahen sie noch immer schrecklich aus.

»Ich hatte meinen Selbstmord sorgfältig geplant. Ich wollte auf gar keinen Fall, dass mir irgendjemand dazwischenfunkt. Und doch habe ich überlebt, während der medizinische Fortschritt sein Übriges getan hat. Und Sie können mir glauben, ich habe mich für dieses Überleben gehasst. Ich wollte nicht, dass alles noch einmal von vorn beginnt. Zu viele Menschen hatten durch mich gelitten. Körperlich. Seelisch. Geistig. Ich hatte den Tod mehr als verdient. Und dann das …« Er deutete auf den Klinikbericht, die Dokumentation seines Überlebens. »Ich weiß, was Sie empfinden, Darius. Und ich weiß, was Sie in diesen dreieinhalb Minuten erlebt haben.«

Darius starrte den Kardinal an. Falls diese Akte eine Fälschung war und Reinert ihm hier und jetzt etwas vorspielte, verdiente er dafür den ersten Preis.

»Natürlich können Sie erneut versuchen, Ihrem irdischen Leben ein Ende zu setzen, doch damit werden Sie die Wut in Ihrem Inneren nicht bezwingen«, erklärte der Kardinal weiter. »So funktioniert es nicht. Außerdem ist es nicht das, was *sie* meinte, als sie Ihnen befahl: *Beende es.*«

Einen Moment lang herrschte Grabesstille, denn Reinert schien tatsächlich zu wissen, was Darius in der kurzen Phase erlebt hatte, als er klinisch tot war. Sorgfältig krempelte der alte Kirchenfürst die Ärmel der Soutane wieder herunter und schloss die Manschettenknöpfe. Dann zog er seinen Kardinalsring aus und legte ihn vor den Pater auf den Tisch. »Schauen Sie ihn sich genau an.«

Darius nahm den Siegelring und betrachtete ihn. Als er die Innengravur mit der Triadenschrift und dem ANKH-Symbol erblickte, lief es ihm eiskalt den Rücken runter. »Sie sind ein Triade. Ein Nox.«

Reinert nickte und steckte den Ring wieder an. »Ebenso wie Sie. Und ebenso wie Sie bin ich nicht mehr bereit, mich mit der Dunkelheit in meinem Inneren abzufinden.«

»Dann hat sich das Monster in Ihnen verwandelt?«

»Nein, das hat es nicht. Es ist noch immer da.« Reinert deutete auf seine Stirn, auf die Region hinter den Augen. »Tief da drinnen. Aber ich habe Frieden mit meiner Vergangenheit geschlossen und bin vor dem Monster auf der Hut.«

»Das freut mich für Sie, Eminenz«, entgegnete Darius. »Nicht jeder ist so stark.«

Reinert nahm neben ihm Platz. Nicht wie ein Vorgesetzter, aber auch nicht wie ein Mann, der einen Verbündeten sucht. Darius fühlte sich so unwohl in seiner Nähe.

»Wenn Sie den Hass auf Ihr Erbe weiterhin nähren, werden Sie die Dunkelheit in Ihrem Innern weiterhin anziehen. Dann wird das Böse in Ihnen zur Realität. Dieser Hass wird alle Erfahrungen überschatten, die Sie in Zukunft machen werden. Selbst in der Liebe ziehen Sie dann den Hass herbei, und er wird dann nicht nur Sie zerstören. Das ist es, was Jeanne versuchte, Ihnen zu sagen: Du erntest, was du säst.« Nach einer kurzen Pause fügte der Kardinal hinzu. »Sie hat Ihnen das Dorf gezeigt, den Übergang, nicht wahr?«

Das Dorf …

Einen kurzen Moment war Darius versucht, dem Kardinal von seiner Vision zu erzählen, die er noch immer mehr für einen verrückten Traum hielt, der ihm während des Sterbens gekommen war. Er hatte sein eigenes Ebenbild gesehen, zu Pferd, in einer gänzlich anderen Zeit an einem gänzlich anderen Ort, an der Seite einer Frau in blanker Rüstung mit einem edlen Leinenüberwurf. In ihrer Rechten hatte diese Frau eine Standarte gehalten, ein blendend weißes Banner, auf das die Welt mit den Worten »Jesus Maria« gemalt war, die unter dem Schutz zweier mächtiger Engel stand. Vom Gipfel einer Anhöhe aus hatten sie auf die Ruinen eines verwüsteten und geplünderten Dorfes hinabgeschaut, auf die vielen geschändeten Leiber der Toten. Der Brandgeruch des Holzes, der Gestank des brennenden Fleisches war ihnen wie ein Pesthauch entgegengeweht.

»Es sind nicht die Engländer, gegen die wir in den Krieg ziehen«, hatte Jeanne gesagt. »Wir kämpfen gegen das verborgene Wesen des Bösen. Die Verführung, den Verrat, die Gier, den Hochmut. Schau her …« Als wäre das Banner ein Vorhang, strich Jeanne damit über das Dorf, und eine Dimension offenbarte sich Darius, die bis dahin für ihn verborgen gewesen war. Dort, wo eben noch die Körper der Toten zwischen den zerstörten Hütten gelegen hatten, streiften nun traumatisierte Seelen umher, an ihrer Seite Schemen und Schatten, die versuchten, sie in die Finsternis zu ziehen. Doch die Seelen und Schatten waren nicht allein.

»Achte auf die Helfer«, sagte Jeanne. »Achte auf die Kinder des Lichts. Michael hat sie gesandt.«

Und dann sah er sie, diese beinahe unsichtbaren Wesen, die die Schatten und Schemen in Schach hielten und sich der verwirrten Seelen annahmen, sie aus den

Fängen der Verdammnis lösten. Das heißt, es gab auch Seelen, die die Helfer den Schatten kampflos überließen. Die Gefallenen. Die Verlorenen. Diejenigen, deren Seele die Farbe der Finsternis angenommen hatte.

»Wir sind die Wächter der Mauer«, erklärte Jeanne. »Die Hüter der Pforten. Wir trennen die Welten in Zeit und Raum. Wir trennen aber auch die Welt der Lebenden von der Welt der Toten.«

»Sollte ich nicht ebenfalls unter den toten Seelen sein?«, fragte Darius.

»Deine Zeit ist noch nicht gekommen. Einer der unseren wird im Irdischen auf dich zukommen und dir den Weg weisen. Das ist die Stunde deines Erwachens. Doch zuerst musst du die Schlacht von Armageddon in dir selbst beenden …«

Darius konnte sich immer noch genau an den Traum erinnern. Verblüfft starrte er nun den alten Kardinal an. Es stimmte. Jeanne hatte ihm das Dorf gezeigt, den Übergang, einen kleinen Ausschnitt der Welt hinter der Welt. Und dann hatte sie ihm das Banner zugeworfen, und er war wieder in der Klinik erwacht, in einem Krankenzimmer, das vollgestopft mit lebenserhaltenden Apparaturen war. Reinert musste nach seinem Suizidversuch ein ganz ähnliches Erlebnis gehabt haben. Doch wie es aussah, hatte der Kirchenfürst die Schlacht von Armageddon in seinem Inneren gewonnen. »Jeanne sprach von Ihnen, als sie erklärte, jemand der ihren würde im Irdischen auf mich zukommen.«

»Wir brauchen Ihre Hilfe, Darius. Wir brauchen Ihr Gewissen, Ihre Entschlusskraft, Ihre spirituelle Energie … wir brauchen alles, was Sie uns an Gutem geben können.«

»Ich bin nicht gut, Eminenz. Ich bin konfus. Und ich bin verzweifelt. Aber wenn wir schon einmal dabei sind ... wer ist ›wir‹ im Irdischen?«

Reinerts Antwort kam ohne Zögern. »Das Lux Domini.«

Darius konnte seine Verblüffung nicht unterdrücken. Ein erzkonservativer Mann wie dieser Kardinal im Tête-à-Tête mit einem jungen Orden wie dem Lux Domini?

»Im Leben kommt es bisweilen zu kuriosen Bündnissen«, erklärte Reinert mit einem schiefen Lächeln. Dann deutete er auf den mächtigen Folianten, der aufgeschlagen am gegenüberliegenden Ende des Tisches lag. »Der erste Teil Ihrer Einweihung.«

»Ich ... ich weiß nicht, ob ich dazu bereit bin.«

»Wir sind nie bereit, Darius.«

Und dann erzählte Reinert dem Pater von der jungen Ordensgemeinschaft, der er angehörte, sowie von deren ethischen und spirituellen Zielen. Und schon wenige Wochen danach schickte er Darius auf seine erste Mission. Die Aufmerksamkeit des Ordens galt einer jungen, schutzbedürftigen Familie, gute Menschen, medial begabt, keine Triaden. Das junge Paar hatte vor einem Jahr Nachwuchs bekommen, ein kleines Mädchen mit einer außergewöhnlichen Aura. Darius spürte, dass diese Familie Marcel Kardinal Reinert persönlich sehr am Herzen lag, ja dass er so etwas wie der Patron dieser drei Menschen war. Aus welchen Gründen auch immer.

»Drei Agenten werden Ihnen zur Seite stehen«, erklärte Reinert schließlich. »Seien Sie diskret. Diese Menschen wissen nichts von ihrer Besonderheit, und wir wollen weder auf sie noch auf uns Aufmerksamkeit lenken. Hier sind die Unterlagen. Prägen Sie sich jedes Detail ganz genau ein. Aber bleiben Sie auf Distanz. Auch der Feind darf Sie nicht wahrnehmen.«

»Was ist, wenn es ernst wird?«

»Dann befinden Sie sich in einem gänzlich anderen Spiel.« Reinert legte ein Halfter mit Schusswaffe auf den Tisch. »Ich weiß, Sie hassen Waffen, aber Sie sind auch ein hervorragender Schütze. Also verzichten Sie nicht auf dieses Talent, sollte es zum Äußersten kommen.«

»Soll das heißen, auch Sie tragen eine Waffe bei sich?«

»Hin und wieder, ja. Ich halte mich an das Gute, aber ich bin auch kein Trottel. Und jetzt stecken Sie Ihren Kopf tief in diese Akte, Pater, und lernen Sie diese Menschen und ihre alltäglichen Gewohnheiten und Rituale so gut wie möglich kennen. Sie werden viele Gemeinsamkeiten entdecken und so manche Überraschung.«

Darius holte tief Luft und steckte die Pistole ein.

Dann studierte er die Familienbiografie. Von den Geburtsdaten über Haar- und Augenfarben bis hin zum schulischen, beruflichen und alltäglichen Werdegang.

Der Vater war ein ehemaliger römisch-katholischer Priester und Jesuit, der an der Gregorianischen Universität in Rom studiert und dann eineinhalb Jahrzehnte lang Metaphysik und Ethik gelehrt hatte, ehe er damit begann, kirchenkritische Texte zu verfassen und zu publizieren. Als er seine künftige Frau kennenlernte, hatte er seinem Priesterstand bereits vier Jahre lang entsagt und als freier Journalist und Buchautor gearbeitet. Sein aktuelles Buch beschäftigte sich mit der »Santa Alleanza«, dem vatikanischen Geheimdienst.

Die zwölf Jahre jüngere Mutter war eine begabte Molekularbiologin, die einige Jahre lang für ein amerikanisches Biounternehmen gearbeitet hatte. Seit der Geburt des Babys hatte sie ihre Arbeit auf Teilzeit reduziert, aber dennoch das Angebot eines neu gegründeten Zweigs des Unternehmens bekommen, der sich »ReSource« nannte und sich mit modernster Biotechnologie befasste.

Beide Elternteile liebten das Segeln und die Musik. Gemeinsam komponierten sie in ihrer kargen Freizeit einen Mix aus klassischer und moderner Musik.

Und beide wussten mit Schusswaffen umzugehen.

Die Biografie des Babys war denkbar kurz, sah man von dem enormen medialen Potenzial ab, das laut Reinerts Aufzeichnungen in ihm zu schlummern schien.

Ein Mädchen, das zweieinhalb Wochen zu früh zur Welt gekommen war. Ein Winzling, gerade mal sechsunddreißig Zentimeter groß und ein entsprechendes Leichtgewicht. Von der Entwicklung her aber kein Frühchen.

Wie Darius las, hatte die Kleine inzwischen gut aufgeholt, fing mit knapp einem Jahr schon zu laufen an.

Ihr Name war Catherine.

28

Paulas Blick fiel zwischen den zahlreichen Bäumen und den noblen Toreinfahrten auf die prachtvollen viktorianischen Villen, von denen manche gut und gerne eineinhalb Millionen Dollar wert sein mochte. Selbst Einfamilienhäuser in Lake Forest wurden zu Preisen zwischen einer halben Million und achthunderttausend

Dollar gehandelt. Der Vorort mit seinen 20 000 Einwohnern hatte sich seit der Mitte des 19. Jahrhunderts in eine wohlhabende Wohngegend verwandelt. Damals, vor hundertfünfzig Jahren, war er als eine erste Anlaufstelle für Einreisende nach Chicago gegründet worden, heute manifestierte sich in seiner Idylle der amerikanische Traum. Paula fragte sich, wie ein normaler Kirchenangestellter – auch wenn er Akademiker war – sich diese Wohngegend überhaupt leisten konnte. Eigentlich gab es nur zwei Erklärungen. Entweder Peter Willetts hatte im Lotto gewonnen, oder seine Vorfahren hatten sich hier schon früh angesiedelt und sich eine solide Existenz aufgebaut.

»Hier könnte man es aushalten«, meinte Kearns und bog mit dem Wagen in die Elm Tree Road ein, in der Willetts' Haus stand.

Noch vor knapp einer Stunde hatten sie in Ava Bells Haus bei Crystal Lake, etwa siebzig Meilen nordwestlich von Chicago, nach Hinweisen gesucht, doch jemand war ihnen und Monsignore Follador zuvorgekommen, hatte den Computer entwendet, den Schreibtisch ausgeräumt und die Schränke durchsucht. Jetzt arbeitete sich ein Spezialteam der ISA durch das Haus, doch Paula bezweifelte, dass das noch etwas brachte. Immerhin hatte sie noch ein Fotoalbum entdeckt sowie ein relativ aktuelles Porträt, mit dem ein ISA-Kollege herauszufinden versuchte, wo Ava Bell sich am Abend ihrer Ermordung aufgehalten hatte. Außerdem waren da noch ein paar Briefe von Ava an ihre Tochter gewesen, die aber nie abgeschickt worden waren. Wie es aussah, war das Verhältnis zwischen Adoptivmutter und Tochter in den letzten Jahren nicht das beste gewesen. Vielleicht hatte es aber auch schon davor gekriselt. Die kleine Catherine hatte auf den Familienfotos sehr ernst dreingeblickt. Zu ernst für ein Kind. Nur auf den Fotos mit dem Vater hatte sie glücklich ausgesehen. Wie Paula inzwischen wusste, hatte Catherine dann dieses Internat besucht, und von ein, zwei Ausnahmen abgesehen, gab es praktisch keinerlei Familienfotos aus dieser Zeit. Für einen Moment hatte Paula beim Betrachten der alten Fotografien sogar Parallelen zu ihrer eigenen Kindheit gesucht. Wie wohl ihr eigenes Leben verlaufen wäre, wenn sie in einer intakten Familie aufgewachsen wäre? Erinnerungsfotos von ihrer Kindheit oder ihrer Familie gab es keine, dafür hatten sich weder ihre Mutter noch ihr Vater interessiert.

Dann war Bernsteins überraschender Anruf gekommen, ruhig und sachlich, als gäbe er den Wetterbericht vor einer Segeltour auf dem Michigansee durch. Eine seiner Verbindungen bei der Chicagoer Polizei hatte ihn darüber informiert, dass es in Lake Forest einen »bizarren« Mord gegeben hätte. Bernstein hatte nach der kurzen Schilderung sofort die Verbindung zu den Messias-Morden hergestellt, Paula angerufen und ihr den Namen und die Adresse des Opfers gegeben. Nahezu derselbe Modus Operandi. Augen, Ohren, Mund. Das konnte kein Zufall sein. Paula hatte daraufhin mit Kardinal Bear telefoniert, um herauszufinden, ob es eine Verbindung zwischen Ava Bell und Peter Willetts gegeben hatte. Der Kardinal hatte zwar keinen Einblick in die CORONA-Akten, die Agentin aber innerhalb von fünfzehn Minuten zurückgerufen. Er hatte herausgefunden, dass Willetts zur CORONA-Zeit als Adoptionsbeamter der Kirche tätig gewesen war. Also gab es eine

Verbindung zu Ava Bell und den anderen Müttern. Doch was immer Peter Willetts Paula hätte offenbaren können, war nun verloren.

»Das da vorn müsste es sein«, sagte Kearns.

Der Umriss eines beige verputzten Hauses mit schweren roten Dachziegeln tauchte zwischen den Bäumen auf. Dann kam die Einfahrt, ein solides gusseisernes Tor, von zwei jungen Polizisten bewacht, denen sie ihre Ausweise zeigten. Schließlich erblickte Paula das ganze Haus, das vom Dach bis zum Keller so ganz und gar nicht in diese Gegend passen wollte. Es war eher klein und glich den wuchtigen Steinbauten, wie Paula sie aus Mitteleuropa kannte. Die soliden Fenster erinnerten sie sogar an ihr Hotelzimmer in Berlin, an den satten Klang beim Öffnen und Schließen, als wären sie für die Ewigkeit gebaut.

Fünf Wagen parkten auf dem Vorhof, darunter der Kastenwagen der Spurensicherung. Eine junge Polizistin stand beim Haupteingang und überprüfte das Absperrband. Paula und Kearns stiegen aus und gingen auf sie zu.

»Sie finden die Kollegen in der Küche«, erklärte die Frau, nachdem sie die Ausweise sorgfältig geprüft hatte.

Das Innere des Hauses bot eine weitere Überraschung, denn es war größer als erwartet und aufgrund einer Reihe großer Fenster in der Rückfront von Licht durchflutet. Die Einrichtung war spärlich, aber von hoher Qualität. Alles in dunklem Eichenholz gehalten. Auf den Möbelflächen, Türgriffen oder Rahmen war überall Puder verteilt worden, um Fingerabdrücke zu sichern.

Ein Beamter in Zivil kam auf sie zu und reichte ihnen zwei Schutzoveralls, dazu zwei Paar Einweghand- und Überschuhe. »Ich bin Detective Lenard. Mein Chef hat mich über Ihr Eintreffen informiert.«

Paulas Blick fiel auf den Kücheneingang, während sie ihren Anzug überstreifte. Ein vertrauter Geruch strömte von dort her. Blut.

Lenard lieferte ihr und Kearns einen kurzen Bericht. Die Putzfrau hatte Willetts gefunden, als sie ihren Dienst hatte antreten wollen. Nein, sie war nicht mehr hier. Sie war befragt worden, anschließend hatte der Arzt ihr ein Beruhigungsmittel verabreicht. In der Nachbarschaft hatte niemand etwas gesehen oder gehört. Es gab keine Einbruchsspuren, auch die vergitterten Kellerfenster waren allesamt intakt. Vermutlich war der Mörder durch die Seitentür in der Garage ins Haus gelangt und hatte auf sein Opfer gewartet. Was Willetts selbst anging, hatte die Spurensicherung keine verblüffenden Funde im Haus gemacht. Kein Rauschgift, keine Waffen, sah man von einem alten Jagdmesser ab, keine illegalen Dinge, nichts, was auf eine kriminelle Verbindung schließen ließ. Nicht einmal delikates Sexspielzeug hatte man gefunden. Allerdings war der Computer aus dem Arbeitszimmer verschwunden, externe Speicher hatten sie nicht entdeckt. Ansonsten war die Spurensicherung der Chicagoer Polizei gerade mit ihrer Arbeit fertig geworden. Man hatte nur noch auf Paula und Kearns gewartet, bevor man den Leichnam abtransportierte.

»Seit wann ist er tot?«, fragte Paula, als sie sich die Handschuhe überstreifte.

»Etwa seit Mitternacht«, sagte der Gerichtsmediziner.

»Der Mörder hat sich Zeit gelassen. Er wurde mindestens zwei Stunden lang gefoltert. Die Zunge wurde ihm als Erstes entfernt. In seinen Papieren fanden wir einen Kartenbeleg mit einer Quittung vom ›Edelweiß‹. Wie es aussieht, hat er um 17 Uhr 38 noch gelebt. Ein Kollege überprüft das gerade.«

Sie betraten die Küche. Auf dem hinteren Bodenbereich des Raums befand sich eine Blutlache. Paula war klar, auf was sie sich gefasst machen musste, trotzdem stieg die Übelkeit in ihr hoch. Einer der Spurentechniker schloss gerade seinen Materialkoffer und die Tasche mit den gefüllten Beweismitteltüten und -behältern. Selbst das Wasser in der Toilettenschüssel würde im Labor untersucht werden. Man konnte nie wissen, wo ein Täter Spuren hinterließ.

Dann fiel Paulas Blick auf die linke Wand, gegenüber dem Doppelfenster mit den schneeweißen Gardinen, und damit auf den Toten. Mit Klebeband fixiert, saß Peter Willetts auf einem rustikalen Küchenstuhl, gleich neben dem brummenden Kühlschrank. Das Gesicht ein fleischliches Trümmerfeld, eine einzige blutige Wunde.

»Wir haben seine Ohren und die Zunge auf einem Tablett im Gefrierfach gefunden«, erklärte Lenard. »Von den Augen keine Spur. Wer immer das getan hat, ist ein echter Irrer.«

»Ganz so irre kann er nicht sein«, entgegnete Kearns. »Immerhin sehe ich hier keinen einzigen Fußabdruck.«

Lenard schien in seiner Polizistenehre gekränkt. »Ganz egal wie vorsichtig er war, wir kriegen den Dreckskerl.«

Paula trat näher, darauf bedacht, in keine der Blutpfützen zu treten. Im Gegensatz zu den ermordeten

Frauen war Willetts nicht entkleidet worden, daher waren Hemd und Hose blutdurchtränkt. Eine beträchtliche Menge Blut hatte sich unter dem Stuhl angesammelt. Wie zum Henker hatte der Mörder es geschafft, den Mann zu verstümmeln, ohne auch nur einen einzigen Abdruck zu hinterlassen? War er etwa durch den Raum geschwebt? Sie schluckte ihren sarkastischen Unmut runter und versuchte, sich zu konzentrieren. Der Weg zum Mörder führte fast immer über das Opfer. Das hatte man sie an der Hochschule gelehrt. Deshalb galt es, zunächst das Opfer und sein Umfeld unter die Lupe zu nehmen. Dummerweise gab es davon nun vier.

Paula untersuchte die Leiche, ohne diese zu berühren. Die Augenhöhlen waren zwei ekelhafte, schleimige Löcher, jedoch nicht so verwüstet, als hätte man die Augen brutal herausgerissen. Das hier glich mehr einem chirurgischen Eingriff, ganz wie bei Ava Bell und den anderen. Dabei war das Mordinstrument kein Skalpell, wie die bisherigen gerichtsmedizinischen Berichte versicherten, jedoch außerordentlich wendig und scharf. Willetts' Mund war geschlossen. Das Kinn und der Hals blutverklebt. Von den beiden blutigen Löchern an den Kopfseiten standen allerdings noch die Reste der Ohrmuscheln ab, da hatte der Mörder bei den Frauen eindeutig sorgfältiger gearbeitet. Hatte er es am Ende etwa eilig gehabt? Oder war ihm das männliche Opfer so viel »Fürsorge« nicht wert gewesen? Zwei Stunden Folter … Ein anderer Gedanke drängte sich ihr auf. Vielleicht hatte der Mörder die Abgeschiedenheit des Hauses genutzt, um wichtige Informationen aus dem Mann herauszupressen. Was, wenn Willetts die Informationsquelle der Frauen gewesen war?

Paula untersuchte den Toten, soweit es ihr möglich war, dann wandte sie sich von der Leiche ab und begann die Küche zu inspizieren, prägte sich jedes Detail ein. Selbst das kleine hölzerne Kruzifix über der Küchentür. Jesus wirkte in seinem Leidensausdruck so lebendig, als wäre er ein ernst zu nehmender Augenzeuge.

Der Rest des Hauses war schnell untersucht, das bescheidene Mobiliar und der fast leere Keller und der Dachboden gaben nicht viel her. Bis auf den Computer schien tatsächlich nichts zu fehlen. Selbst der Schlüsselkasten schien noch komplett, wie Kearns meinte. Trotzdem würde später das Spezialteam noch einmal vorbeischauen und das Haus auf den Kopf stellen. Paula war zwar im Auffinden von Verstecken gut, dennoch ging nichts über die Erfahrung und die Intuition eines Spezialisten, wenn es um doppelte Böden oder falsche Wände ging.

Das Klingeln eines Handys riss Paula aus den Gedanken. Es dauerte ein paar Sekunden, ehe sie realisierte, dass es ihr eigenes war. Tom Bamford, dem sie Ava Bells Porträt hatte zukommen lassen, war am Telefon. Bamford war nicht über alle Einzelheiten des Falls informiert, gehörte aber zu jenen ISA-Mitarbeitern, die den Außenteams zuarbeiteten.

»Bingo!«, begann er ohne große Einleitung. »Ava Bell hat sich für ihren Aufenthalt in Chicago eine Suite im Millennium Knickerbocker gemietet. Außerdem hat sie mit einem Mann zusammen im John Hancock Tower zu Abend gegessen. Der Kellner, der Dienst hatte, hilft uns gerade, eine Phantomzeichnung des Gastes anzufertigen. Aber das ist noch nicht alles. Ich habe den Taxifahrer ausfindig gemacht, der Ava Bell zur Holy Name

Cathedral gefahren hat. Er behauptet, sie allein dorthin gebracht zu haben. Wer immer also der Mann im Restaurant war, er hat sie nicht begleitet. Und es hat ihn auch niemand im Hotel gesehen.«

»Danke«, sagte Paula. »Das dürfte uns weiterhelfen. Es könnte nämlich sein, dass wir den Mann gerade gefunden haben, mit dem Ava Bell zu Abend aß.«

»Das klingt, als wäre er tot«, sagte Bamford zögerlich.

»Leider ist er das auch. Wir haben in seinem Haus ein paar Fotos von ihm gefunden. Ich schicke Ihnen gleich eins rüber. Haben die Telefonlisten schon etwas ergeben?«

»Nicht viel. Wir können ihr Handy nicht orten. Vermutlich ist es zerstört. Wie es aussieht, war Ava Bell auch nicht sehr kommunikativ. Oder sie nutzte Einweghandys nebenher. Ein Telefonat fällt jedoch aus dem Rahmen. Moment …«

Paula hörte, wie Papier auf der anderen Seite der Leitung raschelte. Schließlich kehrte Bamford zum Hörer zurück. »Da ist es. Ihr letzter Anruf ging nach Rom. Mitten in der Nacht. Ein Festnetzanschluss, der einer gewissen Catherine Bell gehört.«

Paula runzelte die Stirn. Ava hatte vor ihrer Ermordung noch mit ihrer Tochter gesprochen! Kardinal Bear, der die Nonne inzwischen über den Tod ihrer Adoptivmutter informiert hatte, hatte jedoch nichts dergleichen erwähnt.

»Das Gespräch war allerdings nur von kurzer Dauer«, fuhr Bamford fort. »27 Sekunden. Ava Bell hat allerdings dieselbe Nummer schon am Vortag angewählt. Verbindungsdauer zwei, drei Sekunden. Vermutlich war in beiden Fällen nur der Anrufbeantworter dran.«

Deshalb hatte Catherine Bell das Telefonat wohl erst gar nicht gegenüber Bear erwähnt, überlegte Paula. Dennoch war allein die Tatsache, dass Ava mitten in der Nacht versucht hatte, ihre Tochter zu erreichen, sehr merkwürdig. Vielleicht hatte sie versucht, ihre Adoptivtochter zu warnen. Doch warum war sie dann mutterseelenallein zur Holy Name Cathedral aufgebrochen?

»Danke, Tom. Ich schicke Ihnen gleich das Foto.«

»Okay.«

Kearns trat neben Paula und reichte ihr eine der Fotografien, die sie in einer der Schubladen des Wohnzimmerschranks entdeckt hatten. »Dann bin ich mal gespannt, was der Kellner sagt. Das Automatenfoto hier scheint noch recht aktuell zu sein. Viele Freunde scheint Willetts ja nicht gehabt zu haben.«

»Sieht so aus.« Paula fotografierte das Bild mit ihrem Handy ab und schickte es an Bamford.

»Und was jetzt?«, fragte Kearns. »Wieder zur Gerichtsmedizin?«

Paula schüttelte den Kopf. »Jetzt fahren wir nach Hause und packen erst einmal Koffer.«

Kearns kniff die Augen zusammen. »Das ist nicht dein Ernst.«

»Und ob es mein Ernst ist. Ava Bells letzter Anruf ging nach Rom. Catherine Bell lebt und arbeitet in Rom. Die CORONA-Akten befinden sich in Rom. Wenn wir Antworten auf unsere Fragen finden wollen, dann in der Ewigen Stadt!«

29

Allmählich verlor das Geschrei der Möwen über der Stadt seine psychedelische Wirkung. In der letzten Stunde war Cabot Lynds kreuz und quer durch die lang gestreckte Grünanlage des Grant Park gejoggt. Nach dem langen Interkontinentalflug von Rom nach Chicago, dem Treffen mit Ava Bell und zwei Ruhetagen, an denen er praktisch nichts anderes getan hatte, als sich körperlich auszuruhen und ein paar Computerrecherchen durchzuführen, hatte seine Seele regelrecht nach ein wenig Bewegung verlangt.

Als er die hohe, breite Treppe zum Buckingham-Brunnen das zweite Mal nahm, gönnte er sich eine gemächlichere Gangart. Als er oben angelangt war, legte er eine kurze Pause ein und trank den Rest aus seiner Wasserflasche. Eine quietschfidele Schulklasse aus dem nahe gelegenen Art Institute of Chicago gesellte sich lautstark mit ihren Zeichenblöcken hinzu und machte es sich auf der großen Freitreppe bequem. Während der Anblick der eindrucksvollen Wasserfontäne bei einigen Schülern die Zeichenlust weckte, beschäftigten andere sich lieber mit ihren Smartphones.

Lynds holte ein Handtuch aus seinem Sportrucksack und trocknete sich damit das Gesicht ab. Erneut blickte er auf die Armbanduhr. Avas Anruf war nun seit 25 Minuten überfällig, und sie hatte noch nie einen vereinbarten Gesprächstermin mit ihm versäumt. Und genau das bereitete Lynds ein mulmiges Gefühl.

Als weitere fünf Minuten ohne Lebenszeichen von Ava vergangen waren, hatte Lynds sich bereits etliche Meter vom lautstarken Platschen der Wasserfontäne Richtung Parkplatz entfernt. Schließlich zog er sein Prepaidhandy aus der Joggingjacke und wählte die Nummer ihres Einweghandys.

Ava nahm nicht ab. Nicht einmal die Mailbox sprang an. Stattdessen erhielt Lynds die Meldung, dass der entsprechende Anschluss nicht erreichbar sei.

Konnte es sein, dass Ava sich bei einem anderen Treffen verplauderte? Das wäre allerdings ganz und gar nicht ihr Stil. Dann erinnerte er sich daran, dass Ava im Hancock Tower davon gesprochen hatte, während ihres Aufenthalts die Erzdiözese zu besuchen und bei der Gelegenheit zu beichten.

Lynds schüttelte innerlich den Kopf. Ava jetzt im Beichtstuhl? Auch das ergab wenig Sinn. Seine Auftraggeberin wusste, was geschehen würde, wenn sie sich nicht wie vereinbart bei ihm meldete. In diesem Fall trat der besprochene Notfallplan in Kraft.

Lynds hoffte noch immer, dass es nicht so weit kam.

Fünf Minuten später rief er Avas offizielle Handynummer an. Er wählte aus dem Kopf, solche wichtigen Nummern speicherte er niemals in den Handys. Nach mehrfachem Klingeln erhielt er nicht einmal die Mailbox, sondern lediglich wieder die Mitteilung, dass der Anschluss nicht erreichbar sei.

Jetzt war er endgültig alarmiert.

Unauffällig schlenderte er weiter zum Parkplatz, entfernte nach und nach die Batterie und die Karte, warf alles in verschiedene Abfallkörbe und machte sich auf den Weg zum nächsten Internetcafé.

Eine Dreiviertelstunde und zwei Anrufversuche später ließ er anonym einen Blumenstrauß für Ava am Empfang des Millennium Knickerbocker abgeben, während er selbst – als Gast getarnt – in der Wartehalle saß. Die Rezeptionistin bat den jungen Blumenboten, einen Moment zu warten. Nur wenige Sekunden darauf erschien ein Mann in dunklem Anzug auf der Bildfläche und befragte den Boten behutsam zu dem Blumengruß.

Lynds beobachtete die Szenerie. Einen Moment lang spielte er mit den Gedanken, noch etwas abzuwarten und dann selbst mit der Rezeptionistin oder einem ihrer Kollegen Kontakt aufzunehmen. Doch der Mann im Anzug war höchstwahrscheinlich vom FBI oder der ISA und hatte die Angestellten für solche Anfragen sicher »sensibilisiert«, also verwarf er sein Vorhaben wieder. Ebenso würde die Hotelleitung dafür gesorgt haben, dass der Ruf des Hotels gewahrt blieb und nichts von dem Verschwinden eines Gastes an die Öffentlichkeit drang.

Lynds faltete die Zeitung zusammen, verließ das Foyer und fuhr zu Ava Bells Haus in Crystal Lake. Drei Wagen parkten vor der Tür. Der kleine Kastenwagen gehörte ganz sicher dem Team der Spurensicherung, das in Avas Haus noch immer zu Gange sein musste.

Und das konnte nach Lynds' Erfahrung nur das Schlimmste bedeuten.

Die endgültige Gewissheit kostete Lynds noch zwei Telefonate mit einem alten Bekannten in der Gerichtsmedizin, der für ihn einen Blick in die Liste der außerordentlichen Neuzugänge warf.

Zwei schrecklich verstümmelte Leichen waren in den letzten beiden Tagen eingeliefert worden.

Eine Frau am Tag zuvor.

Ein Mann vor knapp einer Stunde.

Beide wiesen die gleichen Verletzungen auf. Beiden hatte man die Augen, die Ohren und die Zunge entfernt. Die Tote war noch nicht identifiziert, jedenfalls nicht offiziell. Bei dem Mann sah es hingegen anders aus, es handelte sich um einen gewissen Peter Willetts.

Lynds bedankte sich und ließ den Hörer in seiner Hand langsam sinken.

Er wusste, wer Peter Willetts war.

Er kannte ihn aus Avas Berichten.

Und das bedeutete, dass die Tote niemand anderes als Ava Bell sein konnte.

30

»Willst du dir das wirklich antun?« Cibans Hand lag noch immer auf der Akte, in der es um die Messias-Morde ging. »Alles, was Monsignore Follador bisher in Erfahrung gebracht hat, habe ich dir bereits erzählt.«

Catherine blieb unbeirrt. Das Telefonat mit Anthony Kardinal Bear hatte sie tief getroffen. Ava und sie waren zwar alles andere als ein Herz und eine Seele gewesen, doch ihre Ermordung ging Catherine so nahe, als hätten sie über all die Jahre in regelmäßigem Kontakt gestanden. Bears eindringliche Warnung, nicht nach Chicago zu kommen, weil auch sie in Gefahr war, hatte sie nur noch am Rande wahrgenommen.

»Marc, ich habe Avas Stimme noch im Ohr. Sie klang gestresst. Jetzt weiß ich, sie hatte Angst. Eine Riesenangst. Und nun ist sie tot. Ich will wissen, warum sie ermordet wurde. Ich will wissen, warum sie überhaupt nach all der Zeit damit anfing, sich mit meinen Eltern zu befassen. Meine Antwort auf deine Frage lautet also: Ja. Ich *muss* mir diese verfluchten Unterlagen anschauen!«

Sie befanden sich gemeinsam mit Monsignore Ben Hawlett im Vatikan, in Cibans Büro im Palast der Inquisition, während Bischof Tardini im Vorzimmer die Stellung hielt. Ben war nicht nur als ein alter Freund dabei, der Catherine in dieser schweren Stunde zur Seite stand, sondern auch als Agent, der in einem laufenden Kriminalfall auf den aktuellen Stand gebracht werden musste. Bisher hatte der Pater nichts mit den Messias-Morden zu tun gehabt, doch nun hielt Ciban es für unabdingbar, Ben hinzuzuschalten. Kurz nach dem Telefonat mit Kardinal Bear war Catherine drauf und dran gewesen, sofort nach Chicago aufzubrechen.

Ciban atmete tief durch und nahm die Hand vom Ordner. Gerne hätte er beiden den Anblick erspart, doch vielleicht war es ganz gut, dass Catherine den ganzen perversen Irrsinn nun sah.

Laut Monsignore Follador befanden sich noch zehn weitere Familien – von insgesamt dreizehn – in Gefahr. Die bisherigen Opfer waren Isabel Lewin in Berlin, Anne Russel in London sowie Ava Bell in Chicago. Alle diese Frauen und ihre Ehemänner hatten an dem CORONA-Projekt teilgenommen, ein zurückgezogenes Leben geführt und sogar eine neue Identität angenommen. Letzteres hatte wohl nicht viel gebracht, denn nun waren die Mütter tot und ihre Ehemänner und die inzwischen erwachsenen Kinder – Luise Lewin und Simeon Russel – verschwunden.

Dass Catherine noch nichts zugestoßen war, verdankte sie höchstwahrscheinlich dem Umstand, dass sie nicht mehr in Chicago lebte. Oder der Mörder hatte die Verbindung zwischen Ava und ihr noch gar nicht hergestellt, was Ciban allerdings eher für unwahrscheinlich hielt. Sollte er die Leitung des Lux übernehmen, würde er sich als Erstes die Listen vornehmen, in denen protokolliert war, wer alles Zugang zu den CORONA-Akten hatte. Möglicherweise gab es eine undichte Stelle.

Catherine schlug den Ordner auf und begann die Unterlagen mit steinerner Miene zu studieren. Blatt für Blatt. Bild für Bild. Rein äußerlich war ihr nichts anzumerken, doch der Kardinal spürte über das geistige Band, wie sich eine Woge der Übelkeit in ihr ausbreitete und wie aufgewühlt sie innerlich war. Hinzu kam eine zunehmende Niedergeschlagenheit. Ava und Catherine hatten sich nie gut verstanden, doch solch einen Tod hatte kein Mensch verdient.

Auch Ben war zutiefst betroffen, obwohl er als Agent schon einiges gesehen und erlebt hatte. Wie Catherine und Ciban hatte auch er erst vor eineinhalb Jahren erfahren, dass Ava Bell und ihr Ehemann nicht Catherines leibliche Eltern gewesen waren.

Ciban erinnerte sich an die Fotografie, die Catherine an dem Tag erhalten hatte, als sie die schmerzliche Wahrheit erfuhr; darauf waren Pater Darius, Catherine als Baby sowie eine mütterlich aussehende Nonne abgebildet. Natürlich hatte der Kardinal seine Hilfe bei der Recherche nach den leiblichen Eltern angeboten, doch die junge Ordensfrau hatte abgelehnt, als wolle sie einen endgültigen Schlussstrich unter dieses Kapitel ihres Lebens ziehen, und Ciban hatte ihren Wunsch respektiert. Immerhin hatte er zuvor noch herausgefunden, dass der Fotograf ein ehemaliger CORONA-Mitarbeiter namens Willetts gewesen war. Ein Telefonat mit Monsignore Follador hatte allerdings ergeben, dass auch Willetts bestialisch ermordet worden war.

Als Catherine alles so weit studiert hatte, saß sie eine Weile still da, starrte auf den Ordner, allerdings nicht in sich zusammengesunken wie ein Häuflein Elend, sondern kerzengerade wie ein Schweizergardist. Ciban nahm wahr, wie sich in ihr das Gefühl der Hilflosigkeit und lähmenden Angst zunehmend in rot glühende Wut verwandelte. Und das so sehr, dass er sich fragte, ob er sie womöglich mit dem Splitter der Finsternis infiziert hatte. Eigentlich ein Ding der Unmöglichkeit, denn ihre gegenseitige Liebe trug dafür Sorge, dass so etwas nicht geschehen konnte. Der Splitter ertrug die Liebe nicht. In ihr konnte er einfach nicht existieren, sich nicht entfalten, und so hatte er sich in den hintersten Winkel von Cibans Seele zurückgezogen. Vorerst.

Catherine schob den Ordner von sich und erhob sich von ihrem Sessel. »Ich nehme den nächsten Flug nach Chicago.« Sie reichte dem Kardinal gerade mal knapp bis zum Brustkorb, doch ihre Entschlossenheit machte sie ebenbürtig. In ihren Augen blitzte ein Zorn, der selbst den Kardinal erschreckte.

»Wir sollten nichts überstürzen. Noch wissen wir gar nichts, außer dass der Mörder äußerst brutal vorgeht und höchstwahrscheinlich im Auftrag arbeitet.«

»Und wenn er für das Weiße Haus oder den vatikanischen Geheimdienst arbeiten sollte … Ich will wissen, warum Ava sterben musste! Ich will wissen, wer ihr Leben ausgelöscht hat und wer davon profitiert!«

Ben räusperte sich. »Verstehe doch. Diese drei Mütter wurden bestialisch ermordet. Und du stehst in einer Linie mit ihren adoptierten Kindern, mit Luise und Simeon, die beide spurlos verschwunden sind! Gott weiß, was ihnen widerfahren ist!«

Catherines Blick blieb hart. »Dann lauten unsere weiteren Fragen: Weshalb Luise und Simeon? Weshalb – ich? In den CORONA-Unterlagen steht, dass beide sogenannte Schläfer sind. Ihr mediales Potenzial wurde registriert, eine Ausbildung fand jedoch nicht statt. Weshalb? Das verstehe ich nicht. Mediale wachsen nicht auf den Bäumen. Warum hat man ihr Talent nicht gefördert und für das Gute genutzt?«

»Du vergisst, dass Ben in gewisser Weise ebenfalls ein Schläfer ist«, wandte Ciban ein.

Catherine starrte von dem Kardinal zu dem Pater. Sie hatte tatsächlich nicht mehr daran gedacht, dass ihr alter Freund und Studienkollege ebenfalls ein Medialer war, dass er seine Gabe seit dem College mit der Unterstützung von Medikamenten unterdrückte. Luise und Simeon konnten tatsächlich eine ähnliche Entscheidung getroffen haben. Außerdem wurde ihr in diesem Augenblick klar, dass Ben kein Ziel dieses Mörders sein würde, da er nicht zu den Kindern aus dem CORONA-Programm gehörte.

»Aber warum so kompliziert? Warum so brutal? Das ergibt doch alles keinen Sinn«, meinte Catherine. »Und wovor wollte Ava mich warnen?«

»In jedem Fall spielen deine leiblichen Eltern dabei eine wichtige Rolle, sonst hätte Ava sie nicht erwähnt«, sagte Ciban. »Wir müssen endlich herausfinden, wer sie sind.«

Catherine starrte den Kardinal an, und Ciban begriff, dass die junge Ordensfrau nie ernsthaft in Erwägung gezogen hatte, dass ihre Eltern noch leben könnten. Sein Kryptohandy unterbrach diesen Gedanken. Er ging zum Schreibtisch, blickte auf das Display, nahm das Gespräch an und schaltete auf Lautsprecher.

»Ja, Adrian?«

»Ich habe Ihnen gerade die Liste aller infrage kommenden Vatikanbürger zugemailt, Eminenz. Inklusive einer kurzen Vita und ein paar Anmerkungen. Ich kann allerdings nicht abschätzen, wer medial ist. Außerdem habe ich Viktor, soweit notwendig, gebrieft.«

»Danke sehr. Ich schaue mir alles an.«

»Des Weiteren ist der Schleicher auf dem Rückweg von Afghanistan. Er könnte ihnen schon am frühen Abend, nach dem Check, aufgetankt zur Verfügung stehen.«

Der Schleicher war ein ultraleiser Hochgeschwindigkeitsjet, ein Tarnkappenflugzeug, das in der Lage war, senkrecht zu starten, und dreimal so schnell flog wie die alte Concorde. Aufgrund seiner geringen Größe war er jedoch weit wendiger und flexibler. Ciban, der selbst einen Abschluss in Astrophysik besaß, unterstützte seit Jahren finanziell das Forschungsunternehmen eines alten Studienfreundes. Im Gegenzug stand ihm einer von inzwischen drei Jets in Notfällen wie diesem zur Verfügung. Der Schleicher hatte es ihnen vor zwei Wochen ermöglicht, die Strecke zwischen San Leonardo und Rom binnen weniger Minuten zurückzulegen, sonst wären noch mehr Menschen ermordet worden.

»Das trifft sich ausgezeichnet. Wir werden um 18 Uhr am Hangar sein.«

»Gut. Ich gebe die Nachricht weiter.«

Ciban unterbrach die Verbindung. Da Catherine ihn völlig verblüfft anstarrte, erklärte er: »Du glaubst doch nicht, dass ich dich allein und mit einer Linienmaschine nach Chicago fliegen lasse, oder? Dieser Mörder hat es geschafft, drei kluge Frauen mitten in der Nacht mutterseelenallein in eine Kirche zu locken. Vielleicht hat er sie mit ihren Kindern erpresst oder vorgegeben jemand zu sein, dem sie vertraut haben. Was immer auch passiert ist, du musst Ben und mir versprechen, nirgendwo allein hinzugehen.«

Er spürte, wie Catherines Zorn für einen Moment verblasste, wie ihre Liebe zu ihm schlagartig die Oberhand gewann. Seine Anteilnahme und Unterstützung bewegten sie zutiefst, auch wenn man es ihr äußerlich kaum ansah. Am liebsten hätte sie ihn auf der Stelle geküsst, das konnte er in ihren Augen ablesen. Ciban drückte sie liebevoll an sich, trotz Bens Anwesenheit. Dann musterte er sie noch einmal ernst und wiederholte: »Du versprichst uns hoch und heilig, nirgendwo allein hinzugehen.«

»Versprochen«, sagte sie so ernst, als legte sie einen Eid ab.

»Und stecke bitte deinen Taser ein. Sie auch, Ben.«

»Das werde ich.«

Ciban war beruhigt, dass nun auch Ben über alles informiert war. »Viktor wird gleich hier sein, er fährt euch zu euren Apartments, damit ihr packen könnt. Ich werde euch und Lazarus noch eine verschlüsselte Kopie von Adrians Liste zumailen, damit ihr sie schon einmal durcharbeiten könnt. Vielleicht fällt euch etwas auf. Ich habe heute Mittag noch zwei Termine und werde mir die Liste erst im Jet näher anschauen können.«

Es klopfte an die Tür, und Bischof Tardini steckte kurz den Kopf herein.

»Viktor ist eingetroffen, Eminenz. Der Wagen steht bereit.«

»Danke, Amadeo. Wir sind hier gleich so weit.«

Tardini nickte und verschwand wieder im Vorzimmerbüro.

Dass ihnen nun ein junger Vatikanpolizist auf Schritt und Tritt folgen würde, behagte Catherine nicht, das sah Ciban ihr deutlich an. Immerhin erkannte sie die Notwendigkeit dieser Maßnahme. Der Mörder hatte in Berlin, London und Chicago gewütet. Vielleicht landete er gerade in Rom.

Ciban geleitete sie zur Tür. »Passt um Himmels willen auf euch auf.«

»Das werden wir«, sagte Ben.

Nun gab Catherine dem Kardinal doch noch rasch einen zarten Kuss. »Und pass du gut auf dich auf. Du weißt schon.«

»Versprochen.« Ciban musste sich eingestehen, dass er den Anschlag auf der Landstraße in alldem Trubel nur zu leicht verdrängt hatte. »Und jetzt los mit euch. Wir treffen uns am Hangar.«

Ben und Catherine verschwanden durch das Vorzimmer.

Die schwere Eichentür fiel langsam zu, und Ciban stand einen Moment lang still da und starrte auf das Holz, ehe seine Gedanken zum übernächsten Termin gingen, der eher zur schwierigeren Kategorie zählte: ein eilig vom Staatssekretär zusammengetrommeltes Kardinalstreffen zur aktuellen Lage der Kirche. Und dabei ging es nicht nur um das Bild, das sie derzeit in der Öffentlichkeit abgab. Leo hatte sich mit seiner Rede über Radio Vatikan nicht nur Freunde gemacht, sondern für jede Menge Unruhe in der katholischen Welt gesorgt. Die Opposition war zwar nicht mehr so mächtig und einflussreich wie zu Papst Innozenz' Zeiten, doch sie existierte nach wie vor und knurrte mit gebleckten Zähnen wie ein geprügelter Hund, der nur auf den richtigen Zeitpunkt wartete zurückzuschlagen. Für Leos Gegner stand fest, dass es einen unbedingten kausalen Zusammenhang zwischen seiner Rede und dem Anschlag gab. Ebenso stand für sie fest, dass die Freistellung des Zölibats eine riesengroße Fehlleistung war. Ein Irrtum, der die Kirche beträchtlich schwächen, wenn nicht sogar zerreißen würde.

Doch für Ciban war das anstehende Kardinalstreffen der Kurie, bei dem Fundamentalisten und Reformer aufeinandertreffen würden, noch in anderer Hinsicht gefährlich, denn er stand in seiner Position als Glaubenspräfekt offiziell für die Tradition, für das Ausbremsen jedweden Fortschritts, und so würden sowohl seine vermeintlichen Verbündeten als auch seine vermeintlichen Feinde eine entsprechende Stellungnahme von ihm erwarten – einmal mehr ein Balanceakt auf Messers Schneide.

Riccardo Bragadin, der neue Kardinalstaatsekretär, war als Modernist Cibans vorgeblich stärkster Antipode. Dass Bragadins Name in Eleonoras persönlichen Lux-Domini-Mitgliederlisten stand, hatte ihn von daher nicht völlig überrascht. Bisher war es noch zu keiner direkten Konfrontation mit dem Staatssekretär gekommen, doch das konnte sich schon bald ändern. Seit Eleonoras Tod hatten sich gegnerische Fraktionen innerhalb des Ordens gebildet, und so fragte Ciban sich, inwieweit Professor Bois und Bragadin miteinander vernetzt, inwieweit sie Freund oder Feind waren.

»Wir haben uns auf ihn als Camerlengo geeinigt. Wir sollten ihn einweihen«, hatte Leo erst vor ein paar Tagen vorgeschlagen.

Doch Ciban war anderer Meinung gewesen. »Je weniger von unserer Allianz wissen, desto besser, Heiligkeit.«

Und jetzt, wo er wusste, dass Bragadin ein Mann des Lux Domini war, galt das noch viel mehr, auch wenn der Staatssekretär damit auf der Seite der Guten zu stehen schien. Deshalb war er auch zum Camerlengo berufen worden, der während der nächsten Sedisvakanz die Kirche kommissarisch leiten und das nächste Konklave organisieren würde. Unterstützt von einigen Kardinälen, die zuvor ausgelost worden waren.

Ciban gedachte, das Treffen noch in anderer Hinsicht zu nutzen, denn neben dem Kardinalstaatssekretär lebten weitere Kurienkollegen in der Vatikanstadt. Einer mochte der Meister der Hüter der Pforten sein. Außerdem würde er sich danach Kardinal Gasperetti schnappen, um unter Ausschluss der Öffentlichkeit einen Einblick in die CORONA-Akten werfen zu können. Es musste dort Unterlagen über Catherines Adoption geben, womöglich über ihre leiblichen Eltern. Und er hoffte, dass es ein schriftliches Besucherprotokoll gab, dem er entnehmen konnte, wer sich in den letzten Wochen, Monaten und Jahren für CORONA interessiert und Einblick in die Unterlagen genommen hatte.

Entschlossen kehrte er zu seinem Schreibtisch zurück. Für das spätere Kardinalstreffen hatte er noch einige Vorbereitungen zu treffen.

31

Catherine stand vor dem Waschbecken im Badezimmer ihres Apartments, hielt die rechte Hand unter den kalten Wasserstrahl und ärgerte sich über sich selbst. Himmelherrgott, wie tölpelhaft musste man sein, um sich an einem harmlosen Blatt Papier so zu schneiden, dass man nicht nur sein Ordensgewand, sondern auch noch den Schreibtisch und den Teppich versaute.

»Hier, deine Pflaster«, hörte sie Ben hinter sich.

Er war rasch in die Küche geeilt, nachdem sie ihm erklärt hatte, wo sich der Erste-Hilfe-Kasten befand. Nun reichte er ihr ein Fläschchen mit Jodlösung und zwei große, mit der Schere zurechtgeschnittene Pflasterstücke.

»Danke. Ich hätte sonst glatt noch die Küche versaut.«

Vorsichtig trocknete sie sich die Hände ab, saugte weiteres hervorquellendes Blut von Mittel- und Zeigefinger und ließ Ben dann seine Arbeit als Sanitäter verrichten.

Als Catherine schließlich ihre mit Pflastern geschmückten Finger betrachtete, fühlte sie sich noch mehr wie eine Idiotin. »Keine Ahnung, wie mir das passieren konnte.«

»Besser hier als in den schimmeligen Archiven«, stellte Ben nüchtern fest.

Sein Blick verriet Catherine, dass ihm die schrecklichen Tatortfotos des Messias-Dossiers ebenfalls nicht mehr aus dem Kopf gingen. Allerdings hatte er Ava Bell nicht gekannt, zu keinem der Opfer ein persönliches Verhältnis gehabt, daher fiel es ihm leichter, eine gewisse Distanz zu wahren.

»Apropos«, begann er in dem Versuch, die Situation weiter zu entspannen, »dein Erste-Hilfe-Kasten ist beeindruckend. Eine richtige Notfallapotheke.«

»Danke. Man weiß nie, was man braucht.«

Tatsächlich hatte Catherine ihren Arzneimittelvorrat und die Erste-Hilfe-Utensilien erst vor einigen Monaten in einer nahe gelegenen Apotheke aufgestockt, unmittelbar nachdem Ciban mit einer lebensgefährlichen Schussverletzung in ihrem Apartment zusammengebrochen war. Seither rechnete sie mit allem Möglichen, wenn auch nicht unbedingt damit, sich an ein paar dusseligen Papierbogen zu schneiden.

»Ich hoffe, es ist nichts Ernstes?«, hörten sie Viktor von der Badezimmertür her fragen.

Der junge Vatikanpolizist, mit dem Catherine schon vor einigen Monaten zusammengearbeitet hatte, stand da, als sorge er dafür, dass die Ordensfrau und der Monsignore ungestört blieben. Und damit demonstrierte er einmal mehr sein Talent, in Catherine den »Es ist nicht, wonach es aussieht«-Gedanken zu wecken.

Leicht genervt hielt sie ihm die Pflasterfinger hin. »Jedenfalls nichts, was Sie hätten verhindern können, Superintendent. Am besten, wir kehren jetzt alle wieder an unsere Arbeit zurück.«

»Sie sollten eine Ibuprofen gegen die Schmerzen nehmen. Kann auch sonst nicht schaden.«

Mit diesen Worten zog Viktor sich in den Wohnbereich zurück, wo er mit einem Bündel Zeitungen so saß, dass er Diele und Wohnungstür im Blick hatte. Catherine war sich sicher, dass ihm trotz seiner Lektüre nichts in seiner Umgebung entging. Vielleicht bekam er sogar zu viel von Bens und ihrer Arbeit mit, auch wenn die beiden leise sprachen und vorsichtig mit ihren Äußerungen waren. Catherine beruhigte jedoch der Umstand, dass Adrian Coelho dem jungen Polizisten vertraute und ihm deshalb stets dann einsetzte, wenn es um »Spezialaufträge« ging.

Nach einer Tasse Tee – Viktor bekam seinen Espresso – und nachdem Catherine den Schreibtisch und den Teppich halbwegs gesäubert hatte, kehrten Ben und sie zu Adrian Coelhos Vatikanbürgerlisten zurück. Seit zwei Stunden waren sie die Kurzbiografien durchgegangen. Jede Person, bei der auch nur der leise Verdacht bestand, dass sie mehr war, als sie vorzugeben schien, stand auf der Liste. Regierungsmitglieder, Zeremonienmeister, Angestellte der Vatikanbank, Restauratoren, Ordensmänner, die Schweizergarde, die Vatikanpolizei, das Reinigungspersonal bis hin zum Chefgärtner, der in einem kleinen Landhäuschen im Schatten der mächtigen Peterskirche wohnte.

Zunächst hatte Catherine aus ihrem Gedächtnis die Namen mit Eleonoras Liste abgeglichen und dabei festgestellt, dass von neun Medialen immerhin noch sieben im Vatikan lebten, sofern sie ihr Erinnerungsvermögen nicht trog. Diese sieben Namen standen nun am Anfang der neu angelegten Computerdatei. Dann hatten Ben und sie die restlichen Kandidaten, unabhängig von ihrer beruflichen Position, in die Kategorien »wahrscheinlich« und »unwahrscheinlich« eingeteilt. Über mediale Neuzugänge seit Eleonoras Tod würde Kardinal Gasperetti sie hoffentlich aufklären können.

Ganz zuoberst auf der Wahrscheinlichkeitsliste stand der Name des jetzigen Kardinalstaatssekretärs, Riccardo Bragadin, dessen Dienstwohnung im Apostolischen Palast einen Stock unter der Papstwohnung lag. Es war zwar fraglich, ob der Meister der Liga eine derart exponierte Stellung im Vatikan bekleidete, würde aber wiederum zu einem Triaden passen, der vorgab ein Mensch zu sein, wenn auch ein medialer.

Ein anderer Lux-Domini-Bischof bewohnte ein Apartment im Johannesturm. Wieder ein anderer – scheinbar nicht medial – jenes Apartment im Palast des Heiligen Offiziums, das eigentlich für den Glaubenspräfekten vorgesehen war. Ciban hatte auf das Bewohnen dieser Räumlichkeiten verzichtet. Wie er Catherine gestanden hatte, brauchte er für sein Seelenheil die Trennung zwischen Beruflichem und Privatem, selbst wenn er so gut wie keine freie Zeit besaß.

Ein anderer hoher Herr, ein einflussreicher Monsignore, bewohnte ein Apartment im Dienstsitz der Gendarmerie, direkt gegenüber der vatikanischen Tankstelle. Dann war da der Direktor der Vatikanischen Museen, ein sehr eigenwilliger Charakter. Er bewohnte mit seiner Frau und zwei Kindern oberhalb der Sala del Concistoro eine mehrere Hundert Quadratmeter große Wohnung. Und schließlich waren da noch die zahlreichen Ordensleute und Kammerdiener, die in kleineren Apartments und Zimmern auf dem Gelände rund um den Apostolischen Palast und die Nervi-Halle untergebracht waren.

Catherine war letztlich klar geworden, dass sie und Ben an ihre Grenzen stießen. Keiner von beiden würde herausfinden können, wer auf der Liste ein Triade war. Ebenso würden weder Catherine noch Ben es im Falle eines Falles mit einem Triaden aufnehmen können. Am Ende kam allein Ciban die Aufgabe zu, den Meister zu enttarnen. Und das würde ganz sicher nicht von heute auf morgen gehen, denn es war anzunehmen, dass der Meister sein Triadenerbe ebenso gut zu verbergen wusste wie Ciban.

»Ich gehe jede Wette ein, es ist der Gärtner«, scherzte Ben leise. »Die perfekte Tarnung!«

In Viktors Nähe sprachen sie das Wort Triade nicht aus. Ein Meister der Liga mit Hacke und Gartenschere in der Hand war für Catherine allerdings nur schwer vorstellbar.

»Lass uns die andere Sache weiterverfolgen.« Sie rückte die Tastatur ihres Rechners zurecht und öffnete erneut die Datei, an der Ben und sie angefangen hatten zu arbeiten, als sie sich an dem unsäglichen Papierstapel geschnitten hatte.

»Und du denkst, das bringt etwas?« Trotz seiner Bedenken nahm Ben neben ihr Platz. Immerhin hatte er miterlebt, wie eines von Davids visionären Bildern tatsächlich dabei geholfen hatte, das Vatikanmassaker nicht noch mehr eskalieren zu lassen, denn es hatte Catherine in Verbindung mit einer Karte des Vatikangeländes auf eine Spur gebracht, die sie sonst glatt übersehen hätten.

»Warte ab, bis du die Bilder siehst«, sagte sie gerade so laut, dass er es hören konnte. »Wir haben noch etwas Zeit bis zum Flug. Unsere Taschen sind gepackt, unser

Fahrer sitzt bereits nebenan, Marc ist bei einem seiner Kardinalstreffen, und wir haben nichts zu verlieren. Also los.«

Die ersten von Davids Bildern erschienen auf dem Bildschirm. Der Junge hatte während seiner Monate in San Leonardo eine schiere Flut von Zeichnungen und Malereien an den Wänden seiner Unterkunft hinterlassen. Catherine hatte die Bilder abfotografiert, um sie später mit Ciban und Lazarus analysieren zu können. Jemand, der den Jungen nicht kannte und unvorbereitet auf die Bilder stieß, mochte denken, es handle sich um einen visualisierten Masterplan des Bösen: zerstörte Metropolen, gequälte Seelen, geschundene Körper, Blut und Feuer in all seiner schrecklichen Herrlichkeit sowie die Dynamik und Hierarchie von Licht und Finsternis. Die Rebellion im Himmel und auf der Erde, der Kampf zwischen Engeln, Menschen und Dämonen bildeten das zentrale Thema der Abbildungen.

Doch das, was ein Betrachter mit dem bloßen Auge erkennen konnte, war nur die Oberfläche. Die Bilder enthielten verborgene Botschaften, darunter Symbole, Sinnbilder und Zeichen, deren Bedeutungsinhalt zum Teil bereits seit langer Zeit verloren gegangen war. Kein Mensch – abgesehen von einer Handvoll Angelologen, zu denen Lazarus gehörte – verstand die Triadenschrift oder wusste etwas mit deren Chiffren anzufangen. Ebenso spielte in manchen Bildern das Unterbewusste und Imaginäre eine größere Rolle, als es den Anschein hatte. Da gab es surreale Elemente wie aus einem Drogentrip. Letztendlich waren Davids Werke magische Orte in Zeit und Raum, Sphären einer ungeheuren Welt mit vielschichtigen Bedeutungsinhalten und Informationen, bevölkert von Wesen und Gestalten, die auf irgendeine Art und Weise mit dem endgültigen Schicksal der Menschheit verbunden waren, der Offenbarung des Johannes, der Apokalypse. Engel und Menschen kämpften gegen Dämonen und den Teufel. Dämonen und menschliche Mittelsmänner kämpften an der Seite des Teufels gegen Gott. Es gab allerdings auch ein paar Bilder, die anzudeuten schienen, dass das Ende finsterer werden konnte, als in der Prophezeiung geschildert.

Die ersten abfotografierten Bilder befassten sich mit den höllischen und himmlischen Heerscharen, mit gefallenen Engeln, deren Dämonenverwandlung während ihres Sturzes aus dem Himmel sichtbar wurde. Ein anderes Bild zeigte womöglich den Tempel des Antichrist, bewacht von finsteren, schwarz gewandeten Gestalten. Soweit Catherine wusste, gab es zwischen Kreml und Pentagon kein vergleichbares Bauwerk auf der ganzen weiten Welt. Eine weitere Malerei schien den apokalyptischen Drachen darzustellen, den Teufel. In einer anderen Abbildung, eine Zeichnung, glaubte Catherine so etwas wie einen Höllenhund zu sehen. Das Wesen erinnert sie jedenfalls sehr an das mit eitrigen Wunden übersäte Untier, das in San Leonardo über sie, Ben und die anderen hergefallen war.

Von einigen der fantastischen Bilder ging ein regelrechter Zorn aus, sie schienen aus tosendem Licht und dröhnender Finsternis kreiert. Wieder andere waren von sanfter Gewalt, einer surrealen Mischung aus Tag- und Nachttraum. Doch selbst den ruhigeren Zeichnungen und Malereien wohnte neben einer aggressiven Unschuld eine Art todessüchtiger Horror inne. Das Untier gehörte zur zornigen Kategorie. Das zerstörte Rom sowie das erdbebengemarterte L'Aquila erstrahlten in einer bizarren, ja romantisierten Brutalität. Und doch atmete in all den deprimierenden Darstellungen eine übermenschliche Dimension und damit die Hoffnung, dass aus alldem Schutt und Totengebein eines Tages doch wieder der Phönix aus der Asche aufstieg.

Catherine rief sich noch einmal den Text und die Abbildungen aus der Triadenbibel bezüglich der Liga ins Gedächtnis, achtete beim Betrachten auf die Darstellung von möglichen Kraftorten, auf Symbolzeichen für Pforten, Tore, Portale oder Schlüssel. Vielleicht gab es einen Hinweis auf eine überragende spirituelle Energie, wie sie laut Ciban beim Öffnen einer solchen Pforte freigesetzt würde. Vielleicht entdeckte sie in einem der Szenarien sogar das Wappen der Liga. Am besten noch in Verbindung mit dem Meister selbst.

Träum weiter, schalt sie sich schließlich selbst.

Sie kamen beim Sichten der Bilder nur langsam voran, da selbst kleinere Zeichnungen sehr komplex waren. So unwirklich wie realistisch. Jede Darstellung brauchte ihre Zeit, auch um emotional nicht aus dem Tritt zu kommen.

»Unglaublich«, sagte Ben. »Was ist das für eine Vision?«

Sie blickten auf einen düsteren Wasserfall über einer brennenden, bis zum Horizont reichenden Stadt, deren asphaltierte Straßen in der Hitze Blasen warfen, denn sosehr das Wasser auch aus dem Himmel strömte, es erreichte die kochende Erde nicht und verdunstete zuvor in der unerträglichen Hitze. Überall lagen grotesk in sich zusammengekrümmte, geschmolzene Leiber herum, nicht alle Körper waren in diesem Weltenkrematorium verkohlt und zu Asche geworden.

Es handelte sich um eine der wenigen Impressionen, die David mit einem Titel versehen hatte. Catherine deutete im unteren linken Bereich darauf.

»Die Tränen der Toten«, las Ben leise. »Es grenzt an ein Wunder, dass der Junge bei alldem nicht den Verstand verliert.«

Ja, das tat es. Und ebenso grenzte es an ein Wunder, dass David während all der Jahre in den Laboren, in denen er als Versuchsobjekt aufgewachsen und missbraucht worden war, seine seelische Unschuld und seinen Glauben an das Gute nicht verloren hatte, ja dass er bei allem Schrecken und aller Drangsal überhaupt ein Kind geblieben war.

Nachdem sie »Die Tränen der Toten« genauestens untersucht hatten, rief Catherine das nächste Bild in dem Ordner auf.

Sie stockte.

Auch Ben hielt den Atem an.

Sie blickten in das Langhaus einer Kirche. Der Altarbereich lag weit in der Ferne und wurde allein durch das von oben einfallende Sonnenlicht erhellt. Doch es war nicht der Altar, der Catherine ins Auge stach. Es war die breite weiße Marmortreppe davor, der winzige nackte Körper auf den Stufen, der da kopfunter wie gekreuzigt lag.

Es traf Catherine wie ein Tritt in den Magen, als risse man sie aus einem brutalen Albtraum in eine noch brutalere Wirklichkeit. Übelkeit stieg in ihr auf. Und wieder dieser immense Zorn. Einen Moment saß sie da wie betäubt, starrte auf die Vision und kämpfte ihre Gefühle nieder. Ben spürte ihren inneren Kampf, dessen war sie sich sicher. Doch er blieb ruhig, und diese Ruhe gab ihr irgendwie Kraft.

Dann zoomte sie in die Malerei hinein, bis der Altarbereich den Bildschirm beinahe ganz ausfüllte. Es mangelte natürlich an Detailreichtum, doch Ben und sie erkannten deutlich den nackten Körper eines Mannes. Die Stufen ringsherum waren mit Blut besudelt.

Die Augen des Mannes waren nichts weiter als dicke schwarze Punkte, wie die Knopfaugen eines ausgestopften Tieres. Schwarz vielleicht deshalb, weil da gar keine Augen mehr waren.

Stumm starrten sie auf die Szenerie, bis sie hinter sich ein vernehmliches Räuspern hörten.

Viktor stand in der Diele, in diskreter Distanz zur Tür. »Schwester, Monsignore, es ist Zeit. Wir müssen aufbrechen.«

Es dauerte noch einen Moment, ehe Catherine wieder halbwegs klar denken konnte, so sehr stand sie unter Strom.

»Danke. Noch fünf Minuten, bitte.«

Viktor nickte und zog sich zurück.

»Willst du noch mit dem Jungen telefonieren?«, fragte Ben leise.

Catherine schüttelte den Kopf. »Nein, ich möchte David nicht übers Telefon damit konfrontieren. Außerdem ist es besser, wenn Marc dabei ist.« Sie öffnete das E-Mail-Programm, schrieb einen kurzen Text und packte das Bild in den Anhang. »Ich werde Lazarus eine Kopie schicken. Vielleicht weiß er etwas oder findet in der Zwischenzeit etwas heraus.«

Nachdem die E-Mail versendet war, druckte sie das

Bild noch einmal für sich selbst aus und steckte das Fotopapier in ihre Reisetasche.

Eine Viertelstunde später saßen sie in einem der neutralen Wagen des Vatikans mit römischem Kennzeichen und befanden sich auf dem Weg zum Leonardo-da-Vinci-Flughafen, wo der Hochgeschwindigkeitsjet in einem Privathangar auf sie wartete. Trotz Wolken und Sonnenschein wirkte die kahle Landschaft entlang der Autobahnstrecke noch trister als sonst. Doch das war Catherine völlig egal. Die Szenerie in der Kirche mit dem knopfäugigen Leichnam ging ihr, verbunden mit allen möglichen Fragen, nicht mehr aus dem Kopf. Falls die Vision halbwegs aktuell war, hatte David dann womöglich den Mörder gesehen?

Doch es ging hierbei längst nicht mehr nur um die Messias-Morde. Dieses Bild war nicht nur das Echo eines vergangenen oder künftigen Ereignisses, es war Teil von Davids apokalyptischem Bilderkanon, und das mochte bedeuten, dass es irgendeine Verbindung der Morde zu den aktuellen Vorfällen, ja sogar den Erscheinungen gab. Und das wiederum würde die ominösen Hüter der Pforten betreffen. Da schien sich plötzlich ein Kreis zu schließen, an den Catherine nicht einmal im Traum gedacht hätte.

Als Viktor den Wagen auf das Flughafengelände fuhr, überkam Catherine ein sehr seltsames Gefühl. Eigentlich hatte sie es schon in ihrem Apartment ganz tief in ihrem Innern gespürt, als hätte man ihr etwas Feines, Zartes entrissen. Doch das Bildererlebnis mit dem Ermordeten vor dem Altar hatte jeden anderen Gefühlseindruck in ihr überlagert.

Als sie auf den großen weißen Hangar zufuhren und

die gewaltigen Türen aufglitten, verstärkte sich diese dunkle Vorahnung.

32

Als Ciban den Sitzungssaal betrat, stellte er fest, dass die Zahl der anwesenden Kardinäle weit geringer war als erwartet. Obwohl man ihren Gesichtern so gut wie nichts ansah, wogten ihm von ihren menschlichen Auren die unterschiedlichsten Gefühle von unterdrückter Feindseligkeit bis hin zu Wohlwollen entgegen. Nur Bragadin bildete eine Ausnahme. Als Medialer hatte er schon früh gelernt, sich gegen die Emotionen seiner Mitmenschen zu wappnen. Ebenso verstand er es, seinen Gefühlszustand nicht nach außen dringen zu lassen. Seine mittelgroße, untersetzte Gestalt wirkte auf Ciban wie der sprichwörtlich ruhige Fels in der Brandung – oder wie ein weißer Fleck auf der Landkarte, der noch nicht erforscht worden war. Wie es aussah, waren Ciban und Bragadin die einzigen Medialen im Saal.

Konnte er ein Mitglied von Leos mysteriösem Zwölferrat sein?

Oder war Seine Eminenz Umberto Kardinal Bragadin gar der Meister?

Die Frage, ob Bragadin dem Rat angehörte, der die Päpste seit Jahrhunderten spirituell stärkte, hatte während des letzten Gesprächs mit Leo im Raum gehangen. Doch da Leo diese Frage nicht beantworten würde, hatte Ciban sie auch nicht gestellt.

Er grüßte die Anwesenden und nickte dem Kardinalstaatssekretär zu. So emotional es hinter den ruhigen Mienen der Kirchenfürsten auch zuging, Bragadin hatte nahezu exakt jene Kollegen ausgewählt, von deren Vernunft und Einblick sich auch Ciban am meisten bei einer solchen Zusammenkunft versprochen hätte.

Alle Hauptströmungen waren vertreten. Die Modernisten. Die Traditionalisten, für die alles so bleiben sollte, wie es vor Papst Johannes XXIII. gewesen war. Die Konservativen, die Neuerungen viel zu langsam zulassen würden. Und dann die Liberalen und Radikalen. Letztere waren der Ansicht, die Kirche müsse sich aller politischen und wirtschaftlichen Macht entledigen, damit ihre Diener allein durch den Geist Jesu, den Geist der reinen Nächstenliebe, wirken konnten.

Bragadin und Ciban stellten für die Kardinäle gewissermaßen die gegensätzlichsten Pole des römisch-katholischen Gesamtspektrums dar. Keiner von beiden stand für die Mehrheit des kirchlichen Denkens. Doch während der letzten Monate war Ciban als geschickter Mittler und Schlichter zwischen allen Parteien wahrgenommen worden. Viele seiner Kollegen fingen daher an, ihn mit anderen Augen zu sehen. So hatte Ciban sich nicht aus der Ruhe bringen lassen, als Bragadin vor einem Jahr die Diskussion rund um den Zölibat wiederaufgenommen hatte. Schließlich sei der Zölibat weder »Gesetz göttlichen Ursprungs« noch ein »Dogma«. Leo allerdings hatte das Thema aufgegriffen, es ganz oben auf seine To-do-Liste gesetzt und schließlich vor zwei Wochen ein Häkchen dahinter gemacht.

Nach einem kurzen Gebet bedeutete Bragadin den Anwesenden, Platz zu nehmen. Er vergeudete keine

Zeit und fasste jeden Kollegen genau ins Auge. Sein Blick verweilte auf einigen Kardinälen eine Sekunde länger, ihnen übermittelte er eine Botschaft, die nur der Betreffende verstand. Die Nachricht an Ciban lautete: Ich muss Sie nachher sprechen!

»Meine Brüder«, begann er, »ich möchte euch gleich zu Beginn sagen, was diese Zusammenkunft nicht ist. Sie ist kein formelles Treffen. Sie ist keine Verschwörung gegen unseren Heiligen Vater. Wir verurteilen nicht. Wir geben uns keinen Stammtischparolen hin, und wir kauen hier und jetzt auch nicht zum tausendsten Male die Führungsstruktur unserer Heiligen Mutter Kirche durch.

Ich habe Sie alle kurzfristig zu mir gebeten, weil ich mit Ihnen über die aktuelle Lage reden will. Über die daraus resultierenden Fakten und Folgen. Meine Frage lautet, was können wir tun, damit die zweitausend Jahre alte Barke Petri, unser aller Schiff, weiterhin seetüchtig bleibt?«

Sein Blick verharrte sekundenlang auf den Kardinälen, die den konservativen Flügel vertraten. Dann auf Gasperetti und Ciban, die Tradition. Auf den liberalen Vertretern. Und schließlich auf zwei weitere Modernisten und zwei Radikale. Leo hatte in der Kurie für ein recht ausgewogenes Verhältnis gesorgt, auch was die Persönlichkeiten dieser Männer betraf. Keiner hatte die Oberhand. Keiner war ein Fanatiker. Aber jeder von ihnen hatte seine treuen Anhänger und dadurch einen gewissen Einfluss. Und jeder besaß die Fähigkeit, über den eigenen Tellerrand hinauszuschauen, wenn auch zähneknirschend.

»Tja, was können wir tun?«, meldete sich Gasperetti

sofort zu Wort. »Das ist eine gute Frage, Eminenz. Inzwischen sind Kräfte entfesselt, die sich unserem Eingriff entziehen. Wir wissen nicht, wer oder welche Gruppierung hinter dem Anschlag auf die Synode steht. Und wäre die vatikanische Sicherheit nicht hinter den Plan gekommen ...« Sein Blick ging kurz zu Ciban. »Bei Gott, wir hätten jetzt Hunderte Tote, einschließlich Seiner Heiligkeit. Wie beugt man so einem Irrsinn vor? Wer weiß schon, was hinter verschlossenen Türen gemunkelt und geplant wird.«

Gasperetti verlor kein Wort über San Leonardo. Die dortigen Vorkommnisse waren ohnehin nur einigen wenigen bekannt. Ebenso wussten die Anwesenden nichts über sogenannte Lux-Interna oder von den Kämpfen, die Gasperetti hinter den Kulissen mit Ciban ausfocht. Das Lux hielt sich in all diesen Dingen ebenso bedeckt wie das Opus Dei. Außerdem war das Miteinander zwischen Medialen und Nichtmedialen ohnehin schon angespannt. Gasperetti traute keinem Abkömmling des KIMH über den Weg. Auch nicht Ciban und Bragadin. Diese beiden hatten seiner Meinung nach einfach zu viele abgründige Verbindungen. Sie wussten zu viel.

Pietro Kardinal Aban, Leiter der Kongregation für die Bischöfe, lächelte so milde, als wollte er damit sagen, dass ganz gewiss nicht die Progressiven hinter dem teuflischen Massaker stünden. Dass er nur wenige Meter entfernt von Gasperetti saß, seinem erklärten Lieblingsfeind, schien ihn an diesem Tag eher zu belustigen als zu nerven.

»Unsere Sicherheitsvorkehrungen wurden verstärkt«, erklärte er ruhig. »Die Ermittlungen laufen. Mehr können wir zu diesem Zeitpunkt wohl kaum erwarten. Was unsere gegenwärtige Lage angeht ... die ist nicht hoffnungslos. Die ist sogar weit weniger dramatisch als noch vor dreieinhalb Jahren.« Jeder im Raum verstand, was er meinte. Weniger dramatisch als noch zu Papst Innozenz' Pontifikat. »Die Welt verändert sich mit Lichtgeschwindigkeit, und ich finde, wir haben die Segel endlich in die richtige Richtung gesetzt.«

»Das ist auch mein Eindruck«, stimmte Kardinal Filippo Pacca aus dem liberalen Lager zu. Er stand der Kongregation für das katholische Bildungswesen vor. Ein feinsinniger Mann, in gewisser Weise ein Individualist, frei von religiöser Scheinheiligkeit und machtbesessenem Gehabe, der nicht zu den Einflüsterern und Strippenziehern gehörte. Was jedoch nicht bedeutete, dass er und seine Leute blind für die Seilschaften und Fallstricke um sich herum gewesen wären. Pacca wusste selbst subtile Angriffe wohl zu parieren. Außerdem gehörte er zu jenen Kardinälen, die Ciban inzwischen ein gewisses Wohlwollen entgegenbrachten. »Die Menschen haben angefangen, wieder Vertrauen in uns zu setzen, sich wieder für uns zu interessieren. Wir registrieren weiterhin einen Rückgang der Kirchenaustritte, ehemalige Gläubige kehren zurück, Priesterzahlen und Kirchgänger nehmen zu. Selbst das Echo in den Medien ist so positiv wie schon lange nicht mehr. Unser Einfluss in der Weltpolitik steigt. Und es ist etwas eingetreten, mit dem weder wir noch unsere Gegner gerechnet haben: Durch die jüngsten Ereignisse ist die gesamte Kirche enger zusammengerückt.«

Gasperetti entfuhr ein Schnauben, und dabei blickte er drein wie ein Mann, der vor allem die Krater der Zerstörung um sich herum sah. »Was aber tun wir mit jenen, die die Kirche spalten wollen, die nicht mit sich reden lassen? Ich erinnere an Luther, an Heinrich VIII. Wie argumentiert man mit jemandem, der nicht verstehen will?« Natürlich ließ er den Traditionalisten Lefèvre unerwähnt.

Ciban ahnte, was dem alten Kardinal durch den Kopf ging. Luther war nach seiner Auflehnung und Empörung schließlich exkommuniziert worden und hatte die Kirche und Rom von außen attackiert. Leo hingegen handelte friedvoll innerhalb der Kirche und reformierte diese von innen heraus. Nach Cibans Ermessen tat Leo jedoch nichts anderes, als die vor Jahrhunderten unter besonderen Umständen eingeführten Gesetze und Regeln neu zu definieren, damit die Kirche wieder eine Kirche der Menschen wurde und den Anschluss an das 21. Jahrhundert fand.

Pietro Aban ergriff erneut das Wort: »Wir leben nun einmal in einer globalisierten Welt mit Katholiken unterschiedlicher Prägung, meine Eminenzen.« Er wandte sich Gasperetti zu. »Katholisch bedeutet auch Einheit in Vielfalt. Wir werden lernen müssen, damit umzugehen. Alle. Unterschätzen Sie nicht die Regenerationsfähigkeit unserer Kirche, Stefano.«

»Die Barke Petri ist kein Commonwealth!«, entfuhr es Gasperetti. »Machen wir uns da nichts vor.«

Diesmal war es der Afrikaner in der Runde, der die Antwort gab. John Kardinal Tumi war ein gemäßigter Radikaler und leitete die Kongregation für die Institute geweihten Lebens. Für ihn stand das Gebot der Nächstenliebe im Mittelpunkt. Tumi war sich allerdings auch der Tatsache bewusst, dass eine Organisation ohne Geld und Einfluss wenig ausrichten konnte. Nur ungern hatte er sein Heimatland verlassen, um nach Rom zu kommen, erst ein Vieraugengespräch mit Leo hatte ihn von der Notwendigkeit überzeugen können. »Natürlich sind wir eine globale Gemeinschaft. Und viele unserer Brüder und Schwestern dort draußen leben im Chaos, leben in Staaten, die ihre sozialen Aufgaben nicht mehr wahrnehmen können. Für diese Brüder und Schwestern ist unsere Heilige Mutter Kirche oft die einzige noch intakte Institution.«

»Das ist ja alles gut und schön«, erklärte der polnische Kardinal Wlodarczyk, einer der streng konservativen Purpurträger und Leiter der Selig- und Heiligsprechungsprozesse, leicht gereizt. »Dennoch bleibt die Frage, die unser Bruder Stefano gestellt hat, bestehen: Was machen wir mit jenen, die nicht mit sich reden lassen wollen?«

»Was sollen wir denn mit ihnen tun?«, entgegnete Pietro Aban herausfordernd. »Sie teeren und federn, um dann die Scheiterhaufen wieder zu errichten?«

»Das reicht!«, unterbrach Bragadin so scharf, dass beinahe jeder in der Runde zusammenzuckte. »Wir sind nicht hier, um die kirchlichen Monster der Vergangenheit heraufzubeschwören. Wir sind hier, um gegen die Monster der Gegenwart vorzugehen. Wie Sie alle wissen, stehen wir an einem entscheidenden Wendepunkt, und deshalb können wir auf gar keinen Fall so weitermachen wie bisher.«

Es folgte eine Stille, in der sich ein jeder auf seine innere Mitte und sein Gewissen zu besinnen schien.

»Vielleicht sollten wir in alldem den Willen des Herrn sehen«, ergriff schließlich Kardinal Tumi das Wort. »Wir haben während des letzten Konklaves nach einem Wunder gesucht, nach einem ganz besonderen Kandidaten für das Amt des Papstes. Nach einem Mann, der uns nach über zwei Jahrzehnten kanonisch eingehaltener Regeln, des Schweigens, der Angst und des Misstrauens wieder ans Licht führt. Wir beteten für eine Persönlichkeit, die sich nicht scheut, es mit den Ungeheuern in unserem System aufzunehmen. Ich finde, wir haben dieses Wunder bekommen. Auch wenn einige das nicht wahrhaben wollen.«

Stille. So einleuchtend John Tumis Statement war, so gefährlich war es, denn es rührte auch an den Ängsten der ewigen Bedenkenträger. So war Gasperettis Groll auf Leo fast schon pathologisch. Außerdem steckte in jedem der Anwesenden trotz guten Willens auch eine Art Herrscher und Bluthund, wenn es um die eigene Sache ging. Aus dem Augenwinkel registrierte Ciban, dass Kardinal Wlodarczyk sich anschickte, seinem afrikanischen Kollegen mit einem verbalen Gegenschlag zu antworten. Bei Gott, das Letzte, was dieses Treffen jetzt gebrauchen konnte, war ein Streit zwischen Papstanhängern und Papstgegnern.

»Danke, John«, kam Ciban dem polnischen Kardinal zuvor. »Es ist in der Tat alles andere als leicht, ein Gleichgewicht zu bewahren. Seine Heiligkeit hat in den letzten Tagen große Stärke bewiesen. Jetzt ist es an uns, das Schiff auf Kurs zu halten. Nichts käme unseren Widersachern gelegener, als dass wir uns gegenseitig an die Kehle gehen.« Er machte eine kurze Pause, damit vor allem der letzte Satz seine Wirkung entfalten konnte. Als er spürte, dass Wlodarczyk noch immer keine Ruhe geben würde, fügte er hinzu: »Seine Heiligkeit steht in einer Linie mit seinen Vorgängern. Bis hin zu Petrus, dem Fels. Er erfindet die katholische Kirche nicht neu. Er tastet das Glaubensbekenntnis nicht an. Seine Restrukturierung löst die in Jahrhunderten gewachsene Beschaffenheit der Kirche nicht auf und entbindet uns nicht von unserem Treueeid.« Wieder hielt er kurz inne. »Und um es klarzustellen: Der Anschlag auf die Synode war von langer Hand geplant. Er richtete sich gegen uns. Gegen die gesamte Kirche.«

Erneut Totenstille. Ciban musterte jeden Einzelnen. Bis auf Bragadin wirkten alle ziemlich betreten.

Dann meldete sich Wlodarczyk doch noch zu Wort. »Dann wissen Sie, wer für das Massaker verantwortlich ist?«

»Es gibt eine Spur. Es ist ein alter Gegner. Aus Gründen der Sicherheit kann und darf ich an dieser Stelle jedoch nicht mehr sagen. Dafür bitte ich um Verständnis.« Cibans Tonfall ließ keinen Zweifel daran, dass er nicht mehr preisgeben würde.

»Nun gut«, ging Bragadin dazwischen. »Sie alle haben unseren werten Bruder Marcus Ciban gehört. Das Thema ist damit erledigt. Kehren wir zu unserem Ausgangspunkt zurück. Wie wappnen wir uns am besten gegen die auf uns zukommenden Stürme …«

Die Sitzung ging noch zwei Stunde lang. Doch von nun an wurde weniger auf den Problemen herumgeritten als vielmehr nach Lösungen gesucht. So galt es unter anderem, einen Finanzierungsplan für verheiratete Priester aufzustellen. Noch waren die Anträge überschaubar, doch das würde sich bald ändern. Nach weiteren Punkten wurde schließlich das neue Datum für die Synode des Dritten Vatikanischen Konzils festgelegt. Die Geistlichen, die daran teilnehmen sollten, aber ermordet worden waren, galt es zu ersetzen. Außerdem war der Synodentermin ein wichtiges Signal für den Gegner. Die Kirche würde sich nicht einschüchtern lassen. Es ging alles weiter wie gehabt. Am Ende der Sitzung kam man darin überein, dass ein jeder sich weitere Lösungsgedanken machen und diese direkt an Bragadin und sein Team senden würde. Die nächste Zusammenkunft würde in zwei Wochen sein.

Als das Treffen beendet war und sich der Saal geleert hatte, kam Bragadin mit seiner alten, abgewetzten Aktentasche auf Ciban zu. Er wirkte entspannt, beinahe gut gelaunt.

»Kommen Sie, Marc. Ich lade Sie noch rasch auf einen Kaffee ein. Gerne auch auf etwas Stärkeres. Meine Wohnung liegt gleich um die Ecke. Eines der Privilegien, wenn man der Kardinalstaatssekretär ist.«

»Danke. Nach diesem Mittag kann ich eine Stärkung gut gebrauchen.«

Nachdem sie den Kaffee genossen hatten, saß Ciban seinem Kollegen mit einem gut gefüllten Glas Brandy gegenüber.

Bragadin prostete ihm zu und nahm genussvoll einen großen Schluck. »Sie haben da vorhin in der Sitzung eine Menge guter Dinge gesagt, Marc. Noch vor einem halben Jahr hätten mich diese Worte aus Ihrem Mund irritiert. Jetzt ist das nicht mehr so. Woran liegt das? Was ist mit uns geschehen?«

»Es sind Dinge eingetreten, die uns zum Überdenken zwingen. Die Karten der Macht wurden neu verteilt.« Ciban ließ den Brandy in seinem Glas kreisen. »Sein und Schein. Irrtum und Wahrheit.«

»Und Sie denken, bei allem Glauben braucht es auch

die Stimme der Vernunft, um der Wahrheit auf den Grund zu gehen.«

»Ist es nicht so?« Ciban kostete von dem Brandy. Es war ein ausgezeichneter Tropfen.

Bragadin entging der ironische Unterton nicht. Neugierig musterte er sein Gegenüber. »Und was ist die Wahrheit? Was sagt der Chef der ältesten und mächtigsten Kongregation dazu?«

Die Glaubenskongregation war vor fast fünfhundert Jahren von Papst Paul III. gegründet worden, als die Wucht der Reformation auch Italien zu überrollen drohte. Sechs Kardinäle hatte Paul damals zu römischen Inquisitoren ernannt, um Abtrünnige wieder auf Kurs zu bringen. Der Plan war aufgegangen und die Inquisitionsbehörde weiter ausgebaut worden. Der Inquisitionspalast, den man damals errichtet hatte und in dem Ciban in seinem Büro über den römisch-katholischen Glauben wachte, hatte sich bis zum heutigen Tage nicht verändert.

Und nun wurde Ciban ausgerechnet vom Kardinalstaatssekretär mit der Frage aller Fragen konfrontiert, ähnlich wie es Leo vor zwei Jahren während eines Vieraugengesprächs in seinem Privatbüro getan hatte, um sich zu dem Mann vorzutasten, der hinter dem Amt des Großinquisitors steckte. Noch heute zollte Ciban Leo dafür Respekt, denn für einen Papst, den die Traditionalisten und die Konservativen bereits als Modernisten verschrien, war es ein äußerst riskantes Unterfangen, dermaßen aus der Deckung zu gehen.

Er erinnerte sich noch gut an den Disput.

»Und, Eminenz? Wie war Ihr Tag?«, hatte Leo mit einem Lächeln leicht gereizt gefragt. »Bereiten Sie ein neues Dogma innerhalb des theologischen Lehrgebäudes der Kirche vor? Oder haben Sie im Kampf gegen die Häresie jemand Besonderen aus unserem Kreis ins Auge gefasst?«

»Ich tue, was getan werden muss, Heiligkeit.«

»Natürlich.« Leo nickte beunruhigt. »Wie konnte ich das vergessen. Aber war es unbedingt nötig, Schwester Catherine nach Rom zu zitieren?«

»Schwester Catherine Bells Vorladung war längst überfällig, Heiligkeit. Das wissen Sie.«

»Aber gleich vor ein Tribunal Ihrer Kongregation?«

»Es geht um die Einheit des Glaubens. Die Grundlage von allem, was unsere Heilige Mutter Kirche ausmacht. Das Gemeinwohl, dem wir letztendlich alle dienen.«

Leo sah Ciban an, als hätte der Kardinal dieses Gemeinwohl gerade den Wölfen zum Fraß vorgeworfen, als sähe er die junge Nonne bereits dazu gezwungen, mit der rechten Hand auf der Bibel von den Behauptungen in ihren eigenen Büchern abzuschwören.

»Lieben Sie unser ›Credo‹, Eminenz?«

Ciban nickte. »Selbstverständlich. Es ist das Zeugnis unseres Glaubens.«

Leo begann das »kleine«, das apostolische Bekenntnis zu zitieren. »Ich glaube an Gott, den Vater, den Allmächtigen, den Schöpfer des Himmels und der Erde, und an Jesus Christus, seinen eingeborenen Sohn … gelitten unter Pontius Pilatus, gekreuzigt, gestorben und begraben … hinabgestiegen in das Reich des Todes, aufgefahren in den Himmel … Ich glaube an den Heiligen Geist, die heilige katholische Kirche … die Vergebung der Sünden, Auferstehung der Toten und das ewige

Leben. Amen.« Dann hielt er kurz inne, nachdenklich, als wäre er im Geiste Meilen von diesem Ort entfernt, ehe er traurig sagte: »Wissen Sie, was mich schon als Kind an diesem Bekenntnis irritiert hat?«

Der Kardinal hielt sich noch immer zurück, schüttelte lediglich den Kopf. »Nein, Heiligkeit.«

»Dass darin für die Nächstenliebe, die zentrale Botschaft, für die Jesus Christus ans Kreuz geschlagen worden ist, nie ein Platz war. Stattdessen pflegen wir seit Jahrhunderten einen zunehmenden Dogmen- und Personenkult.«

Fast hätte Ciban sich damals zu einer Äußerung hinreißen lassen, die er im Nachhinein bedauert hätte, doch er konnte gerade noch innehalten. »Das Wohl der Kirche steht an erster Stelle. Dafür stehe ich ein, Heiligkeit«, hatte er stattdessen versöhnlich gesagt.

Leo hatte schweren Herzens geseufzt. »Ich weiß, ich weiß. Und bis zu einem gewissen Grad bin ich Ihnen dafür ja auch dankbar. Dennoch muss ich Sie um etwas bitten.« Der Papst war dicht an Ciban herangetreten und hatte diesem in die Augen geblickt. »Bevor Sie urteilen, bevor Sie Ihr endgültiges Urteil fällen … hören Sie zu. Hören Sie, was Schwester Catherine uns zu sagen hat. Versuchen Sie, den Menschen hinter den Büchern kennenzulernen. Brennen Sie keine Brücken nieder, bevor Sie wissen, worum es hier wirklich geht …«

Und nun – zwei Jahre später – blickte Ciban in die Augen von Riccardo Bragadin, nun war es an ihm, aus der sicheren Deckung herauszutreten. Was war Wahrheit? Was durfte der Präfekt der Glaubenskongregation darunter verstehen? Die Antwort darauf war gefährlich. Sie konnte Ciban ans Messer liefern.

Er beschloss, das Risiko einzugehen.

»Ich versuche, aus unseren Fehlern zu lernen. So hat mich unsere Geschichte gelehrt, dass die Ketzer von gestern nicht selten die Märtyrer und Heiligen von morgen sind.«

Sein Gegenüber musterte ihn, als wäre nun für ihn der Moment der Wahrheit gekommen. »Sie geben mir viele Rätsel auf, Marc Ciban. Innozenz hat Sie zum Kardinal und zum Großinquisitor gemacht, weil er auf Ihren Sinn als Traditionalist baute. Leo hat Sie in diesem Amt belassen und sich gut mit Ihnen arrangiert. Sie sogar dazu benutzt, etliche weitreichende Korrekturen innerhalb der höchsten Ränge unserer Bürokratie durchzuführen. Ich habe zwar keinen Beleg dafür, bin mir aber ziemlich sicher, dass ich meine Ernennung zum Staatssekretär und zum Kardinalkämmerer auch Ihrem Zutun verdanke.« Ciban trank einen Schluck Brandy, aber schwieg zu den Worten Bragadins. »Sie haben sehr viel Macht und Einfluss, scheinen aber nicht korrumpierbar. Weder von rechts noch von links noch von sonst irgendwoher. Etliche meiner Kollegen fürchten Sie. Nichtsdestotrotz werden Sie selbst von Ihren Gegnern respektiert. Sie sind mir, wie gesagt, ein Mysterium. Und offen gesagt macht mir so viel Macht in einer Hand verdammt viel Angst.«

Der letzte Satz war es, der in Ciban sämtliche Alarmglocken schrillen ließ.

Hier ging es nicht mehr nur um seine und Bragadins Machtposition innerhalb der Kurie. Um den Einfluss im Vatikan. Hier ging es um den Führungsanspruch im Lux Domini. Bragadin fühlte ihm auf den Zahn, ging sogar auf Frontalkurs. War er womöglich selbst ein

Kandidat für die Leitung des Lux? Hatte er etwa den Killer auf der Landstraße angeheuert?

Nein. Letzteres war eher unwahrscheinlich. Es ging keine Falschheit von dem Staatssekretär aus, dieses Treffen fand eher statt, um die Karten auf den Tisch zu legen. Wenn da nur nicht der Beigeschmack einer vorausgehenden Entschuldigung mitgeschwungen hätte. Was ging hier vor?

Plötzlich spürte Ciban ein leises Kribbeln und Zittern in seinem Körper. Dann eine seltsame Trägheit in den Händen und einen Schwindel in seinem Kopf. Ein Teil seines Gehirns erkannte, dass da eine große Welle der Dunkelheit auf ihn zurollte, dass er kurz vor dem Wegtreten stand.

»Der Brandy?«, fragte er schwerfällig, wohl wissend, dass es für jede Gegenwehr zu spät war.

Bragadin schüttelte den Kopf. »Der Kaffee.«

Die Prüfung!, schoss es in Cibans Bewusstsein, während die bleierne Müdigkeit in jede seiner Körperzellen kroch.

Das Brandyglas glitt ihm aus der Hand.

33

Catherines Blick fiel auf den eleganten schwarz-blauen Jet, dieser nahezu lautlosen Wundermaschine. Der Pilot, der zu Füßen der Eingangstreppe stand, war der gleiche Mann, der ihnen erst vor zwei Wochen stolz erklärt hatte, zu was sein »Schleicher« alles in der Lage war.

Viktor grüßte und parkte den Wagen ein paar Meter abseits.

Catherine blickte auf die Uhr. Noch fünf Minuten. Von Cibans Wagen war jedoch weit und breit nichts zu sehen. Vielleicht hatte er sich herfahren lassen und war schon an Bord.

Doch Catherines Hoffnung wurde enttäuscht. »Schwester, Monsignore, ich freue mich, Sie wiederzusehen. Ich dachte schon, unser kleiner Ausflug fällt aus. Ein Fluggast fehlt allerdings noch in der Runde.«

»Kardinal Ciban ist noch nicht da?«

»Ich dachte, er wäre bei Ihnen im Wagen.«

»Wir wollten uns hier treffen«, erklärte Catherine. »Entschuldigen Sie mich bitte einen Moment.«

Sie setzte sich ein paar Meter von den anderen ab, zog ihr Kryptohandy hervor, wählte Cibans Nummer und wartete. Doch Ciban ging nicht ans Telefon, dabei war es höchst unwahrscheinlich, dass er es auf dem Weg zum Hangar auf stumm geschaltet hatte.

Sie versuchte es ein zweites Mal. Wieder nichts.

»Was ist los?« Ben war mit den Reisetaschen in der Hand näher getreten.

»Ich weiß es nicht.«

Sie wählte Bischof Tardinis Nummer. Nachdem es dreimal geklingelt hatte, nahm der alte Sekretär den Hörer ab.

»Ja, bitte?«

»Schwester Catherine, Exzellenz. Ist Seine Eminenz noch da?«

»Nein, Schwester. Er hat sein Büro vor fast drei Stunden verlassen. Ich dachte, er wollte Sie und Monsignore Hawlett nach seinem Termin treffen.«

»Das wollte er auch. Darf ich fragen, was das für ein Termin war?«

»Selbstverständlich. Eine von unserem Kardinalstaatssekretär kurzfristig einberufene Zusammenkunft mit einigen Kollegen. Sozusagen ein Dialog zur Lage der Kirchennation.«

Das konnte natürlich eine Erklärung dafür sein, dass Cibans Handy noch immer deaktiviert war. Solche Besprechungen hielten sich selten an den vorgegebenen Zeitplan. Andererseits hätte Ciban in solch einem Fall nicht wenigstens sein Sekretariat über die Verspätung informiert?

Tardini, hellhörig geworden, musste den gleichen Gedankengang verfolgt haben, denn er sagte: »Wenn Sie einen Moment warten, finde ich für Sie heraus, ob das Treffen inzwischen beendet ist.«

»Das wäre ausgezeichnet, Exzellenz.«

»Ich rufe Sie gleich zurück.«

Die Minuten zogen sich wie eine Ewigkeit hin, vor allem, weil aus ihnen gute zehn Minuten wurden. Doch dann klingelte Catherines Handy endlich.

»Verzeihen Sie, Schwester. Es war doch etwas komplizierter als gedacht. Ich habe mit Kardinal Bragadins Sekretär gesprochen. Leider konnte ich über diese Verbindung nur herausfinden, dass der Staatssekretär sich für den Rest des Nachmittags freigenommen hat.«

Catherine seufzte. »Danke, Exzellenz.«

»Moment, ich bin noch nicht fertig. Daraufhin sprach ich mit Kardinal Tumis Sekretär und erfuhr beiläufig, dass die Konferenz bereits vor über einer Stunde zu Ende gegangen ist. Muss ich mir, was den Verbleib unseres werten Kardinals angeht, Sorgen machen?«

»Ich hoffe nicht.« Einen Moment lang fühlte sie sich hin- und hergerissen, spähte hinaus aufs Rollfeld, als müsse Cibans Wagen dort jede Sekunde auftauchen. Natürlich konnten Ben und sie den Flieger besteigen und nach Chicago vorausfliegen, andererseits ging ihr diese verfluchte Prüfung des Lux Domini nicht aus dem Kopf! »Es gibt eine Planänderung«, erklärte sie.

»Ich verstehe. Ich werde mich noch ein wenig umhören, Schwester. Diskret, versteht sich.«

»Danke, Exzellenz.«

Sie unterbrach die Verbindung und blickte Ben, Viktor und den Piloten an. Der Pater begriff die Situation sofort und brachte das Gepäck zurück zum Wagen.

Vierzig Minuten später lenkte Viktor den Wagen endlich durch die Toreinfahrt des Palastes der Inquisition. Vierzig lange Minuten voll stummer Ungewissheit, vierzig Minuten, in denen Catherine nichts weiter hatte tun können, als schweigend auf eine Autobahnlandschaft zu starren, die ihr nun noch trostloser erschien.

Natürlich sorgte auch Ben sich, allerdings wusste er nichts von dieser vermaledeiten Prüfung des Lux Domini. Für Catherine hingegen war es so sicher wie das Amen in der Kirche, dass das Lux hinter Cibans Verschwinden steckte. Leander Bois und seine Leute verloren keine Zeit. In Gegenwart Viktors konnte sie darüber jedoch keinen Ton verlieren. Also hatte sie während der Autofahrt aus dem Fenster gestarrt und versucht, halbwegs klar zu denken und dabei irgendetwas aus ihrem Wissens- und Erfahrungsschatz zu bergen, das ihr bei der Suche nach Ciban weiterhelfen konnte, sobald sie im Vatikan ankamen.

Als sie Rom erreichten und in Höhe der Piazza Santa

Maria delle Grazie ein Polizeiwagen mit Sirenengeheul an ihnen vorbeirauschte, war Catherine aus Sorge und Angst drauf und dran gewesen, Viktor zu größerer Eile anzutreiben, doch dann bog der Polizeiwagen auch schon in eine vom Vatikan wegführende Straße ab. Sie hörte, wie Ben an ihrer Seite hörbar aufatmete, und allein dieses Geräusch versetzte sie schlagartig in Bens und ihre Kindheit zurück.

Damals – sie war fast 14 Jahre alt, und es war ihr viertes Jahr am KIMH – hatte sie geglaubt, genau zu wissen, was das Böse ist, schließlich war sie dem Bösen schon mehrere Male begegnet, hatte seine Aura gesehen, das Dominierende, das Manipulierende gespürt, die Triebhaftigkeit und den Jagdinstinkt, zuletzt manifestiert in der Person von Mr. Eliot auf dem Schulhof ihrer Highschool.

Dann war da dieser Sonntagvormittag gewesen, ihr erster Gottesdienstbesuch mit Pater Darius und Ben in der Holy Name Cathedral. An diesem Morgen hatte sie unter dem gewaltigen Dach der Kathedrale auf einem der Sitze nahe dem Altarbereich eine völlig neue Dimension des Bösen wahrgenommen. Alt und würdevoll. Majestätisch. Kontrolliert. Sowohl in Finsternis als auch in Licht erstrahlend. Präsentiert durch einen hohen Herrn aus Rom, einen Gast der Erzdiözese, der an diesem Sonntag – assistiert von einem asketischen Jungpriester mit Nickelbrille, seinem Sekretär – die Messe las und jeden Anwesenden, selbst jene in der allerletzten Reihe, mit seinem Auftreten und seiner Predigt in den Bann schlug.

Marcel Kardinal Reinert.

Als Catherine und Ben schließlich am Fuße des Altars

kniend die heilige Kommunion von dem Kardinal mit den Worten »Der Leib Christi« in Empfang nahmen, hatten Ben und sie diese gewaltige von ihm ausgehende Energie gespürt. Diese wogende, zurückhaltende Düsternis, Schwarz und Silber, durchdrungen von einem Netz aus feinem, glanzvollem Licht, hatte Catherine innerlich regelrecht erzittern lassen. Niemals zuvor und auch später nicht hatte Catherine solch eine Aura erlebt. Als der Kardinal Ben die heilige Kommunion gespendet und sich dann Darius und ihr zugewendet hatte, hatte sie Ben vor Erleichterung aufatmen hören. Und es war exakt das gleiche Geräusch gewesen, das sie eben in der Vatikanlimousine gehört hatte. Als wäre der Schatten einer bösen Tat oder eines schrecklichen Ereignisses im letzten Moment an ihnen vorübergezogen.

Seine Eminenz Kardinal Reinert hatte Bens Erleichterung natürlich bemerkt, sich jedoch nicht gestattet, zu ihm zurückzuschauen.

Im Anschluss an den Gottesdienst hatte Darius mit dem alten Kardinal in der Sakristei noch ein paar Worte gewechselt und sogar ein Treffen vereinbart, während der junge Assistent mit der Aktentasche des Kirchenfürsten in der Hand ein paar Meter entfernt gewartet hatte. Schließlich hatte Reinert sich sogar noch einmal Catherine und Ben zugewandt und beiden mit überraschender Wärme erklärt, wie stolz Darius und er auf sie seien. Dann hatte er seinen Sekretär herbeigebeten, den ledernen Aktenkoffer geöffnet und den beiden je ein Buch geschenkt. Für Ben »Vertraute Gespräche« von Erasmus von Rotterdam, für Catherine »Der zornige Gott« von Alexander Baldacci. Reinert war zuversichtlich gewesen, dass Catherine und Ben trotz ihrer

Jugend mit dem Inhalt zurechtkommen würden. Noch heute erinnerte sie sich an zwei Schlüsselsätze aus ihrem Buch: »Menschen werden nicht als Menschen geboren. Sie werden zu Menschen gemacht.« Und: »Der allmächtige Gott leidet unter seiner eigenen Unvollkommenheit«.

Sie hatte sich artig bedankt, doch es war ihr trotz der Liebenswürdigkeit des Kardinals schwergefallen, seine Nähe zu ertragen. Außerdem schien er mehr über Catherine zu wissen als sie selbst.

Später in ihrem Zimmer im KIMH hatte sie sich gefragt, wie das, was sie erlebt hatte, zusammenpasste. Vor allem, wie Darius und Reinert zusammenpassten. Darius, der für sie das Gute verkörperte, und dieser finstere Kirchenfürst, der vorgab, ein Mann Gottes zu sein. Wie weit durfte das Gute gehen, um das Gute zu verteidigen? War es dem Guten erlaubt, mit dem Bösen zusammenzuarbeiten? Wie passte Kardinal Reinert in dieses Bild?

Ein paar Tage später hatte sie allen Mut zusammengefasst und Darius nach einer der Unterrichtsstunden erklärt, dass sie Reinerts Seele gesehen und die Finsternis darin erblickt hätte, die mit dem Guten und mit Gott kaum zu vereinbaren gewesen wäre.

»Betrachte es als eine Lektion für die richtigen Fragen und Gedanken«, hatte Darius rätselhaft geantwortet.

»Was meinen Sie damit, Pater?«

»Dass du nun eine Vorstellung davon hast, mit welcher Macht selbst das Dunkle für das Gute in der Kirche einzutreten vermag.«

»Aber verkörpert Kardinal Reinert nicht vielmehr das Böse innerhalb der Kirche?«

»Gut und Böse sind mehr als die zwei Seiten einer Münze, Catherine.«

»Ich verstehe noch immer nicht, Pater. Wenn Sie sagen, dass Gut und Böse mehr sind als die zwei Seiten einer Medaille, wo liegt dann die Verbindung?«

»In der Seele.«

Catherine stieß einen leisen Seufzer der Verzweiflung aus. »Es fällt mir schwer zu glauben, dass Kardinal Reinerts Seele für die Verbindung zwischen Gut und Böse steht.«

»Die Freiheit der Seele ist das Verbindungsglied, die scheinbar so einfache Wahl zwischen Gut und Böse.«

Catherine starrte Darius stirnrunzelnd an, und der Pater fuhr in seiner Erläuterung fort. »Wie du weißt, kann manchmal auch das Gute irregeleitet werden. Dann ist es wichtig zurückzufinden.«

Kardinal Reinert und das irregeleitete Gute? Catherine hatte ihren Ohren nicht getraut. Für sie verkörperte der alte Kardinal eher das Böse.

Auf ihr verdutztes Schweigen sagte Darius: »Was ist mit dem Guten, das du zweifelsohne auch in seiner Seele gesehen hast?«

»Da war fast nur Dunkelheit.«

»*Fast*?«

»Na ja, da war schon etwas Licht.«

»Ein Gewebe aus gleißendem Silber?«

»Etwas in der Art.«

»Was denkst du, könnte das sein?«

Catherine zuckte mit den Schultern. »Das irregeleitete Gute, von dem Sie sprachen?«

»Es sind seelische Narben, die im inneren Kampf zwischen Gut und Böse entstehen. Reinert ist der Bote, der verkündet, dass der Wandel zum Guten möglich ist. Nicht nur für irregeleitete gute Seelen, sondern auch für jene in der Finsternis geborene. Und damit stellt er etwas dar, das das Böse am allermeisten hasst: Er ist ein Fanal der Reue.« Darius hielt kurz inne, dann setzte er hinzu: »Die Kirche hat Reinert im Kampf für das Gute viel zu verdanken.«

Catherine hatte den Pater angestarrt. »Das wusste ich nicht.«

»Wie hättest du das auch wissen sollen. Was zählt, ist, dass du gefragt hast. Dass du bei deinem Vorurteil nicht stehen geblieben bist. Hinterfragen, um zu verstehen, tun nur wenige. Urteilen ist leichter.«

»Das heißt, ich habe Glück gehabt, denn ich wurde nicht als finstere Seele geboren wie Kardinal Reinert. Ich werde versuchen, niemals vom Weg abzukommen.«

Darius hatte zu ihrer Überraschung kurz aufgelacht und ihr einen Bücherstapel in die Hand gedrückt. »Das versuchen wir alle, Catherine. Alle.«

34

Die Szene aus der Vergangenheit verblasste vor Catherines geistigem Auge, und kaum dass Viktor den Wagen durch die vatikanische Toreinfahrt gelenkt und neben dem Palast des Heiligen Offiziums geparkt hatte, stieg sie auch schon aus und eilte am Portier vorbei die Treppe hinauf zum ersten Stock. Dort saß Tardini in seinem Vorzimmer und telefonierte, vielleicht hatte der Bischof etwas herausgefunden.

Ben war ihr gefolgt, Viktor wartete draußen in dem großen Flur mit Blick auf den Innenhof, den er im Auge behielt, als fürchte er jeden Moment eine feindliche Invasion.

Catherine und Ben schlossen die Tür hinter sich, und Tardini legte auf, tiefe Sorgenfalten auf der Stirn.

»Es ist sehr ungewöhnlich«, sagte er. »Offiziell hat Seine Eminenz den Vatikan nicht verlassen. Einer der Schweizergardisten hat ihn zuletzt in Begleitung unseres Kardinalstaatssekretärs gesehen. Von da an verliert sich jede Spur.«

Riccardo Bragadin.

Was für eine bitterböse Ironie. Der Kardinalstaatssekretär hatte es an diesem Nachmittag mit einem Satz an die Spitze der Top 10 in Catherines und Bens Vatikanbürgerliste geschafft.

»Könnten Sie den Staatssekretär unter irgendeinem Vorwand erreichen, Exzellenz?«, fragte Catherine.

»Das habe ich bereits versucht. Kardinal Bragadin verbringt seinen freien Abend auf einer Geburtstagsfeier außerhalb der Burgmauern. Wo genau, ist niemandem bekannt.«

Einen Moment lang spielte Catherine mit dem Gedanken, Lazarus anzurufen. Doch was konnte der Gelehrte ihr schon anderes sagen, als dass sie alle nichts tun konnten, als abzuwarten.

Dann dachte sie an Leander Bois. Auch der Professor war ein mediales Lux-Domini-Mitglied. Außerdem hatte er Ciban am frühen Morgen mit der Ankündigung dieser unsäglichen Prüfung auf Leben und Tod konfrontiert. Im gleichen Atemzug fiel ihr ein, dass Ciban ihr das Versprechen abgenommen hatte, sich nicht in das Prüfungsverfahren einzumischen. Ach, was sollte es. Sie wollte lediglich wissen, wo Ciban sich befand. Es konnte ja sonst was passiert sein.

Tardini ließ sich nicht lange bitten und rief den Gelehrten an. Zu seiner Verblüffung hob der Professor schon nach kurzem Anläuten ab. Catherine und Ben hörten über Lautsprecher mit.

»Bois«, meldete er sich knapp.

»Guten Abend, Herr Professor. Ich bin Bischof Tardini, der Sekretär Seiner Eminenz Kardinal Ciban und …«

»Guten Abend, Exzellenz. Ich nehme an, Schwester Catherine ist zugegen?«

Ohne sich aus der Ruhe bringen zu lassen, entgegnete Tardini. »Wieso fragen Sie mich das?«

»Kann ich Schwester Catherine bitte kurz sprechen?«

Nach einem kurzen Blickaustausch mit Tardini und Ben beugte Catherine sich zum Mikrofon vor, wobei sie nur mit Mühe ihren Zorn unterdrücken konnte. Eins musste man Bois lassen, er redete nicht um den heißen Brei herum und konnte wirklich dreist sein.

»Guten Abend, Professor. Wenn Sie schon davon ausgegangen sind, dass ich hier bin, werden Sie sicher auch meine Frage voraussehen.«

Es folgte ein Moment der Stille, in dem Bois sich zu überlegen schien, ob das Gespräch im Weiteren eher feindselig oder kollegial verlaufen sollte. Wenn Feindseligkeit Bois' Ton in der Zukunft bestimmen würde, sah Catherine – auch für die Konzilsgespräche – schwarz.

»Hören Sie, Schwester, ich muss Ihnen sicher nicht erklären, worum es bei der Suche nach einer geeigneten Nachfolge geht. Wir dürfen nicht das geringste Risiko eingehen. Dies ist ein heiliger Kampf zur größeren Ehre Gottes. Es gibt nichts, was Sie oder ich tun könnten. Heute Nacht steht für einige von uns die Welt still. Morgen sehen wir, ob und wie sie sich weiterdreht. Beten Sie. Mehr können wir nicht tun.«

Diese Worte schürten Catherines Zorn noch mehr. Sie spürte, wie ihr das Blut durch die Adern schoss. Wie oft schon hatte sie von heiligen Kämpfen und Kriegen zur größeren Ehre Gottes hören müssen, niemals jedoch hatte Eleonora Ciban davon gesprochen. Das hier war nicht mehr das Lux Domini, das sie gegründet hatte, dessen geistliche Basis die Nächstenliebe, das Miteinander und das Gute war. Ohne Aggression und Machtgerangel. Sie musste sich zusammenreißen, um bei ihrer Antwort nicht laut zu werden.

»Ich werde beten, Herr Professor. Das kann ich Ihnen versichern. Doch noch etwas anderes: Es geht hier nicht nur um die Nachfolge an der Führungsspitze. Hier steht ebenso das geistliche Fundament des Ordens auf dem Spiel. Wenn Sie um ›der höheren Ehre Gottes willen‹ das Gute bekämpfen, das er geschaffen hat, wird Ihre Ernte am Ende nur Zerstörung sein.«

Einen Moment herrschte absolute Stille, bevor sich Bois kurz räusperte. »Dieser Test ist kein Selbstzweck, Schwester. Jeder infrage kommende Kandidat hat sich der Prüfung zu unterziehen. Ohne Ausnahme.«

»Sie wollen also wirklich das Leben Seiner Eminenz riskieren?«

»Seine Eminenz geht das Risiko ein. Niemand wird ihn dazu zwingen, am allerwenigsten Sie oder ich. Außerdem dürfen Sie mir glauben, dass ich nicht blind bin für den guten Einfluss, den er von Rom aus auf die

Kirche nimmt, selbst wenn ich in vielen Punkten nicht seiner Meinung bin. Gott gebe ihm die Kraft.«

Das waren starke Worte aus dem Mund eines Gegners. Catherine ging allerdings lieber nicht das Risiko ein, ihnen blind zu vertrauen.

»Bevor ich es vergesse«, fuhr der Professor fort. »Ich kenne die Hintergründe nicht, jedenfalls noch nicht, aber Kardinal Ciban hat für Sie drei Zimmer im Domus Sanctae Marthae reservieren lassen. Er sagt, dort sei es sicherer für Sie.«

Catherine wurde noch schwerer ums Herz. Selbst jetzt noch dachte Ciban zuerst an ihre Sicherheit. Er hatte vorausgesehen, dass sie und Ben nicht ohne ihn nach Chicago fliegen würden. Das an der italienischen Grenze gelegene Gästehaus Sanctae Marthae gehörte seit dem Anschlag zu den bestbewachten Gebäuden des Kirchenstaats. Tardinis Blick signalisierte Catherine außerdem, dass der Bischof dem Professor in diesen Dingen gewillt war zu vertrauen.

»Danke für die Information«, rang Catherine sich schließlich ab. »Wir werden die Buchung im Domus wahrnehmen.« Trotz allem wagte sie noch einen Vorstoß. »Dürfen wir erfahren, wo Kardinal Ciban sich zurzeit aufhält?«

»Tut mir leid, Schwester, aber ich werde Seiner Eminenz ausrichten, dass Sie den Schutz des Domus aufsuchen.«

Catherine holte tief Luft, um ihre Gefühle unter Kontrolle zu halten, doch noch bevor sie etwas sagen konnte, brach der Professor die Verbindung ab.

Einige Minuten lang saßen Catherine, Ben und Tardini stumm wie die Fische da. Dann telefonierte der

Bischof kurz mit der Rezeptionistin des Domus, die die Zimmerreservierung bestätigte. Die betagte Exzellenz ließ es sich schließlich nicht nehmen, Catherine, Ben und Viktor zum Wagen zu bringen, um das Gepäck zu holen, und sie im Anschluss zum Domus Sanctae Marthae zu begleiten. Nach dem Check-in nahmen sie im Speisesaal an einem abseits gelegenen Tisch Platz, während Viktor die Zimmer auf Abhörgeräte hin untersuchte und überprüfte, wer sich sonst noch auf der Etage befand.

»Ich frage mich, wo er jetzt ist«, überlegte Catherine leise.

Als Exagentin des Lux Domini hatte sie die ein oder andere Verhörmethode des Ordens miterlebt und von gewissen Behandlungsmethoden gehört, die in den letzten Jahren eingeführt worden waren. Nur einige der Gründe, weswegen Catherine den Orden mit Darius' Hilfe verlassen hatte. All diese Macht in den falschen Händen … Die Folgen mochte sie sich lieber nicht ausmalen.

Und dann der Splitter der Finsternis … Wie würde der Splitter in Cibans Seele auf die Prüfung reagieren. Welchen Einfluss würde er nehmen? Außerdem ging Catherine die Frage durch den Kopf, ob das alles womöglich exakt so getimt worden war, um sie daran zu hindern, den Tod ihrer Mutter aufzuklären?

Ben versuchte sie zu beruhigen. »Glaub mir, das Kraut, das unseren Kardinal umbringen kann, muss erst noch gezüchtet werden. Nicht wahr, Exzellenz?«

»Seine Eminenz hat schon viele brenzlige Situationen durchgemacht und sie noch jedes Mal überstanden«, bestätigte Tardini. »Dennoch können unsere Gebete nicht schaden. Wir werden in Gedanken bei ihm sein.«

Der Beistand ihrer Freunde erwärmte Catherines Herz.

Eine halbe Stunde später betrat sie ihr Gästequartier, sank müde und doch nervlich aufgedreht aufs Bett und starrte auf das darüber hängende Kruzifix, Sinnbild für das Opfer Christi zur Erlösung der Menschheit.

Was, wenn Cibans Seele das Gute verlor? Was, wenn sie spürte, dass er zur Finsternis oder gar aus dem Leben glitt?

Sie hatte schon einmal durchleiden müssen, wie er starb, als sie ihn nach einer schweren Schussverletzung ins Leben zurückholt hatte. Das Band ihrer Liebe hatte bei der Rettung eine zentrale Rolle gespielt. Geist und Seele über Materie. Die Liebe und der Wille zum Leben hatten den Tod besiegt.

Catherine kniete sich vor das Bett, bekreuzigte sich, schloss die Augen und betete. Sie bat den Himmel um Beistand und hoffte, dass ihre Liebe und ihr Gebet nicht zu egoistisch waren.

Sie wusste nicht, was sie sonst hätte tun können. Hätte sie es gewusst, wäre sie ohne Zögern zur Tat geschritten. Im Augenblick wusste sie nur eins: Da draußen gab es eine raue und gefährliche Welt. Und viele Menschen lebten in Angst und Verzweiflung und waren einsam.

So wie sie in diesem Moment.

35

Leander Bois trat vor die von zwei Wachen flankierte Tür und blickte durch das Sichtfenster auf Marc Ciban. Sie befanden sich in den Tiefen eines alten Gebäudes, das der Orden vor über einem Jahr aus strategischen Gründen erworben hatte. Als Tarnung fungierte eine Unternehmensberatung, die einen separaten Eingang hatte. Eines von vielen Gebäuden, die das Lux Domini inzwischen in Europa unterhielt. Doch von diesem aus konnte man unverstellt die Kuppel des Petersdoms sehen, die sich wie ein gewaltiger Sicherheitsbehälter vor dem Horizont erhob.

Das Herz des Anwesens bildete der ausgebaute Keller. Dorthin hatten zwei Lux-Agenten den bewusstlosen Kardinal gebracht und auf einer Verhörliege festgeschnallt. In einem Behandlungsraum, der gleich neben einer Spezialkammer für mediale Experimente lag, war der Glaubenspräfekt aufgewacht. Die Kammer war eine Spezialkonstruktion aus Beton, Stahl und Glasfaser. Kein Normalsterblicher hielt es in dieser unnatürlichen Isolation länger als eine halbe Stunde aus.

Eine der beiden Wachen öffnete Bois die tresorartige Schleusentür. Beinahe lautlos trat der Professor an die Liege heran. Das Innere des Raums absorbierte, sobald er geschlossen war, jedes Geräusch.

Ciban hatte alle Voruntersuchungen einschließlich des Anlegens diverser Kabel und einer Infusionskanüle geduldig über sich ergehen lassen, ohne auch nur eine einzige Frage zu stellen. Blutdruck, Herzschlag und Gehirnfunktionen wurden über Monitore außerhalb des Raums überwacht. Nach den vorbereitenden Maßnahmen allerdings hatte er Bois um ein Vieraugengespräch und um die Zimmerreservierung im Domus gebeten. Kein Ton darüber, worum es bei dieser ihm so wichtigen Reservierung wirklich ging.

Bois blieb vor der Liege stehen und teilte Ciban mit, dass Catherine im Domus unterkommen würde und er sich keine Sorgen zu machen brauche.

Die Lippen des Kardinals formten ein einziges Wort. »Danke.«

»Sind Sie bereit?«, fragte Bois.

Ciban nickte.

Der Professor gab der Ärztin, die auf der anderen Seite des Sichtfensters an einer Konsole saß, das Zeichen und verließ die Kammer.

Das Elixier, das von nun an elektronisch gesteuert in Cibans Blutkreislauf träufeln würde, entfaltete seine Wirkung auf zwei Ebenen, der neurobiologischen wie der medialen. Ein Mensch bestand nicht nur aus einem fleischlichen Leib, sondern auch aus einem Astralkörper, einer energetischen Hülle, die den körperlichen Tod überdauerte. Beide waren durch biophysische wie spirituelle Erbanlagen miteinander verbunden und geprägt. Alle Materie hatte in der geistigen Welt ihr energetisches Gegenstück. Gene, Nervenzellen, Neuronen, Proteine, Enzyme … aus all diesen Puzzleteilen setzte sich das Ich eines Menschen zusammen.

Das Elixier wirkte als eine Art Katalysator für verborgene Persönlichkeitsanteile. Viele Dinge nahmen Einfluss auf das Ich und sein Verhalten. Die biologischen und energetischen Gene, die von Mutter und Vater vererbt wurden, ebenso wie die Erziehung und die Gesellschaft. Doch letztendlich war nichts so fundamental wie der elterliche Erb- und Erfahrungsschatz, den ein Kind im Moment seiner Zeugung physisch wie spirituell erhielt. Das Bewusstsein für die Welt, Liebe, Zärtlichkeit, Zuversicht, Angst, Hass, Gewalt oder Resignation … alles steckte bereits im Moment der Empfängnis.

Einige Anlagen in der Persönlichkeit wurden schon früh sichtbar, andere wiederum blieben bis zu ihrem Erwachen Jahre oder Jahrzehnte unentdeckt.

Das Elixier jedenfalls würde Cibans verborgenes Schläferpotenzial entfachen, wodurch Bois und seine Kollegen sehen konnten, ob sich neue, unbekannte Zimmer im Persönlichkeitspalast des Kardinals auftaten. Ebenso würde sich herausschälen, welcher Elternteil Ciban in Wahrheit dominierte, welcher wahre Charakter des Kardinals für die Zukunft zu erwarten war.

Einen zweiten Orlando Ciban würde diese Welt jedenfalls nicht verkraften, schon gar nicht an der Spitze des Lux Domini. Sollte die Dunkelheit in Marc Ciban obsiegen, würde er diesen Raum nicht wieder lebend verlassen. Für diesen Fall waren drei starke mediale Wächter zugegen, einer von ihnen ein Lanzenträger, der mit seiner geweihten Speerspitze Cibans Herz durchbohren und seinem irdischen Dasein ein Ende setzen würde.

Bois hörte, wie sich die Lifttüren in einiger Entfernung öffneten. Riccardo Bragadin betrat den unterirdischen Bereich und blieb ebenfalls neben dem Sichtfenster stehen.

»Wenn er stirbt«, sagte der Kardinalstaatssekretär besorgt, »haben wir ein großes Problem.«

»Und wenn er überlebt, Eminenz?«

»Dann haben wir ein anderes Problem. Aber das erscheint mir angesichts dessen, was auf uns zukommt, noch das kleinere Übel. Ich hatte eine faszinierende Unterhaltung mit ihm.«

Bragadin versicherte sich, dass niemand, nicht einmal die Ärztin, zuhörte, und berichtete Bois, worüber er mit Ciban gesprochen hatte. »Die Wahrheit ist doch«, endete er, »dass das Lux neben den Helfern auch die Krieger braucht, sonst ist es verloren in diesem Dschungel.«

So wenig es Bois gefiel, der Kardinal hatte recht. Und wenn die Zusammenarbeit mit Eleonora dem Gelehrten eines gezeigt hatte, dann dass ein einziger starker Geist alles verändern konnte.

»Beten wir dafür, dass seine Seele sich nicht verirrt und er der Belastung standhält.«

Bragadins Blick glitt bei Bois' Worten unwillkürlich zu den Überwachungsmonitoren, vor denen die Medizinerin saß und darauf wartete, dass Cibans Körper auf die Droge reagierte.

Der letzte Kandidat war nicht durch den Lanzenstich ums Leben gekommen, sondern durch die physisch-psychische Wirkung des Teufelszeugs. Der Körper reagierte darauf wie auf eine Folter durch Schlafentzug. Jedoch nicht binnen Tagen und Wochen, sondern binnen Minuten und Stunden. Die Ausschüttung etlicher Botenstoffe im Gehirn blieb aus, aber auch die Körperchemie auf der astralen Ebene veränderte sich. Der Proband wurde binnen Minuten so müde, als hätte er bereits mehrere Tage durchwacht. Die Körpertemperatur fiel, der Herzschlag beschleunigte sich. Die körperliche Reaktionszeit nahm ab, man fühlte sich schwerfällig und war anfällig für Fehler, während die mediale Gegenwirkung stieg. Nur unter diesen brutalen Bedingungen öffneten sich die verborgenen und geschlossenen Türen einer Persönlichkeit. Manche nur einen Spalt, andere veränderten das Wesen des Ichs dauerhaft. Vor allem die Astralebene beeinflusste die Hirnströme. Theta-, Delta-, Alpha- und Betawellen spielten verrückt. Des Weiteren bestand die Gefahr, dass der Delinquent in ein Koma fiel. Ein Koma, aus dem er vielleicht nicht mehr erwachte.

Bois und Bragadin beobachteten, wie der Körper des Kardinals auf den Einfluss des Elixiers zu reagieren begann, wie er anfing auf der Liege zu zittern und sich zu winden, doch er war so fixiert, dass er sich nicht verletzen konnte.

Dann weiteten sich Cibans Augen, starrten wie hypnotisiert. Jetzt begannen neben den physischen die Schmerzen auf der emotionalen und psychischen Ebene. Der ganze Theta- und Betawellen-Stress, Unruhe, Angst, das ganze Hin und Her zwischen unterdrückten und halb bewussten und bewussten seelischen Anteilen.

Einige Sekunden darauf spielten die Anzeigen des EEGs völlig verrückt.

36

Die Kälte ging ihm durch und durch, kroch mit jedem einzelnen Tropfen des Elixiers bis in die letzte Körperzelle. Gleichzeitig raste Cibans Herz, als wollte es seinen Brustkorb sprengen. Der Schmerz übertraf alles, was der Kardinal je an körperlicher Pein hatte ertragen müssen, selbst unter den schlimmsten Folterverhören während seiner Zeit beim Geheimdienst.

Dann folgte die große Müdigkeit. Diese schiere Erschöpfung, als hätte er seit Tagen und Wochen ohne Schlaf ausgeharrt und durchgekämpft. Während sein Körper abwechselnd fror und glühte, hatte er das Gefühl, mit offenen Augen zu schlafen. Etliche der Gehirnfunktionen, die seinen Körper steuerten, kapitulierten vor der teuflischen Droge.

Schließlich kamen die Halluzinationen. Zumindest glaubte er das.

Die tresorartige Schleuse der Isolationskammer öffnete sich, und Catherine kam herein, tröstete ihn, nahm ihn in den Arm, schmiegte sich an ihn, strich ihm durchs Haar.

Er hörte sogar ihre Stimme.

»Gib nicht auf. Hörst du? Gibt nicht auf. Wir stehen das gemeinsam durch.«

Ihre Worte ließen ihn den Schmerz tatsächlich für einen Moment vergessen. Er spürte nur noch das Zittern, als ob der Raum leicht erbebte.

»Wenn ›er‹ mit dir spricht, hör ihm zu«, sprach sie

weiter. »Es lohnt sich. ›Er‹ sagt die Wahrheit, auch wenn er sie aus seiner Sichtweise nutzt und interpretiert. Ich bin bei dir. Ich liebe dich …«

Catherine hielt seine Hand noch einige Sekunden, schließlich verschwand sie, löste sich vor seinen Augen auf. Einfach so. Eine halbe Sekunde später wurde ihm endgültig klar, dass sie in Wahrheit nie da gewesen war, dass ihn sein drogenverseuchtes Gehirn narrte.

Er blickte Richtung Spiegel, von dem er sicher war, dass es sich um einen Venezianischen Spiegel handelte. Doch da war plötzlich kein Spiegel mehr. Es gab nur noch einen offenen Raum, eine Eingangshalle, und ein seltsames Hitzeflimmern lag in der Luft.

Stimmen drangen zu ihm herüber.

Eine Szene aus der Vergangenheit, die fast vier Jahrzehnte zurücklag. Damals war er noch ein Teenager gewesen, deshalb schienen seine Sinne wohl plötzlich so unglaublich geschärft. Die Kraft und die Energie der Jugend. Alles erstrahlte in einem unglaublichen Glanz. Alles wirkte so lebendig. Selbst die Töne.

Ein großer Empfang in der exquisit eingerichteten und Ehrfurcht gebietenden Villa seiner Eltern. Allesamt wichtige Leute aus Kirche, Politik und Wirtschaft, vornehmlich Freunde und Bekannte des Vaters. In dieser Erinnerung erschien er wie ein finsterer Messias, der seine Jünger um sich versammelte. Henrik Vandenberg, der Mann, der einmal Re-Source gründen würde, gehörte dazu. Der spätere Papst Innozenz war da. Banker. Botschafter. Diverse Geschäftsleute. Zwei, drei ausgewählte Journalisten, mit denen Orlando Ciban ganz sicher einen Deal am Laufen hatte. Aber es waren auch ein paar wenige Freunde der Mutter zugegen. Ciban erblickte einen jüngeren Monsignore, Anthony Bear, der später einmal der Kardinal der Chicagoer Erzdiözese werden würde. Dann Pater Darius, ein Gelehrter des KIMH, der gerade mit Eleonora sprach. Cibans jüngere Schwester Sarah gehörte ebenfalls zu der kleinen Gruppe dazu.

Eleonora winkte ihren Sohn zu sich und reichte ihm ein Glas Orangensaft. Ihre sanfte, zurückhaltende und dennoch majestätische Erscheinung wirkte beruhigend, bildete aber dennoch einen Kontrapunkt zum Habitus des Vaters. Beim Nähertreten stellte Ciban fest, dass in dieser Reminiszenz selbst die optische Perspektive stimmte. Alles um ihn herum erschien um so vieles höher und größer. Noch war er nicht voll ausgewachsen, doch schon in wenigen Monaten würde er die hoheitsvolle Erscheinung seiner Mutter ebenso überragen wie den mittelgroßen Pater, der an ihrer Seite stand.

»Du siehst aus, als hättest du in eine saure Zitrone gebissen«, meinte Eleonora mit einem herausfordernden Lächeln. »Ist es wirklich so schlimm? Kannst du dem Abend denn gar nichts abgewinnen, Schatz? All diese interessanten Leute und Gespräche.«

»Falls ihr nichts dagegen einwendet, würde ich mich gerne zurückziehen«, sagte er.

Sarah kam ihrer Mutter zuvor. »Ich hatte ganz vergessen, wie ›rücksichtsvoll‹ du bist, Marcus. Willst du uns hier wirklich allein zurücklassen?«

»Wenn das so ist, kleine Schwester, werde ich natürlich bleiben. Obwohl ich mich wirklich frage, ob wir auf unseren Zimmern nicht besser aufgehoben wären.«

Darius schaltete sich ein. »Falls Sie es noch nicht bemerkt haben, junger Mann, dies ist ein geschichtsträchtiger Ort. Hier wird gerade die Zukunft geschmiedet.«

Es war das erste Mal gewesen, dass Darius ihn gesiezt und somit offiziell das Ende von Cibans Kindheit verkündet hatte.

»Was soll ich sagen, Pater, ich bin beeindruckt. So viele Menschen allein im Dienste einer guten Zukunft.« Er wandte sich seiner Mutter zu. »Ab wann weiß einer dieser guten Menschen eigentlich, wenn er die Grenze überschreitet?«

Eleonora hob eine Braue. »Du bestehst auf eine Lektion? An diesem Abend?«

»Gleicht in diesem Haus nicht jedes Wort und jede Handlung einer Lektion?«

»Ich bin mir sicher, dass du die Antwort bereits kennst, Marcus.«

»Ich sehe es in deinen Augen, Mutter. Du fühlst es ebenso wie ich. Dunkle Mächte mit finsteren Absichten. Der Zweck heiligt an diesem Abend zu viele Mittel.«

Der resignierte Blick des jungen Ciban wanderte zu der kleinen Gruppe von Männern, zu der sein Vater gerade sprach, doch als er genauer hinschaute, erkannte er an der Stelle des Vaters überraschend sein eigenes Spiegelbild.

»Nein. Ich bin nicht mein Vater!«

Eine Stimme hinter ihm drang zu ihm durch: »Bei allen bekannten und unbekannten Heiligen, das hatten Sie wohl eher nicht erwartet, oder?«

Er wandte sich um. Alles um ihn herum war schlagartig verschwunden. Der Empfangssaal, seine Mutter, seine Schwester, Darius … Aber er kannte den Tonfall der gedämpften Stimme, die da zu ihm drang.

Sergio Kardinal Monti!

Cibans Blick glitt langsam durch eine unsichtbare Wand, einen verborgenen, sich lichtenden Schleier, der Welten und Zeiten voneinander trennte.

Jetzt stand er auf einem Hügel, genauer auf der Aussichtsterrasse des Aventins, dem südlichsten der sieben römischen Hügel, die dem Vatikanhügel gegenüberlagen. Unter ihm lag die Ewige Stadt mit dem Kapitol. Ein Gewimmel aus Fußgängern, Vespas und Autos. In der Ferne erhob sich die eindrucksvolle Kuppel des Petersdoms. Doch der Himmel über Rom war auf eine seltsame Weise anders. Schärfer. Transparenter. Durchlässiger …

Und dann erblickte er sie.

Eine zweite, weit größere Kuppel aus Energie, die das gesamte Gelände des Vatikans wie eine riesige Glocke aus Glas umgab. Und darüber Tausende und Abertausende von Seelen, die sich dort versammelten und warteten. Kleine und größere Erscheinungen, einzeln, meist jedoch in Freundschaftsverbänden oder in größeren Gruppen. Wie ferne Sterne und Galaxien in einem unendlich weiten Nachthimmel. Jeder Lichtpunkt eine ganze Welt.

Sergio Monti stand plötzlich neben ihm an der alten Terrassenmauer und blickte Richtung Domkuppel.

»Sie warten darauf, dass der Übergang zwischen den Welten tiefer und breiter wird. Bisher sind nur wenige von uns hindurchgekommen, es erfordert einen gewissen Willen. Und man muss den Schmerz ertragen können, der damit verbunden ist. Wie im richtigen Leben.« Monti deutete auf den spirituellen Schutzschild. »Sie haben mich ausgesperrt, Marc. Das war nicht sehr nett.«

»Sie haben in unserer Welt nichts mehr verloren, Sergio. Lassen Sie es gut sein. Lassen Sie die Welt aus Fleisch und Blut in Ruhe. Intrigieren Sie von mir aus im Fegefeuer oder in der Hölle. Je nachdem, wo Sie hingehören. Dort werden Sie ganz sicher Ihresgleichen finden.«

Monti grinste. »Ach, Sie haben ja gar keine Vorstellung. Unseresgleichen ist überall. Der Dschungel ist überall. Das alles hat nichts mit Himmel oder Hölle, mit Gut oder Böse zu tun. Es geht allein um das nackte Überleben.«

Ciban musterte die Erscheinung des alten, toten Mannes. Von nackt konnte wohl kaum die Rede sein. Selbst im Jenseits trug Monti noch seinen vollen Kardinalsornat. Den Talar. Das Birett. Die Mozetta. Den Ring und das Brustkreuz. Selbst im Totenreich klammerte er sich an seine Position als Kirchenfürst, wollte er von der verlorenen irdischen Macht profitieren. Nein, Montis Seele hatte keinen Frieden mit ihrer Vergangenheit gemacht.

Nun denn, Ciban konnte den Exkardinal wohl kaum im Jenseits aufhalten. Sicher hatte dieser dort mehr als genug Verbündete. Aber er würde dafür sorgen, dass der alte Drahtzieher zumindest im Diesseits keinen Schaden mehr anrichtete.

»Wo ist Innozenz?«, fragte er und deutete auf die zahlreichen Seelengruppen über der Domkuppel. Der verstorbene Papst würde auch im Jenseits gleichgesinnte Gefolgsleute um sich geschart haben. Ciban konnte sich kaum vorstellen, dass Innozenz selbst hier auch nur einen Millimeter von seinem Totalanspruch auf die katholische Menschenseele zurückwich. Gehorsamkeit und bedingungslose Linientreue waren das

Markenzeichen seiner Anhänger. Während seines über zwei Jahrzehnte währenden Pontifikats hatte er ausschließlich Geistliche seiner Prägung – Monti war das beste Beispiel – gefördert und als Bischöfe und Kardinäle auf entsprechende Führungsposten gesetzt. Doch manchmal erwies sich der ein oder andere Protegé im Nachhinein als unberechenbar. Leo war solch eine Überraschung gewesen, Ciban auch, auch wenn er sich nicht offen zu erkennen gab.

Monti zuckte mit den Schultern, als sei die Frage bedeutungslos. »Seit seinem letzten Kontakt mit dem Zwölferrat habe ich ihn nicht mehr gesehen. Ich glaube, er ist nicht mehr derselbe.«

Ciban dämmerte, dass Monti ganz allein war. Keine Seele in der Nähe, die ihm beistand oder auf ihn wartete.

»Was ist mit Ihnen, Sergio. Was tun Sie noch hier?«

»Ich bin noch nicht fertig mit der irdischen Welt. Es sind noch einige Rechnungen offen, also beobachte ich und lerne. Außerdem sehe ich, wie Leo im Begriff ist, all das zu zerstören, wofür Innozenz so hart gekämpft hat. Und Sie helfen ihm auch noch dabei. Ganz zu schweigen von dieser unmöglichen Nonne!«

»Die Sie versucht haben, auf Ihre Seite zu ziehen. Schade. Ich hatte immer gehofft, der Tod mache einen weiser.«

»Bis zu einem gewissen Grad tut er das auch. Davon abgesehen, ist es ebenso ein dummer Mythos wie der von der höheren Einsicht und dem Wissen der Engel.«

»Dann macht die Eigenliebe uns wohl für vieles blind.«

Monti stieß ein verächtliches Seufzen aus. »Sie reden

hier über unergründliche Tiefen, Marc Ciban. Doch wer versteht schon die unendliche Weisheit unseres Herrn?«

»Immerhin überblickt Leo Zusammenhänge, die Ihnen noch immer verschlossen sind. Und Innozenz scheint inzwischen auch vieles anders zu sehen. Sonst wäre er hier. Gibt Ihnen das nicht zu denken?«

Monti wollte zu einer Entgegnung anheben, als ein gewaltiges Dröhnen über der Ewigen Stadt erklang.

Ciban spürte die zunehmende Unruhe in den Seelen. Sie waren sich nicht sicher, ob sie bleiben oder lieber ihr Heil in der Flucht suchen sollten.

»Was ist das?«

»Das wissen Sie nicht?«

»Sagen wir, ich bin neu hier.«

Es dröhnte erneut. Diesmal noch länger und lauter. Was immer es war, es kam näher. Die Lichterscheinungen über der spirituellen Kuppel vibrierten, stoben teils wie Vogelschwärme auf und verschwanden.

Der Himmel verfinsterte sich.

»Die Kraft des Herrn«, sagte Monti unberührt.

»Gabriels Horn?«

Der alte Exkardinal nickte. »Wahrscheinlich versucht einer der gefallenen Engel wieder in den Himmel zurückzugelangen. Und Gabriel wird das verhindern.«

»Und wenn ihm das misslingt?«

Monti lachte. »Keine Sorge. Es wird ihm nicht misslingen. Niemand betritt den Himmel, der dort nicht hingehört. Es sollte ihm allerdings auch keine unbeteiligte Seele dabei in die Quere kommen. Schauen Sie nicht so, Marc. Selbst im Himmel gibt es Kollateralschäden.«

Ciban vernahm weiterhin das Wispern und Murmeln der Seelen. Sie hatten den Bereich, der die Energiekuppel umgab, zwar verlassen, doch sie schwebten immer noch über Rom. Ihre fernen Stimmen erinnerten ihn an das Rauschen von Tausenden von Blättern im Wind.

Dann war Monti verschwunden, und Ciban stand plötzlich inmitten des Verkehrsgewühls vor dem Kolosseum, und das, obwohl jener Stadtteil schon vor Jahren für den öffentlichen Verkehr gesperrt worden war.

Mehreren Vespas und hupenden Autos ausweichend, rettete er sich auf den Gehweg. Ein feiner Schmerz an den Schläfen ließ ihn dort für einen Moment verharren. Doch einige der Passanten, die an ihm vorbeieilten, rempelten ihn an, sodass er fast gestürzt wäre.

Erneut dröhnte Gabriels Horn über der Stadt, verdunkelte sich der Himmel noch mehr.

Dann begriff er, dass nicht nur die Seelen sich zurückgezogen hatten, sondern all diese Menschen aus der Stadt flohen.

Willkürlich packte er den Arm des nächstbesten Passanten. Ein junger Mann, der einen abgewetzten Koffer bei sich trug. »Was ist hier los?«

Der Mann starrte ihn perplex an. »Ja, fühlen Sie es denn nicht?«

»Fühlen? Was denn?«

»Er hat sich aus seinem Kerker befreit, und nun ist er auf dem Weg hierher. Kein Mensch möchte noch hier sein, wenn er eintrifft.«

»Gabriel?«

Der Mann riss sich von Ciban los. »Gabriel? Nein, der Antichrist.«

»Was?« Ciban schüttelte den Kopf. Der Schmerz in seinen Schläfen nahm zu. Mehr zu sich selbst sagte er: »Aber das hier ist ›nicht‹ die Realität.«

»Nicht die Realität?« Der Mann schaute ihn an, als habe er den Verstand verloren. »Natürlich ist das hier die Realität …«

Und dann erstarrte der Fremde und wurde leichenblass. Der Koffer fiel ihm aus der Hand – panisch zeigte er auf den Kardinal, stolperte davon und schrie: »Mein Gott, er ist hier. Er ist bereits hier.«

Andere Flüchtende wurden auf das Geschehen aufmerksam, kamen näher, nur um bei Cibans Anblick gleich wieder in Todesangst davonzulaufen. Doch der Kardinal hatte nicht einmal die Chance, sich zu erklären, denn schon wechselte der Ort erneut, und er stand plötzlich im Petersdom, vor der Panzerglasscheibe, hinter deren Schutz Michelangelos Pietà-Statue so lebendig ruhte, als habe man die Golgatha-Szenerie geradewegs aus ihrer zweitausendjährigen Geschichte in die Gegenwart geholt: die Muttergottes sitzend auf einem Felsen, trauernd den gekreuzigten Leichnam Jesu auf ihren Knien und in ihren Armen wiegend.

Ciban bemerkte eine weitere Gestalt, das heißt, er hatte sie zunächst für nichts weiter als sein Spiegelbild gehalten. Doch dann bewegte sich das Spiegelbild hinter dem Glas, trat ganz nahe an die Pietà heran, bewunderte die Statue von allen Seiten und kehrte zur Scheibe zurück.

Ciban erkannte in der Person sich selbst, sein Gegenüber trug sogar die gleiche Kleidung. Die Soutane mit dem roten Nahtbesatz und dem Gürtelband, das rote Scheitelkäppchen. Doch die Gesichtszüge waren kalt und die Augen so schwarz, dass keinerlei Weiß mehr darin lag und nur noch das abgrundtief Böse aus ihnen herausschimmerte. Von diesem Mann hatte der Splitter der Finsternis Besitz ergriffen. Dieser Mann war ein dunkler Fürst in der Gestalt eines Kirchenmannes.

Und doch war er auch Marc Ciban. Und dieser Ciban mit den schwarzen Augen trat nun durch die Panzerglasscheibe hindurch, als wäre diese nicht mehr als ein Klarsichtschleier.

»Die Pietà. Ich liebe sie«, begann er. »Heutzutage schwer nachvollziehbar, dass sie einmal einen internationalen Skandal, eine pornografische Provokation darstellte.«

Ciban wusste, was sein finsteres Gegenstück damit meinte. Andachtsbilder einer Maria, die den Tod ihres gekreuzigten Sohnes beweinte, hatte es schon lange vor Michelangelos Darstellung gegeben, Abbilder, in denen Maria stets eine züchtige alte Frau gewesen war. Der junge Michelangelo hingegen, gerade einmal Mitte zwanzig, hatte es in seiner ersten großen Auftragsarbeit gewagt, den nahezu nackten, leblosen Körper des dreißigjährigen Heilands auf einen mädchenhaften Schoß seiner Mutter zu betten.

Von Anfang an war die religiöse Skulptur von ihrem Auftraggeber, dem französischen Kardinal von Saint Denis, Jean Bilhères, der die Pietà gemeinsam mit Michelangelo erdachte, als Protest und Kunstskandal gegen den amtierenden Borgia-Papst Alexander geplant gewesen. Das »unanständige« Kunstwerk machte Michelangelo binnen kurzer Zeit weltberühmt.

»Die Bürger Roms und all die Pilger …« Cibans finsterer Zwilling lachte. »Ich stelle mir ihre entsetzten und lüsternen Mienen bei der Enthüllung vor. Papst Alexander hat es wohl eher locker gesehen. Ebenso die Souvenirhändler, die mit ihren Kopien gutes Geld verdienten. Und dann die heilige, römische Inquisition …« Das Lachen wurde zu einem vergnüglichen Glucksen. »Na, du weißt ja, mit welcher Argumentation Kardinal Bilhères de Lagraulas seinen und Michelangelos Hals aus der Schlinge gezogen hat.«

Der kluge Kardinal hatte sich auf den Kirchenvater Irenäus von Lyon berufen, der über tausend Jahre zuvor geschrieben hatte, dass Maria stets Jungfrau geblieben sei und eine heilige Jungfrau in den Augen des Himmels niemals alterte. Dieser Erklärung hatte die inquisitorische Kommission nicht viel entgegenzusetzen gehabt. Und Papst Alexander VI. war davon geradezu entzückt gewesen. Etliche seiner Zeitgenossen vermuteten ohnehin, dass der gefürchtete Borgia-Papst aufgrund seines ausschweifenden, korrupten und inzestuösen Lebenswandels die Inkarnation des Teufels sei. Also war die vatikanische Pietà in Rom und damit im Petersdom geblieben.

»Was immer du bist, du bist nicht real«, sagte Ciban ungerührt. »Du bist ein Produkt meiner Fantasie. Eine Halluzination. Ausgelöst durch dieses verfluchte Elixier.«

»Ich bin realer, als du es dir vorzustellen vermagst. Oder hast du vergessen, was Darius uns gelehrt hat? Ich bin ein Teil deines inneren, im Werden begriffenen Selbst. Ohne mich erhältst du niemals ein Gesamtbild. Auch wenn du das gerne verdrängst, wir sind ein gutes Team. Du und ich – und Catherine.«

Ciban trat einen Schritt vor, doch sein Gegenüber zog sich auf sichere Distanz zurück.

»Lass Catherine aus dem Spiel.«

»Natürlich. Marc Kardinal Ciban, du Meister der

Rechtschaffenheit! Du glaubst doch nicht etwa, dass sie ›dich‹ begehrt? Dass sie ›dich‹ in der letzten Nacht geliebt hat?« Ein verächtlicher Blick ging zu Cibans Lenden. »Genauso wenig hast ›du‹ sie geliebt. Das könntest du gar nicht. Dazu hättest du gar nicht die Kraft, geschweige denn das Verlangen. Ihre Liebe zu dir verdankst du ganz allein mir.«

Ciban spürte, wie ihm vor Wut das Blut durch die Adern schoss. Doch die größte Gefahr lag darin, dass er sich aufgrund der Provokation zu einer unüberlegten Handlung hinreißen ließ. Das teuflische Elixier hatte den finsteren Persönlichkeitsanteil aus dem Kerker seines Gedankenpalastes befreit, und dieser schickte sich nun an, Besitz zu ergreifen.

Ciban zwang sich zur Ruhe, weshalb sein finsterer Zwilling fortfuhr.

»Oder nehmen wir die Mission damals im Libanon. Wer hat die katholischen Geiseln aus dem Kloster befreit? Ich! Nicht du. Und wer von uns beiden hat die Folter in Afghanistan ertragen? Du? Das ich nicht lache! Und dieser Anschlag vor zwei Wochen… Ohne mich hättest du gar nichts erreicht!« Die schwarzen Augen musterten ihn von oben herab. »Ich zeige dir etwas.«

Wie ein Magier schnippte der Finsterling mit den Fingern. Alles um sie herum verwandelte sich, als stünden sie auf einer holografischen Bühne. Ciban erkannte den Ort sofort. Sie befanden sich im Apostolischen Palast, im verborgenen Dachgarten oberhalb der päpstlichen Privatwohnung. Papst Innozenz hatte den Garten, einen Rundweg, vor vielen Jahren anlegen lassen, und Leo nutzte ihn beinahe täglich, selbst im Winter, um Energie zu tanken.

Jetzt erschallte dort Kindergelächter, und als sie um die Ecke bogen, eilten ihnen ein Junge und ein Mädchen entgegen und sprangen Cibans finsterem Abbild in den Arm. Als sei Ciban unsichtbar, nahmen sie von ihm keinerlei Notiz.

»Zwillinge«, erklärte Cibans finsteres Gegenstück, das sich von einer auf die andere Sekunde in einen charmanten, liebevollen Vater verwandelt hatte, der plötzlich in päpstlichem Weiß gekleidet war. »Na, wo ist eure Mutter?«

Als hätte Catherine nur auf ihr Stichwort gewartet, kam sie ihnen auf der Suche nach den Kindern entgegen.

Ciban hielt den Atem an.

Beim Anblick ihres Mannes mit den Kleinen strahlten ihre Augen vor Glück. Und in dem weißen, bequemen Kleid und dem hellen, schulterlangen Haar, das ihr locker auf die Schultern fiel, stand sie da wie ein Engel im Morgenlicht. Überaus attraktiv. Sie nahm Cibans Gegenwart allerdings ebenso wenig wahr wie die Kinder, begrüßte ihren Mann mit einem zärtlichen Kuss und führte ihn zu jenem Bereich der Terrasse, wo sie einen Spielplatz für die Kinder eingerichtet hatten. Ihre Ausstrahlung unterschied sich dabei in nichts von der Catherine, die Ciban in seiner Lebenswirklichkeit kennen- und lieben gelernt hatte. Und das allein grenzte schon an ein Wunder. Vielleicht stellte ihr Wesen eine der seltenen Konstanten und Ruhepole im Gewebe der Wirklichkeitsdimensionen, im Gewebe aus Raum und Zeit dar.

Cibans finsteres Gegenstück setzte seine Kinder zum Spielen ab.

»Wir haben uns durchgesetzt«, erklärte er. »Leo, Catherine, du und ich. Der Zölibat ist freigestellt. Aber das weißt du ja schon. Das Papstamt mit dem Dogma der Unfehlbarkeit ist einer mehr demokratischen Regierung gewichen. Wir haben die ersten Frauen im Priesteramt … diese Kirche ist mehr eine Kirche Jesu Christi, als sie es je zuvor war.«

Ciban blieb auf der Hut. Für ihn klang das alles nach einem Märchen ohne Happy End. Er zwang sich, Catherine und die Kinder nicht länger anzustarren.

»Was ist mit Leo?«

»Ein … Anschlag. Er hat nicht gelitten.«

Ciban starrte sein Gegenüber an. »Und nun bist du der Papst.«

»Sieh mich nicht so an. Es war eine demokratische Wahl. Und ich … wir … machen einen guten Job.«

Ciban setzte ein breites Lächeln auf. »Natürlich.«

»Du scheinst nicht sehr erfreut.«

Gegen seinen Willen sah Ciban erneut zu Catherine und den Kindern hinüber. Einmal mehr wiederholte er sein Mantra: »Nichts von alldem ist real!« Er befand sich lediglich in einem Zustand, in dem sich seine Lebenswirklichkeit, sein persönlicher Gedankenpalast mit den unendlichen Erscheinungs- und Entwicklungsmöglichkeiten des Weltkosmos vermischte. Und dennoch lag in alldem eine wichtige Lektion.

Nur welche?

Ging es um Catherine?

Ging es um die Kinder?

Der Junge bereitete ihm ein mulmiges Gefühl. Sein Lachen erreichte die durchdringenden Augen nicht, auch wenn ansonsten alles in diesem strahlenden Grün lag, was sich ein Vater für seine Kinder wünschte: Intelligenz, Neugierde, Lebensfreude, Durchsetzungskraft. Doch da war auch unterdrückte Aggressivität, ja Eifersucht – und ein Hauch von Wahnsinn.

Dieses Kind stellte eine Gefahr dar. Eindeutig.

Er wandte sich seinem finsteren Zwilling im Papstgewand zu. »Was auch immer du mir mit dieser Scharade klarmachen willst, es wird niemals geschehen.«

»Es ist bereits geschehen.« Sein Gegenüber deutete auf das kleine Mädchen. Sie schien sein ganzer Stolz. »Um ihretwillen.«

»Was soll das heißen?«

»Ohne sie wird die Menschheit zugrunde gehen. Und nicht nur die Menschheit.«

»Was ist mit dem Jungen? Du weißt, dass er gefährlich ist.«

»Johanna ist das Kreuz. Elias das Schwert. Er wird ihr helfen, ihr Schicksal zu erfüllen. Ebenso wie du, Catherine und ich. Außerdem kennst du Davids Visionen. Du weißt, dass die Apokalypse noch unser geringstes Problem ist.«

Ciban fühlte sich plötzlich in die Rolle des herzlosen Zweiflers, des Frevlers, ja des ungerechten Dummkopfs gedrängt. Nach der Apokalypse folgten die Auferstehung der Toten sowie das Jüngste Gericht, und danach sollte das neue Zeitalter der Menschen, ja der Schöpfung beginnen. Für viele war die Apokalypse daher noch immer segensreicher als das Ende, das absolute Nichts. Aber vielleicht gehörte das ja zu diesem perfiden Spiel dazu. Die finstere Seite seines Wesens versuchte ihn mit Argumenten von gewissen Notwendigkeiten zu überzeugen und ihn auf ihre Seite zu ziehen.

Doch dann dachte er über das nach, was Catherine ihm in der anderen Halluzination gesagt hatte: Wenn »er« mit dir spricht, hör ihm zu. Es lohnt sich. »Er« sagt die Wahrheit …

Verflucht. Es war wie ein Traum in einem Traum in einem Traum, jetzt wog er schon eine Halluzination gegen die andere ab. Doch dann fragte er: »Was würde geschehen, wenn Johanna trotz allem niemals geboren würde?«

Sein Zwilling im Papstgewand sah ihn an, als entdeckte er gerade eine unheilvolle Entschlossenheit, die er so niemals in dem anderen Persönlichkeitsanteil vermutet hätte.

»Dann wäre das die Zerstörung. Das Ende. Das schwarze, absolute Nichts.« Er schnippte mit den Fingern.

Erneut stand Ciban auf der Aussichtsterrasse des Aventins. Doch diesmal blickte er auf die Ruinen von Rom, auf eine gewaltige, dumpfe Finsternis wie nach einem Flächenbombardement. Häuser, Paläste, Museen, Kirchen … alles zerstört. Die Ewige Stadt ein Trümmerhaufen, ein Massengrab. Ja, es war, als stünde er in einem von Davids visionären Endzeitgemälden.

»Bragadin und Bois sind kluge und gute Männer«, fuhr Cibans Zwilling fort. »Doch keiner von beiden kann es mit der Dunkelheit aufnehmen, die dort draußen heranwächst, um alles zu vernichten. Wie du jedoch am besten weißt, bin ich ein ausgesprochener Überlebenskünstler, ich hänge an meinem Leben. Und ich liebe Catherine und die Kinder. Auf meine Art. Ich habe keinerlei Interesse am Untergang der Schöpfung.«

Nachdenklich ließ Ciban seinen Blick über das zerstörte, totenstille Rom wandern, über Paläste, deren Ruinen wie Gerippe in den Himmel ragten, und menschliche Knochenreste. So also sähe die Welt aus, nachdem die große finstere Macht ein für alle Mal mit der Menschheit abgeschlossen hätte.

»Wir müssen die Pforten versiegeln«, hörte er den Ciban-Papst sagen. »Noch sind die Risse minimal, aber wenn es erst einmal hindurch ist, haben wir keinerlei Chance. Es verschlingt alles, jeden, gnadenlos.«

»Sobald ich wieder in meiner Realität bin, kümmere ich mich darum«, antwortete Ciban.

Sein päpstliches Gegenüber schüttelte den Kopf. »Die Sache hat wie so vieles ein, zwei Haken. Falls du diese Prüfung überlebst, wirst du dich danach an vieles nicht mehr erinnern. Und … du wirst ein anderer sein. Doch nun zurück zu dieser Prüfung, denn im tiefsten Kerker deines Gedankenpalastes wird sich nicht nur dein, sondern auch mein Schicksal entscheiden.«

Die Szenerie wechselte. Eine große Wendeltreppe tat sich vor Ciban auf, erinnerte ihn an die elegante, doppelläufige Spiraltreppe am Ausgang der Vatikanischen Museen. Doch diese Treppe führte in einen finsteren, tiefen, endlosen Schlund.

»Du fühlst dich zum Licht hingezogen«, sagte sein Begleiter. »Deshalb willst du gut sein. Doch wir beide wissen, dass gut sein allein in einer schlechten Welt nicht genügt. Deshalb bin ich bei dir. Dort unten wartet heute die größte Herausforderung – auf dich und mich.«

Sie stiegen die Wendeltreppe hinab und tauchten ein in die nebelartige Düsternis. Nach einer Weile glaubte Ciban, die Umrisse eines tiefschwarzen, flackernden Objektes zu sehen.

Unten angekommen, betraten sie einen Raum, in dem ein massiver Käfig aus Energie stand. Es war der geistige Kerker, in dem Ciban seine ganz persönliche Nemesis in Schach hielt, wobei ihm Catherines Liebe zusätzliche Kraft verlieh. Jetzt sah er diesen Feind zum ersten Mal ganz deutlich. Die undurchdringliche Schwärze, geformt wie ein Schwert, knisterte und fauchte umgeben von einer unheimlichen Schmiedeglut.

Der Splitter der Finsternis.

Abgrundtief böse.

Abscheulich.

Gewissen- und gnadenlos.

Der Splitter hatte ihn erwartet und beobachtete ihn.

»Es kann jede Form annehmen, die es wünscht«, erklärte sein päpstlicher Zwilling. »Und inzwischen kennt es jede unserer Stärken und Schwächen. Es weiß, wie wir denken, was wir glauben und wie wir fühlen. Es weiß, wen wir hassen, und es weiß, wen wir lieben. Deshalb hat dich der Feind in San Leonardo damit infiziert.«

Das strahlende, flackernde Schwert verwandelte sich in eine finster lodernde Flamme. Und die Flamme wurde zu einer menschlichen Gestalt.

David!

Der Splitter in der Gestalt des Jungen trat auf die beiden Cibans zu.

»Du bist hier. Endlich. Wir haben viel zu bereden, Vater.«

* * *

Welten und doch nur einen Raum weit entfernt, beobachtete Kardinal Bragadin, wie die überwachende Ärztin die Zufuhr des Elixiers in Cibans Blutkreislauf reduzierte und schließlich ganz unterband. Einige Sekunden darauf schlugen die Anzeigen des EEG-Monitors so hektisch aus, als erlitte Cibans Gehirn einen Krampfanfall.

Etwa dreißig Sekunden darauf pendelten sich die Monitoranzeigen wieder ein. Regungslos starrte Ciban mit offenen Augen zur Decke, als ob er dort etwas Bestimmtes sehen konnte.

»Er hat genug aufgenommen«, erklärte die Ärztin. »Von jetzt an ist er auf sich allein gestellt. Beten wir, dass Sie nicht gezwungen sind, ihm das letzte Sakrament zu spenden, Eminenz.«

»Wir werden sehen«, entgegnete Bragadin.

Letztendlich lag das Schicksal jedes Einzelnen in Gottes Hand.

37

Der Nonstop-Flug von Chicago nach Rom dauerte fast neuneinhalb Stunden. Als die Passagiermaschine die italienische Küste erreichte und kurz darauf endlich zur Landung auf dem Leonardo-da-Vinci-Flughafen ansetzte, fühlte Paula Tennant sich, als hätte sie den Lake Michigan einmal der Länge nach durchschwommen. Natürlich hatte sie während des Flugs versucht, ein paar Stunden zu schlafen, doch leider war es trotz Ohropax bei dem Versuch geblieben. Wenigstens hatte Bud Kearns friedlich vor sich hin geschnarcht.

Eine Dreiviertelstunde nach der Landung hatten

Paula und Kearns ihr Gepäck eingesammelt und einen Wagen für die Fahrt nach Rom zu ihrem ISA-Quartier gemietet. Das Verkehrschaos, das zwei Wochen nach dem Anschlag noch immer in der Stadt herrschte, erwischte sie eiskalt, weshalb sie erst gegen halb drei in der italienischen Niederlassung der International Security Agency eintrafen.

Das Chicagoer Büro hatte für sie inzwischen einen kurzfristigen Termin im Vatikan vereinbaren können, allerdings erst für den späten Nachmittag. Und auch nur mit dem Kommandanten der Vigilanza und irgendeinem Sekretär aus Kardinal Cibans Stab, der zunächst Tuchfühlung mit Paula und Kearns aufnehmen und sie bei der Gelegenheit über das morgige Hauptmeeting informieren würde. Auch Schwester Catherine Bell würde Paula frühestens morgen zu Gesicht bekommen.

Für das morgige Treffen trug Paula ihre komplette Akte über die Messias-Morde bei sich, und die würde sie diesem Kardinal Ciban und seinen Leuten – möglicherweise auch Monsignore Follador! – auf den Schreibtisch knallen, damit sie endlich Informationen und Unterstützung seitens der Kirche bekam. Während des Flugs hatte Paula viel über den Fall nachgedacht und sich eine Strategie für das Vorgehen mit dieser eiskalten Eminenz zurechtgelegt.

Ihre Vermutung hinsichtlich Peter Willetts hatte sich leider nicht bewahrheitet. Noch vor dem Start der Airline in Chicago hatte Tom Bamford, der Innendienstagent, Paula zurückgerufen und mitgeteilt, dass Willetts nicht der ominöse Unbekannte war, der mit Ava Bell im Restaurant des John Hancock Center zu Abend gegessen hatte. Das war so frustrierend für Paula gewesen, dass sie fast in den Plastikmüllsack einer Schnellimbissbude getreten hätte, doch dann wäre ihr Ruf als Profi und gefestigte Persönlichkeit ruiniert gewesen.

Der große Unbekannte blieb also nach wie vor unbekannt – und weiter im Spiel.

Immerhin verfügte Paula nun dank der Unterstützung des Kellners, der Ava Bell und ihren Begleiter bedient hatte, über ein ausgezeichnetes Phantombild. Der Kellner besaß ein außerordentliches Personengedächtnis und verstand sich darüber hinaus auf Porträtmalerei, da er neben seinem Tagesjob Kunst studierte. Inzwischen lief das Bild durch die Datenbanken der ISA und weiterer Nachrichtendienste.

Und vielleicht entdeckte das Spezialteam ja doch noch etwas in den Häusern von Ava Bell und Peter Willetts.

Jetzt war Paula erst einmal auf das nachmittägliche Treffen mit dem Leiter der Vatikanpolizei, Adrian Coelho, und Cibans Sekretär gespannt.

* * *

Hätte Cabot Lynds geahnt, dass eine Agentin der International Security Agency mit ihm im gleichen Flieger nach Rom saß und über ihn als Verdächtigen im Mordfall »Ava Bell« nachdachte, hätte er sich noch weit unwohler gefühlt. So aber saß er trauernd im Hauptdeck in der »Premium Economy Class«, verbarg sein Gesicht hinter einer dicken selbsttönenden Hornbrille, rekapitulierte die Ermittlungsarbeit der letzten Monate und dachte über den Notfallplan nach.

Avas Tochter sollte auf gar keinen Fall das gleiche Schicksal widerfahren wie Luise Lewin und Simeon

Russel. Die junge Deutsche war spurlos verschwunden, höchstwahrscheinlich tot, und der junge Engländer saß mittlerweile in einem Sanatorium ein, zu dem Lynds sich mittels einer falschen Identität Zugang verschafft hatte.

Was immer mit Simeon geschehen war, was auch immer seine Seele in den Irrsinn getrieben hatte, kein Psychiater und kein Therapeut der Welt würde dem jungen Mann, der Stimmen hörte und permanent von Wahnvorstellungen gequält wurde, jemals zurück in die Welt der Normalen helfen können. Er war ein hoffnungsloser Fall. Laut Patientenakte hatte Simeon jede Erinnerung an seine Vergangenheit ausgelöscht, einschließlich seines Ichs, weil das Geschehene zu schmerzvoll war.

Lynds hatte dennoch den Kontakt zu Simeon gesucht und bei zwei Gelegenheiten, im Park der Anstalt, mit ihm sprechen können. Doch nichts von dem, was der junge Mann von sich gegeben hatte, ergab auch nur irgendeinen Sinn. Es sei denn, man wollte ein Drehbuch für einen abgefahrenen Hollywoodfilm schreiben.

Was hatte Simeon noch einmal von sich gegeben?

Die Barriere zwischen den Toten und den Lebenden würde fallen.

Das Zeitalter der Menschen würde enden.

Was sollte das heißen, dass die Toten zu den Lebenden kämen und dies der Anfang vom Ende war? Und was hatte Simeon mit diesen Schlüsseln gemeint, von denen er dauernd gefaselt hatte?

Doch auch wenn Lynds mit diesem konfusen Gestammel nichts hatte anfangen können, so hatte er trotzdem alles genauestens für Ava Bell festgehalten, denn so hatte sein Auftrag gelautet.

Als der Airbus die italienische Küste erreichte, ging Lynds noch einmal den Notfallplan durch, denn trotz Plan musste er improvisieren. Er konnte nicht direkt auf Avas Tochter zugehen, sondern musste vielmehr damit rechnen, dass sie beobachtet wurde.

Um der größeren Flexibilität willen hatte er sich wie bei seinem letzten Romaufenthalt in zwei Hotels eingebucht. Das eine war ein Luxushotel im Herzen der Stadt, in der Hoffnung, dass man ihn an solch einem kostspieligen Ort am allerwenigsten vermuten würde. Das andere war die »Residenza Paolo VI.« mitten im Vatikan. Das erhöhte seine Chancen, Avas Tochter so unauffällig wie möglich ausfindig zu machen.

Nachdem der Airbus gelandet war und die Parkposition eingenommen hatte, schnappte Lynds sein Handgepäck und seine Baseballkappe. Mehr hatte er nicht dabei.

Im Handgebäck befanden sich zwei wichtige Mitbringsel für die junge Ordensfrau. Einmal alle Informationen, die Lynds in den letzten Monaten für seine Auftraggeberin gesammelt hatte. Dann etwas, das Ava ihm, sollte ihr etwas zustoßen, vor seiner letzten Romreise für Catherine Bell ausgehändigt hatte.

Ein Abschiedsbrief. Versiegelt.

38

Während Paula Tennant und Cabot Lynds in Rom ankamen und ihre jeweiligen Schlachtpläne überdachten, durfte Lianne Rodt im Vorzimmer des Präfekten der Glaubenskongregation feststellen, dass eine neuerliche Terminvereinbarung für ein Interview mit dem Kardinal zurzeit unmöglich war.

Lianne war gerade von einem Interview mit einem Prälaten im Staatssekretariat gekommen und hatte die Gelegenheit genutzt, rasch zum Palast des Heiligen Offiziums hinüberzueilen und persönlich in Cibans Sekretariat vorzusprechen. Vor dem Hintergrund ihrer neu gewonnenen Erkenntnis hatte sie die halbe Nacht damit verbracht, Catherines letztes Buch zum Thema »Wahrheit und Inquisition« noch einmal zu lesen, und sich dabei ein paar Notizen für ihr Interview mit dem Kardinal gemacht. Vielleicht konnte sie es arrangieren, dass das Gespräch – meist folgten Vatikangespräche einem eher förmlichen Protokoll – eine ganz neue Wendung nahm, sofern sie nur endlich zum Zuge kam.

Doch Seine Exzellenz Bischof Tardini hatte ihr erklärt, dass er ihr im Moment keinen Termin für ein Gespräch mit Ciban geben könne. Der Terminkalender des Präfekten sei bis auf Weiteres voll. Aber Tardini würde ihr Bescheid geben, sobald sich für Liannes Anliegen eine Gelegenheit ergab.

Also bedankte Lianne sich artig, so frustrierend die Lage auch war, denn sie hatte das Gefühl, dass der alte

Bischof ihr durchaus wohlgesinnt war, und solche Verbindungen verscherzte man sich nicht.

Als sie auf den Gang hinaustrat, erblickte sie in einiger Entfernung einen jungen Monsignore mit einem Glaskrug am Wasserspender. Einer der engeren Mitarbeiter des Kardinals, wenn sie sich recht erinnerte.

Sie trat auf den jungen Pater zu. »Entschuldigen Sie, aber sind Sie nicht Monsignore Rinaldo?«

»Ja, der bin ich.«

»Ich bin Lianne Rodt. Ich habe vor einigen Wochen Schwester Catherine Bell interviewt und gerade mit einem Ihrer Kollegen im Staatssekretariat, Bischof Tardini, gesprochen. Ich würde gerne einen Interviewtermin mit Ihnen vereinbaren.«

Sie bemerkte, wie der Wasserkrug in Pater Rinaldos Hand leicht überschwappte.

»Ich habe Ihren Artikel über Schwester Catherine gelesen und fühle mich geehrt, Signora. Doch im Augenblick geht es nicht. Vielleicht ein andermal.«

»Kein Problem. Ich verstehe, dass Sie alle zurzeit mit Wichtigerem beschäftigt sind. Der Anschlag … das alles ist nur schwer zu ertragen.« Sie atmete tief durch, fühlte sich ein wenig benommen. Das lange Arbeiten bis tief in die Nacht hatte sie einiges an Kraft gekostet.

Doch Pater Rinaldo interpretierte ihr Seufzen offenbar ganz anders. »Ja, es ist ein großer Schock. Kommen Sie. Dort drüben auf der Bank können Sie sich ein wenig ausruhen.«

Er geleitete sie zu einer Palisanderbank mit Sitzpolster. Lianne ließ sich darauf nieder, als wäre die Bank ihr letzter Rettungsanker.

»Ich hole Ihnen etwas zu trinken.«

»Danke. Das ist sehr freundlich von Ihnen, Pater.«

Keine zwei Minuten später saß Lianne mit einem Glas Wasser in der Hand neben dem jungen, äußert charmanten Pater und erholte sich allmählich. Sie fingen an zu sprechen, ganz zwanglos und wie von selbst. Sprachen über Gott und die Welt, über die Kirche und die Welt, über Monsignore Rinaldos wichtigen Arbeitsbeitrag in dieser Welt. Und über eine beeindruckende Nonne und einen sehr gestrengen Kardinal.

* * *

David hatte in dieser Nacht viele seltsame Träume gehabt. Weit mehr und noch bizarrer als sonst, und alle Visionen hatten irgendwie zu dem Bild mit dem Ritter in der stählernen Rüstung auf dem Schimmel gehört, der gegen die drei Reiter auf dem aschfarbenen, dem schwarzen und dem feuerroten Pferd kämpfte.

Sowohl der Ritter als auch die Reiter waren Halbwüchsige oder Kinder.

Nun griff David zu seinen Malutensilien und ergänzte das Bild. Das kleine Mädchen mit dem goldenen Haar und den himmelblauen Augen auf dem aschfarbenen Pferd erhielt nun ein Banner, auf dem ein Gerippe mit Sense und Stundenglas abgebildet war. Der Junge mit dem braunen Haar und den grünen Augen auf dem schwarzen Pferd trug nun ein Banner mit dem Totenschädel eines Fischs und gekreuzten Knochen. Die vernarbte Gestalt mit den schwarzen Flügeln auf dem feuerroten Pferd erhielt ein Banner mit einer zum Angriff geballten Faust. Das Zeichen von Krieg, Gewalt und Konflikt.

Der Ritter auf dem Schimmel, eine wunderschöne

Frau mit einem Banner, das ebenso ein Schwert war, erhielt einen fürstlichen Umhang. Aus dem Banner machte er eine Standarte, ein Hoheitszeichen, hinter dem die himmlischen Legionen standen. Dazu Lilien auf einem weißen Feld, die Figur Jesu Christi, der die Welt in Händen hielt und von zwei Engeln flankiert wurde, sowie die Worte »Jesus Maria«.

Als das getan war, skizzierte David den Hintergrund und damit den Schauplatz. Alles lag nun im Schatten einer kolossalen Kuppel auf einem weitläufigen Platz. Die düsteren Wolken über dem Dom erschienen wie von einem mächtigen Pflug aufgerissen, bevölkert von zahlreichen, seltsamen Schemen.

Direkt über der Kuppel schwebte eine menschliche Gestalt, die an ein himmlisches Kreuz geschlagen war. Aus ihr heraus zuckten und strahlten Blitze wie ein gewaltiges Naturspektakel und fuhren sowohl in den Himmel als auch in die Erde hinein.

Etwas ungeheuer Bedrohliches lauerte hinter dem Himmelsriss. Das spürte David plötzlich sehr intensiv.

Und er spürte noch etwas anderes.

Irgendwoher kannte er die Gestalt an dem himmlischen Kreuz.

Dann war ihm plötzlich, als hätte sich etwas in dem Bild bewegt, als deutete die Ritterin auf dem Schimmel direkt auf ihn. Und dann sprach sie. Er hörte ihre kraftvolle Stimme direkt in seinem Kopf.

»Hallo David. Fürchte dich nicht. Mein Name ist Jeanne.«

39

Nördlich der Ewigen Stadt, in der Provinz Rom, saß Lazarus in seinem geheimen Refugium im Wald vor dem Computer und öffnete eine neue San-Leonardo-Datei. Inzwischen hatte das digitale Archiv ihn einiges über die Arbeitsgebiete und die Arbeitsweise der geheimnisvollen Ordensgemeinschaft gelehrt. Wissen, das er für Catherine und Ciban Punkt für Punkt in einer verschlüsselten Datei zusammenfasste und ordnete.

Interessant war, dass die Bruderschaft relativ unabhängig von ihrem Mutterorden, dem Lux Domini, gearbeitet hatte. Ebenso aufschlussreich war die Erkenntnis, wie sehr der Einfluss des Lux innerhalb der Kurie seit Leos Pontifikat zugenommen hatte. Kein Wunder, dass die Gegenmaßnahmen traditionalistischer katholischer Organisationen wie das Opus Dei oder die Legionäre Christi in letzter Zeit immer rabiater geworden waren, doch genutzt hatte es diesen erzkatholischen Eliteclubs allerdings nichts. Und jetzt stand die Kirche ohnehin vor einem weit größeren Problem. Den Triaden.

Als Lazarus nun diese Datei öffnete und sich der Verzeichnisbaum mit den Ordnersymbolen vor seinen Augen entfaltete, beugte er sich so verblüfft zu dem Bildschirm vor, dass er dabei fast seine Kaffeetasse umstieß.

Die Namen der Ordner stammten aus dem Abkürzungsregister der Triadenbibel. Und das berührte Lazarus nicht nur als Gelehrten, sondern in ganz besonderer

Weise als Angelologen, der sich seit langer Zeit mit den Triaden befasste.

In der obersten Ordnerhierarchie ging es um die Einführung der Chöre der Engel. In den drei Ordnern darunter um die erste bis dritte Triade. Jeder Triadenordner enthielt wiederum drei Unterordner. Der erste befasste sich mit den Seraphim (Sph), Cherubim (Chb) und den Thronen (Thn). Der zweite mit den Herrschaften (Hft), Mächten (Mht) und Gewalten (Gwt). Und der dritte mit den Fürstentümern (Fst), den Erzengeln (Ezl) und den Engeln (Enl).

Neben den Chören der Engel verwies der Verzeichnisbaum auch auf einen Ordner, der die sieben Himmel zum Thema hatte. Ebenso existierte ein Ordner, der sich mit dem Anfang befasste, mit der Genesis, der Erschaffung der Welt sowie der frühen Evolution von Engel und Mensch.

Und dann entdeckte Lazarus ein Verzeichnis der »Bücher des Chors der Erzengel«, und ihm wurde innerlich heiß und kalt.

Er ging die Übersicht durch. Sie war nicht vollständig, aber sie reichte vom Chor der Erzengel hinauf bis zu den Seraphim und Cherubim.

Azrael. Der Engel des Todes, der auch über das ein oder andere Menschenleben richtete.

Uriel. Der Engel des Umsturzes, der Noah aufgesucht hatte, um ihn vor der Sintflut zu warnen, und der die Schlüssel zur Hölle besaß.

Raphael. Der Engel des Wissens und des Heilens. Er hatte König Salomo beim Bau des Tempels geholfen.

Gabriel, der Engel der Verkündigung. Das Ertönen seiner Trompete würde das Jüngste Gericht ankündigen.

Und dann Michael. Er war der Engel des Lichts. Er hatte Adam und Eva mit dem Schwert aus dem Paradies vertrieben und Luzifer mit seinen zweihundert Anhängern in den Abgrund gestürzt. Er führte die Kräfte des Guten an. Er war der Engel des Weltgerichts, dessen Posaunenklang die Toten aus ihren Gräbern erwecken und dessen Schwert Satan endgültig töten würde. Michael wachte über das Paradies, so wie Petrus über die Himmelspforte.

Im »Buch des Erzengels Michael« stieß Lazarus auf eine Liste mit Personen, denen Michael erschienen war; es befanden sich Menschen darunter, deren nicht immer tugendhaftes Potenzial er für seine Zwecke genutzt hatte. Die meisten Namen kannte er aus dem Alten und dem Neuen Testament sowie den Apokryphen, doch darüber hinaus fanden sich noch etliche weitere aus der Antike und der Zeit des Mittelalters. Kaiser Konstantin, der nach einer Vision die Fahnen seiner Truppen mit dem christlichen Kreuz ausstatten ließ und zu dessen Vermächtnis nicht nur die Grabeskirche in Jerusalem gehörte, wo Jesus Christus einst gekreuzigt worden war, sondern auch eine Basilika über dem Grab des Apostels Petrus, aus der später der Petersdom hervorging. Papst Gregor, dessen Gebete Michael erhörte, um Rom von der Pest zu befreien. Jeanne d'Arc…

Lazarus hielt inne, denn er sah das erste Mal in seinem Leben nicht nur eine Verbindung zu Michael, sondern auch zwischen dem Erzengel Uriel, der heiligen Johanna und den Schlüsseln zur Hölle. Außerdem war es eines der wenigen Male, dass eine Datei eine längere Anmerkung von Abt Umberto mit dem Hinweis zu einer anderen Datei enthielt.

Lazarus folgte dem Hinweis und stieß schließlich auf weitere Ordner, die hierarchisch unterteilt waren.

Dabei klappte ihm der Mund auf.

Eine Abhandlung über die Statuten der himmlischen Hüter der Pforten.

Darunter ein Ordner über die Statuten der irdischen Liga der Torhüter.

Jeweils darunter Lehre, Tradition, Ursprünge, Hierarchie und Rituale.

Dazu ein Kommentar von Abt Umberto:

»Wenn der Himmel sich außerhalb von Rom jemals auf die Erde gestützt hat, um die Pforten des Himmels zu schützen, dann in L'Aquila und Orléans! Der Schlüssel liegt im ›Menschen‹!«

40

Während sich Lazarus in der römischen Provinz durch die San-Leonardo-Dateien arbeitete und eine Entdeckung nach der anderen machte, durchquerte Bruder Augustinus mit andächtigen, aber zielstrebigen Schritten das Mittelschiff des Petersdoms. In den Wandschriften unter dem majestätischen Deckengewölbe standen Jesu Worte »Ich habe für dich gebetet«.

Augustinus hatte während des Flugs nach Rom – in einem Privatjet von Re-Source – sehr viel gebetet.

Für Henrik Vandenberg, die rechte Hand des Meisters.

Für Seine Heiligkeit den Schwarzen Papst selbst.

Für all die Seelen, die dank des Auftrags des Meisters aus ihrem menschlichen Elend befreit worden waren. Darunter Isabel Lewin, Anne Russel, Ava Bell und Peter Willetts. Und natürlich für Luise und Simeon, deren kostbare Gabe einem höheren Ziel und Zweck zugeführt worden war.

Augustinus hatte auch ein Gebet für Pater Darius erübrigt. In der Gewissheit, dass dessen Seele aufgrund seiner Verfehlungen in der Hölle schmorte. Der Meister hatte Augustinus zwar erklärt, dass vor den Augen Gottes jeder Mensch Wert und Würde habe und Vergebung verdiene, doch bei Darius lag der Fall anders, denn der Pater hatte Augustinus verraten. Sein psychologisches Gutachten hatte die Karriere des jungen Geistlichen am KIMH beendet und in Rom unmöglich gemacht. Stattdessen hatte man Augustinus sogar in ein Rehabilitationszentrum für katholische Priester überführt. Um seine aus der Balance geratene Seele zu heilen, wie es hieß.

Nach einigen unglücklichen, ja blutigen Zwischenfällen – an denen Augustinus natürlich keinerlei Schuld trug – und diversen Therapiesitzungen hatte einer der Ärzte schließlich die ungeheure Ungerechtigkeit erkannt, die dem jungen Geistlichen widerfahren war. Dr. Kava hatte nicht nur tiefes Verständnis gezeigt, er lehrte Augustinus auch, seine Stärke zu beherrschen und mit seiner außergewöhnlichen Gabe, mutig »das Richtige zu tun«. Mithilfe einer speziellen Abschirmtechnik solle er sie vor den Mitpatienten und dem restlichen Klinikpersonal verbergen.

Unter Dr. Kava machte Augustinus erstaunliche Fortschritte, bereits nach knapp einem Jahr wurde er als geheilt aus der Klinik entlassen und trat dem Orden der

»Wächter vom Heiligen Kreuz« bei. Eine kleine Elitegemeinschaft, die nur in speziellen Fällen zum Einsatz kam, wie Dr. Kava erklärte.

Henrik Vandenberg war der heimliche Gründer und Gönner des kleinen Trupps, der allerdings nicht nur dem römischen Pontifex, sondern auch dem Meister die Treue geschworen hatte.

Aber Vandenberg war auch ein Freund und Gönner der Kirche, und so hatte er nun seinen alten Weggefährten Sergio Kardinal Gasperetti kontaktiert und diesen darum gebeten, einige Dinge für den jungen, aufstrebenden Augustinus zu arrangieren. Und so hatte der junge Ordensmann am Vormittag seinen vatikanischen Passierschein in Empfang genommen und eines der schlichteren Zimmer im Domus Sanctae Marthae gleich hinter dem Petersdom bezogen.

Während er nun durch das breite Mittelschiff des Doms ging, atmete er dessen gewaltige lichtbeschienene Dimensionen ein. Die hohen Fenster im Tonnengewölbe erstrahlten wie ferne Leuchten.

Vor dem Papstaltar bog Augustinus nach rechts ab und verweilte einen Moment vor der Marmorstatue des heiligen Longinus, bevor er den wenige Meter entfernten Eingang zu den Grotten nahm. Er spürte die knisternde Spannung des energetischen Feldes um den Papstaltar, die um so vieles feiner und himmlischer war als die des groben schalenartigen Schutzschildes, den er schon beim Überqueren des Petersplatzes wahrgenommen hatte. Das fein gewobene Feld unter der Kuppel war von spiritueller Magie und strahlte von den vier rund um den Hauptaltar angelegten Kuppelpfeilern und deren Rundnischen aus.

Vier monumentale Heiligenstatuen standen in diesen Nischen, jeder Heilige hatte zu der Passion Christi eine Verbindung. Die heilige Veronika mit dem Schweißtuch Jesu. Die heilige Helena, die das Kreuz Christi aus dem Heiligen Land nach Rom gebracht hatte. Longinus, dessen Lanzenstich Jesu Pein am Kreuz beendete, sowie der Apostel Andreas, der zu Neros Zeiten predigte und gekreuzigt worden war. In den darüberliegenden Rundbogen wurden die jeweiligen Heiligenreliquien aufbewahrt und nur an Festtagen präsentiert. Sie waren die eigentliche Quelle all dieser Spiritualität.

Selbstsicher ließ Augustinus seinen Blick durch den Dom gleiten, ehrfürchtig eilten Pilger und Touristen von der Renaissance- und Barockkunst verzückt von einem Punkt zum andern. Für die wahre spirituelle Ausstrahlung waren sie allerdings taub und blind. Etliche waren nicht einmal religiös, geschweige denn katholisch.

Augustinus dachte noch einmal über diesen neuen und gröberen Außenschutzschirm nach, den er beim Betreten der Kolonnaden gespürt hatte. Dieser Schirm war das eigentliche Problem, er stand dem großen Plan im Wege, weshalb er zerstört werden musste. Dass dabei auf beiden Seiten Seelen sterben würden, ließ Augustinus so kalt wie der Marmor, der ihn umgab.

Als Augustinus das Hauptschiff verließ und die Treppe hinunter zu den Grotten nahm, fühlte er, wie sich die spirituelle und mediale Spannung verstärkte. Die aufgeladene Atmosphäre erinnerte den jungen Mönch geradezu an den Ozonduft, den Blitze verströmten.

Er atmete tief durch.

Augustinus' Mission, von der Gasperetti selbstredend nichts wusste, bestand aus zwei Teilen. Zum einen sollte er in Kontakt mit dem Informanten der Liga der Torhüter treten, denn mit den Portalen zwischen Diesseits und Jenseits stimmte etwas nicht, was seinem Herrn ganz und gar nicht behagte. Zum anderen interessierte sich der Schwarze Papst seit Neuestem für Schwester Catherine Bell.

Augustinus hatte Schwester Catherine am frühen Morgen an der Hotelrezeption des Domus gesehen. Trotz einer Bemerkung, die er in den Raum gestellt hatte, hatte sie ihn nicht wahrgenommen. Nun gut, vielleicht war seine Bemerkung doch etwas zu allgemein gewesen, irgendwie schien die Nonne nicht ganz bei der Sache. Trotzdem war ihre mentale Abschirmung exzellent. Ein Auge auf die Nonne zu haben erfüllte Augustinus jedenfalls mit besonderer Freude, denn sie war eine von Darius' Lieblingsstudenten gewesen. Um der Gerechtigkeit willen hatte Ava allein schon deshalb mehr leiden müssen.

Augustinus passierte das Petrusgrab, ohne auch nur eine Sekunde innezuhalten. Dann folgte er einem staubigen Tunnel und einer schmalen Treppe weiter in die Tiefe, genau so wie der Informant der Liga den Weg beschrieben hatte.

Der spärlich beleuchtete Weg endete schließlich in einer großen Kammer, aus der ein eigentümliches blaues Licht flammte. Einen Moment dachte Augustinus daran, in den Tunnel zurückzukehren, doch dann spürte er die sakrale Aura der blauvioletten Lichtranken, die in der Kammer regelrecht aufflammten. Als er näher trat, sah er an der hinteren Wand der Kammer einen haarfeinen Riss, aus dem Energie mit einem sphärischen Klang herausstrahlte. Darunter ein Grabungsloch. Und daneben einen ordentlich aufgetürmten Haufen Ziegelsteine, auf denen eine alte, abgewetzte Aktentasche lag.

Hier also sollte er den Kontaktmann treffen und die Botschaft für seinen Herrn empfangen. Wie kurios.

»Ein hypnotischer Anblick, nicht wahr?«

Aus den Schatten tauchte eine Gestalt in einem hellen Ordensgewand auf. Mindestens einen Meter achtzig groß, schlank, nein dürr. Mit kahlem Schädel, hagerem Gesicht und Nickelbrille. Augustinus kannte den Mann nicht, aber er war ganz offensichtlich ein Schreibtischhengst, der ihm wohl kaum gefährlich werden konnte.

»Ist dies das Portal?«

»Ein winziger Teil davon. Ich selbst habe diesen Riss erst vor Kurzem entdeckt und freigelegt«, erklärte der Brillenträger nicht ohne Stolz. »Es freut mich, dass Ihr Herr trotz unseres kleinen Missverständnisses zu weiteren Gesprächen bereit ist.«

»Seine Heiligkeit sorgt sich«, erklärte Augustinus, ohne den Blick von dem Lichtriss abzuwenden. Er wurde fast schon magisch von der Erscheinung angezogen. Und inzwischen war er sich sicher, da waren sphärische Klänge. Ein feines, leises und doch klares tausendfaches Flüstern.

»Schauen Sie sich den Übergang ruhig genauer an. Es ist eine Offenbarung.« Um seine Worte zu belegen, schritt der Brillenträger auf die hintere Wand zu und blieb vor der Erscheinung stehen.

Als Augustinus näher trat, spürte er das zarte Gewebe aus Energie auf seiner Haut, sogar durch die Kutte. Der strahlende Riss entpuppte sich beim Näherkommen als eine schmale Spalte. Es war, als würde man in eine Protuberanz der Sonne hineinsehen. Nur viel schöner. Der junge Mönch glaubte sogar Gestalten auf der anderen Seite des Portals zu sehen.

Abrupt löste er sich von dem magnetisierenden Anblick, kramte in seiner Kutte und holte eine französische Tageszeitung hervor. Die Schlagzeile war ihm am frühen Morgen am Flughafen ins Auge gefallen, und nun hielt er sie seinem Gegenüber hin.

JUNGFRAU KÜNDIGT WELTUNTERGANG AN!

Laut dem Artikel war Johanna von Orléans auf dem alten Markplatz in Rouen gesichtet worden, in den Flammen eines Scheiterhaufens, und hatte das bevorstehende Weltende angekündigt.

»Die Pforten müssen wieder versiegelt werden«, fügte Augustinus nachdrücklich hinzu.

»Wissen Sie«, begann der hagere Kahlkopf und hob die rechte Hand, »das mit dem Schließen der Pforten ist nicht so einfach. Es war schon schwer genug, sie auch nur einen Spalt weit zu öffnen. Und nun, wo ich weiß, wie ich an den letzten Schlüssel gelangen kann, werde ich den Teufel tun, den Riss wieder zu versiegeln. Ganz im Gegenteil.«

Augustinus traute seinen Augen nicht. Plötzlich starrte er in den Lauf einer schallgedämpften Pistole, während der Brillenträger anfing, aus der Genesis zu zitieren.

»Zu der Zeit und auch später noch, als die Gottessöhne zu den Töchtern der Menschen eingingen und sie ihnen Kinder gebaren, wurden daraus die Riesen auf Erden. Die Helden der Vorzeit, die hochberühmten …«

»Sie sollten sich meinen Herrn lieber nicht zum Feind

machen«, unterbrach Augustinus den Brillenträger nervös stammelnd.

Der Kahlkopf hielt inne, doch die Augen hinter den Brillengläsern blickten eiskalt. »Aber dein Herr und seine Brut sind doch gerade das Problem. Sie verrieten Gottes Gesetz und brachten das Böse in die Welt. Sie sind der Ursprung all des Elends, das der Mensch seither zu ertragen hat. Unter uns gesagt, ist es mir unerklärlich, wie du für diese Brut arbeiten kannst. Ohne deinesgleichen hätten diese Verräter die große Sintflut sicher nicht überlebt.«

»Sie haben den Verstand verloren. Sie sind verrückt!«

»Mag sein. Dennoch habe ich erfahren, dass es noch etliche dieser Engelsbastarde in unserer Welt gibt. Und ich gebe dir mein Wort, mein lieber Bruder, dass keiner von dieser Art die zweite Flut überleben wird. Koste es, was es wolle.«

Der dürre Brillenträger hob die Waffe an und behielt Augustinus aufmerksam im Blick.

»Warten Sie!«

»Eigentlich beneide ich dich, denn du wirst gleich auf der anderen Seite sein.«

»Bitte.«

»Los. An die Wand. Berühre den Riss.«

Augustinus hörte das leise metallische Klicken, als der Dürre den Hahn spannte. Hinter ihm knisterte der Übergang vor astraler Energie.

Es blieb ihm nichts anderes übrig. Er trat direkt an die Wand. Sofort umfingen ihn etliche Lichtfinger.

»So ist es gut. Und nun lege dein Ohr an die Wand und lausche! Die Erfahrung soll individuell sehr unterschiedlich sein.«

Augustinus war überrascht, denn es war gar nicht so schlimm. Ganz im Gegenteil, er hörte sogar vertraute Stimmen. Die der Mutter. Die des Großvaters. Dr. Kava … dazu ein einlullendes Knistern und Zischen, wie unter dem geschlossenen Deckel eines Grills.

Dann war da plötzlich ein anderes Geräusch. Ein seltsames Klacken. Andererseits auch irgendwie vertraut.

Er drückte das Ohr noch dichter an die Wand. Dann glaubte er, es sogar zu sehen.

Auf der anderen Seite.

Eine Gestalt mit einem Instrument in der Hand.

Klack. Klack. Klack.

Messer. Gabel. Löffel.

Es war er selbst.

Im Moment der Erkenntnis zog sein Spiegelbild ihn zu sich heran, und das viel schneller und kraftvoller, als es in der materiellen Welt möglich gewesen wäre.

Augustinus holte entsetzt Luft, um einen Schrei auszustoßen, doch da riss etwas Kaltes, Scharfes ihm auch schon die Zunge heraus.

Er brüllte!

Um wie vieles stärker der Schmerz auf der astralen Ebene doch war!

Doch die Zunge war erst der Anfang. Vor Angst verlor er fast den Verstand.

Auf der irdischen Seite der Schleuse loderte sein Körper, zerfiel zu Asche und Staub.

* * *

Der Hüter der Pforte kniete sich in die Asche vor dem strahlenden Energieriss. Dieser schlichte Ort unterhalb des Hauptaltars der Peterskirche war seine ganz persönliche Kapelle. Hier wurden seine Gebete erhört. Hier hörte er die Stimme am besten.

Kreaturen wie Augustinus und Eliot verachtete der Hüter, doch leider gab es diese Monster auf beiden Seiten der Pforte in großer Zahl. Die Welt außerhalb der hiesigen Stille war ein Sumpf. Weder Engel noch Mensch hatten sich der Schöpfung als würdig erwiesen.

Auch der Schwarze Papst hatte das Wissen des Hüters letztendlich nur für seine eigenen Zwecke und Ziele genutzt und dadurch noch mehr Elend über die Welt gebracht.

Doch die Stimme hatte den Hüter über diese schmerzliche Wahrheit aufgeklärt. Weder die Menschen noch die Nachkommen der Engel auf Erden zeigten Reue und wollten Gottes Geschenk der Liebe annehmen. Stattdessen machten sie sich gegenseitig das Leben zur Hölle und führten, wo immer es sich lohnte, ihre profitgetriebenen und rechthaberischen Kriege, obwohl der Mensch, so paradox es klang, nichts anderes als einen Weg zurück ins Paradies suchte. Und der Schwarze Papst einen Weg zurück in den Himmel, um sich die dort herrschende Liebe untertan zu machen.

Das aber würde die Stimme nicht zulassen. Und darin stimmten der Wille des Boten des Himmels und der Wille des Hüters überein.

Nach Luise und Simeon würde der nächste und zugleich stärkste Schlüssel nicht mehr an den Schwarzen Papst gehen. Es war in jederlei Hinsicht bereits zu viel Blut geflossen. Dieser Schlüssel sollte nun dem allerhöchsten Zweck dienen. Um Mitternacht würde er seine Bestimmung erfüllen. Die Portale konnten so viel mehr sein als ein Verbindungselement in die nächste Welt.

Der Hüter bekreuzigte sich und erhob sich aus der Asche des Toten, der ein Instrument der Finsternis gewesen war.

Es war an der Zeit, das Richtige zu tun.

Es war an der Zeit, das Böse ein für alle Mal zu vernichten.

Koste es, was es wolle.

41

Catherine befand sich im Staatssekretariat. Ohne die eindrucksvollen Statuen und Gemälde auch nur eines Blickes zu würdigen, ging sie nervös im Korridor vor Kardinal Bragadins Arbeitsräumen auf und ab. Sie hatte es auf der Bank im Wartebereich nicht mehr ausgehalten und war schließlich auf den Flur hinausgegangen.

Hinter ihr lag eine ziemlich üble Nacht, denn vor Sorge hatte sie kaum ein Auge zugemacht. Auch der Vormittag war nicht gerade von Erfolg gekrönt gewesen. Nachdem sie beim Frühstück keinen Bissen heruntergebracht hatte, musste Ben sie zum Mittagessen in der Kantine des Domus regelrecht zwingen.

»Wir haben keinen Schimmer, was der Tag uns noch bringt. Aber es wird hart werden und ohne etwas im Magen klappst du Tardini und mir noch zusammen. Also iss, um Gottes willen!«

Unter Bens strenger Aufsicht hatte sie einen Teller Suppe, zwei Scheiben Brot und ein Glas Orangensaft runtergezwängt. Erstaunlicherweise hatte sie sich danach tatsächlich etwas besser gefühlt. Auch Tardinis und Bens Ruhe hielten sie im Gleichgewicht, und dafür war sie mehr als dankbar.

Doch die Pechsträhne der schlechten Nachrichten der letzten Wochen setzte sich fort. Weder Kardinal Bragadin noch Professor Bois waren im Vatikan aufgetaucht. Der Kardinal hatte sich krankgemeldet, und der Professor hatte seine Mittagsvorlesungen und Termine an der päpstlichen Universität abgesagt. Catherine hatte Ciban zwar ihr Wort gegeben, sich nicht in die Prüfungsprozedur einzumischen, doch ihre Sorge wurde immer größer.

»Die beiden sind wie vom Erdboden verschluckt«, hatte Tardini gemeint. Der alte Bischof hatte natürlich trotzdem versucht, beide zu erreichen. »Aber Bragadins zweiter Sekretär hält in der nächsten Stunde allein die Stellung – und er ist ziemlich unerfahren und nervös.«

Catherine hatte Tardinis Andeutung sofort verstanden. Da tat sich ihnen eine überraschend günstige Gelegenheit zur Informationsbeschaffung auf. Der Apostolische Palast lag dem Palast des Heiligen Offiziums praktisch auf der anderen Seite des Petersplatzes gegenüber.

»Gut«, hatte sie gesagt. »Dann werden Ben und ich Bragadins Nummer zwei gleich mal einen Besuch abstatten.«

Ein paar Minuten später waren sie im zweiten Stock des Papstpalastes angekommen. Der junge Sekretär – allzu lange konnte er die Uni noch nicht hinter sich gelassen haben – hatte sie trotz des Überraschungsbesuchs mit einem couragierten Lächeln hinter seinem kleinen Vorzimmerschreibtisch empfangen. Seine Stimme allerdings hatte seine Selbstsicherheit Lügen gestraft.

Catherine hatte noch keine Minute gebraucht, um ihm klarzumachen, dass er seinem Herrn entweder sofort ausrichtete, dass ein paar Mitarbeiter aus der Glaubenskongregation ihn zu sprechen wünschten, oder dass diese sich ansonsten augenblicklich an Seine Heiligkeit Papst Leo wenden würden. Letzteres war eigentlich mehr ein Bluff, da Leo in eine Audienz eingebunden war. Sollte es jedoch zum Äußersten kommen, würde Catherine selbst davor nicht zurückschrecken.

Der jungen Priester hatte kreidebleich zum Hörer gegriffen und dann mit Bragadins erstem Sekretär telefoniert. Der wollte nun so bald wie möglich zurückrufen.

Das war nun eine halbe Stunde her, und Catherine ging noch immer in dem langen, kunstvollen Gang mit dem bemalten Deckengewölbe auf und ab, während Ben durch eines der hohen Fenster schaute, als müsse Bragadin jeden Moment im darunterliegenden Hof auftauchen.

Vielleicht ging ihr alter Freund ihr aber auch gerade etwas aus dem Weg?

Zugegeben, sie hatte den jungen Sekretär nicht gerade mit Samthandschuhen angepackt und war ziemlich konsequent und bedrohlich vorgegangen. Abgesehen davon, dass sie innerlich kochte, ja stinksauer war, und sich sorgte, fehlte ihr für die althergebrachte Kunst stilvoller Vatikandiplomatie einfach die Zeit, und sie war ohnehin mehr der direkte Typ. Für dieses ganze Herumgeeiere und -gerede um den heißen Brei hatte ihre Geduld noch nie gereicht. Außerdem ahnte der junge Mann noch nicht einmal, was auf dem Spiel stand, und weder Ben noch Catherine konnten ihn einweihen.

Dann ging endlich die Tür auf. »Ein Wagen wartet in der Tiefgarage unter der Nervi-Halle und wird Sie zu Seiner Eminenz bringen«, verkündete Bragadins Nummer zwei immer noch etwas eingeschüchtert. Er nannte ihnen noch den genauen Treffpunkt, bevor er sichtlich erleichtert hinter seinem Schreibtisch verschwand.

Catherine und Ben eilten also den ganzen Weg vom Apostolischen Palast durch den Petersdom bis hin zur päpstlichen Audienzhalle und dort zur Tiefgarage, wo man sie tatsächlich schon erwartete.

Bei dem Wagen handelte es sich um die kleinere Version einer gepanzerten Stretchlimousine, bei der der Fond durch ein verspiegeltes Fenster vom Fahrer- und Beifahrersitz getrennt war.

Bragadins erster Sekretär – ein mittelgroßer, gut aussehender Mann – stand neben dem Wagen wie ein angriffslustiger, eifersüchtiger Höfling, der sein Revier verteidigte. Er wandte sich direkt an Catherine.

»Juan wird Sie zu Ihrem Zielort bringen, aber keinerlei Anweisung von Ihnen entgegennehmen. Sie werden während der Fahrt nicht nach außen sehen können. Die Fenster werden entsprechend abgedunkelt.« Er öffnete die Tür zum Fond. »Nein, Sie nicht, Pater.«

»Selbstverständlich werde ich Schwester Catherine begleiten.«

Der Sekretär hob die Hand, als wollte er Ben abwehren. »Nicht in diesem Fall. Ich habe strikte Anweisungen von Kardinal Bragadin. Nur Schwester Catherine oder niemand.«

Catherine holte tief Luft und nickte Ben beruhigend zu. Ihr gefiel die Sache zwar auch nicht, aber daran ließ sich im Moment wenig ändern. Dann dämmerte ihr, was die unverrückbare Äußerung des Sekretärs noch implizierte. »Sie kommen ebenfalls nicht mit?«

Als amüsiere ihn die Frage, bedachte der Kleriker sie mit einem sarkastischen Lächeln. »Es gibt noch einiges für mich zu tun. Vielleicht ein andermal.«

Er trat beiseite, ohne Ben aus den Augen zu lassen, und bedeutete Catherine in den Wagen zu steigen.

Ben gab ihr zu verstehen, dass er so schnell wie möglich mit Tardini in Verbindung treten würde, um den Bischof über die neuen Umstände zu informieren.

Juan startete den Wagen.

Kaum dass die Limousine den Vatikan verlassen hatte, wurden die Fenster von dem Chauffeur auch schon verdunkelt.

»Dann genießen wir mal die Aussicht«, meinte Catherine zu ihrem Spiegelbild und begann zur Beruhigung in ihrem Brevier zu lesen.

Die Fahrt gestaltete sich holprig und kurvenreich und zog sich wie Kaugummi. Juan fuhr vermutlich nicht auf direktem Weg zum Zielort. Dann endlich hielt der Wagen an, und die Fenster wurden wieder durchsichtig.

Erneut befand Catherine sich in einer Tiefgarage, die jedoch weit geräumiger war als jene unter der päpstlichen Audienzhalle. Etwa 30 Meter entfernt standen einige Wagen. Keines der Kennzeichen schien vatikanisch zu sein.

Die Scheibe zwischen Fahrgastzelle und Chauffeurraum glitt hinunter, und Juan reichte ihr etwas: »Ziehen Sie diese Haube über Ihren Kopf, Schwester.«

Catherine steckte ihr Brevier weg. »Es ist Ihnen tatsächlich ernst damit.«

Juan verzog keine Miene. »Falls Sie die Haube nicht überziehen, habe ich Anweisung, unverzüglich in den Vatikan zurückzukehren.«

Catherine seufzte, nahm den schwarzen Sack und stülpte ihn sich über. Juan half ihr aus dem Wagen und führte sie ein paar Schritte.

»Ich werde sie jetzt ein paar Mal um ihre eigene Achse drehen.«

Catherine ließ ihn gewähren und verlor schon bald den letzten Rest an Orientierung. Die Limousine konnte jetzt überall und nirgends stehen. Ebenso Juan.

Er dirigierte sie zu einem Aufzug, dessen Tür ihr bei der Ankunft gar nicht aufgefallen war. Jedenfalls glaubte sie, dass es sich bei dem Zischen um das Öffnen von Lifttüren handelte. Himmel, wie sehr sie enge Räume und Aufzüge hasste!

»Hier ist für mich Endstation, Schwester. Aber für Sie geht die Reise weiter. Lassen Sie die Haube auf, bis man Ihnen erlaubt, sie abzunehmen.«

Die Aufzugstür schloss sich, und Catherine zählte die Sekunden, bis die Tür wieder aufglitt. Zwanzig Sekunden lang war es in die Tiefe gegangen.

Zwanzig Sekunden, in denen der Aufzug nicht ein einziges Mal gehalten hatte. Wo immer sie nun war, sie musste ein gehöriges Stück unter der römischen Erde sein.

Als die Tür auffuhr, fühlte sie sich kein bisschen erleichtert. Ganz im Gegenteil.

»Guten Tag, Schwester.« Die Stimme eines Mannes mit französischem Akzent. »Ich werde Sie nun am Arm berühren und durch die Gänge geleiten. So lange behalten Sie die Haube bitte auf.«

Dass die Bitte keine Bitte im eigentlichen Sinne war, verstand sich von selbst.

Catherine konnte zwar nichts sehen, nahm aber auf dem labyrinthischen Weg weitere Stimmen wahr, schnappte den einen oder anderen Wortfetzen auf. Nichts jedoch, womit sie etwas hätte anfangen können. Einige der Menschen schienen sehr angespannt. Irgendetwas jagte ihnen eine teuflische Angst ein.

Erneut stieg sie in einen Aufzug. Dieses Mal waren es jedoch nur fünf Sekunden Fahrt. Fünf Sekunden weiter in die Tiefe.

Danach noch ein kurzer Weg. Sie passierten eine Tür, die sich sofort hinter ihnen schloss.

»Sie können die Haube nun abnehmen, Schwester.«

TEIL IV

Wer, wenn nicht wir?
Wann, wenn nicht jetzt?
(JEANNE D'ARC)

42

»Sie können die Haube nun abnehmen, Schwester.«

Eine andere Männerstimme. Ruhig, fest, aber auch besorgt.

Catherine zog den schwarzen Sack vom Kopf und stellte fest, dass sie sich in einem bunkerartigen Büro befand.

Vor ihr stand Riccardo Kardinal Bragadin.

Obwohl der Kardinal einen halben Kopf größer war als die Ordensfrau und aufrecht vor ihr stand, wirkte er irgendwie kleiner als sonst, gebeugt, als trüge er eine ungeheure Last auf seinen Schultern. Nichtsdestoweniger schien er gewillt, dieses Los auf sich zu nehmen und das Beste daraus zu machen. Catherine erkannte einen starken Willen in den grünen Augen des Kirchenmannes.

»Verzeihen Sie die Umstände. Aber nach dem Vorfall in San Leonardo können wir gar nicht vorsichtig genug sein.«

»Damit hat Seine Eminenz zweifellos recht.«

Erst jetzt bemerkte sie eine weitere Person im Raum. Professor Leander Bois. Seine geröteten Augen blickten so müde, als hätte er noch weniger geschlafen als sie.

Catherine beschloss, auf alle Förmlichkeiten zu verzichten und direkt zum Punkt zu kommen.

»Was ist passiert?«

Die beiden Männer tauschten einen kurzen Blick aus, als würde ihnen gerade wieder bewusst, dass die junge Nonne, die da vor ihnen stand, keine einfache Betschwester, sondern eine ehemalige Agentin des Lux Domini war. Das mochte die ganze Angelegenheit vereinfachen, konnte sie aber ebenso gut verkomplizieren. Vor allem, weil Catherine Ciban so nahestand. Wie nahe, wusste allerdings nur Bois. Jedenfalls würden sie der Ordensfrau nichts vormachen können.

»Wir sind uns nicht sicher«, erklärte Bragadin schließlich. »Der Test verlief eigentlich nicht sehr viel ungewöhnlicher als sonst. Bis …« Er hielt inne, blickte zu seinem Lux-Kollegen.

»Wir haben keine Ahnung, was passiert ist«, übernahm Bois. »Nur eins ist sicher. Der Marc Ciban nach dem Test unterscheidet sich erheblich von dem Marc Ciban vor dem Test.«

Catherine war so glücklich darüber, dass Ciban überhaupt noch lebte, dass die eigentliche Bedeutung von Bois' Worten wie zeitverzögert in ihr Bewusstsein drang. Doch dann traf der Inhalt sie mit voller Wucht.

»Ich … verstehe nicht.«

»Nachdem sein Zustand wieder stabil war, haben wir ihn viermal befragt. Auch ins Kreuzverhör genommen. Durch vier starke Mediale. Dabei stellten wir fest, dass seine Persönlichkeit sich in einem stärkeren Maße als üblich verwandelt hat.«

Catherine starrte die beiden Männer an. Ihr Magen zog sich zusammen, als hätte sich eine große Hand darum gelegt, die ihn nun zusammendrückte.

»Ich will ihn sehen.«

»Er ist zwar aus dem Verhörlabor zurück …«, begann Bois.

Catherine unterdrückte ein Stöhnen. Das sogenannte

Verhörlabor des Lux Domini lag in einem abgelegenen Kellerbereich der Gemelli-Klinik, der Klinik der Päpste. Vor einigen Jahren hatte Catherine es auf Kardinal Gasperettis Anweisung hin selbst betreten, um vernommen zu werden. Keine gute Erinnerung. »… doch nun liegt er im Heilschlaf. Außerdem steht er unter Quarantäne.«

»Was?«, entfuhr es ihr.

»So lange, bis wir sichergehen können, dass er keine Gefahr darstellt.«

»Ich will ihn auf der Stelle sehen!«, beharrte sie.

Bragadin und Bois tauschten einen kurzen Blick aus.

»Also gut«, gab der Kardinal schließlich nach und trat zur Sprechanlage auf dem Schreibtisch. »Doktor Francesi, hätten Sie einen Moment Zeit für uns?«

»Sicher. Worum geht es, Eminenz?«

»Schwester Catherine ist hier. Wir kommen gleich zu Ihnen rüber.«

Rüberkommen traf es nicht ganz, denn sie bestiegen erneut den Aufzug, der sie noch weiter in die Tiefe brachte.

Als die Türen auffuhren, erstreckte sich ein hell erleuchteter Flur vor ihnen. Wie in einem Krankenhaus. Nach etwa fünfzehn Metern traten sie durch eine Tür mit Rauchglasfenster und standen im Büro von Dr. Francesi. Trotz Computerzeitalter fand sich etliche medizinische Fachliteratur in den Regalen. Ebenso dicke Aktenordner und – Catherine stutzte – einige sehr alte Bücher, ja sogar Folianten hinter Glas, die nur über eine Mechanik berührt beziehungsweise umgeblättert werden konnten, sodass die antiken Stücke nicht mit der Umgebungsluft in Berührung kamen.

Die Ärztin schien einen guten Teil ihres Lebens hier

unten zu verbringen, denn das Büro enthielt auffallend viele persönliche Gegenstände. Darunter Bilder von ihrer Familie, wie Catherine vermutete. Außerdem sah Francesi so ganz anders aus, als Catherine sich eine Medizinerin des Lux Domini vorgestellt hätte. Die kurze Haarfrisur war beinahe militärisch, und unter den hochgekrempelten Ärmeln ihrer Bluse lugten kunstvolle Tätowierungen auf den Unterarmen hervor. Biblische Symbole und Motive, darunter auch das Symbol des Fischs. Francesi war klein und kräftig, wirkte dabei aber durchaus sportlich. Ihre dunkelbraunen Augen hatten etwas Wehmütiges. Doch dann blitzte jener Funke in ihnen auf, der Catherine klarmachte, dass sie hier unten das Sagen hatte und niemand sonst.

»Kaffee?«, fragte sie, als sähe sie ihren Besuchern die Müdigkeit nur allzu deutlich an.

»Danke, Doktor«, erklärte Bragadin. »Doch zuerst wollen wir bei unserem Patienten vorbeischauen.«

Francesis Blick ging zu Catherine. »Sie wissen, dass Kardinal Ciban unter Quarantäne steht, Schwester?«

Catherine nickte. »Ja. Seine Eminenz wies mich darauf hin.«

»Gut. Dann werden Sie verstehen, dass niemand außer dem Klinikpersonal den Quarantäneraum betreten darf. Bitte folgen Sie mir.«

Sie kehrten in den hell erleuchteten Gang zurück, nahmen erneut den Aufzug, um noch tiefer zu fahren, und gingen auf eine bewachte Tür zu. Das Zwielicht dahinter wollte so gar nicht zu der klinisch hellen Atmosphäre der bisherigen Räumlichkeiten passen, und Catherine spürte auch wieso. Es gab keine medialen Signale von außen. Sie befanden sich in einem Isolationsbereich ähnlich jenem, den Catherine im Untergrund von San Leonardo betreten hatte.

Dr. Francesi blieb vor einem Sichtfenster stehen. Der Ruheraum dahinter lag im Dunkeln, lediglich der Bereich mit dem Behandlungsbett war erleuchtet. Ciban lag so friedlich darauf, als hielte er gerade seine Mittagsruhe. Etwas, das er in seinem bisherigen Leben vermutlich nie getan hatte.

Catherine trat näher und legte die rechte Hand an die Glasscheibe, um ihm näher zu sein. Nur zu deutlich hatte sie die Bilder vor Augen, als Ciban nach der Schussverletzung in der Gemelli-Klinik operiert worden war. Der Arzt – ein Meister seines Fachs – war sich nicht sicher gewesen, ob der Kardinal die nächsten vierundzwanzig Stunden überleben würde. Die Nachricht allein war schon schwer genug zu ertragen gewesen, doch dann hatte Catherine ihn dort liegen gesehen, wie er an die vielen Geräte und Schläuche angeschlossen war, intubiert und künstlich beatmet. Und obwohl das nun schon eine Weile zurücklag und Ciban jetzt nur eine Infusion bekam und an ein EEG angeschlossen war, überkam Catherine das gleiche schreckliche Gefühl.

Francesi erklärte ruhig, dass Ciban die nächsten Stunden, wahrscheinlich sogar die ganze Nacht, in dieser Genesungsruhe würde verbringen müssen. Während die Stimme der Ärztin wie aus weiter Ferne zu ihr drang, dachte ein Teil von Catherine an die möglichen Konsequenzen dieses unsäglichen Tests. Sollte Cibans Wesen künftig eine Gefahr für die Kirche und die Menschen darstellen, würde man ihn beseitigen. Das war so sicher wie das Amen in der Kirche. Sollte er die Prozedur überleben, konnte sich herausstellen, dass in ihm keine Liebe mehr, ja nicht einmal mehr Freundschaft für Catherine war. Dann würde sie nachts nie wieder sein gleichmäßiges, beruhigendes Atmen hören, nie wieder dieses Lächeln sehen, das allein für sie reserviert war. Nie wieder zärtlich von ihm berührt werden. All das wollte sie sich nicht einmal ansatzweise vorstellen, und doch ging ihr diese Vorstellung, diese Angst durch und durch.

»Zunächst einmal die gute Nachricht«, hörte sie die Medizinerin wie durch einen dichten Nebel sagen. »Es gibt keinen Gedächtnisverlust, keine kognitiven Beeinträchtigungen. Diesbezüglich ist Seine Eminenz so fit wie eh und je. Organisch ist alles intakt. Und das, obwohl er einem extremen Stress ausgesetzt gewesen war. Er ist also kein Fall für die Nervenheilanstalt …« Sie hielt inne, aber nicht wegen der Wortwahl. Das fühlte Catherine sofort. Ebenso spürten es Bois und Bragadin.

»Aber?«

»Wir haben ein paar psychologische Tests gemacht. Dann ein paar mediale. Sie müssen wissen, wir haben noch zwei starke Heiler in Rom, die sich bestens mit der Anatomie des Geistkörpers auskennen. Zur Sicherheit haben wir beide ebenfalls konsultiert. Außerdem haben wir noch ein zweites Labor, dessen Technologie mehr aus den CORONA-Aufzeichnungen herausholen könnte. Pater Tancredi ist gerade dort …« Wieder stoppte sie in ihren Ausführungen. Offensichtlich bemerkte sie, wie es Catherine immer flauer wurde. »Sollen wir uns setzen?«

»Es geht schon«, beeilte sich Catherine zu versichern. »Bitte fahren Sie fort.«

Francesi musterte sie, ehe sie sagte: »Es ist besser, wir

kehren für den Rest der Geschichte in mein Büro zurück. Pater Tancredi ist nach dem Laborbesuch noch im Vatikan vorbeigefahren. Ein Problem mit dem medialen Schutzschirm. Inzwischen sollte er aber auf dem Rückweg sein. Er wird uns berichten, was es an Neuigkeiten gibt. Ich werde Ihnen schon mal die Coronas zeigen.«

Sie machten sich auf den Rückweg zu Francesis Büro.

»Coronas?« Catherine assoziierte das Wort »Corona« mit einem jahrzehntelang zurückliegenden Forschungsprojekt des KIMH, und das betraf nicht nur das Adoptionsprojekt. Damals hatte man von den Auren von Pflanzen, Tieren und Menschen die ersten fotografischen Abbilder gemacht. Als Kind hatte sie eine entsprechende Bildergalerie gesehen. Damals jedoch steckte diese Art der Coronadokumentation, eine Weiterentwicklung der Aurenfotografie, die das Ehepaar Kirlian ab den Dreißigerjahren entwickelt hatte, noch in den Kinderschuhen.

»Wir haben Ihren Kardinal gescannt. Kernspinn sowie Coronascan. Der Kernspinnscan, also die physische Ebene, war okay, doch auf den ersten Coronascans haben wir etwas entdeckt.«

Sie betraten Francesis Arbeitszimmer, und die Ärztin aktivierte den Großbildschirm neben dem Bücherregal. Ein halbes Dutzend Coronas erschienen in einer Reihe darauf.

Catherine blickte auf die Scans und vergaß für einen Moment ihre Ungeduld. Die Bilder waren schlichtweg beeindruckend. Diese Aufnahmen waren keine simplen zweidimensionalen Abbilder mehr wie damals in der Ausstellung am KIMH, sondern dreidimensionale Querschnitte durch den Körper beziehungsweise dessen energetisches System. Die meisten Fotos waren vom Kopf gemacht worden, genauer von Bereichen des Gehirns beziehungsweise dessen Coronaentladung. Dreidimensional. In gewisser Weise erinnerten die Aufnahmen in ihrer Farbenpracht an die Weltraumfotos der NASA von Planeten, Sonnensystemen und fernen Galaxien.

Während Catherine, Bragadin und Bois einen genaueren Blick auf die Scans warfen, tippte Francesi mit einem Laserpointer von Bild zu Bild.

»Genau hier können Sie es sehen«, erklärte sie. »Ebenso auf dieser Aufnahme, und ganz besonders auf der hier.«

In jeder der Aufnahmen gab es inmitten der Farben einen winzigen blinden Fleck, so durch und durch schwarz, dass man glatt annehmen konnte, das Aufnahmegerät habe einen Defekt gehabt.

»Was ist das?«, fragte Bragadin, während Catherine eine dunkle Ahnung überkam.

Es sah aus wie eine winzige Scherbe, schien aber je nach Perspektive die Form zu verändern.

»Wir wissen es nicht«, sagte die Ärztin. »Zuerst hielten wir es für eine Verletzung aufgrund des medialen Stresses während des Tests. Inzwischen denken wir, dass es ein Fremdkörper ist, den Kardinal Ciban sich während des Tests im Limbus beziehungsweise im Dimensionenraum eingefangen hat. Es lebt. Es hat vielleicht sogar einen eigenen Willen. Und es sitzt tief in der Seele unseres Glaubenspräfekten.«

»Können Sie es entfernen?«, fragte Catherine. Zur dunklen Ahnung gesellte sich der Keim der Hoffnung.

»Das haben wir auf der spirituellen Verbindungsebene versucht. Doch es wurde aggressiv, fing an, sich auszudehnen. Sein energetisches Schwingungsfeld ist tückisch. Als wir es in Ruhe ließen, zog es sich wieder auf dieses winzige Areal hier zurück. Wir vermuten, dass das astrale Immunsystem Seiner Eminenz das Objekt bisher in Schach gehalten hat.«

»Denken Sie, es ist die Ursache für die Persönlichkeitsveränderung?«, fragte Bois besorgt.

»Ob das Elixier oder dieser Fremdkörper oder beides … schwer zu sagen, aber ohne diesen Eindringling hätte Kardinal Ciban die Prüfung höchstwahrscheinlich nicht überlebt. Dieses Ding hat einen außergewöhnlichen Überlebenswillen, und davon profitiert auch sein Wirt. Dennoch ist es eine heikle Symbiose. Dieses … Etwas fühlte sich während des Tests vermutlich wie eine Ratte in einem Versuchslabyrinth. Ständig musste es sich den verändernden Raumstrukturen innerhalb des Gedankenpalastes anpassen und ausweichen, sich neu orientieren auf seiner Flucht. Dabei hat es Türen aufgerissen und Räume betreten, die brachlagen oder unter Verschluss gewesen sind. Es hat einen Großteil seiner Spuren geschickt verwischt, allerdings auch den ein oder anderen Schaden angerichtet, ohne seinen Wirt jedoch so schwer zu verletzen, dass dieser den Verstand verlor.«

Catherine starrte auf die Fotos. Die dunkle Ahnung wurde mehr und mehr zur Gewissheit. »Was hat Seine Eminenz dazu gesagt?«, fragte sie schließlich.

»Er weigert sich darüber zu reden. Ob aus reinem Selbstschutz oder weil der Eindringling ihn daran hindert, kann ich nicht sagen.«

Catherine trat vor das Bild, das ihr am eindringlichsten erschien. Eine dreidimensionale Wiedergabe der feinen Auragitterstruktur von Cibans Gehirn mit dem verfluchten schwarzen Ding darin.

Es half nichts. Sie musste die Katze aus dem Sack lassen, zu viel stand auf dem Spiel. Wie sollten Francesi, Bragadin und Bois ihr und Ciban je vertrauen, wenn sie ihren Verdacht zurückhielt, der eigentlich schon Gewissheit war?

»Ich denke, ich weiß, was es ist.«

Alle drei wandten ihre Köpfe von den Bildern ab.

»Es ist der Seelentropfen, mit dem Kardinal Ciban in San Leonardo infiziert worden ist.«

Keiner sprach ein Wort, alle mussten das Gesagte erst einmal verdauen.

»Wir leben zwar in einer Welt, in der alles mit allem energetisch vernetzt ist, Schwester«, fasste sich Francesi als Erste wieder, »doch so einfach fängt man sich keinen Seelentropfen ein. Dazu braucht es schon etwas mehr. Entweder ein sehr intimes Verhältnis oder aber – Gewalt.«

»Es war Letzteres«, erklärte Catherine.

Drei Augenpaare fokussierten sie.

»Es geschah während der Sondierung in einem improvisierten Tank.«

»Wie bitte?« Bragadin stand da, als hätte sie ihm gerade offenbart, dass sie im vierten Monat schwanger sei.

»Kardinal Ciban sah darin die einzige Chance herauszufinden, was in San Leonardo vorgefallen ist.«

Catherine spürte, dass Bois' Blick besonders eindringlich auf ihr ruhte. Vermutlich fragte er sich, ob auch sie mit dem Seelentropfen infiziert sein konnte. War das möglich?

Sie wollte gerade mit dem Gedanken herausrücken und die Karten vollends auf den Tisch legen, doch Francesi kam ihr zuvor.

»Dann ist es ein Splitter der Finsternis. Und wenn es ein Splitter der Finsternis ist, dann war er Teil eines perfiden Plans gegen die Medialen von San Leonardo. Und das bedeutet, es steckt ein sehr starker, cleverer und finsterer Geist dahinter. Zum Beispiel ein Heiler, der sein Wissen zu Machtzwecken missbraucht, obwohl es gegen die kosmische Ordnung verstößt.«

Bois und Bragadin standen so betroffen da, als hätte Francesi ihnen gerade erklärt, sie würde ihnen jetzt gleich ihre Herzen nach altem Aztekenritus mit einer Obsidianklinge bei lebendigem Leib herausschneiden.

»Es gibt nur eine Macht, die es auf Dauer mit einem Splitter der Finsternis aufnehmen kann«, fuhr die Ärztin fort. »Die Liebe. Sie ist das einzige Mittel, das ihn in Schach zu halten vermag.« Die Ärztin wandte sich Catherine zu. »Der Splitter ist ein Gefangener Ihrer Liebe. Habe ich recht?«

Für ein paar Sekunden lang herrschte in Francesis Refugium Schweigen. Catherine wurde heiß und schwindlig. Sie glaubte zu spüren, wie die Wände des Büroraums auf sie zukamen. Sie wagte kaum zu atmen.

Es war schließlich Bois, der in angespanntem Ton murmelte: »Schwester, würden Sie Doktor Francesis Frage bitte beantworten?«

»Verzeihung. Selbstverständlich.« Sie riss sich zusammen. »Sie haben recht, Doktor. Wahre Liebe ist für den Splitter unerträglich. Die spirituellen Auswirkungen sind für ihn purer Schmerz und schwächen ihn. Seine Mission ist das Säen von leidenschaftlichem Zorn, von

Hass und Gier. Die Liebe aber beantwortet seine Mission des grenzenlosen Unheils mit grenzenloser positiver Energie. Und das mag er nicht, das könnte ihn verändern, ihn verwandeln. Doch er will nicht verwandelt werden.«

Der Pfad des Unheils, der stets abwärtsführte, entsprach der Natur des Splitters, er war leicht und bequem. Der Weg zum Guten hingegen führte steil hinauf und war mit Dornen gespickt. Also tat der Splitter das Einzige, was er im Moment tun konnte. Er zog sich in sich selbst zurück, wartete auf einen Moment der Schwäche seines Wirts, um zurückzuschlagen.

Catherine sah Respekt in Francesis Augen.

»Pater Darius hat Sie offensichtlich gut unterrichtet, Schwester. Die meisten Medialen wissen nicht einmal von der Existenz und Gefährlichkeit des Splitters. Geschweige denn von einem Gegenmittel.«

Catherine unterließ es, auf Lazarus hinzuweisen, von dem sie ihr Wissen hatte. Er hatte in der Krankenstation von San Leonardo versucht, Ciban von dem Splitter zu befreien. Immerhin fahndete das Lux Domini beziehungsweise Kardinal Gasperetti nach dem Gelehrten.

»Das klingt für mich nach einer tickenden Zeitbombe«, bemerkte Bragadin nun. Er klang noch besorgter als Bois.

Die Ärztin gab ihm im Prinzip recht, deutete dann aber auf den alten Folianten hinter Glas, als habe sie ihr Wissen aus dem alten Text. »Der Splitter ist sowohl ein Geschenk als auch ein Fluch. Wer ihn beherrscht, verfügt über unglaubliche Energiereserven. Wer ihn nicht beherrscht, wird zu seinem Sklaven.«

Bois blickte auf eines der Fotos mit Cibans Astralkörper und räusperte sich. »Sagen Sie, Doktor, sollte die Liebe, von der wir hier reden, den Splitter nicht zerstören?«

»Theoretisch ja. Der Splitter ist wie ein spirituelles Krebsgeschwür. Wie Schwester Catherine schon erläuterte, lebt er von negativen Gefühlen. Unterbrächen Sie diese Zufuhr – und damit meine ich das Unterbinden jedweden Kontakts mit negativen Gefühlen –, würde er verhungern. Theoretisch.«

»Und praktisch?«, hakte Bragadin nach.

»Mir ist bisher kein Mensch begegnet, der frei von negativen Gefühlen wäre. Wir brauchen negative Erfahrungen und Empfindungen, um zu wachsen. Außerdem: Wer von uns verfügt schon über die Stärke und Weisheit, Böses fortwährend mit Gutem zu vergelten? Ich jedenfalls nicht.«

Catherine musste sich eingestehen, dass auch ihr diese Gnade nicht zuteilgeworden war. Immerhin reichte Cibans und ihre Liebe aus, um dem Splitter der Finsternis Einhalt zu gebieten. Der Seelentropfen verfügte nicht über genug Energie, um sich aus seiner Deckung herauszuwagen und seine Bosheit zu entfalten. Und das war, wie Lazarus ihnen schon versichert hatte, ein sehr gutes Zeichen. Wie Francesi, Bragadin und Bois die Situation allerdings einschätzen mochten, stand wiederum auf einem ganz anderen Blatt.

Die Sprechanlage summte. Francesi ging zu ihrem Schreibtisch.

»Danke. Schicken Sie Pater Tancredi herein.«

Die Tür zu Dr. Francesis Arbeitszimmer öffnete sich, und der Ordensmann kam herein. Groß, kahl und dürr. Mit einer Nickelbrille auf der Adlernase.

»Entschuldigen Sie die Verspätung, Doktor. Das Problem mit dem Schutzschild war doch etwas größer.«

»Keine Ursache, Pater. Sie sind nun hier, und wir alle sind sehr gespannt.«

Bruder Tancredi bedankte sich für das Verständnis und legte eine alte, abgewetzte Aktentasche auf den Tisch.

43

Als Agent Paula Tennant in der schwarzen Limousine des vatikanischen Fuhrparks saß, die Kearns und sie von ihrer Unterkunft abgeholt hatte und zur Besprechung fuhr, fragte sie sich, wo das erste Treffen zwischen der ISA und den Vertretern der katholischen Kirche wohl stattfinden würde. In einem der zahlreichen Räume des Apostolischen Palastes, den sie nur zu gerne einmal betreten hätte, in einem der Büros der Gendarmerie, was nahelag, oder vielleicht sogar im Palast des Heiligen Offiziums, der modernen römischen Inquisition, der auch die vatikanische Sicherheit unterstand?

Als sie den Vatikan erreichten, lenkte der Chauffeur die Limousine am bekanntesten Zugang, dem St.-Anna-Tor, vorbei und um den gesamten Petersplatz herum, um dann zwischen den Kolonnaden und einem düsteren mehrstöckigen Backsteinbau ein hohes schwarzes Gittertor mit einem Wachhäuschen zu passieren. Wie der Fahrer nicht ohne Stolz und mit einem kleinen Augenzwinkern erklärte, befand sich im Palast der Sitz der römischen Glaubenskongregation, womit sie sich im eigentlichen Zentrum des katholischen Imperiums befanden. Dort würden Kearns und Paula nun dem Vertreter des Vatikans gegenübertreten.

Am Portier ging es eine Treppe hinauf zum ersten Stock, wobei sie an einer schrecklich hässlichen Büste vorbeikamen. Paula hatte kurz innegehalten, und man hatte ihr erläutert, es handle sich um den verehrten Alfredo Kardinal Ottaviani, einstmals Großinquisitor, dessen Büste nach einem unerklärlichen Unfall leider hatte restauriert werden müssen. Schließlich wurden sie in einen schlichten Besprechungsraum geführt. Weiße Wände, ein dunkles Kruzifix, ein beeindruckendes, malerisches Porträt von Seiner Heiligkeit Papst Leo XIV. Dazu in der Mitte des Raums ein großer rechteckiger Tisch mit zwei Stühlen auf der einen und drei Stühlen auf der anderen Seite, womit klar war, wo Kearns und Paula Platz nehmen würden. Ein verschlossener Eichenschrank sowie ein Bücherregal rundeten die Einrichtung ab.

Die Begrüßung durch einen alten, weißhaarigen, aber erstaunlich rüstigen Bischof verlief höflich. Die des Monsignore und des Generalinspektors der Vatikanpolizei, die der alten Exzellenz zur Seite standen, war deutlich kühler und zeugte von wenig Bereitschaft, ihren Gästen zuzuhören. Das Gespräch kam nur schwer in Gang, und Paula musste unglaublich an sich halten, nicht die Geduld zu verlieren. Sie berichtete von ihrer Ermittlungsarbeit in Berlin, London und Chicago, die sie schließlich zum Vatikan geführt hatte, und die drei Männer der Kirche hörten ihr zu oder sprachen zu ihr, als verantworte sie ihre Arbeit vor einem Tribunal.

Wie Paula feststellte, war vor allem Monsignore

Ben Hawlett gut über die Messias-Morde informiert. Er teilte Kearns und Paula auch mit, dass Seine Eminenz Kardinal Ciban bereits dafür gesorgt hatte, dass Schwester Catherine Bell in Sicherheit gebracht worden war. Ebenso lag dem Vatikan neben einer Meldung von Monsignore Follador ein Bericht des Chicagoer Erzbischofs vor. Gegen Ende des Gesprächs händigte Bischof Tardini Paula dann überraschend eine Kopie der Aussage Kardinal Bears aus, was die junge Agentin dazu ermutigte, ihre Frage nach den berüchtigten Unterlagen des Adoptionsprogramms CORONA vorzuziehen und bereits jetzt zu stellen. Doch weder der Bischof noch der Monsignore oder der Generalinspektor verzogen auch nur eine Miene.

»Wissen Sie, Agent Tennant«, sagte Tardini ruhig, »daran arbeiten wir gerade.« Und als Paula etwas erwidern wollte, fügte der alte Kirchenfürst hinzu. »Ich versichere Ihnen, dass es auch für uns kein leichtes Unterfangen ist, Einblick in diese Daten zu erhalten.« Damit erhob Seine Exzellenz Bischof Tardini sich und geleitete Paula und Bud ebenso freundlich zur Tür, wie er sie eine Stunde zuvor empfangen hatte. »Ich werde Kardinal Ciban über das Treffen informieren«, sagte er. »Morgen werden wir uns in diesem Raum wiedersehen. Bis dahin wird auch Monsignore Follador eingetroffen sein. Monsignore Hawlett wird Sie nun zu Ihrem Wagen bringen. Ich weiß, Sie hatten einen langen, anstrengenden Tag. Ruhen Sie sich aus.«

Es war der nachdrücklichste, jedoch vollendetste und höflichste Rauswurf, der Paula je widerfahren war. Alles, was sie und Kearns noch über die Lippen brachten, war ein höfliches »Danke, Exzellenz«.

Als sie die Vatikanlimousine in Begleitung von Monsignore Hawlett erreichten, öffnete der Chauffeur ihnen die Wagentür. Paula war so hundemüde, dass sie sich auf nichts mehr freute als auf eine heiße Dusche und ein paar Stunden Schlaf.

Über den Rückspiegel erhaschte sie noch einen Blick auf Ben Hawlett. Als wollte der Monsignore sichergehen, dass die beiden ISA-Agenten das Vatikangelände auch wirklich verließen, blickte er ihnen nach, bis der Wagen das Eisentor passiert und die Piazza des Heiligen Offiziums erreicht hatte. Für Paulas Empfinden war dieses ganze erste gegenseitige Beschnuppern ohnehin viel zu gut verlaufen, um wahr zu sein.

44

Nach einem strammen Marsch vom Campo de' Fiori über den Tiber bog Cabot Lynds auf den weitläufigen Vorplatz des Palastes des Heiligen Offiziums ein. Hätte die Stadt nach der Radio-Vatikan-Rede des Papstes und dem Anschlag nicht so sehr von Touristen und Pilgern gewimmelt, hätte er die Strecke gut in der Hälfte der Zeit geschafft. So aber hatte er in dem dichten Gedränge in den Gassen, Straßen und auf der Brücke mehr Zeit damit verbracht, auszuweichen und Slalom zu laufen, als ihm lieb gewesen war.

Noch eine halbe Stunde zuvor hatte er unweit der Statue des Philosophen Giordano Bruno auf der anderen Tiberseite in einem der Cafés am Campo de' Fiori gesessen, Zeitung gelesen und das dortige Touristenvolk beobachtet. Das heißt, er hatte vorgegeben, das zu tun, denn nichts interessierte ihn zurzeit weniger als die Horden von Menschen sowie der mediale Klatsch und Tratsch Roms. Wie er jedoch von Ava wusste, hatte ihre Tochter am Campo ein kleines Apartment gemietet. Außerdem kannte er ein paar von Schwester Catherine Bells Gewohnheiten. Wenn sie im Vatikan arbeitete, ging sie die Strecke meist zu Fuß nach Hause, und deshalb würde sie den Campo von der nordwestlichen Richtung her betreten.

Lynds' erster Kontaktplan, Catherine Bell in ihrer Wohnung eine unauffällige Botschaft mittels Boten für ein sofortiges Treffen zukommen zu lassen, war leider fehlgeschlagen. Ausgerechnet heute arbeitete die Ordensfrau nicht zu Hause an einem ihrer Buchprojekte, doch angesichts der Lage in der Ewigen Stadt hatte Lynds damit fast schon gerechnet. Es war ohnehin ein großes Risiko, mit der Nonne direkt in Kontakt zu treten. Nach der Ermordung von Ava hatte Lynds es nicht einmal gewagt, Catherine eine Nachricht auf dem Anrufbeantworter zu hinterlassen.

Dummerweise folgte Catherine Bells Arbeitsalltag kaum festen Regeln. Manchmal arbeitete sie tagelang zu Hause, dann wieder für Tage im Vatikan. Manchmal verließ sie das Gelände des Vatikans durch das St.-Anna-Tor, dann wieder durch das Portal des Palastes des Heiligen Offiziums oder einen anderen Ausgang. Lynds kannte zwar ihr Lieblingsrestaurant, aber auch da tauchte sie nur unregelmäßig auf. Und ob sie morgen früh zu einer ihrer Joggingrunden in der Villa Borghese aufbrechen würde, wagte er unter den gegebenen Umständen zu bezweifeln.

Vielleicht hatte Ava Bell – nachdem sie sich das restliche Ermittlungsmaterial angesehen hatte – ihre Tochter aber auch gewarnt. In dem Fall wäre die Nonne ganz sicher nicht mehr in ihrem Apartment geblieben, sondern eher in einem der zahlreichen Klöster oder im Vatikan abgetaucht.

Lynds hoffte, dass sie nicht bereits entführt oder tot war.

Nein. Diesen Gedanken verwarf er sofort wieder, denn er trübte seine Motivation und damit seine Urteilskraft. Er musste nur eine Möglichkeit finden, die Nonne möglichst rasch und unauffällig zu kontaktieren, damit sie den Ernst der Lage auch wirklich sofort begriff.

Dann war dem Privatdetektiv gedämmert, dass Catherine Bell ja nicht nur kirchenkritische Bücher schrieb, sondern auch als Beraterin für das Dritte Vatikanische Konzil tätig war. Und irgendwo – das hatte er zumindest in zwei, drei Zeitungsartikel gelesen – galt sie auch als Verbindungsglied zwischen dem Glaubenspräfekten und dem Papst. Was war also mit Catherine Bells Umfeld, mit ihren Freunden und Kollegen? Dort würde er sicher einen Ansatzpunkt finden.

Lynds hatte sich noch einen Kaffee und ein weiteres Stück Kuchen bestellt, um seinen kleinen grauen Zellen auf die Sprünge zu helfen. Ein paar junge Touristen am Nachbartisch surften via Smartphone im Internet, lachten und witzelten laut über eine Spukgeschichte, die sich gerade im Vatikan ereignet haben sollte. Angeblich hatte ein Gast in der »Residenza Paolo VI« – ein ehemaliges Augustinerkloster, das zum Viersternehotel umgebaut worden war – einen äußerst lebhaften Geist gesehen. Lachend fielen Namen wie Michelangelo, Bernini und Borgia.

Kopfschüttelnd lachte auch Lynds in sich hinein. Diese religiösen Leutchen waren schon ziemlich komisch, um nicht zu sagen skurril. Hoffentlich würde er dem Geisterseher in der »Residenza« nicht über den Weg laufen, denn dort hatte er für die nächsten beiden Nächte ein Zimmer gebucht. Er nahm doch lieber mit der Realität vorlieb.

Als der Kellner seine Bestellung brachte, hatte Lynds den Spukgeschichten-Zwischenfall fast schon wieder vergessen und weiter über Catherine Bells Umfeld als Kontaktmöglichkeit nachgedacht. Und da fiel ihm ein Name ein, den Ava bei der ein oder anderen Gelegenheit fallen gelassen hatte. Ein ehemaliger Studienkollege ihrer Tochter – fast eine Sandkastenfreundschaft –, der ebenfalls in Rom lebte und arbeitete. Ein Monsignore, den Ava Bell für unbedingt vertrauenswürdig hielt.

Pater Ben Hawlett.

Der Pater arbeitete zwar ebenfalls für diesen zwielichtigen Kardinal Ciban, schien davon abgesehen aber ein guter Mann zu sein, weshalb Lynds Kaffee und Kuchen stehen ließ und sich auf dem kürzesten Weg Richtung Vatikan aufgemacht hatte.

Als er nun die Piazza vor dem roten Backsteinbau mit den vergitterten Erdgeschossfenstern entlangschlenderte, stellte er fest, dass der Palast von allen Seiten her streng bewacht war. Doch dann hielt eine Limousine auf das große Eingangsportal in der Mitte zu, und das Tor ging langsam auf. Lynds packte die Gelegenheit beim Schopf und folgte der Limousine, doch sofort stellten sich ihm zwei Gardisten in den Weg.

»Hier ist kein Durchgang«, erklärte der größere von den beiden gerade so höflich wie nötig. »Bitte kehren Sie um.«

Da Lynds wusste, dass die Mitarbeiter des Vatikans mehrsprachig waren, fing er erst gar nicht mit seinem gebrochenen Italienisch an.

»Ich möchte zu Monsignore Ben Hawlett. Geben Sie ihm bitte diese Nachricht. Er wird mich dann sofort empfangen.« Er reichte dem Vatikanpolizisten einen geschlossenen Brief, den er vor seinem Aufbruch im Café am Campo vorbereitet hatte. Es standen nur zwei Sätze darin: Ava Bell wurde ermordet. Schwester Catherine Bell ist in Gefahr!

Der Polizist musterte ihn eingehend, und Lynds musste sich eingestehen, dass er mit seiner Baseballkappe, der Brille und seiner saloppen Freizeitkleidung nicht gerade den besten Eindruck als Antragsteller machte, um in den Palast eingelassen zu werden.

»Monsignore Hawlett empfängt keine unangekündigten Besuche. Sie können einen Termin ausmachen und wieder herkommen.«

»Die Angelegenheit duldet keinen Aufschub, glauben Sie mir.«

»Worum geht es?«

»Das kann ich Ihnen nicht sagen. Übermitteln Sie dem Monsignore bitte diesen Umschlag.«

»Darf ich um Ihre Papiere bitten?«, fragte der Polizist wachsam.

»Äh ... natürlich.« Lynds holte seinen Ausweis hervor und nahm Kappe und Brille ab.

45

Paula Tennant zuckte zusammen und traute ihren Augen nicht, als die Vatikanlimousine in Höhe des großen Portals am Palast des Heiligen Offiziums vorbeifuhr. Entweder die schiere Müdigkeit spielte ihr einen Streich, oder in dem Eingangsbereich zum Palastinnenhof stand genau jener Mann, der Ava Bell zuletzt lebend gesehen hatte.

Womöglich sogar ihr Mörder war!

Rasch ging sie im Geiste ihre Optionen durch, nur um festzustellen, dass es keine Optionen gab. Also befahl sie dem verblüfften Chauffeur sofort anzuhalten, sprang aus dem Wagen und eilte auf den Vatikanbeamten und den Unbekannten mit der Mütze und der Brille in der Hand zu.

Der zweite Vatikanpolizist bezog sofort Stellung, obwohl Paula aus einem Wagen mit vatikanischem Kennzeichen ausgestiegen war. Ihre friedfertigen Absichten bekundend, hob Paula die Hände und ihre ISA-Marke hoch. Kearns tauchte an ihrer Seite auf und tat es ihr gleich.

»Keine Sorge. Ich bin Polizistin und komme gerade von einem Gespräch mit einem Ihrer Vorgesetzten. Ich muss diesen Mann nur kurz sprechen.«

Sie drückte dem kleineren der beiden Wachposten ihre Marke in die Hand und wollte sich auch schon dem Gesuchten zuwenden, als der Vatikanbeamte sagte. »Es tut mir leid, Agent Tennant. Aber Sie haben hier keinerlei Befugnisse. Darf ich Sie bitten wieder zu gehen.«

Doch Paula ignorierte den Polizisten und fragte den Unbekannten geradeheraus: »Kennen Sie Ava Bell?« Sie bemerkte den kurzen, verräterischen Schimmer in den Augen des Fremden.

»Sie müssen mich verwechseln, Senorita. Ich bin hier, um mit Pater Ben Hawlett zu sprechen.«

Paula konnte einen Chicagoer Akzent heraushören. Volltreffer!

»Beantworten Sie bitte nur eine Frage«, sagte sie beschwichtigend forsch. »Haben Sie vor drei Tagen mit Ava Bell im John Hancock Center zu Abend gegessen?« Aus dem Augenwinkel nahm sie wahr, wie der Pförtner auf die Anweisung eines der Gardisten hin im Hintergrund aufgeregt mit jemandem telefonierte. Verdammt, die Zeit lief ihr davon.

Und genau das schien auch Bud Kearns durch den Kopf gegangen zu sein, denn noch ehe Paula ihn mäßigen konnte, sagte ihr stämmiger Kollege: »Wenn Sie die Frage nicht beantworten wollen, muss ich Sie bitten, mit uns zu kommen …«

Kearns packte den verblüfften Amerikaner am Arm und wollte ihn schon vom Palast wegführen, als der zweite Gardist sich ihm in den Weg stellte und Paula eine Stimme hinter sich vernahm.

»Bei allem Respekt, Agent Kearns, lassen Sie den Mann los!«

Monsignore Ben Hawlett eilte mit großen Schritten auf sie zu, womit geklärt war, mit wem der Pförtner telefoniert hatte.

»Pater, aber dieser Mann ist ein wichtiger Zeuge …«

»Sie befinden sich auf vatikanischem Hoheitsgebiet! Lassen Sie den Mann los!«

Kearns zögerte, doch als er Paulas Nicken sah, gab er den Arm des Unbekannten frei. Was blieb ihm auch anderes übrig. Er wusste sehr wohl, dass er seine Kompetenzen überschritten hatte.

Pater Hawlett trat näher und warf einen Blick in die Papiere des Amerikaners.

»Mr. Cabot Lynds, Sie wollten mit mir sprechen. Ich bin Pater Ben Hawlett.«

Dem Amerikaner schien eine ganze Steinlawine vom Herzen zu fallen. »Endlich! Ich bin hergekommen, um Ihnen zu sagen, dass ein Menschenleben in Gefahr ist.«

»Wir reden gleich, Mr. Lynds. Warten Sie bitte beim Pförtner einen Augenblick auf mich.« Der Pater wandte sich den beiden Agenten zu. Weder Paula noch Kearns behagte die Situation.

»Es gibt nun zwei Möglichkeiten für Sie, Agents«, meinte er ruhig mit den beiden Vatikanpolizisten im Rücken. »Sie können unser Territorium verlassen und wie vereinbart morgen wieder herkommen, oder Sie benehmen sich wie zwei zivilisierte Menschen.«

Diesmal kam Paula Kearns zuvor und ließ den Monsignore wissen, dass sie und Kearns verstanden hatten.

»Gut«, sagte Pater Hawlett. »Dann hören wir uns nun gemeinsam an, was Mr. Lynds auf dem Herzen hat.«

46

Papst Leo XIV. stand zutiefst beeindruckt vor Davids fertiggestelltem Gemälde mit den vier apokalyptischen Reitern.

Nach der letzten Gruppenaudienz hatte Leo eine kleine Pause eingelegt und mit dem Jungen sowie seinem Privatsekretär Corrado Massini im Dachgarten eine Partie Boule gespielt. Danach hatten Massini und er das Kind zu seinem Zimmer zurückbegleitet, und nun standen sie vor der fertigen Leinwand, und der Papst hatte das Gefühl, durch eine Art magisches Fenster in eine zukünftige Welt zu schauen.

»Das ist Jeanne«, erklärte David. »Sie wacht im Auftrag von Michael auf der anderen Seite über uns.«

»Woher weißt du das?«, fragte Leos Privatsekretär verdutzt.

»Sie hat es mir gesagt, als sie mir half, das Bild fertig zu malen.«

Der Sekretär blickte noch verblüffter, doch Leo nickte nur und nahm den ganzen Rest des Gemäldes in Augenschein, den mindestens ebenso beeindruckenden und beängstigenden Schauplatz des Szenarios. Die ganze Darstellung ereignete sich nämlich im Schatten einer kolossalen Kuppel auf einem weitläufigen Platz mit einem Obelisken. Über dem Dom schwebten große, finstere Wolken, an einigen Stellen, wie von einem himmlischen Pflug aufgerissen. In den Licht- und Schattenstrahlen schwebten geisterhafte Gestalten.

»Was hat Jeanne dir noch gesagt?«, fragte er ruhig.

»Dass, ganz gleich, was auch geschieht, wir nicht an der Liebe Gottes zweifeln sollen. Er sei mit uns in Ewigkeit.«

»Ganz gleich, was auch geschieht?«

»Es käme eine Zeit der Prüfungen. Für jeden von uns. Doch diese Prüfungen seien keine Strafen, sondern die Feuer der Wandlung.«

Der Sekretär wollte etwas sagen, doch Leo kam ihm zuvor. »Einen Moment bitte, Corrado.« Er wandte sich dem Jungen zu.

Die großen, klugen Augen blickten ihn traurig an. Vor Wochen hatte Leo ein Kinderfoto von Ciban gesehen. Die Ähnlichkeit zwischen Vater und Sohn war verblüffend. Ob der Junge genauso eine innere Härte entwickeln würde wie sein Vater?

»Hat Jeanne dir gesagt, wie diese Prüfungen aussehen werden, David?«

»Sie sagte nur noch, ich solle auf das Kreuz und das Schwert aufpassen, auf Johanna und Elias. Doch ich habe keine Ahnung, wer Johanna und Elias sind.«

Auch Leo hatte keine Ahnung. »Mach dir keine Sorgen.« Beruhigend legte er David die Hand auf die Schulter. »Das finden wir schon heraus.«

Erneut drehte er sich zu dem Bild. Irgendwo darin musste die Antwort liegen.

Eine Gestalt, aus der Blitze zuckten und Feuer strahlte, schwebte dort über allem, als hätte man sie an ein himmlisches Kreuz geschlagen. Über dieser Gestalt die Andeutung eines Altarhimmels mit vier gedrehten, ornamentierten Säulen. Der Papstaltar, Mittelpunkt des Petersdoms direkt über dem Petrusgrab.

Die energetischen Entladungen fuhren sowohl in die Erde als auch in den Himmel hinein. Tausende von Toten lagen auf dem Platz verstreut.

Doch da war noch etwas weit Bedrohlicheres hinter dem Himmelsriss, hinter dem Altarbaldachin. Leo konnte es nicht genau erkennen. Es war mehr wie eine Maske, ein Trugbild, eine Täuschung. Doch es war da. Es war real. Auch Corrado Massini hatte es erkannt, das sah Leo dessen Miene deutlich an, denn er kannte seinen Sekretär sehr gut.

Irgendwo lag des Rätsels Lösung in diesem gekreuzigten Menschen, diesem gequälten Gesicht, das über allem schwebte … mein Gott, konnte das sein?

Leo bekreuzigte sich.

47

Tancredi öffnete die alte Aktentasche, die er wohl schon seit seiner Studienzeit mit sich herumtrug, und entnahm ihr eine Mappe mit zwei neuen Coronas.

Catherine schätzte den Mönch auf Mitte fünfzig und fand ihn auf Anhieb unsympathisch, was ihr ein schlechtes Gewissen verursachte. Dennoch musste sie wissen, mit wem sie es zu tun hatte. Privatsphäre oder Gefahr hin oder her.

Vorsichtig senkte sie ihren medialen Schild und spähte durch die eigene astrale Abschirmung hindurch wie durch einen dünner werdenden farbigen Schleier. Zuerst wogten ihr die Anlagen von Dr. Francesis menschlicher Aura, die Beschaffenheit ihres Denkens,

Fühlens und Handelns, entgegen, obwohl die Ärztin ein Stück weit von ihr entfernt stand. Catherine erkannte Francesis Sensibilität, ihren Respekt und ihre kluge Offenheit gegenüber anderen. Aber auch ein gesundes Misstrauen und genug Aggressivität, um sich selbst mächtigen Männern wie Bois und Bragadin gegenüber zu behaupten.

Die mediale Abschirmung der drei Männer hingegen, allesamt Mediale, war nahezu perfekt. Außer einem unbestimmbaren Grundrauschen drang nichts durch deren Schilde hindurch. Tancredis Abschirmung war am stärksten. Catherine tastete sich zwar behutsam vor, doch außer einem leisen, unheimlichen Rauschen nahm sie nichts an der Oberfläche seiner Aura wahr. Dennoch glaubte sie sich in ihrem Eindruck bestätigt, dass der Mann alles andere als ein Sympath war. Und irgendwie, ja irgendwie kam er ihr seltsam vertraut vor.

So viel zu deiner vorurteilslosen Objektivität.

Es mochte sein, dass sie dem Mönch unrecht tat, doch sein streng asketisches Erscheinungsbild in Verbindung mit den emotionslosen Augen deutete sehr wohl auf eine gewisse Verbissenheit hin. Für Catherine verkörperte er ziemlich genau jenen Menschentyp, der seinen Schreibtisch in einer mittelalterlichen Folterkammer gleich neben die Streckbank stellen würde. Gerade so weit entfernt, dass kein Blut auf die Akten spritzte.

Bisher hatte sie noch nicht persönlich mit Tancredi zu tun gehabt, doch als ehemaliges Lux-Mitglied hatte sie von ihm vor allem als Verhörspezialist gehört. Ciban hatte ihr dann zwei Nächte zuvor von dem Energieschild berichtet, den der Mediale zum Schutz vor den Erscheinungen hatte errichten lassen. Catherine hatte den Eindruck gewonnen, dass auch Ciban eher zwiespältig über den Mönch dachte.

Sollte Catherines Anwesenheit Tancredi irritieren, so ließ er sich das in Gegenwart der anderen nicht anmerken.

»Dann legen Sie mal los, Pater«, sagte Dr. Francesi und heftete die Coronas an eine hintergrundbeleuchtete Schiene neben dem Schreibtisch. Sie schien kein Problem mit dem Ordensmann zu haben, es machte vielmehr den Eindruck, als hätten die beiden ihre Reviere schon vor langer Zeit abgesteckt.

Tancredi übernahm den Laserpointer.

»Wie Sie hier sehen können, zeigt die linke Aufnahme den Energiekörper Seiner Eminenz vor dem Test, also vor der Einnahme des Elixiers. Das Foto rechts entstand heute Vormittag. Neun Stunden nach der Prüfung.«

»Eine solch hohe Energiedichte habe ich noch nie gesehen«, bemerkte Francesi fasziniert, was Catherine klarmachte, dass die Ärztin nicht zu jenem kleinen Kreis der Lux-Domini-Mitglieder gehörte, die von Cibans Triadenerbe wussten. Sie deutete die Coronas als die Abbilder eines außergewöhnlichen menschlichen Energiefeldes. Weder Bragadin noch Bois machten Anstalten, sie darüber aufzuklären.

Des Weiteren fiel Catherine auf, dass der Energiekörper in der jüngeren Aufnahme kraftvoller strahlte, obwohl Ciban gerade nach all den Strapazen sehr erschöpft gewesen sein musste. Und noch etwas war anders: In der ersten Fotografie war der Blau-Weiß- und Rot-Schwarz-Bereich ausgewogen verteilt. In der Aufnahme vom Vormittag hingegen hatte der Schwarz-Rot-Anteil deutlich zugelegt. Überhaupt war das Farbspektrum der Aura in der späteren Aufnahme kühler, als blickte man durch das Glas einer Sonnenbrille, das die kühlen Farben betont. Rot-Schwarz strahlte regelrecht in seiner Kälte.

Tancredi musterte Catherine, als wüsste er, was bei dem Anblick in ihrem Kopf vorging. Andererseits geriet sicher jeder im Raum bei dieser Präsentation ins Grübeln, niemanden ließ der starke, wenn nicht gar dramatische Kontrast der beiden Coronas unbeeindruckt. Ja, »dramatisch« war das richtige Wort. Möglicherweise sogar bedrohlich.

Der Splitter der Finsternis war in beiden Aufnahmen zu sehen. Interessanterweise schien er in der jüngeren Aufnahme jedoch schwächer zu sein.

Als Tancredi seinen Verdacht bezüglich eines finsteren Seelentropfens äußerte, erzählte Francesi von Catherines und Cibans San-Leonardo-Erlebnis und forderte die junge Nonne auf, das Wesentliche noch einmal zu berichten.

Äußerlich blieb der Ordensmann ruhig, doch Catherine registrierte eine kurze, starke Gefühlsaufwallung an der Oberfläche seiner finsteren Aura, als er seine vorsichtige Diagnose nun bestätigt sah. Auch die anderen zeigten, obwohl sie bereits informiert worden waren, noch einmal deutliche Reaktionen. Als Catherine endete, erklärte Tancredi: »Damit käme Seine Eminenz nicht mehr als medialer Leiter unseres Ordens infrage.«

Bois stimmte dem Mönch zu und setzte noch eins drauf: »Auch Cibans Position als Glaubenspräfekt und Leiter der vatikanischen Sicherheit müsste noch einmal überdacht werden.«

Bragadin schüttelte den Kopf und widersprach. »Das

bleibt noch abzuwarten, meine Herren. Marc Ciban wäre nicht der erste Mediale, der sich den Splitter eingefangen hat. Denken Sie doch nur an Franz von Assisi, der den Splitter überwand. Oder Johanna von Orléans. Und vergessen wir Hildegard von Bingen und Matthias, den dreizehnten Apostel, nicht. Ganz zu schweigen von unserem verehrten Monsignore Darius.«

Catherine stand da wie vom Donner gerührt. Darius hatte mit einem Splitter der Finsternis in seiner Seele gelebt? Himmel, wie viel mehr hatte dann in all den Gesprächen mit ihrem Mentor gesteckt, vor allen in jenen, in denen es um den Kontakt mit der eigenen dunklen Seite gegangen war? Eine Bemerkung war ihr davon ganz besonders im Gedächtnis geblieben, damals, ein paar Tage nach der Messe mit Seiner Eminenz Marcel Kardinal Reinert: »Jeder trägt dieses Dunkel in sich. Jeder spürt es ab einem bestimmten Tag. Auch die Guten. Deshalb lassen wir so gerne zu, dass der Alltag uns ablenkt und betäubt, denn niemand will dieser Seite seines Selbst begegnen. Die meisten wollen sie nicht einmal wahrhaben. Dabei führt gerade das Bewusstwerden der eigenen Dunkelheit zum Licht.«

Auch Tancredi zeigte sich für ein paar Sekunden verblüfft, doch dann blickte er Bragadin an, als hätten ihn dessen Argumente nicht überzeugt, als stünde vielmehr die lange Liste der Gescheiterten vor seinem geistigen Auge.

Er drehte sich um und holte einen Datenspeicher aus den Tiefen seiner alten Aktentasche, den er Dr. Francesi reichte.

»Das ist die Aufzeichnung meiner letzten Sitzung mit Seiner Eminenz. Die sollten Sie sich ansehen.«

48

Catherine war sich nicht sicher, was sie genau erwartete, doch als das Video begann, sah sie anstelle eines Behandlungszimmers einen schlecht beleuchteten, zellenartigen Raum mit weiß gekachelten Wänden und einem Metalltisch in der Mitte.

Ciban saß Tancredi gegenüber. Der Kardinal trug eine schlichte schwarze Soutane, der Ordensmann eine Tracht, die an die der Dominikaner erinnerte. Ciban wirkte müde, schien aber gewillt, alles zu bewältigen, was immer noch im Rahmen dieser unsäglichen Prüfung zu bewältigen war.

Vor Tancredi lag ein Dossier auf dem Zellentisch. Vermutlich die Resultate der psychodiagnostischen Tests – Rohrschach, Hamburg-Wechsler, MBTI – sowie der ersten Befragungen. Der Rohrschach wurde umgangssprachlich auch gerne Tintenkleckstest genannt, beim Wechsler handelte es sich um einen Intelligenztest.

Tancredi schlug die Mappe auf und legte ein mehrkanaliges EEG mit Alphawellen vor den Kardinal hin.

»Ihr Gehirn hat äußerst ungewöhnliche EEGs und Coronas produziert, Eminenz. Hier befinden Sie sich im Alphakoma. Und hier …«, er legte ein mehrkanaliges EEG mit Nulllinien daneben, »… fehlen vierundfünfzig Sekunden lang jegliche Spannungsschwankungen.«

Ohne ein Wort sah Ciban auf die EEGs.

»Sie waren während der Prozedur zweimal klinisch tot.«

Ciban zögerte. »So sieht es aus.«

»Was wurde Ihnen durch das Elixier während dieser Zeit offenbart?«

»Wie ich Ihren Kollegen schon erklärte, erinnere ich mich nicht, aber mit etwas Glück habe ich vielleicht ein paar Sekunden Ruhe und Frieden gehabt.«

Einen Moment schwiegen sich die beiden Männer an. Dann legte der Mönch zwei weitere Folien auf den Tisch.

»Dann müssten Sie nach dieser Messung – jeweils vor Ihren Nulllinien entstanden – in der Hölle gewesen sein.« Es herrschte einen Moment lang Stille. »Sie haben während dieser beiden Erfahrungen Blut geschwitzt.«

Anstelle einer Antwort nahm Ciban eine der Folien in die Hand und studierte sie genauer: »Wie viel von diesem … Elixier habe ich noch in mir?«

Tancredi bedachte ihn mit einem befremdeten Blick, doch dann antwortete er. »Das meiste wurde von Ihrem Körper inzwischen ausgespült.«

»Und der Rest?«

»Vielleicht noch sechzehn, siebzehn Stunden.« Tancredi zögerte. »Wären Sie danach zu einem Gespräch unter Amytal bereit?«

Catherine traute ihren Ohren nicht, als sie hörte, dass man Ciban nach all den physischen und psychischen Belastungen nun auch noch ein Wahrheitsserum spritzen wollte.

»Wenn es unserem Gespräch hilft, ja.«

»Sie wissen, wozu das Elixier Sie befähigt hat?«

»Angeblich ließ es mich in meinem Gedankenpalast herumspazieren und Orte aufsuchen, die ich in bewusstem Zustand niemals aufsuchen würde oder könnte.

Vielleicht war die Erfahrung zu traumatisch, und mein Bewusstsein hat alles verdrängt.«

»Bisher ist noch niemand unter dem Einfluss des Elixiers ohne Erinnerung zurückgekehrt, Eminenz.«

»Das stimmt nicht.« Ciban massierte sich müde die Schläfen.

Tancredi wirkte irritiert. »Was meinen Sie damit, Eminenz?«

»Der letzte Kandidat ist, wie Sie wissen, gar nicht mehr zurückgekehrt«, antwortete Ciban kühl.

Wieder herrschte einen Augenblick lang Schweigen.

»Darf ich eine persönliche Frage an Sie richten?«, sagte der Mönch schließlich.

»Bin ich nicht hier, um Fragen jedweder Art zu beantworten?«

»Sie waren niemals an der Mitgliedschaft in einer kirchlichen Organisation interessiert. Selbst dem Opus Dei gaben Sie vor Jahren einen Korb. Und nun sitzen Sie hier und bewerben sich um die mediale Führerschaft eines Ordens, dessen Statuten Ihnen, gelinde gesagt, verabscheuungswürdig erscheinen müssen. Wieso tun Sie das? Und wieso tun Sie es gerade jetzt?«

Catherine glaubte zu spüren, wie diese Frage in Ciban einen winzigen Hoffnungsschimmer entzündete.

»Weil ich erlebt habe, was mit unserer Kirche in den letzten Jahrzehnten passiert ist. Weil ich weiß, dass sie nur mit einem Papst an der Spitze überleben wird, der die Kurie nicht zerstört, wohl aber nach dem Evangelium Jesu reformiert. Weil ich erfahren habe, was in San Leonardo geschah. Weil ich miterlebt habe, was sich vor knapp zwei Wochen auf vatikanischem Grund und Boden an wahnsinnigem Blutvergießen ereignet hat. Und weil mich die brennenden Kerzen vor unserer Peterskirche jeden verfluchten Tag daran erinnern.«

Der Tancredi in dem Video schwieg einen Moment nachdenklich. Vielleicht lag das auch an Cibans mangelnder Impulskontrolle, an seinen Gefühlsausbrüchen. Dann schaltete er einen transportablen Rechner ein und spielte ein Überwachungsvideo ab. Catherine, Bragadin, Bois und Francesi schauten sich einen Film im Film an und wurden Zeugen einer körperlichen Auseinandersetzung zwischen Ciban und einem Gardisten des Lux Domini.

»Sie haben unseren Wachmann fast getötet, Eminenz.«

»Das tut mir leid. Es … war ein Reflex. Er griff mich mit einer Waffe an. Konnten Sie klären, weshalb er das getan hat?«

Tancredi schüttelte den Kopf. »Dazu müsste er erst einmal wieder zu Bewusstsein kommen. Beten wir zu Gott, dass er das tut …«

An dieser Stelle sagte Catherine energisch: »Stopp!«

Bis auf Tancredi zuckten alle zusammen. Francesi hielt die Aufzeichnung an.

Catherine wandte sich Tancredi zu, der sie anstarrte, als hätte sie gerade die heilige Messe im Petersdom unterbrochen. »Berichtete Seine Eminenz Ihnen nicht von dem Anschlag, dem er einen Tag vor dem Test beinahe zum Opfer gefallen wäre?«

»Ein Anschlag? Nein, das tat er nicht. Gibt es … Aufzeichnungen dazu?«

Catherine war klar, dass Tancredi das Wort »Beweise« auf der Zunge gelegen hatte. Aus dem Augenwinkel registrierte sie immerhin, dass zumindest Bragadin erleichtert wirkte. Notwehr passte schon eher zu dem Ciban, den er während der Kardinalstreffen in den letzten beiden Jahren kennengelernt hatte. »Unser Generalinspektor bearbeitet den Fall«, erklärte sie dem Mönch. »Ich bin mir sicher, seine Tür steht Ihnen jederzeit für eine Überprüfung offen.«

»Seltsam«, bemerkte Bois. »Weshalb erwähnte Ciban den Anschlag nicht? Es muss ihm doch klar gewesen sein, was für ein Licht das auf seine Situation wirft?«

Catherine riss sich zusammen und deutete auf das Video. »Vielleicht hat er ein Vertrauensproblem. Möglicherweise schwieg er aber auch, weil in den letzten Tagen einfach zu viel Irrwitziges geschehen ist. Oder aber …« Sie hielt inne, denn den nächsten Gedanken mochte sie ganz und gar nicht.

Dr. Francesi sprach es aus. »Oder das Gedächtnis unseres Präfekten ist doch nicht so intakt, wie wir anhand der Tests und Gespräche angenommen haben.«

Unwillkürlich schaute Catherine auf Tancredis Videoaufzeichnung. Ja, sie hatte die Coronas gesehen, dennoch fiel es ihr schwer zu glauben, dass Cibans Persönlichkeit sich grundlegend verändert haben sollte. Andererseits war ihr bewusst, wie sehr Erinnerungen eine Seele prägten. Sie brauchte dabei nur an sich selbst zu denken.

»Das wollen wir nicht hoffen«, sagte Bragadin. »Ich für meinen Teil werde unsere Gardisten jetzt einmal genauer durchleuchten lassen.« Mit diesen Worten holte er sein Handy hervor und zog sich in eine Ecke des Büros zurück.

Francesi atmete tief durch. »Wie Sie sehen, Schwester, haben wir ein paar interne Probleme. Es gibt Mitglieder, auch unter den Gardisten, die vergessen haben, wofür das Lux Domini steht. Wir brauchen dringend einen guten Einfluss an der Spitze. Eleonora Ciban stand uns mit all ihrem Mut und ihrer Weisheit treu zur Seite.«

»Bei allem Respekt, Doktor«, bemerkte Tancredi. »Es stimmt, das Lux Domini verdankt Eleonora Ciban sehr viel. Ich selbst werde ihr mein Leben lang zu Dank verpflichtet sein. Das ist aber noch lange kein Grund, deshalb ihrem Sohn die Führung unseres Ordens anzuvertrauen.«

Catherine zuckte innerlich zusammen. Allerdings nicht, weil Tancredi sich einmal mehr gegen Ciban als medialen Leiter des Lux aussprach, sondern weil es eine unmittelbare Verbindung zwischen Eleonora und ihm gab: »Ich selbst werde ihr mein Leben lang zu Dank verpflichtet sein.«

Konnte der Verhörspezialist jener Hüter sein, dem Eleonora Ciban das Leben gerettet hatte? Tancredi stand nicht auf der Liste, die Catherine und Ben zusammengestellt hatten, was daran lag, dass er nicht im Vatikan lebte. Sie hatten sich auf die Suche nach dem Meister konzentriert, weil es noch unwahrscheinlicher gewesen war, diesen Hüter zu finden. Aber vielleicht hatte das Schicksal Catherine diesen Hüter gerade zugespielt.

»Keine vorschnellen Urteile, Pater«, entgegnete Francesi. Ihre Äußerung richtete sich auch an Bois, was Catherine klarmachte, dass diese Frau innerhalb des Lux Domini eine höhere Funktion als nur die der Stabsärztin einnahm. »Niemand vertraut hier irgendjemandem irgendetwas ohne vorherige Prüfung an. Das sollten Sie doch am besten wissen!«

Ein Handy klingelte.

Es dauerte ein paar Sekunden, ehe Tancredi realisierte, dass es sein Mobiltelefon war. Er zog das Handy aus der Aktentasche und blickte auf das Display. »Einer meiner Mitarbeiter, die den Schutzschirm kontrollieren.«

Catherine hoffte, dass es nichts Schwerwiegendes war, Probleme hatten sie schon mehr als genug.

Der Mönch nahm das Gespräch an und hörte schweigend zu, wobei seine Miene gestrenger wurde, sofern das überhaupt noch möglich war.

Francesi beugte sich zu Catherine hinüber: »Lassen Sie sich davon nicht irritieren, meine Liebe. Er ist verdammt gut darin, Menschen von sich fernzuhalten. Das hat er während seiner Jahre bei Kardinal Reinert gelernt.«

Marcel Kardinal Reinert?, durchfuhr es Catherine.

Es war zwar über eineinhalb Jahrzehnte her, doch sie hatte die Erinnerung sofort im Kopf. Ben, Darius und sie in Chicago in der Holy Name Cathedral. Kardinal Reinert, der seine legendäre Messe las. Ein junger, überaus hagerer, scheuer und nicht eben sympathischer Pater, der ihm dabei assistierte … Himmel! Der Priester an Reinerts Seite war Bruder Tancredi gewesen! Und Catherine hatte ihn nicht wiedererkannt.

»Wie viele Verletzte?«, hörte sie den Mönch nun fragen, was sie augenblicklich in die Gegenwart zurückholte.

Die Antwort dauerte etwas länger, was nichts Gutes verhieß.

»Nein. Tun Sie das auf gar keinen Fall!«, sagte der er. »Bewahren Sie die Ruhe. Das ist jetzt am wichtigsten. Ich bin auf dem Weg zu Ihnen.« Er unterbrach die

Verbindung und wandte sich den anderen zu. »Es gab einen Unfall. Eine Tote, ein Verletzter. Ich muss zurück in den Vatikan.«

Francesi griff nach ihrem Notfall-Arztkoffer, dem man ansah, dass er mehr als die übliche Ausrüstung enthielt. »Ich komme mit.«

»Danke, aber das ist nicht nötig, Doktor. Es ist bereits ein Helferteam vor Ort. Sie werden hier gebraucht.«

»Was ist mit dem Schild?«, fragte Bois.

»Es gab eine Attacke von außerhalb, aber nun ist er wieder stabil.«

»Außerhalb der territorialen Grenzen des Vatikans?«, fragte Bragadin, der sein Telefonat ebenfalls beendet hatte.

»Es besteht nicht nur auf unserer Seite Interesse daran, die Barriere niederzureißen«, antwortete Tancredi und griff nach seiner Tasche.

Catherine fühlte sich hin- und hergerissen. Einerseits wollte sie schon allein aus Sicherheitsgründen nicht von Cibans Seite weichen, andererseits brauchte Tancredi jede mediale Hilfe, die er bekommen konnte. Und sie war nun mal eine der stärksten Medialen der Kirche. Ein kurzer Blickaustausch mit Bragadin machte ihr klar, dass der Kardinal ihr Dilemma verstand. Sie las in seinen Augen, dass sie gehen konnte. Er würde aufpassen. »Warten Sie, Pater. Ich komme mit! Ich bin ganz gut darin, wenn es um mediale Energien und Abschirmungen geht.«

Tancredi warf ihr einen nicht zu deutenden Blick zu, doch an seiner Haltung ihr gegenüber hatte sich mit einem Male etwas verändert, das spürte sie. »Das Dritte Vatikanische Konzil braucht Sie, Schwester. Diese Sache hier wird äußerst gefährlich werden. Ich kann für nichts garantieren.«

»Wenn wir das Problem mit den Pforten nicht in den Griff bekommen, wird es kein Drittes Vatikanisches Konzil mehr geben, das meiner Hilfe bedarf, Pater.«

Tancredi ließ ihre Worte ein paar Sekunden lang im Raum stehen. »Also gut. Dann kommen Sie.«

»Einen Augenblick«, sagte Bragadin. »Nehmen Sie die unterirdische Transportkabine. Das geht schneller.«

Auch das noch!, dachte Catherine und spürte, wie ihre Knie weich wurden. Aber der Kardinal deutete schon zur Tür, um dem Mönch und ihr den Weg zu weisen. Dort angekommen, holte er zwei Rucksäcke aus einem Metallschrank und gab noch ein paar Erklärungen ab.

»Ihre Notfallausrüstung. Wasser, etwas Proviant, eine Notfallapotheke, ein Taser, Lampe und Karte…«

»Ist das wirklich notwendig?«, fragte Catherine.

»Normalerweise nicht, Schwester, aber in diesem Fall kann es nicht schaden.«

49

Im Palast des Heiligen Offiziums hatte Bischof Tardini gerade die letzten Vorgänge auf seinem Schreibtisch abgearbeitet, als sein Kryptohandy klingelte. Nach außen hin gab er sich zwar gelassen und zuversichtlich, was Cibans und nun auch Catherines Verschwinden anging, doch in Wahrheit war er zutiefst beunruhigt, was die ganze Situation betraf.

Vor einer halben Stunde hatte Monsignore Hawlett ihn nun auch noch über einen Zwischenfall am Eingangstor des Inquisitionspalastes informiert. Ein Mann – genauer gesagt, ein Amerikaner und Privatdetektiv – hatte versucht, sich auf ziemlich dreiste Weise Zugang zum Vatikan zu verschaffen. Wie sich dann herausstellte, schien der Eindringling ein potenzieller Zeuge im Falle der Messias-Morde zu sein. Dummerweise hatten die beiden ISA-Agenten davon Wind bekommen. Nun denn, Tardini hoffte, dass der Amerikaner vielleicht endlich Licht in diese grausame Mordserie brachte.

Er kramte das Handy aus seiner Soutane und meldete sich. »Tardini hier. Ich hoffe, es sind endlich einmal gute Nachrichten.«

»Lazarus hier. Verzeihen Sie, wenn ich Sie mit meinem Anruf behelligen muss, Exzellenz. Monsignore Hawlett gab mir dieses Wundertelefon, doch ich kann weder ihn noch Schwester Catherine oder Kardinal Ciban damit erreichen. Bei Ihnen in Rom muss gerade mal wieder die Hölle los sein.«

»Einen Augenblick bitte, Doktor …« Tardini versicherte sich kurz, dass die Tür zum Gang auch wirklich verschlossen war. »Hier gehen im Augenblick tatsächlich ein paar Dinge drunter und drüber …« In groben Zügen berichtete er dem Gelehrten, was sich in den letzten Stunden ereignet hatte. »Und jetzt hoffen Monsignore Hawlett und ich erst einmal, dass Catherine mit guten Neuigkeiten zurückkehrt. Soll ich ihm etwas ausrichten, sobald er mit der Vernehmung des Amerikaners fertig ist?«

Lazarus bedankte sich für das Briefing. »Sagen Sie

dem Pater bitte, dass ich etwas sehr Interessantes über unser Problem mit den Pforten entdeckt habe. Er soll mich zurückrufen. Doch für den Fall der Fälle sagen Sie ihm schon einmal Folgendes: Ich habe mich mit den Triaden geirrt. Sie sind *nicht* die Hüter. Der Mensch *ist* der Schlüssel! Der Mensch ist der Schlüssel zu *allem*!«

Tardini ließ die Botschaft ein paar Sekunden lang auf sich wirken, als hätte er gerade von einem jahrtausendealten Rätsel erfahren, dessen Lösung unmittelbar bevorstand.

»Gut«, sagte er schließlich. »Ich werde es genauso weitergeben, wie Sie es mir gesagt haben, auch wenn ich einmal mehr keinerlei Ahnung habe, wovon Sie überhaupt sprechen.«

»Danke, Exzellenz.«

Tardini vernahm einen Anflug von Belustigung in Lazarus' Stimme, was ihn selbst zu einem kleinen Schmunzeln veranlasste. Wenigstens verlor der Mann nicht seinen Humor.

50

Lianne Rodt saß vor ihrem Tablet-Rechner und sortierte ihre Gedanken an einem Ecktisch im Club der Auslandspresse. Die Unterhaltung mit Monsignore Rinaldo war sehr interessant und sehr aufschlussreich gewesen, obwohl der junge Mann seine Worte äußerst vorsichtig gewählt und sich fortwährend versichert hatte, dass die Journalistin nichts aus diesem privaten Austausch später in ihrem Artikel verwenden würde.

Lianne hatte nicht vor, ihr Wort zu brechen. Zum einen war sie im Großen und Ganzen ein Mensch, der sich an Absprachen hielt. Zum anderen hatte sie keinerlei Interesse daran, ihren schwer erarbeiteten Ruf als seriöse Vatikanberichterstatterin durch eine dumme Indiskretion aufs Spiel zu setzen.

Nichtsdestoweniger zog sie aus dem Austausch mit dem Monsignore ihre Schlüsse und konnte vieles davon sehr wohl indirekt nutzen, zum Beispiel um künftig falsche Fährten zu meiden. So war der viel beschäftigte Kardinal nicht so dogmatisch und konservativ, wie sie bisher angenommen hatte. Er verstand es, sich im bürokratischen Apparat zu bewegen, aber er verstand auch die Natur des Menschen. Ciban hatte zudem erkannt, dass etwas mit der Kirche nicht in Ordnung war. Und deshalb gehörte er keiner innerkirchlichen Organisation an, trat mit jedem kirchlichen Lager in den Dialog, egal ob es sich dabei um Traditionalisten wie Kardinal Gasperetti handelte oder um einen modernen Mann wie Kardinal Bragadin. Ciban vertrug sich inzwischen selbst mit dem neuen Papst.

»Wie es aussieht, hat die Glaubenskongregation sogar mit Schwester Catherine ihren Frieden gemacht«, hatte Lianne sich vorgewagt.

»Die Kirche ist größer als die moderne Inquisition«, hatte Rinaldo daraufhin mit einem Lächeln gemeint.

Lianne hatte nicht erkennen können, ob der Pater in dieser Hinsicht mehr wusste oder nicht. Sie hatte sich allerdings vorgenommen, den Glaubenspräfekten bei der nächstbesten Gelegenheit mit ihrer Entdeckung zu konfrontieren. Der Mann konnte verdammt gut austeilen. Mal sehen, ob er auch gut im Einstecken war.

»Ich frage mich, was du da gerade wieder ausheckst, meine Liebe.« Ralph Fischer nahm ihr gegenüber Platz. Diesmal musste er ihr wenigstens keinen Sitzplatz in der vordersten Reihe frei halten oder einen ihrer Artikel vor irgendwelchen kurzsichtigen Kollegen verteidigen. Ralph hatte etwas Ritterliches an sich, damit gehörte er leider einer aussterbenden Art an. Und er schätzte Liannes cleveres Köpfchen. Lianne hingegen schätzte seine Erfahrung und sein kluges, diplomatisches Können. Letztendlich waren sie ein gutes Team, spielten sich den ein oder anderen Ball zu. Es ging nichts über eine ausgewogene Basis für eine Win-win-Situation.

Lianne lachte und lud ihn zu einem Kaffee ein. Dann berichtete sie ihm von ihrem geplanten Artikel und gestand, dass es nicht ganz so gut lief.

Ralph grinste sie an und schob ihr dann eine Mappe mit Zeitungsartikeln und Internetausdrucken rüber.

»Ich weiß, du hast es mehr mit handfester Vatikanpolitik und weniger mit Spiritualität, Mystizismus und dem ganzen christlich-katholischen Glaubenszeug. Das hier ist normalerweise nicht der Stoff, aus dem deine journalistischen Träume sind. Schau es dir trotzdem einmal an.«

Lianne öffnete die Mappe und überflog stirnrunzelnd den obersten Artikel.

»Eine Erscheinung in der Residenza Paolo VI?«

Ralphs Grinsen wurde breiter. »Und schau einmal hier, und hier …«

Lianne überflog auch die Artikel darunter.

Die heilige Johanna von Orléans war jemandem in Rouen erschienen und hatte vor dem Weltuntergang gewarnt. Dann eine Marienerscheinung in Rio de Janeiro, die ebenfalls von dem Ende der Welt kündete. Es folgten Dutzende von Internetberichten und Onlineartikeln über aktuelle Geisterphänomene. Die meisten Berichte stammten aus den sozialen Netzwerken.

»Du machst Witze?«

Ralph schüttelte den Kopf. »Du hast doch von den jüngsten Gerüchten, Totgeglaubte gesehen zu haben, gehört?«, fragte er.

Natürlich hatte Lianne ein paar dieser verrückten Storys aufgeschnappt, doch sie hatte nichts darauf gegeben, und damit hielt sie gegenüber Ralph auch nicht hinterm Berg.

Doch Ralph war da ganz anderer Ansicht. Die Medien hätten das ganze Thema souverän banalisiert und der Lächerlichkeit preisgegeben, doch inzwischen interessierten sich sogar die Nachrichtendienste dafür. Und selbstverständlich auch die Kirche.

»Ich sag's dir, dahinter steckt eine ganz große Story!«

51

So praktisch das unterirdische Transportsystem auch war, die Liftkabinen waren für Catherines Geschmack einfach viel zu klein. Auch Tancredi schien sich in der sich mit konstanter Geschwindigkeit fortbewegenden Kabine unwohl zu fühlen, jedenfalls hielt er die abgewetzte Ledertasche wie einen Schild vor sich, was vielleicht aber auch an Catherines Anwesenheit lag. Ziemlich stur starrte er dabei auf einen Punkt an der Metallwand neben ihr.

Konnte das Reinerts Aktentasche sein? Die war auch aus Leder und damals schon alt gewesen. Catherine erinnerte sich noch an das Buchgeschenk, das Reinert damals aus der Ledertasche herausgezogen und ihr ausgehändigt hatte.

Sie musterte den Pater unauffällig. Erst jetzt bemerkte sie ein paar Schmutzrückstände vorn auf seiner Kutte, anscheinend hatte Tancredi nach der letzten Schutzschildmission keine Gelegenheit mehr gehabt, sich umzuziehen, doch seit wann war es nötig, bei einem medialen Einsatz mit den Knien auf dem Erdboden herumzurutschen?

Die Transportkabine machte einen Ruck und bewegte sich von der Waagerechten nun sanft bergauf. Catherine hatte nicht den Hauch einer Ahnung, wo sie sich im römischen Untergrund befanden. Dafür stieg die alte Übelkeit in ihr auf, die sie mit diesem Transportsystem verband.

»Ruhig durchatmen!«

Wie es aussah, hatte das Lux Domini einfach an das alte, noch von Papst Innozenz initiierte System angebaut. Oder der Orden hatte sich eine eigene unterirdische Verbindung zum Vatikan geschaffen. Obwohl es in der Kabine eher warm und stickig war, fing Catherine zu frösteln an und zog die Jacke ihrer Ordenstracht enger um sich. Sie hatte auch das völlig verrückte Gefühl, nicht allein mit Tancredi in der Kabine zu sein, und natürlich überkam sie ausgerechnet jetzt das dringende Bedürfnis zu joggen, um sich den ganzen Stress der letzten Stunden von der Seele zu laufen.

Sie seufzte innerlich.

Gott sei Dank schenkte Tancredi ihr kaum Beachtung.

Was man so oder so interpretieren konnte. Wie es aussah, war der Mönch aber tatsächlich in Gedanken. Und die hatten wohl eher mit dem Schutzschildproblem zu tun. Dass einer seiner Leute ums Leben gekommen war, ging ihm sichtlich nahe, gab ihm trotz seiner finsteren und distanzierten Aura etwas Menschliches. Außerdem war es beruhigend zu wissen, dass der Ordensmann nicht ganz so abgebrüht war, wie er nach außen hin vorgab zu sein, und dass Dr. Francesi mit ihrem kurzen Hinweis wohl nicht ganz falschlag.

Erneut blieb ihr Blick für einen Moment an der Aktentasche hängen, aus der Tancredi die Coronas samt der Videoaufzeichnung herausgeholt hatte. Dass Bragadin trotz der Testergebnisse die Ruhe bewahrt hatte und nichts übereilte, stimmte sie zuversichtlich. Nicht jedes Ordensmitglied wünschte Ciban gleich den Tod. Allmählich begann Catherine in dem Kardinalstaatssekretär einen möglichen Verbündeten zu sehen.

Ob aus Tancredi trotz seiner Skepsis ebenfalls ein Verbündeter werden konnte?

Aus dem Augenwinkel musterte sie das hagere Falkengesicht des Mönchs. Was die Jahre bei Marcel Kardinal Reinert ihn wohl alles gelehrt hatten? Darius hatte den alten Kardinal nur selten erwähnt, eines glaubte Catherine dabei allerdings herausgehört zu haben: Reinert hatte nicht nur seine dunkle Seite bezwungen, er hatte vor allem den Menschen gedient. Nicht Gott.

Catherine fragte sich, wie Reinert wohl zu Eleonora Ciban gestanden hatte. Und beim Gedanken an die Gründerin des Lux Domini dachte sie unwillkürlich wieder an diesen Hüter. Und an Tancredi. Und falls Tancredi jener Hüter sein sollte, konnte der verstorbene

Reinert dann womöglich ein Meister der Liga gewesen sein?

Und wenn sie mit ihren Überlegungen schon mal bei Tancredi als Reinerts Schüler und Sekretär war, stellte sich die Frage, wie viel von Reinerts Lehre wohl auf Pater Darius und über diesen Weg auf Catherine und Ciban übergegangen war?

Ciban …

Ihr stockte das Herz.

Ob er sich wirklich verändert hatte? Und falls ja, was bedeutete das für sie beide? Ihr Gefühl sagte ihr, dass sich daran nichts geändert hatte – der in Schach gehaltene Splitter gab ihr Hoffnung. Aber falls doch … Sie verbat sich jeden weiteren Gedanken in diese Richtung. Ein Leben ohne diesen Dickkopf von einem Kardinal konnte und wollte sie sich nicht vorstellen.

Außerdem war es wichtig, dass sie sich auf das Hier und Jetzt konzentrierte. Auf Tancredi. Auf den Schutzschild. Auf die Barriere zwischen den Lebenden und den Toten, die der Feind nun einzureißen gedachte.

Der ganze Fall war so unglaublich verzwickt, reichte vom Beben in L'Aquila über den Anschlag auf San Leonardo bis hin zu dem Anschlag und den Erscheinungen im Vatikan. Ganz zu schweigen von der Verbindung zu den Messias-Morden, die Catherine in Davids Malerei entdeckt hatte. Und dann war da noch die direkte Spur von Ava zu ihr, wie bei den anderen Adoptivmüttern und ihren Kindern. Ob sie es wollte oder nicht, sie war ein Teilstück dieses ganzen mörderischen Puzzles, ebenso wie diese beiden jungen Menschen, Luise und Simeon, die spurlos verschwunden waren. Catherine hatte keinen Schimmer, welche Rolle Luise,

Simeon oder sie bei dem Ganzen spielten. Sie wusste nur, dass die Adoptivmütter auf bestialische Weise ermordet worden waren und als Menschenopfer herhalten mussten. Doch wem waren die Mütter geopfert worden? Ganz sicher nicht dem christlichen Gott.

Wieder streifte ihr Blick Tancredis Falkengesicht. Wieso starrte der Mönch bloß auf die Wand neben ihr? Fast schien es, als nähme er dort irgendetwas wahr. Bildete sie sich die Gegenwart einer unsichtbaren Präsenz etwa doch nicht ein?

52

Thomas Tancredi beobachtete Catherine aus dem Augenwinkel. Seit Dr. Francesi den Namen seines verstorbenen Mentors erwähnt hatte, hatte sich die innere Einstellung der Nonne ihm gegenüber verändert. Er fragte sich, ob das gut oder schlecht für ihn war, denn an Marcel Kardinal Reinert schieden sich die Geister ebenso wie an Lucifer.

Catherines aufmerksamer Blick wanderte über seine Aktentasche und seine Kutte, verharrte kurz in Höhe der Knie. Nun gut, sie bemerkte die Schmutzreste, die noch von seinem Treffen mit Bruder Augustinus in den Grotten herrührten. Doch das spielte keine Rolle. Sie würde nicht die richtigen Schlussfolgerungen daraus ziehen können.

Tancredi erinnerte sich an den Tag, an dem er Catherine das erste Mal begegnet war, damals in der Sakristei der Holy Name Cathedral. Sie war die Halbwüchsige gewesen, von deren Talenten Reinert sich mindestens ebenso viel versprochen hatte wie von ihrem Charakter. Reinert hatte es nicht mehr miterleben dürfen, aber sein Protegé hatte seine Erwartungen noch übertroffen. Wie sehr sich das Kind Catherine doch damals vor dem alten Kardinal, der es insgeheim förderte und beschützte, gefürchtet hatte. Aber wie Tancredi war sie Reinert nicht ausgewichen, und das hatte ihren Mut, ihre Stärke und ihren Willen gezeigt. Niemals hatte der Mönch sich einem Menschen verbundener gefühlt als Catherine in dieser Stunde in der Sakristei.

Auch Tancredi war von Kardinal Reinert als Kind entdeckt worden. Wegen Mordes an seinem Vater hatte er zunächst fast drei Jahre lang in einer Jugendstrafanstalt zugebracht. Obwohl er selbst den Tod des Vaters mehr als ein Gottesurteil ansah. Auge um Auge. Zahn um Zahn. Reinert hatte trotzdem das Gute in Tancredi gesehen und ihn aus der Strafanstalt geholt.

Seltsam, die Erinnerung an seinen Vater und dessen Todeskampf im Feuer war Tancredi schlechter in Erinnerung als die erste Begegnung mit dem Kardinal oder Catherine. Dabei hieß es doch immer, die Erinnerungen aus der Kindheit seien die allerstärksten. Wie Gottes Zehn Gebote in Stein gemeißelt.

Die Zehn Gebote.

Vor allem das fünfte.

Du sollst nicht töten.

Doch Gott… dieser gütige, gerechte und barmherzige Gott… er forderte zum Töten auf. Und er tötete selbst.

Für Tancredi war er der Herr der Grausamkeit, der Bestrafer und Bezwinger. In seinem überlieferten Rachedurst machte er selbst vor Frauen und Kindern nicht halt: »So spricht der Herr der Heerscharen: Schlage Amalek und vollstrecke den Bann an ihm und allem, was er hat; schone seiner nicht, sondern töte Männer, Frauen, Kinder und Säuglinge.« So stand es nicht nur im ersten Buch Samuel.

Auch die Geschichte von Abraham, der seinen geliebten Sohn Isaak in einem göttlichen Gehorsamstest hatte schlachten sollen, hatte Tancredis Kindheit tief berührt. Er hatte solche Bibelstellen stets hinterfragt, laut und vernehmlich gegenüber seinem Vater. Später in der Jugendhaftanstalt im Beisein des Anstaltspriesters, auch wenn der Priester ihm daraufhin von der unermesslichen Güte des Allmächtigen erzählt hatte, der doch leicht die Durchführung der Opferung hätte fordern können, jedoch großherzig darauf verzichtete. Tancredi hatte geantwortet, dass er lieber zur Hölle fahren würde, als solch einem Gott seinen Respekt zu erweisen.

Davon hatte Kardinal Reinert erfahren.

Und Reinert hatte dem jungen, zornigen Mann verziehen, dessen Vater in Erziehungsfragen mit diesem Gott paktiert hatte, um ihn einzuschüchtern und gleichfalls bedingungslosen Gehorsam einzufordern. Dann hatte Tancredi begriffen, dass Reinerts Gottesdienste den Menschen und nicht der Huldigung Gottes dienten. Vielleicht waren seine Gottesdienste deshalb so gut angekommen und auf eine ganz besondere Art magisch gewesen.

»Weißt du, Thomas«, hatte der alte Kirchenfürst damals in der Holy Name Cathedral gesagt, »was Gott vorhersieht, das will er. Calvin hat es klar erkannt, die

Menschen werden nicht mit der gleichen Bestimmung geboren. Auf die einen wartet das ewige Leben, auf die anderen das Schicksal der ewigen Verdammnis. Es ist ›sein‹ Wille, und ›sein‹ Wille geschieht. Selbst die Kreuzigung seines Sohnes hat er vorherbestimmt. Aber – und es ist ein großes ›Aber‹ – der Mensch ist auch Gottes Abbild. Und das bedeutet, der Mensch kann seine Bestimmung ändern. Aber – und da haben wir schon wieder dieses große ›Aber‹ – er kann es nur selbst.«

Wie hätte Tancredi diesem Gedanken widersprechen können. Er selbst war der beste Beweis dafür, dass es Menschen gab, die bereits in Finsternis geboren wurden, um Gottes Werk zu erfüllen. Jeder nahm eine bestimmte Rolle ein, er spielte die Rolle des Zweiflers. Andere spielten die Rolle des Gehorsamen, blind und erbarmungslos, oder die des Schlächters und Henkers, wie Augustinus. Alle dienten und huldigten sie irgendwie dem Gott mit den blutigen Händen. Doch auch Tancredi strebte wie Reinert nach mehr. Er wollte sein Schicksal selbst bestimmen.

Tancredis Blick streifte Catherine.

Nein, das Weltgericht war nicht das letzte Ziel. Nicht mehr. Dank CORONA und Kardinal Reinerts Erbe wusste er, was zu tun war. Die Stimme, sein neuer kluger und weiser Ratgeber, hatte auf der anderen Seite für den Riss in der vatikanischen Pforte gesorgt, und Tancredi wusste nun um die Bestimmung und das Potenzial der Ordensfrau, die ihm da gegenüberstand. Und damit wusste er mehr als der Schwarze Papst. Tancredi würde mehr tun, als Reinert je gewagt hatte. Catherine gehörte zu den Stärksten. Sie war eine spirituelle Energiezelle. Ihre mediale Kraft, ihr menschlich-spirituelles

Blut war der Schlüssel. Sie würde der Schöpfung das Böse austreiben, ein für alle Mal. Auch, wenn sie das jetzt noch nicht wusste. Tancredi würde Catherine zu ihrer Bestimmung verhelfen.

Er wollte gerade zu einem Gespräch ansetzen, als Eliot – der Verführer und Schänder – wie aus dem Nichts neben der Nonne erschien. Doch nur Tancredi konnte den Geist des Toten wahrnehmen.

»Nicht schlecht, diese ganze Verhörsharade«, erklangen Eliots Gedanken in seinem Kopf. »Sie haben Ihnen jedes Wort geglaubt, Pater.«

»Das liegt daran, dass es die Wahrheit ist«, gab der Mönch über die Gedankenebene zurück, sodass Catherine nichts mitbekam.

»Natürlich. Wie konnte ich das vergessen. Die Wahrheit.« Eliots Blick ging verächtlich zu Catherine. »Sie sieht wirklich gut aus. Ich meine, für eine Nonne. Oh, ich vergaß, nicht Ihre Baustelle. Nun ja, meine auch nicht. Bei ihr würde ich aber mal eine Ausnahme machen …«

»Was willst du?«

»Meinen Job tun. Immerhin geht es um das Diesseits und Jenseits und welche Position wir künftig dort einnehmen werden.«

Ja, dachte Tancredi insgeheim, selbst ein so verachtenswertes Geschöpf wie Eliot hatte seinen Ehrgeiz und seine Bestimmung. Das einzig Gute an dem Kinderschänder war, dass er nichts von seinem Schicksal ahnte. Er konnte oder wollte nicht einsehen, dass das Böse am Ende immer der Vernichtung anheimfiel.

»Was willst du?«, wiederholte Tancredi.

»Ich mache mir Sorgen um Augustinus. Wir wollten

uns auf der Engelsbrücke treffen, damit er die Instruktionen des Meisters empfangen kann. Er ist nicht aufgetaucht. Und in den Vatikan kann ich ja dank dieses vermaledeiten Schutzschirms nicht. Einer meiner Helfer hat es versucht. Gott sei seiner Seele gnädig.«

»Dann hast du den Unfall verursacht?«

»Unfall? Davon weiß ich nichts. Aber bis Mitternacht ist es noch lang. Ich kann es kaum noch erwarten, wieder einen Körper zu besitzen, um mich frei zu entfalten, Pater. Wie sehen Ihre Zukunftspläne aus?«

Anstatt Eliot zu antworten, wandte Tancredi sich Catherine zu. »Sagen Sie, Schwester, was würden Sie tun, wenn Sie von einer Möglichkeit wüssten, alles Übel aus der Welt zu tilgen?«

Die Frage verblüffte Eliot ebenso wie die Ordensfrau, doch aus einem anderen Grund, wie Tancredi wusste. Und umso erpichter war die Kreatur auf die Antwort der Nonne. Tancredi jedenfalls würde niemals zulassen, dass der Schänder noch einmal in Menschengestalt auf die Erde zurückkehrte, um Kindern nachzustellen.

Catherines Antwort bekam der Tote dann auch nicht mehr mit, denn just als die junge Frau den Mund öffnete, passierten sie die Grenze zum Vatikan. Der Schutzschild war für den ungebetenen Gast jedoch undurchdringlich. Eliot verschwand.

»Entschuldigung, Pater. Was haben Sie gerade gesagt?«, fragte Catherine irritiert. Offensichtlich war auch sie mit ihren Gedanken ganz woanders gewesen.

Tancredi nahm es ihr nicht übel. Sie hatte eine äußerst stressige Zeit hinter sich, und nun musste sie sich auch noch um ihren Kardinal sorgen. Es hatte Tancredi mehr als überrascht, von Catherines Beziehung zu dem Präfekten zu erfahren. Er hatte immer geglaubt, Ciban sei ein eingefleischter Traditionalist und ebenso ein biologisches Maschinenwesen ohne körperliches Verlangen, unfähig zu einem tieferen Gefühl, erst recht zur Liebe. Wie sehr man sich doch in einem Medialen irren konnte. Jetzt lag der Präfekt jedenfalls in einem tiefen Schlaf und würde Tancredis Plänen nicht in die Quere kommen. Dafür hatte er gesorgt. Auch hatte sich sein Problem, Catherine zum Zentrum des Schutzschildes zu locken, dank der Hilfsbereitschaft seiner Schwester in Christo wie von selbst gelöst. Jetzt musste Tancredi sein Vorhaben nur noch ein paar Stunden vorverlegen.

»Die Wurzel des Bösen«, erklärte er. »Wenn sich Ihnen die Möglichkeit böte, alles Übel aus der Welt zu tilgen … würden Sie es tun?«

Catherine dachte einen Moment lang nach. »Es käme auf den Preis an.«

Diese Antwort erstaunte den Mönch. »Den Preis?«

»Alles hat seinen Preis. Selbst das Leben im Paradies. Sie wissen schon, jener Garten, den Gott für seine symbiotische Beziehung mit dem Menschen erschuf. Und in dessen Mitte er zwei Bäume pflanzte. Den Baum des Lebens und den Baum der Erkenntnis von Gut und Böse. Von Letzterem war Adam und Eva verboten zu essen, da sie sonst das ewige Leben verloren. Als treue Seelen hielten Adam und Eva sich an die Regeln, bis die Schlange ihren Auftritt hatte. Ganz sicher keine Überraschung für Gott, der die Schlange ja ebenso wie den Menschen erschaffen hatte. Ich habe mich immer gefragt, warum der allwissende und allmächtige Gott diesen Ungehorsam gewissermaßen provozierte. Warum wollte er das Böse nicht einfach aus der Schöpfung ausschließen? Und falls er es nicht wollte, wozu ist das Böse dann gut?«

Als Kind hatte Catherine sich auch gefragt, ob die Schlange zuvor selbst vom Baum der Erkenntnis gegessen hatte, und falls ja, ob sie auch verführt worden war. Jedenfalls hatte es auf Dauer weder im Himmel noch im Paradies mit der Unschuld der Seelen funktioniert. Der Mensch war aus dem Paradies, die gefallenen Engel aus dem Himmel vertrieben worden. Es war, als sei Gott gar nicht so allwissend und allmächtig, wie es gelehrt wurde, als habe er sich außerstande gesehen, eine Welt ohne das Dunkel zu erschaffen. Ab einem gewissen Punkt wurde die Schöpfung unabwendbar mit dem sogenannten Bösen kontaminiert. Daran hatte selbst die große Sintflut nichts geändert.

Und das erinnerte Catherine an eine ihrer Visionen während einer Ermittlung vor eineinhalb Jahren, als sie in den Archiven auf die geheime Apostelgeschichte gestoßen war. Der Erzengel Michael war darin vorgekommen. Und Judas, der diesen unsäglichen Pakt für die Erlösung der Menschheit mit Gott eingegangen war. Aber Judas hatte Gott nicht wirklich vertraut, hatte vielmehr befürchtet, dass dieser seine Abmachung am Ende nicht einhalten würde. Und das hatte er dem Erzengel deutlich gesagt.

»Ein interessanter Gedanke«, griff Tancredi ihre Fragen auf. »Sicher haben Sie darauf längst eine persönliche Antwort gefunden, eine, die noch nicht in Ihren Büchern steht.«

Catherine wollte das Thema lieber wechseln und deutete auf die abgewetzte Aktentasche vor seiner Brust. »Gehörte die einmal Kardinal Reinert?«

»Ja.« Tancredi nickte. »Er hat sie mir vererbt, zusammen mit seiner Bibliothek und einigen anderen Dingen.« Er zögerte. »Werden Sie mich, was Gott und das Böse angeht, an ihrer Erkenntnis teilhaben lassen? Warum will Gott keinen Frieden?«

»Dass Gott keinen Frieden will, habe ich nicht gesagt. Es scheint mir aber, als wäre ihm die Freiheit seiner Schöpfung sehr viel wert. Selbst wenn das bedeutet, dass aus dieser Freiheit Kreaturen wie Luzifer, Kain, Nero oder Hitler hervorgehen, wenn der Vergleich erlaubt ist. Paradiesische Unsterblichkeit scheint wohl nicht alles zu sein.«

»Dann war der Tod Abt Umbertos und all der anderen der Wille des Herrn?«

»Man lehrt uns, dass der Wille des Herrn stets auf das Gute zielt. Das muss aber nicht heißen, dass dies auch seiner Schöpfung und seinen Geschöpfen immer gelingt, selbst wenn die es wollen. Sie wissen doch, der Weg zur Hölle ist mit guten Vorsätzen gepflastert. Und der zum Himmel …« Sie hielt inne. »Wir wissen nie, was am Ende aus einer guten oder schlechten Tat wird, was nicht heißt, dass ich eine böse Tat gutheißen würde.«

Tancredi dachte einen Moment über ihre Worte nach. »Kardinal Reinert sagte einmal, das Böse schärft unsere Sinne …«

»Das klingt, als hätte er darin eine Art dynamische Energie für das Leben gesehen. Etwas Ähnliches hat auch Pater Darius einmal zu mir gesagt. Er meinte, am Ende ginge es um das Gleichgewicht.«

»Damit wären wir wieder bei der Freiheit des Bösen. Bewaffnete Konflikte. Plünderungen. Vergewaltigungen. Gegenseitiges Abschlachten. Hungersnöte, die durch Kriege ausgelöst werden …«

»Aber ebenso haben wir die Wahl, Gutes zu tun, Pater. Für uns selbst ebenso wie für andere. Es gibt die Helfer.«

Tancredi wirkte wenig beeindruckt. »Kardinal Reinert ist in seinem ersten Jahrzehnt als Priester sehr viel durch Krisengebiete gereist, dabei hat er so einiges erlebt. Er musste vor allem feststellen, wie begrenzt seine Möglichkeiten waren, an den vorherrschenden Missständen, der Politik von Gier und Hass, tatsächlich etwas ändern zu können. Es sei wie ein Fass ohne Boden gewesen, dessen Appetit immer größer wurde. Das war der Punkt, in dem er in seiner Beziehung zu Gott in eine große Krise geriet.«

»Dennoch gab Kardinal Reinert nicht auf, oder?«

»Nein, das tat er nicht. Nicht einen Tag. Er war wie eine unermüdliche Gegenkraft, die versuchte, das Gute durchzusetzen. Er hat viel Gutes getan.«

Vor allem, dachte Catherine, hatte Reinert gegen seine innere Bestimmung rebelliert. Genauso wie Darius und Ciban. Und keiner von ihnen hatte seine innere Bindung mit Gott dabei gelöst, sondern diesen ganz im Gegenteil mit kritischen Fragen konfrontiert.

Catherine spürte, wie die Kabine sich verlangsamte und schließlich zum Stillstand kam. Die Flügeltür fuhr auf, und das Licht des Lifts fiel auf eine alte Ziegelwand.

So wie Kardinal Bragadin es ihnen erklärt hatte, befanden sie sich nun tief unter dem Petersdom, auf Höhe der Grenze zur Sixtinischen Kapelle und dem Apostolischen Palast. In einem verborgenen Areal, das zwar noch unterhalb der vatikanischen Grotten, aber nahe der Nekropole lag. Die Nekropole war eine Gräberstadt aus der Römerzeit. Catherine schaltete die Taschenlampe ein, die Bragadin ihr in die Hand gedrückt hatte.

»Dann wollen wir mal«, hörte sie den Mönch sagen, der ihre Angst, die sie in der engen Kabine immer befiel, über ihrem Gespräch anscheinend nicht vergessen hatte und ihr den Vortritt ließ.

Sie folgten einem schmalen, nach oben führenden Gang. Es musste so etwas wie ein Belüftungssystem geben, denn das Klima war gut und nahm Catherine etwas von ihrer Beklemmung. Nach etwa dreißig Sekunden erreichten sie die antike Gräberstadt mit ihren zahlreichen Mausoleen, die sich einst neben dem Circus von Kaiser Nero befunden hatte. Ein gutes Stück weit entfernt, im Gräberfeld, das mit dem Buchstaben P markiert worden war, befand sich der Bereich mit dem Grab des Apostels Petrus. Noch als Studentin war Catherine in Begleitung von Pater Darius in die Nekropole hinabgestiegen und hatte das Grab besucht, das unter dem Papstaltar des Petersdoms lag.

»Einen Moment«, sagte Tancredi leise und hielt die Skizze, die Teil ihrer Ausrüstung war, unter die Lampe. »Wir befinden uns in Höhe von Feld H und müssen hier entlang, um auf den Hauptweg zu gelangen. Von dort aus kommen wir hinauf zu den Grotten, wo sich der Unfall mit dem Schutzschirm ereignet hat.«

Sie folgten dem engen Tunnel noch ein paar Meter und betraten durch einen getarnten Zugang einen abgeschiedenen Teil der Hauptstraße der Nekropole. Catherine erinnerte sich dunkel an einige von Darius' Erklärungen, als sie die antike unterirdische Straße damals entlanggegangen waren. Die ersten Ausgrabungen hatten in den

Vierzigerjahren unter Pius XII. begonnen, um die genaue Lage des Petrusgrabs auszumachen. Dabei waren etliche Mausoleen, die über Generationen und sogar von verschiedenen Familien genutzt worden waren, entdeckt und ausgegraben worden. Es hatte jedoch schon im Mittelalter bei der Errichtung des Fundaments für den Petersdom derartige Entdeckungen gegeben. Von einem Mausoleum abgesehen, folgten die Gräber einer geraden Linie, eben jener Straße, der Catherine und Tancredi nun folgten, als streiften sie mitten in der Nacht durch eine schlafende antike Stadt.

Catherine wusste, dass Ciban seit Jahren immer wieder Erkundungstouren im vatikanischen und römischen Untergrund unternahm und sich gut auskannte, bezweifelte aber, dass er von dem geheimen Transport- und Tunnelsystem des Lux Domini wusste. Dass Bragadin sie eingeweiht hatte, deutete sie als einen weiteren Beweis seines Vertrauens. Aber sie verband auch ein seltsames Gefühl mit dieser Kabinenfahrt. Das Gefühl der Anwesenheit einer unsichtbaren Präsenz ging ihr nicht aus dem Kopf. Ob sie überwacht worden waren? Dann fiel ihr Tancredis Frage bezüglich der Ausrottung des Bösen wieder ein. Der Pater hatte seine Gedanken dazu eigentlich gar nicht näher erläutert.

»Wir sind gleich da.« Der Mönch deutete auf eine schmale Treppe, die sich steil vor ihnen auftat.

Catherine spürte die zunehmende spirituelle Energie, als sie sich den Grotten mit den Papstgräbern näherten. Dreiundzwanzig von über zweihundertfünfzig verstorbenen Päpsten hatten hier ihre letzte Ruhestätte gefunden. Und je näher sie dem Bereich über dem Petrusgrab und unter dem Papstaltar kamen, desto mehr nahm die energetische Vehemenz zu. Natürlich war der ganze Dom als Kraftort von dieser Energie erfüllt, die durch die gewaltige Kuppel noch einmal gebündelt zum Hochaltar reflektiert wurde, doch am Petrusgrab und Hochaltar war sie am lebendigsten und allerstärksten.

Schließlich endete der Treppengang, und sie traten durch eine geheime Tür unweit des abgelegenen Grabmals Pius XII. in die Grotten, die aus mehreren weiß verputzten, durch steinerne Rundbogen verbundenen Räumen bestanden. In den Nischen wurden die Sarkophage von einigen Päpsten aufbewahrt.

Sie eilten an den Grabmälern und einem erhöhten Podium mit Bänken und Betschemeln vorbei. Zwei Mönche und zwei Nonnen im Ordensgewand des Lux Domini, das der Kluft der Dominikaner ähnelte, knieten dort in tiefer Meditation und hielten die mediale Struktur des angeschlagenen Schutzmechanismus aufrecht. Catherine spürte die knisternde Spannung in der Luft. Als sie ihren Schutzschild erneut leicht senkte, sah sie die mediale Elektrizität wie das kleinere Abbild einer meteorologischen Himmelserscheinung über die Gewölbedecke fließen. Sie fühlte das energetische Knistern an der Oberfläche ihrer Aura. Es war ihr, als berührte sie ein mehrfarbiges Polarlicht, als ginge ein böiger, elektrisch aufgeladener Wind zwischen dieser und der nächsten Welt hin und her.

Eine ältere Nonne eilte ihnen entgegen. Schwester Elisabeth. Catherine war ihr ein paar Mal während ihrer Recherchen im Archiv begegnet.

»Wir konnten nichts mehr für Schwester Anna tun, Bruder Thomas. Ihre Seele ist für uns verloren. Nur Gott weiß, wo sie nun ist.«

Catherine hielt den Atem an, denn sie begriff, was passiert war. Die Mediale war den zweiten Tod gestorben, ihr Astralkörper, womöglich sogar ihre Seele, existierte nicht mehr.

Schwester Anna führte sie um eine Ecke zu einer großen Nische. Das Helferteam war noch da und kümmerte sich um den Verletzten, während zwei junge Mönche die tote Nonne würdevoll auf eine Bahre legten. Sie hatten auf Tancredi gewartet, der noch einmal nach der Toten sah, doch da war nichts mehr zu retten. Die Energieentladung hatte die beiden Opfer wie ein Blitzschlag getroffen, physisch wie auch auf der feinstofflichen, der astralen Ebene. Wie Catherine nun mitbekam, hatte der Überlebende durch den Einschlag und die Druckwelle mehrere Knochenbrüche sowie Verbrennungen erlitten. Ebenso würde er nach dem Erwachen noch viele Stunden gelähmt bleiben, denn auch das Nervensystem war beeinträchtigt worden. Sehr wahrscheinlich würde der Mann an den Folgeschäden den Rest seines Lebens zu leiden haben.

Schwester Elisabeth deutete aufgeregt auf den energetischen Riss, der wie eine teuflische Ader über ihren Köpfen waberte.

»Was immer da auf der anderen Seite versucht hat, gewaltsam durchzukommen, ist skrupellos. Es muss auch auf der anderen Seite Tote gegeben haben.«

Catherine beobachtete, wie Tancredi die ältere Nonne zu beruhigen versuchte, indem er ihr erklärte, dass nichts verloren sei, dass das Gute am Ende immer über das Schlechte triumphiere und alles bald ein Ende habe, das könne er ihr versprechen. Seltsamerweise klangen diese Worte für Catherine wie eine Grabrede.

Dann wandte er sich ihr zu. »Ich muss den Ursprung dieser Verwerfung finden, bevor …«

Ein kreischendes Dröhnen ging durch die Grotten, als befänden sie sich in einem Schiffsrumpf, der mit einem Eisberg kollidierte. Die Erschütterung ließ den ganzen Petersdom in seinen Grundfesten erzittern, sowohl die Decke als auch der Boden schienen sich zu wölben. Die Schockwelle riss Catherine und jeden anderen, der stand, von den Beinen.

Himmel, was war das?

Das Himmelreich leidet Gewalt,
und die Gewalt tun,
die reißen es an sich.

(MATTHÄUS, 11,12)

53

»Wir ermitteln inzwischen in fünf Mordfällen, Mr. Lynds. Drei in Europa, zwei in den USA. Alles, was Sie bisher für Ihre Auftraggeberin herausgefunden haben, ist deshalb für uns von größter Bedeutung«, wiederholte Agent Tennant. »Ich bitte Sie daher, Ihre Aussage in unserer ISA-Niederlassung noch einmal zu wiederholen.«

»Hören Sie, Agent Tennant«, hörte Ben Hawlett den Privatdetektiv sagen, »ich bin zu weiteren Gesprächen bereit. Doch im Augenblick nur hier auf vatikanischem Boden.« Lynds wandte sich Ben zu, der den höchsten kirchlichen Rang im Raum bekleidete. »Monsignore, ich bitte Sie hiermit um Asyl.«

»Das ist doch lächerlich«, entfuhr es der Agentin. »Niemand will Ihnen …«

Ben brachte sie mit einer Geste zum Schweigen. »Das reicht, Agent Tennant. Mr. Lynds hat an diesem Abend erhebliches Licht ins Dunkel unserer Ermittlungen gebracht und ist selbstverständlich unser Gast.«

Der Privatdetektiv hatte ihnen von seiner Ermittlungsarbeit der letzten drei Monate berichtet, wie er im Auftrag von Ava Bell, die sich um ihre Tochter gesorgt hatte, durch halb Europa gereist war. Lynds hatte ihnen von seiner Suche nach Luise Lewin und Simeon Russel erzählt. Den jungen Mann hatte er schließlich in einer psychiatrischen Anstalt in der Nähe von Florenz gefunden, die ausschließlich hoffnungslose Fälle beherbergte.

Außer sinnlosem Gebrabbel war nichts aus ihm herauszuholen. Auch hatte er ihnen berichtet, wie er von Avas Tod erfahren und sich auf den Weg nach Rom gemacht hatte, um seinen letzten Auftrag auszuführen, nämlich Schwester Catherine Bell zu warnen. Da Gefahr in Verzug war, Lynds es jedoch nicht gewagt hatte, Catherine direkt zu kontaktieren, hatte er den Weg über Ben gewählt. Tja, und jetzt saß er hier, zwischen den Vertretern der katholischen Kirche und den Vertretern der International Security Agency, und fühlte sich alles andere als wohl dabei, von diesen Leuten einem Verhör unterzogen zu werden.

Bens Menschenkenntnis sagte ihm, dass dieser Mann die Wahrheit gesprochen hatte und nicht Ava Bells Mörder war. Lynds hatte Ava vielmehr so etwas wie einen Treueeid geschworen, und dieses Versprechen löste er nun ein. Außerdem glaubte Ben, dass es bei diesem Treueschwur auch um Informationen ging, die nur Catherine betrafen. Und diesbezüglich würde der Privatdetektiv den beiden Agenten gegenüber weiterhin beharrlich schweigen.

»Außerdem schlage ich vor, dass wir die weiteren Gespräche wie geplant auf morgen vertagen«, fuhr Ben fort, »wenn wir ausgeruht und vollzählig sind. Für heute war es mehr als genug.«

Die beiden ISA-Agenten tauschten einen Blick aus, nickten aber schließlich. Was blieb ihnen auch anderes übrig? Egal wie sie sich drehten und wendeten, an diesem Tag kamen sie gegen die Kirche nicht an. Pater Ben Hawlett hatte seinen Heimvorteil ausgespielt.

»Also gut, Exzellenz«, gab die Agentin nach. »Reden wir morgen weiter.« Noch einmal wandte sie sich an den Detektiv. »Ich bin schon sehr gespannt, wie Ihre Geschichte weitergeht, Mr. Lynds. Sie haben uns noch immer nichts über Ava Bells Quelle erzählt. Woher Sie von den anderen Müttern wusste …«

Plötzlich hörten sie das metallische Kreischen, zwei Sekunden darauf ging ein heftiger Ruck durch den Palast des Heiligen Offiziums.

Bei Gott. Die Welt bebte.

* * *

»Was war das?« Dr. Francesi starrte Bragadin und Bois an, als hätte man sie gerade durch eine rotierende Trommel auf einem Jahrmarkt gescheucht.

»Jedenfalls kein normales Erdbeben«, sagte der Kardinal, »sonst hätte es etliche ihrer Bücher aus dem Regal gefegt.«

»Dann muss es eine mediale Schockwelle gewesen sein. Gott stehe uns bei«, sagte Bois.

Die Sprechanlage auf dem Schreibtisch summte. Einer von Francesis Leuten aus den überirdischen Etagen war in der Leitung und teilte ihnen mit, dass das Epizentrum der Erschütterung im Vatikan lag und sich über die Portale anderer römischer Kirchen bis zu einem Radius von zwei Kilometern in der Stadt ausgebreitet hatte.

»Schalten Sie die Nachrichten ein«, sagte der Mann. »In Rom ist der Teufel los.«

Francesi schaltete den Großbildschirm ein, auf dem sie sich vorhin noch Tancredis Verhörvideo angeschaut hatten, und wählte einen der Hauptsender. Seit zwei Wochen herrschte schon wegen des Anschlags das größte Tohuwabohu in der Stadt, doch gegen das, was sich jetzt abspielte, waren diese beiden letzten Wochen eher so etwas wie die sprichwörtliche Ruhe vor dem Sturm gewesen. Die Menschen flüchteten wie panisch aus den römischen Häusern, Palästen und Kirchen auf die ohnehin schon überfüllten Straßen und Plätze. Die Ewige Stadt war in ihrer Vergangenheit schon etliche Male von Erdbeben heimgesucht worden, wovon einige erhebliche Zerstörungen angerichtet hatten.

Doch das hier war kein tektonisches Beben, und trotzdem hatten die Menschen darauf reagiert, was die Ärztin des Lux Domini daran erinnerte, dass auch normale Menschen letztendlich übersinnliche Wesen waren, sofern sich ihnen die höhere Welt gezielt offenbarte.

»Das kann ja noch heiter werden«, meinte Bois, »wenn erst einmal herauskommt, dass dieses Beben keine seismografischen Ausschläge hervorgerufen hat.«

Francesi fragte sich, ob das Beben Auswirkungen auf den sich im Heilschlaf befindenden Glaubenspräfekten haben mochte. Sie wollte sich gerade zur Sprechanlage auf dem Schreibtisch umdrehen, um nachzufragen, als diese erneut summte. Und zwar auf dem Kanal, der mit dem medizinischen Sicherheitsbereich verbunden war.

Verflucht! Ein Unglück kam selten allein!

»Francesi«, meldete sie sich.

»Wir haben ein Problem mit unserem Patienten, Doktor. Die EEG-Anzeigen spielen verrückt. Und zwar total verrückt. Glaubt man dem EEG, lebt und stirbt der Patient in einem fort.«

»Ich bin gleich bei Ihnen.«

Gefolgt von Bragadin und Bois, eilte sie aus dem Büro, um eine Minute später und zwei Stockwerke tiefer vor Cibans Krankenbett zu stehen.

Das Elektroenzephalogramm von Cibans Gehirn erinnerte in seinen heftigsten Frequenzspektren an das Seismogramm eines flächendeckenden Seebebens, unterbrochen von schlagartigen Hirnausfällen, bei denen keinerlei elektrische Aktivität messbar war. Seit der letzten Nulllinie war Cibans Gehirn allerdings nicht mehr erwacht, wenn das so weiterging, war eine Schädigung der Integrität der neuronalen Struktur zu befürchten. Außerdem glühte Cibans Körper wie ein Hochofen.

Doch plötzlich zeigte das EEG schlagartig wieder eine Gehirnaktivität an.

»Wecken wir ihn auf!«

Die Assistentin reichte Francesi eine Infusionsspritze, die sie schon vorbereitet hatte, doch als die Ärztin sich über Ciban beugte und die Hand mit der Spritze ausstreckte, riss der Kardinal die Augen auf und packte ihren Arm.

Francesi erstarrte. Die Augen Cibans waren von einem tiefen dämonischen Schwarz, kein Weiß lag mehr darin. Der Kardinal zitterte und blickte sich verwirrt im Zimmer um. Dann erkannte er die Ärztin und gab ihren Arm frei. Nachdem er ein paar Mal tief durchgeatmet hatte, entfernte er trotz Francesis Protest die Infusion an seinem Arm, stemmte sich hoch und erhob sich. Hätte die Ärztin ihn nicht im letzten Moment gestützt, wäre er zusammengebrochen

»Was soll das? Legen Sie sich wieder hin!« Sie versuchte ihn zurück ins Bett zu dirigieren.

»Nein!« Cibans Stimme klang schwach und heiser, gleichzeitig lag etwas Raubtierhaftes darin.

Er schwankte, blieb dann aber aus eigener Kraft stehen. So verharrte er einen Moment, atmete tief durch und musterte seine Umgebung aus diesen unergründlichen, finsteren Augen, als versuche er sich zu erinnern, wo er war – und vor allem weshalb.

Schließlich fragte er: »Wo ist Tancredi?«

54

Pater Thomas Tancredi half Schwester Elisabeth auf die Beine. Die ältere Ordensfrau war gegen die Steinwand gestürzt und hatte sich anschließend beim Aufprall auf den steinernen Boden das rechte Knie sowie einen Ellenbogen verletzt. Doch die Nonne war hart im Nehmen. Kaum dass sie wieder halbwegs stand, schickte sie sich auch schon an, den anderen zu helfen. Auch Catherine, die gegen den Sarkophag von Papst Innozenz, Leos Vorgänger, geschleudert worden war, hatte sich bereits wieder aufgerappelt und sah ebenfalls nach den Verletzten.

Die selbstlose Hilfsbereitschaft des Helferteams berührte Tancredi. Das waren gute Männer und Frauen. Keiner von ihnen missbrauchte seine mediale Macht. Das waren Menschen, deren Seelen etwas Besonderes waren, die nie müde wurden, die Dunkelheit der Welt mit dem Licht ihrer Taten zu erhellen. Diese Menschen boten dem Bösen die Stirn. Jeden Tag. Ja, es schien fast, als ließe die Finsternis ihr Potenzial erst zur Geltung kommen. Und keiner schien sich dabei über die Stille Gottes zu beklagen.

Tancredi beobachtete, wie Catherine die Wunden einiger Verletzter zu versorgen half. Er hatte immer geglaubt, die junge Frau lebte vor allem in ihrer geistigen Welt. Ein Trugschluss, wie ihm nun klar wurde. Catherine war zwar spirituell, aber als Mensch war sie geerdet. Und genau diese Ausgewogenheit machte sie vermutlich erst zu einem solch starken Schlüssel.

Der Anblick all dieser Gnade und Barmherzigkeit ließ Tancredi einen Moment lang an seiner Mission zweifeln. Vielleicht hatte Kardinal Reinert doch recht gehabt und das Böse erfüllte mehr als nur den Zweck, schlecht zu sein. Auch Schwester Catherine war dieser Ansicht, und die Nonne war eigentlich ein sehr kluger, pragmatischer Mensch. Doch dann bedeckte die Heilerin einen weiteren Körper mit einem Leichentuch, gleichzeitig setzte ein Nachbeben ein, das Tancredi daran erinnerte, was hier wirklich auf dem Spiel stand. Er kannte mehr spirituelle Geheimnisse als die meisten anderen Angehörigen des Lux Domini, und er war zu weit in seinem Leben gereist, als dass er nicht gewusst hätte, wie weit menschliche Grausamkeit, Gleichgültigkeit, Leid und Elend gehen konnten. Letztendlich war Tancredi wie Kardinal Reinert in seinem Bemühen, das Gute durchzusetzen, gescheitert. Er hatte versucht, den Menschen zu helfen. Sie gelehrt, sich zu behaupten und gut zu sein. Doch nur zu oft hatte er mit ansehen müssen, wie Gerettete, die an die Macht gelangten, selbst zu unmenschlichen und gierigen Kreaturen wurden. Es war wie ein Fluch des Menschseins. Und das hatte Tancredi zunehmend zorniger gemacht.

Er schreckte zusammen, als ein weiteres Beben die Grotten erschütterte. Das überirdische Licht in der Energiespalte wechselte von Violett zu feurig Rot. Rechts und links davon züngelten feine Flammen an der Decke entlang, als suchten sie nach Opfern. Catherine und die anderen blickten erschrocken auf und zogen die Köpfe ein. Was da aus dem Totenreich mit aller Gewalt zu ihnen durchzudringen versuchte, hatte nichts Menschliches mehr. Das war von einer ganz anderen, eigenen, widerwärtigen Art. Das spürte Tancredi mit jeder Faser seines medialen Wesens. Wenn es dieses Übel durch den Spalt schaffen sollte, stand eine mitleidlose Konfrontation um die Macht und Ordnung zwischen Himmel, Hölle und Erde bevor. Vor diesem Urbösen waren selbst die Engel der Finsternis auf der Hut, denn es würde nicht eher ruhen, bis das allerletzte Gute in der Schöpfung vernichtet worden war. Und dann – innerlich erzitterte Tancredis Seele vor Wut –, dann würde die Anbetung des Blutes beginnen, jene Weltordnung, die der Schwarze Papst als Stadthalter auf Erden weltweit zu etablieren gedachte.

»Glaub mir, Thomas«, hatte Kardinal Reinert einen Tag vor seinem Tod gesagt, »in der gesamten Menschenwelt gäbe es niemanden, der so tief in die Abgründe der Niedertracht hinabgestiegen wäre wie dieses Ding. Die Welt würde zu einer Heimat körperlicher wie geistiger Krüppel. Zombies würden die Städte und das Land bevölkern, allesamt Geschöpfe in menschlichen Hüllen, in denen keine Menschlichkeit mehr wohnt. Aber sie könnten noch immer zwischen grausam und noch grausamer unterscheiden, um sich für das Böse starkzumachen und für den Schmerz des anderen zu leben. Die Schöpfung würde auf jeder Ebene zu einem Ort der Dunkelheit, zur Hölle aller Höllen. Deshalb sind die Barrieren zwischen den Raum- und Zeitdimensionen der Schöpfung so wichtig.«

»Aber es muss doch etwas geben, das wir im Notfall tun könnten, Eminenz?«

Reinert hatte sich sein ganzes Leben lang mit Macht und Machtmissbrauch, mit Gewalt und dem Drang zu verletzen und zu töten beschäftigt. Wenn einer eine Antwort wusste, dann er.

Doch Reinerts Antwort war niederschmetternd gewesen. »Sollte Gott dann noch immer schweigen, bliebe uns nur noch eins: die totale, restlose Vernichtung.«

Als wäre allein dieses Bekenntnis schon eine schwerwiegende Sünde, hatte der sterbende Kardinal kein Wort mehr gesagt. Doch Tancredi hatte nachgeforscht und die Antwort schließlich in Reinerts Nachlass, in den Kapiteln eines alten Folianten gefunden. Es ging darin um die spirituelle Macht des Blutes, um seine Lebens- und Vernichtungskraft. Über das Blut erreichte man die Seelen, über die Seelen die niederen und höheren Wesen zu Gottes Ruhm. Über das Blut erreichte man Erlösung, Tod und Verdammnis. Blut hatte schon immer für die Anbetung Gottes fließen müssen. Doch es gab auch einen Weg, Gottes Blut zu vergießen, denn aus Gottes Geist und Leib war die Schöpfung gemacht. Die Kathedralen, Schutzräume und Kraftorte der Mediation und des Gebets, die auf spiritueller Ebene in die nächste Welt hineinreichten, konnten ebenso gut die Geschütze der irdischen Divisionen sein. Das brauchte allerdings eine starke Einheit im Guten, eine Einheit im Glauben. Starke Gebete und Dekrete. Das Wissen um die Macht und die Regulierung des Energieflusses. Doch die Menschen würden sich nie einig sein, ebenso wenig wie die Engel. Also gab es nur eine einzige Möglichkeit, den Wahnsinn zu beenden. Die Vernichtung der Welt über die Vernichtung der Pforten, doch dazu benötigte man einen mächtigen Schlüssel. Nur so ließ sich der Teufelskreis des ewigen Leids durchbrechen und die Menschheit und damit die Schöpfung ein für alle Mal erlösen.

Seit dieser Entdeckung hatte Tancredi immer wieder über diese Möglichkeit nachgedacht, sie wieder und wieder studiert. Ja, es gab die Macht der Liebe, aber in seinen Augen war sie viel zu schwach, denn sie kämpfte nur für das Gute, nicht aber gegen das Böse. Und das hatte Eleonora Ciban weder wahrhaben wollen noch wirklich verstanden. Trotzdem hatte sie Tancredi gerettet, als er selbst durch die Anwendung von Gewalt in tiefste Finsternis gefallen war, als er erkannt zu haben glaubte, das Böse habe einzig und allein den Zweck, die Menschen in Gottes Arme zu treiben. Doch das alles, einschließlich seiner Schuld, spielte nun keine Rolle mehr. Er würde nun tun, wozu Gott sich nicht hatte überwinden können. Doch mit einer Kreuzigung allein war es dieses Mal nicht getan.

Ein erneutes Rumpeln und Knistern ging durch die Grotten und holte Tancredi in das Hier und Jetzt zurück. Haarfeine Flammen züngelten über die Papstgräber und liefen durch das massive Gestein, als suchte der Gegner durch den Riss nach dem abtrünnigen Mönch und dem Schlüssel. Vielleicht war Eliot doch nicht so dumm und hatte Tancredis Anspielung Catherine gegenüber verstanden, die richtigen Schlüsse gezogen und seinen Herrn gewarnt.

Tancredi durfte keine Zeit verlieren. Wenn dieses Böse die vatikanische Pforte durchbrach, war alles verloren.

35

Catherine starrte auf die beiden Leichname unter den Tüchern und bekreuzigte sich. Das Fauchen und Kreischen, das aus dem Dimensionsriss über ihren Köpfen kam, wurde schriller und hallte in jeder ihrer Körperzellen nach. Als sie sich um die Verletzten gekümmert hatte, war sie von ihren eigenen Schmerzen und von ihrem eigenen Entsetzen abgelenkt gewesen, doch nun begann auch sie die körperlichen wie nervlichen Auswirkungen zu spüren. Bei jedem Atemzug und jeder Bewegung schmerzte ihr Brustkorb und ihr Rücken, als stünden sie in Flammen, als ginge der gleißende Riss, der sich über die gesamte Länge der Decke zog, mitten durch sie hindurch.

Dennoch vermochte sie den Blick nicht von den Toten abzuwenden. Sie schloss die Augen, um für sie zu beten, doch statt ein wenig inneren Frieden zu finden, fluchte sie stumm in sich hinein. Ihre Angst, ihr Entsetzen und ihre Pein verwandelten sich zunehmend in Zorn, in eine tiefe, glühende Wut, die sich tief in ihre Seele fraß.

Tancredi trat neben sie, er schien diesen brennenden Zorn zu spüren, was vielleicht auch daran lag, dass es der gleiche Zorn war, den sie nun in seinen Augen sah. Für den Bruchteil einer Sekunde glaubte sie sogar ein tiefes, unheilvolles Schwarz-Rot in seiner Aura wahrzunehmen, durchdrungen von feinsten, spiritualen Lichtrissen. Hatte sie eine solche Aura nicht damals während der heiligen Messe in der Holy Name Cathedral bei Kardinal Reinert gesehen?

Das Böse, das das Böse in sich bezwang.

Das Böse, das gegen das Böse kämpfte.

Das Böse, das angeblich das Gute hervorzubringen vermochte.

Aber da war noch etwas anderes in Tancredis Seelensphäre. Etwas, das über das Bewusstsein, die Einsicht eines gewöhnlichen Medialen hinausging.

Aus einem Impuls heraus sagte sie zu ihm: »Sie sind Eleonoras Hüter.«

Tancredi straffte sich, für einen Moment schien es, also wolle er ihrer Frage ausweichen, doch dann nickte er.

Catherine nahm plötzlich Trauer, tiefes Bedauern, ja Reue in seiner Seele wahr. Was sie nicht verstand, war die tiefe moralische Abscheu, die sie gleichfalls empfand. Sie wusste ja nicht einmal, worum es bei Tancredis Verfehlung gegangen war oder was den Mönch mit Marc Cibans Mutter tatsächlich verbunden hatte. Aber ein Blick in Tancredis Augen machte ihr klar, dass sie es von seiner Seite auch niemals erfahren würde.

»Der Gegner ist im Begriff, unsere Verteidigungsstellungen um St. Peter und den Hochaltar zu durchbrechen«, sagte er stattdessen. »Aber es gibt einen Weg, ihn aufzuhalten.«

»Welchen Weg?«, fragte Catherine sofort.

»Wir müssen die Pforte versiegeln.«

Die Pforte versiegeln? Catherine erinnerte sich, dass Ciban davon gesprochen hatte, dass das Schließen einer Pforte, sofern überhaupt möglich, mindestens das mediale Energiependant einer implodierenden Atombombe benötigen würde.

Sie wollte Tancredi zur Rede stellen, als dieser sich auch schon abwand und ebenso zielstrebig wie vorsichtig unter dem funkensprühenden Dimensionsriss auf den Treppenaufgang der Confessio zukroch. Die Treppe endete an jenem Punkt, wo sich das Haupt- und das Querschiff des Doms trafen.

Catherine schloss zu ihm auf und packte ihn schließlich am Arm. »Was haben Sie vor?«

»Die Menschheit vor der Hölle bewahren!«

56

Monsignore Ben Hawlett kniete vor zwei Schweizergardisten, die neben ihren Hellebarden lagen, als hätte sie eine böse Hexe aus Grimms Märchen in einen Tiefschlaf versetzt.

»Um den gesamten Dom sieht es genauso aus«, wusste Emanuel Hasler zu berichten. Der Oberst, groß und stämmig, mit hartem Gesicht, war der Kommandant der Schweizergarde. »Wer dem Hauptschiff näher als etwa drei Meter kommt, verliert das Bewusstsein.«

Das Geschehen erinnerte Ben an die Geschichten über den Einsatz von Kanarienvögeln im Bergbau, die er in seiner Kindheit gehört hatte. Die Vögel waren in den Minen als lebendige Messgeräte eingesetzt worden, um böse Wetter oder zu wenig Sauerstoff frühzeitig feststellen zu können, denn ihre kleinen Körper reagierten wesentlich früher und empfindlicher als der menschliche. Ging es dem Vogel nicht gut und hörte er auf zu singen, war das ein sicheres Zeichen, dass etwas mit der Atemluft nicht stimmte. Doch Ben bezweifelte, dass ein Gas oder Sauerstoffmangel die Ursache für die Bewusstlosigkeit der Gardisten war. Vielleicht wirkte sich die Schwingungsfrequenz des Schutzschirms irgendwie ungünstig auf die neuroelektrischen Ströme im Gehirn aus und verursachte so die Ohnmacht.

Unwillkürlich ging ihm Bischof Tardinis Nachricht durch den Kopf, die dieser kurz vor dem Beben von Lazarus erhalten hatte. Lazarus habe sich bezüglich der Triaden geirrt. Sie seien nicht die Hüter – der Mensch sei der Schlüssel.

Nun, gewöhnliche Schweizergardisten waren damit wohl nicht gemeint.

»Ist außer Seiner Heiligkeit und Monsignore Massini noch jemand im Dom?«, fragte Ben den Gardekommandanten.

Sie hatten schon unverschämtes Glück gehabt, dass aufgrund der Öffnungszeiten der letzte Besucher das Gebäude vor einer halben Stunde verlassen hatte. Doch da waren noch immer das Reinigungspersonal oder Geistliche, die sich zur Abendandacht einfanden.

Der Oberst schüttelte den Kopf. »Seine Heiligkeit sagte, soweit ihm und Monsignore Massini bekannt, hätten alle den Dom nach der ersten Erschütterung verlassen. Wir sollten uns keine Sorgen machen, es ginge ihnen gut.«

Ben blickte die Südostfassade des Doms hoch und dachte, dass es zwar kein Reinkommen, vielleicht aber noch immer ein Rauskommen gab. Doch was hatten Leo und Corrado um diese Zeit überhaupt in der Peterskirche gesucht? Schon vor dem Beben mussten sie sich auf den Weg dorthin gemacht haben, und das um eine Zeit, in der Leo normalerweise die Weltnachrichten über den Fernseher in seinem Wohnraum verfolgte. Weshalb hatte Leo nicht wie alle anderen die Kathedrale verlassen? Der Dom hätte einstürzen können!

»Nach einem Gasleck sieht es jedenfalls nicht aus«, sagte Paula Tennant, als hätte sie einen Teil von Bens Gedanken gelesen.

Ben seufzte innerlich. Unter den wachsamen Augen der Vatikanpolizei hatten die Agentin, ihr Kollege und Cabot Lynds gemeinsam mit Ben und Bischof Tardini den Palast des Heiligen Offiziums während der ersten Erschütterung verlassen. Doch nun wurde es Zeit, dass die ISA-Agenten und der Privatdetektiv das Feld so schnell wie möglich räumten, bevor sie zu viel mitbekamen. Tardini war schon wieder in den Palast zurückgekehrt, um auf telefonische Anfragen zu reagieren und über das Internet zu verfolgen, was in Rom vor sich ging.

Ben wollte den Vatikanpolizisten gerade die entsprechenden Anordnungen erteilen, als Leos wohlklingende Stimme über die Lautsprecher, die auf dem Petersplatz montiert waren, zu ihnen herüberdrang.

Hasler starrte Ben sowohl sprachlos als auch bestürzt an.

Gütiger Gott! Leo stand ohne die üblichen Sicherheitsvorkehrungen auf der Loggia über dem Petersplatz und sprach zu den Menschen. Ein Albtraum für die Schweizergarde und die Vatikanpolizei, aber auch Ben wusste nur zu gut, wie viele Morddrohungen der Papst tagtäglich erhielt.

Hoffentlich glaubte niemand, diese Chance ausnutzen zu müssen.

* * *

Lianne Rodt und Ralph Fischer hatten es gerade noch rechtzeitig auf den Petersplatz geschafft, als dieser sich wie ein Überlaufbecken mit Menschen zu füllen begann.

Den brennenden Gedenkkerzen auf der großen Freitreppe vor dem Dom hatte das Beben nichts anhaben können. Doch es hatte Gerüchte gegeben und schließlich war ein Handyvideo aufgetaucht, das angeblich belegte, wie die Druckwelle alle siebenundvierzig Kerzen ausblasen hatte, bevor diese sich wie durch ein Wunder auf einen Schlag wieder von selbst entzündeten. Lianne dachte allerdings, dass es wahrscheinlicher war, dass ein versierter Computerfreak auf das Gerücht reagiert, schnell ein entsprechendes Filmchen zusammengezimmert und ins Internet gestellt hatte.

Ralph deutete hoch zur Mittelloggia in der Fassade des Petersdoms. Von diesem heiligsten Balkon der katholischen Welt erteilten die Päpste den apostolischen Segen »Urbi et orbi«, und nach jedem Konklave wurde dort der neu gewählte Papst der Welt präsentiert.

Jetzt bewegte sich dort der rote Vorhang, als bereite man einen außerordentlichen Auftritt des Papstes vor.

Lianne erinnerte sich noch gut an Leos ersten öffentlichen Auftritt auf der Mittelloggia. Eine halbe Stunde verspätet, nachdem der weiße Rauch eine Stunde zuvor aus dem kleinen Schornstein über der Sixtinischen Kapelle aufgestiegen und längst zerstoben war. Die Menschen auf dem Platz hatten sich schon gefragt, ob es vielleicht Probleme gäbe. Bereute der neue Papst etwa die Wahl angenommen zu haben? Wagte sich der neue nicht aus dem Zimmer der Tränen, in dem er sein weißes Gewand erhielt? Das Amt des Papstes konnte angesichts der immensen Verantwortung eine große Last bedeuten.

Der schwere rote Vorhang teilte sich nun und die hohe Flügeltür ging ein Stück weit auf. Ein schwarz gewandeter Priester trat hinter die steinerne Balustrade und richtete das Mikrofon ein. Hinter ihm erschien der Papst in seiner eindrucksvollen weißen Tageskleidung.

Allein.

Keine Bischöfe oder Kardinäle.

Ohne jegliches weitere Gefolge.

Leo lächelte und winkte den Menschen zu, und die Leute auf dem Platz jubelten trotz ihrer Furcht zurück. Sie liebten diesen Papst. So viel stand fest.

Dann bat Leo mit einem Handzeichen um Ruhe, und eine fast heilige Stille trat ein.

Leo begann zu sprechen, und Lianne traute ihren Ohren nicht, denn er erklärte, dass dieses Beben, das ein Teil der Menschen in Rom heute miterlebt hatte, kein gewöhnliches Beben gewesen sei. Er sprach von der dunklen Seite, dem immerwährenden Hass, der von ihr ausging, und vom Kampf des Höllendrachen um die Inbesitznahme der menschlichen Seelen.

Während die Worte des Papstes über den Platz hallten, dachte Lianne an die zwei Meter hohen Lettern, die in die innere Kuppel des Petersdoms eingestanzt worden waren: »Du bist Petrus, und auf diesen Felsen will ich meine Kirche bauen …«

»Und die Pforten der Hölle sollen sie nicht überwältigen«, fügte sie flüsternd für sich hinzu.

Auf dem letzten Stück Weg hierher hatte sie über ihr Headset, das über ein Radio verfügte, noch eine Nachrichtensendung verfolgt, die über die Ursachen des Bebens spekuliert hatte. Angeblich hatte kein einziger Seismograf eine Erschütterung aufgezeichnet, und das obwohl alle Apparaturen intakt gewesen waren. Ebenso rätselhaft war, dass das Beben nur von Menschen wahrgenommen worden war, die sich innerhalb eines bestimmten Radius befunden hatten. Hauptsächlich um das Gebiet des Vatikans herum, und dann in jenen Stadtteilen Roms, in denen die drei Hauptbasiliken des Stadtstaates lagen. Die Lateranbasilika, Sankt Paul vor den Mauern und Santa Maria Maggiore.

Auch der Lateran war Sitz des Bischofs von Rom, also des Papstes. Außerdem barg die Lateranbasilika die »Scala Santa«, die heilige Treppe, die einst im Palast von Pontius Pilatus stand und im vierten Jahrhundert nach Rom gebracht worden war. Jesus hatte diese Stufen auf dem Weg zu seinem Gerichtsprozess genommen. Auf der zweiten, elften und achtundzwanzigsten Stufe, so hieß es, befanden sich die dunklen Tropfen von Jesu Blut.

Sankt Paul vor den Mauern barg den Marmorsarkophag des heiligen Apostels Paulus, der im Jahr 67 nach Christus enthauptet und an diesem Ort bestattet worden war.

Santa Maria Maggiore war die älteste Marienkirche des Abendlandes. Papst Liberius hatte im vierten Jahrhundert im Auftrag von Maria den Grundstein gelegt.

Der Moderator hatte schließlich von einer Karte von Rom gesprochen, die zeigen sollte, an welchen Orten die Menschen auf das Phänomen reagiert hatten. Wenn es eine Art Massenhysterie war, dann eine höchst seltsame, hatte er gemeint. Dann hatte er an die ungewöhnlichen, weltweit stattfindenden Erscheinungen erinnert.

Lianne hörte, wie Leo von der Macht der Liebe sprach, der einzigen Kraft, die dem Drachen die Stirn zu bieten vermochte. Und er sprach von der Macht des Gebets. Zusammen, in der Gemeinschaft der Gläubigen, ließe sich diese Liebe tausendfach potenzieren. Er bat die Menschen um Hilfe und um Einigkeit. Er bat sie, sich bei den Händen zu fassen und mit ihm zu beten, um ihn bei dieser gewaltigen Aufgabe zu unterstützen.

»Beten wir für uns und unsere Welt. Beten wir in Liebe! Gemeinsam sind wir stark! Gemeinsam werden wir die Pforten der Hölle zurückdrängen und den Drachen dorthin zurückschicken, wo er hingehört. In die Finsternis!«

Lianne zögerte. Ja, sie war Vatikankorrespondentin, aber sie war nicht wirklich religiös, doch ehe sie sichs versah, hatte Ralph ihre Hand und die seines Nachbarn genommen. Die Menschen – Mann, Frau, Kind, alt und jung – bildeten eine riesige Menschenkette, die inspiriert von Leos Worten vereint und in Liebe betete.

Und dann spürte Lianne mit einem Mal diese schiere Energie, von der der Heilige Vater gesprochen hatte, diese unglaubliche Hingabe, die sie alle durchströmte und sowohl nach innen als auch nach außen strahlte.

Und dann nahm sie die Schatten wahr, diffuse Erscheinungen oder wie immer man diese Wesen auch nennen mochte, die sich an das Diesseits, an alles Irdische klammerten.

Und dann wichen diese Schatten zurück.

57

Catherine stand vor dem Papstaltar. Das hieß, sie stand über der Confessio, der Grabstätte des heiligen Petrus, und blickte auf den Altarbaldachin unter dem gewaltigen Gewölbe der Kuppel mit den Darstellungen von Gott, Christus und Maria, den Engeln, Heiligen und Aposteln. Die berühmte Inschrift »Du bist Petrus, und auf diesen Felsen will ich meine Kirche bauen, und dir werde ich die Schlüssel des Himmelreichs geben« strahlte wie ein goldenes Lichtband aus sich selbst heraus.

Ein gleißender Blitz schoss aus dem Weltenriss durch die Confessio hinauf in die Kuppel, spaltete sich dort und brach sich auf wundersame Weise über die vier Bildnisse der Evangelisten Bahn, um zurück durch den Baldachin auf die Marmorplatte des Altars zu treffen.

Catherine spürte, wie die Hitze der Strahlung, die zugleich eine eisige Kälte ausstrahlte, in ihrem Gesicht und in ihrer Seele brannte. Am liebsten hätte sie sich vor lauter Angst und Erschöpfung auf den harten, kalten Marmor zu ihren Füßen gelegt und sich dem Schicksal ergeben. Der Weg hierher durch die Grotten, vorbei an den messerscharfen, glühenden Lichtzungen hatte sie beinahe alle Kraft gekostet, obwohl sie neben Tancredi zu den stärksten Medialen gehörte. Und ihr war nicht klar, wie sie und der Mönch jetzt noch die Welt retten sollten. Doch Tancredi war fest entschlossen und schien zu wissen, was er tat. Dennoch machte

Catherine der Blick auf den Hochaltar mit dem Weltenriss Angst.

Der Marmor erzitterte leicht unter ihren Füßen. Nein, es war nicht der Marmor, der erzitterte, auch wenn es ihr so vorkam. Das Beben war zwar keine Illusion, doch es spielte sich nicht auf der materiellen, sondern auf höherer Ebene ab und hatte nichts mehr mit der klassischen Naturwissenschaft zu tun, die von klaren, exakt gesetzmäßigen und nachvollziehbaren Regeln sprach.

»Das, was wir Diesseits nennen«, hatte Darius ihr als Schülerin erklärt, »ist der Bodensatz einer viel größeren Wirklichkeit. Nichts, nicht einmal ein Stein, existiert nur aus sich heraus. Nicht die Materie, sondern die Spiritualität ist die Quelle. Der Heilige Geist ist das Grundelement der Schöpfung.«

Unwillkürlich schoss Catherine beim Anblick des Portals der Prolog des Evangeliums nach Johannes in den Sinn.

»Am Anfang war das Wort
und das Wort war bei Gott
und das Wort war Gott
Im Anfang war es bei Gott.
Alles ist durch das Wort geworden
und ohne das Wort wurde nichts, was geworden ist.

Und das Wort ist Fleisch geworden
und hat unter uns gewohnt
und wir haben seine Herrlichkeit gesehen,
die Herrlichkeit des einzigen Sohnes vom Vater,
voll Gnade und Wahrheit.«

In diesem Prolog steckte alles, was Darius sie gelehrt hatte. Doch erst jetzt wurde ihr das so richtig bewusst.

Plötzlich bemerkte sie eine Veränderung in dem Riss. Das gleißende Licht wechselte sich mit tiefer Dunkelheit ab, die schmerzliche Eiseskälte wurde mit einem Mal sichtbar. Doch kein Normalsterblicher würde dieses Schauspiel zwischen den Welten sehen können – vielleicht waren einige Menschen dazu in der Lage, es zu fühlen, mehr aber auch nicht. Für den Bruchteil einer Sekunde glaubte Catherine sogar eine Gestalt in der Finsternis ausgemacht zu haben.

Tancredi deutete auf die Treppe, die zum Hochaltar hinaufführte. »Wir müssen vorsichtig sein. Man wird uns erwarten.«

Catherine starrte ihn an. »Wir müssen da … hinein?«

»Die Pforten sind Übergänge«, antwortete Tancredi. »Sie verbinden oder trennen die Sphären über die Zwischenwelt. Kein angenehmer Ort, wenn auch angenehmer als die Hölle. Außerdem verbinden sie uns mit den Hütern auf der anderen Seite. Aber wir müssen vorsichtig sein. Verrat ist nicht nur ein Problem unserer Welt.«

Catherine schluckte eine Frage hinunter und folgte Tancredi die Stufen hinauf. Dass Amts- und Machtmissbrauch selbst in der Kirche, die sich doch dem Guten verschrieben hatte, immer wieder vorkamen, war ihr bewusst. Die Ziele einer Organisation oder eines Unternehmens mochten vom Gründer zu Beginn noch so edel auserkoren worden sein, sie begannen zu bröckeln und zu verwässern, sobald der menschliche Faktor ins Spiel kam. Freundschaften, Feindschaften, Seilschaften, Loyalitäten, Abhängigkeiten. Der Freund von heute konnte der Feind von morgen sein. Deshalb wurde in den Kreisen der Macht auch so gerne um den heißen Brei herumgeredet, weil niemand jemanden vor den Kopf stoßen wollte, der vielleicht schon bald den Ton angab.

Oben angekommen, blieb Tancredi vor der Altarplatte stehen. Er sah sich um, als suchte er nach einem halbwegs ungefährlichen Einstiegspunkt. Aber bei Gott, dachte Catherine und erschauerte, es gab keine ungefährliche Stelle in diesem verfluchten Riss. Wenn sie Pech hatten, würden ihre Seelen bei der Berührung einfach verbrennen. Und dann wäre die Menschheit verloren! Aber vielleicht hatten sie doch noch eine Chance.

»Geben Sie mir Ihre Hand«, bat der Mönch. Als er Catherines Zögern bemerkte, fügte er hinzu. »Unsere medialen Schilde können sich gegenseitig verstärken. Aber nur für ein paar Sekunden. Es muss schnell gehen.«

»Mir ist nicht klar, wie Sie auf diese Weise die Verwerfung schließen wollen«, sagte Catherine. Wollte Tancredi etwa mit ihr und den Hütern auf der anderen Seite Händchen halten, so wie die Medialen auf dem Podest in den Grotten? Sie bezweifelte, dass das in einem Fall von solch immensem Ausmaß funktionierte.

»Die Quelle der Verwerfung ist auf der anderen Seite, Schwester. Allein kann ich sie nicht zerstören.«

Erneut hielt er ihr die Hand hin. Erst jetzt sah Catherine, dass die Finger mit dem Blut der Verletzten und Toten in den Grotten befleckt waren. Im gleichen Moment ging eine weitere Welle von Vibrationen durch den Dom.

Sie reichte Tancredi die Hand, ihre Energieschilde

verstärkten sich, und sie traten gemeinsam in den energetischen Abgrund.

* * *

Tancredi bedauerte, dass er Catherine nicht einweihen konnte.

Er bereitete sich innerlich auf das Ende vor. Darauf, dass seine Seele für das, was er nun tat, niemals Vergebung erlangen würde. Nicht im Diesseits und nicht im Jenseits. Weder im Himmel noch in der Hölle. Aber auch die Läuterung durch das Fegefeuer würde ihm erspart bleiben. Schließlich war dies das Ende von allem.

Als Catherine und er in die Pforte traten, spürte er sofort, wie sich diesseitiges und jenseitiges Leben ausschlossen. In gewisser Weise wurde das Jenseits nun mit Partikeln aus dem Diesseits kontaminiert, mit den Astralkörpern zweier nicht toter Seelen. Und mit Catherines höherdimensionalem Blut. Das Portal reagierte auf Catherine, erzitterte stumm, nahm ihre immense mediale Kraft wahr, jedoch nicht als Schlüssel, der es mit zusätzlicher Energie speiste und öffnete – dazu hätte es einer vorherigen medialen Abstimmung bedurft –, sondern als einen gefährlichen Eindringling.

In Kürze – nach irdischen Maßstäben handelte es sich nur um Millisekunden – würde über den Abwehrmechanismus die energetische Kettenreaktion einsetzen und die Schockwelle alles Leben, das Dasein bis in die höheren Dimensionen hinein vernichten. Geist. Belebte wie unbelebte Materie. Alles Fleisch und alles Blut.

Tancredi blieb ruhig, zählte vor seinem geistigen Auge den Countdown runter und wartete auf die alles vernichtende Explosion.

Doch sie blieb aus. Sie blieb einfach aus.

Dafür vernahm er plötzlich ein gedämpftes, hämisches Lachen.

Und dann wurde er hinfortgerissen, durch einen finstereren Tunnel gezerrt, an dessen Ende ihn eine noch weit tiefere und weit brutalere Finsternis erwartete.

58

Catherine erwachte in einem kalten, schleimigen Morast. Die schmerzhafte Wirkung der ungeheuren Beschleunigung durch den Tunnel, gefolgt von einem heftigen Aufprall, ließ langsam nach. Sie hatte ihr gesamtes Leben im Zeitraffer vor ihrem geistigen Auge vorbeirauschen sehen. Lebenserinnerungen bis hinein in die Kindheit und von ihrer Geburt. Die Erinnerungen hatten allerdings nicht nur sie allein betroffen. Da waren auch Szenen aus dem Gedächtnis von Freunden und Feinden gewesen, von Menschen, mit denen sie schicksalhaft verbunden war: Darius, Ben, Ava, Eliot, Ciban, David, Leo, Reinert, Angelus, Monti … selbst ihre Eltern waren in den Reminiszenzen aufgetaucht.

Ja, sie hatte ihre leibliche Mutter und ihren leiblichen Vater gesehen. Ihre Berührung und Liebe als Neugeborenes gespürt. Und ebenso ihre tiefe Sorge, als ihnen klar geworden war, welche Fähigkeiten sich in dem noch unausgereiften Bewusstsein ihres Kindes als Anlage manifestierten. Ein Kind wie dieses würde wohl kaum vom Meister der Liga und von der Gemeinschaft des Rates akzeptiert werden.

In einer der Rückschauen hatte Catherine ihre Eltern auf einem Flughafen gesehen. Sie befanden sich auf dem Weg nach Rom, um bei dem ominösen Rat vorzusprechen, fest entschlossen, für das Leben ihres Kindes einzutreten.

Doch sie waren niemals in der Ewigen Stadt angekommen.

Catherine versuchte mehr über das Leben und die Vergangenheit ihrer Eltern zu erfahren, doch sie spürte bereits die unbarmherzige Schwerkraft des Vergessens. Die Erinnerung an das Leben ihrer Eltern versank wie so vieles andere in einem dichten Nebel aus Raum und Zeit, versank wie ein Traum nach dem Erwachen aus einem tiefen Schlaf. Der Verlust, diese hilflose Ohnmacht, mit ansehen zu müssen, wie sie alles vergaß, selbst ihre Mutter und ihren Vater – bei Gott, sie vergaß sogar ihre Gesichter! –, das machte sie nicht nur traurig, sondern wütend zugleich. Und diese Wut machte ihr Angst, denn solch ein glühender Zorn war so gar nicht ihre Art. Der verfluchte Splitter!

Sie schloss die Augen und unterdrückte die Tränen der Wut, als eine andere Wirklichkeit wie von fern in ihr Bewusstsein drang. Schlachtrufe und Klagegeheul, das sich verdichtete und immer deutlicher wurde. Klirrende Waffen, aufeinanderkrachende Rüstungen, das Geschrei kämpfender Soldaten sowie das Schnauben, Stampfen und Wiehern von Pferden. Sie riss die Augen auf, blickte sich um. Ein Schlachtfeld materialisierte sich vor ihr, während sie durch Raum und Zeit raste. Eine Armee des Lichts und eine Armee der Finsternis, die unter lautem Kriegsgeheul aufeinanderprallten. Eine weiße Standarte wies den Weg in das Zentrum des

Kriegsschauplatzes, ein Hügel, den es zu halten oder zu erobern galt. Auf diesem Hügel stand ein Tempel, vielleicht auch ein Altar mit vier Säulen. Darüber wirbelte ein energetischer Mahlstrom, der bis zur Erde hinabführte, ein Portal, aus dem vereinzelte Licht- und Schattenwesen auftauchten und ebenso darin verschwanden.

Catherine befand sich auf einer kleinen, nahe gelegenen Anhöhe, von der sie das Ausmaß des Gemetzels und der Verwüstung überblicken konnte. Fußsoldaten- und Reiterheere wogten hin und her, vermischten und bekämpften sich bis aufs Blut. Dazwischen blitzte es auf dem benachbarten Hügel hier und da kelchartig auf, stürzten sich immer wieder Krieger der Finsternis in die Lichtkelche hinein, als wären sie auf der Flucht.

Immer wieder erscholl ein Schlachtruf. »Mutig voran im Namen des Lichts der Welt!«

Zwei Gestalten lösten sich aus dem chaotischen Gewühl und rannten an ihr vorbei auf das Portal zu.

Das Schlachtgetümmel wütete wie ein mächtiges, aufschäumendes Meer, und die Leichenberge der Gefallenen wuchsen an.

»Lasst sie nicht entkommen!«, hörte Catherine eine andere Stimme, machtvoll und ruhig. Die Stimme des Erzengels Michael! Einer der beiden Flüchtenden brach von einer Armbrust getroffen mit einem dumpfen Schrei zusammen. Die zweite Gestalt war jedoch schneller, sprang und löste sich in dem energetischen Wirbel auf. Catherine realisierte, dass diese himmlische Schlacht ein Verteidigungskampf um die Pforten zwischen dem Diesseits und dem Jenseits war. Nichts würden die Krieger des Lichts unversucht lassen, um die Macht über diese Tore zurückzugewinnen. Weder dämonische Pfeile noch dämonische Klingen und Streitäxte konnten sie schrecken.

Plötzlich blies eine Trompete zum Rückzug, und jene Kämpfer, die dazu noch in der Lage waren, zogen sich taumelnd vom Schlachtfeld zurück. Rauch- und Nebelschwaden stiegen überall vom Boden auf, Grabesstille erfüllte den Ort.

Catherine erhob sich, stemmte die Hände auf die Knie und ließ ihren Blick über den Morast des Kriegsschauplatzes schweifen. Wo, um Himmels willen, war Tancredi? Weit konnte sie nicht sehen, nur einige Meter, denn die Rauchfahnen und das Zwielicht waren beinahe so undurchdringlich wie die Benommenheit in ihrem Kopf. Doch als sie ihre Hände betrachtete und den mit Blut vollgesogenen Schlamm darauf sah, schrak sie zurück und begriff, dass sich ihre Umgebung verändert hatte. Nun stand sie nicht mehr auf der Anhöhe gegenüber dem Tempelhügel, sondern inmitten eines Leichenberges, ohne zu wissen, wie sie dorthin gelangt war. Überall verstümmelte, zerfetzte, ausgeweidete Körper. Hier und da vernahm sie gespenstisches, furchterregendes Stöhnen. Hastig wischte sie ihre Hände an ihrer Kleidung ab. Der Gestank war unerträglich. Sie würgte, zitterte, rang nach Luft und musste sich übergeben.

Dann hörte sie ein Röcheln hinter sich und drehte sich um.

Tancredi!

Mit geneigtem Haupt und auf den Knien lehnte der Mönch am Fuß einer der vier Säulen der Anlage, in der ein Dolch steckte. Catherine watete durch den Leichenmorast auf ihn zu. Die gedrehten Säulen kamen ihr vertraut vor. An jede war, wie sie nun sah, ein Körper genagelt worden.

Dann sah sie die Klinge in Tancredis Leib. Sein Habit war vom Bauch abwärts blutdurchtränkt. Himmel! Was mochte solch eine Verletzung für seinen irdischen Körper bedeuten? Sie hatte ja in den Grotten gesehen, dass das mediale Beben und die Energieentladungen aus dem Riss für Tote und Verletzte gesorgt hatten. Tancredis Verletzung im Jenseits würde Auswirkungen auf seinen fleischlichen Leib haben, da war sie sich sicher. Vielleicht lag sein materieller Körper im Sterben oder war schon tot.

»Die Hüter«, keuchte er und deutete auf den Stamm, an dem er lehnte. Blutiger Speichel schäumte über seine Lippen. »Alle tot.«

Das Schicksal der Hüter interessierte Catherine erst einmal nicht, sie musste sich die Verletzung des Mönchs anschauen, doch er winkte ab und sank in sich zusammen. Sein Atem ging stoßweise. »Zu spät. Beim Fall aus dem Tunnel … hineingestürzt …« Er lachte und deutete auf das Portal. »Diese Ironie … es tut mir so leid. Ich … Reinert … ich habe alles … missverstanden.«

»Wir brauchen einen Arzt«, entfuhr es Catherine, ehe ihr schlagartig klar wurde, wie unsinnig ihre Aussage war. Plötzlich nahm sie ein verächtliches Lachen wahr. Jemand schien sich köstlich über sie zu amüsieren.

»Der Einsatz ist hoch, wenn man Himmel und Hölle herausfordert. Nicht wahr, Thomas?«

Auch wenn die Stimme gedämpft war, so glaubte Catherine, sie schon einmal gehört zu haben, in ihrem Lebensfilm. Sie versuchte die Person ausfindig zu machen, doch der Nebel war viel zu dicht.

»Das ist es, was von einer Schlacht übrig bleibt, wenn die Masken gefallen sind«, fuhr die Stimme düster fort. »Angst, Schmerz, Hysterie, Blut, Kot, Pisse, Fäulnis, Sterben und Tod.«

Schließlich schälte sich die Gestalt aus den Rauchschwaden heraus, jedoch nur so weit, dass Catherine ihren Umriss erkennen konnte. Ein groß gewachsener Reiter auf einem mächtigen Pferd mit einer Fahne in der Faust.

»Thomas hat dir wohl nicht gesagt, dass das Opfer, das er dir abverlangen wollte, ein endgültiges ist. Und dass dieses Opfer Milliarden weitere Seelen gefordert hätte. Kannst du dir die Stille danach vorstellen?«

Catherine wich nicht von Tancredis Seite und wartete ab. Was immer die Gestalt da andeutete, schien ihr unvorstellbar. Auch wenn sie wusste, dass Menschen in verzweifelten Situationen zu verzweifelten, ja irrsinnigen Taten fähig waren, obwohl sie glaubten, ihre Handlungsweise sei rational und schlüssig.

»Er sagt … die Wahrheit«, gab der Mönch keuchend zu. »Ich … ich wollte das Gesetz ändern. Ich wollte, dass es aufhört … dass alles aufhört.«

Der Reiter kam ein wenig näher, blieb jedoch weiterhin nichts als ein Schemen.

»Dein Plan mit dem Schlüssel ist gescheitert, Thomas. Wärst du nicht so verbohrt gewesen, hättest du es eigentlich wissen müssen. Du gegen Gott! Glaubst du wirklich, dass Gott so leicht zu besiegen ist? Gott will leben. Mehr noch als du oder ich. Niemand kann die Schöpfung zerstören – außer er selbst.«

Der Reiter wandte sich Catherine zu. »Thomas hat dir sicher nichts über das Blut erzählt, das durch deine

Adern fließt, und über die Wirkung, die es auf Pforten hat oder haben kann. Ein paar Eindrücke davon hast du beim Durchqueren der Barriere sicher aufgenommen. Falls du dich noch daran erinnerst.«

Catherine konzentrierte sich. Sie hatte das Portal mit Tancredi betreten, dann der dunkle Tunnel, in dem sich unheimliche Wesenheiten an ihr vorbeibewegt hatten, ohne ihr jedoch etwas antun zu können. Schließlich war sie auf diesem verfluchten Schlachtfeld erwacht. Alles andere war nebelhaft, rudimentär. Doch sie glaubte nun zu verstehen, dass Tancredi im Begriff gewesen war, die ganze Welt zu vernichten. Diesseits und Jenseits. Und sie war sein Instrument.

Merkwürdigerweise machte sie das kein bisschen wütend. Traurig ja, aber das war auch schon alles. Vielleicht lag das daran, dass sie für einen Moment mit der Ewigkeit und ihren Eltern verbunden gewesen war.

Dafür spürte sie immer deutlicher, dass sich etwas in der Atmosphäre dieses Ortes veränderte. Der Nebel lichtete sich, zwar nur langsam, aber er war nicht mehr so undurchlässig. Nun sah sie den Fremden besser, erblickte ein rotes Pferd, darauf ein geflügeltes Wesen. Große, gefaltete Schwingen hoben sich von seinem Rücken ab. Schwarz wie die Nacht. Das von einer Kapuze fast verhüllte Gesicht glich einem Totenschädel. Die rot glühenden Augen durchbohrten den Nebel. Dann fiel Catherines Blick auf das Banner. Die zum Angriff geballte Faust. Das Symbol für Krieg und Gewalt.

Der zweite apokalyptische Reiter.

Der Nebelvorhang hob sich noch ein Stück. Zwei weitere Reiter flankierten den roten, hielten sich jedoch etwas abseits. Ihre Pferde – schwarz und aschfarben –

stampften ungeduldig mit den Hufen auf. Hinter den Reitern zeichnete sich die Silhouette eines gewaltigen, finsteren Heeres ab. Speer- und Lanzenträger, Schwertkämpfer, berittene Soldaten … die Überlebenden der mörderischen Schlacht, in deren Exkrementen, Eingeweiden und Blut Catherine nun stand.

Drei apokalyptische Reiter.

Doch wo war der vierte?

Wo war der Reiter auf dem weißen Pferd?

Und wo war die Armee des Lichts?

Wieder hörte sie ein Stöhnen, doch dieses Mal kam es nicht von dem Mönch, sondern von einem der Gekreuzigten an den Säulen – noch waren nicht alle Hüter tot!

Ihr Blick schweifte über die finstere Armee, die bereit war, die Barriere zum Diesseits zu passieren. Niemand konnte diese dämonischen Seelen jetzt noch aufhalten. Dennoch erhob Catherine sich und stellte sich ihnen in den Weg. Ja, die Menschen konnten wahre Teufel sein, und sie steckten voller Fehler, begingen Sünden, doch hatten sie weder das endgültige Ende noch das Elend verdient, das diese fürchterliche Armee aus purer Lust am Bösen für sie ersehnte.

Catherine sah über die Schemen und Schatten. Waffen über Waffen. Und irgendwo dort in dieser teuflischen Masse musste auch er sein. Der Herr der Finsternis, dessen Sohn bereits irgendwo auf der Erde weilte und auf die Ankunft dieses Heeres wartete.

Catherine wich nicht zur Seite, weshalb ein Soldat aus dem Fußvolk vortrat. Ein Lanzenträger, der aufgrund seiner mittelalterlichen Erscheinung nach irdischen Maßstäben schon Jahrhunderte im Schattenreich sein musste. Seine linke Gesichtshälfte war völlig zerstört, aber das schien ihm nichts auszumachen.

»Die menschliche Vorstellung von Gott hat schon etwas Rührendes«, sagte er. »Leider unterscheidet sich sein wahres Wesen gewaltig davon. Aber ihr Menschen lebt ja lieber in eurer kleinen, dummen Illusion. Warum verdrängt ihr die Frage, woher all der Drang zur Zerstörung eigentlich kommt? Was denkst du, Weib?«

Obwohl er seine Lanze hob, wich Catherine keinen Zentimeter zurück. »Sagen Sie es mir.« Sie dachte nicht daran, sich von diesem widerwärtigen Etwas einschüchtern zu lassen.

»Weil wir Gottes Abbild sind. Wir alle. Du und ich. Deine lieben Eltern. Selbst dein geliebter Papst Leo und dein teurer Kardinal Ciban.« Er wandte sich dem Mönch zu, der vor Schmerzen immer noch stöhnte. »Und selbst der hier ist Gottes Zuhause. Sein Eden. Denn ohne uns, ohne seine Kinder, ist Gott ein Nichts. Nur das Blut der Finsternis, Leid und Hass, lässt die Menschen überhaupt an ihn denken. Das ist Gottes wahre Macht. Doch damit ist nun Schluss!«

Auf magische Weise zog sich der Nebel noch mehr zurück, auch wenn das Zwielicht blieb. Irgendetwas, das spürte Catherine ganz genau, machte nicht nur sie, sondern auch die drei Reiter und ihr Heer nervös.

Warum griffen sie nicht an? Warum passierten sie nicht einfach dieses verfluchte Tor?

Jetzt war es an Tancredi zu lachen, trotz seiner Pein.

»Sie haben Furcht davor, dich zu verletzen. Sie wissen nicht, was passiert, wenn dein Blut die Pforte besudelt. Dein Blut ist der Schlüssel. Es kann das Tor weiter öffnen. Es kann es aber auch wieder verschließen. Oder die Welt auf beiden Seiten zerstören, genau wie Materie und Antimaterie, die aufeinandertreffen.«

»Der Schlüssel liegt im Menschen …«, schoss es Catherine durch den Kopf. Bei Gott! Das Kapitel über die Hüter und Pforten in der Triadenbibel!

»Halte du dein Maul!«, brüllte der Lanzenträger und hob den Speer in die Richtung des Mönchs.

»Nein!«, schrie Catherine. »Nein, bitte nicht!«

Doch er dachte nicht daran, auf Catherines Bitte zu hören, und warf den Speer mitten in Tancredis Brust.

Der Oberkörper des Mönchs prallte gegen die Säule, bevor Tancredi sein Leben aushauchte.

»Und jetzt gib den Weg frei«, forderte der Krieger. »Die Welt erwartet uns. All die kleinen und großen Menschen.«

Natürlich. Dieser Abschaum würde auch vor Kindern nicht haltmachen.

Catherine starrte auf Tancredi, spürte, wie seine Seele verschwand. Doch wohin? Wohin ging man, wenn man im Jenseits von einem dämonischen Wesen abgeschlachtet worden war?

Vielleicht würde sie das gleich selbst erfahren.

Sie beugte sich hinunter und schloss die Augen des toten Mönchs.

Erneut erzitterte die Zwischenwelt. Als Echo waberte der leicht schimmernde Nebel wie ein Leichentuch über den Platz.

Hinter Catherine erhoben sich die vier gedrehten Säulen, an denen Tancredis Blut und das Blut der Hüter klebte. Inzwischen war ihr klar, dass sie vor dem Hochaltar stand, der über diese Welt hinausreichte. Der Baldachin und der Bereich darüber erstrahlten in Silber und Gold. Das ganze Portal schimmerte wie eine Fata Morgana in der heißen Wüstenluft. Es war verrückt, doch sie glaubte, den Duft eines nahenden Gewitters wahrzunehmen.

Der Lanzenträger stand etwa fünf Meter entfernt. Die apokalyptischen Reiter noch einmal gut drei Meter hinter ihm.

Himmel! Was sollte sie nun tun?

Sie packte den in der Säule steckenden Dolch und zog ihn aus dem Holz heraus.

Tancredi hatte sie also zum Wohle des großen Ganzen opfern wollen. Vielleicht musste sie nun sich selbst opfern.

Rasch drehte sie sich um und sprang auf die Marmorplatte des Altars.

Ihr Blut war also der Schlüssel!

Sie setzte die Klinge an ihren Arm, genau dort, wo hoffentlich auch in dieser Welt die Pulsadern verliefen. Was immer es für Folgen haben würde, wenn sie ihr Blut in das Portal vergoss, sie war bereit, es darauf ankommen zu lassen. Hauptsache, diese Brut kam nicht hindurch.

Alles blieb still.

Niemand rührte sich, nicht einmal die apokalyptischen Reiter.

Doch plötzlich kam Bewegung in das Heer. Die vorderen Krieger bildeten ein Spalier, durch das ein Mann in Tweedjacke vortrat. Welch ein Anachronismus! Der Mann trug eine blutrote Fliege vor dem Hemdkragen, die geradezu lächerlich in dieser Welt wirkte.

Dann erkannte Catherine den Jackenträger, und ihr blieb fast das Herz stehen. Eliot!

»Wie sehr ich mich freue, dich wiederzusehen, Catherine. Wie geht es dir? Was macht dein Freund Ben? Und wie geht es deinem neuen kleinen Schützling David?«

59

Ciban legte die Strecke durch die schmalen Gänge der Nekropole und die Gewölbe der Grotten so schnell wie möglich zurück. Bragadin, Bois und Francesi hatten ihn aufhalten wollen, doch er hatte ihnen in kurzen, knappen Sätzen klarmachen können, was auf dem Spiel stand, was Tancredi in seinem Rettungswahn und seiner Todessehnsucht wirklich vorhatte. Schließlich hatten sie ihm Glauben geschenkt, trotz der verfluchten Finsternis in seinen Augen.

Tancredi dachte gar nicht daran, die Pforte zu verschließen oder den medialen Schutzschild zu stabilisieren. Obwohl er ein Hüter der Pforten war, war er doch der Verräter, nach dem Ciban und seine Leute gesucht hatten. Das hatte der Kardinal während des Tests im Limbus und während seines Gesprächs mit dem medialen Mönch herausgefunden. Deshalb hatte Tancredi dafür gesorgt, dass Ciban in den Heilschlaf versetzt worden war. Der Mönch hatte einen Weg entdeckt, die Welt mittels der Portale zu zerstören. Und zwar die ganze Welt, also das Diesseits wie das Jenseits. Und Catherine war aufgrund ihres genetischen Erbes der ideale Schlüssel dafür.

Ciban hatte keine Zeit mehr damit verschwendet,

an Tancredis Vernunft zu appellieren. Dieser Zug war längst abgefahren. Stattdessen hatte er den Mönch zu überwältigen und sein Vorhaben zu vereiteln versucht, ihm entgegengeschleudert, dass er wahnsinnig sei, doch Tancredi hatte ihn mithilfe des vermeintlichen Heilmittels bereits so geschwächt, dass der Kardinal zusammengebrochen war.

»Manchmal, Eminenz«, hatte Tancredi geflüstert, während Ciban das Bewusstsein verlor, »ist der Wahnsinn die einzige Antwort auf die Normalität.«

Nach diesem Bericht hatten in Bragadin und den anderen sämtliche Alarmglocken geschrillt. Rasch hatten sie Ciban darüber unterrichtet, was in der Zwischenzeit vorgefallen war. Der Kardinalstaatssekretär hatte dann dafür gesorgt, dass Ciban eine Grundausrüstung erhielt, zu der auch ein geladener Taser gehörte, und ihn zum Liftsystem geführt, das Catherine und Tancredi erst kurz zuvor benutzt hatten. Doch kaum hatte sich die Kabine in Bewegung gesetzt, war ein neuerliches Beben aufgetreten.

In der Nekropole angelangt, war Ciban die massive energetische Statik entgegengeschlagen, der Geruch von Ozon, Miniaturblitze, glühende Feuerzungen und Donnergrollen, die aus dem tiefen Riss der sonst verschlossenen Barriere hervorbrachen.

Vorsichtig hatte er das Podest mit den Spiritualen passiert, die den Kern des Schutzschirms mit ihrer Energie aufrecht erhielten, und schließlich die kleine Helfergruppe mit den Verletzten und Toten erreicht. Eine Nonne berichtete ihm, Catherine und Tancredi seien zum Hauptschiff des Doms aufgebrochen, um die Hauptquelle der Verwerfung zu untersuchen.

Fünf Minuten später – er kroch auf allen vieren, um den Attacken des Dimensionsspalts besser auszuweichen – hatte er die oberste Stufe der Confessio zum Mittelschiff des Petersdoms erreicht. Auch hier reagierte der Sauerstoff auf die energetische Strahlung, nur war der Ozongeruch hier noch intensiver.

Er drehte sich zum Hochaltar um und blinzelte ein paar Mal, um die Augen an die grelle Helligkeit zu gewöhnen. Sie war zwar in erster Linie astral und normalerweise vollkommen unsichtbar und friedfertig, wirkte aber aufgrund der Portalverstärkung gefährlich in die materielle Welt hinein. Der Bereich unterhalb des Altarbaldachins war ein einziges blitzendes Strahlennetz, das auf die Mitte der Marmorplatte zurückgeworfen und dort zu einer schimmernden, tunnelartigen Verwerfung zwischen den Welten gebündelt worden war. Durch diesen Schlauch glitten normalerweise die Seelen von Verstorbenen hinüber ins Jenseits. Das geisterhafte Strahlen reichte von der Domkuppel bis in das Haupt- und Querschiff hinein, das Tageslicht, welches durch die Fenster hineinfiel, ging in dem Strahlennetz vollkommen unter.

Um besser sehen zu können, hielt Ciban sich die Hand über die Augen und spähte durch die Lichterfülle. Irgendwo dort mussten Catherine und Tancredi sein.

Und dann entdeckte er sie.

Zwischen den mächtigen vorderen Säulen des Altars.

Zwei reglose Körper.

60

Henrik Vandenberg starrte auf den großen Bildschirm im Büro des Meisters, während sich draußen über dem Tower dunkle Wolkenfelder zusammenzogen.

Für ihn hatte der Tag bereits voller Schmerzen begonnen. Die nie restlos verheilenden Wunden, die seinen Leib permanent quälten, reagierten auf jede Veränderung in der Atmosphäre. Und heute war ein besonders schlimmer Tag, selbst das Atmen tat ihm weh, ganz zu schweigen vom Sprechen mithilfe des elektronischen Implantats.

Der italienische TV-Satellitensender berichtete in dieser Stunde über nichts anderes als die eigentümlichen Vorfälle in Rom, über Erscheinungen und vermeintliche Erderschütterungen, von denen allerdings Tausende von Menschen betroffen worden waren. Der Moderator sprach vom Phänomen einer spektakulären Massenhysterie, andererseits war das Geschehene für viele Menschen zu real, als dass man den Vorfall so einfach belächeln und als temporären Wahn abtun konnte.

Vandenberg wusste, dass es kein Wahn war. Doch was wussten schon gewöhnliche Menschen wie dieser Journalist von der Welt hinter der Welt, von den Verbindungen zwischen den Welten?

Der Bericht ging mit einem raschen Szenenschnitt zum Petersplatz, der trotz seiner gewaltigen Dimensionen vor Menschen überquoll. Und jeder Einzelne, jeder Mann, jede Frau und jedes Kind, das alt genug war, betete.

Der Papst stand hoch oben auf der Mittelloggia und führte das Gebet der Menschen an, vereinte und verstärkte es zu einer einzigen großen Andacht.

»Was hat er vor?«, sinnierte sein Herr leise, während er das Geschehen auf dem Bildschirm verfolgte, als stünde er auf einem nahen Hügel über der Stadt, um die von den Kolonnaden umschlossene Menschenmenge und den Papst zu studieren. »Was will er mit dieser Bitte erreichen?«

Schließlich übergab Leo die Führung an den neben ihm stehenden Monsignore, seinen Sekretär, und er bat die Menge, dem Pater ebenso zu vertrauen wie ihm, dem Papst. Die Menschen durften ihre Andacht und Fürbitte auf gar keinen Fall unterbrechen. Nicht für eine einzige Sekunde.

Die Menge raunte ihm zu – und sie gab ihm ihr Wort.

Die Übergabe funktionierte tadellos.

Und dann verschwand Leo hinter der Flügeltür, hinter diesem hohen, schweren blutroten Vorhang, der sich für einen Moment wie eine Wunde öffnete und wieder schloss.

Und Vandenberg und sein Herr fragten sich noch eindringlicher, wohin er wohl gegangen war, während sich über Chicago ein gewaltiges Unwetter zusammenbraute.

61

»Wie sehr ich mich freue, dich wiederzusehen, Catherine. Wie geht es dir? Was macht dein Freund Ben? Und wie geht es deinem neuen kleinen Schützling David?«

Catherine starrte von ihrem erhöhten Blickpunkt mit dem Schwert in der Hand auf Eliot und traute ihren Sinnen nicht. Was hatte dieses widerliche Scheusal auf der anderen Seite der Pforte zu suchen? Wieso saß dieses Monster nicht in einer Zelle des Staatsgefängnisses oder einer Anstalt in Illinois? Hatte man ihn am Ende etwa doch hingerichtet?

Seine Körperhaltung war irgendwie anders. Das hier war nicht mehr der ehemalige, etwas unbeholfene Lehrer einer Schule, der seiner Direktorin und seinen Kollegen niemals widersprochen hätte. Stolz und Selbstbewusstsein strahlten aus den grauen Augen. Und da war offen zur Schau getragene Heimtücke. Hunger. Ja Gier. Die Gier nach einem erneuten Leben in der Menschenwelt. Die Gier nach Macht und Sex. Nach hilflosen Kindern. Und da war etwas Martialisches, die Sucht nach Eroberung, die der alte, unsichere Eliot damals einem Erwachsenen gegenüber niemals offenbart hätte. Diese teuflische Seele hatte von ihren Dämonenfreunden im Zwischenreich einiges gelernt. Vermutlich hatte er sein Wissen, wie man noch effizienter quälte, perfektioniert, aber auch wie man eine Schlacht wie diese möglichst überlebte.

Wut und Verzweiflung stiegen in ihr auf, ebenso die

Todesangst, die sie seit jenem Tag erfolgreich verdrängt hatte, als sie dem FBI den entscheidenden Hinweis für die Ergreifung dieses Mistkerls gegeben hatte.

»Wie ich mitbekommen habe, ist aus Ben inzwischen ein stattlicher Mann, ein Monsignore geworden«, fuhr der Kinderschänder fort. »Und du hast dich auch nicht schlecht entwickelt. Ein bisschen dünn, okay. Aber dafür bist du schnell auf den Beinen, und ein helles Köpfchen hast du auch. Fast wie deine so geliebte Ava.« Er grinste kalt. »Gott möge ihrer Seele gnädig sein.«

Catherine war drauf und dran, vom Altar zu springen und dem Widerling mit einem Dolchstoß ein für alle Mal das Handwerk zu legen, doch dann begriff sie, dass er genau das wollte, dass er sie provozierte. Sie durfte ihre Position auf gar keinen Fall verlassen.

Doch was sollte sie tun? Hier oben bis in alle Ewigkeit stehen?

Erneut setzte sie den Dolch an, bereit, ihr Blut zu vergießen, damit die Armee der Finsternis blieb, wo sie war. Irgendwo über dem Kampfplatz ertönten das gespenstische Gekrächze von Raben sowie das unheimliche, rhythmische Schwingen von Flügeln. Irgendetwas war auf dem Dach des Altars gelandet. Natürlich, dachte sie, warum sollte es im Jenseits keine Vögel geben. Außerdem galten Raben als die Boten des Todes.

Schließlich hatte sie eine Idee, was sie unternehmen konnte. Sie erinnerte sich an eine von Darius' Lehren, das Gebet als Signal und Waffenrüstung Gottes. Also begann sie zu beten, laut und vernehmlich, den Hirtenpsalm, in der Hoffnung auf Hilfe, aber auch um ihre Entscheidung und deren Durchführung spirituell zu bekräftigen. Zudem war sie sich ziemlich sicher, dass

Eliot und all die anderen teuflischen Dämonen diesen Psalm hassten.

»Der Herr ist mein Hirte, mir wird nichts mangeln.
Er weidet mich auf einer grünen Aue und führet mich zum frischen Wasser.
Er erquicket meine Seele und führet mich auf rechter Straße um seines Namens willen.
Und ob ich schon wanderte im finsteren Tal, so fürchte ich kein Unglück;
denn du bist bei mir, dein Stecken und Stab trösten mich.
Du bereitest vor mir einen Tisch im Angesicht meiner Feinde.
Du salbest mein Haupt mit Öl und schenkest mir voll ein.
Gutes und Barmherzigkeit werden mir folgen mein Leben lang,
und ich werde bleiben im Hause des Herrn immerdar …«

Irgendjemand in der Menge applaudierte. Es war ein höhnisches Klatschen. Doch Catherine sah sich außerstande, die Quelle auszumachen.

Eliot grinste und drehte sich zu den Reitern um. »Ich hole sie da jetzt runter.« Überraschend flink eilte er auf die Altartreppe zu, während er zu Catherine hochrief: »Du ahnst sicher schon, wem ich meinen ersten Besuch in der guten alten Welt abstatten werde.«

Catherine beobachtete, wie Eliot die Treppe hinaufkam. Sie würde ihm eher das Herz durchstechen, als dass er David auch nur ein Haar krümmte.

Oben angekommen, baute der widerliche Kerl sich vor dem Altar auf. Nur weil sie eine Nonne war, schien ihm gar nicht in den Sinn zu kommen, dass Catherine den Dolch nicht nur gegen sich selbst, sondern auch gegen andere richten konnte.

»Glaub mir, meine Liebe, ich werde mir für deinen kleinen Liebling ganz besonders viel Zeit nehmen. Und jetzt komm da runter, bevor ich zu dir hochkomme.«

Catherine kochte vor Wut, fühlte wie etwas Mächtiges und Finsteres in ihr wuchs und die Oberhand ergriff, ein unbändiger Hass in ihr emporstieg, doch Eliot schien die Verwandlung in ihr gar nicht wahrzunehmen. Stattdessen griff er nach ihrem rechten Bein, doch sie wich geschickt aus, bevor sie mit dem Dolch die Pulsadern an ihrer linken Hand aufschnitt und mit der Klinge den Unterarm aufschlitzte. Eliot starrte entsetzt auf das Blut, das aus der klaffenden Wunde hervorschoss. Das war der Moment, in dem sie sich vor Eliot auf die Marmorplatte fallen ließ und zu einem gewaltigen Hieb ausholte.

Doch bevor sie zuschlagen konnte, wurde Eliot rücklings von einer großen Lanze getroffen, die ihn auf den Boden vor dem Altar schleuderte. Am oberen Ende des Speerschafts hing ein Stofffetzen. Ein helles Banner mit Jesus Christus, der die Weltkugel hielt, und zwei betenden Engeln an seiner Seite, die eine Lilie opferten. Daneben stand die Parole »Jesus Maria«.

Und dann fror die Welt ein, als hätte die Zeit aufgehört zu existieren oder sich in unendlicher Langsamkeit ausgedehnt. Eliot erstarrte auf der blutigen Erde zu einer grotesken und abstoßenden Figur. Überrascht und zornig hauchte er sein Leben in dieser Dimension aus. Der Blutschwall, der unaufhörlich aus Catherines aufgeschlitztem Unterarm floss, endete mitten in der Luft.

Sie starrte auf die Standarte. In ihrer Jugend hatte sie ein Abbild des Banners in zweien ihrer Bücher gesehen. Beide Bücher, eines ein Geschenk von Kardinal Reinert, standen noch heute in ihrer Bibliothek. Und in beiden ging es um die heilige Jungfrau Johanna von Orléans.

Catherine bemerkte eine Bewegung aus dem Augenwinkel.

Aha. Nicht die ganze Welt war versteinert.

Ein weißes Pferd kam hinter dem Hochaltar zum Vorschein. Darauf ein Reiter in glänzender Rüstung.

Das Geschrei der Raben wurde lauter und mahnender, und in gewisser Weise sogar bedrohlich. Als einer der Vögel in Catherines Sichtweite kam, traute sie ihren Augen nicht. Das gefiederte Tier war weiß wie frisch gefallener Schnee.

Ruhig steuerte der Ritter den Schimmel über die Gefallenen hinweg und brachte sein Pferd zwischen Catherine und den apokalyptischen Reitern zum Stehen, sodass beide Seiten sein Profil sehen konnten. Dann klappte er das Visier hoch – und das schmale Gesicht einer jungen, beeindruckenden Frau mit glasklaren Augen kam zum Vorschein.

Das Fußvolk, zu dem Eliot gehört hatte, stand noch immer da, als wäre es in der Zeit eingefroren. Doch die apokalyptischen Reiter rührten sich, und die Nüstern ihrer Pferde zitterten aufgeregt.

* * *

Eliot hing an der Lanze wie an einem Spieß und starrte ungläubig und zornig zu Catherine hinauf. Hatte sie ihn tatsächlich gerade umgebracht? Sie? Eine Nonne?

Er spürte, wie sein Bewusstsein abdriftete, wie sich die Welt um ihn herum ruckartig veränderte. Eine Sekunde darauf fand er sich in einem pechschwarzen Tunnel wieder, in einem Sog, der ihn hinfortriss. Wie in einem rückwärts laufenden Film begegneten ihm die besten Wendepunkte seines Lebens. Sein erster Kindermord. All die weiteren gefangen genommenen und geschändeten Jungen. Er bereute nichts. Ganz im Gegenteil.

Dann spie der Tunnel ihn förmlich aus. Wie ein Blitz, der in einen Baum einschlägt. Einen Moment lang war er völlig orientierungslos, doch dann begriff er sein unglaubliches Glück. Er war wieder auf der anderen Seite.

Auf der irdischen Seite des Petersdoms.

Hier lagen keine Leichen und stinkenden Eingeweide herum. Alles war kühl und rein.

Und dann sah er sie. Zwei Körper, beide bewusstlos. Eine dritte Person kümmerte sich um die Bewusstlosen.

Eliot beobachtete das Geschehen weiterhin, während er den Hochaltar in Windeseile zweimal umrundete.

Catherines Körper lag dort vor dem Altar. Der andere reglose Körper hatte Tancredi gehört und war nun völlig seelenlos. Der Mönch war also nicht zu den Menschen, zum Fleisch zurückgekehrt. Vermutlich verabscheute der Schwächling die Fähigkeit starker Geister im Jenseits, durch die Besessenheit Besitz von einer menschlichen Hülle zu nehmen.

Eliot hatte damit kein Problem. Er nahm all seine Willenskraft zusammen und drang in Tancredis Leib ein.

62

Catherine lag da wie tot.

Ciban kniete neben ihr und kümmerte sich um sie, während über seinem Kopf und ringsherum die energetische Urgewalt blitzte und tobte. Er hatte seine Jacke unter ihren Kopf gelegt, den entrückten Blick ihrer Augen untersucht und sie anschließend geschlossen, um sie vor dem Licht zu schützen. Jetzt fühlte er ihren Atem und den Puls, ihr Körper fieberte, glühte regelrecht. Er flößte ihr noch etwas von dem Wasser ein, das er mitgebracht hatte, und hielt sie nun in seinen Armen. Hier und da murmelte Catherine etwas wie in Trance.

Er glaubte, gespürt zu haben, wie einige Wesenheiten durch das Portal ins Diesseits gelangt waren. Also hatte Ciban versucht, selbst durch das Portal ins Jenseits zu gelangen, um Catherine – wo immer sie auch sein mochte – beizustehen. Doch sein Triadenblut hatte die Passage verhindert und ihn von dem astralen Durchgang abprallen lassen, als wäre er ein Magnet, der versuchte, einem gleichgepolten Magneten näher zu kommen. In dem Moment hatte er sich daran erinnert, dass es für gefallene Engel und deren Nachkommen keine direkte Rückkehr ins Jenseits gab.

Cibans Blick fiel auf den zusammengesunkenen Körper Tancredis, dessen Augen wie in Trance zum Altarbaldachin hinaufstarrten. Der Kardinal war kein Sadist oder Folterknecht, aber in diesem Moment packte Ciban der Zorn. Er fasste den Plan, sich diesen Mann persönlich vorzuknöpfen, sobald das alles hier überstanden war. Unter vier Augen, in einem stillen, abgelegenen, schalldichten Raum. Davon standen ihm einige zur Verfügung.

Catherine seufzte, und seine Aufmerksamkeit kehrte zu ihr zurück. Er dachte daran, wie sie wohl darauf reagieren würde, wenn sie ihn so zornig, mitleidlos und rachsüchtig erleben müsste. Sie hatte diese finstere Seite an ihm zwar schon ein paar Mal miterlebt, doch das, was ihm da gerade durch den Sinn gegangen war, würde sie niemals wünschen, geschweige denn billigen. Es würde sie unglücklich machen. Und das wollte Ciban auf gar keinen Fall.

Also kroch er kurz zu dem Mönch hinüber, der ebenfalls nur noch schwach atmete und dessen Körper glühte, und verabreichte auch ihm etwas von dem Wasser.

Er kroch zu Catherine zurück. Am liebsten hätte er sie so schnell wie möglich von diesem Ort fortgeschafft. Ihre Augen huschten hinter den Lidern hin und her, außerdem bemerkte er eine ungewöhnliche Anspannung in ihrem Körper. Im ersten Moment, als er die beiden bewusstlos gefunden hatte, hatte er geglaubt, eine energetische Entladung hätte sie niedergestreckt, doch dann war ihm klar geworden, dass Catherines Bewusstsein sich im Limbus oder sogar jenseits der Barriere befand. Also konnte er es nicht riskieren, sie von hier fortzuschaffen, denn ihre Seele musste zuerst zu diesem Portalausgang zurückkehren. Er hatte den Gedanken kaum zu Ende gedacht, als er glaubte, etwas aus dem Augenwinkel wahrgenommen zu haben.

Sofort stellte er sich an den Rand des Altars, denn er wollte Catherine auf gar keinen Fall hier oben allein beim Portal lassen, und blickte durch den gewaltigen Innenraum mit seiner Renaissance- und Barockausstattung, durch den zentralen Kuppelraum und das Langhaus mit den Arkaden und den riesigen Pfeilern. Doch die grelle Helligkeit ließ alles zu einem dichten Netz aus Licht und weniger Licht zerfließen. Selbst die Rundnischen der Kuppelpfeiler mit ihren Statuen, darunter der heilige Longinus mit seinem Speer, wirkten nahezu unsichtbar.

Nein, er konnte nichts Verdächtiges ausmachen. Und doch blieb ein mulmiges Gefühl zurück, er glaubte zu spüren, dass er mit Catherine und Tancredi nicht allein war.

Fast klang es, als hörte er in der Ferne die Gebete einer Messe, darüber eine einzelne Stimme, deren Worte er nicht verstand.

Sein Verstand spielte anscheinend langsam verrückt. Die Müdigkeit. Die enorme Anspannung der letzten Stunden. Francesi hatte ihm zwar ein Stärkungsmittel verabreicht, doch dessen Wirkung ließ nun langsam nach.

Er kehrte zu Catherine zurück, fühlte noch einmal ihren Puls – und nahm erneut eine Bewegung am Rande seines Gesichtsfeldes wahr, dieses Mal schon deutlicher. Er zwang sich, sich nichts anmerken zu lassen, und realisierte, dass es vor allem der Splitter der Finsternis in ihm war, der seine Wahrnehmung geschärft hatte und ihm zusätzliche Konzentration verlieh.

Vielleicht war das im Augenblick ganz gut so. Der Splitter hatte ihm in San Leonardo zu überleben geholfen, und ebenso hätte Ciban den Anschlag auf den Vatikan ohne den Splitter wahrscheinlich nicht überlebt. Obwohl Ciban aufgrund seines Triadenbluts über übermenschliche Kräfte verfügte, erhöhte die Vitalität des finsteren Tropfens noch einmal seine Kraft und Wachsamkeit. Leider steckte in dem Splitter auch die Natur eines unbezähmbaren Raubtiers. Ciban musste äußerst vorsichtig sein.

Er atmete tief durch. Er war müde und abgespannt. Der finstere Seelentropfen lag nun also auf der Lauer, und so stellte sich ihm die Frage, ob es möglich war, dass trotz des Schutzschildes noch etwas durch das Portal in den Dom gelangt war?

Er erhob sich, machte ein paar Schritte nach Osten und zog um sich, Catherine und Tancredi einen magischen Schutzkreis, der am Ausgangspunkt endete, um negative Wesenheiten fernzuhalten und die eigene Energie in dem Kreis zu stärken. Während er das tat, sprach er eine Beschwörungsformel und vollzog damit ein Triadenritual, das seine Mutter ihn noch gelehrt hatte, als er ein kleiner Junge gewesen war. Ritual und Gebetsformel erschufen eine mediale Wirklichkeit, die ihm schon einmal vor vielen Jahren in einer anderen Kirche das Leben gerettet hatte.

Er wollte im Inneren des ersten Kreises gerade einen zweiten ziehen, um die Wirkung zu verstärken, als ein Energieblitz in den Boden vor ihm fuhr und er eine neuerliche, ruckartige Bewegung wahrnahm.

Innerhalb des ersten Kreises.

Er fuhr herum, doch noch ehe er die Bewegung vollenden konnte, traf ihn ein Tritt auf der Brust und schmetterte ihn über Catherine hinweg gegen den harten Marmoraltar. Beim Aufprall knackten seine Rippen, sein Brustkorb schmerzte unsäglich.

Wie die Ruhe selbst stand Tancredi am anderen Ende des Schutzkreises und beobachtete, wie er sich aufrappelte. Die Kraft, die der Mönch bei dem Angriff freigesetzt hatte, war auf gar keinen Fall die eines Schreibtischmenschen. Tancredi war kein Kämpfer, kein Kriegermönch wie manch anderes Mitglied des Lux Domini. Soweit Ciban wusste, hatte der Mann nie Sport getrieben, geschweige denn eine Kampfsportart trainiert. Und doch hatte dieser dürre Kerl ihm gerade mit kontrollierter Körperkraft einen Stoß versetzt, wie es nur ein geübter Kampfsportler vermochte, und ihn mehrere Meter weit fortgeschleudert.

Ein Blick in die Augen des Ordensmannes verriet Ciban jedoch schnell, dass in diesem Körper nicht Tancredi steckte. Das da war ein völlig anderes Wesen, eine unangenehme, ja perverse Natur. Da war nichts Vergeistigtes mehr. Und wer immer sich da Tancredis bewusstlosem Körper bemächtigt hatte, würde diesen ganz sicher nicht wieder freiwillig hergeben.

Die Kreatur in Tancredis Körper streckte sich. Die Geste sollte wohl ausdrücken, wie herrlich es war, wieder über einen Körper zu verfügen. Und dann fiel der Blick dieses Wesens auf Catherine. Der Ausdruck, den Ciban in den Augen ausmachte, ließ den Splitter der Finsternis in dem Kardinal explodieren wie einen schrecklichen Feuerball.

Das Ding grinste, als es die Schwärze in Cibans Augen sah. »Verzeihen Sie die Störung, Eminenz. Sie kennen mich nicht, aber Catherine und ich sind alte Bekannte.«

»Sie halten sich von ihr fern. Ist das klar?«

»Ich kann Ihnen versichern, dass es ihr gut geht. Sie

verhandelt gerade mit einem meiner Meister über die Passage hierher. Ich bin sozusagen die Vorhut.«

»Wo ist Tancredi?«

»Wie soll ich sagen ... er hat es nicht geschafft. Möge seine Seele in Frieden ruhen. Wo auch immer. Und jetzt geben Sie den Weg frei, bevor ich ungemütlich werde. Ich habe noch ein Hühnchen mit der da zu rupfen.«

Ciban tastete vorsichtig nach der Elektroschockpistole in seiner Soutane und musste feststellen, dass sie bei dem Sturz herausgefallen war. Unauffällig schweifte sein Blick über den Altarboden. Verdammt. Der Taser lag genau hinter Catherine, und zwar so, dass auch der Fremde ihn sehen konnte.

Er überlegte, ob es Sinn machte, aus dem Stand heraus auf die Waffe zuzustürzen. Konnte er sie rechtzeitig erreichen? Oder brachte er Catherine damit erst recht in Gefahr? Trotz des Splitters und des Adrenalins in seinem Blut spürte er die enorme Anstrengung der letzten Stunden. Die Entfernung zum Taser betrug in etwa vier Meter. Die Entfernung zum besessenen Tancredi etwa viereinhalb bis fünf Meter. Die Waffe war nicht einfach zu handhaben. Er musste den Taser nicht nur sofort richtig zu greifen bekommen und anheben, sondern im gleichen Moment sowohl entsichern als auch über Catherines Körper hinweg gezielt abfeuern. Und er hatte nur einen einzigen Schuss.

»Denken Sie nicht einmal daran«, sagte der Fremde, hob den Taser auch schon auf und richtete ihn auf Catherine. »In ihrem Zustand dürfte das der Nonne den Rest geben. Was denken Sie?«

Ciban zögerte keine Sekunde mehr. Mit einem gewaltigen Sprung stürzte er sich auf das Monster, das zwar noch den Auslöser betätigte, sein Ziel aber verfehlte. Die Projektile trafen den Altar, und der elektrische Impuls übertrug sich sofort auf das Portal, ging jedoch in der Masse der Entladungen geräuschvoll unter. Mit geballter Faust schlug Ciban dem Mann auf den Kehlkopf, packte ihn wie einen Sack Reis und schleuderte ihn in hohem Bogen vom Podest. Der Wucht des weit entfernten Aufschlags folgte nahezu zeitgleich ein knackendes Geräusch. Der Körper Tancredis war genau auf dem Speer der Statue des heiligen Longinus gelandet. Das Monster war augenblicklich tot.

Dicht über und um Ciban tanzte und blitzte noch immer die Energie aus dem Riss, schlugen immer wieder elektrische Entladungen in das Gemäuer des Doms ein. Ciban sank neben Catherine auf die Knie. Es grenzte an ein Wunder, dass sie nicht längst verbrannt waren. Doch dann spürte er noch eine andere Macht, eine gute, die vom Vorplatz des Doms durch den Schutzschirm in die Kuppel drang. Eine unglaubliche Hingabe und Spiritualität, ein Meer aus Gebeten, aus Tausenden von liebevollen Gedanken. Irgendwie hielten diese Gebete den Irrsinn des Portals in Schach.

Er hob den Kopf und schaute mit abgeschirmten Augen in den Weltenriss. Irgendwo dort drüben, auf der anderen Seite, hielt sich noch immer Catherine auf. Vielleicht konnte er doch noch irgendwie dorthin gelangen.

Er hatte den Entschluss kaum gefasst, als er Schritte vernahm, die sich ihm näherten. Alte, schlurfende Schritte, die langsam die Treppe zum Altar hinaufkamen.

Er wandte den Kopf, doch er ahnte bereits, zu wem

diese Schritte gehörten. Das weiße Habit des Papstes schimmerte im Licht des Portals so silbern und golden wie eine fürstliche Aura.

Besorgt beugte Leo sich zu ihm und Catherine hinunter. »Was ist passiert?«

Während der Energiewirbel über ihren Köpfen kreiste, schilderte Ciban dem Papst, was sich kurz zuvor hier abgespielt hatte. Außerdem berichtete er Leo, was er über Tancredi herausgefunden hatte und welche Konsequenzen es für die Menschheit hätte.

Leo berührte ihn väterlich an der Schulter. »Davids Visionen treffen schneller ein, als von uns erwartet.« Er berichtete Ciban von dem inzwischen fertiggestellten Gemälde des Jungen, von der ganzen bizarren, apokalyptischen Szenerie, die den Vatikan sowohl in der jenseitigen wie diesseitigen Welt zeigte. »Ich konnte noch etwas Zeit für uns gewinnen«, sagte er schließlich und deutete durch das Langschiff zum großen Hauptausgang, der auf die Freitreppe und den Petersplatz führte. »Unsere lieben Freunde dort draußen beten für uns. Ihr Glaube und ihr Wille sind übermenschlich stark.«

Das war es also, was Ciban unerklärlich war und er wie aus weiter Ferne wahrgenommen hatte – ein zusätzlicher Schutzwall. Die Menschen hatten sich während des Bebens auf dem großen Platz versammelt, und Leo hatte sie um ihre spirituelle Unterstützung gebeten.

Plötzlich krümmte sich Tancredis Leib, als wäre er eine Marionette, die plötzlich zum Leben erweckt worden wäre. Ciban sprang sofort auf, um die Bestie in Schach zu halten, doch es musste sich um eine elektrische Entladung gehandelt haben, die den toten Körper auf Longinus' Speer noch einmal zappeln ließ.

»Ich habe ihn getötet«, gestand er dem Pontifex.

Leo schüttelte den Kopf. »Nein, das haben Sie nicht. Auch wenn sich Ihr Triadennaturell das vielleicht wünscht. Er war gar nicht mehr hier. Entweder hat ihn die Besessenheit getötet oder etwas auf der anderen Seite des Portals.«

Das Portal. Immer wieder das Portal. Ciban legte Catherine behutsam zur Seite und konzentrierte sich auf das Energienetz.

»Nein. Tun Sie das nicht!« Leo hielt ihn am Arm. »Sie würden die Passage gar nicht überleben. Sie können Catherine nur helfen, indem Sie hierbleiben, ihren Körper beschützen und für sie beten. Sie muss diese Prüfung allein durchstehen, sie und dieser Reiter in der Rüstung in Davids Bild.«

Ciban sah den Papst unschlüssig an, spürte dann aber, dass dieser aus einer tieferen Erkenntnis heraus sprach. Catherine lebte und kämpfte. Irgendwo dort drüben, im Himmel oder in der Hölle.

Also nahm er wieder Platz, nahm sie in den Arm und betete für sie.

63

Die Ritterin auf dem Schimmel stieg ab und nahm die Treppe zum Altar, das Gewicht ihrer Rüstung schien ihr dabei nicht das Geringste auszumachen. Catherine lag noch immer auf dem Marmor des Altars. Der blutbesudelte Dolch in ihrer Hand löste sich auf und materialisierte sich wie durch ein Wunder in der Faust der Frau.

Diese deutete mit dem Dolch nun auf den Blutschwall, der immer noch wie eingefroren in der Luft ausharrte, und richtete ihn dann auf das Heer der Finsternis.

»Euer aller Bestimmung erfüllt sich in diesem Augenblick in der Krümmung der Zeit. Sobald der erste Tropfen dieses Blutes den Boden berührt, endet euer Schicksal wie das der gesamten Welt.«

»Sieh an. Die Sendbotin Gottes«, höhnte der vordere Reiter. »Große Worte für eine Seele, die einst Selbstgerechtigkeit und Größenwahn auf den Scheiterhaufen brachte und die dann eine andere Seele für sich brennen ließ. Warum sollten wir dir glauben?«

»Weil diese Seele hier um Hilfe rief und ich noch immer unter Gottes Schutz stehe und seinen Willen verkünde und erfülle.« Aus dem Handgelenk heraus machte sie mit dem Schwert ein Zeichen, und Catherines Blut sank weiter hinab, um nur wenige Millimeter über dem Boden des Altarmarmors in der Schwebe zu verharren.

»Für Gott und den König!«, spottete der rote Reiter verächtlich. Seine durchdringenden Augen glühten förmlich.

Catherine wusste, dass »Für Gott und König« dereinst Johannas Kampfruf zur Verteidigung ihres Vaterlandes gewesen war. Mit diesem Ausruf hatte sie in die Kriegsführung des ausgehenden Mittelalters ein neues Bewusstsein hineingebracht. War es bis dahin nur um Gefechte zwischen verfeindeten Herrscherhäusern gegangen, so spielte nun auch die Verteidigung der nationalen Zugehörigkeit eine wichtige Rolle.

»Für Gott und den Erzengel Michael«, entgegnete

Johanna ruhig und ließ sich nicht provozieren. »Gott ist bereit, für seine Überzeugung zu sterben. Bist du es auch?«

Der rote Reiter schien ungerührt, doch das primitive, habgierige, finstere Fußvolk hinter ihm, in das wieder Leben eingekehrt war, wirkte zutiefst beunruhigt, denn es kannte kein selbstloses Opfer, hing viel zu sehr an seinen zügellosen Gelüsten.

Die Menge hatte Angst.

»Du bluffst.«

Catherine spürte, wie undurchdringliche Wogen der Dunkelheit aus der schwarzen Seele des roten Reiters strömten, als versuchten sie den Raum des schwindenden Nebels auszufüllen. Die Umrisse der verstümmelten Körper der Gefallenen wirkten plötzlich wie Tausende von Gräberhügeln.

Johanna machte mit dem Dolch eine allumfassende Geste, worauf sich der restliche Nebel wie ein einziger großer Schleier von dem Kampfplatz erhob und über dem Hochaltar, entlang der gesamten Breite des Querschiffs, die Konturen einer gewaltigen Streitmacht offenbarte.

Eine himmlische Armee.

»Gott ist das Zentrum unserer Schöpfung, und niemand sonst!«, schrie sie so laut, dass es selbst die dämonischen Seelen in den hintersten Reihen mitbekommen mussten. Und dann rammte sie den mit Catherines Blut besudelten Dolch in den Steinboden, worauf die Leiber der Toten der Reihe nach zu Asche und Staub zerfielen, und nur die Seelen jener, die auf der Seite des Lichts gekämpft hatten, erhoben sich daraus wie ein Meer aus tausend Fackeln.

Auch Thomas Tancredi war darunter. Verwirrt blickte er sich zwischen der Streitmacht des Lichts und der Armee der Finsternis um, die sich wie zwei riesige, feste Wogen gegenüberstanden.

»Wo willst du, dass es aufhört?«, wandte Johanna sich an den roten Reiter. »Hier und jetzt? Oder am Ende aller Zeit? Ein Dazwischen wird es für keinen von uns geben.«

Catherine beobachtete, wie der Raum hinter den apokalyptischen Reitern immer leerer wurde, wie ihre finsteren Gefolgsleute verschwanden, bis sich hinter ihnen nichts mehr als ein riesiger, finsterer Abgrund auftat.

»Du wirst der Erste sein, der sterben wird«, sagte Johanna zu dem roten Reiter. »Und du bist als Nächstes an der Reihe«, ließ sie den Reiter auf dem aschfarbenen Pferd wissen. Zum dritten Reiter sagte sie nichts, dieser hatte auch so verstanden.

Johanna sprach nicht nur als Sendbotin Gottes, sondern auch als kämpfender Engel der himmlischen Heerscharen.

Und damit wurde Catherine die Bedeutung der Kapitel in Eleonoras Handbuch und in der Triadenbibel klar. Johanna war neben dem Erzengel Michael nicht nur die Schutzpatronin des Ordens der Wächter, sondern selbst eine Wächterin. Sie hatte den Orden auf irdischer Seite schon vor der Schlacht von Orléans befehligt und wiederbelebt. Daher kam in Wahrheit auch ihr Name: Jeanne d'Arc! Die Hüterin des Torbogens. Und nun kämpfte sie auf der himmlischen Seite für die Sicherheit der Welt. Die Liga operierte sowohl im Diesseits als auch im Jenseits und war somit ein Bollwerk im Kampf gegen die Dunkelheit.

Der rote Reiter zögerte, blickte mit seinen glühenden Augen noch einmal über die himmlische Streitmacht, als wöge er Johannas Worte ab. Dann setzte er sein Pferd zum Rückwärtsgang an und wendete. Die beiden anderen Reiter taten es ihm gleich. Langsam stapften sie davon und lösten sich schließlich in der aufgewirbelten Asche wie Geistererscheinungen auf.

Johanna wandte sich an Catherine, die völlig verdutzt auf dem Marmoraltar lag. »Gott erkennt deinen Mut und deine Opferbereitschaft an.«

Catherine rang um Selbstbeherrschung und spürte, wie sie wütend wurde. Wut auf sich selbst, und Wut auf diesen stummen Gott. Was bildete sich dieser verfluchte Schöpfer eigentlich ein? All dieses Opfer und Gemetzel!

»Ich habe es nicht für Gott getan.«

»Auch das weiß er.« Johanna machte ein Handzeichen, und das in der Luft hängende Blut floss in Catherines Wunde zurück, die daraufhin sofort heilte.

»Gott trennte Licht von Dunkelheit. Und dann vereinte er beides im Menschen. Warum? Weil der Mensch diese Spannung ertragen kann. Weil er an das Gute im Menschen glaubt. Du, Catherine, bist der beste Beweis. In Menschen wie dir zeigt sich die wahre Macht Gottes. Aber du musst vorsichtig sein, denn du trägst einen Tropfen der Urfinsternis in dir. Du musst lernen, deinen Zorn zu beherrschen.«

Der Splitter der Finsternis! Himmel! Catherine hatte ihn völlig vergessen. Nun war er über die Liebe also doch zu ihr hinübergelangt. Doch wie konnte das sein? Hätte die Liebe sie nicht vor ihm beschützen müssen?

Johanna schien genau zu wissen, was in ihr vorging. »Der Splitter macht dich stark, weil du selbst im Guten stark bist. Nimm ihn an, aber sei dir seiner Gegenwart stets bewusst. Solange du das tust, ist er dein Werkzeug.«

Johanna stieg die Stufen des Altars hinab, packte ihre Standarte und stieg auf den stolzen Schimmel. »Vergiss nicht: Wir Menschen sind der Schlüssel! Wir stehen zwischen dem Licht und der Finsternis, weil wir Licht *und* Finsternis sind. Das ist unser Schicksal. Und nur du selbst kannst deine Bestimmung erfüllen.«

Johanna gab mit der Standarte ein Signal. Irgendwo in der Höhe blies ein gewaltiges Horn zum Rückzug. Das Dröhnen war noch nicht ganz verhallt, als Catherine sich auch schon über den Platz erhob und in den dunklen Tunnel zwischen Jenseits und Diesseits zurückstürzte.

Ihre Seele erzitterte vor Angst, denn ihre Gedanken und Gefühle wurden zu einem einzigen dunklen, chaotischen Strudel. Sie hatte Angst vor dem Schmerz, vor der Wahrheit und vor der Zukunft. Und sie fürchtete sich davor, am Ende dieser Erfahrung wieder alles zu vergessen, was sie gerade gelernt hatte. Und da war noch etwas. Sie hatte das ungute Gefühl, die unheilvolle Vorahnung, dass ihr irgendetwas durch den Tunnel folgte. Ein düsterer Geist oder ein böser Gedanke, eine finstere Energie, die sie nicht greifen konnte.

Doch dann wachte Catherine auf der irdischen Seite auf, von starken, sanften Armen gehalten. Sie öffnete ihre Augenlider, ihr Blick traf den Cibans. Sie sah die Sorge in seinen Augen. Aber auch die unendliche Erleichterung und Zuneigung.

»Ich bin so unendlich glücklich, dass du unversehrt zurückgekehrt bist …«

Sie wusste sofort, dass er die ganze Zeit für sie gebetet hatte. Als er sie noch fester an sich drückte und küsste, wünschte sie sich, dass dieser Moment eine Ewigkeit währte.

Doch das Portal spie noch immer gefährliche Energieschlingen in das riesige Kirchenschiff. Wie Peitschenschnüre, die sich miteinander verbanden, um zu Schlangen zu werden, dehnten sie sich aus.

Leo, der sich diskret etwas abseits hielt und dessen Freude und Erleichterung nicht minder erkennbar war, hüstelte dezent. Mahnte aber auch zum Aufbruch. Sie mussten hier fort. Schleunigst.

Ciban hob sie auf, als wäre sie so leicht wie ein Kind, und trug sie vorsichtig die Treppe hinunter. Weg vom Hochaltar, weg von dem Energiefeld, das zwar schwächer wurde, aber immer noch wild umherzüngelte.

Leo folgte ihnen, aber ließ die Pforte dabei nicht aus den Augen.

Sie verließen den Bereich unter der Kuppel mit dem Papstaltar und der Confessio und eilten durch das gigantische Gewölbe, vorbei am Longinus-Pfeiler, an dem noch immer Tancredis Leichnam aufgespießt hing. Sie passierten die Grabmäler von Gregor XIII. sowie Mathilda von Canossa in Richtung Apostolischer Palast, als der Ozongeruch sich verstärkte und Catherine ein unheimliches Knistern wahrnahm.

Ein einziger gleißender Lichtstrahl, der die Form einer neunköpfigen Katze hatte, zuckte durch den Dom, holte sie auf halber Strecke zum Ausgang ein und griff mit einem seiner langen Finger nach Catherine. Doch Leo reagierte sofort und stieß Catherine und Ciban beiseite, sodass der energetische Hieb die junge Frau nur streifte und die Wucht der Entladung allein den Pontifex mit einem bösartigen Fauchen traf.

Sie stürzten zu Boden, alle drei, während der Strahl über sie hinwegfegte, sich noch einmal bündelte und zum Hochaltar zurückschnellte. Die Steinplatte des Altars zerbrach unter der Wucht der Energieentladung mit einem fürchterlichen Krachen. Marmorbrocken flogen durch die Luft und landeten auf dem polierten Boden des Petersdoms.

Danach herrschte absolute Stille.

Alles Blitzen, Donnern und Strahlen erlosch schlagartig, verlor von einer auf die andere Sekunde seine Macht. Als hätte jemand eine irrwitzige Lasershow beendet, indem er versehentlich den Stecker gezogen hatte.

Doch dann registrierte Ciban etwas, das er auf gar keinen Fall, ja niemals in seinem ganzen Leben, hatte spüren wollen. Doch es war da. In der Atmosphäre des Doms, aber noch viel schlimmer in seinem Seeleninneren. Und es war unerträglich.

Abwesenheit.

Verlust.

Leere.

Ein Vakuum, das nichts und niemand je würde ausfüllen können.

Er kroch zu Catherine, drehte sie um, blickte in ihre Augen und erkannte, dass ihre Verletzungen so schwer waren, dass nur noch ein Wunder würde helfen können. Tränen liefen über sein Gesicht. Es war seine Schuld. Er hatte sie in all das hineingezogen. Hätte er sie damals für das Disziplinarverfahren nicht nach Rom zitiert, wäre das hier nie geschehen.

Vorsichtig brachte er sie in eine stabile Seitenlage, um ihre Atemwege frei zu halten. Dann kroch er zu Leo hinüber.

»Es ist nicht Ihre Schuld«, sagte der Papst trotz seiner Pein mit einem beschwichtigenden Gesichtsausdruck. Seine Stimme war so schwach, dass Ciban ihn kaum verstehen konnte. Das weiße päpstliche Habit war dort, wo der Strahl eingeschlagen hatte, schwarz wie Ruß und versengt. »Wir haben alle unser Schicksal, unsere Bestimmung. Und die kann uns niemand abnehmen.«

Ciban wollte Leo abstützen, ihm aufhelfen, doch der Papst winkte ab.

»Nein. Meine Bestimmung … endet hier. Kümmern Sie sich um Catherine. Und um unser … gemeinsames Ziel. Kümmern Sie sich um … die Kirche.«

Ciban erkannte, dass der alte, weise Pontifex, den er so zu schätzen und lieben gelernt hatte, in diesem Moment die Augen für immer schloss.

Dum spiro, spero.

Solange ich atme, hoffe ich.

64

Ciban saß ganz allein neben Catherines Krankenbett.

Die Sonne war noch nicht aufgegangen, noch lag die Ewige Stadt in sanftem Morgenschlaf da, rüstete sich aber schon für den Beginn der nächsten großen Medienattraktion. Die Wahl des neuen Pontifex. 16 Tage waren seit Leos Tod vergangen.

Ciban strich Catherine übers Haar und blickte auf die EEG-Anzeigen, langsame, sich kantig zuspitzende Wellen, deren Struktur ihn an die Ausformung der italienischen Alpen erinnerte, nur dass es sich hierbei nicht um ein Höhenprofil der höchsten Berggipfel Europas handelte, sondern um eine weitere Serie von Catherines Schlafphasen.

»Sie liegt im Tiefschlaf«, hatte Dr. Francesi ihm beim erstmaligen Anblick dieser Amplituden erklärt. Oder »Sie träumt«, wenn das EEG die Schlafphase mit den Theta- und Betawellen-Formationen zeigte. Catherine befand sich in diesem Zustand, seit die energetische Entladung aus dem Portal sie getroffen hatte. Die einzige Hoffnung, die dem Kardinal blieb, war Francesis Mitteilung, dass die Ergebnisse von Catherines Gehirnscans normal gewesen waren. Auch der Coronascan. Das heißt bis auf einen winzigen Schatten in ihrer Aura, womöglich ein kleiner Splitter der Finsternis. Dass Ciban Catherine mit dem Splitter infiziert haben mochte, erfüllte ihn mit großem Kummer. Und auch wenn der dunkle Seelentropfen ihr zu einer größeren

Widerstandskraft verhalf, so war sie doch in den letzten Tagen nicht aufgewacht, sondern lag da wie unter einer Langzeitnarkose.

Ohne moderne medizinische Hilfsmittel wäre sie bereits tot.

Cibans Blick wanderte über die in den letzten Tagen nach und nach angebrachten Apparaturen. Das Beatmungsgerät, die Infusionen und die Ernährungssonde. Ganz normale Schutzmaßnahmen, wie Francesi ihm erklärt hatte.

Er hielt Catherines Hand und streichelte sie sanft, hoffte, dass sie seine Zuwendung irgendwie spürte und ein Wunder geschah. Ihre Hand war kalt, und das hatte einen Grund. Catherines Körpertemperatur war leicht heruntergekühlt worden, um ihren Stoffwechsel zu verlangsamen und so ihre Körperreserven zu erhöhen. Trotzdem schlief sie fast normal, träumte jedoch sehr intensiv, anders als ein Komapatient.

Ciban atmete tief durch. Nur Gott wusste, was da mit ihr passierte, was in ihrem seelischen Inneren vor sich ging. Vielleicht erlebte sie etwas Ähnliches wie Ciban bei dem unsäglichen Test des Lux Domini. Eine Reise durch Raum und Zeit. Eine Reise in eine mögliche Zukunft. Vielleicht begegneten sie sich dort.

Vielleicht aber auch – so dachte Ciban – hätte er das alles verhindern können, wäre er Tancredi zuvorgekommen, hätte er die wahren Absichten des Ordensmannes rechtzeitig erkannt. Stattdessen hatte er sich voll und ganz auf den Test eingelassen, auf die Untersuchungen, die Befragung, seinen Körper mit diesem teuflischen Elixier vollpumpen lassen und anschließend – während der neuerlichen Befragung – nicht einmal das Aufflackern von Tancredis labiler Aura korrekt interpretiert.

In einem lichten Moment hatte Ciban schließlich die Verbindung zwischen Reinert, Tancredi und Catherine gesehen, einschließlich des ganzen Wahnsinnsplans. Ein kurzes Aufflackern in Tancredis Bewusstsein, kaum drei, vier Sekunden lang, hatte genügt, um zu begreifen, dass es um »Alles« ging. Doch für Widerstand war es zu spät gewesen. Tancredi hatte dafür gesorgt, dass Ciban nicht aus eigener Kraft aus dem Heilschlaf erwachen konnte.

Ciban strich eine von Catherines Haarsträhnen beiseite und küsste sie auf die Stirn.

Als er sie vor eineinhalb Jahren nach Rom vor die Glaubenskongregation zitiert hatte, hätte er sich nicht träumen lassen, wie sehr diese Begegnung sein Leben verändern würde. Ciban hatte es der jungen Nonne alles andere als leicht gemacht, doch Catherine hatte sich nicht unterkriegen lassen und für ihren Standpunkt gekämpft, und das auf eine so mutige, andächtige und kluge Weise, dass er sie plötzlich mit anderen Augen zu sehen begann. Er hatte sie mehr und mehr respektiert, sie schließlich als einen Freund aus dem progressiven Lager betrachtet. Wenn Ciban ehrlich zu sich war, hatten schon ihre Bücher ihn berührt. Und nun liebte er sie mehr als alles andere in seinem Leben.

Erneut streichelte er ihre Hand, strich er ihr über die Schläfe.

Was, wenn sie nicht mehr erwachte?

Oder …

Er atmete tief durch.

Was, wenn sie nicht mehr seine Catherine war?

Er schloss die Augen, hielt seine Gefühle, die innere Unruhe, den Zorn, die Angst unter Kontrolle, obwohl sie seit der Verabreichung des Elixiers wie offene Wunden in ihm brannten. Diese Gedanken führten zu nichts.

Einmal mehr schweifte sein Blick zu den Monitoren, auf denen Amplituden des Tiefschlafs sichtbar wurden. Solange Catherines Schlafphasen zwischen Tief- und Traumschlaf wechselten, standen die Chancen gut, dass sie, ohne einen bleibenden Schaden zu erleiden, wieder erwachte. Doch je länger sie schlief, desto kritischer wurde es.

Er schob den düsteren Gedanken beiseite.

Es gab noch einen Menschen, dem er sehr viel verdankte, der sein Leben in den letzten Monaten stark geprägt, ja regelrecht umgekrempelt hatte. Papst Leo XIV. Doch Leo war tot, in Cibans Armen gestorben. Der Kardinal würde seinen päpstlichen Freund nie wieder um Rat fragen oder sich an dessen Zuversicht, Klugheit und Entschlossenheit aufrichten können. Leo war für ihn stets der Fels in der Brandung gewesen. Letztendlich war der alte Papst sogar mit einem sturen, konservativen Glaubenspräfekten wie Ciban zurechtgekommen. Ciban stutzte. Konnte er sich eigentlich noch als konservativ bezeichnen, nach allem, was geschehen war? Leos und Catherines Freundschaft hatte ihn so vieles gelehrt, ihm den Spiegel vorgehalten.

Ciban spürte die Schwere im Herzen. Er vermisste seinen Freund.

Zehn Tage zuvor hatte Leos Beerdigung stattgefunden.

Über vier Millionen Gläubige hatten sich auf den Plätzen und Straßen der Stadt und vor Großbildschirmen versammelt. Über 300 000 Trauergäste hatten die Messe direkt auf dem Petersplatz verfolgt, darunter über 200 Staatschefs. In den Tagen davor waren die Trauernden in langen Schlangen im Petersdom an Leos aufgebahrtem Leichnam vorbeigezogen, um ihm die letzte Ehre zu erweisen. Die Warteschlangen hatten bis zur Engelsburg und darüber hinaus gereicht. Fahnen und Transparente der Trauer und Anteilnahme waren auf dem Petersplatz erschienen, getragen von fassungslosen Menschen, die noch immer nicht glauben konnten, dass »ihr« Papst tot war.

Ciban war der Zelebrant der Messe gewesen, obwohl er sich zunächst dagegen gewehrt hatte, diese Aufgabe zu übernehmen. Zu tief saßen in seiner Seele Trauer, Schmerz und Zorn. Der Zorn begann sich sogar in Rachedurst zu verwandeln. Ciban würde herausfinden, wer letztendlich für Leos Tod und Catherines schwere Verletzung verantwortlich war. Es fiel ihm zunehmend schwerer, seine Gefühle im Zaum zu halten.

»Ich möchte, dass Sie Leos Totenmesse zelebrieren, Marc«, hatte Kardinal Bragadin, der die Kirche während der Sedisvakanz leitete, in seinem Büro im Staatssekretariat gesagt.

Ciban hatte dagesessen und zunächst keinen Ton hervorgebracht. Leos Totenmesse zu leiten war ihm einerseits ein tiefes Bedürfnis und ganz ohne Zweifel eine ehrenvolle Aufgabe, andererseits war sie aber auch ein öffentliches Ereignis von Weltformat mit Millionen von Zeitzeugen in der ganzen Welt. Was, wenn er die Beherrschung verlor? Was, wenn in einem unkontrollierten Moment die Finsternis des Splitters alles beherrschend in seine Augen trat? Was, wenn die ganze Welt diesen Zorn in seinen Augen sah?

»Bei allem Respekt, Riccardo. Ich bitte Sie, mich von dieser Aufgabe zu entbinden.«

Bragadin hatte einen Moment geschwiegen und dann ganz ruhig gesagt: »Sie haben unseren verstorbenen Pontifex von uns allen am besten gekannt. Auch hatte ich den Eindruck, dass Leo und Sie trotz der kirchenpolitischen Differenzen Freunde waren. Deshalb glaube ich, dass Sie es bereuen würden, wenn Sie Leo diese letzte Ehre nicht erwiesen.«

Ciban hatte den Camerlengo ein paar Sekunden lang angeschaut und zugeben müssen, dass dessen Analyse nicht ganz von der Hand zu weisen war. Dennoch blieb es problematisch. »Sie gehen damit ein großes Risiko ein.«

Bragadin hatte genickt. »Trotzdem brauche und ersuche ich Sie um Ihre Hilfe.«

Also hatte Ciban diese schwerste aller Aufgaben übernommen.

Beinahe drei Stunden hatte die Zeremonie gedauert, die in fast einhundert Länder übertragen worden war. Zwölf Männer in dunklen Anzügen trugen den schlichten Sarg des Papstes aus dem Petersdom, an den Trauerkerzen für die Attentatsopfer vorbei, und stellten ihn vor dem Altar auf den Boden. Bischof Tardini und Monsignore Massini – Leos Privatsekretär – legten eine Bibel auf den Zypressenholzsarg, deren Seiten unablässig im Wind flatterten.

Als hätte das Beben mit all seinen Folgen nie stattgefunden, begann Leos Beerdigung mit einem strahlend blauen Himmel und weißen Wolken. Auf dem Höhepunkt der Trauerfeier las Ciban aus den Evangelien Stellen vor, die bezeichnend für das Wesen von Leos Pontifikat waren. Mit einem Satz aus dem Johannesevangelium endete er: »Es gibt keine größere Liebe, als wenn einer sein Leben für seine Freunde hingibt.« Wobei er inständig hoffte, dass Catherine überleben würde.

Die Menschen, vor allem jene, die das Beben und Leos Aufruf zum Widerstand im Gebet erlebt hatten, weinten bei diesen Worten. Ebenso setzten Sprechchöre ein. Für viele Menschen auf dem Platz war Leo ein wahrhaft Heiliger.

Es folgte ein Hymnus über Tod und Auferstehung, und die Totenglocken fingen an, in all ihrer Schwermut zu läuten. Und schließlich war Leos Sarg zurück in den Petersdom und hinunter in die Gruft getragen worden.

Bragadin hatte recht behalten, sinnierte Ciban. Der Schmerz des Verlusts war zwar immer noch da, doch die Trauermesse hatte etwas unglaublich Befreiendes gehabt. Sie zu zelebrieren hatte eine Tonnenlast von Cibans Seele genommen.

Zumindest in diesem einen Punkt.

Eine der Krankenschwestern betrat das Zimmer, grüßte Ciban und überprüfte Catherines Zustand.

»Vielleicht möchten Sie einen Kaffee? Ich habe gerade frischen aufgesetzt.«

Ciban begriff, dass seine Müdigkeit wohl recht offensichtlich war. »Sehr gerne. Danke, Schwester.«

Die letzten beiden Wochen waren hart gewesen. Im Hintergrund unterstützte Ciban den Camerlengo bei der Leitung der Kirche und hatte unter anderem dafür gesorgt, dass während der Sedisvakanz kein Zwischenpapst vorpreschte, der schon jetzt einen zu dominierenden Einfluss auf das Konklave nahm. In den wenigen freien Stunden besuchte er Catherine und kümmerte sich um David, der wegen Leos Tod untröstlich war. Außerdem hatte er die Papiere für Lazarus und dessen Gefährtin Eliza besorgt. Lazarus war nun einer von vielen vatikanischen Kunstrestauratoren, Elizas Tarnung bestand im Berufsbild der freien Journalistin. Und dann war da noch die Ermittlungsarbeit, die in den letzten Tagen geruht hatte. Ciban suchte weiter nach den Hintermännern der Anschläge.

Lazarus, der von seiner neuen Identität inzwischen vorsichtig Gebrauch machte, hatte ihm die geheime Datei aus der Datenbank des Lux Domini vorgelegt, das Verzeichnis der Bücher des Chors der Engel, das den Gelehrten zu einer Abhandlung über die Statuten der himmlischen Hüter der Pforten und die Statuten der irdischen Liga der Torhüter geführt hatte. Und so hatte auch Ciban Abt Umbertos fett gedruckte Anmerkung gelesen: »Wenn der Himmel sich außerhalb von Rom jemals auf die Erde gestützt hat, um die Pforten des Himmels zu schützen, dann in L'Aquila und Orléans! Der Schlüssel liegt im Menschen!«

Ciban hatte sofort an Davids Gemälde denken müssen, an die Reiterin in der Rüstung mit der Standarte der heiligen Johanna. Wie hatte er nur übersehen können, dass in Johannas Name das Geheimnis der Hüter verborgen lag? Die Tochter Gottes, Jeanne d'Arc! Johanna war eine irdische Hüterin der Pforten gewesen. Sie hatte nicht nur gegen die Engländer gekämpft, sondern schon damals die Gefahr eines Krieges zwischen den Lebenden und den Toten heraufziehen sehen.

»Wie weit darf man gehen, um das Gute zu verteidigen?«, hatte Gasperetti seufzend nach Leos Beerdigung in kleinem Kreis gefragt.

Und Bragadins Antwort war für ein Lux-Domini-Mitglied recht untypisch gewesen. »Der Kampf für das Gute sollte nie ein Kampf gegen das Böse sein. Der Kampf für das, was man liebt, kann jedoch dazu führen, dass man gegen das Böse kämpft.«

»Wie weit jeder von uns wirklich geht, erfahren wir erst, wenn wir gezwungen sind zu verteidigen, was wir lieben«, hatte Ciban leise erwidert und es ihnen angesehen. Jeder in der Runde hatte sofort an Leo gedacht.

Die Krankenschwester unterbrach seine Gedanken, kam mit einer großen Tasse Kaffee zurück, und Ciban bedankte sich.

Wie weit Johanna wohl jenseits der offiziellen Geschichtsschreibung gegangen war?

Lazarus' Antwort darauf war nahezu lapidar gewesen. Johanna hatte im Auftrag ihrer Stimmen gehandelt, im Auftrag des heiligen Michael, der sich ihr als Bote des Herrn der Himmel offenbarte, im Auftrag der heiligen Katharina und der heiligen Margarethe. Die Heiligen hatten Johanna das Licht gezeigt, aber auch die monströsen Schatten, den stinkenden, blutigen Schlamm, der aus der Saat des Hasses erwuchs.

Nach der Gefangennahme, in den kalten Kerkern des Feindes, hatte Johanna geglaubt, von ihren Stimmen und von Gott verlassen und verraten worden zu sein. Bis sie begriff, dass sie selbst es gewesen war, die die Grenze überschritten, die göttliche Mission in eine persönliche verwandelt hatte. Aus ihrer Liebe, Gott zu dienen, in dem sie Orléans verteidigte, war narzisstische Selbstsucht geworden. Gottes Ruhm war zu ihrem, zu Johannas Ruhm geworden. Das hatte sie während ihrer Haft und im Verlauf des Prozesses erkannt. Deshalb hatte sie die Stimmen nach ihrem Sieg über Orléans nicht mehr gehört, als diese ihr mitgeteilt hatten, der Kampf sei nun zu Ende. Johanna hatte die Stimmen nicht mehr hören wollen. Und damit hatte sie ihre ursprüngliche Bestimmung verändert und schließlich den Weg der Märtyrerin gehen müssen. Für die Kinder Gottes, für die Menschen, für den Himmel und für sich selbst.

Wie Ciban inzwischen aus Kardinal Reinerts Erbe an Tancredi wusste, waren auch Luise und Simeon potenzielle Schlüssel gewesen, Mediale, mit deren Energien Pforten geöffnet werden konnten. Reinert hatte gewusst, dass auch Catherine das Potenzial eines starken Schlüssels in sich trug. Deshalb hatte er Darius zum Schutz auf Catherine und ihre leiblichen Eltern angesetzt, denn es gab Kräfte, die danach trachteten, die Macht der Schlüssel für ihre eigenen Ziele zu missbrauchen.

Ciban kannte die Hintergründe noch immer nicht, aber wie er nun erfahren hatte, war das Ehepaar Baldacci – Catherines leibliche Eltern – während eines Kontinentalflugs von Chicago nach Rom, bei dem die Maschine in den Atlantik gestürzt war, ums Leben gekommen. Catherine hatte nur deshalb überlebt, weil ihre Eltern sie aus Sicherheitsgründen für ein paar Tage bei einem Freund untergebracht hatten. Darius hatte Catherine schließlich für eine Weile in dem katholischen Waisenhaus untergebracht und dann die stille Adoption mit den Bells arrangiert. Doch Reinert, der einen Wissensvorsprung vor allen anderen innehatte,

hatte ein feines Gespür für das Schicksal besessen und Catherine – natürlich ohne deren Wissen – die letzte Publikation ihres Vaters geschenkt. Damit hatte er gewissermaßen die Saat für Catherines Bestimmung gelegt, den geistigen Keim stimuliert, der ohnehin schon tief in ihrem Inneren schlummerte. Das Erbe der Baldaccis lebte so in ihrer Tochter fort, hatte Catherine selbst dazu angeregt, kritische Bücher zu schreiben. Und das hatte sie schließlich nach Rom geführt, zu Ciban und zu Leo und zum Dritten Vatikanischen Konzil, um die Kirche aus ihren starren, mittelalterlichen Fesseln zu befreien.

Ciban stellte die Tasse ab, strich Catherine über die Wange und zog die Decke etwas enger um sie. Es war ihm, als wäre sie seinen Gedanken gefolgt und fröstelte nun. Vielleicht fror aber auch nur er. Sein Blick verharrte auf ihrem Gesicht. Den feinen Haarsträhnen, die ihr in die Stirn fielen, den zart geschwungenen Wimpern, den hohen Wangenknochen. Abgesehen von den medizinischen Geräten und dem Intubationsschlauch, lag sie da, als ob sie ganz normal schlief. Er seufzte leise, zwang sich, sie nicht ständig anzusehen. Wie damals im Tribunalsaal, wo er ihr das erste Mal begegnet war.

Reinert, Darius, die Baldaccis … Er würde den richtigen Zeitpunkt abwarten müssen, um Catherine in all das einzuweihen. Es würde ein Schock sein. Ganz davon zu schweigen, dass Darius, den sie als väterlichen Freund geliebt, ja geradezu verehrt hatte, sie über die Identität ihrer Eltern im Dunkeln gelassen hatte. Gewiss hatte er das getan, um Catherine zu schützen. Doch würde sie das auch so sehen?

Auch Ava Bell hatte sich am Ende um Catherine gesorgt. Wie es aussah, sogar gegen den gleichen Feind.

Jenen Gegner, der hinter den Schlüsseln für die Pforten her war, der Luises und Simeons untrainierte Energie missbraucht haben musste, um erste Risse und Spalte zwischen den Welten zu erzeugen. Obwohl die Pforte in der Peterskirche nun verschlossen war, war Ciban sich nicht sicher, ob dem auch wirklich so war. Auch in Hinsicht auf andere Kirchen und Kraftorte, die nun untersucht wurden, weil deren Altäre ebenfalls gespalten worden waren. Außerdem stellte sich die Frage, was inzwischen an Dunkelheit durch all diese Risse hinübergelangt war. Ben hatte Ciban eine von Davids Bildvisionen aus San Leonardo gezeigt, die belegte, dass es eine Verbindung zwischen der Mordserie an den Müttern und den Anschlägen auf die Pforten gab. Und damit eine Verbindung zu Simeon und Luise.

Noch immer fragte Ciban sich, »was« Ava auf die Spur gebracht hatte. Woher hatte sie gewusst, dass Catherine in Gefahr war? Immerhin hatte sie daraufhin einen der besten Privatdetektive engagiert, den sie bekommen konnte, und diesen sogar nach Europa geschickt. Ciban bezweifelte, dass der ermordete Adoptionsbeamte die Quelle gewesen war, die alles ins Rollen gebracht hatte. Fest stand nur, dass der Feind einige der Schlüssel entdeckt und diese rücksichtslos eingesetzt hatte. Doch wie Lazarus herausgefunden hatte, reichte das allein nicht aus.

»Einen der Schlüssel zu besitzen ist erst der Anfang«, hatte der Gelehrte erklärt. »Es braucht Verbündete im Jenseits, um ihn zu platzieren und zum Einsatz zu bringen.«

»Im Jenseits?«, hatte Ciban erstaunt gefragt.

Lazarus hatte auf die entsprechende Passage in der

Lux-Domini-Datei gezeigt. »In der Hölle, im Himmel oder irgendwo dazwischen. Tancredi hätte uns sicher eine Antwort darauf liefern können.«

Ciban fragte sich, ob ihnen Catherine eine Antwort würde liefern können, wenn sie erwachte.

Also hatten sie in den Unterlagen des Lux Domini nach potenziellen Verbündeten in der jenseitigen Welt geforscht, doch keinen brauchbaren Anhaltspunkt gefunden. War es möglich, dass eine menschliche Seele wie Monti dahintersteckte? Oder war es doch eher ein Dämon? Ciban mochte sich lieber nicht ausmalen, was es bedeutete, wenn der Verbündete des Feindes ein himmlisches Wesen war.

Dieser Cabot Lynds hatte von Simeons gestammelten Worten berichtet, von dessen panischer Litanei, dass die Barriere zwischen den Lebenden und den Toten nicht fallen dürfe. Lynds hatte das Ganze für irrsinniges Gebrabbel gehalten, doch jetzt hatte er von den Erscheinungen in Rom und in der Welt gehört und das Beben in Rom miterlebt.

Ebenso wie Paula Tennant und Bud Kearns.

Monsignore Cédric Follador hielt die ISA-Agentin für äußerst klug und findig. Und er hatte recht. Es war alles andere als leicht, diese Agentin – und damit die ISA – auf Distanz zu halten, um die Kirche nicht noch mehr zu gefährden. Lynds weigerte sich beharrlich, mit ihr oder irgendeinem ISA-Agenten außerhalb des Vatikans zu reden. Immerhin hatte er Vertrauen zu Ben gefasst. Den Messias-Mörder hatten sie deshalb noch immer nicht dingfest gemacht, aber des Rätsels Lösung musste irgendwie bei Tancredi liegen, die Spuren führten zu ihm. Da war Ciban sich sicher, seit sie in Reinerts Unterlagen einen Hinweis auf diese widerwärtigen Ritualmorde entdeckt hatten.

Die Indizien deuteten seit San Leonardo noch immer auf Re-Source und zu den Triaden. Tancredi musste mit ihnen gemeinsame Sache gemacht haben, bevor er seinen eigenen Plan verfolgt hatte. Und welche Rolle spielte Cibans Vater? Catherine würde sicherlich noch ein paar mehr Antworten liefern können. Womöglich sogar auf die Frage, warum ausgerechnet der Mensch zwischen Himmel und Hölle stand.

»Vielleicht muss die Frage lauten, was den Menschen ausmache«, hatte Lazarus nachdenklich gemeint. »Von Jeanne d'Arc hieß es in den alten Texten der Liga, sie habe den ›Mut der Cherubim‹ gehabt.«

Schließlich hatte Lazarus Ciban nach einem dieser endlos langen und kräftezehrenden Arbeitstage einen Zeitungsartikel der »Chicago Tribune« vorgelegt, in dem davon die Rede war, dass ein gewaltiger Blitzeinschlag den Re-Source-Tower beschädigt hatte – interessanterweise genau zu jenem Zeitpunkt, als die Energieentladung Leo und Catherine getroffen hatte und die Altarplatte im Petersdom – sowie in etlichen anderen Kirchen auf der Welt – zerbrochen worden war. Gleichzeitig hatte es in San Leonardo eine unerklärliche Energieentladung gegeben. War das eine Art Rückkoppelungseffekt zwischen Rom, L'Aquila und Chicago gewesen? Oder hatte Gott seinen Bund mit den Menschen, mit Petrus gebrochen?

In Chicago hatte sich das Ausmaß der Zerstörung jedenfalls nicht nur auf die mediale Ebene beschränkt. Es war zu enormen Beschädigungen am Re-Source-Tower gekommen. Es hatte Tote und Verletzte gegeben, und Henrik Vandenberg, der Konzerngründer, hatte das Ganze nicht vor der Öffentlichkeit verbergen können. Die Rede war von einem technischen, möglicherweise gar menschlichen Versagen in Zusammenhang mit einem wissenschaftlichen Experiment.

Re-Source! Immer wieder Re-Source! Dort lagen die Antworten auf alle Fragen.

»Wie komme ich da hinein?«, hatte Ciban nach der Lektüre des Artikels gefragt.

»Der Ort gleicht einer Festung«, war Lazarus' Antwort gewesen. »Selbst wenn Vandenberg Sie empfängt, werden Sie nicht weit kommen.«

»Dann muss es einen Weg über den Limbus geben.«

»Den gibt es«, seufzte Lazarus. »Aber wollen Sie dafür wirklich Davids oder Ihr Leben riskieren?« Und dann hatte er Ciban einen weiteren Zeitungsartikel hingehalten: »Sie sollten sich das hier noch anschauen.«

Es war ein Artikel aus einem der größten deutschen Nachrichtenmagazine über Papst Leos Leben, von der Geburt über sein Pontifikat bis hin zur Trauerzeremonie mit höchst beeindruckendem Bildmaterial. Der Titel lautete »Der Unbeugsame«. Die Verfasserin war eine beim Vatikan akkreditierte Journalistin namens Lianne Rodt.

Ciban kannte den Namen nur zu gut. Die Frau hatte über Catherine geschrieben und seit drei Jahren immer wieder versucht, einen Interviewtermin mit ihm zu bekommen.

Er überflog den Text Rodts Artikel war von beeindruckender Qualität. Ausgezeichnet recherchiert, klar strukturiert, aussagekräftig und von einem erstaunlichen Fingerspitzengefühl selbst in den düsteren Zeilen.

Dabei schloss ein gewisses Maß an Verehrung gesunde Kritik nicht aus. Ihr Fazit lautete, dass Leo angepackt hatte, was getan werden musste. Er hatte die Weltkirche aus ihrer traditionalistischen Erstarrung befreit. Er hatte klargestellt, dass die Kirche für den Menschen da zu sein hatte, und nicht der Mensch für die Kirche. Auf diese Weise hatte Leo XIV. die Kernbotschaft des Zweiten Vatikanischen Konzils von Johannes XXIII. in das neue Jahrtausend geholt, in eine globalisierte Welt, und war mit der Planung eines dritten Konzils fortgefahren. Die Freistellung des Zölibats war dabei der erste große Vorstoß.

Ein längerer Absatz in dem Artikel war von Lazarus markiert. Es ging darin um die Qualitäten, die ein potenzieller Papstnachfolger mitbringen musste, dass dieser ein großes und schwieriges Erbe antrat, dass es nicht nur Mut und Standhaftigkeit bedürfe, sondern auch dem Willen, die Reformen weiter voranzutreiben. Es musste jemand sein, der die Vielfalt der Welt verstand und zu einer geschwisterlichen Einheit würde zusammenführen können. Jemand, der die Menschen nicht voneinander trennte, sondern miteinander verband. Jemand, der die Kirche nicht wieder gegenüber äußeren Einflüssen abschirmte, sondern offenhielt, um die Hoffnung und das neu gewonnene Vertrauen zu festigen. Und deshalb musste es klar sein, dass dieser jemand neben außervatikanischer Lebenserfahrung auch genug innerkirchliche Kenntnisse besitzen musste, um den neuen Maßstab zu bewahren.

Und dann war Cibans Name gefallen, fast beiläufig, in Zusammenhang mit Leos Trauerfeier und seiner bewegenden, versöhnlichen Rede.

Ciban hatte gespürt, wie ihm das Blut durch die Adern geschossen war, und von dem Blatt aufgeschaut. Hatte Bragadin ihm deshalb die Leitung der Trauerzeremonie auferlegt? Damit die Menschen an diesem Tag die Chance hatten, einen anderen Ciban kennenzulernen?

Und tatsächlich legte Lazarus ihm einen weiteren Artikel vor, und zwar einen den Bischof Tardini ihm schon in einer Pressemappe vorgelegt hatte, den Ciban aber erst einmal ignoriert hatte, weil ihm ein gemeinsam verbrachter Abend mit David wichtiger gewesen war.

Es ging in dem Text ausschließlich um die Papstnachfolge, um mögliche Kandidaten, doch tatsächlich drehte sich dieser Artikel zu einem großen Teil nur um einen potenziellen Kandidaten. Um ihn. Marc Abott Kardinal Ciban.

Es war ein ausführliches Porträt. Sorgfältig verfasst und aufwendig gestaltet. Schlüsselgedanken waren kursiv und in größerer Schrift vom Rest des Textes abgesetzt. Das einzige Foto zeigte einen Ciban, wie ihn die meisten Leser bisher wohl noch nicht kannten. Nachdenklich, aufmerksam, zurückhaltend, dabei dennoch weltoffen und sympathisch, und das an der Seite von Leo XIV. während eines Spaziergangs in den vatikanischen Gärten. Der Ciban auf dem Foto verkörperte einen Mann, der es aufrichtig meinte, mit dem man keine Spielchen spielte, der zu viel »Menschliches und Unmenschliches« erfahren hatte, um das Menschsein nicht zu verstehen. Dieser Ciban konnte und wollte zuhören. Und Leo ging neben ihm wie neben einem Freund, einem engen Vertrauten.

Auch dieser Artikel stammte von Lianne Rodt. Und

obwohl der Gedanke an sich blanker Unsinn war, liefen hier Fäden zusammen, die Ciban fast schon als konspirativ empfand. Auch wenn Lazarus das Ganze eher gelassen sah.

Ciban hatte Lazarus erzählt, dass ein kürzlich mit Lianne Rodt vereinbarter Interviewtermin aufgrund der Ereignisse geplatzt war, und der Gelehrte hatte mit einem Achselzucken gemeint: »Nun, dann hat sie sich wohl inzwischen nach anderen Interviewpartnern umgeschaut.«

Ciban hatte geseufzt und den Artikel genauer gelesen.

In der Einleitung stellte Rodt ihn als ein wandelndes Rätsel dar, als einen weit gereisten Kirchenmann, der dort Brände gelöscht habe, wo andere resigniert zurückgewichen seien, der schweigend hinter den Kulissen mehr Gutes getan habe als viele seiner Kollegen, die ihre wenigen guten Taten lauthals in die Welt hinausposaunten. Und Rodt belegte all diese Passagen mit Fakten, mit Dingen, die Ciban als selbstverständlich angesehen und deshalb längst verdrängt hatte.

Und wieder stellte Rodt eine Verbindung zu Leo her, und dabei stellte sie kluge Fragen, die sie ebenso klug beantwortete. Unter anderem jene, weshalb Leo nach seiner Wahl zum Papst den Glaubenspräfekten in seinem Amt belassen hatte. Vielleicht sei es vielen Menschen nicht bewusst, womöglich sei Ciban sich dessen selbst nicht im Klaren, dass er das Vertrauen und den Respekt der unterschiedlichen Lager innerhalb der Kirche genieße. Und das lag an seinem fairen Umgang mit dem verstorbenen Pontifex, aber auch an seinem Verhalten gegenüber der Rebellin Schwester Catherine

Bell. Und nicht zuletzt seiner Weigerung, sich von irgendeiner kirchlichen Organisation vereinnahmen und vor den Karren spannen zu lassen. »Miteinander reden, nicht ausgrenzen« sei seine Philosophie. Und genau *das* brauche die Kirche in diesen Tagen. Einen Brückenbauer!

Der Zeitungsartikel war noch weitergegangen, doch Ciban hatte ihn beiseitegelegt. Er hatte genug gelesen. Die Presse hatte in den letzten Jahren des Öfteren über ihn berichtet, immer wieder mal über den gestrengen »Großinquisitor« des modernen Papstes spekuliert, doch Lianne Rodts journalistisches Statement war überraschend und völlig anders. Von einigen seiner Kardinalskollegen gelesen, konnte es ihn in eine Richtung drängen, die ihm alles andere als behagte.

»Es sind noch ein paar Interviews von Lianne Rodt erschienen«, hatte Lazarus mit einem schiefen Lächeln erklärt. »Darunter eines mit Stefano Gasperetti, der sinngemäß über Sie sagte, Sie und er seien zwar oft unterschiedlicher Ansicht und nicht die allerbesten Freunde, aber er hätte immer auf Ihre Integrität zählen können.«

»Was immer das heißen mag«, hatte Ciban wenig erfreut geseufzt. »Sonst noch etwas, das ich wissen müsste, bevor ich ins Konklave gehe?«

»Eigentlich nicht.«

Auch jetzt, neben Catherines Krankenbett, machte Ciban sich keine Illusionen über diesen Artikel. Bisher war er für die meisten Menschen einfach nur der unbarmherzige Großinquisitor an Leos Seite gewesen. Doch mit dieser Rolle und der damit verbundenen Tarnung war es nun vorbei, Rodt hatte ihn innerhalb weniger Tage ins Zentrum der allgemeinen Aufmerksamkeit gerückt. Er musste sehr auf der Hut sein.

Als hätte Lazarus seine Gedanken gelesen, hatte dieser gesagt: »Ich weiß, Sie wollen dieses Amt nicht. Sie verfolgen einen anderen Plan. Dennoch rate ich Ihnen davon ab, voreilig auf Ihre Kandidatur zu verzichten ...«

Selbst in der Erinnerung wirkte diese Unterredung noch wie ein übler Traum. Er wünschte, er könnte sich mit Catherine beraten.

Plötzlich veränderten sich die Anzeigen auf den Monitoren und holten ihn in die Gegenwart zurück. Catherine tauchte aus der Tiefschlafphase auf und fing wieder zu träumen an. Tief im Inneren seines Selbst spürte er den medialen Kontakt zu ihrem schlafenden Geist. Schon allein dafür, dass sie überhaupt noch lebte, musste er dankbar sein. Im Moment wagte er es kaum über diese Stunde hinauszudenken. Da sie in diesem Zustand manchmal auf Worte und Berührungen reagierte, streichelte er ihren Arm und sprach zu ihr.

Dann griff er nach einem Umschlag, den er mitgebracht hatte, und entnahm diesem ein Blatt Papier. Ben hatte von Cabot Lynds ein Päckchen erhalten, das gewissermaßen Ava Bells Testament enthielt. Catherines Adoptivmutter hatte dem Ermittler aufgetragen, zu Ben zu gehen, sollte es zum Äußersten kommen, da er als Catherines Treuhänder fungieren sollte. Ben hatte den geschlossenen Umschlag an Ciban weitergereicht. Nicht weil dieser sein Chef war, sondern weil Catherine und Ciban Liebende und in Bens Augen vor Gott ein Paar waren. Es lag an Ciban, sich um Catherine und Avas Nachlass zu kümmern. Ben würde ihn dabei nach bestem Wissen und Gewissen unterstützen.

Bis zu diesem Morgen hatte Ciban das Päckchen nicht geöffnet, in der vielleicht naiven Hoffnung, Catherine würde vor dem Beginn des Konklaves doch noch erwachen. Aus Respekt für ihre Privatsphäre hatte er auch nur den Umschlag entnommen, ohne den Rest anzutasten.

Der Umschlag enthielt Avas letzten Brief. Und diesen entfaltete er nun, während er spürte, wie ihm das Herz wieder schwerer wurde.

Er begann ihn Catherine vorzulesen.

Liebe Catherine,

wenn du diesen Brief liest, habe ich es nicht fertiggebracht, dich in Rom zu treffen. Viele Male habe ich versucht, dich anzurufen, doch jedes Mal verließ mich der Mut.

Nenn mich ruhig einen Feigling. Ich weiß, dass ich ein Feigling bin. Ich war es, als dein Vater erkrankte, ich war es, als dein Vater starb, und ich war es, als du mich am meisten als Mutter gebraucht hättest. Ich habe dich im Stich gelassen. Ein Kind. Und das werde ich weder vergessen noch mir selbst je verzeihen. Noch werde ich dich um Verzeihung bitten. Die Schuld – auch für das jahrelange Schweigen – liegt allein bei mir.

Warum ich mich dann überhaupt bei dir melde?

Es geht um den Tod deiner leiblichen Eltern. Und nun ist dein Leben in Gefahr!

Wenn du diese Zeilen liest, bin ich entweder spurlos verschwunden oder selbst bereits tot.

Cabot Lynds, der Mann, der dir diese Nachricht überbracht hat, genießt mein absolutes Vertrauen. Er hat in den letzten Monaten für mich ermittelt und wird dich in alles einweihen, sodass du gewarnt bist und Maßnahmen zu deinem Schutz ergreifen kannst.

Ich weiß, dass du seit dem KIMH noch immer in Kontakt mit Ben Hawlett stehst und er dir nach wie vor ein treuer Freund ist. Ich bin mir sicher, dass er dir beistehen wird.

Noch etwas: Du weißt, dass ich in religiösen Dingen nie sehr gläubig war. In einer Hinsicht hat sich das nun geändert. Weshalb, wirst du in meinem persönlichen Tagebuch an dich sehen. Lies es und sei auf der Hut.

Und jetzt höre Cabot Lynds gut zu und kümmere dich zuallererst um deine Sicherheit. Und vergiss Ben nicht, hörst du! Gehe zu ihm und lass dir von ihm helfen!

Ich wünschte, ich wüsste dir mehr zu sagen, doch ich fühle mich so leer. Weder kann ich die Zeit zurückdrehen noch meine Fehler wiedergutmachen. Mir bleibt ein einziger Wunsch: Ich hoffe, dass es dir gut geht. Dass deine Kirche, dass Ben und Lynds dich vor diesem mörderischen Bösen beschützen werden.

In Liebe
Ava

Ciban faltete das Blatt zusammen und steckte es in den Umschlag zurück. Die Welt vor seinen Augen begann zu verschwimmen, doch er ließ nicht zu, dass auch nur eine einzige Träne floss. Er hoffte, dass Catherine irgendwo da drinnen in diesem schlafenden Körper etwas von Avas Worten mitbekommen hatte. Und er hoffte, dass Ava Bell, wo immer sie jetzt auch sein mochte, ihren Frieden gefunden hatte.

Er saß noch eine ganze Weile so da, still und andächtig. In einem fernen Winkel seines Selbst noch immer auf ein Wunder hoffend.

Dann klopfte es leise an die Tür, gerade so laut, dass die Geräusche der Gerätschaften es nicht überdeckt hatten.

»Kommen Sie herein«, sagte er. Seine Stimme war nicht so fest wie sonst, aber das war ihm egal.

Ben Hawlett öffnete die Tür und trat ein. »Wie geht es ihr?«

»Unverändert. Aber ihr Zustand ist stabil.«

Ben trat näher, verharrte vor dem Bett. »Ich werde auf Catherine und David aufpassen.« Die Worte des Paters waren kein leeres Versprechen, das spürte Ciban. Ben hatte Catherine und David in den letzten beiden Wochen nahezu täglich besucht. Dem Jungen war er inzwischen so etwas wie ein älterer Bruder geworden. »Sie ist stark«, sagte Ben weiter. »Sie hat sich schon als Kind nicht unterkriegen lassen. Sie wird erwachen und dann wieder für das Gute in ihrer geliebten Kirche kämpfen.«

Ciban wandte sich dem jungen Pater zu. »Ich vergesse manchmal, dass Sie Catherine bereits seit vielen Jahren kennen. Wie war es, sie als Kind erlebt zu haben?«

Ben grinste. »Aufregend. Manchmal war sie ein wenig verrückt und unberechenbar. Ich bin mir sicher, sie hat Darius mit ihren Fragen des Öfteren an den Rand des Wahnsinns getrieben.«

Irgendwie brachte Ciban ein Lächeln zustande. Das war die Catherine, die er auch in Rom kennengelernt hatte. Älter und reifer, ja, aber im Kern noch immer das wehrhafte, an das Gute glaubende Kind, das nicht davor zurückschreckte, ein Unrecht aufzudecken und wiedergutzumachen.

»Es ist Zeit, Eminenz. Sie müssen noch die ganze Prozedur der Anmeldung im Domus Sanctae Marthae über sich ergehen lassen, einschließlich der Untersuchung Ihres Gepäcks durch die vatikanische Sicherheit.«

»Sie haben recht.« Ciban erhob sich, streichelte Catherine noch einmal über die Wange und gab ihr einen Kuss.

Auf dem Weg zum Vatikan nahm Ciban weder die Straßen und Paläste noch den vor ihnen im Morgenlicht erstrahlenden Petersdom wahr. Doch dann fiel sein Blick rechts hinter der Peterskirche auf ein fensterloses Gebäude, einen trapezförmigen Kasten mit Ziegeldach, auf dessen Schmalseite sich ein Mosaik der Muttergottes befand.

Die Sixtinische Kapelle.

Für einen Augenblick erschien es ihm, als schenkte die Muttergottes den Menschen auf dem Platz ein sanftes Lächeln und als teilte sie ihnen mit, dass sie über dieses Konklave wachte.

Epilog

Vandenberg studierte die Bilder, auf denen die Schäden des Re-Source-Towers dokumentiert waren. Die Schmerzen, die ihn sonst quälten, hatte er nahezu vergessen. Das oberste Stockwerk mit der Aussichtsplattform war völlig zerstört, die fünf Etagen darunter fensterlos und wie ausgebrannt. Das Gebäude sah aus, als hätte es unter einem feindlichen Bombardement aus der Luft gestanden, was die gewaltige sphärische Entladung, die das Gebäude getroffen hatte, in gewisser Weise ja auch war. Das Stockwerk, in dem sich die Räumlichkeiten des Schwarzen Papstes befanden, hatte die Attacke nur deshalb nahezu unbeschadet überstanden, weil dessen Kern besonders gut gesichert war.

»Sie sollten sich die Sache nicht so zu Herzen nehmen, mein lieber Doktor. Dieser Tower reicht zwar nicht in die nächste Welt hinein, dafür ist er aber wie ein mächtiger Wehrturm, der sich nicht so einfach zerstören lässt.«

Vandenberg nahm all seinen Mut zusammen. »Aber war es nötig, dass Leo stirbt?« Seine elektronisch gesteuerte Stimme klang wie ein Krächzen.

Der Schwarze Papst wandte sich dem Großbildschirm zu, auf dem seit ein paar Tagen nichts anderes lief als Marc Kardinal Cibans Rede während Leos Trauerfeier. Er zoomte in die Aufzeichnung hinein.

Vandenberg hatte plötzlich das Gefühl, als würde der Boden unter seinen Füßen leise vibrieren.

»Was unternehmen wir jetzt?«, fragte er.

Der Gesichtsausdruck und auch die Stimme seines Herrn blieben neutral, doch in den pechschwarzen Augen erschien ein unheimlicher Glanz.

»Er spricht ruhig und fest, unser Kardinal, doch ich spüre in seinem Inneren eine große Wut und den sehnsüchtigen Wunsch nach Rache.«

»Denkt Ihr, er wird der nächste römische Papst?«

Die finstere Heiligkeit drehte sich zu ihm um. Im Gesicht ein kaltes Lächeln.

Nachwort und Danksagung

Die Geschichte dieses Romans ist rein fiktiv. Die Namen, Charaktere und Ereignisse sind entweder Fantasieprodukte der Autoren oder wurden als Resultat der Recherche fiktional verwendet und erweitert. So existieren weder der Orden des »Lux Domini« noch die »International Security Agency«. Zugunsten einer stärkeren Assoziation wird neben der heutigen Bezeichnung »Glaubenskongregation« auch der frühere Begriff »Inquisition« verwendet.

Keine Fiktion ist die kontrovers diskutierte Theorie des Bewusstseins des Physikers Sir Roger Penrose und des Mediziners Professor Stuart Hameroff, der zufolge Bewusstsein im Grenzbereich zwischen Materie und Quantenwelt entsteht. In *Blutpforte* ist die unsterbliche Seele daher ebenso eine elementare Kraft der Schöpfung wie Raum, Zeit und Materie.

Ebenso sind die geheimen Bücher der Bibel, die sogenannten Apokryphen, keine Fiktion. Zu Beginn des 20. Jahrhunderts wies der amerikanische Archäologe Charles Cutler Torrey von der Yale-Universität allerdings auf Indizien für noch ältere Schriften als das *Alte* und das *Neue Testament* oder das *Buch Henoch* hin. Die wichtigsten dieser noch älteren Schriften haben wir bereits in unserem Thriller *Engelspakt* unter der Bezeichnung »Triadenbibel« (»Engelsbibel«) eingeführt.

Bedanken möchten wir uns bei all den Menschen, die uns halfen, aus dem Manuskript *Blutpforte* ein fertiges Buch zu machen. Von ganzem Herzen bedanken wir uns bei unserer Literaturagentin Lianne Kolf für ihren Rückhalt und ihre klugen Ratschläge. Ebenso herzlich bedanken wir uns bei unserer Blanvalet-Lektorin Beatrice Lampe für ihr inspirierendes Feedback und bei unserem Redakteur René Stein für seine scharfsinnigen Kommentare. Ein herzlicher Dank gilt auch dem Blanvalet-Team und den Künstlern der Grafikagentur bürosüd° für ihre tolle Arbeit. Ebenso geht ein riesiges Dankeschön an unsere treuen Testleser, Ute C. Meyer und Stefan Schulz. Auch unter hohem Zeitdruck – den wir zu verantworten haben – ließen sie es sich nicht nehmen, Catherine und Ciban zur *Blutpforte* zu folgen. Es standen noch mehr Testleser bereit, doch unser enger Zeitplan setzte hier leider Grenzen.

Bedanken möchten wir uns ganz herzlich bei unseren treuen Lesern für ihr unermüdliches Feedback – wir freuen uns immer über Kommentare und Fragen. Informationen über uns und unseren Schreibprozess halten wir auf unserer Homepage http://alex-thomas.info fest. Ebenso sind wir auf Facebook aktiv: http://www.facebook.com/alexthomasauthor.

Glossar

(Anm.: Die mit einem »*« markierten Begriffe existieren in ihrer Form nur im ANKH-Universum.)

Angelologie: Lehre von den Engeln.

ANKH*: Im ANKH-Universum ist das Schlaufenkreuz in Kombination mit dem Skarabäus und den Schlangen das Erkennungszeichen des uralten Ordens der Triaden.

Apokalypse: Prophetisch-visionäre Literatur vom Weltuntergang (Antike, Judentum, Urchristentum).

Apostolischer Palast: Residenz des Papstes in der Vatikanstadt.

Aura: Energiekörper eines Lebewesens.

Camerlengo: Stellt den Tod des Papstes fest und übernimmt die Verwaltung der Kirche, solange das Papstamt nicht besetzt ist.

Elektroenzephalogramm (EEG): Grafische Darstellung der elektrischen Gehirnaktivität.

Glaubenskongregation: Einst die von Papst Paul III. im 16. Jahrhundert gegründete »Heilige Römische und

Universale Inquisition«. Sie hat die Aufgabe, die Kirche vor abweichenden Sitten- und Glaubenslehren zu schützen.

Großinquisitor: Mittelalterliche Bezeichnung für Inquisitoren, deren Vollmacht über die eines normalen Inquisitors hinausgeht.

Häresie: Irrlehre, die von der offiziellen Glaubenslehre einer Großkirche abweicht.

Inquisition (von lat. *inquirere* »aufsuchen, nachspüren«): Verfolgung religiös oder ideologisch Andersdenkender mithilfe von Untersuchungs- und Gerichtsverfahren, die auch vor Folter nicht zurückschrecken.

ISA: International Security Agency. Ein länderübergreifender Geheimdienst, der allerdings nicht in der Realität existiert.

Kardinalelektoren: Bezeichnet jene Kardinäle aus dem Kardinalskollegium, die an der Papstwahl teilnehmen und das 80. Lebensjahr noch nicht vollendet haben.

Kernspintomografie: Bildgebendes Verfahren, das mithilfe von Magnetfeldern und elektromagnetischen Wechselfeldern im Radiofrequenzbereich Schnittbilder des menschlichen Körpers erzeugt.

KIMH*: Katholisches Institut für medial Hochbegabte.

Kongregation(en): Die nach ihren Aufgabengebieten formierten Vatikanbehörden.

Konklave: Versammlung der Kardinalelektoren zur Papstwahl.

Konzil: Kirchliche Versammlung zur Klärung kirchlicher Angelegenheiten.

Kraftorte: Heilige Orte der Ordnung sowie Knotenpunkte spiritueller und medialer Kraft.

Krypta: Begehbare Begräbnisstätte unterhalb des Chors oder des Altars einer Kirche.

Kryptohandy: Mobiltelefon zur Übertragung verschlüsselter Gesprächsdaten.

Kurie: Römisch-katholische Zentralbehörde in Rom.

Liga: Zusammenschluss von Ländern, Personen, Gruppen mit ähnlichen Zielen.

Limbus: Gedächtnis der Schöpfung. Auch Weltgedächtnis der Engel und der Menschen. Bezeichnet in der katholischen Kirche aber auch den Vorhof zur Hölle, an dem Seelen – auch ohne eigenes Verschulden – gestrandet sind.

Mediale: Menschen mit der Gabe der übersinnlichen Wahrnehmung.

Nekropole (Totenstadt): Größere, außerhalb von Wohnsiedlungen gelegene Begräbnisstätte des Altertums und der vorgeschichtlichen Zeit.

Nephilim: Mischwesen aus Engel und Mensch.

Orthodoxie: Lehre, die sich stark an die ursprüngliche Auslegung hält.

Pontifikat: Amtszeit eines Papstes.

Präfekt (Kardinalpräfekt): Leiter eines bestimmten Amtes der römischen Zentralbehörde, zum Beispiel des Staatssekretariats oder der Glaubenskongregation.

Quantenuniversum: Welt des Allerkleinsten, erforscht durch die sogenannte Quantenphysik, die sich mit den Naturgesetzen subatomarer Teilchen beschäftigt.

Schisma: Kirchenspaltung.

Sedisvakanz: Zeitraum, in dem das Papstamt unbesetzt ist.

Triadenbibel* (Engelsbibel*): Enthält die geheime Geschichte von Engel und Mensch aus der Sicht der Engel, die lange vor den Menschen von Gott erschaffen wurden.

Triadenorden*: Die Kirche hat den Triadenorden einst gnadenlos verfolgt und aus den Annalen der Geschichte getilgt, um einen Mythos ähnlich dem der

Katharer zu verhindern. Doch im Geheimen hat der Orden die Jahrhunderte überlebt und zerfiel schließlich in zwei Hälften, in eine helle und eine dunkle Ordnung. Während die Lux-Triaden in Frieden mit den Menschen leben, wollen die Nox-Triaden die Spezies Mensch versklaven.

Vigilanza: Gendarmeriekorps der Vatikanstadt, auch Vatikanpolizei genannt.

Zwölferrat*: Heilige Kongregation, die den Pontifex seit zwei Jahrtausenden spirituell unterstützt, um den Erhalt der Kirche zu sichern.

Haupt- und wichtigste Nebenfiguren

[LD = Lux Domini, EP = Engelspakt, EZ = Engelszorn]

Schwester Catherine Bell:
Moderne Ordensfrau, die in ihrer Kindheit als Waise einiges an Ungerechtigkeit erdulden musste, weshalb ihr jedes Unrecht zutiefst zuwider ist. Mit ihren kirchenkritischen Büchern fordert sie die Kirche heraus. Als sie mit ihrer außergewöhnlichen Gabe (Catherine hat einen Draht zur Welt hinter der Welt) Papst Leos Leben rettet [LD], verändert das ihr Leben. Sie bleibt in der Ewigen Stadt und arbeitet nun verdeckt für den Pontifex und die vatikanische Sicherheit [EP, EZ].

Marc Abott Kardinal Ciban:
Chef der Glaubenskongregation (früher »Heilige Inquisition«). Vor allem in den Medien genießt er den Ruf eines gefürchteten, erzkonservativen Kirchenfürsten. Auf Catherine wirkt er während ihrer Anhörung wie ein eiskalter, gebieterischer Aristokrat [LD]. Tatsächlich hat die brutale Schreckensherrschaft des Vaters Cibans Wesen tief geprägt, denn das Schicksal der Familie ist auf unheilvolle Weise mit der Geschichte des Triadenordens verknüpft [EP, EZ]. Auf eine ganz besondere Weise wird Catherine Cibans größte Herausforderung.

Pater Ben Hawlett:
Monsignore Ben Hawlett entstammt einer irischen Familie, die in die USA auswanderte. Bens Arbeit im Geheimarchiv dient in erster Linie seiner Tarnung als Priesteragent [EZ]. Er ist einer der wenigen Männer, denen Kardinal Ciban vertraut. Außerdem kennt Ben Catherine seit seiner Kindheit und himmelt sie ein wenig an, auch wenn er es sich kaum einzugestehen wagt [LD].

Papst Leo XIV.:
Leo wurde mit seinen 78 Jahren als Übergangspapst gewählt, nachdem sein traditionalistischer Vorgänger Papst Innozenz die Politik der Kirche über zwei Jahrzehnte lang bestimmt hat. Sein reformfreudiges Denken und Handeln [LD, EP, EZ] bereitet der römischen Kurie erhebliches Kopfzerbrechen. Viele Katholiken sehen in ihm einen zweiten Johannes XXIII. Als die Publikationen Schwester Catherines von einigen Kirchenoberen in Zweifel gezogen werden und Kardinal Ciban Catherine verhört [LD], bahnt sich der erste Konflikt zwischen Leo und Ciban an. Was Leo zu diesem Zeitpunkt nicht weiß: Ausgerechnet Ciban, der vermeintliche Erzfeind, schützt ihn insgeheim vor der Kurie.

Stefano Kardinal Gasperetti:
Der erzkonservative Gasperetti ist der offizielle Leiter des progressiven Ordens Lux Domini. Als Papst Innozenz die wachsende Macht des Lux Domini zunehmend Sorge bereitete, setzte er den traditionalistischen Gasperetti als Leiter ein. Dem Orden gehören vor allem spirituell und übersinnlich hochbegabte Menschen an.

Der nicht mediale Gasperetti macht das Beste aus seiner Position und lernt den außergewöhnlichen Hintergrund des Ordens für seine Ziele zu nutzen [EP, EZ].

Bischof Amadeo Tardini:
Tardini ist Cibans erster Sekretär. Eigentlich könnte er seinen Ruhestand genießen, doch er liebt die Herausforderung seines Jobs. Der alte Bischof gehört zu den wenigen Menschen, denen Ciban bedingungslos vertraut.

Monsignore Rinaldo:
Cibans zweiter Sekretär. Arbeitet hier und da auch mit Pater Ben Hawlett und Schwester Catherine Bell zusammen [LD, EP, EZ]. Rinaldo wurde vor einer Weile in das Geheimnis der Triaden und des Schwarzen Archivs eingeweiht. Seither schläft er nicht mehr so gut, was seiner Neugierde und seinem Wissensdurst jedoch keinen Abbruch tut.

Lianne Rodt:
Deutsche Journalistin. Spezialgebiet Rom und Vatikan. Arbeitet zurzeit für den »Spiegel«. Lianne hat sich in den letzten Jahren einen Ruf als kluge und vertrauenswürdige Korrespondentin aufgebaut. Ihr Talent liegt darin, dort Zwischentöne und gute Storys zu erkennen, wo andere nur blindes Grundrauschen wahrnehmen.

Pater Thomas Tancredi:
Mitglied des Lux Domini und einer der stärksten Spiritualen der Kirche. Tancredi ist der ehemalige Sekretär des verstorbenen Kardinals Reinert, der das Lux

Domini mitgründete. Etwas Dunkles, fast Fanatisches geht von dem Ordensmann aus, der sich mit Leib und Seele dem Kampf »Gut gegen Böse« verschrieben hat.

Paula Tennant:
Agentin der International Security Agency und Verbindungsfrau zum Vatikan. Paula weiß noch nichts von der Welt hinter der Welt.

Lazarus:
Historiker. Die Triaden und die Angelologie sind sein Spezialgebiet. Er half Catherine, Cibans Unschuld bei einer Mordermittlung zu beweisen [EP]. Unter dem Namen Robert Martini lebte er viele Jahre in Rom, wo man ihm aufgrund seiner umstrittenen Studien den Zugang zu den vatikanischen Geheimarchiven verwehrte. Nur wenige Eingeweihte wissen um seinen Fluch. Lazarus kann nicht sterben [EZ].

Henrik Vandenberg:
Konzernchef und Gründer des Biotechkonzerns Re-Source und Exmitglied der erzkatholischen Ordensgemeinschaft »Legionäre Christi«. Vandenberg forscht nach dem Heiligen Gral der ewigen Jugend und der Unsterblichkeit. Seit er sich mit einem Triaden angelegt hat, ist er verkrüppelt und meidet die Öffentlichkeit [EZ].

Johanna von Orléans:
Im 15. Jahrhundert lebende französische Nationalheldin. Laut Gerichtsprotokoll erschienen ihr der Erzengel Michael, die heilige Katharina und die heilige Marga-

rethe und erteilten ihr den Befehl, Frankreich von den Engländern zu befreien. Für die Kirche war Johanna eine Verrückte und Ketzerin und wurde schließlich auf dem Marktplatz von Rouen öffentlich verbrannt. Nur wenige Eingeweihte wissen, dass Johannas wahre Mission eine ganz andere war.